D1334967

LES
FANTÔMES
DE LA
SIERRA MAESTRA

DU MÊME AUTEUR

Bibliographie

Les Arts martiaux. L'Héritage des Samouraïs, La Presse, 1975 (essai).

La Guerre olympique, Robert Laffont, 1977 (essai).

Les Gladiateurs de L'Amérique, Éditions internationales Alain Stanké, 1977 (essai).

Knockout inc., Éditions internationales Alain Stanké, coll. « 10/10 », 1979 (roman).

Le Dieu sauvage, Éditions Libre Expression, 1980 (récit biographique).

La Machine à tuer, Éditions Libre Expression, 1981 (essai).

Katana, le roman du Japon, Éditions Québec Amérique, 1987 ; coll. « Deux continents », série « Best-sellers », 1994 ; coll. « Sextant », 1995 ; Éditions Libre Expression, coll. « 10/10 », 2010 (roman).

Drakkar, le roman des Vikings, Éditions Québec Amérique, 1989 ; coll. « Sextant », 1995 ; Éditions Québec Loisirs, 1989 ; Éditions Libre Expression, coll. « 10/10 », 2010 (roman).

Soleil noir, le roman de la Conquête, Éditions Québec Amérique, 1991 ; Club France Loisirs, 1991 ; Prix du grand public, 1992 ; coll. « Sextant », 1995 ; Éditions Libre Expression, coll. « 10/10 », 2010 (roman).

L'Enfant Dragon, Éditions Libre Expression, 1994 ; Albin Michel, coll. « J'ai lu », 1995 (roman).

Black, les chaînes de Gorée, Éditions Libre Expression, 2000 ; Presses de la Cité, 2002 (Le Grand Livre du mois) ; Éditions Libre Expression, coll. « Zénith », 2003 (roman).

Louis Cyr, une épopée légendaire, Éditions Libre Expression, 2005 ; réédition, 2013 (biographie).

Montferrand, tome 1, *Le prix de l'honneur*, Éditions Libre Expression, 2008 (roman).

Montferrand, tome 2, *Un géant sur le pont*, Éditions Libre Expression, 2009 (roman).

Scénarios

Highlander, the Sorcerer (v.f. *Highlander, le magicien*), 1994, prod. : États-Unis, Canada, Grande-Bretagne, France (réalisateur : Andy Morahan).

The North Star (v.f. : *Grand Nord*), 1995, prod. : États-Unis, Italie, Norvège, France (réalisateur : Nils Gaup).

Le Dernier Tunnel, 2004, prod. : Bloom films et Christal films, Canada (réalisateur : Érik Canuel).

PAUL OHL

LES FANTÔMES DE LA SIERRA MAESTRA

Libre Expression

Une société de Québecor Média

Catalogage avant publication de Bibliothèque et Archives nationales du Québec et Bibliothèque et Archives Canada

Ohl, Paul E.

    Les fantômes de la Sierra Maestra
    Comprend des références bibliographiques.
    ISBN 978-2-7648-0085-0
    I. Titre.

PS8579.H5F36 2014   C843'.54   C2014-941925-2
PS9579.H5F36 2014

Édition : Johanne Guay
Révision linguistique : Raymond Bock
Correction d'épreuves : Nicole Henri
Couverture : Chantal Boyer
Grille graphique intérieure : Chantal Boyer
Mise en pages : Louise Durocher
Photo de l'auteur : Hélène Leclerc

Remerciements
Nous reconnaissons l'aide financière du gouvernement du Canada par l'entremise du Fonds du livre du Canada pour nos activités d'édition.
Nous remercions le Conseil des Arts du Canada et la Société de développement des entreprises culturelles du Québec (SODEC) du soutien accordé à notre programme de publication.
Gouvernement du Québec – Programme de crédit d'impôt pour l'édition de livres – gestion SODEC.

L'auteur exprime sa vive reconnaissance au Conseil des arts et des lettres du Québec.
Lauréat en 2011 d'une bourse d'excellence de développement en littérature, l'auteur reconnaît qu'un tel soutien lui a permis d'explorer une nouvelle dimension de créativité, de bénéficier de l'expertise de plusieurs collaborateurs et de commettre ainsi une œuvre qui bonifiera le corpus littéraire contemporain.

Les Éditions Libre Expression
Groupe Librex inc.
Une société de Québecor Média
La Tourelle
1055, boul. René-Lévesque Est
Bureau 300
Montréal (Québec) H2L 4S5
Tél. : 514 849-5259
Téléc. : 514 849-1388
www.edlibreexpression.com

Dépôt légal – Bibliothèque et Archives nationales du Québec et Bibliothèque et Archives Canada, 2014

ISBN : 978-2-7648-0085-0

Distribution au Canada
Messageries ADP
2315, rue de la Province
Longueuil (Québec) J4G 1G4
Tél. : 450 640-1234
Sans frais : 1 800 771-3022
www.messageries-adp.com

Diffusion hors Canada
Interforum
Immeuble Paryseine
3, allée de la Seine
F-94854 Ivry-sur-Seine Cedex
Tél. : 33 (0) 1 49 59 10 10
www.interforum.fr

Je dédie ce livre à Hélène Leclerc.
À la fois phare et guide, elle l'a inspiré
et soutenu de bout en bout.

Au peuple de Cuba,
à ses martyrs, à ses libérateurs.

Cuba est un point minuscule sur la carte du monde. Une île paradisiaque pour des millions de touristes. Une menace pour les opposants à toute forme de socialisme révolutionnaire.

Symbole du Nouveau Monde, réduite par l'extermination de ses premiers habitants et repeuplée par l'importation massive d'esclaves, l'île de Cuba fut aux premières loges d'un opéra de terreur conçu par les chefs d'orchestre de la Conquête.

Dans cette île que l'on affichait fièrement comme la « perle des Caraïbes », les effets de la Conquête ont continué leurs ravages. Des Espagnols aux Américains, les règnes successifs des dictateurs, des multinationales, des grands propriétaires terriens se sont perpétués cinq siècles durant. Des millions d'hectares passés entre les mains des colonisateurs, exploités aux profits d'intérêts étrangers, ont accentué la dépossession économique, sœur de la pauvreté. Occultée par la propagande, cette réalité porte toujours les stigmates de la tragédie néocolonialiste.

En 1989, je préparais *Soleil noir*, roman consacré à la chute de l'empire inca et aux conséquences de la Conquête. J'avais alors séjourné au Pérou et en Bolivie. En ce jour de juillet, sortant de la mine de Potosí, sur le toit bolivien, il me parut évident que ce lieu dissimulait une pauvreté humiliante. J'étais arrivé en simple voyageur, mais ce que j'y avais vu, entendu et ressenti au plus profond de mon être suffisait à faire de tout humain normal un révolutionnaire.

9

Vingt-cinq ans plus tard, après plusieurs voyages en Amérique centrale, dans les Antilles, et en particulier à Cuba, j'avais compris que ma quête n'était pas terminée. Cette fois, elle allait passer par la révolution cubaine. Conséquence d'un long asservissement et de luttes sanglantes pour l'indépendance, cette révolution est devenue un événement majeur de l'histoire du XXᵉ siècle. Elle a incarné un idéal insensé et le destin héroïque d'un petit peuple tenu en otage par la plus grande puissance économique et militaire du monde.

Le souffle de cette révolution est aujourd'hui passé, mais l'île de Cuba demeure hantée par ces fantômes que nul n'est parvenu à réduire au silence.

Paul Ohl
24 juin 2014

Première partie

Une cité sous les étoiles

« Enfin est née La Havane
de Hemingway.
Une Havane de fumées,
de lanternes, d'ombres.
Que fait-il de ces cannelures,
de ces corniches, lui qui
a frôlé la mort en Italie,
lui qui vient de Key West ? »
Gérard DE CORTANZE, 1997

1

Entre l'Atlantique et la mer des Caraïbes surgit le joyau des Grandes Antilles : l'île de Cuba.

L'immensité océane vient lécher la barrière rocheuse que surplombe la longue muraille du Malecón. Une ville parée des attributs de deux mondes s'y dresse. Trois forteresses, hérissées de canons d'une autre époque, la gardent de chaque côté du canal d'entrée. Le Morro, tourné vers la mer, et la Cabaña, qui surplombe la baie. La troisième, la Fortaleza de la Real Fuerza, pointe ses tours d'angle à quelques rues de la vieille cathédrale.

La Havane passe, chaque jour depuis cinq siècles, d'ombre à lumière. S'y répand un incessant mélange d'odeurs de tabac, de rhum, d'air salin, de vieille terre humide, de sueur. La grande cité coloniale a enfermé dans sa mémoire les époques des capitaineries espagnoles et anglaises, les luttes des colons aristocrates, les rêves d'une bourgeoisie créole, les complots des sociétés d'exploitation et des chefs mafieux, les coups d'État des sergents et des généraux, les trahisons et les assassinats, la naissance d'une musique afro-cubaine, les voix d'une poésie révolutionnaire. Ses murs ont servi de lieux d'exécution, sa terre à ensevelir des martyrs. Elle a entendu son fils le plus illustre, père spirituel de l'indépendance, José Martí, lui dire et redire que « la patrie est un autel et non un piédestal ».

Mille fois La Havane a été menacée par la mer qui la baigne. Autant de fois fut-elle prise d'assaut par les déferlantes s'attaquant au Malecón, le débordant de ses écumes furibondes, noyant les rues, s'attaquant aux façades de proximité. Et passent les cyclones, les chaleurs d'étuve, les cieux de plomb, pour céder au grand calme, à la fraîcheur marine, aux crépuscules dont les ors ressemblent à un cadeau des dieux.

Cité d'anges et de démons, La Havane a, sans cesse, oscillé entre la splendeur et l'abandon. Rebelle, aristocrate, métisse, négrière, ouvertement catholique, mais secrètement acquise à la *Santería*, la cité des illusions ne s'était libérée du joug espagnol que pour subir celui des Américains. En quête d'indépendance, prise en étau entre les feux du soleil caraïbe et les ouragans de septembre, La Havane continue de s'offrir, toujours grouillante et déchaînée, jungle urbaine et musée à ciel ouvert, telle une maîtresse de fer, à tous les conquérants, exploiteurs et rares libérateurs du monde. Sans qu'aucun ne la possède véritablement.

S'étalant depuis les collines et coteaux de San Francisco de Paula jusqu'aux longues bandes sablonneuses de Playa del Este, La Havane provoque, étonne, bouleverse. Dômes, palais, églises et hôtels font renaître le faste de Madrid autant que les éclats de Paris. Là, le Capitolio, renvoyant fidèlement l'image et la superbe de l'original, à Washington. Il est une place forte de l'Amérique latine, le symbole de l'hégémonie américaine. Il domine le Parque Central et ouvre sur le Paseo del Prado. Celui-ci s'enorgueillit de huit lions de bronze, de bancs de marbre, de rangées d'arbres érigés en sentinelles, mais surtout d'un vaste ensemble architectural aux arches mauresques, aux colonnades néoclassiques, aux mosaïques andalouses, aux lampadaires de fer forgé à l'allure d'œuvres d'art. Le chef-d'œuvre d'avant-scène cède à un labyrinthe de ruelles encloses dans l'enceinte baroque, véritable creuset d'un métissage de cultures. Influences combinées d'art gothique, renaissance, néoclassique, art déco ; influence lointaine d'une conquête arabe de la péninsule ibérique. Reflets d'une cité de tous les débordements, La Havane s'étend sans cesse, repousse les frontières, nivelle ses collines, remplace ses palais par des banques, rêve de faire de Vedado et de Miramar un petit New York et un second Miami.

Ainsi, en 1949, La Havane se rythmait au balancement sensuel des hanches des belles-de-nuit de la rue Lamparilla. Dans le palais présidentiel, dont la décoration toute de marbre et de verre fut l'œuvre de Tiffany de New York, le président Carlos Prío Socarrás ne décidait de rien sinon de s'enrichir impunément. Il se contentait de gravir l'escalier qui mène au premier étage de l'édifice, de distribuer des sourires, des poignées de main, et, plus discrètement, des liasses de dollars, puis d'admirer, comme si elles étaient siennes, les fresques ornant le haut plafond du Salon des Miroirs.

En fait, le sort de Cuba se décidait ailleurs, toujours à La Havane, mais dans le quartier huppé de Vedado, dans les suites du luxueux hôtel *Nacional*. De ses jardins, à l'ombre de palmiers royaux, la vue sur la cité et la baie était imprenable. On y apercevait la large promenade du Malecón qui suivait les contours du front marin.

Le *Nacional* était le quartier général de Meyer Lansky, le patron des casinos, de la prostitution et de toutes les entreprises de divertissements de La Havane. En réalité, il était le parrain de la mafia cubaine. Trois ans plus tôt, l'hôtel avait ouvert ses portes à la rencontre de réconciliation entre les patrons du crime organisé d'Amérique. Les Genovese, Luciano, Costello, Trafficante, Anastasia et plusieurs autres avaient décidé de l'allure et de l'ampleur que prendrait l'industrie du crime pour des années à venir. Au grand plaisir de Lansky, il fut résolu que La Havane deviendrait la putain la plus convoitée du monde, couchant dorénavant dans des draps de satin et s'affichant sertie de diamants.

Il était su par tous les aventuriers et autres démons que La Havane était la cité de tous les vices et le plus bel endroit de la terre pour s'y perdre. « *Un paraíso bajo las estrellas* », disait-on chaque nuit. Un paradis sous les étoiles, rien de moins.

2

Le *Castillo de Farnés* occupait le coin des rues Monserrate et Obrapía depuis plus de cinquante ans. Une véritable institution dans ce quartier chaud de La Havane. Au-dessus de l'entrée, des armoiries sculptées dans la pierre représentaient une corne d'abondance débordante d'épis de maïs. Tout à côté, surplombant l'auvent, une enseigne voyante reprenait les mêmes motifs sur fond azuré. En face du restaurant s'élevait l'imposant immeuble du Museo Nacional de Bellas Artes soutenu par une longue suite d'arcades, et, à deux rues de là, le Gran Teatro de La Habana, orgueil de la cité par son style éclectique et ses tours d'angle surmontées de quatre figures allégoriques de bronze.

Nul ne savait véritablement pourquoi le nom de l'établissement reprenait celui d'une lignée illustre de la noblesse italienne. D'autant qu'il était surtout fréquenté par des immigrants chassés de leur Galice natale par le régime du dictateur Franco d'Espagne. Chaque jour, les plus vieux venaient y jouer aux échecs sur la dizaine de petites tables rondes. Puis, ils dégustaient à heure fixe une langouste à la plancha ou encore une tortilla basque arrosée d'une bière locale Hatuey bien froide. La plupart parlaient le galego, langue que ne comprenaient guère les Cubains d'origine, au grand dam d'ailleurs des informateurs de la police secrète du régime qui avaient des yeux et des oreilles dans les moindres recoins. Il n'était pas rare qu'un suspect, surtout parmi les étudiants universitaires activistes, se sauvait par l'arrière-cour qui donnait sur Obrapía pour se fondre dans une allée sombre. La rue tenait sa notoriété du fait que s'y trouvait, à quelques pas du *Castillo de Farnés*, la maison natale de Manuel Sanguily, un combattant de la guerre d'indépendance cubaine de 1867. Un édifice de plusieurs étages, modeste, dont la façade défraîchie, lézardée par endroits, était percée de quelques fenêtres grillagées.

La pluie persistait. En une semaine, elle avait noyé la ville sous les embruns. Elle ruisselait entre les pavés des rues, formait de grandes flaques boueuses au carrefour des ruelles, infiltrait les toitures des maisons coloniales, coulissait le long des solives, attaquait les saillies dans les murs, se répandait en grandes mares sur les planchers en cascadant des plafonds. Partout, jeunes et vieux écopaient avec tout ce qui, en bois, en métal, en plastique, ressemblait à un quelconque récipient. Les moindres boîtes de conserve étaient mises à contribution. Tous s'activaient en silence, à l'image des pêcheurs qui vidaient les fonds de bateau pendant l'orage, sur la mer démontée, et qui, d'une tempête à l'autre, s'en remettant au destin, répétaient les mêmes gestes avec une même obstination.

Une Ford V8 noire, d'apparence neuve, passa et repassa lentement devant le restaurant. La quatrième fois, le véhicule s'engagea vers la gauche, dans la rue Obrapía, puis se gara du côté le plus sombre. Il s'écoula quelque cinq minutes avant qu'un individu de grande taille en descendît. Il tira le bord de son chapeau pour dissimuler davantage ses traits, boutonna le revers croisé de son veston, vérifia instinctivement le nœud de sa cravate tout en se dirigeant d'un pas alerte vers l'entrée du *Castillo de Farnés*.

— *Puta de lluvia*, maugréa-t-il, pestant contre la pluie, tout en jetant un coup d'œil méfiant sur les lieux.

Rassuré en voyant seulement deux vieux dans un coin, absorbés par leur partie d'échecs, il s'approcha du bar et repoussa le chapeau vers l'arrière. Il n'eut pas à parler.

— Ils sont tous là, souffla le barman, dans la salle à manger… arrivés depuis une bonne heure.

L'autre se pencha au-dessus du bar et fixa l'homme avec autorité.

— Pas d'autres visiteurs… tu sais ce que je veux dire ?

Le barman se contenta de faire non de la tête.

— Bien… la salle à manger est fermée à compter de maintenant…

Joignant le geste à la parole, il tira de la poche intérieure de son veston une enveloppe bien garnie et la poussa discrètement vers le barman. Ce dernier la palpa et la fit disparaître sous le comptoir.

— *¿ Dólares ?*

— Bien entendu. Pas de problème ?

— Complet pour ce soir, répondit le barman à voix basse. Juste une chose… tu passes par la cuisine.

La pièce était sombre, sans aucune fenêtre apparente. Une douzaine de tables, recouvertes de nappes rouges, pouvaient accueillir une cinquantaine de clients. Par beaux jours, on refusait du monde par dizaines. À l'entrée, un paravent en treillis faisait office de faux mur, simulant une jalousie andalouse composée de lamelles mobiles, propice à une surveillance dérobée. Y étaient suspendus en son milieu un copieux gigot de porc fumé et, de chaque côté, un chapeau de paille, une tresse d'ail bien garnie et un panier rempli d'œufs. Sur le mur en fond de pièce, une murale en céramique, vernissée, émaillée de couleurs allant du vert sombre à l'azur, d'inspiration résolument naïve, illustrait un paysage de Galice avec des maisons campagnardes alignées à l'avant-plan, un château profilé sur un plateau et de hauts massifs culminant en fond de tableau.

Les six, tous dans la vingtaine, occupaient la table près de la porte qui donnait sur l'arrière-cour. Ils portaient la chemise blanche et la cravate distinctive de l'Université de La Havane.

Dès qu'ils virent s'avancer vers eux le nouvel arrivant, ils se levèrent d'un bond, manifestement surpris et heureux à la fois.

— ¡ *Hombre!* s'exclama le plus corpulent du groupe, les cheveux coupés ras, des traits vaguement asiatiques qui lui valaient le surnom de « Chino ».

Le grand gaillard leur sourit tout en leur faisant signe de se calmer et de s'asseoir.

— Vous n'oubliez rien ? leur dit-il.

— *Cuba libre*, fit aussitôt Emilio, en levant le poing.

— *Semilla de la América nueva*, répondirent les autres, à l'unisson.

Depuis la formation de la cellule clandestine, voilà plus d'un an, les six étudiants avaient décidé de ce slogan, inspiré des dernières phrases d'un célèbre essai intitulé *Nuestra América*, écrit par l'homme le plus glorifié par le peuple cubain, le philosophe, poète et martyr de la cause de l'indépendance, José Martí.

— On te croyait mort, Fidelito, fit Rafael, dont les traits juvéniles ne cadraient nullement avec une voix aussi grave.

— Ce n'est pas la première fois, que je sache, et ce ne sera pas la dernière, fut la réponse.

— La dernière fois qu'on a eu de tes nouvelles, ce fut par les journaux, précisa Rubén, un fumeur compulsif, le visage sans cesse agité par des tics.

— C'est pour ça qu'on croyait que les Yankees t'avaient foutu au trou… puis t'avaient fait la peau, reprit Chino. Il y a eu pas mal de dégâts à l'ambassade des États-Unis et la police ne t'a pas ménagé à en croire les journaux… surtout deux ou trois photos… puis, plus de nouvelles, pas la moindre note, Fidelito… que crois-tu que nous imaginions ?

Rubén lui offrit une cigarette.

— Tu sais bien que je ne fume pas, fit l'autre en repoussant la main de Rubén. Quatorze titres pour être exact, poursuivit-il, tous à la une, c'est le meilleur sauf-conduit contre tout incident fâcheux. Cela dit, vous croyez que nous devrions laisser ces abrutis de marins yankees pisser sur le monument à Martí chaque fois qu'ils se soûlent la gueule ?

Il les regarda à tour de rôle.

— … Et cessez de m'appeler *Fidelito*… ça me fait penser à mon vieux et ça me donne des envies de cogner… *claro* ?

Il y eut un court silence. Les six échangèrent des coups d'œil embarrassés. Ce fut Justo Fuentes, le rédacteur des manifestes étudiants, qui lança d'un ton blagueur :

— Alors, ce sera… Don Fidel !

Le principal intéressé partit d'un grand éclat de rire qui ne manqua pas de semer l'hilarité parmi le groupe.

— Et si nous nous occupions de l'essentiel ? fit alors Chino, en se passant la langue sur les lèvres et en se frottant le ventre.

— *¿ Empanadas ?* risqua Rubén.

Tous levèrent la main en guise d'approbation.

— Et sept Hatueys avec ça ! claironna Rubén.

— Il y aura une bière de trop, annonça Fidel.

— Aye… Aye ! Don Fidel refuse de boire avec le peuple, plaisanta encore Justo. Peut-être un rhum de la meilleure qualité ? Ou alors un drink yankee ? Peut-être nous caches-tu des mauvaises fréquentations, Fidel ?

Ce dernier se contenta de sourire.

— Pas d'alcool… tout simplement, fit-il. Une promesse à quelqu'un de cher. Tu t'occupes des *empanadas*, Rubén, enchaîna-t-il sur un autre ton, ou faudra-t-il te botter le cul ?

En se levant, Rubén esquissa quelques pas de danse et se dirigea vers la cuisine.

— Avec beaucoup de sauce tomate, précisa Fidel, tu entends, Rubén ? Beaucoup de sauce !

Quelques instants plus tard, un serveur se présenta avec six bières sur un plateau. Le visage baigné de sueur, il les déposa sans un mot et se retira.

— *¡ Salud !* lança Emilio en portant haut son verre bordé d'écume.

Ils entrechoquèrent les verres et burent à l'unisson.

— *¡ Suerte !* reprit Fidel pour la forme, tout en lançant un coup d'œil à Chino.

— Tu as trouvé ? lui demanda-t-il.

Le jeune homme se pencha, prit le sac de toile rapiécé qui lui servait de porte-documents et en retira une liasse de journaux.

— Les dernières nouvelles, fit-il, une pointe d'ironie dans la voix.

Fidel prit lestement le paquet, le déposa sur ses genoux et le palpa.

— Tu as eu des problèmes ?

— Penses-tu ! répondit Chino avec un haussement d'épaules désinvolte.

— Mais encore ?

— Tout ce qu'il y a d'anonyme, fut la réponse. *Barrio chino…* la fumerie d'opium au-dessus du *Pacifico…* c'est mon cousin Camilio qui l'a emprunté au gardien… le règlement d'une dette, tu comprends ?

Fidel leva la tête, le regard perdu. Puis il sortit de la pochette de son veston de petites lunettes cerclées et les ajusta avec soin. Il déplia les journaux et assura la crosse du pistolet dans sa main droite. C'était le modèle qu'il avait demandé : un Browning 9 mm à quinze coups. L'arme était chargée à bloc, et il y avait trois chargeurs additionnels, un total de soixante projectiles. Pour lui commençait véritablement la lutte armée contre tout ce qui faisait obstacle à la liberté du peuple et à l'in-dépendance de Cuba.

Mais qu'en était-il de ses compagnons de l'heure ? Les regardant, il vit la détermination, l'obstination, même. Mais sauraient-ils s'engager dans une voie sans possibilité de retour ? Engager leurs moindres pensées et gestes en ignorant tout du sort qui les attendait ? S'engager sans réserve, sans craindre le reniement brutal, l'humiliation, le jugement, la mort violente ? En serrant la crosse de l'arme, il se sentit brusquement accablé par une responsabilité presque insoutenable. Et en cet instant, le doute parut dans ses yeux. Pourquoi le suivraient-ils ? Certes, ils étaient volontaires pour des marches de protestation, pour distribuer des tracts, à la limite se bagarrer avec les forces policières. Les six respiraient à pleins poumons l'air d'une société nouvelle comme ils le faisaient de la brise océane. Ils partageaient le sentiment d'aventure, levaient les poings, scandaient des slogans de liberté, récitaient par cœur les poésies révolutionnaires. Pourtant, de lui, Fidel Castro, la bande des six, le noyau précurseur de la nouvelle Cuba, savait peu de choses. Par exemple que son père, Angel, alors analphabète, s'était engagé sur contrat en Galice pour venir lutter du côté des Espagnols contre l'indépendance de Cuba. Que, nostalgique de la luxuriance caraïbe, il y avait immigré définitivement, était devenu coupeur de canne à sucre pour se retrouver un jour, dans les années 1920, à la tête de mille hectares de pleine propriété et de dix fois plus en fermage, voisin des immenses exploitations de la United Fruit Company et de la West Indies Sugar. Fidel ne leur avait rien dit de ses lectures boulimiques de traités de philosophie, d'histoire et de stratégie militaire, de sa fascination pour l'art oratoire au profit duquel il avait travaillé sa voix à l'exemple d'un Démosthène, modifié la gravité du ton, appris les accents toniques et les roulements caractéristiques du castillan classique. Ils ignoraient qu'il avait acquis une conscience révolutionnaire fanatique en participant clandestinement à la tentative avortée d'invasion de la République dominicaine à Cayo Confites, contre le dictateur Trujillo. Et qu'un an plus tôt, en avril 1948, il avait failli laisser sa peau lors d'une insurrection spontanée à Bogota qui s'était soldée par plus de mille morts.

Il ôta ses lunettes, les déposa devant lui. D'un revers de la main, il s'essuya le front. Le geste lui rappela la touffeur du lieu. Il sentit la sueur courir le long de son échine. Il regarda ses compagnons d'un air grave, tira ses épaules en arrière, tendit sa mâchoire vers l'avant. En moins de dix minutes, de manière rigoureuse, s'attachant aux réalités les plus concrètes sans même s'attarder aux valeurs morales, il leur fit part de sa vision, de « l'état de guerre ».

Le capital américain continuait de dominer les terres, les industries, les banques, le peuple, énonça-t-il. Ce que l'ouvrier et le paysan avaient tiré de leur labeur, la corruption l'avait dilapidé. Le gangstérisme avait proliféré. Il avait pignon sur rue aux quatre coins de La Havane. Des milliards de pesos avaient été détournés et autant le seraient dans moins de dix ans. La dictature pactisait avec les États-Unis. Elle avait mis entre les mains d'entreprises étrangères l'exploitation des ressources du pays, obligé les paysans à céder leurs dernières parcelles de terre aux propriétaires terriens. « Dieu dans le Ciel et le Sauveur de la République dans son palais présidentiel sur Terre », annonçait la propagande à coups de pots-de-vin, d'intimidation, d'arrestations et d'assassinats. D'une conspiration à l'autre, d'un soulèvement à l'autre, le régime esclavagiste changeait simplement de main. Une minorité, hier espagnole, aujourd'hui américaine, s'appropriait la quasi-totalité des revenus de l'île. Depuis l'époque du président Thomas Jefferson jusqu'à celle de Truman, soit depuis un siècle et demi, la même théorie animait les occupants de la Maison-Blanche : « Cuba devait nécessairement tomber aux mains des États-Unis de la même manière qu'un fruit mûr se détachant de l'arbre tombait forcément au sol. » Une loi incontournable de la force d'attraction de la politique américaine, énoncée par les stratèges des présidents.

Cette loi ne fut jamais écrite ni mise en bouche d'un président américain. Aucun ambassadeur ne l'évoqua. Pourtant, elle forçait un durable mépris à l'égard de quelques millions d'insulaires métissés, dont une majorité était analphabète. Elle les comparait à des agitateurs patentés, des brasseurs d'illusions, des provocateurs de tumultes sociaux. Elle se riait des poètes traqués qu'elle prétendait coincés entre mythes, pathos et mélodrames. Elle suggérait un peuple possédé par un érotisme à fleur de peau, engagé dans une quête sans issue les menant d'un été meurtrier au suivant ; un peuple incapable d'affirmer une conscience collective. Une loi voulant que Cuba soit née avec le vice congénital de la domination étrangère, affirmée, d'une génération à l'autre, à la pointe des baïonnettes états-uniennes.

Une cinquantaine de phrases, exposées sans la moindre animosité dans le ton et le regard, pour que les six comprennent que l'idée d'une révolution tenait aux racines de l'arbre. Par là elle proclamait la mémoire de toutes les existences disparues et exigeait un passage obligé aux actes. Elle pesait lourd, cette idée, et changeait toute chose. On ne la trouvait plus dans les livres. Elle ne ressemblait plus à rien. Elle devait passer avec la force d'un cyclone. Elle allait remuer, déraciner, supprimer. Devant, un nouveau monde allait naître, délivré de la corruption, de la peur. Un lieu où les hommes pourraient, en même temps, avec le même aplomb et d'un même coup d'œil, envelopper la liberté acquise.

On avait servi les *empanadas*. En les mangeant à belles dents, chacun s'improvisa conteur. Pourtant, on réalisait le caractère sacré que prenait cette rencontre, tel un pacte. On éprouvait une exaltation puissante. On allumait une cigarette après l'autre, les volutes formant un nuage dense et bleu.

On entendit soudain les sons d'un orchestre. Des notes baroques jouées à la trompette, les enchaînements d'une clarinette et des percussions de tambour. Une voix grave, rocailleuse même, entama un air de swing ponctué d'onomatopées improvisées.

— C'est l'orchestre du *Floridita*, fit Emilio.

— Les Yankees ont sorti leurs parapluies, se moqua Rafael.

— Tu veux bien aller jeter un coup d'œil, lui demanda Fidel, qui parut préoccupé par cette remarque.

Rafael sortit par la porte donnant sur l'arrière-cour et revint au bout de quelques minutes, trempé par la pluie qui continuait de s'abattre.

— C'est toi qui aurais eu besoin d'un parapluie, fit Rubén en grimaçant.

— Une quinzaine de Yankees qui se disputent les faveurs de Leopoldina, expliqua Rafael en ignorant la remarque de Rubén et en lissant ses cheveux mouillés.

Leopoldina était la mulâtre la plus convoitée des bars havanais. Elle avait fait ses débuts à treize ans, dans la Lamparilla, le haut lieu de la prostitution de rue, mais rapidement sa silhouette sculpturale et son audace lui avaient valu les faveurs de politiciens en vue. Ce qui fit de Leopoldina, à peine âgée de vingt ans, un fruit exotique à valeur de trophée.

Le regard de Fidel s'assombrit. Il serra convulsivement la crosse du pistolet sur ses genoux et émit un grondement. Du coup, l'air riant de ses compagnons disparut.

— Des Leopoldina, il y en a des dizaines dans les casinos, fit-il, des centaines qui traînent d'un bout à l'autre de La Havane… une fille sur quatre qui a dix ans aujourd'hui est déjà condamnée à devenir une locataire numérotée de la Lamparilla dans cinq ans…

De sa main gauche, il palpa la petite croix d'argent reliée à une chaînette qu'il portait toujours au cou, un cadeau de sa mère Lina qui la lui avait offerte alors qu'adolescent, il avait fait son entrée à l'école des jésuites de Santiago de Cuba.

— Vous n'êtes ni sourds ni aveugles, que je sache, enchaîna-t-il d'un ton délibérément courroucé. Vous savez ce qui se passe au *Club 21*, au *Humbolt*, au *Kimbo*, au *Sans Souci*, au *Nocturno*… derrière les décors d'or et d'argent du *Tropicana*… au *Sloppy Joe's*… ou juste à côté, au *Floridita* ! C'est une vaste loterie… le cul d'une Havanaise pour le prix d'un kilo de sucre avec un mambo ou une rumba en prime ! Plus de cent mille qui sont esclaves de cette loterie ! Le mal n'est pas le choléra… il vient de la prostitution gérée par les Yankees, des chanteuses poudrées gérées par les Yankees, des casinos gérés par les Yankees, des rabatteurs de sexe gérés par les Yankees… c'est une épidémie durable qui nous gangrène chaque jour davantage. Cette ville… cette capitale que l'on vante comme un paradis sous les étoiles, est devenue le plus grand bordel de deux mondes… *el paraíso bajo las estrellas que volverse en el bordello mas grande de ambos mundos, sin más!*

Personne ne répondit. Chacun cherchait quelque chose à dire, mais aucun n'osa vraiment. Rien n'était facile ni même évident lorsqu'il s'agissait de débattre d'un point de vue avec le colosse natif de la province d'Oriente. Son érudition, ses convictions, ses manières autoritaires en imposaient, balayaient les petites comme les grandes idées lorsqu'elles n'étaient pas siennes. Si son jugement était éclairé, il était en même temps sans indulgence. Ce qu'il défendait était sa place à l'avant-scène, un premier rôle. Il prévoyait toute opposition, toute résistance. Ainsi, le mot « être » n'avait de sens pour lui que lorsqu'il l'associait au mot « révolution ». Et ce n'était qu'une fois ce mot en bouche qu'il se sentait en harmonie, possédé par une grâce extraordinaire.

Ce fut Justo Fuentes qui, le premier, se décida de parler. Posément, sans élever le ton. Un propos tout en nuance, sensé, réaliste. Il ne quitta jamais des yeux Fidel. Il nota la mâchoire contractée de ce dernier, et la sueur qui perlait sur son front roulait sur ses joues. Çà et là, un battement rapide des paupières, un hochement de tête. Peu à peu, le regard intimidant de Fidel se mua. Il avait retiré ses lunettes, les avait essuyées avec le revers de la nappe de table. Il triturait machinalement la petite croix d'argent tout en écoutant avec la plus grande attention. Justo ne le pointa jamais, ne le mit pas en cause. Brusquement enhardi, il exposa sa vision des choses. Il soutint que Cuba avait lutté sans faiblir contre un mal terriblement profond que nulle force n'était encore parvenue à éradiquer. Il démontra que les héros qui étaient tombés en traçant les mots « patrie et liberté » avec leur sang avaient déclenché un souffle tellement impétueux qu'il porterait le destin du peuple cubain aux confins de deux mondes. À la condition toutefois de ne pas s'opposer de front à cet empire du mal ; d'enfermer les brigands dans leur suffisance pour qu'ils en viennent à s'entredéchirer ; de feindre la soumission et la complicité sans toutefois tourner le dos ; de tout voir et entendre afin de comprendre les modes d'emploi de la corruption et du vice ; de tendre des pièges ; de glisser entre les doigts des mafiosi ; de tendre la main aux ouvriers, aux paysans, aux pêcheurs ; de mobiliser les intellectuels en les questionnant sur la dignité, l'honneur et la grandeur.

— N'est-ce pas de tout ça qu'est faite la liberté ? questionna-t-il en guise de conclusion.

Le silence concerté se rompit aussitôt. Chacun s'exprima. On finit par dire, chacun à sa manière, que le temps était venu de franchir le précipice, sans aveuglement ni pitié, mais sans larmes.

Fidel les écoutait un après l'autre. De temps en temps, il approuvait d'un mouvement de tête. À la fin, après avoir réfléchi un instant, il reprit la parole, en regardant droit devant lui. Cette fois il parla sans éclat, sans la moindre emphase. Puis il lâcha :

— J'ai autre chose à vous dire… quelque chose qui pourrait compromettre notre projet… peut-être nous mettre tous en péril…

Les autres parurent décontenancés. Chacun s'avança sur le bout de la chaise, les fesses serrées, l'œil inquiet.

— En mars et en avril de l'an dernier, poursuivit Fidel, et contrairement à ce que je vous avais laissé croire, je n'étais pas sur les terres de mon père, à Birán… J'étais au Venezuela, puis à Panama, afin de manifester en faveur de la restitution du canal par les Américains. De là à Bogota. J'y ai rencontré Jorge Gaitán, le chef du Parti libéral colombien, afin qu'il accepte de soutenir le congrès des étudiants latino-américains. Il avait accepté… comme il avait aussi accepté les grandes lignes du discours que nous lui avions demandé de prononcer. Mais voilà l'apocalypse ! Le lendemain, Gaitán a été abattu de quatre balles sur le trottoir, devant son bureau. Je me suis retrouvé avec un fusil à la main au milieu de milliers de protestataires. J'ai fini par m'en sortir grâce à un diplomate argentin.

Voilà un mois, j'ai appris que des accusations de complot international ont été portées contre moi par le gouvernement de la Colombie…

— As-tu tiré ? lui lança spontanément Rafael.

— Tué quelqu'un ? ajouta Chino, en ouvrant de grands yeux étonnés.

Fidel revit aussitôt le décor, la foule déchaînée, les bousculades, le lynchage de l'assassin, les gens piétinés, la frayeur des femmes avec de jeunes enfants. Il entendait distinctement les coups de feu, sporadiques d'abord, puis par rafales, et il sentait l'odeur âcre de la cordite explosive à base de nitroglycérine qui le prenait à la gorge. Il revit surtout les victimes étendues par dizaines, raides, ensanglantées.

— J'ai tiré !

C'était dit. Dès lors, il savait que pour les six, ce passé venait de le rejoindre, et il ne pourrait plus s'en défaire.

— Alors ? La suite ? demanda Justo.

— Je suis maintenant fiché… ils n'ont besoin que d'un prétexte pour me foutre au trou.

— Il n'existe aucune preuve véritable, objecta Emilio.

— Une photo, fut la réponse de Fidel.

— Tu l'as vue ?

— On me l'a dit.

— Et qui te l'a dit ? demanda encore Emilio.

La pomme d'Adam de Fidel se contracta fortement. Ses traits s'assombrirent.

— Un proche de Batista, souffla-t-il entre ses lèvres serrées.

Ce seul nom jeta la consternation dans le groupe.

— L'ancien président ?

— L'actuel sénateur, précisa Fidel.

Ce seul nom de Batista évoquait le mal, l'emprise de la terreur. Un modeste sergent sténographe de l'armée cubaine, Fulgencio Batista mena, en 1933, une action connue depuis sous le nom de « la Révolution des sergents ». La prise de la caserne Columbia, à La Havane, lui valut le grade de colonel, puis, sur la recommandation de l'ambassade des États-Unis à Cuba, le grade suprême de chef d'état-major de l'armée. Quelques mois plus tard, Batista, le nouveau maître du jeu, fit donner l'assaut de l'hôtel *Nacional*, à l'intérieur duquel s'étaient retranchés des officiers rebelles. Ceux-ci ayant déposé les armes, il ordonna leur assassinat. En 1940, il devint président de Cuba. Soumis aux intérêts américains auxquels il devait le poste, il gouverna sans loi de budget, détourna à sa guise les crédits destinés aux infrastructures du pays, au matériel hospitalier, aux salaires des fonctionnaires. Il contrôla la magistrature, encouragea les attentats contre les étudiants et les professeurs militants de gauche, pactisa avec les chefs du gangstérisme et s'offrit une première retraite dorée, financée par les services secrets américains, dans une somptueuse villa de Daytona Beach, en Floride. Voilà qu'il était de retour, carte de mode, flamboyant, à la tête d'une nouvelle formation politique, nommé sénateur.

Les six étaient tout oreilles, suspendus aux lèvres de Fidel, anxieux de connaître la suite. Chemises collées à la peau, trempés de sueur, ils dévisageaient Fidel de sorte que, pendant un instant, ce dernier regretta d'en avoir tant dit. Il leur raconta le chaos de Bogota. Comment, happé par la vague monstrueuse, il avait trouvé le fusil dans un commissariat de police déserté. Il avait pointé l'arme par défi et il avait aussitôt éprouvé le sentiment d'être en pays de connaissance. En tirant, il avait aperçu quelqu'un en face chanceler, une tache rouge éclaboussant sa chemise. Il avoua que l'idée d'une quelconque culpabilité ne lui était jamais venue. Pas plus qu'il ne trouva sa conscience en porte à faux avec ce qu'il qualifia naturellement d'acte de guerre.

— Gaitán était l'espoir de tous les opprimés de l'Amérique latine… Je le ferai de nouveau s'il le faut, et je le ferai ici, à l'instant même, au nom de José Martí, au nom de Cuba. Si je n'y étais pas né, je voudrais n'être jamais venu au monde ailleurs!

Il avait parlé d'une voix plutôt basse, le visage tendu, l'air obstiné. Puis, redressant les épaules, il ajouta:

— Ce coup de fusil m'a fait naître une deuxième fois !

— Et peut-être te fera-t-il mourir beaucoup plus tôt que tu ne le croyais, ajouta Rubén.

Emilio cligna des yeux, dénotant l'inquiétude.

— Tu devrais être empaillé ou au fond de la baie en compagnie des requins… au contraire, tu es vivant et intact… *gracias a Dios. ¿ Tiene alguna explicación ?* Quelqu'un a payé une rançon ?

Fidel le regarda fixement. Emilio connaissait bien ce regard. Il savait que sa remarque n'était pas prise à la légère, qu'elle avait fait mouche et que Fidel en saisissait toute la portée.

Personne ne réagit. Chez le voisin, du côté du *Floridita*, des sons autrement plus gais leur parvinrent. L'orchestre y allait de percussions improvisées, mêlant les genres, les cadences, les sonorités, accompagné du grain caractéristique d'une voix nègre. On devinait aisément que la clientèle, enflammée par le rythme, succombait à la sensualité d'une danse latine, aux pulsions du corps suggérant l'acte amoureux.

— Que comptes-tu faire ? lui demanda Justo, très calme.

Fidel haussa d'abord les épaules. Il eut envie d'ironiser en disant qu'il tiendrait un bordel dans ses temps libres. Il leva les yeux au plafond.

— Il serait temps qu'on installe des ventilateurs, fit-il, en émettant un petit rire nerveux.

— Sérieusement, Fidel, insista Justo.

— Maintenant que vous avez entendu les faits, c'est à vous de me dire ce que vous comptez faire… rester ou partir… lutter ou fuir.

Ils se regardèrent, nerveux.

— Ce n'est pas aussi simple, commença Emilio, en allumant une autre cigarette, puis la portant à ses lèvres d'une main tremblante. Il faudrait d'abord…

— Rien, interrompit Fidel. Il faut rien du tout ! Rien d'autre que rester ou partir !

La colère le gagnait. Il revoyait l'allure factice, le sourire carnassier, le regard reptilien de cet homme qui avait, une fois déjà, dupé le peuple en se présentant comme un sang-mêlé, tout aussi près du maître que de l'esclave, du Chinois comme de l'Indien. En réalité, il se vautrait dans la richesse, loin de la misère paysanne. Corrompu par une fortune engendrée par la foule de crimes dont il avait perdu le compte, il était cet homme sans scrupules, tueur déguisé en dévot dont la poignée de main ne valait guère plus qu'une poignée de vent.

Fidel nettoya ses lunettes d'un pan de la nappe de table puis les remit en place.

— Il y a quatre cent dix-sept ans, des bâtards, des voleurs, des repris de justice, des assassins, ont pris une place dans l'histoire de l'humanité en jetant un pont d'or sur l'Atlantique. Il a suffi de deux phrases pour écrire cet opéra de la terreur qui a pour nom *Conquista* ! Deux phrases sorties de la bouche de Francisco Pizarro… *«por esto lado se va a Panamá, a ser pobres, por este otro, al Perú, a ser ricos ; escoja el que fuere buen Castellano lo que más bien le estuviere…°»*

— Ils étaient cent cinquante et ils ont réussi à changer le destin de l'Amérique… puis celui de Cuba, en nous réduisant à l'esclavage. Et ils ont donné naissance à un Fulgencio Batista…

Il s'arrêta pour mesurer l'effet de son plaidoyer. Il décela un début de ferveur dans les regards. Ils retenaient leur souffle, espérant peut-être qu'il fasse naître un rêve au bout de ce transport d'émotion.

— Mais ils ont aussi donné naissance à ceux qui sont ici, aujourd'hui, en ce lieu, poursuivit-il. D'une certaine façon, nous avons l'occasion de prendre notre revanche sur l'Histoire… non pas en rêvant d'ériger une cathédrale dans un désert, mais en commençant par faire le choix que nous dicte notre conscience… C'est donc à vous de décider si vous restez ou si vous partez.

° « De ce côté, ceux qui veulent retourner à Panama pour être pauvres ; et de l'autre, ceux qui viennent au Pérou pour être riches. Castillan, choisis bien qui tu veux être… »

— Pour moi, la question ne se pose pas, répondit Chino, d'une voix un peu rauque, tout en adressant un clin d'œil complice à Fidel.

— Je reste, lança Rodriguez, rompant du coup le mutisme observé depuis une bonne heure.

Rafael brandit un cigare et ricana.

— Je l'ai chipé à un Yankee pendant qu'il s'envoyait un rhum et faisait le paon devant une *chica*, gloussa-t-il. Voilà la bonne occasion de le savourer.

Les trois autres échangèrent des regards, paraissant hésiter. Fidel pointa le doigt vers Emilio.

— Si tu n'en es pas, personne ici ne t'en voudra, lui dit-il. Tu as des obligations envers ton organisation d'étudiants et tu dois bien réfléchir aux conséquences…

Il fit un signe de la tête en direction de Rubén et Justo.

— Cela vaut pour vous deux également, ajouta-t-il.

Justo appuya fermement ses coudes sur la table et se prit le menton d'une main.

— Je n'ai pas l'habitude de me défiler lorsque vient le temps de payer l'addition. Je suis bien conscient du prix qu'il faudra payer pour la liberté de notre pays, à ce sujet mon discours ne changera pas d'un iota. J'ai trois questions : y a-t-il quelque chose qui doit être fait absolument que nous ne puissions faire ? Y a-t-il quelque chose qui doit être fait impérativement, mais que la peur nous empêchera de faire ? Et y a-t-il quelque chose qui doit être fait que seul un miracle pourrait accomplir ? J'ai répondu à ces trois questions… là… et là ! fit-il, en pointant sa tête et son cœur. Et toi, Rubén, tu peux répondre ?

Ce dernier secoua la tête.

— Si je loupe mes études, peu importe les raisons, mon père me coupera les vivres, laissa-t-il tomber avec un air presque coupable.

— Tu crois donc que ça ne vaut pas le prix de la liberté ? relança Justo, sur le ton du défi. C'est donc que tu choisis la peur !

Fidel flaira l'affrontement.

— La règle entre nous est claire, intervint-il. C'est le libre choix pour chacun. Si Rubén croit qu'il doit choisir entre la volonté de son père et un espoir qu'il juge vain, nous devons respecter sa décision.

Il se tourna vers Rubén et il lui mit brièvement la main sur l'épaule.

— La semaine dernière, mon père m'a coupé les vivres... il m'a bien fait savoir que si d'ici neuf mois je n'étais par reçu avocat, il serait alors inutile que je remette les pieds à Birán. Qu'est-ce que je dois faire, Rubén, hein? Mon père, Don Angel, a fait ses propres choix : celui de combattre pour les Espagnols contre l'indépendance de Cuba... celui de s'établir à Cuba plutôt que de se contenter de pain noir en Galice... celui de pactiser avec les exploiteurs pour acquérir des terres... celui de dénoncer les républicains et d'appuyer le dictateur Franco pendant la guerre civile de 36. Moi, je réponds aux trois questions de Justo... d'abord, nous pouvons tout faire ou alors tenter de le faire si telle est notre volonté ; ensuite, la peur serait ma honte, j'en fais mon premier ennemi ; enfin, le miracle n'est pas l'affaire de Dieu lorsqu'on est convaincu que l'impossible est réalisable.

Il fouilla dans ses poches et exhiba deux objets.

— Montre en or... treize carats, enchaîna-t-il, en balançant l'objet entre ses doigts. Un cadeau de mon père lors de mon admission à l'université.

L'autre objet était une clé de contact. Il la déposa sur la table.

— Ford V8... noire... comme celle du directeur de la Banque d'Amérique dans le Vedado... encore un cadeau de mon père...

Il ajouta, après une brève hésitation :

— Les deux sont à vendre dès demain, un premier versement pour la liberté de Cuba ! Et moi, je serai avocat l'an prochain... ou je serai mort !

Rafael faillit s'étouffer avec la fumée du cigare qu'il venait d'allumer. Il toussa et se racla plusieurs fois la gorge.

— Tu veux rire ! lâcha-t-il.

— Non, répondit fermement Fidel. C'est le prix à payer pour un monde nouveau... pas seulement un changement de décor... de discours... mais beaucoup plus ! Pendant un temps, les pieds dans le vide au-dessus du gouffre... des ruines peut-être... des cendres... des vies humaines... mais la certitude que les exploiteurs, les riches par naissance, les aristocrates patentés, devront payer sans exception. Mon père, Don Angel, le tien, vos pères à tous, propriétaires de plantations de canne à sucre, de tabac... propriétaires d'immeubles, de commerces... devront payer. Voilà où je trace la ligne du choix !

— Quand ? Combien ? demanda Justo.

— Deux ans, trois peut-être... cent mille dollars...

Avec lucidité, en quelques phrases, il fit part du plan. Recruter mille futurs combattants, autant d'armes de tous calibres, établir des camps d'entraînement clandestins, infiltrer la presse et les radios de La Havane, renverser la dictature.

— Il y aura des élections durant ce temps, fit Rubén. Les socialistes prendront le pouvoir... Eduardo Chibás du Parti du peuple deviendra président... les choses changeront radicalement...

Fidel hocha la tête.

— Gaitán était assuré de prendre le pouvoir en Colombie l'an dernier... c'était une affaire entendue. Quatre balles ont suffi pour tuer l'homme et le rêve. Quatre balles ont réduit quinze années de lutte à néant...

Il secoua la tête avec force. Les six se tournaient l'un vers l'autre. Emilio traça du doigt une ligne imaginaire sur la nappe.

— C'est oui !

Rubén fit oui de la tête.

Fidel prit le Browning et le passa dans la ceinture de son pantalon.

— Le temps viendra où ceci sera ma réponse.

3

Les grandes pales des ventilateurs au plafond tournaient à plein régime, remuant l'air passablement enfumé, répandant plus de fraîcheur dans l'enceinte du *Floridita*. Ce n'était pas la brise de mer, mais cela permettait à la clientèle de combattre l'écrasante chaleur qui transformait les lieux publics de La Havane en étuve.

On s'agitait fort autour du comptoir en bois exotique, les uns prétendant qu'il s'agissait d'acajou, les autres, de bois de rose et d'amarante. Plus impressionnante, la fresque qui représentait l'entrée dans la baie d'un vaisseau de guerre espagnol sous la forteresse du Morro peinte en avant-plan. Le tableau couvrant le mur derrière le comptoir datait de plus d'un siècle. Rehaussé sur les côtés par des colonnes chantournées, noires et frangées d'or, il constituait l'une des deux gloires de l'établissement, l'autre étant la combinaison de deux tiers de rhum et d'un tiers de jus de citron, inventé voilà un demi-siècle par un certain Pagliuchi, ingénieur minier en visite dans une mine de fer de l'est de Cuba appelée Daiquiri.

Au fond, la salle à manger en rotonde évoquait le style régence par la brillance des bois, les couleurs chaudes des murs et des draperies.

L'ancienne *Piña de Plata*, ouverte en 1817, coin Obispo et Monserrate, devenue le *Floridita*, se voulait maintenant le lieu de convergence de richards, de baroudeurs et de vedettes attirés par les chants des sirènes havanaises.

— ¡ *Cantinero* ! ¡ *Un ∂aiquiri más* ! lançait-on à tout moment.

On suivait le tempo de l'orchestre. L'un tambourinait sur le comptoir, l'autre scandait des « cabada ». Un troisième mimait des allures de swing ou encore tapait des pieds à la manière des danseurs de claquettes. Tout un chacun allumait un cigare, vidait un verre de rhum, lançait un regard d'envie à Leopoldina qui, à elle seule, se laissait aller à toutes les audaces, roulant des hanches avec une sensualité débridée. Régnaient, dans cette serre surchauffée, les odeurs mêlées d'alcool et de sueur, traversées par celle du *tabaco*.

Il trônait comme le prince des lieux, son corps massif au torse de lutteur vissé sur son habituel tabouret qu'il ne cédait à personne. Il portait une ample *guayabera* blanche, défraîchie, flottant sur un pantalon de toile vaguement kaki, les pieds nus dans sa paire de mocassins rongés aux extrémités par le sel de mer. Il jouait machinalement avec de petites lunettes rondes, finement cerclées, et ramenait sans cesse ses cheveux, visiblement teints d'une couleur foncée, vers l'avant de son crâne pour cacher une calvitie avancée. Une épaisse moustache poivre et sel barrait un visage carré. Sur les joues, une peau sèche s'écaillait en petites squames. Une bosse, résultat d'une coupure mal cicatrisée, saillait sur son front, au-dessus de son œil gauche, parmi de nombreuses taches brunes, empreintes indélébiles du soleil caraïbe.

— Ça y est… t'as enfin fini ton truc ? lui demanda le copain qui occupait le tabouret à sa droite.

— J'ai flanqué huit versions du dernier chapitre à la corbeille et j'ai écrit quatre cent cinquante-huit mots la nuit dernière… *fino* !

— On dirait un comptable, plaisanta Mayito Menocal, un homme de grande taille, bien mis, la chevelure abondante, noire, soigneusement gominée.

— On me paie au mot, répondit l'autre.

— T'as intérêt à ce que ton truc soit bon…

— Ce sera mon meilleur truc…

— Ouais, t'as déjà dit ça…

— Et quand je l'aurais dit ?

Mayito comprit par le ton qu'il ne plaisantait pas. D'ailleurs, après quatre daiquiris, son ami Ernest Hemingway ne plaisantait jamais. Il fallait s'attendre à l'emportement.

— J'sais pas, fit-il avec désinvolture. Je l'ai peut-être lu quelque part…

— Depuis quand lis-tu ?

Mayitito vida son verre.

— Depuis que tu m'as foutu une dérouillée. Tu ne te rappelles pas ?

Ernest l'imita, finissant sa quatrième consommation.

— Je ne tiens pas les comptes de tous ceux à qui j'en ai mis plein la gueule…

— Il y a dix ans, en 39… au *Sloppy Joe's* à Key West. J'avais parié que si tu réussissais à t'envoyer six martinis en quinze minutes et que tu prononcerais le titre de ton truc sur l'Espagne sans bafouiller, je le lirais du début à la fin…

— Ouais, ouais ! s'exclama Hemingway, ça me revient très bien. Je t'avais répondu que c'était indigne qu'un putain de fils d'un ancien président de Cuba, ancien général de la guerre de l'indépendance contre l'Espagne, n'ait pas lu ce livre… deux rondes réglementaires que je t'ai proposées après les six martinis et t'as pas été foutu de tenir jusqu'au bout !

Mayitito grimaça.

— Je n'ai jamais compris le style des gauchers…

Hemingway fit mine de le menacer d'un direct du droit.

— J'suis pas une patte gauche, Mayitito ! Tu vois, c'est comme à la corrida… il y a, comme ça, des taureaux plus futés, qui savent y faire… ils font semblant de charger sur la droite, et, mine de rien, quand le torero pense déjà qu'il va chercher la queue et les deux oreilles, ils crochètent à gauche… hop ! La corne fouille les tripes… et si le torero n'a pas la baraka, c'est l'artère fémorale qui le vide en cinq minutes. Tu piges ?

— Faut dire que t'avais un foutu crochet du gauche !

Hemingway secoua lourdement la tête, à la manière d'un ours.

— ¡ *Cantinero… doble !*

— *En seguida, Papa,* fit le barman.

Il s'empressa de verser une double portion de rhum dans un verre, y rajouta de la glace pulvérisée, quelques gouttes de marasquin et un mélange de citrons pressés.

— *Suerte, Papa,* fit-il, en déposant la consommation sur le comptoir.

— ¡ *Igualmente, Constante !*

Il leva le verre et le vida d'un trait.

— Tu disais, Mayitito ? murmura-t-il, le regard perdu.

— Dix ans déjà…

— Dix ans, répéta sourdement Hemingway. Ça fait un sacré compte quand même… une putain de guerre, quarante livres de plus sur ma carcasse, des cicatrices de la tête aux pieds, un quatrième mariage, quelques enterrements d'amis et autant d'ennemis… une pression artérielle qui me met en rogne… un foie qui s'engorge… un cœur qui s'emballe… un bilan positif quoi ! Merde, est-ce que je fais mes cinquante ans ou quoi ?

Mayitito parut mal à l'aise.

— Tu bandes encore ? risqua-t-il.

— Ça dépend… quand j'ai fini d'écrire un truc important, je me sens tout vide… J'ai besoin de me retrouver au lit avec des poules… des noires, des brunes, des blondes. C'est comme ça… pas de grandes flatteries, pas de gentillesse… comme une chasse au canard… les bottes aux pieds, le chapeau sur la tête, je bande et je baise…

Il s'interrompit.

— ¡ *Constante… otro !*

— Ça, c'est de la fantaisie, Mayitito… ça se passe dans ma tête. Tu vois, cette nuit, peut-être que Leopoldina va me faire bander !

Il partit d'un rire énorme.

— Tu as ta réponse, tu vois bien, fit Mayitito. Alors, c'est quoi ton nouveau truc ?

— Une histoire de guerre et d'amour… un mec qui sait qu'il va mourir sans rien laisser à personne et qui, par un miracle, trouve sa rédemption avant de crever…

— Le mec, c'est toi ?

— Peut-être bien…

— Et la… rédemption ? Elle a quel âge ?

Hemingway fronça les sourcils.

— Trente ans de moins… du genre qu'on rencontre une seule fois dans sa vie, debout sous la pluie, à proximité d'un vieux château… Italienne aux longs cheveux noirs, cultivée… passionnée… qui n'a jamais connu l'amour et qui cherche le père perdu…

— Le titre de ton truc ?

— *Au-delà du fleuve et sous les arbres*…

— Hmm… moi ça me dit pas vraiment… c'est pas comme l'autre… *Por quién doblan las campanas*… celui-là méritait bien ton crochet du gauche ! Une guerre civile, des hommes d'honneur, un pont à faire sauter et Gary Cooper. Ça, c'était le *dynamitero* tout craché !

Hemingway lui jeta un regard sombre.

— Qu'est-ce que Gary Cooper vient foutre dans tout ça ?

— Quoi ? C'était lui le *dynamitero* dans le film, non ? Ce n'était pas lui le professeur yankee qui s'est mis avec les républicains ?

Hemingway parut découragé.

— Du cinéma, Mayitito, rien que du cinéma. C'était à des lieues du roman. Cooper c'est une illusion ! Tu lui dis souris, il le fait… tu lui dis de faire la sale gueule, il le fait. Tu lui expliques qu'il est, pour la prochaine heure, le mec qui va faire sauter un pont, il devient ce mec. Tu sais quoi ? Je vais te dire… Cooper rentre dans le bar où tu étais videur, à Miami, et il menace de casser la baraque… tu le regardes droit dans les yeux et tu lui dis de foutre le camp… et il sort sans demander son reste. Voilà ! Cooper c'est une illusion, c'est bidon… tout juste un compte de banque… C'est Hollywood !

— J'veux pas que tu te mettes en boule pour ça, s'excusa presque Mayitito. Moi, tout ce que j'en dis, c'est que ton truc a été suffisamment important pour que Hollywood en fasse un film…

Hemingway le fixa.

— Hé, Mayitito, le vrai film c'était pas ça… le vrai film de cette foutue guerre ne sera jamais tourné… parce qu'il n'y a pas un seul mec avec assez de couilles pour montrer ce qui s'est passé là-bas… parce que la terre d'Espagne n'a pas fini de boire tout le sang qui y a été versé.

Hemingway repensa à ce moment de sa vie où l'écriture de ce roman lui avait paru la chose la plus importante au monde. Il avait alors témoigné d'un monde implacable, divisé, brutal. D'une révolte des uns contre l'usurpation des autres. Un roman où il avait décidé sur-le-champ, alors que le monde se trouvait en plein chaos, de manifester un engagement solidaire. Se souvenant alors d'un texte vieux de deux siècles, écrit par John Donne, un poète métaphysicien anglais, il voulut donner un sens au propos en le citant en exergue et retenant les derniers mots comme titre. Ces paroles, il les connaissait par cœur : « Nul Homme n'est une Isle complète en soy-mesme ; tout Homme est un morceau de Continent, une part du tout ; si une parcelle de terrain est emportée par la mer, l'Europe en est lésée, tout de même que s'il s'agissait d'un Promontoire, tout de même que s'il s'agissait du Manoir de tes amis ou du tien propre ; la mort de tout homme me diminue, parce que je suis solidaire du Genre Humain. Ainsi donc, n'envoie jamais demander pour qui sonne le glas ; il sonne pour toi. »

— N'envoie jamais demander pour qui sonne le glas ; il sonne pour toi, murmura-t-il.

— Quoi ?

— Non, rien, s'empressa-t-il de dire. Après tout, t'as peut-être raison Mayitito. Ç'a été un grand truc… J'ai acheté la

Finca avec les droits cinématographiques que Paramount m'a versés.

Mayitito commanda deux autres consommations. Des daiquiris seulement, une tradition sacrée du *Floridita*. Il se souvenait de la consigne que tous connaissaient trop bien : « Pas question d'un verre de trop pour Papa quand il boit le daiquiri. »

Hemingway porta aussitôt le verre haut et lança d'une voix quelque peu nasillarde :

— À Constantino, le plus grand de tous les *cantineros* de La Havane. Lui seul connaît le secret d'une bonne révolution : un heureux mélange de rhum, de citron, de sirop… *¡ con poco más o menos de piña de plata !*

Un peu partout, on reprit en beuglant le toast à ce Catalan qui, venu offrir ses services de *cantinero* au *Floridita*, en devint le propriétaire quatre années plus tard, juste à la fin des hostilités de la Première Guerre mondiale. On le connaissait maintenant comme le maître absolu des cocktails.

Aussitôt le verre vidé, Constante, embarrassé par l'honneur que lui faisait Hemingway, s'empressa de servir de nouvelles consommations aux deux hommes.

— *¡ Revolución… revolución !* soliloqua Ernest en fixant le comptoir. Quelle pute ! Pas besoin de traduire ce mot… il te baise dans toutes les langues. Tous ces crétins de présidents, de dictateurs… tous des caudillos de carnaval, illettrés, impuissants ! Ils nous baisent tous… ils font rouler ce mot « *revolución* » dans leurs bouches comme s'il s'agissait d'un grand cru. *¿ Verdad*, Mayitito ?

Celui-ci se raidit, pinça ses lèvres, visiblement irrité. Il souleva un peu son verre, mais renonça à boire et le déposa bruyamment.

— Tu crois vraiment que mon père était un… comment dis-tu ? un caudillo de carnaval ?

Sa voix tremblait.

— Aurelio Mario García Menocal y Deop, mon père, n'était pas un illettré… encore moins impuissant. Il fut un ingénieur diplômé de Cornell… il s'est battu pour l'indépendance de Cuba… il a été président de notre pays… il a été jeté en prison par Machado… et toute notre famille a été forcée à l'exil pendant cinq ans… ça tu le sais… et tu crois que mon père était un caudillo de carnaval ?

Hemingway se gratta nerveusement les joues. Haussant les épaules, il détourna le regard.

— Mais toi, Ernesto, toi notre juge à tous, poursuivit Mayitito sur le même ton, de quelle université es-tu diplômé ? Pour quel pays ton père a-t-il combattu ?

D'un air las, Hemingway retira ses lunettes et se frotta les yeux. Une ombre passa, un souvenir douloureux. Une image qui avait brisé son existence et qu'il croyait enfouie à jamais dans le passé. Celle de son père, médecin d'Oak Park, qui avait mis fin à ses jours en se tirant une balle dans la tête avec le Smith and Wesson de calibre 32. Ironie du sort, la même arme que portait le père de son père lorsqu'il commandait une troupe pendant la guerre de Sécession.

— Mon université, je l'ai trouvée au volant d'une ambulance sur le front italien, en 18… au milieu des charniers de la guerre civile d'Espagne en 37… sur les plages de Normandie en 44… ! Je l'ai fréquentée dans les rues et les arènes de Pampelune… de Madrid, à sentir les sangs mêlés des toreros et des taureaux… mon université, Mayitito, c'est au fond d'une bouteille de rhum ! Mon père, lui, n'a combattu pour aucun pays… il n'a pas réussi à combattre ses propres démons !

Il suait, avait le souffle court, se mit à respirer par la bouche.

— Je ne parlais pas de ton père, Mayitito, paix à son âme, poursuivit-il d'une voix haletante. Je pensais à Franco, à ce fils de pute de Trujillo… à Mussolini et aux autres avortons de leur espèce… à tous ces merdeux qui s'imaginent qu'une *revolución* se décide le matin et qu'au soir c'est le printemps des peuples qui se pointe. C'est ça que j'ai appris dans mon université…

Fragments de mémoires. Il revit Mussolini, dressé comme un coq sur ses ergots, devant lui, le torse bombé, lui faisant part de sa vision d'un monde nouveau. Le petit homme qui se prenait pour la réincarnation de Napoléon l'avait presque convaincu, alors qu'il récitait avec ferveur que le seul moyen de sortir un peuple de son apathie était de le convaincre que la révolte des masses, encadrée de chefs charismatiques, pouvait changer le cours de l'histoire. Quelques mois plus tard, il décrivit Mussolini comme « le plus grand bluff d'Europe ». Et à la fin, il n'éprouva pas la moindre pitié en voyant la photo du dictateur fasciste, lynché, pendu la tête en bas aux côtés de sa maîtresse, à l'instar de porcs saignés à l'abattoir.

— Je n'ai jamais voulu offenser la mémoire de ton père, laissa-t-il tomber, l'air embarrassé.

Mayitito le regarda et esquissa un faible geste de la main, comme pour lui signifier que l'incident était clos. Il le voyait à moitié affalé sur son tabouret, les paupières baissées.

— Mayitito, murmura Hemingway sans le regarder, tu sais que je te considère parfois… non, souvent… comme mon ami le plus fidèle. Tu le sais, hein ?

— Je le sais… et je pense la même chose de toi.

Hemingway parut soulagé. Il leva la tête, haussa les sourcils, se redressa.

— Dans le tas de choses que je dis, il y a toutes ces conneries au sujet de l'existence… tu sais bien… les femmes, le fric, les salauds qui commencent les guerres mais qui n'ont pas les couilles pour les faire jusqu'au bout… les autres connards qui en profitent pour s'en mettre plein la panse et les poches. La vérité, c'est que de toutes ces choses, il ne restera rien, à peine un souvenir. Ce qui reste vraiment, c'est le grand fleuve bleu, là-bas, et tout ce qu'il y a dedans… il est ma vie, ma liberté… tu comprends ?

Mayitito leva son verre à la portée de l'écrivain. Ce dernier fit de même.

— *Soy como soy,* fit-il d'une voix traînante.

— Ça tu peux le dire, ajouta Mayitito avec une pointe d'ironie.

Brusquement, Hemingway le prit par une épaule et l'attira vers lui.

— J'ai envie de te faire un cadeau, lui souffla-t-il à l'oreille.

— Un cadeau ?

— Un témoignage d'amitié…

— Ta présence suffit…

— Quelque chose d'unique, reprit Hemingway, quelque chose que je garde précieusement depuis dix ans dans le coffre de sécurité de la Banco Nacional de Cuba…

Mayitito le regarda, mal à l'aise.

— Non, Ernest, pas ça ! Garde ton fric pour tes vieux jours… tu sais bien que je n'ai aucun besoin de fric… J'en ai assez pour deux vies…

— Non, non ! Il ne s'agit pas de fric… je veux te faire cadeau d'un manuscrit original… *¡ Por quién doblan las campanas !*

Mayitito ouvrit de grands yeux étonnés. Certes, il n'avait pas une grande érudition, mais il réalisait entièrement la valeur d'un tel geste. Cela signifiait qu'il devenait l'unique dépositaire d'une œuvre maîtresse, portant moult empreintes de son auteur. Bien que ne vivant pas au milieu de livres pleins de connaissances, il savait qu'en possédant un tel document, il prendrait une place dans l'histoire à côté d'Ernest Hemingway.

Deuxième partie

Ambos Mundos

« Je voudrais être capable d'écrire
avec compréhension à la fois
sur les déserteurs et sur les héros,
sur les lâches et sur les braves,
sur les traîtres et sur les hommes
qui sont incapables de trahir. »
Ernest HEMINGWAY, 1939

4

Cette nuit-là ressembla à l'éternité. Un trou noir. L'éloge du néant. L'évacuation de toutes les souffrances. Intemporel, immatériel. Sans rêve surtout. Des cadavres mutilés revenant sans cesse à la vie, des cités effondrées sous les bombes, des villages incendiés, des toreros encornés, des taureaux vomissant des flots de sang, des femmes voilées de noir pleurant des enfants morts, des vieillards torturés par des franquistes, des franquistes fusillés par des républicains, des oiseaux de proie formant une couronne noire sous le soleil, et toujours la silhouette familière d'un homme s'effondrant, la tête trouée d'une balle. Rien de cela n'apparut. Aucune de ces scènes ne hanta cette nuit au contraire de tant d'autres, partagées entre tous ces cauchemars et l'insomnie en dépit des somnifères et de l'alcool.

Lorsqu'il ouvrit les yeux, le soleil inondait la chambre. Sous l'influence des alizés du nord-est qui s'élevaient à la frontière entre terre et mer, une brise caraïbe charriait l'air salin de la baie. Hemingway s'étira longuement. Sa main effleura alors un corps nu de femme. Celui de Leopoldina Rodriguez la pute. Il tourna la tête. Leopoldina dormait paisiblement à ses côtés, les lèvres entrouvertes, une de ses mains posée sur un sein. Le corps était sans défaut, l'épiderme semblable au pelage de l'antilope, avec des jambes qui n'en finissaient pas. Il imagina sans peine un Paul Gauguin subjugué la prenant pour modèle, la préférant même à ses maîtresses polynésiennes. Follement inspiré par cette volupté primitive que seule génère l'union féconde du métissage, il en aurait crayonné les contours pour la rendre ensuite à grands traits exaltés. Une allure fauve aux couleurs contrastées. Mais Gauguin n'était plus au rendez-vous pour exercer son art et faire jaillir ce corps dans un tourbillon de lumière. Hemingway imagina les mots qu'il pourrait, lui, coucher sur papier. Calquer ce corps, le restituer à la sensualité tropicale, exubérance de courbes, d'ondulations, ponctué de langueur lorsque gorgé de soleil. Une intrigue simple décrivant avec maestria une perle noire sortie de son écrin tropical que se disputeraient trois naufragés ; l'histoire d'une pute devenue la madone d'une île au large des côtes.

Il se glissa hors du lit, se leva péniblement. Sa jambe droite le faisait souffrir, comme à tous les matins, séquelle permanente de cette vieille blessure de guerre subie sur le front italien en 1918 et dont il gratifia son alter ego dans l'*Adieu aux armes*. Depuis des années, il s'astreignait à écrire debout plutôt qu'assis. Il mit ses lunettes et enfila la *guayabera*. Elle puait la sueur d'homme. Il jeta un coup d'œil sur la grande affiche de corrida qu'il avait ramenée d'Espagne et fixée, tel un trophée, au mur de la chambre. Une bouffée de nostalgie l'envahit. Le temps presse, se dit-il. En se regardant dans la petite glace du cabinet d'aisance, il constata une fois de plus les ravages de toutes les vies qu'il avait vécues. Reflets de tant de déceptions, de doutes, d'amitiés trompées. Fragments de tant d'erreurs, de mensonges, de reniements.

C'était dans cette chambre, la 511 de l'hôtel *Ambos Mundos*, qu'il avait jeté l'ancre tel un marin perdu à l'orée d'un paradis. Il avait succombé à l'attrait de La Havane et plus encore à cet édifice de cinq étages, de style éclectique, qui incarnait le rendez-vous de deux mondes.

Le lieu était devenu son repaire, son refuge. Du cinquième étage, auquel il accédait par un vieil ascenseur à traction à câble, grillagé et ouvert sur trois côtés, il avait une vue imprenable sur les quatre coins de La Havane, une sorte de nid-de-pie tous azimuts. En bas, le Palacio de los Capitanes Generales, un chef-d'œuvre du XVIIIᵉ siècle. Partout, des ruelles étroites, propices à l'ombre. Des colonnes, des frontons, des cours, des jardins et autant de fontaines. Des fleurs aux fenêtres et aux balcons. Et une vue directe sur les forteresses qui, des deux rives, gardaient le canal. Au loin, même à travers les volets par jour de pluie, le bleu profond de la mer.

Au début des années 1930, alors qu'il cherchait un pied-à-terre afin d'écrire en toute quiétude, on lui avait recommandé l'hôtel *Florida*, situé à quelques coins de rue du *Ambos Mundos*. Un endroit évoquant le passé colonial, avec des colonnes en pierres polies, un patio de pur style espagnol, des lustres d'époque, des lucarnes en vitrail, des planchers à revêtement de carreaux et quelques sculptures art déco, parmi lesquelles une femme à demi nue qu'on tenait pour emblématique du lieu. C'était une évocation de l'Espagne qui avait tout pour séduire l'aficionado de la corrida qu'il était. Mais il n'eut pas le coup de cœur que lui procura le *Ambos Mundos* dès qu'il le découvrit. Il vit aussitôt l'édifice de ton pastel, dressé à l'intersection des rues Obispo et Mercaderes, tel le bâtiment amiral du vieux Havane. Il comprit que le cœur de la cité coloniale battait jour et nuit dans cette rue Obispo, étroite, achalandée, bigarrée, carrefour de commerces en tous genres, trait d'union entre la Plaza de Armas, les rivages de la baie et l'élégant Paseo del Prado. Les maisons en pisé, couvertes de tuiles, entassées et mal entretenues qui formaient jadis le noyau primitif de l'enclave coloniale, avaient été remplacées par d'élégantes constructions aux façades claires, d'attrayants bazars, des boutiques d'artisans, des orfèvreries. On l'avait pavée et dotée de nombreux réverbères. Sa réputation grandit encore lorsqu'un édifice de style Art déco devint le siège de la librairie La Moderna Poesía. Si bien que l'Obispo, parée de tous ces attributs, put se prétendre la plus commerciale, la plus grouillante et la plus cosmopolite des rues havanaises. Pour Hemingway, outre ces séductions, l'Obispo devint la voie royale qui le menait quotidiennement, au bout de deux mille pas et en ligne droite, dans l'antre du *Floridita*.

Dix-sept ans plus tard, Hemingway n'était toujours pas parvenu à se défaire de cette chambre, et encore moins des souvenirs qui l'habitaient. Il y avait passé des semaines entières sans sortir, oubliant parfois de se laver et de se nourrir, mais buvant au même rythme le matin, le soir, la nuit. Possédé par l'élan créateur, il avait écrit nouvelle après nouvelle et enfanté dans la douleur la plupart de ses personnages autobiographiques. Au comble de l'épuisement, il s'étendait alors sur le lit au cadre en acajou. Le sommeil ne venant pas, il s'installait dans le fauteuil d'osier qu'il plaçait en face de la porte-fenêtre centrale, celle qui laissait passer la pleine lumière du jour. Et il s'évadait dans ses fantasmes.

Un jour pourtant il avait failli mettre un terme à ses jours. Là, devant cette même porte-fenêtre qu'il avait ouverte toute grande. Il n'en pouvait plus de voir le lit défait dans lequel il ne trouvait plus le sommeil, un endroit vide, lieu de la pire des absences. Face au nord-est, il avait tenu le canon du petit calibre 22 appuyé sur la tempe droite. C'était au terme d'une passion désordonnée qui avait duré six années. Elle s'appelait Jane Mason, était mariée au dirigeant de la Pan American Airlines, héritier d'une fortune colossale, vivait dans le luxe en banlieue de La Havane et vouait une admiration sans bornes à l'écrivain le plus adulé d'Amérique. Elle avait été la maîtresse idéale : un corps parfait, un ovale parfait du visage avec de grands yeux bleus, une chevelure abondante couleur de blé, le ton brillant, la passion des grandes chasses africaines, des entrées à la Maison-Blanche. Jane Mason avait inspiré à Hemingway la plupart des personnages féminins de ses récits. Il en avait fait, tour à tour, une aventurière, une mégère, une prédatrice, une grue. Elle avait occupé des pages entières des *Neiges du Kilimandjaro* et de quelques autres nouvelles. La rupture, à l'image de cette passion, avait été violente. Hemingway en avait perdu ses moyens, sa capacité d'écrire. Il était devenu impuissant. Puis il y avait eu ce qu'il avait pris pour un miracle. Au moment d'appuyer sur la détente, il avait cru distinguer une masse vif-argent jaillir du bleu profond de la baie et se maintenir hors des flots grâce à de formidables convulsions. Fasciné par cette vision aussi fugace qu'homérique, il avait baissé l'arme. La vie avait triomphé et fait cadeau à l'écrivain d'une soudaine inspiration.

Aujourd'hui encore il en avait la mémoire vive, surtout après cette courte nuit. Il se tenait devant cette même porte-fenêtre, l'ouvrit toute grande. Le soleil envahit la pièce. Ébloui, il ferma les yeux et demeura immobile, baigné par les chauds rayons, tel un lézard sur la pierre. C'était de cet endroit précis qu'il avait voulu mettre fin à ses jours, vide d'espoir, alors une mort lui avait paru plus naturelle que toute vie ; la délivrance en échange d'une brève lâcheté avant que se manifestât le signe prodigieux.

Quelques mois plus tard, devant cette même fenêtre, sous l'ardente lumière d'un jour de juillet 1936, il avait appris que les fascistes de Franco venaient de s'insurger contre le gouvernement républicain légitime d'Espagne. Une guerre civile se levait comme un ouragan déferlant sur les Caraïbes. Un prélude à une grande guerre. Le fascisme porteur d'injustice, d'oppression, allait tester des hommes et des armes en vue de l'apocalypse. C'était dans cette chambre, contemplant l'immensité bleue dans laquelle se fondaient ciel et mer, qu'il avait senti sourdre le tumulte. Il était profondément attaché à l'Espagne. Là-bas, savait-il, l'odeur de la mort paraissait plus acceptable parce que née dans les arènes sanglantes, porteuse d'une noblesse de l'échec. Il avait eu le choix : rester éternellement à Cuba, y vivre en toute mollesse en inventant quelques histoires payantes de contrebande, de chasse aux fauves, de combats truqués, de maris cocus, ou alors risquer sa peau comme il le fit lors de la bataille du Piave en 1918. Il n'avait pas hésité. Il s'était d'abord rangé du côté de la liberté, avec un cœur battant du bon côté. Rêvant de passer à la postérité, l'écrivain qu'il était se trouvait au cœur des traditions de guerre qu'il connaissait bien. Mais une guerre civile n'était pas un conflit banal. Elle était la pire des guerres, pourtant la meilleure pour un écrivain. Elle dressait les frères les uns contre les autres, entraînait les hommes d'Église à s'ériger en propagateurs de la haine, se nourrissait de toutes les atrocités. Cette guerre civile l'avait inspiré, il en reviendrait avec en tête les images de milliers de cadavres d'hommes, de femmes et d'enfants accrochés dans des arbres, crucifiés sur des portes de granges, ligotés à des poteaux d'exécution, charriés par les cours d'eau, gonflés sous le soleil faute d'une sépulture décente. C'était dans ce bain de sang espagnol qu'il avait trempé sa plume pour écrire *Pour qui sonne le glas*. Il avait voulu donner libre cours à tout ce que l'horreur de cette expérience lui avait inspiré : la haine fratricide, la perfidie, la trahison, l'isolement, l'imminence d'une mort toujours absurde. Il y avait ménagé quelques scènes évoquant la glorification du courage individuel, l'expiation, avec des passages de brutalités, d'obscénités, de violences sexuelles. L'évocation romancée d'une Espagne sacrifiée. Mais il avait toujours su que l'œuvre n'était pas allée au bout de la dénonciation, qu'elle avait manqué de ce souffle à la Tolstoï, ce qu'il avait tenté de lui donner à l'origine. Pour en assurer la réussite commerciale, il avait coupé un épilogue dans lequel il avait affiché une conscience politique et sociale. Afin d'éviter la controverse, il avait sacrifié en outre deux chapitres consacrés au camp adverse. Et il avait passé sous silence le massacre de Guernica. L'éditeur lui réclamant une grande part de mélodrame, il la lui avait donnée. Des scènes de grande sensualité. Des émotions violentes. Des fantasmes sexuels. L'histoire d'un amour impossible prenant le pas sur l'authenticité du récit. En définitive, une revanche littéraire et la fortune. Mais pour autant, il n'en avait pas été quitte avec l'Espagne. Il n'avait jamais éclairé les événements comme ils eussent mérité de l'être. Correspondant de guerre le mieux payé d'entre tous, il était arrivé un an après que la barbarie eut éclaté et était parti avant que l'on eût dispersé les ruines. En fait, il avait un roman à écrire, surtout une réputation à rétablir. Souvent il s'en était voulu d'avoir gommé de sa mémoire d'écrivain le martyre de la cité basque de Guernica, le 26 avril 1937. Ce jour-là, les avions de la légion allemande Condor, au service de Franco, devaient détruire un simple pont. Ils rasèrent une ville entière en ne laissant qu'un champ de ruines. Ce fut Pablo Picasso qui monta aux barricades en se faisant le héros de toutes les victimes innocentes. Il créa sur-le-champ son œuvre la plus célèbre et la plus dénonciatrice. Une fresque en noir et blanc, signe de deuil. Des personnages aux corps tordus, désarticulés, les bouches ouvertes. Des bêtes symbolisant la bravoure, mais aussi la frayeur et la mort. Une toile immense décrivant la barbarie. En voyant cette œuvre exposée au Museum of Modern Art de New York, il avait compris que Picasso avait été au bout de lui-même, revendiquant par son art sa pleine conscience révolutionnaire. C'était ce pas que lui n'avait jamais franchi. Il se frotta les yeux comme pour chasser les images du passé, mais l'éblouissement l'empêcha de voir le bleu de la mer qui le séduisait tant. Il n'y avait encore qu'un défilé d'ombres. Tout à coup la sonnerie vive du carillon de la cathédrale retentit, marquant midi. Il tressaillit puis se détendit. Ce n'était pas le glas qui sonnait pour lui, du moins pas encore. Il reprit contact avec le temps présent, entendit distinctement le concert des voix qui s'élevait depuis la rue Obispo et les remous de la vieille ville qui refluaient sur lui, coulaient en lui.

Leopoldina s'éveilla. Elle se redressa brusquement, ses lourds cheveux noirs lui cachant une partie du visage. Elle les tassa puis regarda autour d'elle, l'air étonné. Voyant Hemingway planté devant la porte-fenêtre grande ouverte, elle tira le drap sur elle pour cacher sa poitrine nue. Elle avait posé le geste sans même y penser, dans un élan de pudeur et en toute innocence. Hemingway sourit, à la fois amusé et attendri par ce qu'il venait de voir. Leopoldina lui rendit le sourire, mais baissa aussitôt les yeux.

— *Buenos días madonna mía,* fit-il gentiment.

Elle parut intimidée.

— Il fait chaud, Papa, murmura-t-elle.

— Moins chaud que la nuit passée… beaucoup moins chaud, répondit-il, taquin.

Elle toussota avec embarras.

— Tu m'as rendu un moment de bonheur que je croyais perdu, dit-il avec douceur.

— Je suis contente… très contente, fit-elle, le dernier mot s'étranglant dans sa gorge.

Hemingway ne parvenait pas à détacher son regard de Leopoldina. Une beauté presque irréelle. La peau lisse comme un pétale de lotus, un même éclat de teint, sans l'ombre d'un flétrissement. Aucune trace de maquillage, ni poudre ni rouge, avec des lèvres naturellement ourlées et carminées. Leopoldina sentit le désir de l'homme. Durant la nuit, il l'avait embrassée avec fougue. Jusque-là, elle avait toujours refusé l'échange de baiser à quiconque. Si elle livrait son corps, elle interdisait que l'on touchât ses lèvres. À la frange de l'acte sexuel, il n'y avait aucune autre intimité.

— J'ai envie de t'embrasser, fit Hemingway.

Elle eut un petit rire nerveux.

— Quelle heure est-il ? demanda-t-elle en posant ses pieds sur le plancher tout en gardant le drap serré contre le haut de son corps.

— Midi… d'après la cathédrale.

— ¡ *Madre de Dios* ! s'exclama-t-elle, l'air coupable. Je dois y aller… je ne sais même pas ce que je vais dire à…

Hemingway lui fit signe de se taire avec l'index posé sur sa bouche. Il s'assit au bout du lit. Le sommier craqua sous le poids du corps massif.

— Du calme, *chica*, fit-il en tendant sa large main pour caresser le dos de la jeune femme.

— Papa, je suis une fille de joie, murmura-t-elle. Je dois obéir à des patrons…

— Ce n'est pas une fille de joie qui a partagé ce lit avec moi…

— Papa, pour les clients je ne suis que ça… quand ils me montrent du doigt ils ne disent jamais mon nom… c'est toujours *esta puta* !

— Ce n'est pas *una puta* qui aurait pu changer en une nuit un cœur de pierre en cœur de chair… et c'est pourtant ce que tu as fait…

Elle ne dit rien. Il l'attira vers lui sans qu'elle résistât. Une bouffée d'air chaud les enveloppa. Il sentit couler la transpiration le long de sa colonne vertébrale. Il se débarrassa à grands gestes de sa *guayabera*. Leopoldina laissa tomber le drap, offrant sa nudité. Il pensa à la scène du sac de couchage entre Roberto et Maria, ce moment qu'il avait décrit dans le vingtième chapitre du roman comme une alliance conclue entre les deux amants de fortune contre la mort.

À l'instant même, dans cette chambre au carrefour de deux mondes, il éprouva le besoin qu'ils incarnent les personnages de papier, qu'ils leur prêtent vie. Un moment de rédemption.

5

Une brise rafraîchissante folâtrait d'un mur à l'autre du hall d'entrée de l'hôtel. Elle agitait les plantes tropicales disposées de chaque côté des grandes fenêtres et envoyait voleter les fines draperies vers le plafond.

Deux employés balayaient avec une certaine indolence le plancher à l'allure de damier, agencé de carreaux blanc et noir.

Hemingway était assis seul au bar. Il sirotait son premier rhum de la journée, une jambe ballante le long du tabouret, l'autre appuyée sur le repose-pied en cuivre. Le barman fredonnait tout en rangeant méthodiquement quantité de bouteilles et de flacons d'alcools et de liqueurs tout en prenant soin de garder sur le comptoir du bar la marque préférée du plus célèbre client de l'*Ambos Mundos*.

— Monsieur Hemingway, fit quelqu'un poliment.

L'annonce de son nom le tira de sa rêverie. Il se retourna et vit deux hommes vêtus de complets de souple flanelle avec chemise et cravate. Le premier faisait la quarantaine. Plutôt grand, mince, les cheveux châtains, clairsemés, portant de petites lunettes. Toute l'allure d'un professeur de collège. L'autre, certainement plus jeune, était massif avec un cou large presque rentré dans les épaules, les cheveux noirs coupés en brosse, le teint mat, un regard fixe.

Hemingway les regarda avec méfiance.

— Que lui voulez-vous à ce Hemingway ? demanda-t-il assez sèchement.

Le plus âgé des deux hommes avança d'un pas.

— Je suis Warren Cairn, premier secrétaire de l'ambassade des États-Unis à Cuba… et voici M. Gregory Miller, agent de liaison du FBI à notre ambassade…

Il affecta un maintien protocolaire et tendit la main. Hemingway parut désintéressé. Ce n'était qu'apparence. Il serra la main de chacun sans conviction.

— Comment saviez-vous qu'à ce moment précis je serais ici ? grogna-t-il.

Le diplomate eut un léger sourire.

— Si je puis me permettre, monsieur Hemingway, vous ne passez guère inaperçu à La Havane… pas plus que votre Buick décapotable.

— De toute évidence je n'ai rien à cacher, fit-il, toujours grognon. À moins que vous ne vous intéressiez à une autre personne… comme celle que vous avez certainement remarquée il y a quelques minutes de cela…

— Pas vraiment, monsieur Hemingway… nous savons où trouver cette personne au besoin…

Hemingway ricana.

— Ça je n'en doute pas… tous les rats d'ambassade trouvent les piaules de la Lamparilla aussi facilement que les théâtres pornos du quartier chinois, ironisa-t-il en oubliant délibérément toute forme de langage policé.

L'agent du FBI parut agacé. Il se raidit, les mâchoires serrées. Hemingway le remarqua.

— Dites donc, mon vieux, vous avez besoin d'un coup de rhum, fit-il en le regardant droit dans les yeux, ça va vous détendre.

Miller déclina d'un geste.

— Un entretien, monsieur Hemingway, précisa le diplomate. En terrain neutre si je puis dire…

Hemingway parut incrédule mais ne dit rien. Il se contenta de montrer un des grands canapés à dossiers et accotoirs en rotin, garnis de coussins fleuris, disposés à la grandeur du hall.

— Motifs ? fit-il une fois assis.

— Des informations reçues en haut lieu, monsieur Hemingway, répondit Cairn avec gravité, et qui pourraient vous concerner...

Hemingway sentit son pouls s'accélérer. Son visage s'empourpra aussitôt. D'instinct il flaira le piège. Il vida d'un trait le verre de rhum et en commanda trois en désignant les deux visiteurs.

— Sans façon, monsieur, je préfère m'abstenir en devoir, dit Miller.

Hemingway fronça les sourcils et adressa un signe de tête au diplomate.

— Sortez votre lapin du chapeau, fit-il sur un ton glacial en vidant à demi le verre de rhum que le barman venait de déposer devant lui.

N'attendant que cela, Miller ouvrit le porte-documents en cuir noir qu'il tenait à la main. Il en sortit deux volumineux dossiers à l'en-tête du département des Affaires extérieures des États-Unis d'Amérique, estampillés « SECRET », et les déposa sur la table d'appoint à portée du diplomate.

— Si c'est au sujet de mes impôts, je suis au regret de vous informer que tout est en règle, ironisa Hemingway.

— Nous le savons déjà, répondit Cairn aimablement. Il s'agit de tout autre chose, monsieur Hemingway...

Le regard soupçonneux de Miller ne se détachait pas de l'écrivain.

— Ce qui explique bien entendu la présence de votre bulldog, rétorqua ce dernier en désignant Miller d'un signe de tête.

Piqué au vif, l'agent du FBI porta instinctivement sa main à l'intérieur de son veston.

— Je me disais aussi que le truc dur que vous cachez dans votre pantalon ne pouvait pas être votre queue, enchaîna Hemingway avec le même cynisme.

La vulgarité de la remarque laissa les deux hommes sans réaction. Il y eut un moment de silence gênant. Miller était livide. Cairn, au prix d'un grand effort, réussit à garder son calme. Il porta lentement le verre de rhum à ses lèvres et en prit à peine une gorgée.

— Le nom de Cayo Confites vous dit-il quelque chose, monsieur Hemingway ? demanda-t-il calmement.

— Vous cherchez un bateau et un bon pilote pour vous y mener ? fit Hemingway d'un ton désinvolte.

— Monsieur, je vous en prie ! se désola Cairn.

Hemingway rejeta la tête en arrière en émettant un grognement vaguement moqueur. En réalité, il réfléchit un moment.

— Je vais vous répondre et après vous me foutez la paix avec votre questionnaire de la maternelle, finit-il par dire avec fermeté. Je connais les noms de toutes les rues, ruelles, bars, clubs, casinos, bordels et autres attractions de La Havane depuis bientôt vingt ans… Je connais même les préférences de bonnes femmes, de cigares, de bagnoles et autres produits de luxe de tous les ambassadeurs qui ont été de passage à Cuba, y compris votre Robert Butler, lequel, en ce moment même, pourrait bien solliciter quelque faveur à l'intérieur du palais présidentiel…

Visiblement offusqué, le diplomate retira ses lunettes et voulut intervenir.

— Vous la fermez, Cairn, poursuivit Hemingway en haussant le ton. Vous êtes venu ici pour m'accrocher l'hameçon, alors à vous de voir quel genre de poisson vous sautera au visage !

Cairn poussa un soupir désolé.

— J'en étais où ? Ah ! oui… les *cayos*. Je connais encore mieux le Gulf Stream, ses courants, ses caprices, ses pièges, depuis Key West jusqu'à la baie de La Havane. Je ne compte plus mes sorties en mer, par tous les temps et sous toutes les longitudes et latitudes. Au cours des dix dernières années, j'ai jeté mes lignes à proximité d'une centaine de *cayos*… au sud, dans l'archipel de Camagüey et Nuevilas ; à Cayo Frances, Media Luna, Paredón Grande, Antón ; à l'est vers Jaimanitas,

Mariel, La Mulata… à Tarará, Santa Cruz del Norte, Puerto Escondido…

— Au sujet de Cayo Confites, monsieur Hemingway ? insista Cairn.

— J'y arrivais, poursuivit l'écrivain d'un ton sec. Tout pêcheur de gros digne du nom connaît Cayo Confites… c'est du côté de la mer des Caraïbes, entre le golfe de Anna Maria, celui de Guacanayabo et le canal de Caballones… le *cayo* en question se trouve au cœur de l'archipel Jardines de la Reina qui fait près de neuf cents miles carrés… une trouvaille de Christophe Colomb qui naviguait dans le coin à temps perdu. Vous cherchez des émotions fortes ? Vous vous croyez d'attaque pour taquiner le thon rouge, l'espadon, le makaire, l'albacore, le marlin bleu, la grosse bonite ou encore pour mettre du plomb dans la cervelle d'un requin mako ? Allez du côté de Cayo Confites… une petite balade à cent miles du littoral sud de Cuba. Voilà pour la petite leçon de géographie, messieurs, en espérant que vous ne vous perdrez pas en chemin. Satisfait, monsieur le premier secrétaire ?

Cairn tiqua, manifestement agacé par le jeu de chat et de souris de l'écrivain. Il déplaça impatiemment un dossier, l'ouvrit et le referma sans le regarder, puis il en tira une feuille sur laquelle se trouvait une liste de noms.

— Gustavo Durán, fit-il du bout des lèvres, vous connaissez ?

Hemingway eut une expression de mépris.

— Pourquoi ? Vous enquêtez sur lui ?

— Vous le connaissez ? demanda encore le diplomate.

— Perdu de vue depuis plusieurs années… l'Amérique du Sud, paraît-il… Washington… rien d'autre, répondit Hemingway évasivement.

— Vous l'aviez personnellement recruté pour l'opération Usine Escroc… hébergé à votre domicile, précisa Cairn.

— Il y a sept ans de cela… au début de la guerre, expliqua Hemingway. C'était avec l'approbation de l'ambassadeur

Braden et d'un certain président Roosevelt… demandez à Hoover, il doit encore dormir avec des rapports sous son oreiller…

— Où avez-vous connu M. Durán ? insista Cairn.

— En Espagne en 37…

— Durant la guerre civile ?

— C'est ça… la saloperie de guerre civile…

— Étiez-vous au courant de ses allégeances politiques ? demanda Cairn.

— J'suis pas du FBI moi, ricana Hemingway tout en secouant la tête. Du reste, je n'en ai rien à foutre…

— Pouvait-il être communiste ? Antiaméricain déclaré ? insinua Cairn.

— Ça veut dire quoi, antiaméricain ? fit Hemingway sur un ton de défi.

Ce fut Miller, jusque-là muet, qui répondit. À la manière d'un joueur de poker, en abattant son jeu d'un seul coup, certain de détenir l'atout.

— La commission de la Chambre des représentants sur les activités antiaméricaines a démontré que le dénommé Gustavo Durán, né en Espagne, a été un militant communiste actif toute sa vie… qu'il a poursuivi une mission d'infiltration à l'ambassade des États-Unis à Cuba, plus tard à l'ambassade en Argentine, puis au département d'État aux affaires latino-américaines… Plus graves sont les accusations le décrivant comme un agent secret soviétique…

Hemingway haussa les épaules.

— Et qui sont les accusateurs ?

— Le général Francisco Franco d'Espagne et le général Juan Perón d'Argentine, répondit Miller en lançant un bref coup d'œil à Cairn qui hocha la tête en feignant un air indécis.

Hemingway se raidit aussitôt. Il prit le verre de rhum, le vida d'un trait et le déposa bruyamment.

— Je ne sais pas pour Perón, lança-t-il d'une voix haut perchée, mais pour Franco, voilà un charognard qui fait labourer les champs de l'Espagne alors que des milliers de cadavres y sont ensevelis par sa faute ! Ce bourreau mérite le même sort qu'Hitler et Mussolini ! Si jamais le FBI joue avec pareille merde, c'est qu'il ne vaut guère mieux que la Gestapo !

Miller blêmit sous l'affront.

— Monsieur, répliqua-t-il, glacial, vous diffamez une institution fédérale de votre gouvernement…

— De la merde tout ça, rétorqua Hemingway en élevant le ton d'un cran. Le premier amendement, ça vous dit quelque chose ? Il me donne le droit de dire que votre patron est un pédé et un fouille-merde, voilà ! Et j'ajoute qu'il se torche avec le quatrième amendement parce qu'il ne se passe pas une journée dans notre pays sans que le FBI et ses sbires mal fagotés violent notre intimité à coups de perquisitions, de saisies, sans la moindre présomption sérieuse et sans le moindre mandat. Ça vous va, comme diffamation ?

Furieux, Miller allait se lever. Cairn le retint. Il avait manifestement entendu parler de la réputation du célèbre écrivain même s'il venait à peine d'entrer en fonction à l'ambassade, tout comme d'ailleurs l'ambassadeur Robert Butler. Il sentait la chaleur humide l'envahir, la sueur lui perler au front, la chemise lui coller à la peau et un nœud le serrer au creux de l'estomac.

— Un coup de rhum ? fit Hemingway en changeant brusquement de ton. Sachez, Cairn, que ce n'est rien de personnel… Je n'ai rien contre vous… ni vous, Miller… Je n'envie pas vos boulots… mais lorsqu'on se met à fouiller dans mes placards pour y trouver des cadavres qui n'ont jamais existé, là je monte sur mes ergots…

Cairn porta le verre à sa bouche et but du bout des lèvres. Il passa en revue quelques photos versées au dossier, réfléchit encore un instant, ôta ses lunettes pour les essuyer avec soin et les remit en place.

— Je suis désolé, monsieur Hemingway, si cette démarche peut sembler embarrassante, mais votre aide nous paraît précieuse par ces temps agités…

Joignant le geste à la parole, il prit la photo du dessus et la tendit à l'écrivain.

— Vous connaissez cet homme ?

Hemingway joua au myope. Il manipula la photo, l'approcha, l'éloigna pour finalement faire non de la tête. Cairn lui tendit une seconde photo. Même stratagème, même négation. Il répéta le geste deux autres fois. Jusqu'à la cinquième photo.

— Tiens ! Rodriguez Cruz Alonso, dit-il gravement. C'est le propriétaire de l'hôtel *San Luis*... que fait-il donc dans votre charmante collection ?

— Vous avez déjà traité avec lui ? demanda Cairn.

— C'est une façon de dire les choses, répondit Hemingway à demi moqueur. C'est vrai que nous avons parié un contre l'autre de bons montants sur des combats de coqs... de boxe également. Disons que je lui avais piqué plusieurs billets !

Suivit une autre photo. Cette fois Hemingway parut figé. Son regard exprima une soudaine défiance. Puis il lança la photo sur la table.

— Jamais vu, fit-il, la voix rauque.

Cairn lui tendit une dernière photo. Lorsqu'il la remit à l'écrivain, il échangea un regard complice avec Miller.

— Et celui-ci ?

— Lequel ? Ils sont une demi-douzaine...

— Le plus grand... là, avec la chemise blanche aux manches roulées, le col ouvert et la cravate dénouée...

— Vous voulez rire, il est assez jeune pour être un de mes fils ! s'exclama Hemingway avec un petit rire malicieux. Je n'en suis tout de même pas là ! Si vous me disiez maintenant à quoi riment toutes ces devinettes ?

Cairn remit les photos en ordre et les exhiba une à une.

— Juan Bosch, un écrivain... également éditeur d'un journal contrôlé par l'ex-président Grau Martín... lui, c'est José Manuel Alemán, ancien ministre de l'Éducation sous Grau Martín... lui, le Dr Reinaldo Ramirez Rosell, un des dirigeants de la Aerovias Cubanas Internacionales... celui-ci,

José Rufemio Fernandez Ortega, docteur en médecine, ancien sous-directeur de la Police nationale cubaine… un vétéran de la guerre civile d'Espagne du côté des républicains… celui-là vous l'avez identifié… il s'agit bien du propriétaire de l'hôtel *San Luis*…

Il attendit avant de montrer la sixième photo.

— Le Dr Rolando Masferrer, énonça-t-il en détachant exagérément les syllabes du nom. C'est le directeur de l'hebdomadaire *Tiempo en Cuba*… un vétéran des brigades internationales de la guerre civile d'Espagne… également le leader du Movi… miento socialista revolucio… nario de Cuba… antiaméricain notoire.

Il montra la dernière photo.

— Fidel Castro Ruz… étudiant en droit à l'Université de La Havane… leader d'un groupement étudiant révolutionnaire de Cuba… soupçonné de complicité dans le meurtre d'un leader politique de la Colombie… sous enquête par Scotland Yard, la CIA et le FBI…

Hemingway regarda les deux hommes tour à tour, les yeux mi-clos, en se demandant ce que dissimulait ce manège. Certes, il avait déjà eu des entretiens houleux, à saveur politique, avec deux ou trois ambassadeurs américains lors de leurs courts séjours à La Havane. Ici et là, quelques vagues commentaires furent faits sur ses écrits contre les bases idéologiques des services secrets américains. Une fois l'avait-on questionné sur ses activités en faveur de l'Espagne républicaine, la grande perdante de la guerre civile qui avait déchiré ce pays. Il avait répondu que cela s'était traduit par de « simples efforts humanitaires pour fournir des ambulances pour les blessés, une aide médicale et un asile aux réfugiés », niant dans la même foulée tout rapprochement avec un parti communiste en Europe ou en Amérique. Il était vrai qu'il avait, de temps à autre et l'alcool aidant, vilipendé le FBI et traité ses agents, en particulier ceux de Cuba, de sympathisants de la cause franquiste d'Espagne et de lèche-culs des curés catholiques. Vrai qu'il se plaisait aussi à parodier le sigle du FBI en racontant que la véritable appellation contrôlée de cette institution était « Foutus bâtards d'intrus », dont le patron se promenait à Washington avec une plaque du Bureau épinglée en permanence sur le devant de son slip et que, pour jouir, il lui suffisait de la frotter.

— Je ne vois toujours pas où vous voulez en venir, Cairn, dit-il en faisant un geste de la main en direction du barman.

Cairn emprunta une voix monocorde.

— Ces hommes ont, avec une vingtaine d'autres, un lien direct avec Cayo Confites, fit-il en exhibant un imposant document prélevé dans le second dossier. Ces hommes ont entretenu... et entretiennent toujours des liens étroits avec le Movien... Movimiento... so... cia... lista... revolu... cionario – il éprouva encore quelque difficulté de prononciation. Ils ont été d'importants collecteurs de fonds destinés à financer un corps expéditionnaire dont le but était le renversement par insurrection armée du président Rafael Leónidas Trujillo de la République dominicaine... ces hommes ont financé l'achat d'armes militaires, incluant des avions et des bombes, au Venezuela, en Argentine, en Colombie, au Guatemala, au Mexique et aux États-Unis d'Amérique. Cayo Confites servit de base de lancement à ce mouvement subversif... avec le consentement tacite... malheureux, de l'ancien président de Cuba, Grau Martín... et la complicité du silence d'une certaine presse cubaine portée par une idéologie résolument communiste.

Cairn en avait terminé. Il déposa le document d'un geste délibérément lent, sans quitter Hemingway des yeux. Ce dernier se contenta d'un petit rire. Il n'avait nulle envie de se laisser gagner par la colère ni quiconque lui gâcher une si belle journée. Par les grandes fenêtres du rez-de-chaussée, il voyait le ciel sans nuages. Il imaginait les gens qui faisaient la queue pour entrer à la Bodeguita del Medio, son autre pied-à-terre, pour y déguster quelques mojitos à saveur de menthe avant de commander les traditionnels plats de langoustes et fruits de mer. Quelques heures de détente et d'abandon, bercées par les accents de la musique caraïbe.

— Merci beaucoup pour cette petite leçon d'histoire, fit-il, un brin ironique, mais en quoi tout cela me concerne-t-il ?

Imperturbable, Cairn lui tendit deux feuillets portant chacun la mention « Secret » et dont le destinataire était le chef de la diplomatie américaine à Washington.

— Ceci est une copie conforme, précisa le diplomate.

Au fil de la lecture, Hemingway se rembrunit. Sa main fut prise d'un léger tremblement, détail qui n'échappa pas aux deux hommes. Il lui prit la soudaine envie de se lever et de quitter les lieux sans prononcer une parole de plus, sans formuler la moindre objection en envoyant valser tous ces papiers. Puis de prendre la route de Cojimar afin d'y retrouver la vraie nature du présent, les pêcheurs de l'endroit. Il lui suffirait de prononcer le nom de Gregorio pour que ce dernier en entende l'écho, se pointe, raide et sec comme un vieux tronc, la pupille noire, les yeux plissés, une sorte de spiritualité dans le regard, lui demandant simplement « où ? » et « quand ? », le cigare vissé au coin de la bouche.

Mais il n'en fit rien. La mer attendrait, comme elle le faisait depuis toujours. Elle au moins ne le décevrait jamais. Elle était la conscience du temps qui ne s'arrêtait jamais, la mémoire de tous les rêves qu'elle avait bercés, de toutes les vies qu'elle avait englouties.

Ne jamais fuir, pensa-t-il, ce serait un aveu de lâcheté, de culpabilité surtout, ce serait comme devenir un homme sans ombre. Tout ceci n'était qu'une simple corrida. Un danger certes pour sa réputation, mais qu'il convenait d'affronter après en avoir pris la mesure. Il avait déjà écrit au sujet des courses de taureaux « qu'il fallait plus de *cojones* pour être dans une arène où la mort est un partenaire ». Il prétendait justement avoir de tels *cojones* ! Et puis, se disait-il encore, dans la vie comme dans l'arène, il y avait certaines règles fondamentales qu'il fallait observer pour sortir vainqueur et vivant d'une impasse. L'une d'elles était de faire de la grande cape rouge une alliée, d'en faire une étoffe trompeuse capable de confondre et d'éconduire l'énorme masse qui fonce en droite ligne, tête baissée, animée par l'instinct destructeur. Une autre, décisive celle-là, était de forcer la bête à charger de manière à ce qu'elle ne soit plus en mesure de changer sa trajectoire au moment où l'épée, jusque-là dissimulée sous la flanelle écarlate, d'apparence insignifiante, pénétrerait le garrot pour filer droit au cœur. La taille des cornes, si énormes fussent-elles, n'aurait plus la moindre importance, puisqu'elles seraient alors, au mieux, simplement décoratives.

— Tout cela sonne faux, laissa-t-il tomber en froissant les feuilles pour les jeter au-dessus de son épaule.

Il avait effectué le geste négligemment. Puis :

— Bâclé, confus… un ramassis de trucs non fondés… tout à fait indigne de quiconque prétend être au service de notre pays. Je connais plein de rédacteurs en chef qui auraient passé un savon à tout journaliste ayant eu le culot de proposer un tel torchon… mais j'ai constaté que ce gribouillage infect ne portait aucune signature… C'est carrément antiaméricain ça aussi ! Vous n'êtes pas de mon avis, Cairn ? Et vous Miller ? Vous savez lire au moins ?

Les derniers mots de Hemingway, cinglants à souhait, firent perdre le sang-froid à l'homme du FBI. Ce dernier lança un regard glacial en direction de l'écrivain tout en ramassant les dossiers avec des gestes rageurs pour les ranger dans le porte-documents. La manœuvre réussissait.

— Si je fouillais dans votre veste, j'y trouverais certainement une petite enregistreuse en marche, continua Hemingway en lui rendant le même regard froid. Ça ne fait qu'ajouter au mépris que je porte à toutes ces méthodes que je juge toujours profondément antiaméricaines… mais voyez-vous, ça ne m'intimide pas le moins du monde… et comme ce machin continue d'enregistrer, autant vous dire ceci : je connais bon nombre des habitants de cette ville, et eux me connaissent tous… je connais plus de membres du Congrès des États-Unis que vous n'en verrez jamais, même en photos... et si ce soir, ou demain au chant du coq, il me prenait la soudaine envie d'écrire une petite lettre personnelle à l'occupant du 1600, Pensylvania Avenue à Washington, je vous parie tous les billets que vous pourrez emprunter que celui-ci la lira très attentivement. Il se pourrait bien que vous vous retrouviez assez tôt en patrouille de nuit dans Harlem...

Miller ne dit rien. Il éprouva un goût de cendre dans la bouche. Il réprima l'envie de flanquer son poing au milieu de la grosse face blême de ce personnage qui semblait s'inventer au fil des mots au point de s'imaginer qu'il ne touchait pas terre. Mais dans l'exercice de sa fonction, le moindre écart lui vaudrait un blâme pouvant aller jusqu'au renvoi sans appel. Il baissa les yeux. Devant ce qu'il prit pour du désarroi, Hemingway en remit.

— Quant à vous, Cairn, je vous suggère fortement de revoir la liste de vos informateurs et de leur botter sérieusement le cul! Profitez-en donc pour prendre quelques leçons d'espagnol, même si votre passage ici sera de courte durée... les Américains qui comprennent ça ont l'air pas mal moins con!

Effort vain cette fois. Cairn résista à la provocation. Il ne se troubla pas. Il n'était pas venu afin d'argumenter avec Hemingway, encore moins de le raisonner d'une quelconque façon. Simplement pour neutraliser une menace potentielle, pour déstabiliser le sujet d'une possible influence. Lui, Cairn, était un paravent; le pare-feu, le paratonnerre de son patron, l'ambassadeur des États-Unis. Et comme cette ambassade était en quelque sorte le vaisseau amiral de la diplomatie américaine dans le monde latino-américain, sa mission était de protéger les intérêts commerciaux et militaires de son pays, de feindre la neutralité et la non-ingérence dans les affaires internes de Cuba, de surveiller les quotas sucriers au profit des intérêts américains, de protéger les investissements américains en terre cubaine, de maintenir des liens constants avec le quartier général des forces américaines cantonnées à Guantánamo, dans l'est de l'île, en vertu de l'amendement Platt de 1902. Il ôta ses lunettes une nouvelle fois, s'avança sur le bout du canapé et, se penchant vers Hemingway, lui dit sur un ton de quasi-confidence :

— J'eus préféré que vous m'entreteniez de culture classique, monsieur Hemingway, et j'avoue avec quelque gêne ne pas avoir lu, du moins pas encore, vos grandes œuvres. J'imagine sans peine qu'un écrivain de votre stature puisse être sollicité de toutes parts et qu'on lui réclame constamment ses sympathies… de gauche comme de droite. C'est assurément de telles sympathies qu'il s'agit dans le dossier dont nous sommes venus vous faire part aujourd'hui, ajouta-t-il après une hésitation. Vous me demandiez en quoi tout ceci vous concernait plus directement ? Vous avez lu la note sommaire et en avez ridiculisé le contenu. Vous comprendrez que cette note n'est que la pointe de l'iceberg… le dossier a bien d'autres ramifications… en fait, toutes les personnes nommées, sauf une, ont eu ou auraient eu des contacts personnels avec vous. Ces personnes vous auraient sollicité de l'argent afin de financer l'achat d'armes destinées à l'opération Cayo Confites… et il est question de montants pouvant atteindre les cinquante mille dollars de votre part. Vous me répondrez, et à raison, que vous avez le droit de disposer de votre argent à votre gré, ce qui est vrai… tout comme il est vrai que vous êtes un citoyen américain d'abord et que votre nom est associé à une affaire politique qui n'a pas reçu l'aval de notre gouvernement… ce qui en fait un projet hostile… à caractère subversif et sujet à des représailles. Voilà bien tout notre embarras, monsieur.

Hemingway en avait marre. Il se leva lourdement, se dandina un peu avant de pivoter sur ses talons, les épaules voûtées. Il fit quelques pas en direction du bar. Il transpirait abondamment ; son torse et son dos dégoulinaient de sueur. Son pouls s'était emballé, et il sentait ses battements sourdre aux tempes. Il se pencha pour ramasser les feuilles chiffonnées qu'il avait jetées au sol. Il les déplia et relut le texte. Il grimaça. Pendant un moment, il resta planté là, immobile, à réfléchir. Il y a la troisième règle, se dit-il. Elle consiste à bien interpréter les signes de danger que donne le taureau : l'arrêt soudain au milieu de la charge, le brusque coup de tête à proximité du toréador, la feinte de la corne maîtresse. À cela il fallait répliquer en changeant aussitôt le rythme pour provoquer l'essoufflement, réduire la puissance de la bête, la désorienter à l'aide de la cape, la priver de sa volonté.

Hemingway revint vers les deux hommes. Il feignit un air vaguement embarrassé.

— Deuxième page, troisième paragraphe, murmura-t-il, en tendant les feuilles froissées à Cairn.

Ce dernier ajusta ses lunettes et lut attentivement le texte avant de reposer précautionneusement les pièces sur ses genoux.

— Voilà, alors ?

— Le 7 septembre en question, je n'étais plus à La Havane… encore moins au Mexique. Je ne pouvais donc pas remettre d'argent en mains propres à quiconque, pour la bonne raison que je me trouvais en pleine mer à bord du paquebot polonais *Jagyello* en direction du port de Gênes, en Italie. J'ai passé presque six mois là-bas, en Italie, en France, en Espagne, pour travailler à mon nouveau roman… une centaine de témoins et quelques propriétaires de magazines comme *Esquire*, *Look* ou *Collier* vous le confirmeront…, et vous pourrez consulter les registres des départs du port de La Havane des vingt dernières années ainsi que la liste des passagers si cela vous chante. Vous êtes partant, Cairn ? Et vous, Miller, une signature de votre patron peut-être ?

Miller ne répondit rien. Le diplomate détourna la tête, dépité.

Les mots sont souvent insignifiants, pensa Hemingway, mais ils ont parfois la dureté de l'acier et deviennent alors plus puissants qu'une arme. Restait la quatrième règle, se dit-il.

Laisser le taureau se rendre au bout de sa course et régler l'impasse par l'*estocada*, ce moment où l'épée jaillit de la *muleta* pour s'enfoncer en une fraction d'instant entre les omoplates de la bête et filer jusqu'au cœur. Au terme de ce moment de vérité, il ne saurait y avoir d'autre règle.

Hemingway se pencha vers Cairn et reprit les feuilles que ce dernier tenait sur ses genoux. Puis il les déchira à motions lentes en dispersant les morceaux autour de lui.

— Vous voulez vraiment savoir le fond de la pensée du toqué que je suis, hein ? dit-il en défiant les deux hommes du regard. Eh bien, si vous pensiez offrir ma tête sur un plateau d'argent à Hoover, autant vous dire que vous êtes échec et mat ! Du travail de bouseux… du crottin… de la fiente ! Vous n'arriveriez même pas à torcher le cul d'un singe avec ces saletés !

Cairn et Miller se levèrent en même temps. Le diplomate ajusta sa cravate d'un geste machinal, boutonna sa veste et salua sèchement Hemingway d'un petit mouvement de tête. Miller, le regard mauvais, lui tourna le dos.

— Monsieur Hemingway, fit Cairn en affectant la pose protocolaire, vos propos sont offensants… et ils portent atteinte à l'intégrité de notre travail et de nos intentions à votre égard…

Hemingway fit un pas vers Cairn pour lui barrer le chemin. Il se redressa comme pour se donner une allure plus imposante.

— Aucune chance, Cairn, dit-il d'une voix soudainement grave. Je n'en ai pas fini et vous allez m'écouter jusqu'au bout…

Excédé, Cairn fit un pas de côté aussitôt imité par Hemingway.

— J'ai dit que je n'en avais pas fini avec vous, insista l'écrivain.

— Ayez l'obligeance de me laisser passer, monsieur, fit le diplomate en contractant la mâchoire.

Hemingway vit la contraction de la pomme d'Adam de Cairn trahissant son désarroi. Il ne bougea pas d'un cran. La soudaine volte-face de Miller fit dégénérer la situation.

L'agent du FBI lâcha le porte-documents et se dirigea droit sur Hemingway, la main portée sur la crosse de son pistolet.

— Vous laissez passer le premier secrétaire immédiatement, dit-il, menaçant.

Brusquement, deux hommes surgirent de nulle part. L'air résolu, ils se plantèrent de chaque côté de la porte d'entrée de l'hôtel. Le barman passa lui aussi à l'action. D'un geste alerte, il fit apparaître une arme de poing de gros calibre et la déposa sur le comptoir. Une porte s'ouvrit au fond du hall cédant le passage à un homme de taille moyenne, plutôt replet, portant un habit foncé de bonne coupe. Ses cheveux très noirs étaient soigneusement gommés. Une moustache et d'épais sourcils donnaient à son visage un air de parfaite assurance. Il s'approcha des trois hommes et son visage se transforma. Nullement étonné, il affecta une décontraction soudaine et sourit.

— Je me nomme Manolo, le directeur de cet établissement de bon renom, annonça-t-il sur le ton de la déférence avec un fort accent latino. Puis-je vous être utile, messieurs les américains ?

Il s'adressait visiblement à Cairn et Miller. Ce dernier, le visage dur, évaluait le piège, sa main toujours crispée sur son arme.

— *¿ Le molesta usted Don Ernesto ?* s'enquit Manolo en s'adressant à Hemingway.

— *No te preocupes, Manolo,* répondit ce dernier, *es asunto mío... es muy poca cosa...*

Cairn était décontenancé.

— Monsieur ? le questionna Miller en se tenant toujours de front à Hemingway.

— *¿ Quieres cualquier ayuda Don Ernesto ?* insista Manolo.

— Vous comprenez ce que Manolo demande, Cairn, ou êtes-vous totalement stupide ? fit Hemingway, enhardi par l'avantage que lui conférait la présence des quatre hommes. Il me demande si j'ai besoin d'une aide immédiate... savez-vous ce que cela veut dire ? Vous êtes ici parmi une race de gens têtus, sans peur, capables de tout au nom de l'amitié et de l'honneur. Faites un geste de trop et vous quittez Cuba plus rapidement que prévu… est-ce clair ?

Cairn fit signe qu'il avait compris.

— J'ai dit que je n'en avais pas fini avec vous, est-ce clair ? ajouta Hemingway.

— Très bien, fit Cairn, les lèvres serrées.

Hemingway ramena son regard sur Miller.

— Sortez d'ici…

Ce dernier ne bougea pas.

— On ne donne pas d'ordre au FBI, répliqua-t-il.

— Vous n'êtes pas à Washington ici, fit Hemingway en le fixant durement. Vous n'êtes pas à l'ambassade, vous n'êtes nulle part en territoire américain… ici, votre plaque ne vous donne aucun droit… votre flingue ne vous donne aucun privilège… ici, vous n'avez aucune juridiction… et si je peux vous donner un seul conseil, c'est de garder vos deux mains bien à la vue à compter de cet instant… parce que ces gens ne vous inviteront pas à choisir aussi aimablement que je le fais… *¿ Verdad, Manolo ?*

— *Claro Don Ernesto*, fit entendre le directeur de l'hôtel.

Cairn fit signe à Miller.

— Attendez-moi à l'extérieur, dit-il, l'air contraint.

L'agent du FBI regarda le diplomate avec une certaine surprise. Faisant visiblement un effort, il retira la main de son arme et prit le chemin de la sortie, ramassant au passage le porte-documents. Il coula un regard méprisant vers les deux hommes de faction.

— Bande de dégénérés, grommela-t-il en sortant sur le trottoir.

— *Hijo de perra*, ironisa un des deux vigiles.

Hemingway parut satisfait. Manolo avait pris place au bar, dos aux deux hommes. Cairn, le visage tendu, s'adressa à l'écrivain avec la voix de quelqu'un qui avait hâte d'en finir.

— Je vous écoute, monsieur, mais sachez que j'ai pris bonne note de votre mépris de nos institutions…

Hemingway se rapprocha au point que Cairn sentit les effluves d'alcool qu'exhalait son souffle.

— Consignez cela dans un rapport pour Hoover… il adore la sodomie intellectuelle, fit l'écrivain à voix basse, en plissant les yeux, le regard dur, en ricanant à moitié.

Cairn cligna des yeux. Les lèvres sèches, il avala avec difficulté. Sa seule envie maintenant était de quitter ce lieu afin de retrouver la quiétude de son bureau à l'ambassade. Cet homme est du poison vif, se dit-il.

— Est-ce tout, monsieur Hemingway ? demanda-t-il d'une voix étranglée.

L'œil ironique, Hemingway recula d'un pas comme pour rompre à demi les hostilités.

— Qu'est-ce que vous imaginez, hein ? Vous vouliez que je vous entretienne de culture classique, me disiez-vous ? Avez-vous lu cinq mille livres ? dit-il en levant les yeux vers le plafond. Avez-vous écrit cinq cent mille mots ? Je ne crois pas que la culture classique soit à votre portée… mais dites-moi, Cairn, connaissez-vous cette formule affichée sur les cadrans de toutes les vieilles horloges au sujet des heures qui passent ?

Le visage du diplomate demeura figé. Il fit non de la tête.

— *Omnes vulnerant, ultima necat* est-il écrit, poursuivit Hemingway. Mon latin est franchement mauvais, mais cela veut dire : toutes blessent, la dernière tue. C'est cela que je veux que vous compreniez avant que vous retourniez dans votre tanière…

— Je vous écoute toujours, murmura Cairn, presque obligeamment.

Hemingway se gratta vigoureusement une joue. Il se dandina à la manière d'un gros ours pour chasser la raideur qui gagnait sa jambe blessée.

— Où étiez-vous, Cairn, le 6 juin 1944 ? demanda-t-il à brûle-pourpoint.

Interloqué, Cairn secoua la tête avec l'air d'un naïf.

— Vous n'étiez pas sur une des plages de Normandie… est-ce là ce que vous me dites ?

— Je n'y étais pas…

— Cela me paraît antiaméricain, suggéra Hemingway avec un mince sourire.

— J'étais à Washington, précisa Cairn, d'une voix mal assurée. Aux renseignements… je servais mon pays tout autant…

— Évidemment, ironisa l'écrivain, il en faut pour finir les guerres que d'autres ont commencées.

Il fit mine de réfléchir, se gratta à nouveau la joue.

— Que pensez-vous de Trujillo ? De Rafael Leónidas Trujillo ? ajouta-t-il lentement.

— Je ne suis pas autorisé à émettre des opinions personnelles au sujet de chefs d'État reconnus par les autorités de mon pays, répondit Cairn sur le ton d'une récitation.

— Votre réponse est tout ce qu'il y a d'antiaméricain selon la Constitution des États-Unis d'Amérique, le saviez-vous ? enchaîna Hemingway.

Cairn garda le silence. Il se contenta de dévisager l'écrivain d'un air fatigué.

— Je vais vous rafraîchir la mémoire, poursuivit Hemingway, Trujillo est un usurpateur, un salopard et un assassin. Il y a un peu plus de dix ans, il a ordonné le massacre à la machette de plus de trente mille Haïtiens. Il a donné asile à des criminels nazis en échange d'une fortune en or et en bijoux. Il s'est approprié la plupart des terres, des entreprises, des récoltes et des impôts du peuple dominicain. Il est à la tête d'un régime de terreur. Il est l'allié de toutes les politiques commerciales et militaires de notre pays, les États-Unis d'Amérique, dans les pays des Caraïbes et de l'Amérique latine. Il est un dictateur patenté… un *caudillo* de la pire espèce, calqué sur son modèle, Franco ! Ai-je oublié un détail ?

Cairn fut pris de vertige. La stratégie de Hemingway lui parut claire : il posait un jugement implacable sur tout ce qui

ressemblait à une injustice. Il étalait les absurdités. Il s'efforçait d'élargir le fossé entre le bon droit des majorités et les
politiques contraignantes imposées par des élites. Il éclairait
crûment les zones d'ombre. Il soutenait les indignations et les
désobéissances et en tirait une moralité inspirée du texte fondateur de la Constitution même.

— Que pensez-vous de Franco ?

— Il est le chef d'un gouvernement légitime reconnu par
notre gouvernement…

— Triste propos, fit Hemingway, triste et profondément
antiaméricain. Comment justifier la reconnaissance d'un
monstre qui a fait fusiller quinze mille prêtres et religieux en
plus de deux cent mille Espagnols dont le seul délit était leur
allégeance républicaine ?

— Je ne vois pas les choses ainsi, balbutia Cairn. L'Espagne a été reconstruite, l'ordre y règne, la prospérité est
aux portes et il y a moins de chômeurs qui battent le pavé de
Madrid que celui de New York…

— Franco s'abreuve encore du sang espagnol de toute une
génération, répondit Hemingway en roulant des yeux féroces,
et mon propre pays est complice… main dans la main avec
le dictateur. Osez le nier, Cairn ! Main dans la main avec la
CIA, le FBI, pas vrai, Cairn ? Avons-nous seulement levé le
petit doigt pour venir en aide au demi-million de réfugiés espagnols qui ont fui le régime de ce monstre ? Avons-nous protesté
lorsque Franco a fait la génuflexion devant Hitler et Mussolini ? La diplomatie américaine est tout à coup devenue sourde,
aveugle et muette ! Pas vrai, Cairn ? Est-ce être antiaméricain
que d'éprouver un profond dégoût pour tant de charognards ?

Cairn baissa les yeux tant le regard de Hemingway lui
parut hostile. La charge de l'écrivain, tel un souffle impétueux,
lui passait dessus, et il était là sans défense, véritable bouc émis-
saire d'une histoire qui n'était pas sienne, à devoir affronter
l'ire de cet être de démesure qui déversait à flots incessants un
trop-plein de rancunes accumulées.

— Comme promis, j'ai écouté… j'ai entendu ce que vous aviez à dire, fit-il, stoïque. Puis-je maintenant suggérer que vous preniez rendez-vous avec l'ambassadeur lui-même pour lui faire part de votre vision des choses ? Je crois sincèrement qu'il portera la plus grande attention à…

Hemingway leva les bras et grimaça en signe de dérision.

— Que moi je prenne rendez-vous avec Butler ? fit-il. Il ne sera plus en poste dans quelques mois… des moineaux de passage, voilà ce que vous êtes tous ! J'ai bonne mémoire… Guggenheim, Welles, Caffery, Wright, Messersmith, Braden, Norweb, Butler… et qui sera le suivant à venir valser avec Meyer Lansky… peut-être même avec Lucky Luciano ? Non, Cairn, il n'y aura pas de rendez-vous dans votre ambassade de merde… C'est avec Gregorio que je prendrai rendez-vous… lui n'a rien à défendre autre que son honneur, rien à protéger autre que la mer et ses poissons, rien à échanger sinon son amitié… Gregorio est le reflet de l'âme cubaine… il ne sait ni tricher ni mentir. Gregorio n'est pas antiaméricain, mais si vous menacez un de ses amis, il n'hésitera pas à vous planter son couteau dans le buffet. Ai-je été assez clair, monsieur le premier secrétaire de je ne sais trop quoi ?

Cairn était livide. Il lutta contre la tentation de servir une réplique cinglante à l'écrivain.

— Vous l'avez été, monsieur Hemingway… et sur ce, vous me permettrez de prendre congé.

— Un dernier mot, Cairn, ajouta Hemingway. La Finca Vigía est à quelques miles d'ici… ce territoire est sacré à mes yeux. Là-bas je me sens totalement cubain et très peu américain. Quiconque y pénètre sans être invité ou annoncé devient un violateur de propriété… un envahisseur, vu ? J'ai une vingtaine d'armes à feu qui peuvent faire l'envie des meilleurs collectionneurs… divers calibres avec autant de munitions qu'il en faut… je suis très bon tireur, de loin comme de près, et je ne suis pas du genre à hésiter… Transmettez bien ces paroles à vos chiens pisteurs de l'ambassade, clair ? Pour tout le reste, je vous laisse méditer sur ces paroles du seul homme de ce siècle à qui je voue une admiration certaine, le colonel Thomas Edward Lawrence… Lawrence d'Arabie si vous préférez. « Je ne prétends pas être impartial. Je me battais pour ma cause, sur mon propre fumier. » Pas de la grande prose, mais une immense vérité que je fais mienne. Mettez ça dans votre rapport et faites transmettre à Hoover que s'il lui prenait la fantaisie de débarquer à Cuba, qu'il se tienne loin de la Finca, car je serai de garde sur mon propre fumier…

Il n'y eut aucune salutation ni poignée de main. Pâle comme un agonisant, Cairn se dirigea vers la sortie, la démarche raide, à la manière d'un robot. Les dernières paroles de Hemingway lui trottaient dans la tête tout comme l'écho de sa voix rauque. Il regrettait cette rencontre, se disant qu'il eût été préférable de maintenir une surveillance discrète, de nourrir davantage la puissance obscure de la délation. Hemingway ne manquait pas d'ennemis, et ces derniers ne demandaient pas mieux que de le compromettre, ravis de mentir de sorte qu'il se retrouvât dans le pétrin et ainsi ternir le lustre de sa superbe.

— Cairn, entendit-il.

Il se retourna.

— Une dernière chose, lui lança Hemingway. Vous et moi savons que des millions circulent sous les tables à La Havane… nous savons… et Washington sait que la mafia contrôle le débit de tous les robinets qui pompent le fric. Nous savons aussi que ceux qui se mettent en travers coulent au fond de la baie à la même vitesse. Pourquoi alors Hoover n'appuie-t-il pas sur l'interrupteur ? Pourquoi Lansky et sa bande de malfrats couchent-ils avec le président, ses ministres et sa police ? Pourquoi Frank Sinatra les embrasse-t-il sur les deux joues en même temps que vous le traitez comme un patriote digne d'une décoration ? Je vous le répète, connard, toutes blessent, la dernière tue ! La prochaine fois que vous me braquerez un torchon au visage, Cairn, c'est mon poing sur la gueule que vous prendrez… ¡ *No hay más que perder !*

Il se détourna. Il sentit une certaine oppression à la poitrine. Il rejoignit Manolo au bar. Aux prix d'un effort, il sourit à ce dernier.

— *Gracias Manolo*, laissa-t-il tomber.

Le directeur du *Ambos Mundos* approuva d'un signe de tête.

— J'ai beaucoup de courrier pour vous, Don Ernesto, annonça-t-il. Je vais aller le chercher.

Il se leva et se dirigea vers la porte du fond d'un pas leste. Il revint au bout d'un moment, porteur d'un volumineux paquet de lettres et de quelques grandes enveloppes brunes. Il déposa le tout devant Hemingway. Ce dernier avisa d'un coup d'œil l'ensemble puis essuya ses lunettes avec un pan de sa *guayabera*. Il fit un tri rapide et retint deux lettres et une enveloppe marquée d'un logo vaguement familier : Hacienda Doña Ariana, Santiago de Cuba.

— *Ignacio, tres Pernod y Perrier-Jouët Champagne por favor*, lança Manolo au barman.

Le savant mélange se retrouva en un rien de temps dans trois verres.

— *Feliz cumpleaños, Don Ernesto*, dit Manolo, solennel, en levant son verre en direction de Hemingway et en invitant Ignacio à faire de même.

— Tu savais ? murmura Hemingway avec un léger trémolo dans la voix trahissant son émotion.

— Depuis toujours, répondit Manolo.

Il sortit de sa poche un exemplaire passablement écorné d'un livre intitulé *For Whom the Bell Tolls*, le plaça devant Hemingway et lui tendit un stylo de marque Parker.

— Cinq ans, Don Ernesto… je l'ai enfin terminé ! Grâce à ce livre, je comprends et parle mieux votre langue. Aujourd'hui je me permets respectueusement de vous demander votre signature…

Hemingway prit la plume. Sa main tremblait. Il hésita, ferma les yeux, se perdit quelque peu dans ses pensées. Puis il écrivit quatre lignes et signa.

— Pour toi seul, Manolo, souffla-t-il, en lui remettant l'exemplaire et la plume.

Manolo prit le temps de lire la dédicace.

— Don Ernesto, finit-il par dire, j'ai une question qui me trotte dans la tête depuis dix ans…

— Pour qui la question ? L'ami ou l'écrivain ?

— L'écrivain…

— Alors c'est l'écrivain qui répondra…

— Ce livre, c'est bien ici, au *Ambos Mundos* que vous l'avez écrit ?

Hemingway hocha la tête. Toujours la même fenêtre ouverte, pensa-t-il, une échancrure de ciel bleu, la surface de la mer qui s'étendait à l'infini, des soupirs amoureux, des visages de femmes fondant en larmes, des pages noircies de récits du bout du monde, l'irréalité d'une page blanche. Par sympathie, il n'avait pas l'intention de décevoir cet homme qui fut le complice de toutes ces années et qu'il considérait comme un fidèle ami cubain. Il avait toujours laissé entendre que ce récit, inspiré de la guerre civile d'Espagne, avait été écrit en grande partie dans la chambre 511 du *Ambos Mundos*. En vérité, il n'y avait écrit que quelques lignes avant de filer en douce, de nuit, pour s'enfermer pendant plusieurs semaines dans une chambre du *Sevilla-Biltmore*. C'était dans cet hôtel du Prado, fréquenté par autant de stars que de bandits de la trempe d'Alfonso Capone, qu'il avait écrit les premiers chapitres du roman devenu célèbre, chose qu'il n'avait jamais révélée. Dix ans plus tard, il n'avait certes pas l'intention de trahir cette atmosphère vibrante de tant de souvenirs qui le liait au *Ambos Mundos*, de défaire le mythe. Les fantômes, les ombres et les émotions qui habitaient cette chambre 511 n'avaient pas de prix à ses yeux et méritaient d'y demeurer.

— Manolo, rien au monde ne saurait remplacer dans mon cœur tout ce qui me lie au *Ambos Mundos*, répondit-il, en étreignant chaleureusement son épaule. Aussi loin que puissent m'entraîner les remous de la vie, c'est vers cet endroit que me ramènera toujours ma boussole.

Hemingway reconnut la belle écriture d'Adriana Ivancich. À l'encre verte, avec cette manière bien personnelle qui évoquait l'esthétique gracieuse du lettrage gothique. C'étaient les dix-neuvième et vingtième lettres qu'il recevait de sa muse italienne. Il l'avait trouvée magnifique en tout, désirable à chaque instant. De cette rencontre sous la pluie, qu'il avoua foudroyante, il y avait vu le signe du destin. Ç'avait été l'an dernier, à Fossalta, sur le Piave. Adriana n'avait pas encore dix-neuf ans, lui avait-elle avoué, il en avait alors quarante-neuf, assez vieux pour être son père. Avait-il vu en Adriana la fille qu'il n'avait jamais eue ? L'avait-elle imaginé comme le père qu'elle eût souhaité avoir ? Il n'en voulut rien savoir. Seuls importaient les fantasmes qu'elle lui inspirait, les désirs qu'elle ravivait en lui. Lorsqu'il lui avait avoué dans sa toute première lettre qu'il aurait aimé la tenir dans ses bras dès le premier instant, malgré tous les interdits et les conséquences, être à ses yeux le preux chevalier, elle lui avait répondu qu'elle admirait son courage magnifique, qu'il était son héros à vie, qu'elle désirait passionnément se laisser aller à tout échange pouvant mener à l'osmose de leurs identités. Dès la cinquième lettre, Hemingway était passé aux aveux. Il avait écrit à Adriana qu'il était devenu trop lourd, que son cœur s'emballait à tout moment, qu'il buvait tellement qu'il en oubliait d'écrire, qu'il succombait trop aisément aux mauvaises fréquentations, que les somnifères les plus puissants ne venaient plus à bout de ses insomnies, qu'il confondait la réalité avec ses cauchemars, qu'elle seule pouvait le sauver d'un naufrage imminent.

Adriana lui avait répondu qu'elle aussi avait tant de blessures cachées, mais qu'elle voulait bien éclairer ces sombres espaces afin qu'il retrouvât son génie. Ils étaient dorénavant liés, envers et contre tous. La magie des mots opéra aussitôt. Hemingway s'était remis à l'écriture de son roman vénitien, ainsi qu'il l'avait appelé, et avait envoyé à Adriana une copie de travail de son manuscrit, disant dans la lettre d'accompagnement que sa jeunesse, sa beauté et sa vive intelligence avaient inspiré tous les traits de Renata, l'héroïne de *Au-delà du fleuve et sous les arbres*.

Dans la première des deux lettres, Adriana vanta amplement l'œuvre, écrivant qu'elle avait versé des larmes en retrouvant au fil des pages son Italie natale transformée en terres de lumière, escarpées, plantées partout de vignobles. Elle s'était permis quelques « petits reproches », puisque, mentionnait-elle, elle n'y retrouvait pas l'évocation suffisante des landes dorées de la Toscane et des eaux bleues du Lac de Garde. Elle regrettait qu'il n'ait pas accordé plus d'importance à Florence et à Venise qui pourtant avaient enfanté la Renaissance italienne. « Pourquoi pas quelques lignes sur la Place Saint-Marc, le Campanile, la Tour de l'Horloge, le Pont des Soupirs ? Pourquoi pas une escapade amoureuse sur le Grand Canal ? » Elle avait terminé ses remarques en regrettant l'absence dans le récit de quelques maisonnettes colorées aux arcades lombardes parmi les collines abritant au moins un château, une résidence royale et un village médiéval.

Hemingway ne put réprimer un sourire. Il revoyait la silhouette gracile d'Adriana, ses prunelles aux reflets d'obsidienne, entendait son rire cristallin. Elle était l'incarnation du mystère féminin, l'ardente promesse de la volupté. Il ne put s'empêcher de murmurer son prénom tellement l'accent musical le troublait à chaque fois.

La seconde lettre lui réservait une surprise. Adriana l'incitait à entreprendre un autre roman, lui prédisant que s'il le faisait pour elle, en utilisant toute la force qu'elle allait lui transmettre, il en résulterait l'œuvre de sa vie. Elle lui proposait en outre de dessiner la couverture de *Au-delà du fleuve et sous les arbres* et le suppliait d'intervenir auprès de son éditeur, Charles Scribner, afin qu'il acceptât cette proposition. Elle terminait la lettre en citant un extrait judicieusement choisi du manuscrit : « Elle pénétra alors dans la salle, resplendissante de jeunesse, et de longue et altière beauté, et de cette désinvolture que lui donnaient ses cheveux ébouriffés par le vent. Sa voix était basse et délicate, et elle s'exprimait en anglais avec circonspection. Il l'embrassa et sentit le corps jeune et souple, long et fin bâti, contre le sien. » Elle ajouta qu'il ne dépendait que de leur intention commune pour que ce qui n'avait jamais eu lieu dans la réalité finisse par s'accomplir.

Adriana le traversait de part en part, enflammait son esprit et son corps. Elle était sa trouée dans le néant, sa lumière nouvelle. Surgissait un grand amour peut-être, le premier et le dernier, auréolé de beauté et de mystère. Un défi à la hauteur de son égocentrisme, la promesse d'une métamorphose.

Une bouffée d'air chaud l'envahit. Il sentit sourdre un élan de passion et la soudaine envie de partir par le premier bateau pour l'Italie. Du calme, Hem, se dit-il, un peu de sang-froid. Voilà que tu attends d'une enfant ce qu'aucune femme n'a su te donner. Tu es peut-être au dernier carrefour de ta vie, à l'heure où tu devras affronter seul le crépuscule. Crois-tu donc qu'elle te tiendra la main à l'heure où tu interrogeras le ciel ? Crois-tu avoir le courage de lui dire adieu alors que tu ne seras plus qu'une épave ? Il lut et relut les deux lettres, les plia avec soin et les remit dans leurs enveloppes. Il répondrait plus tard, en l'imaginant, insouciante, dans ses bras, sous le ciel étoilé de la Toscane. Ne voulant pas rompre le charme, il ne mentionnerait jamais que leurs deux mondes étaient aux antipodes, que leur idylle était irréelle, si rare qu'elle fleurirait à peine, le temps d'une saison de la vie.

Hemingway regarda en direction du bar, l'air un peu perdu.

— *¿ Hace calor, verdad ?* fit Ignacio avec un grand sourire. *¿ Quieres a beber… ron ?*

Hemingway déclina d'un geste de la main. Le barman parut surpris. À l'autre bout du grand hall, le pianiste de l'établissement posait ses mains sur le clavier de son piano droit, qui, avec l'âge, avait pris une belle patine. Il passa du blues au jazz en improvisant des variations dans le rythme.

— Du Gershwin, lança Hemingway. *Rhapsody in Blue…*

Le pianiste ne se fit pas prier. S'envolèrent aussitôt les sonorités retenues, pleines de nostalgie, du célèbre compositeur américain.

Hemingway tenait la troisième enveloppe, la tourna et la retourna. Au moment de rompre le cachet, il y eut un tumulte. Le hall du *Ambos Mundos* fut pris d'assaut. Des cris s'élevaient partout. On tirait alentour. Des coups espacés auxquels répondait le staccato d'armes automatiques. Dehors, des jeunes gens couraient en tous sens, certains ensanglantés, quelques-uns soutenus par des camarades. Aux cris succédaient des hurlements. Il y eut une brève accalmie. Quelqu'un aboyait des ordres. Une voix proche, insistante. Peu après, de nombreux policiers, l'arme au poing, firent irruption dans le lieu. Ils cherchaient manifestement quelque chose ou quelqu'un. L'homme qui criait des ordres, sanglé dans un uniforme trop étroit, reconnut Hemingway. Déjà Manolo était accouru, s'interposant entre l'écrivain et le policier.

— Que se passe-t-il ?

— Assassinat, fut l'unique réponse.

— Qui ?

— Justo Fuentes, un étudiant de l'université qui dirigeait un groupe communiste…

— Où et comment ?

— C'est moi qui pose les questions, fit le policier d'un ton autoritaire… à la sortie d'un poste de radio, ajouta-t-il.

— Et tout ce branle-bas ? fit Hemingway, visiblement irrité. Vous ne croyez tout de même pas que les clients de cet hôtel ont quelque chose à y voir…

Le policier le regarda d'un air sournois.

— Il y a un soulèvement étudiant, ils sont partout dans la ville, répondit-il, mielleux.

Il exhiba une photo.

— Vous avez vu cette personne ?

Hemingway ne réagit pas. Manolo eut la même réaction. Le policier fit le tour de la place, interpellant chacun d'une voix saccadée, très sonore.

— Avez-vous vu cet homme ? Il est recherché sur ordre du président… il est armé et dangereux. Il est le chef de tout ce désordre… l'avez-vous vu ? Il s'appelle Fidel Castro… Fidel Castro Ruz !

Troisième partie

Santiago de Cuba

« Chacun d'eux, contre les oppresseurs,
entreprenait d'être lui-même,
irrémédiablement et en se choisissant
lui-même dans sa liberté,
choisissait la liberté de tous. »
Jean-Paul SARTRE, 1944

6

Chaque fois que Jean-Paul Sartre parlait, il murmurait presque. Puis, au fil du propos, en approfondissant le sujet, en étayant sa thèse de considérations philosophiques, comme d'opposer constamment l'être et le paraître, en précisant que telle ou telle autre situation n'était jamais le simple produit du hasard et, qu'en même temps, le poids de l'Histoire n'expliquait pas tout, il haussait le ton, promenait son regard partout et agitait ses mains à la manière d'un chef d'orchestre.

Sartre se savait laid, par trop conscient de son faciès de batracien, de son strabisme prononcé et de sa taille de nabot. Très jeune, il avait appris à cacher la laideur de ses traits vérolés derrière de grandes lunettes à monture foncée et aux verres épais comme des loupes. Tout comme il avait choisi de se détacher des événements et des émotions de la vie pour se consacrer entièrement à l'univers cérébral.

Il notait tout ce qu'il voyait et entendait le jour, observait la vie parisienne depuis les terrasses des cafés qu'il fréquentait assidûment, et organisait et transcrivait ses réflexions la nuit, soutenu par les amphétamines, le whisky, les cinq à huit Boyards qu'il grillait à l'heure, avant de sombrer dans un court sommeil à coups de somnifères. Tôt dans la vie, il s'était proclamé le philosophe sans maître après avoir dit n'être le fils de personne puisqu'il n'avait jamais cherché refuge dans l'ombre de son père. On le consacra le « pape de l'existentialisme » avant l'âge de quarante ans, donnant ainsi naissance à un des génies du siècle.

Sartre tournait en rond depuis cette improbable rencontre faite à New York par une journée glaciale de janvier 1945. Pourquoi s'était-elle tenue là, devant lui, au moment précis où il avait échappé par maladresse sa pipe ? Pourquoi leurs regards s'étaient-ils croisés de la sorte l'instant d'après ? Pourquoi son parfum, pourtant discret, l'avait-il totalement séduit au point qu'il avait bégayé en voulant se présenter à elle ? Le philosophe avait perdu ses repères, laissant l'homme aux prises avec ses émotions vives. Depuis, Sartre avait négligé sa singulière relation avec Simone de Beauvoir, fermant les yeux sur les amants et les amantes qui entraient et sortaient de la vie de sa muse, ainsi que sa notoriété littéraire, s'était soustrait à ses obligations publiques, avait erré dans son appartement de la rue Bonaparte à Paris, oublié ses rendez-vous quotidiens avec son piano et la musique de Schubert.

Elle s'appelait Dolores Vanetti. Elle avait été son coup de foudre, était devenue sa passion et sa lumière outre-Atlantique. Ce jour de janvier 1945, elle avait séduit Sartre comme seul Shakespeare l'aurait imaginé ; de la tête aux pieds. Un visage de madone italienne avec des yeux immenses qui passaient aisément du brun clair au noir d'encre, un corps gracile, une taille de ballerine, des jambes fines et musclées. Ardente, volubile, directe, aventurière, imprévisible, elle était tout ce que n'était pas Simone de Beauvoir.

Dolores Vanetti avait jeté un pont sur les deux mondes et permis à Sartre de passer de Paris à l'Amérique. Née en France, éduquée en Angleterre, établie à New York, elle lui avait affirmé qu'il ne saurait plus vivre ailleurs. Peu après leur rencontre, après une nuit d'amour dans l'appartement-musée qu'elle occupait, coin 57e Rue et 1re Avenue, dans Manhattan, Dolores lui avait avoué un amour sans partage. Elle avait poussé l'audace jusqu'à lui proposer de demeurer à New York avec elle, de commencer une nouvelle vie, lui promettant de lui ouvrir les portes de l'Université Columbia, tremplin d'une nouvelle célébrité, lui avait-elle dit.

Il avait suffi de quelques semaines pour convaincre Jean-Paul Sartre du vrai visage de l'Amérique. La grande illusion s'était transformée en grande déception. New York n'était à ses yeux que pierre, verre, verticalité, vertige, fuite vers l'infini. Un bouillon ethnique, un zoo humain, une orgie de son et de lumière. Broadway, Times Square, Central Park, le Metropolitan, n'étaient qu'un leurre. Il avait compris qu'il ne se ferait jamais à ces assemblages en hauteur qui poussaient, chaque jour davantage, vers les nuages. Monté au sommet de l'Empire State avec Dolores accrochée au bras, il n'avait vu qu'usines, cheminées, vapeurs chimiques mêlées de soufre, structures de fer enchevêtrées, panneaux de verre; une mosaïque sauvage sans espace vital, sans air, sans lumière. Cette nuit-là, l'insomniaque avait noté qu'il ne saurait vivre dans cette usine monstrueuse qui semait le rêve et finissait par broyer tous ceux qui entraient dans son piège. « Happé par New York je rêve aussitôt de Paris », fut sa conclusion. Le jour de son retour en France, il avait avoué à Dolores qu'il n'aurait pas la force de garder le nez en l'air pour espérer entrevoir un coin de ciel, ni celle de subir à chaque instant ce sabir parlé dans tous les coins et que les Américains confondaient avec la langue anglaise.

Pourtant, ni Sartre ni Dolores n'avaient pu rompre. Sartre s'était demandé s'il aimait encore de Beauvoir et même s'il ne l'avait jamais aimée. Il n'avait su répondre. Il savait toutefois que le monde sans Simone de Beauvoir ne serait qu'un désert, et la vie, sans Dolores Vanetti, d'un ennui mortel. Un ménage à trois s'avérait impossible. Ainsi, le philosophe qui revendiquait la liberté de choix comme moteur de la vie consciente s'était avoué incapable de trancher le nœud gordien.

C'est en traînant ce fardeau existentiel qu'il avait accepté, en juin 1949, après plusieurs volte-face, de retraverser l'Atlantique. À New York, une fois la flamme ravivée, l'aventurière avait proposé à Sartre de l'accompagner dans un périple insolite : Haïti puis Cuba. En Haïti, Dolores rêvait de découvrir un mouvement pictural inspiré par les peintures naïves haïtiennes que le Modern Museum of Art de New York commençait à promouvoir et dont *Time* avait reproduit plusieurs œuvres. L'île de Cuba, avait expliqué Dolores, était un détour presque obligé, puisque située à un saut de puce d'Haïti. Ils y débarqueraient à temps pour le grand Carnaval de Santiago.

Sartre s'était laissé convaincre. En fait, il ignorait tout du monde caraïbe qu'il tenait pour primitif, misérable et inhumain.

⁓

Pourquoi s'était-il laissé entraîner dans ce périple incertain ? se demandait Sartre, angoissé, en voyant par le hublot un paysage où ciel et mer se confondaient. La liaison passionnelle durait depuis bientôt cinq ans, une éternité pour lui. Surtout qu'il avait maintes fois prétendu que pour découvrir un pays et sa culture, il suffisait d'en séduire une femme, jusqu'au lit. Voilà qu'il se trouvait débordé de tous côtés, corps et croyances. Dolores était toujours là, en Amérique comme en sol caraïbe, alors que Simone de Beauvoir était au loin, dans quelque café de Saint-Germain, partagée entre une laborieuse correspondance qu'elle lui destinait, une liaison avec une de ses étudiantes de philosophie et des élans de jalousie.

Il n'avait pas dit un seul mot durant la première des deux heures de vol entre Port-au-Prince et Santiago de Cuba. Il détestait toujours autant les avions. Le souvenir de cet affreux voyage à bord d'un DC8 américain, en janvier 1945, le hantait encore. Son tout premier vol. Une envolée interminable entre Paris et New York qui l'avait laissé avec une migraine à lui fendre le crâne et une horreur incontrôlable du vide.

Ce vol d'aujourd'hui n'était qu'un saut de puce comparé à la traversée de l'Atlantique, mais il n'en était pas moins agité. Soulevé par des courants ascendants puis ballotté par des turbulences, le petit avion effectuait un trajet en montagnes russes. Sartre ne lâchait les accoudoirs que le temps de regarder sa montre, dont il lui semblait que les aiguilles n'avançaient guère.

Il s'en voulait de ne pas avoir pris les deux comprimés qui l'auraient certainement calmé, à défaut de le plonger dans une bienveillante léthargie.

Il sentit tout à coup le souffle tiède de Dolores sur sa joue.

— Tu te sens bien ? lui murmura-t-elle.

— Je me sentirais mieux au *Nick's* avec un whisky à la main…

— Ou alors sur la terrasse des *Deux Magots* en meilleure compagnie ?

Sartre se redressa brusquement.

— Je préfère le *Flore*, fit-il, visiblement agacé par l'allusion. Au moins le garçon de café y est drôle… ou alors, à tout le moins, est-ce un drôle de garçon !

Leurs regards se croisèrent. Comme toujours, il succomba au charme des grands yeux bruns de Dolores.

— Je déteste l'avion, tu le sais bien, bredouilla-t-il. Je… je finis par dire n'importe quoi… même les pires conneries…

Elle lui sourit. Il admira son calme.

— Tu n'as qu'à penser à des choses agréables, dit-elle doucement.

— Je n'arrête pas de penser à ce que disait Consuelo de Sandoval, avoua-t-il.

— Qui ?

— La veuve de Saint-Exupéry… tu sais bien… nous l'avions rencontrée au *Plaza*… tu t'en souviens bien, non ?

— Il y a des années de cela !

— L'année de notre rencontre… en 45…

— Et que disait-elle de si extraordinaire, Consuelo ?

Sartre inspira profondément.

— Qu'une des dernières choses que lui avait dites Saint-Exupéry fut qu'il était le seul survivant de l'équipe Casablanca-Dakar qui faisait jadis la gloire de l'Aéropostale, répondit-il gravement. Et il aurait ajouté ces mots terribles : « On vieillit donc si vite ? »

Dolores lui prit une main. Elle la sentit totalement glacée en dépit de la chaleur qui régnait dans l'habitacle.

— Que vient donc faire Saint-Exupéry dans tes pensées du moment ?

— Cela fait cinq ans, murmura Sartre, l'air sombre, c'est comme un présage...

— Je ne comprends pas...

— Il y a cinq ans presque jour pour jour, Saint-Exupéry disparaissait sans laisser la moindre trace, au large de la Corse, précisa-t-il. C'est lui qui était aux commandes... avec plus de six mille heures de vol à son actif... et à bord d'un avion autrement plus sécuritaire que celui-ci !

— Voyons... voyons ! C'était en pleine guerre ! s'exclama Dolores.

Il ferma les yeux et passa ses mains sur ses cheveux plaqués par la chaleur.

— Crois-tu que nous sommes en pleine paix, ici plus qu'en bas ? Nous tenons au bout d'une ficelle... à peine encore !

Presque au même moment, le régime des moteurs, jusque-là assourdissant, passa à un mode quasi imperceptible. L'avion se cabra au point que la carlingue se mit à vibrer. Sartre ferma les yeux, les mains crispées sur les accoudoirs. La voix du pilote, diffuse, partiellement couverte par les grésillements de la radio, débita un chapelet de mots incompréhensibles. Une hôtesse apparut comme par enchantement dans l'allée centrale et demanda aux passagers de boucler leur ceinture de sécurité. Lorsqu'elle arriva à la hauteur de Dolores et de Sartre, ce dernier la regarda d'un air hébété, en imaginant le pire. Il la vit curieusement détendue, un grand sourire aux lèvres. Dolores l'aida à boucler la ceinture et lui souffla quelques mots. N'entendant rien, il se contenta d'un battement de cils.

L'avion vira sur la gauche et amorça la longue descente. Brusquement, l'étendue océane céda sa place à un massif accidenté, vert, d'où émergeaient des bouquets de palmiers. Fasciné, Sartre en oublia son angoisse. Pour en avoir entendu parler et vu quelques photographies, il reconnut la Sierra Maestra, dont les pics les plus escarpés, presque dénudés, constituaient les points culminants de l'île de Cuba. Parmi ceux-là, le Pico Turquino, dont le sommet disparaissait derrière une crête brumeuse. Pendant quelques minutes, l'avion survola à basse altitude les contreforts de la cordillère cubaine. Puis, laissant derrière lui les grandes forêts tropicales, l'avion déboucha au-dessus d'une plaine qui déroulait, tel un tapis végétal frangé d'or, des champs de cannes à sucre soigneusement aménagés en damiers.

L'équipage actionna le mécanisme du train d'atterrissage. L'avion tanguait passablement. On distingua au loin deux campaniles blancs qui se dressaient nettement au-dessus d'une ville aux allures coloniales au moment même où les roues touchèrent la piste. Sartre poussa un long soupir. Passant la main sur son visage, il se rendit compte qu'il était en nage.

❦

À l'hôtel *Casa Granda*, on leur avait souhaité un bon séjour par ces quelques mots : « Bienvenue dans la tête du grand lézard vert et joyeux Carnaval ! »

Depuis trois jours, Santiago, capitale de la province d'Oriente, était livrée corps et âme à la *Zafra*, la grande fête célébrant, depuis près de quatre siècles, la fin des récoltes de la canne à sucre.

Santiago, enfiévrée, vivait et vibrait sans modération, embrasée jour et nuit par les rythmes colorés de son carnaval.

Métisse, festive, la ville coloniale ressuscitait les mémoires du passé, de l'esclavage à l'abolition, de l'occupation espagnole à l'occupation américaine, du chant nègre à la poésie romantique. Jeux de rue, paillettes aux couleurs de l'arc-en-ciel, corps et danses entremêlés par les rythmes africains, défilés de personnages extravagants, parfois monstrueux, géants sympathiques à la tête de papier mâché, chars allégoriques célébrant les traditions agricoles, la ferveur religieuse entretenue par le culte de saint Jacques, le saint patron de Santiago, les

95

patriotes symbolisant les luttes armées pour une indépendance jamais acquise, autant de sujets, de prétextes, pour exacerber la beauté des corps, la chaleur humaine, mais surtout pour donner un droit de cité sans cesse renouvelé à ce véritable Mardi gras caribéen.

Depuis le Roof Garden, que les habitués de l'hôtel appelaient plus familièrement le mirador, Sartre contemplait le panorama de la baie. Il avait aussi une pleine vue sur l'imposante façade néoclassique de la cathédrale, érigée à deux pas de l'hôtel, à l'une des extrémités du parc central de la ville. L'édifice était flanqué des deux clochers qu'il avait aperçus de loin, à l'arrivée. L'ensemble labyrinthique des quartiers populaires de la ville grouillait toujours de fêtards et résonnait de sonnailles métalliques et de percussions.

La terrasse du *Casa Granda* fleurait le café fraîchement moulu. C'était cette odeur unique des grains cultivés à l'ombre, cueillis à flanc de montagne, séchés au soleil côté caraïbe, soigneusement triés puis sélectionnés parmi les fèves les plus sombres, les plus épaisses, à laquelle se mêlait un arôme de caramel.

— Un autre café ? lui demanda Dolores en le rejoignant.

— Va pour un autre café, fit-il.

Laissé seul, il enfonça ses mains dans les poches de son pantalon. Du bluff, se dit-il. On célèbre quoi au juste ? Pour qui ? On danse, on boit, on dégueule, on baise, on recommence jusqu'au moment où on n'arrive plus à vomir ou à jouir ! Qu'y a-t-il d'autre à comprendre ?

Dolores, revenue, lui tendit la tasse de café. Il se mit à siroter lentement le délicieux breuvage.

— La première jouissance du jour, murmura-t-il.

Il fit quelques pas, regarda du côté de la Sierra Maestra encore enveloppée d'une brume matinale, puis reprit place près de Dolores.

— La vérité, dit-il, c'est que Haïti et maintenant Cuba me révèlent une certaine impuissance à aller au bout de ma pensée… moi qui ai en horreur tout ce qui est vague, indéfini…

horreur de l'incorrection de la pensée… horreur de la défaillance intellectuelle, de l'imperfection, voilà que je me sens englué !

Dolores le prit par le bras, posa la tête contre son épaule. Ils restèrent ainsi un long moment sans bouger. Sartre essayait de chasser de sa tête l'angoisse qui le tenaillait. Les mêmes mots lui revenaient encore et toujours : la liberté est une condamnation, l'angoisse est une manière d'expérimenter cette liberté ; angoisse et liberté sont indissociables.

— Je voudrais avoir l'assurance visionnaire d'un Voltaire, le souffle épique d'un Hugo, la rage littéraire d'un Zola, avoua Sartre en serrant le bras de Dolores.

Il fut pris d'un léger tremblement, puis d'un rire incontrôlable. Il riait encore lorsqu'une voix masculine l'interpella. L'homme s'exprimait en excellent français, sans le moindre accent. Il paraissait près de la soixantaine, avait un teint étonnamment clair, le front large barré de rides, la chevelure grise, abondante, séparée par une raie méticuleusement tracée, affichait d'épais sourcils qui dissimulaient quelque peu des yeux foncés et une fine moustache qui suivait les contours de la lèvre supérieure.

— Miguel Perusal, annonça-t-il en tendant la main à Sartre. Vous pouvez aussi m'appeler par mon nom d'origine… Michel Perroussel !

L'homme tenait dans sa main gauche un exemplaire d'un roman de Sartre, *La Nausée*, l'œuvre qui lui avait valu une première notoriété, et, serré sous son bras, un porte-documents.

෴

Sartre accepta la cigarette brune que lui offrait le visiteur. Perusal battit son briquet, et Sartre tira une longue bouffée dont il expulsa la première volute avec une satisfaction non dissimulée. Puis il contempla l'exemplaire du roman, le tourna et le retourna comme pour s'assurer de son authenticité. C'était bien une copie du premier tirage, paru chez Gallimard en 1938. Le feuilletant, il vit, au hasard des pages, de nombreuses annotations.

— Je n'aurais jamais cru retrouver ceci à Cuba, murmura-t-il.

— Lu, relu et encore relu, répondit Perusal, un brin de fierté dans la voix.

— Et… (Sartre hésita)… qu'en avez-vous pensé ? Qu'en pensez-vous aujourd'hui, si je puis me permettre ? s'enquit-il.

— Quelque part, entre les pages 150 et 170, se trouve le cœur qui bat de l'être que nous souhaitons devenir, répondit Perusal sans la moindre hésitation. Vous y tracez un portrait unique… celui du philosophe humaniste. Quiconque comprend ces mots ne pourra plus jamais trahir l'humain… ce sont vos propres mots.

Sartre baissa la tête avec modestie.

— C'est trop d'honneur…

— Ce livre, monsieur Sartre, est un grand miroir qui invite l'humanité à s'y contempler sans complaisance… encore que je n'ai rien à dire au sujet du titre… poursuivit Perusal. Chacun de nous s'y découvre un rôle principal qu'il est libre de tenir ou non…

Sartre pensa que la dernière phrase de cet homme résumait toute l'intention du roman, celle de tenter de franchir l'infranchissable, de saisir l'essence de l'homme révélée à la source même de ses intentions, puis à son aboutissement, par ses actes.

Perusal lui tendit un stylo. Sur la page de garde du livre, Sartre écrivit d'un trait : « Une voix cubaine est venue, sans que j'eusse à la chercher, définir avec une fulgurance intellectuelle l'homme démaquillé caché dans ma chair. »

La dédicace lue, Perusal voulut remercier Sartre. Sa gorge nouée par l'émotion le laissa sans voix. Ce qui plut à Sartre.

— Une dédicace est une pensée méritée et un acte de partage, épilogua-t-il. Quoique ne disant jamais tout ce qui mériterait d'être dit, elle en résume l'essentiel et s'inscrit dans le mouvement même de l'œuvre et de son histoire…

Perusal fit mine d'être ébloui par le soleil. Il se frotta les yeux, détourna le regard. Dolores lui tapota le bras.

— Voilà des mots bien gagnés, fit-elle, des mots qui feront, à n'en pas douter, l'envie de vos collègues. Mais, dites-moi, vous enseignez toujours au collège des jésuites, n'est-ce pas ?

— Toujours, répondit Perusal d'une voix mal assurée. En réalité, il s'agit du Colegio de Dolores… étrange coïncidence, ne trouvez-vous pas ?

— Je vous assure que je n'y suis pour rien, répondit Dolores en riant.

— J'y enseigne encore l'histoire, la littérature et le français, continua Perusal, plus détendu. Et l'anglais depuis une dizaine d'années…

Dolores se tourna vers Sartre.

— Tu connais maintenant notre homme à Cuba, expliqua-t-elle sur un ton léger. J'ai rencontré le professeur Perusal à New York, à l'occasion d'un congrès international sur les arts caribéens et la littérature espagnole en Amérique… En quelle année déjà ?

— C'était en juillet 44, précisa Perusal, tout juste après le grand débarquement des Alliés sur les plages de Normandie…

Elle prit les mains de Perusal et les étreignit avec chaleur.

— ¡ *Le estoy muy agradecida por su ayuda !* dit-elle, s'évertuant à placer les accents toniques aux endroits appropriés.

Perusal lui adressa un clin d'œil complice.

— *Es muy amable de su parte*, fit-il avec emphase, ajoutant à l'endroit de Sartre : elle a tellement de charme lorsqu'elle nous fait l'honneur de son érudition castillane…

Dolores partit d'un grand rire. Sartre se contenta d'un sourire pincé.

— Je n'entends malheureusement pas grand-chose aux subtilités des langues colonialistes, lança-t-il.

— Dieu fasse, monsieur Sartre, que Cervantes et Lorca ne vous entendent depuis leurs tombes, fit Perusal, mi-sérieux, mi-badin.

Sartre parut affecté. Dolores redevint sérieuse.

— Des nouvelles ? s'enquit-elle, en s'adressant à Perusal.

Il fouilla dans son porte-documents et en sortit une enveloppe affranchie de plusieurs timbres. Dans le coin gauche, deux lettres majuscules, A et M, stylisées, sous lesquelles on pouvait lire : *Ambos Mundos*.

— Elle vous est adressée, fit Perusal en remettant l'enveloppe à Dolores.

Elle prit le couteau de service et la décacheta d'un geste vif. Le texte, en anglais, était manuscrit. Trois courts paragraphes d'une écriture tassée. La signature, dont la première lettre du prénom et du patronyme était, chacune, tracée à la manière gothique, celle d'Ernest Hemingway.

Elle lut et relut la lettre, poussa un soupir de soulagement, et la tendit à Sartre. Il la parcourut à peine, la replia d'un geste brusque et le plaça sur la table.

— Je n'aime pas fouiner dans les correspondances intimes des autres, énonça-t-il avec une indifférence qui sonnait faux.

— Il nous invite chez lui ! lança Dolores, fébrile, ignorant la désinvolture de Sartre.

Ce dernier plongea rageusement une nième cigarette dans sa tasse de café.

— Que lui trouvez-vous donc, tous, à cet Amerloque ?

La réflexion de Sartre, sèche, presque provocatrice, fut suivie d'un silence. Perusal parut embarrassé. Dolores fit un effort manifeste pour ne pas perdre sa contenance.

— C'est peut-être un cliché, mais pour la plupart des Amerloques, ce qui m'inclut, Hemingway est l'archétype du héros populaire, dit-elle.

Pris au dépourvu, Sartre émit un grognement de dépit.

— C'est bien connu qu'en Amérique, il suffit de voir sa tronche à la une d'un grand magazine pour se prendre pour un héros populaire, rétorqua-t-il avec condescendance. Quant à moi, une œuvre ne se mesure pas aux coups de gueule d'un auteur pour que les journaux parlent de lui… très franchement, je préfère lire trois lignes de Faulkner que trois nouvelles de ce bravache ! Et qu'en dit notre professeur de littérature ?

Perusal, pour éviter de répondre, but le reste de son café d'un trait puis regarda sa montre.

— N'avions-nous pas convenu de faire un peu de tourisme ? fit-il avec diplomatie tout en levant la main en direction du garçon de table. Si nous tardons, Santiago sera à court de coins d'ombre en cette période de l'année…

Sartre eut un petit rire affecté.

— À la condition que je n'aie pas à supporter veston et cravate, rétorqua-t-il à la blague.

— Tout au contraire, monsieur Sartre, le reprit Perusal sur le même ton. Que diriez-vous de troquer votre tenue européenne contre une *guayabera* ?

— Une quoi ?

— *Guayabera*, répéta Perusal, amusé. Tout le monde la porte ici, c'est un peu notre costume national ! Comme ça, hors du pantalon, vous la laissez flotter en toute liberté, tout en disposant de quatre poches assez amples pour y fourrer vos effets personnels… le tour est joué. La *guayabera* est notre fierté… avec, en prime, un havane bien vissé sur le crâne !

Sartre parut embarrassé. Il regarda Perusal comme s'il doutait de son sérieux. Ce dernier souriait franchement.

— C'est que… voyez-vous… euh… je ne suis pas Cubain, bredouilla-t-il. Et puis cette mode n'est pas pour moi… enfin… j'ai bien peur que si je m'affichais ainsi vêtu, cela manquerait de réalisme… un peu comme une dame d'un certain âge qui se montrerait en public fardée jusqu'à la racine des cheveux, croyant ainsi paraître ce qu'elle n'est plus… ou n'a peut-être jamais été. Non, sérieusement, je laisserai tomber la veste en espérant qu'on ne réclamera pas un nœud de cravate en soie noire.

— Je m'en porte garant, cher monsieur, l'assura Perusal. Le savoir-vivre cubain ne fait aucune distinction de classe sociale ni de couleur de peau !

7

Santiago de Cuba était autant blanche que noire, héritage d'une ruée sanglante vers le sucre. Presque de l'âge du Nouveau Monde puisque fondée en 1512. Bâtie à la ressemblance de l'Espagne coloniale, son premier maître. Redéfinie par les affranchis au lendemain de l'abolition de l'esclavage. Envahie par les guerres d'indépendance. Galvanisée par les patriotes des trois Amériques. Redessinée et embellie par des bâtisseurs éclectiques, férus de beaux-arts. Chevauchée par une cordillère sauvage. Baignée par le flot caraïbe.

Son passé esclavagiste, ses traces révolutionnaires, ses chants abolitionnistes, sa reconstitution en terre d'exil et d'accueil pour des milliers de colons français en fuite de Saint-Domingue, marquaient encore la vie, les rêves, les luttes, les passions et les espoirs de la quinzième génération de Santiagais. Ils étaient la mémoire vive de ces pères de la patrie aujourd'hui coulés dans le bronze aux quatre coins de la ville. Les appels à la liberté de ceux-là, comme autant de chants, demeuraient inscrits à chaque coin de rue, sur une porte, un mur, en pleine lumière d'un parc autant qu'à l'ombre d'un cul-de-sac, repris par cent troubadours aux sons d'une trompette, d'une guitare, d'un tambour. Ou, plus simplement, fredonnés par quelque pêcheur solitaire, coupeur de canne à sucre ou paysan.

Santiago n'était pas seulement la capitale de la province d'Oriente, elle était l'autre visage de Cuba, à l'envers du décor de La Havane. Un creuset culturel, le lieu de tous les cultes, de toutes les sonorités. Santiago était l'oasis de l'Amérique latine.

Au loin, en surplomb de la baie, trônait la citadelle ceinturée par des douves aujourd'hui asséchées. Jadis conçue pour contrer les attaques par terre comme par mer, hérissée de canons pointés tous azimuts, elle était maintenant un castel de pierre, formidable belvédère dont les vues imprenables donnaient sur de petits ports de pêche en bordure de l'écrin caraïbe.

Depuis ses collines, ses avenues, ses ruelles, ses escaliers s'étalait une architecture franchement coloniale. Des patios érigés autour de magnifiques fontaines et de quelques puits, des maisons arborant des jalousies en bois de style mauresque, des structures et plafonds en cèdre, des motifs géométriques, des fresques mêlant toutes les influences, espagnole, anglaise, française, lignes austères, épurées, autant que rococo.

Et toujours le Carnaval, telle une créature mythique, vivante, qui battait son plein. Les Santiagais de toutes appartenances se liaient par les masques, les costumes, les banderoles. Ils rythmaient chaque instant de ces jours festifs par d'incessants battements des mains, roulements de hanches. La ville entière vivait au rythme de la conga, aux sons des maracas et des guitares.

— Demain je vous réserve une surprise, avait annoncé Perusal sans autre explication.

Le lendemain, une automobile fila en direction de Gran Piedra par une route en épingles. Pendant une bonne heure, elle longea une forêt tropicale aux multiples tons de vert, parsemée d'orchidées et d'oiseaux de paradis aux pétales multicolores.

Au détour d'une des nombreuses collines apparut le royaume du café cubain. Il couvrait une partie des vallées s'étendant vers l'est, en direction de Guantánamo et de Baracoa.

— La cour des miracles, dit Perusal fièrement, en désignant une maison aux allures de manoir.

Ils firent le tour du propriétaire. L'endroit était connu sous le vocable de Cafetal La Isabelica et datait du début du XIXᵉ siècle. Propriété d'un Français qui avait quitté Haïti à la suite de la grande révolte des esclaves, il était venu s'établir dans cette région de Cuba en compagnie de sa maîtresse, Isabel Maria, de nombreux esclaves qui lui étaient restés fidèles et d'une centaine de plants de caféiers. Trois ans plus tard, plus de cent mille caféiers lui valurent fortune et notoriété.

— Et les esclaves ? avait demandé Sartre, qui, silencieux jusque-là, avait pris quantité de notes.

— Une longue histoire, répondit Perusal sur un ton prudent, guère différente de celle de toutes les îles du Sud qui survécurent au joug colonial, fut-il espagnol, hollandais, anglais ou français… Autres temps autres mœurs, n'est-ce pas !

Sartre n'insista pas.

— Pourquoi avez-vous dit : « La cour des miracles » ? questionna Dolores.

— Un mariage parfait s'est produit en ces lieux entre terre, mer et montagne, expliqua Perusal, une osmose entre ombre et lumière, sécheresse et humidité… les plus anciens disent que le miracle du café vient d'un sort favorable jeté par les dieux de la Gran Piedra… là-haut !

Il pointa du doigt l'énorme masse rocheuse qui surplombait la vallée, une sorte de monolithe que l'on aurait pu croire sculpté par la main d'un géant.

— Les adeptes de la *Santería*, et ils sont nombreux, vous diront qu'il s'agit d'un miracle attribuable à la *Virgen de la Caridad del Cobre*… la Vierge de la Charité du village minier d'El Cobre… une étrange association qu'ils font avec la déesse des eaux douces *Ochun*, poursuivit Perusal. Selon les géologues, l'explication est plus simple… certainement plus plausible. La Gran Piera serait le dernier fragment de taille d'un volcan éteint… en conséquence, un miracle attribuable aux champs de lave qui ont envahi les sols et les ont fertilisés jusqu'aux rivages de la mer Caraïbe.

— Il existe néanmoins une face cachée, fit Sartre, revenant à la charge. J'ai fait quelques modestes lectures… ce roman de Cirilo Villaverde, par exemple.

Perusal tiqua.

— Vous parlez sans doute de *Cecilia Valdés*, le reprit Perusal. Un roman de taille, résolument antiesclavagiste, écrit à la Balzac voilà plus de cent ans… et, dois-je ajouter, écrit en exil… ce qui est toujours commode… à l'époque comme de nos jours, n'est-ce pas !

Sartre tourna les pages de son carnet de notes. Il trouva celles consacrées au roman en question. Il y avait consigné des noms de plantes exotiques tels l'arbre à pain, le citronnier indigène, le tamarinier, des expressions comme « Jardin de Cuba », « mulâtresse presque blanche », et des noms de lieux : San Antonio de los Baños, Ceiba del Agua, Guanajay. Il en fit part à Perusal.

— L'autre Cuba, commenta brièvement ce dernier, d'autres mœurs…

— Et quelle est la situation aujourd'hui ? insista Sartre.

— De quelle situation parlez-vous au juste ?

— De celle du café, du sucre, du tabac… des maîtres et de leurs travailleurs des champs… du clivage des classes sociales… du Blanc et du nègre…

Perusal retira son chapeau et s'épongea longuement le visage. Les questions de Sartre ne parurent guère l'enthousiasmer.

Pendant un long moment, son regard erra au loin, en direction des vallonnements couverts de caféiers. Au-delà se dressaient des bouquets de palmiers. Plus loin encore courait l'extrémité sud du littoral, une bande aride couverte de cactus et d'épineux. Il se demanda ce que Sartre comprenait de Cuba, de ses mers, ses côtes déchiquetées, ses terres encombrées de savanes et de montagnes, ses sierras inhospitalières, ses boisements et ses plaines de cultures, ses mangroves, ses *cayos* émergés des fonds sous-marins. Le petit homme lui parut tout à coup tel un enquêteur, donnant l'impression d'insinuer davantage qu'il ne questionnait, de poser un regard inquisiteur, presque accusateur. Il semblait distribuer les rôles, imaginer des coupables.

— Monsieur Sartre, répondit-il posément, nul Cubain ne pourrait vous répondre sinon avec quelques chiffres. Or que disent de tels chiffres à la fin ? Simplement que les récoltes ont été bonnes ou mauvaises… que nos clients paient davantage ou moins pour la tonne de sucre ou de café selon que les gouvernements s'entendent mieux ou moins bien. Classes sociales, disiez-vous ? Clivage ? Ce n'est pas simple… l'histoire ne l'est jamais… n'est-elle pas d'abord écrite par les vainqueurs au détriment des vaincus ? Elle est un miroir déformant… on dit au visiteur une chose aujourd'hui, et il entendra son contraire demain ! Vous avez lu Villaverde en traduction, mais l'avez-vous lu en langue originelle ? Pour autant, il faudrait lire cent auteurs et plus, cubains, espagnols, même américains, pour comprendre la culture cubaine… mieux encore, l'essence même d'une identité cubaine. Voyez-vous, quelles que soient les fortunes et les infortunes des uns et des autres, nos grands-pères et nos pères ont combattu côte à côte avec Noirs et mulâtres, esclaves et affranchis, pour une cause commune : l'indépendance… contre un colonisateur : l'Espagne. Nous sommes aujourd'hui une république, selon toute apparence, pourtant nous restons à mi-chemin entre l'indépendance et l'annexion. En réalité, nous ne sommes pas guéris de la névrose coloniale, car tous les colonisateurs n'ont pas été assimilés et d'autres nous courtisent…

Pendant tout ce temps, Sartre le dévisageait. Perusal parlait avec modération, sans la moindre enflure. Son jugement semblait net, implacable même. Son regard n'exprimait aucune défiance.

— Une jeune république a les qualités et les défauts de ses premiers combats et de ses plus récentes blessures, continua-t-il avec le même calme. C'est pourquoi je ne puis vous en dire plus sur le sort des uns et des autres. Rien n'est encore joué car nous naviguons toujours à vue, sur des eaux agitées. Pourquoi ? Parce que l'exercice du pouvoir fait une cour perverse à la fraude électorale… et parce que trop souvent nos présidents ont divorcé d'avec le peuple au profit d'intérêts étrangers. Sur la carte du monde, nous sommes à vue de nez des États-Unis, lesquels sont nos premiers investisseurs et la principale destination de nos ressources. Ils ont ainsi beau jeu pour provoquer nos crises politiques, puis les régler à leur gré en nous gardant divisés les uns contre les autres. Tout cela, en invoquant, le plus simplement du monde, un petit amendement qu'ils ont eux-mêmes imposé à notre Constitution en 1902 en échange de notre liberté provisoire. Certains intellectuels cubains, plus radicaux, parlent de nous comme étant des otages… ce qui les force à la clandestinité. Voilà, monsieur Sartre, mon modeste point de vue… vous en entendrez d'autres, probablement. On vous fera l'éloge de notre richesse, le sucre, puisque nous en sommes le premier producteur mondial. Mais je vous répète que ce ne seront que des chiffres… puisqu'en vérité, les recettes sont toutes engrangées dans quelques grandes banques de La Havane !

Sartre ne prenait plus de notes. Il jouait avec ses énormes lunettes, grimaçait, rassemblait ses idées. Il voyait déjà une série d'articles aux titres incendiaires, gracieuseté du quotidien *France Soir*.

— Un envahisseur qui en remplace un autre, c'est bien ce que vous dites ? opina-t-il.

— Je n'ai pas employé ce mot…

— Le colonisateur est un envahisseur, monsieur, répliqua Sartre, puisqu'il est celui qui prive ceux qu'il occupe de leur liberté. D'ailleurs, les Américains n'occupent-ils pas votre île ? N'ont-ils pas le contrôle de votre ciel, de vos eaux territoriales ? Ne portent-ils pas l'uniforme américain ? Ne sont-ils pas des militaires en armes ? N'ont-ils pas leur propre base militaire ?

Perusal échangea un coup d'œil embarrassé avec Dolores.

— À deux heures de route d'ici, laissa-t-il tomber. La base de Guantánamo. S'y trouvent dix mille paires d'yeux et d'oreilles pour veiller au grain…

⤫

Un air dense, chargé de touffeur tropicale, avait enserré Santiago de Cuba. En quelques heures, il y eut la fusion entre ciel et terre, et la ville se trouva noyée sous un déluge. Les divisions géométriques des quartiers disparurent de la vue. On n'y vit plus à deux pas sauf pour les lumières des enseignes. Les rues furent transformées en canaux, envahies par les renvois des gouttières. L'eau jaillit de partout, forma des torrents dévalant des hauteurs pour envahir la baie. Les rares promeneurs furent condamnés à prendre une douche tout habillés. Jusqu'au carnaval qui fut contraint à l'immobilité à quelques heures de sa clôture.

Malgré eux, Sartre et Dolores se trouvèrent confinés au *Casa Granda*. Pendant toute une journée, Sartre se contenta de bourrer sa pipe et de relire ses notes. L'heure suivante, il s'allongeait sur le lit, sommeillait, puis, brusquement, se relevait pour écrire fiévreusement, un peu somme un compositeur qui, ayant cherché l'inspiration, l'aurait trouvée en repassant mille mélodies dans sa tête. Les notes fredonnées devenaient des accords, finalement une symphonie. Sentant venir la panne, Sartre se bourra d'un mélange de corydrane et d'alcool. N'en supportant pas davantage, Dolores sortit rageusement de la chambre et se rendit dans le hall d'entrée, qui ressemblait davantage à une salle de séjour. L'endroit, passablement enfumé, était bondé d'hommes en tenue de ville.

Seul dans la chambre, Sartre fut anéanti pendant une bonne heure. Mais bientôt, son intelligence se trouva exaltée sous l'effet de la drogue. Il enchaîna concepts et idées sans avoir à chercher les mots : « Il se manifestera toujours une opposition entre le civilisé et le barbare, nota-t-il, et là où se trouve une population de race noire, fut-elle en partie métissée, elle provoquera, même malgré elle, une coupure du monde blanc. En Haïti, on me décrivit le massacre d'Haïtiens en République dominicaine en 1937. C'était hier pour ainsi dire. Mais dans la perspective de l'Histoire, ce ne fut qu'une goutte d'eau. Déjà la découverte et l'exploitation du Nouveau Monde avaient-elles entraîné un génocide sans équivalent. Une centaine de millions d'aborigènes, au bas mot, puis quelques millions additionnels d'esclaves africains. Cette constante tragique, meurtrière, ne ressortit guère à une question de nationalité ou d'espace vital selon la doctrine nazie. Elle est la conséquence d'une phobie pathologique récurrente. Il s'agit d'un mal probablement incurable parce que profondément ancré au cœur de nos sociétés dites civilisées. Un mal caractérisé par des intentions d'asservissement de peuples entiers pouvant entraîner jusqu'à leur extermination sur des bases de race et de physionomie. »

Plus tard, en ouvrant la porte, Dolores réprima un haut-le-cœur. Une odeur nauséabonde, mélange d'un homme ivre et de vomi, régnait dans la chambre. Sartre était affalé sur le lit, la bouche entrouverte, le visage grisâtre. Il regardait fixement le plafond.

— Dégueulasse ! lança-t-elle, ajoutant quelques grossièretés senties en langue anglaise.

D'un geste rageur, elle ouvrit toute grande la fenêtre et prit de grandes inspirations. Elle demeura ainsi, immobile, en dépit de la pluie qui lui fouettait le visage, plaquait ses cheveux, trempait le plancher. Les courants d'air forcèrent Sartre à se recroqueviller.

— Tu veux me faire crever, bredouilla-t-il. D'abord la canicule, puis le déluge… quoi encore !

Elle pivota et mit les mains sur les hanches, dans une attitude de défi.

— Je vais te dire une bonne chose, tout Jean-Paul Sartre sois-tu, lança-t-elle d'une voix tremblante de colère. Il n'est pas dans mes habitudes de fréquenter, encore moins de me faire baiser par quelqu'un qui ne voit pas plus loin que le fond d'une bouteille, tu m'entends bien ?

Sartre se redressa péniblement. Il chercha à tâtons ses lunettes, finit par les trouver et les mettre de travers sur son nez. Il voulut parler, bafouilla quelques mots, mais Dolores ne le laissa pas contribuer.

— Tu vas m'écouter jusqu'au bout, monsieur le philosophe, poursuivit-elle. Je sais qui tu n'es pas à Cuba de gaieté de cœur… et Perusal, lui, l'a très bien senti. Je sais surtout que c'est cette visite chez Hemingway qui te rend dingue… c'est écrit en grosses lettres au milieu de ta figure. Alors tu vas cracher le morceau une bonne fois, vu ?

— Pas ça… pas maintenant, se défendit Sartre, la voix pâteuse. J'ai la tête qui tourne… c'est pas le moment de m'emmerder avec ton Amerloque…

— Non, maintenant, insista Dolores. S'il le faut, je te mettrai moi-même le doigt dans la gorge pour te vider les tripes.

෴

Dolores avait retenu une table à l'écart, dans un des coins de la salle à manger du *Casa Granda*. Ainsi placés, elle et Sartre se trouvaient dans la pénombre, à l'abri des oreilles indiscrètes.

À la manière d'un romancier classique, Sartre avait d'abord décrit le *Ritz* de Paris. Un palace qui attirait les plus grandes stars du monde depuis plus de cinquante ans. En franchissant ses portes, place Vendôme, on changeait d'époque, on oubliait la guerre, on tombait sous les charmes du grand escalier, des salons à la Louis XV, des miroirs biseautés, des tapis de soie, des chandeliers de cristal, des fauteuils Directoire en cuir, des lourdes draperies, des suites immenses avec lits de cuivre, couvre-lit en satin rose, robinetteries plaquées d'or fin.

— Cela s'était passé en septembre 1944, je crois bien, raconta-t-il, en tout cas, deux ou trois semaines après la libération de Paris… tiens, voilà tout juste cinq ans ! Je ne sais plus pourquoi exactement nous avions été invités, le Castor et moi... toujours est-il que nous voilà en sa présence dans la plus grande suite du *Ritz* ! Il y jouait bruyamment au géant tueur de dragons, vêtu de kaki, des bottes crottées aux pieds, des pistolets chargés à la ceinture... il s'en vantait d'ailleurs... et tout de suite des bourrades, des tapes dans le dos à te décoller les poumons... comme si nous étions des potes de fac devenus larrons en foire ! Il ne parlait pas, il gueulait... il baragouinait un sabir mêlant un anglais à l'américaine et un français approximatif... et quand il ne parlait pas, c'était parce qu'il était à bout de souffle ou qu'il vidait une bouteille...

— C'est un soldat, que tu décris... un homme qui avait vécu l'enfer du débarquement...

— Allez donc ! Un correspondant de guerre grassement payé qui jouait les héros, rétorqua Sartre. À l'en croire, ce n'était pas la Division Leclerc, mais lui, à la tête de quelques têtes brûlées, qui avait libéré le *Ritz* à coups de pied au cul... peu s'en était fallu pour qu'il revendiquât la libération de Paris... et pourquoi pas celle de la France !

— Il l'a dit ou pas ?

— Sans manière, il s'était foutu sur le plumard et mis au cognac, poursuivit Sartre en ignorant la remarque de Dolores. Il nous avait alors raconté que, la semaine précédente, il avait fait cadeau à Pablo Picasso d'un insigne SS en lui disant qu'il avait mis quelques plombs dans la tête de celui qui l'avait porté, histoire de rendre hommage à Picasso pour son opposition au fascisme en Espagne. Tu vois d'ici le supplice ? Une nuit entière à subir ces histoires inventées par un mythomane ! Et voilà qu'il s'était mis à se proclamer le roi d'un nouveau courant littéraire... Foutaise ! Un marchand de tapis qui vend ses trucs à la page... voilà le vrai Hemingway !

Dolores parut étonnée.

— Il n'y a pas si longtemps, tu faisais l'éloge de la technique objective dans le roman américain... un essai qui a été publié dans *The Atlantic Monthly*...

Sartre la regarda drôlement.

— Tu as lu ce texte ?

— Surpris, monsieur le philosophe ?

Sartre se contenta de faire la moue.

— Tu as parlé du style déclaratif de Hemingway… de l'art consommé de ses dialogues… tu le pensais ou pas ?

Sartre s'impatienta.

— J'ai mentionné Hemingway parmi plusieurs… Faulkner, Caldwell, Steinbeck, Dos Passos… et j'ai bien écrit que, selon moi, Dos Passos était le plus grand écrivain de notre époque… J'aurais pu ajouter Aragon, Valéry… et pourquoi pas Malraux… lui aussi a fait la guerre, mais comme un vrai soldat… lui au moins n'a pas eu l'indécence de faire son auto-portrait de héros ! D'ailleurs, où sont les prix littéraires ? Même pas foutu de ramasser le Pulitzer… Faulkner et Steinbeck l'ont déjà… et selon la rumeur Faulkner serait en lice pour le Nobel… il est franchement loin derrière, l'Amerloque !

— Simone est peut-être d'un autre avis au sujet d'Hemingway, insinua Dolores.

— Rien à foutre, maugréa Sartre. Le Castor est libre de penser ce qu'elle veut… et sur tous les fronts encore. Comme toi d'ailleurs !

La conversation fut interrompue par l'orchestre qui s'installa tout près. Sous l'éclairage tamisé, une chanteuse vêtue d'une robe écarlate, moulante, entonna « *El manisero* », un classique du répertoire cubain. Des applaudissements nourris saluèrent les premières notes.

Un serveur noir apporta deux plats fumants.

— *Por favor señor, señor, cucurucho y bacán,* annonça-t-il en déposant les plats devant le couple.

Sartre regarda les assiettes d'un air méfiant.

— J'ai pensé que nous pourrions faire honneur à la gastronomie locale, fit Dolores en s'efforçant de sourire.

— Libre à toi comme toujours, ronchonna Sartre. Il se ravisa aussitôt en ajoutant sur un ton plus conciliant : qu'est-ce que c'est ?

— Des recettes typiques de la région… à base de noix de coco, de banane, de goyave et d'amandes… et de quelques autres délices qui m'échappent. Une suggestion de Perusal…

— Décidément, c'est un complot !

Ils mangèrent en silence. Sartre, le regard rivé sur son assiette, triant la nourriture, Dolores, séduite par l'ambiance musicale, se délectant de chaque bouchée.

Au bout d'un moment, Sartre repoussa son plat à demi entamé. Il commanda deux cafés qu'il ingurgita coup sur coup. Il fit de même avec un martini-gin très tassé. Dolores lui lançait de brefs coups d'œil. Le visage fermé, il avait allumé sa pipe et faisait des ronds avec la fumée. Elle devinait son envie d'y aller de quelques réflexions mordantes sans pour autant vouloir la vexer.

— Tu as autre chose à me dire ? demanda-t-elle avec douceur.

Sartre inclina la tête de côté et partit d'un petit rire nerveux.

— Mille et une choses… Choisis !

— Au sujet de Hemingway ? risqua-t-elle.

Il se raidit.

— Tu n'imagines quand même pas que j'aspire à devenir son biographe ? Rien à foutre ! J'ai déjà gaspillé trop de salive au sujet de cet énergumène !

Dolores garda son calme.

— Quelle que soit ton opinion, nous sommes ses invités, et lui, notre hôte…

— Très bien ! Alors ce sera flanelle blanche, cravate assortie, fleurs, compliments et la faveur d'une dédicace, c'est bien cela ? ironisa Sartre.

Il y eut un autre silence. Sartre se laissa distraire par la silhouette et la voix de la chanteuse. Une cadence chaleureuse autant que mesurée, une voix aux variations qui passaient du grave vers l'aigu, en se brisant avec douceur.

— Tu sais ce que je crois ? Toi et Hemingway en avez pour un bail à vous côtoyer ! Que cela te plaise ou non, vous êtes, l'un comme l'autre, condamnés à l'immortalité. *Vox populi, vox Dei…* le verdict est déjà tombé !

Un instant, les paroles de Dolores provoquèrent un sentiment trouble chez Sartre. Quelque chose d'indicible, d'irréel, comme si le destin effectuait un virage, prenait le visage d'un fantôme venu du futur immédiat, le sien propre, et se matérialisait avant même sa mort.

L'orchestre joua ses dernières pièces. La chanteuse tira sa révérence. Saxophones, trompettes et tambours se turent. Le chef d'orchestre annonça une pause. Les danseurs se détachèrent, louvoyèrent entre les tables pour regagner leurs places. Au passage, quelques hommes saluèrent Sartre, devenu un visage familier. Ils paraissaient des Américains. Il réciproqua d'un bref signe de tête.

Il retira ses lunettes, les essuya avec application à l'aide de la serviette de table, puis les remit en place, les ajustant du bout des doigts. Il prit aussitôt une longue inspiration tout en redressant fermement les épaules.

— Quand partons-nous pour La Havane ? demanda-t-il sans trop d'enthousiasme.

— Après-demain… train ou avion… je crois, répondit-elle vaguement.

— Tu crois… enfin… tu crois ou tu sais ? insista Sartre d'un ton cassant.

— Euh… Perusal nous le confirmera demain… ça je le sais.

— Perusal ici… Perusal là, c'est agaçant à la fin ! persifla Sartre.

Dolores posa la main sur celle de son compagnon. Il la retira d'un geste brusque.

— Agaçant ! répéta-t-il. Il hésita, fit un effort pour retrouver un ton plus conciliant, puis : dis-moi, Dolores, qu'est-ce que je ne sais pas et que je devrais absolument savoir au sujet de ce Perusal ? Peut-être de vous deux ensemble ?

D'abord elle ne dit rien, se contentant de le fixer d'un regard attendri.

— Ne me dis pas que vous avez… !

D'un geste, elle lui imposa le silence. Une petite rougeur était venue troubler la fraîcheur habituelle de ses traits.

— Non je n'ai pas… nous n'avons pas, finit-elle par répondre. C'est autre chose… plutôt, ce fut autre chose. Un hasard de la plus haute importance… devenu en quelque sorte – elle hésita – un privilège.

Sartre eut un petit rire de mépris. Il croisa les bras et fixa Dolores d'un regard impersonnel, presque froid.

— L'Histoire est une longue suite de hasards, la plupart provoqués par le genre humain, fit-il sur un ton professoral. Ces hasards ont des noms : crimes, forfaits, trahisons, guerres… ces hasards sont rarement perçus comme des privilèges.

Dolores le défia de ses grands yeux fixes.

— Et que fais-tu de notre rencontre dans le studio de radio de l'Office of War Information ? fit-elle. Toi, à mes pieds, en train de chercher ta pipe que tu venais de laisser tomber… Tu la laisses tomber souvent ta pipe ? Et toutes tes questions à propos de mon existence, de mes fréquentations… hasard ou pas ?

Pour Sartre, c'était hier. Les moindres détails lui revenaient en mémoire. Il ne savait rien de New York, de l'Amérique. Il s'accommodait de la France, pire, d'un certain quartier de Paris. Elle lui avait ouvert les portes de la capitale d'une autre planète.

— Le plus beau des hasards, finit-il par lâcher.

Elle soupira. Il parut soulagé.

— Ce soir-là, à New York, enchaîna-t-elle, je ne m'attendais aucunement à ce que Perusal fasse demi-tour l'instant qui avait suivi les rapides présentations d'usage… après s'être excusé, il m'avait poliment demandé si mon prénom était bien Dolores… Je me souviens très bien de son regard franchement étonné lorsque je lui avais affirmé que Dolores était bel et bien mon prénom… il m'avait donné l'impression de quelqu'un qui venait de résoudre un mystère. Il m'avait simplement répondu : « Le même prénom… la ressemblance… » et il avait ajouté qu'il ne pouvait croire à un simple hasard. Nous qui étions réunis à New York pour parler art et littérature en étions venus à parler de la femme qu'il admirait le plus au monde… Dolores Ibárruri !

Sartre n'avait pas réagi. Il eut beau fouiller dans sa mémoire, il n'y trouva rien qui lui eût permis de faire un lien quelconque avec ce nom qu'il devinait cependant d'origine hispanique.

— Dolores… Ibárruri, répéta-t-elle. Ce nom ne te dit vraiment rien ?

Sartre haussa les épaules et fronça les sourcils.

— *La Pasionara*, fit Dolores, la grande héroïne de la guerre civile d'Espagne !

Sartre poussa un soupir désolé.

— Ah ! Je me rappelle maintenant avoir lu quelque chose à ce sujet… oui, c'est bien ça ! Il était question de cette femme qui avait harangué une foule depuis un balcon à Madrid… on la comparait à ce rebelle mexicain… Zapata, je crois…

— C'était Dolores Ibárruri, reprit Dolores. Elle avait rencontré les Brigades internationales pour les saluer et les remercier au moment où elles allaient quitter l'Espagne… Elle avait proclamé sur toutes les tribunes « qu'il valait mieux mourir debout que de vivre à genoux »… et sa tête avait été mise à prix par Franco… et elle l'est toujours !

— Et que vient foutre le hasard dans toute cette histoire ? demanda Sartre.

— Perusal a milité dans les Brigades internationales, expliqua Dolores. Il était là en même temps qu'André Malraux… il avait rencontré Dolores Ibárruri lors d'une assemblée politique… il l'avait revue à plusieurs reprises par la suite…

— Amants ?

— Je n'en sais rien… Perusal n'a jamais rien dit… cela importe-t-il vraiment ?

Elle cessa de parler. Sartre la fixait d'un regard de hibou. Il devinait qu'elle avait bien autre chose à lui dire.

— C'est tout… au sujet de Perusal ? murmura-t-il.

Dolores fit un grand effort. Ses lèvres s'entrouvrirent. Elle était sur le point d'y aller d'une ultime révélation, mais se ravisa.

— Tu m'as entraîné à Cuba presque à mon corps défendant, fit Sartre. Je t'ai suivie les yeux fermés… mais maintenant, j'en ai plus que marre qu'on me fasse avaler des couleuvres ! Alors tu me dis le reste au sujet de ce Perusal ?

Dolores le vit aux aguets. Elle baissa les yeux.

— Très bien, fit-elle d'une voix mal assurée. Perusal n'est pas qu'un simple professeur… il est aussi un militant du parti révolutionnaire cubain… Il finance ce parti tout comme il a financé les républicains en Espagne… il continue de manifester son opposition au régime de Franco… Tu comprends certainement qu'il en a les moyens. Ses ancêtres français ont fait fortune dans le sucre en Haïti… plus tard ils ont doublé cette fortune ici, dans cette région de Cuba… toujours le sucre, mais en plus, le café… Perusal est français du côté paternel, cubain du côté maternel… des études en France, en Espagne, aux États-Unis… et en héritage, d'immenses plantations qui rapportent toujours une fortune… et…

— Et ?

— C'était également en Espagne, durant cette saleté de guerre civile, qu'il avait rencontré Hemingway… et qu'ils avaient aussitôt sympathisé. Si bien que Perusal enseigne du Hemingway aujourd'hui… en particulier *For Whom the Bell Tolls* !

Sartre prit un air buté.

— Voilà qui règle donc la question des hasards !

8

Sartre n'avait pas dormi. Pas plus qu'il n'avait bu ou écrit. Depuis la terrasse du *Casa Granda*, il avait patiemment attendu l'aube. La pluie avait cessé depuis la veille. La chaleur humide enveloppait de nouveau Santiago, et les sommets de la Sierra Maestra, bien visibles, culminaient au-dessus de la masse sombre des contreforts.

La ville, hier encore endiablée par son carnaval, dormait. Les appels à la danse s'étaient tus. La statue miraculeuse de saint Jacques avait été retournée dans sa niche. Le Parque Céspedes était désert. Seul y veillait, au centre de l'ancienne Plaza de Armas, le monument dédié à Carlos Manuel de Céspedes, ce grand propriétaire terrien et producteur de sucre qui, le premier, osa libérer les esclaves et lutter pour l'indépendance de Cuba. Le regard de Sartre s'attarda sur les deux hauts clochers en dôme de la cathédrale, entre lesquels nichait la somptueuse sculpture de l'Ange de l'Annonciation. Il se demanda quel Dieu y logeait encore, puisque, tout à côté, s'élevait un véritable chef-d'œuvre de l'époque coloniale, la Casa Diego Velásquez, du nom du fondateur des premières villes d'Orient, dont Santiago. Autant conquistador qu'esclavagiste, assoiffé d'or, Velásquez était demeuré indifférent aux misères et à la désolation qui avaient alors frappé les populations indigènes.

Blanc, Noir, métis, esclavagiste, colonialiste, ségrégationniste. Monuments érigés sur des ruines, montagnes de sucre devenues autant de réserves d'or blanc. Façades bigarrées, toits de tuiles, balcons de bois, ferronneries, volées de marches, ruelles accidentées, cul-de-sac, masures en torchis, assemblages de tôles ondulées. Tout ce qu'il avait vu et entendu le ramenait au mélange des races, aux tensions des solitudes ethniques, aux indéfinissables contradictions des apparences. C'était pourtant Hemingway qui occupait ses pensées présentes. Il revoyait encore le désordre qui régnait dans cette chambre du *Ritz*. Et ce grand corps couché sur le lit aux montants de cuivre, une quantité de bouteilles de scotch à portée de la main. Hemingway l'avait forcé à boire, et il n'avait pas eu le cran de refuser. Beauvoir s'en était amusée. Il entendait Hemingway gueuler en mauvais français, mais sans jamais parler de livres, ni des siens ni des autres. Sartre avait tant souhaité ne garder aucun souvenir de cette nuit parisienne. Tout au contraire, une force obscure la lui rappelait. Il revoyait, en flou, la machine à écrire portative posée sur un meuble, à côté d'une pile de feuilles blanches. Et d'autres feuilles, chiffonnées, éparpillées aux quatre coins du plancher de la chambre. Il sentait encore cette main énorme, toute moite, emprisonner la sienne comme dans un étau. Cette nuit-là, Sartre avait eu le sentiment d'une menace, dominé par ce géant barbu dont il connaissait la notoriété. Il avait menti en lui disant avoir lu et admiré son œuvre, tout comme il avait la certitude que Hemingway lui avait menti en le qualifiant de « philosophe du siècle ».

Dans deux jours au plus, Sartre allait être fixé. Il redoutait le premier instant de la rencontre. Il imaginait déjà Hemingway, trônant dans une sorte de palais de marbre, à l'égal de quelque richissime Américain, à l'écart d'un peuple en guenilles, faire grand étalage de faste. L'un et l'autre reprendraient évidemment le mensonge là où ils l'avaient laissé cinq ans plus tôt, sur le pas de la porte de cette chambre du *Ritz*.

Dès lors, Sartre parut dans un autre monde. Son visage affichait une expression de totale absence. Il oublia de voir, lui qui s'intéressait de façon maniaque aux moindres détails. Il salua à peine Perusal lorsque ce dernier se présenta, sans remarquer que, pour la première fois depuis qu'ils étaient en compagnie, le Cubain avait troqué son élégant complet de fin coton contre une *guayabera*, toute blanche et soigneusement repassée. Ce fut Dolores qui anima la conversation, çà et là entrecoupée de quelques propos chuchotés, le dos tourné à Sartre.

Toujours plongé dans son mutisme, ce dernier avait emboîté le pas à Perusal et Dolores. Les trois longèrent la Calle Heredia, dont les vieilles façades portaient les enseignes de nombreuses boutiques et échoppes. Sur l'une d'elles, on pouvait lire *Librería la Escalera*. Perusal fit signe à ses hôtes d'y entrer. L'intérieur était sombre, le plafond bas. La pièce était encombrée d'étagères sur lesquelles s'alignaient des livres rares. Le plancher, d'une autre époque, était fissuré, inégal, avec des traces de moisissure. Au fond de la pièce, un pittoresque escalier, des livres plein les marches, conduisait à l'étage.

Perusal fit tinter la clochette posée sur un comptoir dont le dessus disparaissait sous des piles de journaux anciens.

— *¡ Diga !* lança-t-il d'une voix forte, *quisiera hablar con Rosario !*

On entendit remuer.

— *¿ Quién es ?* fit une voix d'homme, rocailleuse, qui venait d'en haut.

— *Miguel…*

— *Habla más fuerte*, reprit l'autre.

— *Soy Miguel Perusal…*

— *Vamos a ver…*

L'escalier craqua de partout sous les pas lourds. L'homme était courtaud, massif, avec un cou de taureau, une abondante chevelure noire, des traits métissés. Il avait des yeux très noirs, un regard perçant. Le col de sa *guayabera* était élimé et crasseux. Il dévisagea Sartre et Dolores, tendit la main à Perusal et attendit.

— *Cuba libre*, fit Perusal.

— *Semilla de la América nueva*, répondit l'homme.

Il salua Dolores en la gratifiant d'un sourire carnassier, puis, s'adressant à Sartre :

— J'ai grand honneur de rencontrer un ami de tous les défenseurs de la liberté, dit-il dans un français teinté d'un fort accent latino.

— Rosario Maceo est un descendant du grand général Antonio Maceo, mort pour l'indépendance, fit Perusal en guise de présentation.

— Mort en héros le 7 décembre 1896, s'empressa de préciser Maceo.

— Rosario est le meilleur libraire de Santiago, continua Perusal, peut-être même de tout Cuba… mais il est surtout un historien qui détient quelques secrets…

— Secrets de famille, relança Rosario en ricanant.

D'un geste, il invita les trois visiteurs à parcourir les rayonnages. Sartre ne se fit pas prier. Son regard s'était soudainement rallumé. Il retira un livre, le feuilleta avec application, le remit en place, recommença le manège, de plus en plus absorbé.

— Simplement incroyable, murmura-t-il après un certain temps.

— De quoi éveiller bien des curiosités, n'est-ce pas ? observa Perusal.

— Ce n'est pas ce que je voulais dire, fit Sartre. En fait, il se trouve ici une collection remarquable d'ouvrages anciens, de livres scientifiques, de classiques de la littérature française, anglaise, russe… pourtant… euh… pardonnez mon audace, mais qui peut bien se permettre de telles lectures ici ?

Perusal et Maceo échangèrent un bref coup d'œil.

— Vous voulez dire… ici à Cuba, répondit Perusal sur un ton courtois, où un Cubain sur deux ne sait ni lire ni écrire… davantage chez les paysans et les pêcheurs. Vous avez raison de vous étonner, mais il faut penser à demain… à l'autre génération. Leurs enfants auront appris à lire… ils ne craindront pas d'épeler des mots interminables… ils seront médecins, avocats, professeurs, poètes, romanciers… parmi ceux-là se trouveront quelques hommes et femmes qui interdiront à de nouveaux colonisateurs de prendre le pouvoir ou de l'acheter…

Maceo, jusque-là attentif à l'échange, y alla d'un claquement de doigts.

— Dans cette caverne d'Ali Baba, señor Sartre, on s'efforce de ressusciter le passé, fit-il avec force, du moins on refuse de l'enterrer ! Aussi, je vous convie, ainsi que la señora, à un petit rituel… Oh ! n'ayez crainte, rien de bien souffrant… répétez après moi : *¡ Hatuey siempre !*

Sartre hésita, mit les mains dans ses poches ainsi qu'il le faisait toujours en pareilles circonstances. Dolores lui prit le bras, le serra avec insistance.

— *¡ Hatuey siempre !* lâcha-t-il en étouffant son envie de rire.

— *¡ Bueno !*

Maceo disparut derrière le comptoir et réapparut aussitôt, un grand sourire aux lèvres. Il exhiba quatre bouteilles de bière à l'effigie d'un ancien cacique indigène du nom de Hatuey.

— Ressusciter le passé, señor Sartre, lança-t-il, en passant une bouteille à chacun. Ceci n'est pas simplement une marque de *cerveza*… c'est un symbole patriotique… *vamos*, il faut les vider…

Tous burent quelques gorgées d'une bière âcre, tiède.

— Hatuey fut le premier martyr de la Conquista, expliqua Perusal. Les Espagnols, pour en faire un exemple de soumission, l'ont fait périr sur le bûcher… On raconte que les dernières paroles de Hatuey auraient été : « Je ne veux pas aller au ciel pour ne pas y retrouver un seul Espagnol. »

Maceo remit à Sartre un petit livre dont la couverture était passablement abîmée, et les pages, jaunies. Le titre était en langue espagnole : *La luz de Yara*.

— La légende de Hatuey telle que racontée par Luis Betancourt, précisa-t-il. Cet exemplaire date de 1875… le titre évoque la lumière de Yara, l'âme de Hatuey… une lumière éternellement errante, destinée à enflammer le cœur des Cubains et à les préparer aux luttes pour l'indépendance… un cadeau en souvenir de votre passage à Santiago de Cuba... berceau du patriotisme cubain ! *¡ Hatuey siempre !*

Sartre prit le livre d'une main légèrement tremblante. Il fit un effort manifeste pour contenir son émotion.

— C'est que... je ne lis pas l'espagnol, balbutia-t-il. Mais... votre geste m'honore profondément... et... je vous en remercie...

Maceo sourit et se tourna vers Perusal.

— Il y a dix ans, señor Sartre, je n'entendais rien... *nada*... à la langue française, dit-il. C'est grâce à Miguel... euh... au señor Miguel Perusal... si je la lis, la parle et l'écris aujourd'hui... *un regalo de la vida*... Oh ! pardon... un cadeau de la vie !

Perusal, mal à l'aise, l'interrompit.

— *¡ Bueno, Rosario, bueno ! Pero*... mais voilà... la chaleur risque de devenir étouffante et nous avons une rude journée devant nous... Rosario a autre chose à vous remettre, monsieur Sartre... *¿ Verdad, Rosario ?*

Le libraire retira une grande enveloppe de la pile de journaux et la tendit à Sartre.

— Vous m'aviez posé des questions au sujet du café, du sucre, du tabac, précisa Perusal, au sujet des propriétaires et de leurs travailleurs... au sujet des classes sociales. Les réponses se trouvent en grande partie dans cette enveloppe...

Sartre retira de celle-ci quatre volumineux documents. Les deux premiers, en langue espagnole, semblaient passablement anciens. Les deux autres, grossièrement dactylographiés, en étaient les traductions françaises.

— Un historique des révoltes d'esclaves à Cuba entre 1533 et 1848, expliqua Maceo, du moins les quinze plus importantes sur la cinquantaine connues... Vous y trouverez également une brève histoire de l'affaire du navire *Amistad* de 1839, plaidée devant la Cour suprême des États-Unis par l'ancien président Quincy Adams... puis, le texte intégral d'une étude sur l'Espagne et l'esclavage dans les îles de Cuba et de Porto Rico depuis la révolution de 1868, tel que publié dans la *Revista de Ambos Mundos* de 1869... en français nous dirions la *Revue des Deux Mondes*...

Sartre feuilleta le premier document.

— Je vous suis reconnaissant... très reconnaissant, murmura-t-il les yeux toujours rivés sur les pages.

— Je me suis permis de souligner quelques faits révélateurs, observa Maceo en prenant le ton de l'historien. Par exemple, en 1862, la moitié de la population de Cuba était constituée d'esclaves et de libres de couleur... Ils travaillaient dans les sucreries, les plantations de café et de tabac... voilà pour le poids démographique de l'Histoire. En 1492, Christophe Colomb avait salué la découverte de l'île par des paroles poétiques... « la terre la plus belle qu'aient jamais vue les yeux des hommes », aurait-il dit... trois siècles et demi plus tard, les patriotes cubains ont proclamé haut et fort qu'il fallait abolir la servitude qui pèse sur les habitants esclaves, abolir la dictature qui gêne les habitants libres et abolir le monopole qui entrave la production coloniale... J'ai souligné dans la traduction française les propos tenus en 1823 par l'ancien président des États-Unis, Thomas Jefferson, selon lesquels il était d'avis que Cuba serait l'addition la plus intéressante qui pourrait se faire aux États de l'Union... prophétique n'est-ce pas ? Aujourd'hui, le Yankee absorbe les fortunes cubaines, s'approprie le sol cubain et contrôle la quasi-totalité des industries cubaines... Connaissez-vous un autre pays dans le monde dont la production de sucre est passée de douze mille tonnes à huit cent mille tonnes en moins de cent ans ? Dont les plantations et les moulins ont triplé en moins de cinquante ans ? Et dont le peuple s'est appauvri malgré une telle croissance ? En résumé, monsieur Sartre, des chiffres et des hommes qui démontrent que Cuba est aux prises avec des monstres fabuleux qui, pour autant, ne sont pas des mythes... ils ont pour noms esclavage, guerres civiles, guerres de libération, guerres impérialistes, et le dernier, non le moindre... soumission à l'empire nord-américain...

Sartre se trouva perdu dans ses pensées. En quelques mots, ce Cubain, plutôt bourlingueur qu'historien d'allure, venait d'éclairer un passé d'âpre violence. D'évidence, le reliquat de ces siècles d'exploitation tenait aujourd'hui dans un moule creusé par l'Amérique blanche.

Rien de ce qu'il venait d'entendre ou de ce qu'il allait lire n'était révélé à la Sorbonne, à Oxford, à Columbia ou à Princeton. Ce qui prenait une forme humaine ne pouvait tenir intégralement dans des livres, si documentés fussent-ils. Il n'y avait que le témoignage d'un million de vies pour rendre compte d'autant de fantômes du passé. Tout le reste risquait d'être faux.

— Alors, monsieur Sartre ?

— Quoi ? Pardonnez-moi, que disiez-vous ?

— Réponses à vos questions ? répéta Perusal.

— Je ne repartirai pas bredouille, répondit Sartre en gratifiant Dolores d'un coup d'œil empreint de reconnaissance.

Il tendit la main machinalement à Maceo.

— Vous m'investissez d'une bien lourde responsabilité, monsieur, en me révélant tant de choses au sujet de votre patrie... et vous me rendez conscient qu'il faut plus qu'une vie entière pour éviter le piège... celui de simplifier les vérités, de les déformer... pire encore, de les occulter. Pourtant il en est une qui me paraît évidente : l'envahisseur, qui soit-il, est une espèce minoritaire qui mérite d'être rembarqué... au nom de l'émancipation...

— Cette émancipation porte un nom à Cuba, señor Sartre, fit Maceo. Révolution !

— Plutôt réforme anticoloniale que radicalement révolutionnaire, peut-être ? suggéra Sartre.

— Non, señor ! le reprit Maceo. Cela ne fait qu'encourager les lâches à entretenir de faux rapports avec les oppresseurs. Il faut les supprimer au nom de toutes les libertés ! Seule la révolution permettra cette émancipation dont vous parlez... révolution amorcée par nos ancêtres et que nous avons le devoir de mener jusqu'au bout… jusqu'à l'extinction totale de la race des envahisseurs…

Aussitôt il fit un brusque demi-tour et secoua la tête comme pour s'excuser de s'être ainsi laissé emporter. En maugréant, il fit mine de ranger quelques livres. En réalité, il les déplaça d'un côté pour les remettre aussitôt en place.

En entendant ces paroles, Sartre parut franchement surpris. Maceo, les dents serrées, continua son manège. Puis, la mine sombre, il s'adressa à Perusal, déversant un flot de mots en argot local, ne s'interrompant qu'une fois pour reprendre son souffle. Ce dernier l'écouta, immobile, se contentant d'un haussement de sourcils. Lorsqu'il en eut terminé, Maceo regarda Sartre.

— Vingt-cinq Maceo sont morts depuis soixante-quinze ans pour une liberté qui nous est sans cesse refusée, dit-il d'une voix redevenue calme. Cinq Maceo sont en exil, quatre sont à fond de cachot pour avoir dit tout haut ce que tout un peuple pense tout bas. Je puis vous réciter sans la moindre hésitation les noms de trente-deux usurpateurs : ce sont les neuf derniers présidents des États-Unis, leurs quinze ambassadeurs à Cuba et les huit présidents de Cuba qui ont été et sont encore à la solde de la Maison-Blanche… depuis près de cinquante ans, ils ont eu une chose en commun : tous ont été des voleurs de liberté ! Mon vocabulaire d'excuses est épuisé… il ne me reste que ce mot d'honneur : révolution ! Je le lance à la grâce de Dieu… ¡ Cuando Dios quiera !

Sur ces mots, Maceo leva le bras droit, poing fermé, comme pour en appeler à une forme de justice. Une larme perlait au coin d'un œil.

— ¡ Cuando Dios quiera ! répéta-t-il, ému tout autant que solennel.

Perusal se pencha vers Sartre.

— Les Maceo étaient dix-neuf frères, fit-il discrètement. Ce ne fut pas seulement Antonio qui mourut les armes à la main… mais quinze de ses frères qui tombèrent aussi au combat… son père également… sa mère, qui avait pris le maquis, mourut en exil… vous voyez un peu ? Non loin d'ici, il y a une rue qui porte le nom de Maceo… mais au cimetière rien ne pousse sur leurs tombes hormis l'espoir… c'est ce que Rosario voulait vous dire…

Maceo, l'œil humide, tendit la main à Sartre. Il le regarda droit dans les yeux. Sartre y lut l'espoir.

— Pardonnez mon emportement, lui dit Maceo avec une note de regret dans la voix. Je n'ai guère pris soin de choisir les mots…

— Bien au contraire, murmura Sartre, bien au contraire… c'est plutôt moi qui devrais m'excuser… pour ne pas avoir bien compris la grandeur de votre cause… surtout l'énormité du prix à payer pour fonder votre liberté…

Ils échangèrent un sourire de complicité. Puis Perusal adressa à Maceo un bref signe de tête.

— Nous devons prendre congé, Maceo…

— Attendez, fit ce dernier.

Il fouilla quelque peu et tira d'une pile deux livres qu'il enveloppa à la hâte dans un journal dont il avait défait les pages.

— Pour vous, señor Sartre…

— Encore, fit Sartre, embarrassé. C'est beaucoup trop…

— J'insiste… ¡ Un regalo !

Sartre prit le colis et voulut le déballer.

— Non, le pria Maceo, pas maintenant… plus tard… quand vous quitterez Santiago…

— Je comprends… et je vous remercie pour cette main tendue, monsieur Maceo… je vous remercie surtout d'avoir reçu un inconnu dans votre jardin, de lui avoir accordé votre confiance… et de lui avoir confié quelques grandes vérités…

— Il y a des ponts plus difficiles à franchir que d'autres, répondit Maceo avec gravité. Quelqu'un m'a dit un jour qu'il fallait plus de courage pour garder les yeux grands ouverts que mi-clos…

— Je m'en souviendrai…

Maceo reprit la main de Sartre et cette fois il la serra avec une vigueur qui en disait long.

— Rendez compte de ces vérités, señor Sartre, fit Maceo avec force. Rompez le silence qui enferme Cuba… écrivez que vous avez rencontré des paysans qui meurent debout, les yeux grands ouverts… ¡ *Cuba libre !*

Maceo regarda Sartre de si près que ce dernier ne voyait que des traits brouillés malgré ses verres de lunettes. Sartre éprouva de l'admiration pour cet homme qu'il savait maintenant lutter à contre-courant. Il représentait quelques millions d'exploités dont l'espoir ne tenait qu'au rêve transmis par cinq générations, mais sans cesse refoulé vers ce même passé.

— Je ne vous dis pas adieu, murmura-t-il.

❧

Dolores sentit que Sartre était loin d'elle, trop loin. Elle le savait prisonnier des surexcités au terme d'une lecture rapide d'un des deux livres que lui avait remis Maceo. Il lut quelques extraits à haute voix, agita les mains, émit quelques commentaires. Puis, s'interrompant, il renversa sa tête en arrière, les yeux fermés, comme pour chasser une souffrance soudaine.

— J'en ai pour la nuit, fit-il brusquement.

— Nous ne partons que demain en après-midi, dit-elle. Dors au moins quelques heures…

— Je vais monter sur la terrasse… j'ai besoin d'être seul…

— Toute la nuit ?

— Ce ne sera pas la première fois… c'est le meilleur moment pour garder les yeux grands ouverts, comme le disait Maceo…

Elle comprit qu'elle ne se réchaufferait plus très longtemps au contact de son corps. Le voyant fouiller dans sa petite trousse d'effets personnels, elle sut qu'il allait une fois encore recourir à la corydrane, son sérum de vérité.

— Qu'est-ce que je donnerais pour griller une seule Boyard ! grogna-t-il. Dire qu'il y a ici des Français qui n'en ont que pour des cigares qui empestent !

— Et que donnerais-tu pour que j'écarte les jambes… ici… tout de suite ? rétorqua Dolorès.

Il s'arrêta net, décontenancé, cherchant ses mots.

— Allez, fit-elle en riant, c'était à la blague… je sais bien qu'on ne peut servir deux maîtresses à la fois… encore moins trois !

Sartre déposa la trousse, prit les deux livres et les brandit.

— Maceo m'a ouvert une autre porte… je veux maintenant comprendre jusqu'où sont allés tous ces salauds…

— Tu parles des Américains ?

— Pas seulement les Amerloques… il y a tous ces Espagnols, Hollandais, Anglais, Français… tous ces Blancs qui ont opprimé, aliéné, asservi… et qui ont nié… nié l'idée de domination d'une race sur les autres… nié toute forme d'impérialisme… ça vaut bien une nuit à la belle étoile, non ?

Dolores fit un pas vers lui, mais se retint de l'entourer de ses bras.

— C'est bien ce que je disais… je ne peux rien contre une telle maîtresse de fer, dit-elle avec dignité.

Lorsque Sartre sortit de la chambre, ses livres et son carnet de notes sous le bras, elle s'assit sur le lit. Elle était toute moite. Deux larmes roulèrent sur ses joues.

9

Une lune immense baignait Santiago. Absorbé dans ses lectures, Sartre n'entendit rien des coups de gueule, des plaisanteries, des gros mots que s'échangeaient les quelques clients de l'hôtel qui s'attardaient sur la terrasse. On buvait ferme. Beaucoup de bière, mais davantage de rhum. Du Cuba libre surtout, désignant le mélange de rhum, de Coca-Cola et d'un quartier de citron vert, une invention d'un officier américain lors de la seconde guerre d'indépendance entre 1895 et 1898. Une heure de tumulte, à vider verre sur verre, avant que les derniers Américains ne quittassent enfin les lieux, visiblement éméchés.

Sartre avait fait ample provision de café noir. Dès la première tasse, il avala trois comprimés de corydrane. En quelques minutes, un tressaillement agita son corps. Son visage devint brûlant. L'angoisse disparut tout aussi soudainement. D'un coup, la lune lui parut aussi éblouissante que le soleil à son zénith. Les grandes ombres de la ville, immobiles jusque-là, s'éveillaient. On eût dit que toute la ville défiait le crépuscule.

Il noircit des pages entières, notes qu'il tira d'un précieux livre, *Nouvelles annales des voyages, de la géographie et de l'histoire ou Recueil des relations originales, inédites, communiquées par des voyageurs français et étrangers*. Un véritable trésor que lui avait offert Maceo. Des textes datés de 1819 à 1854 faisant état de souhaits d'annexion de Cuba par la Grande-Bretagne, de descriptions de La Havane en 1828. Il y était écrit que « de toutes les villes du monde civilisé, La Havane est celle où il se commet le plus de méfaits, de délits et de crimes atroces… » Dans un autre texte, John Howison, un chirurgien écossais dans l'armée des Indes, dénonçait la corruption des autorités et du clergé en opinant que « la corruption du clergé est égale à son pouvoir, et nul criminel à La Havane ne monte sur l'échafaud s'il a les moyens d'assouvir la rapacité des indignes ministres de l'église et de corrompre les autorités séculaires. »

Des centaines de pages décrivant que café et sucre étaient à l'origine d'une des plus grandes aventures industrielles et sociales de la planète, certainement la plus sanglante. Que des hommes réduits à la servitude avaient été substitués à la force animale à coups de sévices. Il y était écrit que l'unité de base d'une identité antillaise passait par la plantation et l'esclavage. Une religion de la soumission avait régi le monde tropical devenu l'empire du sucre, et Cuba en était le principal bastion. Une économie négrière et un lobby sucrier colonial avaient multiplié les fortunes européennes d'abord, américaines ensuite. Sucre et café avaient façonné une nouvelle géographie du monde.

Sartre finit par se lever afin de se dégourdir les jambes. Il avait la tête pleine de tous ces récits, l'estomac noyé de café, la vue brouillée d'avoir trop lu. Il s'imaginait déambulant sur le boulevard Saint-Germain, une Boyard aux lèvres, puis s'installant à une petite table du *Café de Flore* ou aux *Deux Magots*, à la brasserie *Lipp*, à la *Closerie des Lilas*, à la *Coupole*, autant de refuges douillets au milieu d'amis, de confrères, mais toujours avec Simone de Beauvoir, son « Castor », à ses côtés. Ensemble, ils rêvaient de changer le monde, mais avant toute chose, ils étaient en quête de chaleur humaine.

Pour l'instant, il était à Cuba et, en dépit de la présence de Dolores, il s'y sentait affreusement seul. Un sentiment d'urgence le tenaillait. Celui d'écrire. Mais écrire quoi ? Que Cuba était un microcosme révolutionnaire parce que l'injustice était partout ? Comment retranscrire en tant de mots ce qu'il avait vu, entendu et lu en quelques jours, en sachant que l'essentiel de Cuba en était sa face cachée ? Que pouvait-il écrire au sujet de toutes ces chasses gardées dont il était préférable de ne dire aucun mal ? Comment contourner les apparences de tant de masques ? Comment justifier une révolution armée sans pour autant paraître un fomenteur de sédition aux yeux de l'intelligentsia américaine ?

Santiago de Cuba, 20 août 1949

Chère Castor,

J'espère que mes lettres haïtiennes te sont parvenues. Je t'imagine aisément en pleine lecture de mes doutes. Et je te redis que mon seul bonheur d'être se trouve autour des modestes tables parisiennes que nous avons tant de fois partagées. Que serais-je sans toi, ma muse ?

Depuis cette chambre du Casa Granda *de Santiago, je te fais la promesse que si un jour une autre folie me poussait à revenir sous les Tropiques, ce serait avec toi à mes côtés. Tu restes, en dépit de toutes mes échappées, la seule gardienne de ma conscience. Toi seule connais les frontières de ma liberté. Nous les avons explorées ensemble.*

Tu dois savoir dès maintenant au sujet de Cuba. Mon arrivée dans cette île fut pénible. J'y venais à mon corps défendant. Poussé par tant de mauvaises dispositions, je fus aussitôt accablé de préjugés. Dès le premier jour, je me suis retrouvé au milieu d'un carnaval. La fête d'un saint et de tous les diables. Une folie qui s'empare et habite cette ville coloniale, qui se revendique d'être la mère de toutes les libérations, depuis quatre siècles. Entre ses murs, Blancs et Noirs se prétendent à égalité une fois travestis.

Durant ce carnaval, ils deviennent arlequins, pierrots, clowns à paillettes, marionnettes vivantes. Les races se confondent, les corps se libèrent, les interdits sont balayés, l'immoralité n'a plus de détracteurs. Puis une chose s'est produite qui m'a interpellé. Une rencontre me faisant voir les choses autrement. Il en fallait beaucoup pour me convaincre, et pourtant ! En réalité, j'avais mis mon intelligence en veilleuse.

En cet instant, je te voudrais à mes côtés pour m'inspirer les mots justes. Pour décrire comment une terre fut honteusement exploitée par des géants venus d'ailleurs. Mais aussi comment autant de races sont parvenues à cohabiter sans violence, quoique accablées par une même pauvreté. Des forces obscures font danser, chanter et rêver ce peuple qui parvient à survivre à l'abandon. Difficile d'imaginer que tant d'êtres humains croient en la liberté sans jamais l'avoir connue.

Tu te souviens bien sûr de mes écrits sous l'occupation allemande. Dans « La République du silence » j'avais dénoncé la perte de nos droits. J'avais écrit qu'à cause de tout ce dont nous étions privés nous étions malgré tout libres. Et que le secret d'un homme était la limite même de sa liberté, par conséquent son pouvoir de résistance aux supplices et à la mort. Pourtant cette guerre ne fut pas bien terrible pour moi, pour nous. Une petite mobilisation, un cantonnement provisoire en Alsace durant lequel j'avais noirci quelques carnets au sujet d'une guerre que je n'avais pas faite. Là, tout de suite, je réécrirais bien cette « République du silence » au nom d'un peuple privé de tout et soumis à ce terrible sort depuis plus de quatre siècles.

Mais voilà que je m'en sens incapable. Un certain courage me manque. Pourtant je ne souhaite surtout pas qu'un autre le fasse. J'entends par là un Malraux ou un Camus. Jamais un Hemingway. J'en serais dévasté. Lui qui a bâti sa célébrité sur du sable, sans avoir même jamais franchi les portes de la moindre université. Lui qui s'est vautré dans le fait divers et a glorifié les coups de fusil. Il a ratissé les champs de mort de la guerre civile d'Espagne à la manière d'un charognard. Heureusement que Malraux a sauvé l'honneur de la littérature avec son roman L'Espoir.

À Cuba, Hemingway vit une réputation surfaite. Parce que Hollywood lui a fait quelques fleurs, il s'est glorifié d'exploits qui relèvent de la plus haute fantaisie et qu'il a mis en bouche à des acteurs qui en ont tiré eux-mêmes de juteux cachets.

Depuis le Ritz *mon opinion n'a pas changé. Cet homme est cynique, a le mépris facile autant que le propos grivois. Il réduit la vie à un jeu. Je sais que tu ne partages pas le portrait que j'en trace. Tu as lu un peu de lui, ce que je n'ai pas fait. Volontairement. Tu as dit qu'il savait écrire, de manière brève, par simplification de rhétorique et grâce à une séduisante rudesse du dialogue. Point de vue de femme. Au sortir du* Ritz, *tu le décrivais comme une espèce d'homme parfaitement inachevé. Pour moi ce fut une brève affaire nocturne que je me suis efforcé d'oublier. Je ne voulais surtout pas prêter quelque sens philosophique à cette rencontre qui tenait d'un hasard. Voilà pourtant que la réalité me rattrape. Dans deux jours à peine je vais me retrouver en sa présence. Je n'y tiens nullement, mais je m'y trouve contraint par une tentation de la vie. J'ai le sentiment d'échouer dans le repaire d'un pirate des îles du Sud. Dans l'antre de tous les excès et déclamations. Certainement pas dans l'aire d'un grand esprit.*

J'écrirai tant et plus sur les œuvres de Faulkner, Steinbeck, Mauriac et tiendrai encore John Dos Passos pour le plus grand écrivain de notre temps. Mais ce que tu viens de lire au sujet de cet aventurier de la plume sera les seuls mots que je lui réserverai et les derniers…

La nuit avançait. La pipe aux dents, Sartre jeta encore quelques lignes sur papier. Ce muet échange avec de Beauvoir l'avait empli de trouble. Il sentit sa bouche sèche. Il sirota la dernière gorgée de sa huitième tasse de café. Il voulut s'en verser une autre. La cafetière était vide. Il plia soigneusement la dizaine de feuillets de la lettre et revint à ses notes. Le mot « révolution » lui trottait dans la tête. Une énigme. Les énigmes persistent, deviennent source de légendes. Les révolutions naissent par nécessité, foi et espérance. On finit par en faire des religions. Pour les uns, c'est le triomphe d'une couleur, pour d'autres le printemps d'un peuple. Autant de hasards historiques qui ont une chose en commun : le caractère radical. Les mêmes conséquences : destructrices et meurtrières. Historiens et philosophes cherchent toujours une révolution qui ait ouvert la voie à une terre promise.

☙

Un tapage inhabituel régnait dans le hall du *Casa Granda*. L'endroit grouillait d'Américains. Parmi eux, une douzaine de soldats armés et quelques policiers cubains. Des éclats de voix, de forts jurons, des regards méfiants. Plusieurs avaient le nez fourré dans les journaux. À la une du *El Mundo, El País, Información, Diario de la Marina*, de gros titres et une même photo.

— Tu comprends quelque chose ? demanda Sartre à Dolores.

— Il est question de grèves à La Havane... on mentionne l'université...

— C'est vague tout ça...

— Tu n'as qu'à lire les journaux, fit-elle avec une pointe d'agacement.

Furieux, Sartre empoigna un journal qui traînait sur le comptoir de la réception. Il lut et relut la même phrase sans n'y rien comprendre.

— Rien à foutre... mais vraiment rien à foutre dans ce bordel, grommela-t-il, exaspéré.

— Chut ! monsieur Sartre, murmura à son oreille une voix familière. Suivez-moi à l'extérieur.

Ils se retrouvèrent tous les trois sur le trottoir, en face de l'hôtel. Perusal avait troqué sa *guayabera* contre un complet bleu marin, à veste croisée, et s'était coiffé d'un feutre mou qu'il portait incliné sur l'œil droit. Il ressemblait à s'y méprendre à un businessman américain.

— Les vols d'aujourd'hui et de demain pour La Havane sont complets, dit-il. Les Américains les ont réquisitionnés. En ce moment, l'hôtel grouille d'agents du FBI et de quelques autres personnages peu recommandables...

— Vous pouvez nous dire ce qui se passe ? lui demanda Sartre, l'œil inquiet.

— De graves incidents à La Havane... grèves étudiantes... marches de protestation... quelques morts, parmi lesquels trois étudiants...

Il déplia le journal qu'il tenait à la main.

— Tout ce branle-bas, c'est pour lui, continua-t-il en pointant l'individu sur la photo. Il est l'homme le plus recherché à Cuba...

Sartre haussa les épaules. Le visage sombre, il regarda Dolores. Elle secoua la tête.

— Fidel Castro Ruz, fit Perusal, le fils de Don Ángel Castro y Argiz, un propriétaire terrien parmi les plus riches de la région de Holguin... plus précisément de Birán, à deux heures de route de Santiago...

Il hésita, puis :

— Fidel Castro a été un de mes élèves au Colegio de Dolores... le meilleur. Il est aujourd'hui étudiant en droit à l'Université de La Havane... et leader d'un mouvement étudiant révolutionnaire...

Il hocha la tête.

— Rosario Maceo le connaît encore mieux, ajouta Perusal. Il soutient activement le mouvement...

— Et vous ? demanda Sartre.

— Je soutiens Maceo, fit-il à mi-voix.

Perusal eut un geste rassurant et enchaîna :

— J'ai ici vos billets de train pour La Havane... vous voyagerez en première classe. Votre note d'hôtel et vos autres frais ont été acquittés... dans une heure vous serez en route pour La Havane...

Il regarda autour de lui en affectant un air désinvolte.

— Ma voiture sera ici dans quelques minutes... le chauffeur prendra vos bagages... inutile de retourner dans le hall...

Il tendit une enveloppe cachetée à Dolores.

— Des informations utiles une fois à La Havane, poursuivit-il. On vous attendra à la gare... de là, directement à l'hôtel *Inglaterra*... c'est le plus vieil hôtel de La Havane, le plus pittoresque aussi. C'est sur la terrasse de cet hôtel que se sont réunis les partisans de l'indépendance de Cuba vis-à-vis l'Espagne en 1871... si le cristal, le marbre et la statue dorée de la Belle Otero pouvaient parler, monsieur Sartre, vous n'en croiriez pas vos oreilles...

Il esquissa un sourire timide puis se ravisa.

— Dans l'enveloppe, le nom de Manolo, directeur du *Ambos Mundos*, ainsi que son numéro de téléphone... il parle anglais. Une fois au *Inglaterra*, téléphonez-lui, il attend votre communication… c'est lui qui vous mettra en rapport avec M. Hemingway…

— Pourquoi faites-vous tout cela ? demanda Sartre.

Perusal ôta son chapeau, tira le mouchoir de la pochette du veston et s'épongea le front.

— Pour Ariana…

— Ariana ?

— Ma petite-fille… elle a douze ans… l'autre jour elle a récité d'un trait le poème de Bonifacio Byrne… « au retour de rivages lointains, l'âme endeuillée et sombre, anxieux j'ai cherché mon drapeau et j'en ai vu un autre à la place du mien… » vous imaginez ! Cinq strophes d'un trait à douze ans ! Ariana est la raison qui me pousse à continuer dans cette quête du Graal… Elle me rappelle au devoir de ressusciter le passé… C'est dans son regard que brillent tous les espoirs de notre peuple…

Une grosse voiture noire vint se garer à quelques pas de l'hôtel. Sur un signe de Perusal, le chauffeur en descendit, entra au *Casa Granda* et en ressortit quelques instants plus tard, une valise dans chaque main.

Le trajet jusqu'à la station ferroviaire ne dura que quelques minutes. À la demande de Perusal, le chauffeur prit un raccourci, cahotant le long de quelques ruelles défoncées par endroits. Ils parlèrent peu.

— Puis-je garder votre journal… en souvenir ? demanda Sartre à brûle-pourpoint.

— Si vous tenez à un ramassis de propagande et de fausses promesses, fit Perusal en lui remettant l'exemplaire.

— Mais encore ? s'étonna Sartre.

— Ce journal ainsi que la plupart des autres quotidiens havanais sont à la solde du gouvernement, contrôlés par des agences américaines et arrosés de pots-de-vin en provenance de l'étranger… de la République dominicaine, de l'Argentine et d'aussi loin que l'Espagne… leurs dictateurs Trujillo, Perón et Franco paient pour soigner leur image. Bon an mal an, un demi-million de dollars américains pour faire contrepoids à toutes les vérités…

Le train était en gare. Au moment de la séparation, Perusal glissa un petit colis entre les mains de Sartre.

— Cela vous tiendra compagnie durant le trajet, lui souffla-t-il à l'oreille.

— Encore un cadeau de Maceo ?

— Non, cette fois c'est de moi… cela vient de sortir des presses en France… vous avez maintenant un nouveau compagnon chez Gallimard.

Sartre le remercia. Puis, avec un léger embarras :

— Une dernière faveur… vous chargeriez-vous de poster cette lettre ?

Perusal eut un petit hochement de tête. Il prit l'enveloppe et l'escamota prestement dans la poche intérieure de sa veste.

— Ce fut un honneur, monsieur, fit-il avec la plus grande dignité, en tendant la main à Sartre. ¡ *Cuba libre, señor !*

Ce ne fut qu'une fois assis dans le compartiment de luxe du wagon de tête que Sartre découvrit l'astuce de Perusal. Il lui avait fait présent des deux premiers romans traduits en français d'Ernest Hemingway : *L'Adieu aux armes* et *Le soleil se lève aussi.*

❧

Quinze heures au fil d'une voie ferrée reliant deux cités, l'une ouverte sur une mer, l'autre sur un océan. Entre d'immenses étendues de cannes à sucre et des fortifications d'une autre époque se déroulait un décor de carte postale où foisonnaient des plantes tropicales. Des centaines de kilomètres d'une campagne aux couleurs sans cesse renouvelées. Des bêtes et des hommes surgissaient de nulle part, puis des villages aux maisons basses, de paille, de bois, de tôle, bordées de maigres cultures. Parfois, de petits cimetières parsemés de croix rudimentaires et de rares tombes blanches. Au loin, des collines pointaient puis disparaissaient au gré d'une brume filamenteuse, toujours mouvante. Partout, des paysages assoupis sur fond de vert et de bleu. S'y dissimulaient des histoires d'argent, de gloire, de pauvreté, de misère. Quinze heures, avec une vingtaine d'arrêts, pour franchir d'est en ouest cette île de Cuba qui, telle une immense galère, enfermait un peuple brisé.

Pendant les deux premières heures du trajet, Sartre regarda défiler le décor, le visage presque collé contre la vitre. Il vit chaque village comme un phare s'abîmant très vite dans le lointain, et des humains se muer en silhouettes fuyantes. Il finit par s'assoupir, bien calé contre l'appui-tête, puis, ébloui par le soleil, se réveiller en sursaut.

— Tu devrais t'allonger, lui suggéra Dolores, nous en avons pour la journée.

Il retira ses lunettes, se frotta vigoureusement les yeux.

— J'ai du boulot, lâcha-t-il.

Il plongea le nez dans les documents que lui avait remis Maceo, faisant mine d'ignorer les deux livres de Hemingway qu'il garda toutefois à sa portée. Il lut quelques pages à la hâte, la tête inclinée tantôt d'un côté, tantôt de l'autre.

— Tiens, écoute ça, dit-il avec un air narquois. « De l'Opéra aux églises il n'y a qu'un pas, étant donné le côté théâtral du culte à La Havane. On va à l'église comme on va à l'Opéra, certains jours et certaines heures, quand les cloches sonnent leur appel populaire... » et encore, là... « au Prado tout le monde se connaît, se salue, se complimente et se déchire... » ces chroniques datent du XIXe siècle, pourtant on se croirait en plein délire parisien... tu ne trouves pas ?

Dolores ne broncha pas.

— Tu m'as déjà lu ce texte, dit-elle d'une voix froide. Je crois que tu as mieux à lire.

— Je n'ai pas la tête à ce genre de lecture et tu le sais bien...

— Fausse honte, lança-t-elle.

D'un mouvement, elle se laissa glisser de tout son long sur la banquette, replia ses jambes et ferma les yeux.

Une fois encore le train ralentit, puis s'immobilisa. On sortait, on entrait, on claquait autant de fois les portières. Sur les quais encombrés, on déchargeait des caisses, des colis, des bagages pour aussitôt charger une nouvelle cargaison. Des sifflements de vapeur. Le convoi s'ébranlait lourdement, par à-coups. Une fois lancée, la locomotive crachait l'épaisse poussière de charbon à laquelle se mêlaient des vapeurs blanches.

On roulait de nouveau à plein régime. Le tapage avait repris ; celui des roues de fer cahotant sur les rails. Sartre en avait marre. Une brusque chaleur avait envahi le compartiment. À l'instant, il eût volontiers abusé de café noir, avalé une corydrane ou deux, fumé. Il n'eut cependant pas la force de descendre sa valise. Étourdi, il perdit l'équilibre en voulant se lever et retomba lourdement sur la banquette. En face de lui, Dolores n'avait pas bougé. Bercée par le roulis, elle dormait à poings fermés.

Sartre pesta contre un autre défilé de champs s'étirant sans fin, des végétations réduites à des taches de verdure, des plaines rases transformées en autant d'espaces sans perspective. Au bout d'une heure, un nouvel arrêt avec les mêmes bruits grinçants, le même souffle intermittent de l'engin.

Tout geste engageait, pensa-t-il, en prenant en main le premier des deux livres. Il eut la désagréable impression d'être un joueur qui allait jeter les dés, mais sans avoir le courage de les regarder rouler jusqu'au bout. C'était *L'Adieu aux armes*. Il parcourut machinalement les premières pages, l'air dubitatif. Il sauta plusieurs chapitres, jusqu'à la page cent soixante-seize. De là, il lut jusqu'à la fin. Le récit d'une sale guerre dans les Abruzzes. Une histoire d'amour modulée par quatre saisons. Aucune complexité intellectuelle. Un art de raconter marqué d'une étonnante sobriété. La vie et la mort ramenées à leur plus simple expression, d'une manière implacablement forte. Deux morts pour une vie, sous la pluie.

En ouvrant le second ouvrage, *Le soleil se lève aussi*, deux feuillets s'en échappèrent. En les dépliant, Sartre vit qu'il s'agissait d'une lettre manuscrite. Elle lui était adressée.

Cher monsieur Sartre,
Voici quelques écrits d'un homme dont la réputation n'a pas fini de grandir. Cet homme a partagé les rudes secrets de plusieurs guerres. Sa quête de la liberté suprême, présente dans ses manières de dire, déguise à peine sa figure de révolutionnaire.
Il est écrit dans l'Ecclésiaste que « le soleil se lève, le soleil se couche, il se hâte vers son lieu et c'est là qu'il se lève aussi... »
M. Hemingway s'est inspiré de cette vérité pour titrer ainsi l'œuvre que vous tenez entre vos mains. Le texte biblique ajoute que « tous les fleuves coulent vers la mer et la mer n'est pas remplie ». Voici justement des mots pour nous rappeler qu'aucune lutte n'est vaine, aucun triomphe mérité, aucun droit acquis. Seule demeure la certitude que demain nous réservera de dures découvertes.
Votre reconnaissant et dévoué,
Michel Perroussel

Sartre s'étonna de trouver, en guise d'entrée en matière, une préface signée par Jean Prévost, l'écrivain et journaliste, Grand prix de littérature de l'Académie française. Il avait bien connu cet esprit encyclopédique. C'était lui qui avait recommandé Antoine de Saint-Exupéry à l'éditeur Gallimard et qui, plus tard, le fit connaître outre-Atlantique. Lui également qui avait brossé des portraits de Mauriac, de Claudel, de Stendhal, de Baudelaire. Lui qui mourut les armes à la main, le lendemain de la disparition en mer de Saint-Exupéry.

Cette préface datait de quelques années déjà. Une phrase avait suffi : « Chaque vérité que Hemingway note au galop frappe le lecteur, n'importe quel lecteur, d'une sorte de saisissement charnel... » Sartre se mit aussitôt à la lecture.

Le roman avait moins de trois cents pages. Le récit passait d'une ivresse à l'autre, les personnages ressemblaient à des épaves échouées entre la France et l'Espagne, témoins d'une mise à mort dans une arène sanglante.

Sartre avait lu le roman en moins de deux heures. Les personnages s'étaient imposés sans mystère, par des phrases courtes, avec peu d'effets de style, en absence de toute métaphore. Lorsqu'il referma le livre, il sentit, bien malgré lui, que toutes ses résistances avaient été brisées. Il dut s'avouer que Hemingway avait fait fonctionner les pièges de son écriture.

Le train approchait de La Havane. La ville aux mille colonnes brillait de tous ses feux en pleine nuit.

— Et l'Amerloque ? demanda Dolores.

— Ce n'est pas Dostoïevski, murmura Sartre, pas un romancier véritable… mais c'est une canaille géniale qui manipule comme nul autre les pires vulgarités !

❧

Les rues de La Havane étaient encombrées comme en plein jour. À cela s'ajoutaient les fortes odeurs de caoutchouc brûlé, résultat des tas de pneus que l'on avait incendiés un peu partout dans la ville.

Le chauffeur, muet comme une carpe, conduisait nerveusement. À chaque barrage routier, on le força à descendre du véhicule, décliner son identité et se soumettre à une fouille. Et chaque fois, Sartre et Dolores durent exhiber leurs visas de séjour.

Toutes sirènes dehors, des véhicules militaires sillonnaient les grandes artères. Plusieurs rues étaient fermées, d'autres barricadées par des émeutiers. Les deux visiteurs remarquèrent à peine les splendides façades à arcades. Ils longèrent le Parque Central et son bosquet de palmiers servant d'écrin à la statue de José Martí, le héros national de Cuba. En passant devant le Capitolio, Dolores manifesta sa surprise.

— On croirait voir le vrai à Washington…

— Je me crois surtout dans un film de gangsters, rétorqua Sartre.

— Tu exagères…

— Pas du tout ! C'est l'état de siège ici… et je ne me sens pas la moindre disposition pour y tenir un rôle quelconque.

Défilèrent encore quelques palaces en granit, en marbre et en céramique avant qu'ils n'arrivent devant l'hôtel *Inglaterra*. Le superbe édifice de style colonial jouxtait le Grand théâtre de La Havane. À l'intérieur, tout y évoquait son passé illustre, depuis les chandeliers qui pendaient de ses hauts plafonds jusqu'aux vitraux ornés de fer forgé. Le sol était entièrement de marbre.

Dolores fila un généreux pourboire au chauffeur, qui la gratifia en retour d'un premier sourire. Il rangea les bagages près du comptoir d'accueil et quitta prestement les lieux.

— *Una firma, señor… señora*, fit l'homme derrière le comptoir en tendant une plume à Sartre.

— Une signature, expliqua Dolores devant l'hésitation de Sartre.

L'homme demanda ensuite les visas de séjour et les nota dans un registre. Sur ce, il remit une grosse clé à un garçon d'étage qui n'attendait qu'un signe pour s'occuper des bagages.

— *¡ Tercero piso, enseguida !*

Empoignant une valise dans chaque main, le jeune homme en livrée rouge et noire, manifestement trop grande pour lui, indiqua l'ascenseur d'un signe de tête, lui-même empruntant le grand escalier.

— À peine courtois, maugréa Sartre.

— Ce n'est pas toi qui grimpes avec les valises au troisième…

— Et pourquoi pas nous sur son dos, tant qu'à faire, ironisa Sartre, comme ça il mériterait son salaire…

— Cesse de dire des bêtises, l'enjoignit Dolores plutôt sèchement.

— De toute façon, ils n'en ont rien à foutre de son salaire…

— Qui ça… ils ?

— J'en sais foutrement rien, fit-il, embarrassé.

Regardant autour de lui, Sartre remarqua une grande photo encadrée, en évidence sur le mur près du grand escalier.

— … Lui s'en fout peut-être, ajouta-t-il, cynique.

C'était une photo de Winston Churchill, un énorme cigare aux lèvres. On y mentionnait au bas qu'il avait séjourné dans cet hôtel en novembre 1895 à titre d'observateur militaire de l'armée britannique. En encadré, un article du *Morning Post* du 15 juillet 1898 citant Churchill : « Les États-Unis peuvent offrir la paix aux Cubains. C'est un avant-goût d'une prospérité à venir. »

— Tu crois qu'il a lu ça, le garçon d'étage ?

— Tu te crois drôle, peut-être ?

— Pas du tout, rétorqua Sartre, mais pas du tout ! Je le dis et le répète, quand les riches se font la guerre, ce sont les pauvres qui meurent… c'est lucide… c'est mathématique et c'est incontournable… voilà !

Dolores avait fait mine de ne pas l'entendre. Elle avait déjà pris place dans l'ascenseur.

— Rien à foutre, grommela-t-elle.

Quatrième partie

Finca Vigía

« Le soleil se lève, le soleil se couche,
il se hâte vers son lieu et c'est là qu'il se lève.
Ce qui fut, cela sera, ce qui s'est fait se refera
et il n'y a rien de nouveau sous le soleil. »

Ecclésiaste

10

La fraîcheur du petit matin ne parvint pas à calmer Hemingway. Il suait à grosses gouttes. D'un geste rageur, il s'essuya le visage et les aisselles avec sa *guayabera*, qu'il jeta ensuite sur le plancher de la chambre. Il palpa machinalement les chairs molles qui enrobaient sa taille, prit son pouls, puis enfila les shorts kaki qui traînaient sur le lit, parmi la quantité de livres ouverts, répandus pêle-mêle avec des revues et des journaux, dont certains dataient de plusieurs mois.

Les démangeaisons au visage l'ennuyaient toujours autant. Il se gratta furieusement les joues et cligna plusieurs fois de l'œil. Il constata avec angoisse qu'à la moindre contrariété, son corps réagissait de plus en plus mal.

Rompant brusquement le fil de ses pensées, il prit un crayon à mine bleue et se rendit à la salle de bain. Il fit un gros effort avant de parvenir à évacuer convenablement un liquide foncé, malodorant. Une brûlure persistante le fit grimacer. Des calculs rénaux sans doute, se dit-il avec répugnance. Il prit place sur la balance placée tout près. Au fur et à mesure du réglage, sa déception grandit. À l'équilibre, le curseur marqua deux cent quarante-neuf livres et un quart. Une prise de poids de vingt et une livres et demie en moins d'un an. Ce n'était plus une simple question d'embonpoint dont il s'agissait, mais de la valeur de son existence propre. Force lui était d'admettre que celui qu'il croyait être n'existait plus, résorbé, avalé par la grande illusion de la vie. Cette impitoyable salope l'emprisonnait peu à peu, sans possibilité de libération. Ce sentiment de vide, tout à fait réel maintenant, réduisait ses rêves à néant et préfigurait le pire : l'absence de toute éternité.

Il reprit son pouls, puis, à l'aide du crayon bleu, inscrivit les deux chiffres à côté de la date du jour, sur le panneau fixé au mur derrière la porte, ainsi qu'il le faisait, chaque jour passé à la Finca Vigía, depuis trois ans.

Chaque petit matin à la Finca rappelait à Hemingway la lueur rose d'une veilleuse. L'aube effaçait les cauchemars que lui causaient les barbituriques. Cette pâle lumière ravivait les mêmes espoirs qu'avait anéantis des heures auparavant une nuit sans lune. Elle lui donnait le signal de nouvelles luttes. La lueur rose le rattachait aux liens sacrés de son écriture, sachant bien que viendrait un matin où le glas sonnerait pour lui.

Hemingway contemplait l'abysse en lui. Il sentit l'attirance à venir s'y perdre. Il pensa alors à tous les trompe-l'œil engendrés par sa plume. En vérité, le jeune Paco n'était pas mort au bout de son rêve et de son sang dans la salle à manger de la pension *Luerca*. Paco avait été le fruit de son imagination, et seule cette pension existait à Madrid. Aucune balle tirée d'un Mannlicher n'avait explosé le crâne de Francis Macomber. Pas de Macomber ; seul le fusil Mannlicher 6,5. Et aucune carcasse de léopard n'avait été découverte près du sommet du Kilimandjaro. Dans le monde réel, il n'y avait qu'un rocher sombre, tacheté, qui dépassait les neiges éternelles de la montagne et constituait le point culminant de l'Afrique. Quoique, dans la langue kichagga, le terme *Kilimanyaro* pouvait signifier à la fois « qui vainc l'oiseau » et « le léopard ».

Le petit matin rosé lui rappelait que le monde autour de lui était réel, tout comme ses douleurs, son corps alourdi, ses doutes. Là était son véritable combat. Il entreprenait sa course au mot juste. Il montait sur le ring, encaissait le manque d'inspiration, se battait contre tous, mais d'abord contre lui-même.

Immobile maintenant, les yeux fermés, les pieds nus posés sur la peau de koudou jetée au pied du lit, il se concentrait.

Un rituel importé des vertes collines d'Afrique. Les premières images, confuses, défilaient dans sa tête. Il en dégageait une vision plus nette, espérant le coup de foudre. Bientôt il se mit à se balancer d'une jambe à l'autre pour chasser les élancements qui tenaillaient cette jambe criblée d'éclats de mortier voilà plus de trente ans. Les mots venaient laborieusement. Le clavier de la Royal portative, posée à sa hauteur sur un meuble, entrait en action. Les mots s'alignaient, puis les paragraphes. De temps à autre, il se rapportait à l'écritoire de bois posé à la droite de la machine à écrire. Au crayon de plomb, il notait de courts textes. Il feuilleta des livres, arracha des pages dans des revues, souligna, encercla. Au bout d'une première heure, douloureuse, il compta soigneusement le nombre de mots qu'il avait écrits, notant la somme obtenue dans un petit carnet. Les mots fondateurs du texte avaient, seuls, résisté à l'épuration. C'était sa manière d'assécher le puits de son inspiration afin de le mieux remplir des vérités essentielles. En relisant une fois encore les quatre cents mots, il eut le sentiment qu'il vivait sa vie comme seul le toréador vivait la sienne, pleine d'*alegría*, au mépris de tous les risques, en quête des seuls mots qui déterminaient ce qu'était l'humain au-delà de tout ce qu'il cherchait à éviter. Espace vital qui définissait la distance qui séparait sa vie de la mort.

La chaleur tropicale l'enveloppait déjà. Il se tourna vers la fenêtre grande ouverte, vit les collines en contrebas, chercha au loin le reflet matinal, plus violet que bleu, de la mer. C'était l'instant durant lequel il communiait pleinement à la Finca Vigía.

Depuis dix ans, la Finca était son refuge. Elle était devenue le miroir de son existence, la gardienne de tous les démons de son génie. Il y avait enfanté dans la douleur une petite partie de son œuvre. La Finca Vigía était une vigie discrète, perchée au sommet de San Francisco de Paula. Blanche de partout, murs, portes-fenêtres, terrasse, pierres de jardin, jusqu'aux orchidées accrochées aux troncs des lauriers de l'Inde et aux lys qui pointaient au milieu des bambous et des fougères arborescentes.

Lorsqu'il quittait la Finca, tantôt pour témoigner des horreurs d'une guerre ou pour assouvir sa passion des arènes sanglantes, c'était pour mieux y revenir, s'y réconcilier avec l'éclat des bougainvillées, des hibiscus, des flamboyants, de tous les verts, sombres ou lumineux, qui tapissaient les huit hectares de cet éden cubain. C'était à la Finca Vigía qu'il devenait le plus cubain des Américains.

Un ronronnement familier le ramena à la réalité. Hemingway aimait entendre ce bruit dès l'aube, le premier bruit matinal autre que le concert des oiseaux qui nichaient en colonies dans les frondaisons.

— Viens, Boise, murmura-t-il.

Le félin bondit dans ses bras et se frotta contre lui.

— Qu'est-ce que je deviendrais sans mon bâtard chéri, hein ?

Un matin, le chat avait paru sur la terrasse de la Finca. Un chat de plus. Mais celui-ci était différent de tous les autres. Il se déplaçait comme une ombre, disparaissait à volonté, réapparaissait dans la chambre de Hemingway dont il avait adopté le lit, niché parmi les livres en désordre. Hemingway le nomma « Boise », du nom de la capitale de l'Idaho, rappelant l'époque mouvementée où les tribus Shoshones furent férocement combattues par la cavalerie américaine.

L'animal se pelotonna contre la joue de Hemingway puis lui lécha le visage.

— Eh ! Moi qui croyais que tu te filerais quelques mangues... Je sens que t'as déjà bouffé plein de saumon ! C'est René qui t'a gâté, hein ? Et tes copains... ils sont dehors tes copains ? Ils ont fait la fête cette nuit ?

Hemingway faisait allusion à la trentaine de chats qui erraient librement sur les terres de la propriété, parmi des animaux de ferme et la douzaine de coqs de combat qui faisaient sa fierté.

Boise ronronnait de plus en plus fort.

— Si tu savais comme je te comprends, Boise, lui souffla Hemingway à l'oreille. Tu as envie d'en sauter une, de toutes les sauter, même, pas vrai ? Mais tu ne peux pas... tu ne peux plus...

Boise s'étira langoureusement, s'abandonnant aux caresses de son maître.

— Je ne lui pardonnerai jamais ce qu'elle t'a fait, la patronne, t'entends ? Je n'ai jamais voulu qu'elle te fasse castrer… Jamais ! Tu le sais, hein ? Quelle saloperie !

Le félin frissonna, miaula à deux reprises.

— Je vais te dire, Boise, c'est moi que la patronne voulait punir, mais c'est toi qui as perdu les couilles… mais t'en fais pas, elle n'aura pas les miennes… Qu'est-ce que t'en dis ?

Boise émit d'autres miaulements, plus sonores.

— Qu'est-ce que tu veux entendre, mon bâtard chéri ? Tiens, écoute ça : « Combattez, mes hommes, dit Sir Andrew Barton, je suis blessé, mais je ne suis pas mort ; je vais m'étendre et saigner encore un temps, et puis je vais me lever et me battre encore. » Tu aimes ? Il paraît que c'est Sidgwick qui a écrit cette ballade… rien de tel que de faire apparaître le fantôme d'un poète disparu, pas vrai, Boise ?

Le chat s'était endormi dans les bras de Hemingway. Il déposa l'animal sur le lit. Il avait faim, mais il avait surtout très soif.

— René ! lança-t-il.

⁂

René Villarreal se tenait sur le pas de la porte, les yeux baissés. Tout jeune, sa mère lui avait inculqué le respect du Blanc, lui rappelant, ainsi qu'à ses frères, son jumeau Luis et Popito le cadet, que les Villarreal, comme beaucoup d'habitants de San Francisco de Paula, de Regla et de Guanabacoa, étaient des descendants d'esclaves, pauvres, illettrés, et que les *Americanos* étaient leurs pourvoyeurs.

René Villarreal venait d'avoir onze ans lorsqu'une tragédie changea brutalement son destin un certain jour d'automne de 1940. Ses deux frères et lui revenaient d'une partie de base-ball entre gamins, disputée sur un terrain poussiéreux de leur patelin. Sur le chemin du retour, ils grimpèrent sur la charrette d'un marchand local. Il avait suffi qu'un des bœufs trébuchât. Popito dégringola et passa sous une des roues. Il eut le thorax écrasé. « Vite, il faut prévenir l'*Americano* ! » avait hurlé la mère en proie au désespoir. Le chauffeur de ce dernier avait fini par arriver. On transporta Popito à l'hôpital de La Havane, mais il était trop tard. L'*Americano* paya toutes les notes de soins ainsi que pour les funérailles. Un mois plus tard, il vint rendre visite à la famille. René fut particulièrement impressionné par sa grandeur et par la taille de ses mains. L'*Americano* se débrouillait en espagnol et discuta longuement avec la mère. Puis il mit de l'argent sur la table, des dollars américains. Sur ce, il offrit de prendre à son service un des jumeaux, de préférence celui qui raffolait de la boxe. Spontanément, René avait levé la main. La semaine suivante, il franchit la grande porte métallique ouvragée qui donnait accès à la Finca Vigía.

— Tu as les journaux, René ?

— Si, Don Ernesto…

— Tu as nourri toutes les bêtes ?

— Si, Don Ernesto…

— Les fleurs de la patronne ?

— J'ai fait trois bouquets… Un pour la terrasse… deux *en casa*, Don Ernesto…

Hemingway s'approcha du jeune Noir, le regarda longuement, comme pour le défier de soutenir son regard.

— Regarde-moi dans les yeux, lui dit-il en élevant quelque peu le ton.

René hésitait. Hemingway l'intimidait. C'était la première fois en dix ans qu'il se trouvait seul, face à face avec celui qu'il avait toujours perçu comme un géant parmi les autres hommes. Il se demandait maintenant s'il avait seulement le droit de le regarder en face. Devant lui, il se sentait toujours aussi petit, le même gamin qui n'avait alors que la peau et les os, le petit berger écrasé par ses complexes.

— Regarde-moi droit dans les yeux, insista Hemingway.

René se prit nerveusement les mains. Il ne se rendit même pas compte qu'il se haussait sur la pointe des pieds pour paraître un peu plus grand. Il finit par plonger ses grands yeux noirs dans le regard d'Hemingway.

— Combien gagnes-tu à la Finca ? lui demanda ce dernier.

— Sept pesos, Don Ernesto…

— Et depuis quand es-tu à la Finca ?

— Dix ans à l'année qui va venir, répondit René timidement.

— Tu sais que tu parles de mieux en mieux la langue de l'*Americano*, fit Hemingway en souriant. Comment trouves-tu mon espagnol ?

René fit la grimace. Hemingway le regarda avec sympathie puis partit d'un grand rire. Il détectait quelque chose de racé chez ce jeune Cubain qu'il n'avait vu que de loin depuis ces dix ans passés à la Finca. Quelque chose de neuf, de propre, d'authentique. D'un geste soudain, il l'attrapa par les épaules. René sentit toute la force des grandes mains.

— Quelles sont les règles de la Finca Vigía ? lui demanda Hemingway sur un ton grave.

— Règles ? répéta René, visiblement troublé.

Hemingway fit peser sur lui un regard autoritaire. Le cœur battant, René repassait dans sa tête tout ce qu'il avait entendu dire à ce sujet depuis des années. Il savait bien que la Finca était bien plus que la demeure du célèbre *Americano* ; plus qu'une suite de pièces aux odeurs de grands crus et de bois humide ; plus qu'une immense bibliothèque de livres rares. La Finca était un sanctuaire.

— Respecter les autres… être courtois… être fort quand vient le temps d'être fort… être rude s'il faut être rude… regarder chacun droit dans les yeux… si un intrus menace la Finca, tirer juste et sans hésitation… si le feu menace la Finca, sauver les manuscrits d'abord, les œuvres d'art et les armes ensuite… et quand señor Papa… euh… *disculpe*… euh… quand Don Ernesto écrit, respecter en tout temps silence et tranquillité, débita René d'un même souffle.

Hemingway sourit. Il parut satisfait. Il continua de fixer René, trouva dans le regard du jeune homme la limpidité d'une eau de source. C'est vrai, se dit-il, qu'il n'est pas comme les autres ; il ne sait pas mentir.

— Tu n'oublies pas quelque chose ?

René ne dit rien, mais ne baissa pas les yeux.

— Les oiseaux… tu as oublié les oiseaux…

— *Disculpe*, Don Ernesto, s'excusa René. Les oiseaux… euh… il ne faut jamais lancer de cailloux aux oiseaux…

— Pas les urubus à tête rouge… Ce sont des charognards, précisa Hemingway. Une espèce nuisible qui mérite qu'on leur mette du plomb dans les ailes… ou en pleine gueule comme le requin… (Il hésita.) Il y a aussi des loups parmi les hommes… et ces loups ne méritent qu'une chose… qu'on les élimine. *Verdad*, René ?

— *Claro*, Don Ernesto !

Hemingway pointa un des deux tableaux sur le mur de la chambre.

— Qu'est-ce que tu vois ?

René eut beau scruter l'œuvre, il n'y vit de prime abord qu'un enchevêtrement de formes, des traits en rouge et noir, le lettrage incomplet d'une affiche, et, au centre du tableau, un œil dilaté, sans fond. Ce n'était pas un regard humain. N'y paraissaient ni haine ni peur. Pourtant, il se dégageait quelque chose d'étincelant de l'ensemble, un mouvement puissant. Cela ressemblait au choc d'un homme avec une bête dont on devinait le mufle.

— *Toro*, fit alors René.

Hemingway émit un sifflement admiratif.

— Là tu m'en bouches un coin, avoua Hemingway, et t'envoies aux douches quelques académiciens à la con… et tu me donnes soif…

— Old Grand dad Bourbon, Pinch scotch, Gordon gin ? demanda René avec une surprenante assurance.

— Là tu me bouches l'autre coin, s'amusa Hemingway qui n'en croyait pas ses oreilles. Si tu continues ton numéro de magicien, je vais croire que tu travailles pour ces salauds du FBI ! *Tienes que decirme la verdad, chico…*

— *Pero dice la verdad, Don Ernesto, siempre*, insista René, de l'angoisse dans le regard.

Un nouvel éclat de rire de Hemingway le rassura aussitôt.

— Bien sûr que tu dis la vérité, René, fit-il. Toi, un ramasseur de crottes du FBI ? Allons donc, tu fais davantage marchand de fleurs… et c'est un sacré compliment ! Allez, va me chercher un Gordon gin… J'en déduis que tu sais où trouver la bouteille.

Hemingway demeura planté devant le tableau. Une contemplation qui le ramena presque trente ans en arrière, dans les chambrettes sans ombres, malodorantes, du grand Paris. À une époque où, redoutant de n'avoir plus de place nulle part en Amérique, il avait cru triompher ailleurs par son charme et son court passé de héros d'une guerre dont personne ne voulait entendre parler.

Le Torero avait été peint en 1913 par Juan Gris, un Espagnol, de son véritable nom José Victoriano Carmelo Gonzáles-Pérez. Hemingway l'avait rencontré à Paris, en même temps que Picasso. Il s'était rapidement lié d'amitié avec celui que l'on reconnut, dès sa mort, comme un des fondateurs du cubisme. Gris avait déjà une renommée, Hemingway n'avait qu'une réputation : celle d'être devenu le protégé américain de Gertrude Stein, la papesse des arts et la lesbienne la plus courue du monde littéraire européen. Ce fut elle qui conseilla au jeune Hemingway d'investir dans la peinture espagnole, nommant Juan Gris et Joan Miró, ce dernier déjà célèbre pour sa touche surréaliste, influencé par Cézanne, et auteur d'une toile réputée : *La Ferme*. En 1925, Hemingway emprunta une somme considérable et parvint, au terme d'un tirage au sort, à se procurer *La Ferme*. En 1931, il acquit *Le Torero* et l'*Arlequin à la guitare* de Gris, honorant ainsi la mémoire de son ami, mort prématurément en 1927 à Boulogne. L'année suivante, *Le Torero* illustra la page couverture de l'œuvre que Hemingway consacra à la tauromachie : *Mort dans l'après-midi*. Il eut dès lors la certitude que de toutes les influences, ce furent ces peintres qui inspirèrent son écriture.

René revint, la bouteille de Gordon gin dans une main, un verre dans l'autre.

— Décidément, fit Hemingway, tu me connais par cœur.

René sourit timidement. Hemingway lui prit la bouteille des mains, remplit le verre aux trois quarts et le vida d'un trait. Il en reversa une moitié et tendit le verre à René.

— À ton tour, *suerte* !

Devant l'hésitation du jeune homme, Hemingway insista. Puis :

— Il y a une dernière règle à la Finca Vigía, dit-il gravement, t'as intérêt à me la dire, René Villarreal…

Interpellé de la sorte, René demeura pantois, ne sachant que répondre.

— Si c'est comme ça, continua Hemingway sur le même ton, je vais te l'apprendre : le majordome de la Finca Vigía doit savoir boire comme un homme, surtout à l'invitation de son patron, et n'être ni puceau ni pédé. *¿ Claro ?*

René eut l'impression d'étouffer à demi.

— Je ne connaissais pas cette règle, Don Ernesto, avoua-t-il.

Hemingway ricana devant le désarroi de René.

— Tu n'avais pas à la connaître, fit-il, parce que la Finca n'avait pas de majordome jusqu'à cet instant et que je viens tout juste d'inventer cette règle.

Il observa la réaction de René. Ce dernier parut incrédule, cloué sur place, trop ému pour émettre le moindre son. Tout d'un coup, les larmes jaillirent.

— *¿ A mi, Don Ernesto, mayordomo ? ¿ Porque ?* bafouilla-t-il.

— *Porque el mérito eres suyo, René Villarreal. ¡ Ya está !* fut la réponse.

Aussitôt, René saisit le verre et le vida. Il faillit s'étouffer. Hemingway s'esclaffa. Il reprit le verre et le remplit une fois de plus, en but la moitié, et invita le jeune homme à recommencer.

Cette fois René ne se fit pas prier. Ses lèvres tremblaient, tout comme ses mains. Il recula d'un pas, ne quitta pas des yeux Hemingway. «*Mayordomo* à la Finca Vigía, se dit-il, je n'arrive pas à le croire.» Hemingway lui tendit la main.

— En guise de contrat, dit-il, la parole donnée et une poignée de main.

Le contact de cette main fit frissonner René. Il s'efforça au calme.

— Alors tu écoutes bien, poursuivit Hemingway en articulant bien et lentement, à compter de demain matin, tu gagneras quinze pesos... tu porteras la veste blanche brodée à l'emblème de la Finca : les trois collines de San Francisco de Paula, la flèche de la tribu ojibway et les trois barres horizontales synonymes de mon ancien grade de capitaine... cette veste, la seule du genre, sera celle du majordome. Vu ?

Les mots résonnaient en René. Il approuva d'un mouvement de tête.

— Tu seras responsable de tout ce qui se trouve dans cette maison... je dis bien tout, tu me comprends ?

Sentant toujours l'exaltation, René inclina la tête.

— Tu seras le seul à sonner la cloche que je ferai installer à l'entrée de la maison... comme le fait le timonier à bord de son navire... et d'ici l'an prochain, tu devras tout connaître de la Finca, les arbres, les fleurs, les tableaux, les trophées, les livres... les va-et-vient de chacun... les invités et les indésirables... bref, tu seras mes yeux et mes oreilles. Tu as des questions ?

René parut submergé. Il avait l'impression que Hemingway lui commandait de soulever la terre entière, mais sans lui indiquer le moindre point d'appui ni lui donner un quelconque levier. Il murmura qu'il n'avait aucune question.

— Chaque matin, dès le lever du soleil, tu m'apporteras mon déjeuner, toi et toi seul, poursuivit Hemingway. Ce sera un demi-pamplemousse, une rôtie bien grillée du pain que cuit ta mère... avec ça du thé très noir, sans lait, et un œuf bien cuit... tu as saisi ?

— *Si, Don Ernesto…*

— Dorénavant, tu prendras tes quartiers à la Finca… et la grande chambre qui se trouve au sous-sol de la maison des invités sera ta chambre. Vu ?

— *Si, Don Ernesto.*

— Une dernière chose, René Villarreal… à compter de tout de suite, tu cesses de m'appeler Don Ernesto… devant les invités tu diras *señor Papa*… et entre nous… entre nous ce sera tout simplement… *Papa* ! Tu y arriveras ?

Lui, un nègre, convié à une telle intimité ! Il recula d'un autre pas. Son corps était tendu, et il ne savait plus quoi faire de ses mains.

— *Si… ¡ Papa !*

Le son des deux mots, à peine sortis de sa bouche, lui parut irréel. Tout comme le géant qui se dressait devant lui, le visage envahi par une barbe de plusieurs jours, toute blanche. Lui parut plus irréelle encore la familiarité de celui-ci à son égard.

— Tu apprends vite, fit Hemingway. Pas vrai, Boise, qu'il apprend vite ?

L'animal sortit aussitôt de sa torpeur, se dressa sur le lit et s'étira. Hemingway le prit délicatement et le déposa sur la peau de koudou. Boise renifla la relique africaine, puis tourna autour de René. Il fit le dos rond, puis se frotta contre une de ses jambes en miaulant.

— Voilà qui est fait, ajouta Hemingway, visiblement satisfait, Boise vient d'approuver mon choix.

— *¿ La señora ?* risqua René timidement.

Hemingway fit mine d'ignorer l'interrogation de René. Il ramassa la *guayabera* et s'épongea de nouveau le visage et le torse. Chiffonnant le vêtement, il le remit au jeune homme.

— Pour le lavage… suis-moi, j'ai autre chose à te montrer…

La chambre donnait directement sur une grande pièce au milieu de laquelle se trouvait un meuble à trois tiroirs, en acajou. Plusieurs objets y étaient soigneusement disposés, parmi lesquels des sculptures représentant des animaux sauvages taillées dans l'ébène ainsi que des munitions d'armes de chasse de différents calibres. Des centaines de livres, tous reliés de cuir, rangés par ordre alphabétique, occupaient les trois étagères d'une bibliothèque qui couvrait la longueur de la pièce. Des gravures, des aquarelles, des esquisses au crayon évoquant des corridas, ainsi que plusieurs trophées de chasse ornaient les murs fraîchement peints en blanc.

— Personne ne doit entrer ici à part moi et la señora… toi au besoin… mais personne ne doit toucher ceci… jamais !

Il montra du doigt les figurines sculptées. Elles étaient au nombre de huit, alignées sur une seule rangée, du zèbre au lion, en passant par le sanglier, le rhinocéros et l'éléphant. Tout à côté, placés sur une pièce de tissu, un couteau cérémoniel massaï et une branche d'acacia soigneusement taillée à l'extrémité.

— Jamais ! répéta Hemingway avec force, en regardant René.

Ce dernier comprit l'avertissement. Hemingway retira un livre d'une étagère. Une clé y était dissimulée. Passant dans une autre pièce qui servait à l'occasion de chambre d'invités, il déverrouilla la porte du placard. S'y trouvait un râtelier garni d'une vingtaine d'armes parmi lesquelles des winchesters à pompe de calibres 12 et 21, deux Springfield 30-06, un Mauser Magnum de calibre 505, un Mannlicher-Schönauer de calibre 256, un Nitro Express à double canon de calibre 577, plusieurs mitraillettes Thompson, des fusils de chasse de calibre 410, trois modèles de calibre 22 et quelques pistolets, dont un Colt Woodsman. Rangée à part, une véritable antiquité. C'était une Winchester Henry calibre 44, prévue pour tirer seize coups à répétition : l'arme qui avait changé le cours de la guerre civile américaine dès 1863. Hemingway prit un calibre 22, une boîte de munitions, et les remit à René. Il referma la porte du placard. René sentit son cœur battre à se rompre. Il lui semblait que la Finca Vigía tout entière était retombée dans le silence. De retour dans le bureau, Hemingway remit la clé en place.

— Cette arme est maintenant à toi, fit-il en regardant fixement René. Entre tes mains, elle est au service de la Finca Vigía en toute heure du jour et de la nuit…

Il avait appuyé sur les derniers mots. Sur ce, il gratifia René d'un clin d'œil complice.

— Maintenant, va dire à Juan Pastor de tenir la Buick prête pour dix heures…

— *Lo siento señor*… commença René.

— Ça va, René, tu m'as suffisamment remercié…

— *¿ La señora ?*

D'un geste autoritaire, Hemingway lui fit signe de quitter les lieux.

— La señora, la señora, grommela-t-il une fois seul. C'est mon fric, c'est mon domaine, c'est moi qui paie pour l'orchestre, c'est moi qui choisis les musiciens… est-ce que je vais lui dire comment faire pousser ses roses, à la señora ? Merde après tout !

Il suait à profusion, se sentit poisseux, respira l'odeur âcre de son propre corps. Elle le pressait de se laver au moins à l'éponge. Se remettant devant la Royal, il tapa quelques lignes, les relut, puis retira rageusement le feuillet. Il prit la bouteille, but à même le goulot tellement il avait la gorge sèche.

L'inspiration ne venait toujours pas. Il ferma les yeux. Des souvenirs tumultueux défilèrent dans sa tête. Il eut un éblouissement soudain. La vision très nette d'un tableau du célèbre Titien qu'il avait admiré au musée du Prado à Madrid entre deux corridas. Il se rappela les détails de ce corps nu, puissant, faisant rouler un immense rocher jusqu'au sommet d'une montagne du Tartare. Le Titien s'était inspiré du mythe de Sisyphe, cet antihéros de l'*Odyssée* dont le châtiment consistait à s'abrutir éternellement dans l'espoir vain d'achever une tâche bien au-delà de sa nature humaine.

«Voilà le genre d'histoire que je dois écrire, se dit-il, celle d'un destin absurde, d'un châtiment inévitable, d'une rédemption improbable… une histoire d'homme qui défie tous les dieux auxquels il a cru… un Sisyphe moderne prêt à risquer sa vie pour capturer la mort… » Son regard porta sur le manuscrit posé à côté de la Royal.

— *Îles à la dérive*, fit Hemingway en évoquant le titre, puis en le répétant à quelques reprises. Ça ne veut rien dire ça… des coquilles vides…

Il s'empara du manuscrit, se dirigea vers la salle de bain et le déposa sur le lavabo. Prenant la première serviette à sa portée, il l'y enveloppa. De retour dans sa chambre, il le fit disparaître sous le lit.

— Ce serait encore plus facile de se faire sauter la cervelle, murmura-t-il, mais ce serait tellement lâche…

Il avisa la bouteille et la vida d'un trait.

&

Sans un mot, Hemingway tendit un pistolet de petit calibre à Juan Pastor, un chauffeur. Celui-ci vérifia le chargement de l'arme et la fit disparaître dans la poche intérieure de son veston.

— Elle brille comme si tu l'avais frottée toute la nuit, le complimenta Hemingway.

Juan Pastor sourit à pleines dents. Au service de l'écrivain depuis cinq ans, le jeune Noir avait acquis son entière confiance. Passant ses mains fines sur la portière du côté passager, il parut visiblement fier de son travail.

Le chef-d'œuvre en question était une Buick Roadmaster décapotable 1947, de couleur bleu royal avec des sièges de cuir véritable, d'un rouge flamboyant. Hemingway l'avait acquise peu avant son cinquantième anniversaire en échange de sa Lincoln Continentale V-12 décapotable 1941. Il avait fallu trois mois avant qu'on la lui livrât depuis Miami, en passant par Key West, d'où l'on avait mis le véhicule à bord du traversier à destination de La Havane. Dès son arrivée dans l'île, le véhicule avait fait fureur à La Havane. On admirait l'assemblage de la grille avant et des pare-chocs, fait de chrome véritable, les énormes pneus à flancs blancs, et surtout le volant, dont la moulure ressemblait à s'y méprendre à de l'ivoire véritable.

— Le réservoir est plein ?

— *Si señor…*

— Nous allons à Regla…

— *Si señor…*

Juan Pastor ajusta sa cravate et son veston, vérifia l'heure sur sa montre-bracelet et ouvrit la portière.

— Papa !

C'était la voix haut perchée de Mary, son épouse. Hemingway fronça les sourcils. La femme approchait à grands pas. Elle était petite, avait un visage aux traits saillants, des yeux bleus avec des coins d'ombre et une grande bouche fardée de rouge. Ses cheveux, d'un blond très pâle, visiblement teints, étaient soigneusement tirés vers l'arrière, dégageant un front haut et large. Elle portait un chemisier blanc qui flottait sur un pantalon beige, de tissu léger.

— Tu as déjà fini d'écrire ? s'étonna-t-elle.

— Je n'ai pas commencé… Je suis en panne, fut la réponse laconique.

Mary vit les yeux bouffis de son mari, ses lèvres sèches. Il puait l'alcool.

— Je sais que cette visite n'arrive pas au bon moment, fit-elle d'un ton conciliant, mais ne t'en fais pas, je m'occupe de tout…

— Écoute, Kitty, je ne ferai pas semblant d'être enchanté, l'interrompit-il, c'est tout le contraire. Cela m'ennuie et m'emmerde, voilà !

— C'est toi qui as accepté…

Hemingway rabattit les deux mains rageusement sur la portière.

— Pas de sermon, je te prie, fit-il sur un ton cassant. Je te dis que cela m'emmerde… Qu'est-ce que j'en ai à foutre, de ces cons qui me prennent pour une attraction touristique, hein ? Tu sais ce que j'en fais, de leurs titres et de leurs diplômes ?

— Tu as donné ta parole à Miguel Perusal, lui rappela Mary.

— Ouais, je sais…

Il prit place sur la banquette avant et claqua la porte.

— Tu n'oublies pas que c'est demain, ajouta Mary.

— Ouais… J'ai donc tout mon temps…

— Tu as vu que j'avais placé un des ouvrages de Sartre sur ton fauteuil…

— Ouais…

— Ce serait bien que tu y jettes un coup d'œil…

— Ouais… faut que j'aille…

— Tu vas à La Havane ? C'est dangereux…

— Pas pour moi, répondit-il. À Cojimar aussi… quelques trucs à vérifier sur le bateau…

Mary savait qu'il mentait. Il avait le regard fuyant, parlait d'un ton sec.

— Au *Ambos Mundos* peut-être ? fit Mary.

Les mâchoires serrées, il ne répondit rien. Mary avança la main, lui toucha le bras, sentit la moiteur de sa peau. Il se dégagea.

— Tout sera prêt pour nos invités, dit-elle avec douceur.

— *¡ Vamos !* lança Hemingway au chauffeur.

La grosse décapotable démarra silencieusement, s'engagea dans le chemin graveleux qui descendait graduellement à l'ombre des platanes et des figuiers des banians. Soudain, elle s'immobilisa. Hemingway ouvrit la portière et sortit.

— Kitty, lança-t-il.

Elle s'approcha de la Buick, suivie de Blackie, le Springer anglais, leveur de gibier à la robe à dominance noire, le chien favori de Hemingway, et d'un couple de bichons havanais, au poil blanc soyeux, issus du prestigieux élevage de Catalina Laza, une célébrité de l'aristocratie cubaine.

— Je me disais aussi à quel point c'était merveilleux d'avoir quelques amis fidèles, fit Hemingway en caressant tour à tour les chiens frétillants.

— C'est ça que tu avais oublié ? dit Mary en feignant la désinvolture.

— Au sujet du ceiba, fit-il, soupçonneux, en montrant l'immense arbre au tronc épais et dont le houppier déployé en forme de parapluie s'étendait au-dessus du toit de la résidence, je suis parfaitement au courant de tes intentions. Je veux que tu saches que je n'autorise personne à y toucher d'une quelconque façon. C'est bien clair ?

— C'est insensé, répliqua-t-elle. Les racines courent en tous sens... Elles sont tellement grosses qu'elles finiront par défoncer la terrasse, peut-être même la façade de la maison...

Hemingway secoua vigoureusement la tête.

— Personne n'y touche sous aucun prétexte, s'obstina-t-il. Tu sais que cet arbre a plus de deux cents ans... il est intouchable... c'est un arbre sacré !

Elle le défia du regard.

— Sacré pour qui ?

— Pour les premiers habitants des Caraïbes... pour les Mayas... et pour moi ! Le ceiba, c'est l'axe du monde !

Le visage de Mary prit une expression ahurie.

— Mais c'est du délire, mon pauvre ami... tu penses vraiment que je vais croire de telles foutaises ?

Hemingway émit un ricanement et la toisa d'un œil méprisant.

— Pour y croire, il faudrait que tu puisses faire autre chose que scribouiller des chroniques à la con...

— Tu n'es qu'un salopard, murmura-t-elle, ulcérée. Un ivrogne et un... Et puis merde, va donc la rejoindre ta pute du *Ambos Mundos* !

Hemingway, désarçonné, grommela une série d'insanités. Mary était déjà loin lorsqu'il cria :

— Si j'en prends un seul à toucher la moindre racine du ceiba, je le flingue... Je jure que je lui en mets une entre les yeux !

Mary l'avait bien entendu. Elle pleurait, les yeux rivés sur l'énorme tronc du ceiba étranglé par une torsade de ses propres racines. « Si tu crois que tu vas te débarrasser de moi comme de tes trois autres, tu te trompes, ragea-t-elle. Tu as connu Mary Welsh, mais il faudra que tu te fasses à Mary Hemingway, mon pauvre Papa ! »

☙

La Buick franchit le portail sous le mur d'enceinte hérissé de barbelés, puis s'engagea dans la ruelle bordée de maisonnettes aux auvents de bois. Elle s'arrêta à l'intersection de la route qui menait vers la droite à La Havane, vers la gauche en direction de Casablanca et de Regla, deux agglomérations portuaires à même la baie havanaise.

Juan Pastor attendit. La mine sombre, Hemingway ne réagit pas.

— ¿ *Señor* ? fit doucement le chauffeur.

Hemingway sursauta. Il regarda Juan Pastor d'un air absent.

— ¿ *Habana o Regla, señor* ?

— Regla, grommela Hemingway.

Bientôt la luxuriante végétation de la Finca céda à un paysage austère, fait de terres en friche, de faubourgs délabrés, de maisons révélant les stigmates de la dégradation. Et partout des enfants en haillons qui traînaient en bordure de la route.

— Où vont-ils comme ça ? lâcha Hemingway.

— Nulle part, señor, répondit Juan Pastor.

— La récolte de la canne à sucre est terminée, observa Hemingway, ils devraient être à l'école.

— Il n'y a pas d'école ici, señor…

— Comment, pas d'école ? s'indigna Hemingway. Il y a deux ans, j'ai donné de l'argent pour qu'on construise une école et un dispensaire dans le coin… J'ai personnellement fouillé dans les poches de gros bonnets au cours de cette réception à la Finca. Merde, où est passé tout ce fric ?

Les mains crispées sur le volant, Juan Pastor fit mine d'être totalement absorbé par la conduite.

— Tu n'as rien à dire ? s'impatienta Hemingway.

D'un geste aussi soudain que surprenant, Juan Pastor rangea la Buick sur le côté de la route. Il déglutit et fit un effort pour regarder son patron. Il ressentit une étrange sensation d'étouffement, sachant bien que nul ne se frottait impunément au caractère impulsif, surtout colérique, du célèbre *Americano*.

— T'as la trouille ou quoi ? grogna Hemingway en regardant Juan Pastor avec une expression que l'autre prit pour un blâme.

— Señor, dit-il en ouvrant et fermant nerveusement les mains, les gens qui viennent à la Finca font tous semblant d'être braves… mais lorsqu'ils sont dehors, ils baissent les yeux et ferment la bouche… comme ça, ils ne voient plus rien et n'ont plus rien à dire. Votre argent, señor Papa, ne s'est jamais rendu dans une coopérative… ni dans une association mutuelle d'aide pour construire la moindre école. Votre argent a servi à payer pour les rançons de la peur… pour que les pauvres gens d'ici aient un peu de protection. Ici, señor Papa, il a des bandes qui contrôlent des quartiers, des villages, des récoltes, les corps des jeunes filles, la corruption des policiers. Ici, on ne dénonce pas, on n'accuse personne… jamais ! Ceux qui ont voulu le faire ont disparu ou se sont fait écraser la tête dans un accident… d'autres ont perdu le peu qu'ils avaient… un matin, ils sont partis aux champs, le midi une lampe à pétrole s'est renversée par accident… vous comprenez, señor Papa ? Tous ces enfants qui traînent sur les routes ne savent que deux choses : quêter et mentir… ils portent tous des noms de saints, mais aucun saint ne les protège… rien d'autre à dire, señor !

Hemingway parut tout autant stupéfait que satisfait de cette réaction qu'il jugea courageuse.

— Fais-moi penser que je te dois une boîte de cigares de chez Partagás, fit-il tout en signifiant à Juan Pastor de reprendre la route.

Juan Pastor a les couilles à la bonne place, se dit-il. Il songea alors qu'après toutes ces années à flirter avec Cuba, lui-même en savait peu de choses. Pour lui c'était la mer, les eaux bleues, la faune abyssale. Toutes ces îles à la dérive autour de Cuba. Et cette glorieuse putain de ville coloniale qui lui était entrée sous la peau. Le charme de La Havane était de rendre tous les drames humains inapparents à ses yeux, de l'aveugler par des amitiés éphémères et autant de fantasmes. La Havane le possédait, c'était l'évidence, mais qui possédait La Havane ? Et qui possédait Cuba ?

La route, passablement cabossée, traversait çà et là des ponceaux de bois jetés sur des ruisseaux dont les eaux brunes couraient entre pierres et galets. La Buick, qui avait filé bon train depuis la Finca, se retrouva tout à coup immobilisée derrière un cortège de tracteurs, de camions chargés de bagasse, de charrettes et de mules. Pêle-mêle, ils bloquaient le passage, soulevant une poussière semblable à un brouillard.

Le ciel s'assombrit le temps d'une forte ondée, suffisamment pour transformer la route en un lit de boue. Juan Pastor avait tout juste eu le temps de lever la capote de l'automobile. Les bêtes et les paysans, détrempés, n'avaient pas bougé. D'instinct, ils savaient que la nature menait le jeu.

— On est encore loin ? demanda Hemingway, impatient.

— Dix minutes, señor... ou une heure, c'est pareil.

Hemingway grimaça un sourire. La réponse de Juan Pastor lui rappelait la réaction de Gregorio Fuentes, le pilote de son bateau, chaque fois qu'il s'énervait parce que le gros poisson ne mordait pas.

De chaque côté du chemin, des travailleurs transportaient des pierres pour combler au mieux les ornières qui minaient la route. Au moins il n'y avait plus de poussière, se consola Hemingway. Il distinguait maintenant les docks de Regla. S'y alignaient quelques rafiots plaqués de rouille.

D'une poche de sa *guayabera*, Hemingway tira un livre qu'il tourna et retourna entre ses mains avant d'en lire les premières pages. Il s'escrima quelque peu avec la langue française, mais s'y retrouva suffisamment pour suivre le fil du court récit qui se déroulait en Espagne durant la guerre civile. Quatre types interrogés, jugés et condamnés à être fusillés. L'histoire se déroulait sur quarante-huit heures au fond d'un cachot. Il y avait ce mec qui s'inquiétait de ce que la salve du peloton d'exécution ne ratât ses organes vitaux et qu'il en souffrît atrocement avant de mourir. Le second qui pissait dans son froc en s'imaginant défiguré dans la mort. Un troisième qui repassait sans cesse dans sa tête le visage déformé d'un *novillero* encorné pendant une corrida tout en se consolant à l'idée de moins souffrir lorsque les balles le faucheraient au pied du mur. Et un quatrième qui voulait mourir proprement en se foutant de la cause de l'Espagne autant que de celle de l'anarchie. Dans ces quelques pages, une question revenait toujours : « Où est Ramon Gris ? » De l'aveu que l'on ferait, si tant est qu'on en fît, la vie d'un homme serait sauvée. Au terme du récit, quelque vingt-cinq pages plus loin, on apprenait que quelqu'un avait eu la vie sauve parce que Ramon Gris avait été trouvé et exécuté. Mais le lecteur n'en saurait guère plus sur le présumé Robin des Bois. Était-il de la Brigade internationale ? Détenait-il quelque secret qui eût pu changer l'issue de la guerre ? Le récit éclairait mal avant de finir dans le noir.

Pour Hemingway, c'était le genre de récit qu'on écrivait entre quelques verres sur la rive gauche de la Seine, nourri par les lointains échos d'une sale guerre dont on avait occulté les champs de mort. Hemingway fut toutefois perplexe : pourquoi ce nom de « Gris » ? L'auteur avait-il connu le peintre du même nom, ce Juan Gris dont deux œuvres ornaient les murs de la Finca Vigía ? Ou alors avait-il fréquenté les Picasso, Matisse, Braque, qui l'auraient vanté comme un révolutionnaire de l'art ? La chose le turlupinait. Pour autant, il n'aimait pas ces rampants qui écrivaient sans avoir vu les visages morts, senti la charogne des cadavres, partagé la peur morbide des justes comme des salauds, souffert de la même soif que provoquaient la gangrène et les épidémies de tranchées. Il avait en horreur le féroce empressement de ces artistes de la plume qui jouissaient en imaginant des rafales tirées à bout portant sans être, en même temps, éclaboussés de sang; qui inventaient des chants de désespoir sans avoir d'abord été déchirés jusqu'à l'âme par les hurlements d'enfants devenus brutalement orphelins. Surtout, il détestait que l'on rampât sur la littérature après avoir laissé prudemment ses couilles en consigne. Le moment venu, il ne se priverait pas de confronter un de ces fabulateurs. Il referma le livre et l'envoya négligemment sur la banquette arrière de l'automobile. C'était *Le Mur* de Jean-Paul Sartre.

Vaille que vaille, la Buick se faufila, non sans que Juan Pastor, en conducteur d'expérience, fût contraint de serrer de près, et encore à grands coups de klaxon, des camions qui crachaient du cambouis et négociaient mal les montées lentes et les courbes aveugles.

Regla se trouvait maintenant à quelques minutes, droit devant, au fond de la baie de La Havane. Érigée sur le site d'un ancien campement aborigène, cette bourgade fut transformée en ermitage par les Espagnols. Ils baptisèrent la paroisse du nom de Nuestra Señora de Regla, en hommage à un sanctuaire du même nom en Espagne. L'endroit regroupait maintenant une importante communauté noire, dont la plupart des hommes travaillent sur les docks.

Les habitants de Regla vivaient dans des maisons rudimentaires, entassées le long de ruelles étroites. En bordure des maisons poussait une végétation épaisse. On y voyait des hangars écroulés, des berlines hors d'usage, des pièces d'automobile rouillées, des poutres à moitié pourries.

Le voyageur passait habituellement son chemin. La venue de tout étranger suscitait un malaise. Les enfants se sauvaient.

La rutilante décapotable avançait lentement sous les regards méfiants des rares femmes qui se tenaient aux fenêtres.

— *Señor, la iglesia*, fit Juan Pastor.

Hemingway vit le dôme qui surmontait une église de style colonial. Elle était toute blanche, construite sur un petit promontoire qui avançait dans la baie, à proximité de la *lanchita*, le traversier qui assurait à vitesse de tortue le service entre les deux rives de la baie de La Havane.

Le rendez-vous avait été fixé à l'intérieur du sanctuaire, réputé pour des célébrations vouées au culte de la *Santería*, une religion originaire des Caraïbes et inspirée des croyances de sorcelleries religieuses africaines. Entourée de mystères et inspirant des craintes superstitieuses, la *Santería* avait pris racine à Regla d'abord, puis à *Guanabacoa*, une banlieue de La Havane, grâce à cinq générations de descendants d'esclaves africains, principalement de l'ethnie Yoruba.

Un petit homme aux traits foncés, ratatinés, s'approcha. Il avait un bout de cigare collé aux lèvres. Il portait un pantalon rapiécé et une chemisette marquée de crasse et de sueur. Il regarda la Buick avec curiosité, puis, enhardi, ouvrit la portière du côté de Hemingway. Le regard accablé par le soleil, il plissa les yeux.

— ¿ *Don Ernesto ?* bredouilla-t-il.

Hemingway lui tendit la main. L'autre hésita avant de la prendre et de la serrer mollement. Hemingway la sentit glaciale. L'homme lui fit signe de le suivre.

— Tu restes avec la Buick, Juan Pastor… on peut la regarder, mais on ne touche pas. ¿ *Claro ?*

Juan Pastor tapota sa veste à l'endroit où il rangeait le calibre 22.

La porte du sanctuaire franchie, Hemingway passa de la vive lumière à la quasi-obscurité. Il fallut un moment pour que l'intérieur du lieu se teintât quelque peu et pour qu'apparaisse dans sa splendeur, juchée sur un trône dominant l'autel et nimbée de ses ors, la statue tant vénérée, miraculeuse pour beaucoup, de la Vierge de Regla.

❧

— Vous vous demandez peut-être pourquoi la Vierge de Regla a un visage tout noir, Mister Hemingway ?

C'était une voix masculine aux intonations de baryton. L'homme parlait parfaitement l'anglais, sans le moindre accent, sinon pour un léger chuintement sur les consonnes. Il était apparu brusquement, sorti tout droit de l'ombre de la statue, aurait-on dit. Il avait un port digne et s'approcha de Hemingway d'un pas mesuré. Arrivé à sa hauteur, il lui tendit aussitôt la main.

— Je me nomme Arsenio…

Il avait une poigne ferme et franche.

— Je ne crois pas que c'est vous que je devais rencontrer, fit Hemingway.

L'homme sourit. Il était imposant, de la même taille que Hemingway. Des traits mulâtres, le nez épaté, des pommettes hautes et saillantes. Surtout, des prunelles aux reflets d'obsidienne qui dévisageaient d'une manière indéfinissable. Mais le plus étrange chez cet inconnu était son habillement. Il était vêtu d'un surplis de toile, d'une blancheur immaculée, à manches larges, qui descendait jusqu'aux chevilles. Un carré de soie d'un blanc tout aussi éclatant et noué à la manière d'un bandeau, lui couvrait la tête et une partie du front.

— Je vous remercie d'avoir accepté cette rencontre, enchaîna Arsenio sans pour autant répondre à l'interrogation de Hemingway. Nous savons que votre temps est précieux et qu'il n'est pas dans vos habitudes de venir vous perdre dans ce genre de lieu…

Hemingway releva le « nous » que venait d'employer à dessein cet hôte aussi imprévu que singulier.

— Nous sommes d'accord sur ce point, fit-il.

Pendant un instant, Arsenio le regarda avec le même sourire énigmatique sur les lèvres. Puis il tourna brusquement sur lui-même pour faire face à la statue.

— Mister Hemingway, le premier sanctuaire a été construit, là où vous vous tenez en ce moment, il y a plus de quatre siècles, expliqua Arsenio. Ce fut en 1682 qu'un certain Manuel Antonio, surnommé Le Pèlerin, érigea cette statue…

elle se voulait une réplique de celle qui se trouvait dans une église de Chipiona-Cadix, en Espagne. Dix ans plus tard, un ouragan détruisit entièrement la chapelle… mais la statue fut retrouvée miraculeusement indemne. On reconstruisit la chapelle. Elle fut détruite à deux autres reprises, et chaque fois la statue survécut aux désastres. De telle sorte qu'en 1714, la Vierge de Regla fut proclamée la sainte patronne du port de La Havane…

— Figurez-vous que tous les marins savent cela, l'interrompit Hemingway, et il se fait que j'en suis un. Mais si nous en venions à cette rencontre…

— Mais savez-vous pourquoi la Vierge de Regla a un visage tout noir ? insista Arsenio en montrant la statue.

— Et vous, savez-vous pourquoi certains nuages prennent les couleurs de l'arc-en-ciel en plein orage au milieu de la mer ? rétorqua Hemingway, agacé.

— Parce que là où il n'y a pas d'explication, il reste toujours la possibilité du miracle, répondit Arsenio du tac au tac.

Hemingway éprouva un soudain sentiment d'irréalité.

— Il y a un siècle, poursuivit Arsenio, des adeptes de la *Santería* pénétrèrent de nuit dans la chapelle et se livrèrent à un rituel seul connu d'esclaves Yoruba… Ils recommencèrent la nuit suivante et ainsi de suite pendant un mois. Or, un dimanche matin, au moment de l'office religieux catholique, alors que la chapelle était bondée, les fidèles s'aperçurent que le visage de la Vierge était devenu noir… aussi noir que le leur… que celui de leurs ancêtres esclaves. On crut d'abord à la supercherie de quelque mauvais plaisant ; mais il n'en était rien. On eut beau gratter la surface, on n'y trouva pas la moindre trace de peinture. Et alors que le bois était auparavant d'une essence claire, voilà qu'il était devenu aussi noir que s'il eût toujours été d'ébène. Peu de temps après commencèrent les miracles de la Vierge de Regla…

D'un coup, Hemingway trouva l'intérieur de la chapelle étouffant. De petites rigoles de transpiration lui coulaient dans le dos. Il regarda autour de lui et ne vit rien d'autre qu'une pâleur vacillante qui flottait au-dessus des quelques rangées de banquettes de bois. Il fit un signe de la tête en direction de la statue.

— Monsieur Arsenio, fit-il d'une voix assez haute pour qu'elle résonnât en écho, je ne crois plus en Dieu... en aucun saint... aucune vierge... ni aucun miracle... et si tant est que Dieu existe, il n'est pas celui qui nous a été promis depuis l'aube des temps...

Arsenio posa son regard sur la statue.

— Peut-être ne parlons-nous pas du même Dieu, mister Hemingway, laissa-t-il finalement tomber.

Hemingway hocha la tête puis adressa à Arsenio un geste désinvolte en guise de fin d'entretien.

— Disons qu'il y a eu erreur de part et d'autre, dit-il d'une voix qu'il voulut aussi neutre que possible. J'aurais dû me douter qu'il y avait quelque part anguille sous roche... vous n'êtes manifestement pas celui que je devais rencontrer... d'ailleurs existe-t-il seulement ? Quant à moi, je ne suis pas un candidat pour votre confrérie d'une autre époque... cela dit sans vouloir vous vexer...

Il se dirigea de son pas pesant vers la sortie de la chapelle. Il s'en voulait pour sa naïveté.

— J'avoue qu'il y a eu erreur sur la personne, mister Hemingway, entendit-il de la part d'Arsenio. Nous avons peut-être usurpé l'identité d'un de vos amis, mais nous estimions que c'était la seule façon de vous attirer en ce lieu... il y allait de la sécurité d'une centaine de personnes... et aussi de la vôtre...

— C'est à cause de moi, Papa, fit une voix de femme, chantante, à l'accent familier.

Hemingway se retourna, vit le contour d'un corps de femme sans en distinguer nettement les traits du visage. Elle portait le même accoutrement qu'Arsenio. Pendant un moment, Hemingway se crut plongé au cœur d'un jeu d'illusionniste.

◦⟳

Hemingway comprit très vite que son ami Andrès Untzain, le prêtre exilé après la guerre civile d'Espagne, n'avait jamais demandé à le voir, surtout pas à la chapelle de la Vierge de Regla. En fait, le « Prêtre rouge » ignorait tout de cette imposture. Ce qui n'excluait pas qu'il fût lié, quelque part dans La Havane, à un trafic autre que celui du salut des âmes.

Le récit qu'Hemingway entendit le laissa sans voix, abasourdi. Les premiers mots le persuadèrent vite de la véracité des propos. Des noms, des lieux, des faits avérés. Certaines phrases s'étaient mises à lui tourner dans la tête. Tellement qu'il eût voulu mettre tous ces mots par écrit. Au bout d'une heure, ce fut sa tête qui tournait, prise de vertige.

Durant tout ce temps, Leopoldina n'avait jamais baissé les yeux. Elle n'essaya pas non plus d'essuyer les larmes versées. Hemingway lui prit les mains, les étreignit avec la plus grande ferveur.

La lumière intérieure avait changé et avec elle les ombres s'étaient déplacées, modifiant à leur gré les traits de la statue autant que ceux de Leopoldina.

— Si ça continue, tu vas finir par lui ressembler, murmura Hemingway en souriant.

Leopoldina se contenta de regarder alentour. Elle vit à peine les rayons que filtraient les hautes fenêtres et qui nimbaient l'intérieur de la chapelle. Elle crispa ses mains sur celles de Hemingway.

— Je ne suis qu'une pute, fit-elle d'une voix rauque, entrecoupée par des sanglots, mais je ne suis pas n'importe quelle pute, Papa ! Tu le sais… tu sais que j'ai vu et entendu trop de choses pour qu'ils me laissent aller… je serai toujours dangereuse pour eux… jamais de retraite pour Leopoldina… et puis… il y a… il y aura toujours l'enfant… mon enfant ! Tu peux me dire quoi faire, Papa ?

Hemingway la regarda. Il vit un visage infiniment triste, mais maintenu toujours aussi envoûtant par les éclats de ses yeux et de sa bouche.

— Tu n'as qu'à leur dire que je ne veux plus te voir… surtout que tu n'es plus la bienvenue à la Finca… plus jamais !

— Des mensonges, fit-elle en réprimant des sanglots.

— Et si c'était vrai ?

— Quoi ? Que tu ne veux plus me voir ?

Elle avait prononcé ces derniers mots d'une voix désespérée.

— C'est une question de vie ou de mort, Leopoldina, insista Hemingway. Ta vie, mais surtout celle de l'enfant…

Elle approcha son visage éploré de celui de Hemingway. Il sentit l'exquise bouffée de musc fleurer bon. Les lèvres de Leopoldina effleurèrent sa joue.

— Tu es le seul homme qui m'ait respectée durant toutes ces années, Papa…

Il y eut un long silence. Hemingway se remémora tant d'heures indécises, de moments d'angoisse ; les ruptures provoquées, quelques-unes subies. Les trop brefs bonheurs de sa vie et les trop longues nuits habitées par ses propres démons. Mais il se rappela surtout sa toute première nuit africaine, pleine de bruits hostiles, de défilés d'ombres, alors qu'il appréhendait d'un instant à l'autre un affrontement sauvage. Puis il y avait eu la voix de Philip Percival, le grand chasseur blanc, « l'homme aux lions » ainsi qu'on le surnommait. Une voix, mais davantage une vibration rassurante. Durant cette nuit prodigieuse, il avait parlé lentement, fumé la pipe et remué les braises du grand feu. De temps à autre, il avait levé les yeux pour contempler l'immensité constellée qu'il avait définie comme le lieu secret des braves. Il avait dit qu'un bon chasseur se devait de repérer l'endroit précis d'une proie par les sons qu'elle émettait la nuit, pour qu'ainsi elle devienne l'objet d'une quête dès l'aube suivante. Peu avant le lever du jour, Percival avait cité un proverbe arabe. « Souviens-toi de ceci, Pop, lui avait-il dit, celui qui un jour tire son eau d'une mare d'eau en Afrique voudra toujours en boire pour ressentir un courage éternel. »

Ce que Hemingway venait d'entendre, de la bouche même de Leopoldina, signifiait que le va-et-vient incessant des drames allait continuer, lui imposerait d'autres choix déchirants. Il savait que même derrière les murs de la Finca, il ne serait jamais à l'abri. De passer de chasseur à proie n'était parfois que l'affaire d'une rencontre insolite, d'un propos ou d'un écrit dérangeant. Hier on était reçu à la Maison-Blanche par un président ne tarissant pas d'éloges, demain son successeur n'hésiterait pas à mettre en doute le patriotisme de la même personne. Il approuverait la filature, la mise sur écoute, la diffamation. Se trameraient dès lors d'invisibles événements du genre de ceux que venait de relater Leopoldina. La putain digne, si honorable, forcée de devenir une taupe au service du FBI avec la bénédiction de la mafia. Ils logeaient tous à la même enseigne puisque les secrets de l'ambassade américaine ne tardaient pas à être partagés avec les magnats du crime organisé de l'hôtel *Nacional*. Et tout près, tirant les ficelles de ces marionnettes, un ancien président cubain jouait sur le même échiquier, guidé par l'intuition d'un futur triomphe. Le nom de Fulgencio Batista était depuis longtemps en tête de liste dans les bureaux de la présidence américaine.

— Tu leur diras que je recevrai dans le plus grand secret un membre influent du Parti communiste français, fit-il d'une voix décidée. Il s'appelle Jean-Paul Sartre. Cela se passera demain soir à la Finca… et ça, c'est la vérité !

— Papa, non… non… je n'accepterai jamais de tromper ta confiance…

Hemingway la prit par les épaules, la serra contre lui, l'embrassa sur la joue.

— Au contraire, Leopoldina, tu as toute ma confiance, murmura-t-il, tu l'as toujours eue. Il faut parfois révéler sa présence au gibier pour mieux le débusquer… alors tu leur diras les choses telles que je viens de te les dire…

— Et après, Papa ?

— Après ? Nous verrons… mais en attendant, il y a un prix à tout cela… le marchandage ça les connaît, t'en fais pas. Tu leur diras que désormais tu auras un appartement dans Vedado… que c'est ce que tu m'as demandé en échange de l'exclusivité… parce que je ne tolère plus que tu aies d'autres clients sur commande…

— Mais…

— Il n'y a pas de mais, Leopoldina. Si on monte dans le ring, il faut savoir que quelqu'un risque d'aller au tapis… alors voilà… tu auras un bel appartement sur Infanta, près de la Rampa, à distance de marche du *Nacional*… ce sera à mes frais. Tu saisis bien ?

Elle sentit une grande tendresse dans sa voix. Et en cet instant, il lui sembla qu'elle avait toujours aimé cet homme sans jamais rien attendre en retour. Après tout, elle n'était qu'une pute.

— Papa… je veux te dire…

Il la regarda, lui mit un doigt sur la bouche. Dans les yeux de Leopoldina, la peur avait cédé à la résignation.

❧

La cérémonie dura près de deux heures. Un rite d'initiation. Celle de Leopoldina. Il n'y eut aucune transe, ni crise de possession, immolation ou sang répandu. Rien qui ne s'apparentât au vaudou. Aucun sorcier ne se présenta afin de dépouiller Leopoldina de son humanité, de l'envoûter ou de la marquer d'un signe quelconque. Personne ne prétendit se rendre au pays des revenants afin d'y réveiller les morts. Et nul ne prononça des incantations ou se servit des mains pour capturer l'âme de la femme et la soumettre au pouvoir de l'imaginaire. Pas plus qu'il n'y eut de sort jeté.

Arsenio avait prié Hemingway d'assister à l'initiation. Ce dernier comprit qu'il s'agissait d'un rare privilège. La cérémonie se déroula en présence d'une vingtaine de personnes, toutes de race noire. Elles avaient franchi la grande porte une à une, dans le plus grand silence, chacune exprimant une même attente, même si chacune portait un vêtement de couleur différente. Certaines plus vives, d'autres plus pâles, l'ensemble formant les couleurs de l'arc-en-ciel.

Un percussionniste joua du tambour en rythmant les chants de la petite communauté qui invoquait, de toute évidence, des forces spirituelles.

— *Kabie sile Changó ! Kabie sile Changó ! Yansà jecua jei ! Yansà jecua jei !* reprit-on en chœur.

Puis Arsenio prit la parole. Il s'exprima lentement, de sa voix à la fois douce et profonde, en regardant droit devant, au-delà de la petite assemblée, comme un messager venu d'ailleurs. Son corps bien charpenté se mouvait à peine. Il donnait l'impression d'avoir pris racine dans cette enceinte consacrée à la Vierge noire de Regla. En retrait, depuis le fond de la chapelle, Hemingway parut fasciné par toute la mise en scène. Il n'avait rien compris des paroles rituelles qu'avait répétées Leopoldina avec solennité, mais il se sentit troublé par leurs effets sonores.

D'abord, la cérémonie lui sembla s'éterniser. Au fil du déroulement, elle lui parut intemporelle. Arsenio s'était animé. À quelques reprises, il leva les bras au ciel, aussitôt imité par l'assemblée. Chaque fois, il ponctua le geste par des évocations à la liberté, quoiqu'il ne prononçât aucune condamnation, ne nomma aucun tyran, ne jeta l'anathème sur personne. Il rappela l'époque où des hommes noirs comme eux furent arrachés à leur terre d'origine et condamnés à un impitoyable travail. Il évoqua les conditions atroces qui les attendaient et qui se répétèrent sans relâche au cours des siècles suivants. Il insista enfin sur l'émergence d'une liturgie faite de chants, de musique et de danses, laissant enfin tomber le mot *Santería*. En l'entendant, Hemingway crut qu'il lui était délibérément destiné.

L'assemblée frappa des mains, non pas en guise d'applaudissements mais pour donner plus de force aux mots qu'Arsenio prononçait. Ainsi, croyaient-ils, les mots prenaient un pouvoir, le discours se frayait un chemin au plus profond de leur être. Chacun ouvrait une porte intérieure et invitait un dieu à en franchir le seuil. Ceux et celles vêtus de jaune et de vert en appelaient à Orula, d'autres, en bleu, s'adressaient à Yemayá. Les teintes de rose, d'orange, celles évoquant les coulées de miel ou les reflets des tournesols, ou encore de rouge vif, se fondaient avec Ochun, Changó ou Obbá. Une magie d'une autre époque qui opérait toujours et à laquelle il était impossible de se soustraire.

— *Kabie sile Changó !* scandèrent les uns. *Yansà jecua jei !* lancèrent d'autres.

Ce fut au tour de Leopoldina. Toute expression avait disparu de ses traits. Ses lèvres étaient serrées, ses yeux fixes. Elle entreprit une danse dont elle accentua le rythme en suivant celui du tambour. Tournoyant à la manière des derviches, elle signifia l'impétuosité croissante d'un vent devenant tempête. L'incessant tourbillon allait la libérer de toutes les emprises.

À l'issue de la cérémonie, Arsenio prononça les paroles qui firent de Leopoldina une *iyawo*, soit une novice de la *Santería*. Elle était adepte de la Regla de Ocha, et les *orishas*, divinités majeures de la *Santería*, allaient dorénavant gouverner sa vie.

༄

Arsenio avait retenu Hemingway, lui disant qu'il avait quelque chose d'important à lui confier.

— Je ne vous demande pas de croire, lui dit-il une fois seul en sa présence, puisque vous m'avez bien dit ne plus croire en rien. Sachez toutefois que Leopoldina est dorénavant membre à part entière de la Regla de Ocha… elle s'est engagée à suivre les règles strictes de la *Santería* et elle le fera. Toutes les personnes présentes aujourd'hui l'ont parrainée, ce qui les obligera à la protéger, elle et son enfant, au prix de leur vie s'il le faut…

Hemingway parut sceptique. Il tiqua, se passa la main dans les cheveux et émit un grognement.

— Et qu'attendez-vous de moi ? demanda-t-il, dubitatif.

— Une grande ouverture d'esprit…

— De quelle grandeur ? de relancer Hemingway.

— Est-ce là tout ce que vous avez retenu de cette cérémonie ? fit Arsenio, en observant qu'Hemingway suait à grosses gouttes.

— Durant ma vie, poursuivit Hemingway, j'ai vu tant de choses contredites par leurs contraires... J'ai vu des masses entières se mettre au garde-à-vous devant des assassins, et autant d'autres quémander des bénédictions et des indulgences à des pédérastes patentés... cela dit, je vous suis reconnaissant pour cette bouée de sauvetage que vous avez lancée à Leopolina... Tant mieux si elle trouve aujourd'hui dans votre confrérie une force magique qui lui permettra de survivre... disons... plus honorablement... et comme j'ai maintenant une dette envers elle, je ne la laisserai pas tomber... parole de Papa !

— Vous, monsieur Hemingway, où trouvez-vous votre force magique ? demanda Arsenio.

Le ton de sa voix était empreint d'une singulière gravité. Hemingway soupira. Il balança la tête comme s'il s'étonnait de la question, puis fixa ses propres mains. La peau était plissée, marquée de taches brunes, striée de veines bleues. Les mains d'un vieil homme, constata-t-il. Une fois encore, il eut un petit rire, mélange de dérision et d'inconfort.

— Force magique ? répéta-t-il. Mon Westley Richards calibre 677 Nitro Express... et ma Royal, laissa-t-il tomber avec le plus grand sérieux.

— J'ai bien peur de ne pas vous suivre, fit Arsenio.

— Vous comprendrez vite, dit Hemingway. Voilà une quinzaine d'années, j'étais en Afrique pour y chasser le gros gibier ainsi que l'avait fait quelques années auparavant l'ancien président des États-Unis, Theodore Roosevelt, le même qui avait mené la charge contre les Espagnols en 1898 durant votre dernière guerre d'indépendance. Mais ça, c'est une autre histoire... Le fait est que j'avais le même guide que Roosevelt, le grand chasseur blanc Philip Percival. C'est lui qui m'a ouvert la porte de la force magique... Un soir autour d'un feu, alors que j'avais eu une très mauvaise journée et failli me faire avoir par un éléphant et un lion, Perceval m'avait dit que la véritable raison qui m'avait mené en Afrique n'était pas celle de Roosevelt, soit la chasse elle-même, mais mon désir de confronter la mort... C'était, selon lui, l'appel de la magie noire africaine. Il m'avait alors dit de ne m'inquiéter ni de la taille de la bête ni de sa réputation de tueur. Je lui avais demandé pourquoi cela. Parce que la qualité de l'arme entre mes mains et la précision de mon tir n'étaient rien d'autre que volonté et destin, m'avait-il répondu. Devant ma perplexité, il m'avait expliqué qu'une balle, si puissante fût-elle, ne quittait jamais le canon en même temps que le son qu'on entendait... ce n'était qu'illusion, puisqu'il se passait une fraction de seconde avant que la balle n'entreprenne sa course. Elle finit quand même par sortir du canon, avais-je répliqué. Vrai, avait-il dit, mais c'était durant cette fraction de seconde que le vrai chasseur décidait que si la mort devait être au rendez-vous, la peur, elle, n'y serait jamais. Le lendemain il m'a été donné de regarder la mort droit dans les yeux... elle me chargeait à du trente à l'heure sous la forme d'un buffle de deux tonnes... Lorsque j'ai entendu le son, il fonçait encore... lorsque j'ai cligné des yeux, il était étendu raide mort à mes pieds... Cette force magique n'était pas du bluff !

Arsenio parut à la fois fasciné et intrigué par le récit que venait de faire Hemingway.

— Et la Royal ? demanda-t-il.

— La Royal ne possède que trente touches sur trois rangées et demeure sagement dans ma chambre à coucher, dit Hemingway. Mais nul ne devinera jamais l'étendue de sa puissance... en fait, elle est l'ultime remède contre la folie !

Arsenio hocha la tête.

— Je crois bien vous comprendre, maintenant, monsieur Hemingway, dit-il. La force magique que vous m'avez décrite vous vient davantage des paroles qui vous ont été dites et des mots que vous avez engendrés... l'arme et la machine à écrire n'étant que des symboles...

Levant les yeux, Hemingway vit que le soleil avait décliné. À l'intérieur de la chapelle ne subsistaient que de grandes ombres. Pressé de partir, il tendit la main à Arsenio.

— Attendez-moi un instant, je vous prie, fit brusquement ce dernier.

D'un pas rapide, il se dirigea vers l'autel, derrière lequel il disparut pour réapparaître quelques instants plus tard. Dans chacune de ses mains, il tenait une petite poupée de chiffons. L'une d'elles était vêtue de jaune et d'or, l'autre, de rouge et de blanc. Les deux avaient le même visage noir dont les yeux et la bouche avaient été grossièrement brodés de gros fil.

— Un cadeau, fit-il, en souvenir de cette journée.

Il tendit les deux objets à Hemingway, insistant pour qu'il les prît. Hemingway hésita, sa méfiance naturelle envers ceux qui prenaient des chemins tortueux le poussant à agir de la sorte. Arsenio y vit plutôt de la confusion.

— Celui-là, c'est Changó, l'autre, Ochun, expliqua-t-il tout en brandissant en premier la poupée affublée des tissus rouge et blanc. N'y voyez aucun mystère… l'un est homme, l'autre, femme. Ensemble, ils représentent la pureté créative universelle. Quant aux couleurs, elles sont simplement le reflet de nos âmes, sans distinction de naissance ou de croyance… allez, prenez-les, ce ne sont que symboles !

— Pour vous faire plaisir, fit Hemingway du bout des lèvres.

Il palpa les poupées, les tourna et les retourna. Il eut un sourire bienveillant à l'égard de cet art naïf, du moins voyait-il ainsi les deux pièces confectionnées à l'aide de vieilles étoffes et de jute. L'éclat des couleurs le fascinait toutefois.

Arsenio recula de deux pas, mit ses mains dans le dos, se redressa et fixa la statue de la Vierge comme pour y puiser une inspiration nouvelle.

— Je vous ai raconté brièvement l'histoire de cette chapelle et de sa Vierge noire… mais il y a beaucoup plus, fit-il sans que ses yeux ne quittassent la statue.

Sa voix se répercutait sur les murs, habitait l'obscurité croissante d'une étrange résonance.

— Cette histoire a cependant commencé ailleurs, à l'autre extrémité de Cuba et trois quarts de siècle auparavant, poursuivit Arsenio. À El Cobre, non loin de Santiago de Cuba, le lieu des mines de cuivre les plus importantes de l'empire colonial espagnol d'alors. Là-bas, en 1606, trois pêcheurs parmi lesquels un esclave noir, perdus en mer durant une tempête, virent flotter sur les eaux déchaînées la statue d'une madone noire à la base de laquelle on avait gravé ces mots : « Je suis la Vierge de la Charité. » Ils échappèrent miraculeusement à la noyade et ramenèrent la statue parmi les mineurs de El Cobre. On finit par lui ériger un sanctuaire, puis un autre et un troisième ! Deux siècles plus tard, on lut au pied de cette Vierge le manifeste pour la liberté des esclaves des mines de cuivre de El Cobre… et cent ans plus tard, on y célébra la déclaration d'indépendance du peuple cubain. Aujourd'hui, la Virgen de la Caridad del Cobre est la patronne de notre peuple… de Cuba. Pour nous de la *Santería*, la Vierge noire de Cobre et celle qui se dresse ici, devant nous, sont jumelles… et ce n'est ni un hasard ni une simple coïncidence de l'histoire. C'est un signe qui confirme le rapprochement entre les divinités de nos ancêtres et celles, vénérées, de la religion que l'on désigne sous le nom de catholique. Jumelles elles sont, identiques de surcroît. Toutes deux répandent les mêmes bienfaits, accordent la même protection, opèrent les mêmes miracles. Vous tenez entre les mains la Virgen de la Caridad del Cobre… elle est aussi Ochun. Changó est son contraire, tout en rouge, comme le feu et la guerre ; l'un étant indispensable à l'autre… l'un habitant les fleuves et les océans, l'autre se réfugiant dans l'arbre sacré, le ceiba…

Hemingway tressaillit en entendant prononcer ce dernier mot. Le ceiba que les Mayas avaient reconnu comme l'*axis mundi*, le long duquel coulait la sève des mémoires d'antan ; l'arbre qui plongeait ses racines dans les mondes invisibles…

— Seulement des poupées fripées, direz-vous, n'est-ce pas… mais aussi des symboles. Rien de plus, mais rien de moins, monsieur Hemingway. Qui sait… un jour peut-être verrez-vous Ochun flotter sur ces eaux que vous connaissez si bien… et ce jour-là peut-être assisterez-vous à un miracle.

❦

Il était six heures précises lorsque la Buick quitta Regla. Le soleil était bas sur l'horizon. Trente minutes plus tard, comme chaque soir à la même heure et sans égard aux saisons, il coula brusquement, plongeant Cuba dans l'obscurité. De l'autre côté de la baie, La Havane s'illuminait. Les reflets jaunes qui pointaient vaguement dans la pénombre s'étaient métamorphosés en lumières blanches, vives.

Hemingway avait pris place sur la banquette arrière du véhicule. Juan Pastor avait aussitôt compris : le patron n'avait pas envie qu'on le dérangeât de quelque manière. D'un signe de la main, Hemingway lui avait indiqué la direction de la Finca Vigía. En prenant enfin congé de son hôte inopiné, il lui avait dit qu'il ignorait toujours son nom de famille.

— Ah ! Je ne vous l'avais pas dit… je vous prie de m'en excuser, avait répondu Arsenio, en paraissant sincèrement confus. Je me nomme Arsenio Moreno y Céspedes… Je suis le descendant de Juan Moreno… cet esclave qui trouva la statue de la Virgen de la Caridad del Cobre… Au cours des siècles, les Moreno ont été de toutes les luttes… celles en faveur de la libération des esclaves, et plus tard, aux côtés de Carlos Manuel de Céspedes, celles pour l'indépendance de Cuba contre les Espagnols… ce qui nous a valu l'honneur de porter son patronyme… Chaque jour, ces deux noms me rappellent que la lutte se poursuit… tel est mon devoir patriotique…

Hemingway eut à peine conscience du trajet de retour. Pendant une heure indéfinissable, il se sentit avalé par la nuit. Il ne vit rien des ombres mouvantes et des lumières voilées au milieu d'un paysage de sombres espaces.

La Buick ralentissait. Hemingway sursauta. Il lui sembla qu'on le tirait brutalement d'un rêve inachevé. L'atmosphère était chargée de petites bouffées alternant du chaud au froid. Au-dessus de sa tête, il vit la frondaison des arbres qui formait un dôme. Il entendait distinctement le bruissement familier des feuilles et le crissement des pneus le long du chemin qui grimpait doucement jusqu'à la villa.

Brusquement, les phares balayèrent la façade blanche du belvédère à gauche de la villa. À l'instant, tout lui parut si réel. Les grands arbres aux silhouettes fantomatiques, les lumières de La Havane au loin, en contrebas. Devant, le ceiba ressurgissait et semblait monter vers le ciel.

— Juan Pastor, fit Hemingway, c'est toi qui as parlé du ceiba au señor Arsenio ?

Juan Pastor sentit de près la respiration de Hemingway. Ce dernier s'efforçait de se tenir tout droit en prenant appui sur la portière de la Buick.

— Je ne parle jamais de rien, répondit le chauffeur. La Finca c'est quelque part et nulle part… rien d'autre à dire, señor Papa.

Hemingway approuva d'un hochement de la tête. Il huma le parfum nocturne des fleurs.

— Je te dois vraiment une boîte des meilleurs cigares de Partagás, murmura-t-il.

Juan Pastor sourit.

— Señor Papa, c'est moi qui vais chercher les invités demain soir ?

Hemingway fit semblant de ne rien entendre.

— Señor ?

— Invités ? grogna Hemingway. Il n'y a pas d'invités demain soir… deux visiteurs… c'est tout ce qu'il y a demain soir… ¿ Claro ?

L'ombre de la nuit allait une fois encore l'enfermer et le torturer à n'en pas fermer les yeux.

11

Lorsque René Villarreal se présenta sur la pointe des pieds, plateau à la main, dans la chambre de Hemingway, ce dernier n'y était pas. Le majordome remarqua toutefois les deux poupées de chiffons placées à la vue de chaque côté de la Royal. Il reconnut Ochun et Changó. Sa surprise fut grande. Lui-même un adepte de la *Santería*, initié au culte de Orula, le dieu devin capable de prévoir tous les futurs, il n'eût jamais cru que le célèbre *Americano* eût pu un jour s'ouvrir à une religion issue de la grande âme africaine Yoruba.

Il déposa le plateau qui contenait le déjeuner de Hemingway sur le lit passablement encombré et fit le tour des pièces adjacentes. Personne. Jusqu'à ce qu'il entendît des éclats de voix qui lui firent tendre l'oreille. Cela semblait furieux, mais la femme répliquait avec une véhémence inhabituelle.

— Si tu crois que je vais leur servir tes plates excuses, c'est-à-dire tes mensonges, tu te trompes… Quoi encore ? Que je les accueille avec une danse du ventre et leur annonce que je vais animer un spectacle de marionnettes durant toute la soirée, et que toi, en grand prince, tu viendras faire ton entrée au dernier acte ? Eh bien non ! J'en ai ras le bol de tes caprices, tes lubies, tes cachotteries, tes mystères ! Ras le bol de me faire traiter comme la dernière des poules de ta basse-cour…

La réponse fut insolente et glaciale à la fois.

— Si tu veux jouer à la gonzesse offusquée, tu sais ce que tu as à faire… tes malles, et retourner vite fait dans le *Hell's Kitchen* de tes origines… moi aussi, j'en ai plein le cul de toutes ces mises en scène à la con !

Un court silence. Puis la voix stridente de Mary Welsh.

— Tu n'as pas encore suffisamment bu ce matin pour ne pas entendre ce que je vais te dire… alors ouvre bien grandes tes oreilles : Jamais ! C'est clair ? Jamais je ne vais te laisser me faire le coup que tu as fait aux trois autres ! Mariés nous sommes pour le meilleur et le pire… et si c'est pour le pire, alors qu'il en soit ainsi. Je doute que tu puisses baiser encore bien longtemps ta catin de La Havane… encore moins ton fantasme italien… et tant que tu ne m'auras pas personnellement mis à bord du traversier pour Key West avec un billet à sens unique dans mes poches et l'acte de propriété de la Finca Vigía dûment signé dans mes malles, je resterai ici et je serai, pour le monde entier, Mme Mary Hemingway… et ça, avec tous les privilèges que me confère ce rang ! *¿ Claro Papa ?*

La voix de Hemingway monta elle aussi d'un cran. On le devinait à bout de souffle, poussé au-delà de toute raison, vicieux jusqu'à l'obscénité.

— *Next time, I swear, I'll marry a fucking whore just to make sure that I won't have to make an honest women out of her, you hear, Kitty ? And I tell you what, bitch… fuck your good manners, fuck all that American shit… fuck all divorce trials and all them fucking buggers that make a living out of that fucking horseshit ! And I'll tell you something else, Kitty… if I want better fucking all I have to do is get myself a cocksucker that is worth the pay… right ? Think you fit on the list ?*

Le majordome était atterré. Jamais encore il n'avait été le témoin d'une telle prise de bec. Pourtant, la relation avec Martha Gellhorn, la troisième épouse de Hemingway, avait été orageuse. Cette fois, l'affaire risquait de tourner mal.

— Si tu étais un homme, je t'éclaterais la tronche, hurla encore Hemingway. Faut croire que si t'avais une queue, tu ne saurais pas quoi en faire…

— Pour ça faudrait que tu en sois un, d'abord, cria-t-elle. T'as plutôt l'air d'un chien enragé qui a perdu la moitié de ses dents et une grande partie de son poil… T'es juste un mal enculé qui n'a de leçon à faire à personne…

Il y eut un bruit de vaisselle cassée. Et plus rien, sinon des cris lugubres et des séries de sifflements auxquels répondirent des jurons rageurs proférés par Hemingway. Ce dernier apparut brusquement sur le pas de sa chambre. Il avait une mine affreuse.

— Ma Winchester, lança-t-il d'une voix altérée dès qu'il aperçut René.

Le majordome resta figé sur place pendant qu'Hemingway, le visage empourpré par la colère, extirpa la clé qui lui donnait accès à son arsenal. Il s'empara d'un calibre 12, d'une boîte de cartouches, et chargea l'arme. Ses mains tremblaient.

— Suis-moi, gronda-t-il.

René le regarda, l'air hébété. L'expression féroce peinte sur le visage d'Hemingway le terrorisait. Pressentant quelque malheur, il se saisit du calibre 16 et emboîta le pas à son maître.

⁓

Hemingway pointa l'arme. La crosse bien calée au creux de l'épaule, il avança d'un pas mesuré, puis d'un autre, s'efforçant de chasser sa colère tout en tempérant sa respiration. Lorsqu'il jugea être à bonne distance, il ferma l'œil droit et visa. Quoique myope, il distinguait maintenant la cible. Au moment d'appuyer sur la première détente, il pensa à l'Afrique, à la grande chasse, à la liberté absolue, à la ligne du risque, à la mort noble. Il se disait qu'il n'y avait aucun autre endroit sur la terre où les humains et le monde sauvage vivaient une telle proximité, où la vie et la mort arrivaient à coucher ensemble pour éprouver une jouissance commune. Et il lui vint le goût irrésistible de revoir les voûtes de feuillage sous le ciel d'encre, les sous-bois grouillant d'une faune invisible, la savane arborée, les termitières jaillissant des soubassements, les herbages tondus par les pachydermes et la végétation ravagée par les autres espèces de la vie sauvage.

Au premier coup de tonnerre, il accusa le recul de l'arme, et il lui vient à l'idée que la survie véritable signifiait qu'il fallait être soi-même une créature d'un monde totalement sauvage, sans compromis, sans remords.

Lorsqu'il appuya sur l'autre détente, la première volée de plombs avait déjà sabré dans la masse grouillante des urubus à tête rouge. La seconde décharge acheva le carnage. À cinquante pas, il ne restait qu'un amas de plumes et de chairs sanguinolentes.

— Nous sommes quittes, grommela-t-il en déclenchant le mécanisme d'ouverture du fusil de chasse encore fumant.

Il préleva les deux douilles, fit demi-tour et se retrouva face à Mary. Elle avait un regard tragique et les lèvres serrées. En retrait, René Villarreal les regardait avec stupéfaction, comme si toute cette situation était irréelle.

— Je hais les charognards, fit Hemingway, qu'ils soient bêtes ou hommes. Dès qu'ils sentent une odeur quelconque, ils se pointent... et plus ça sent, plus ils sont nombreux... on dirait toujours que le monde est trop petit pour ces croque-morts...

— Tu m'as fait une de ces peurs, balbutia Mary.

— C'est pas une raison pour venir chier dans ma piscine et sur mon toit sans ma permission, continua Hemingway, qui semblait ne pas avoir entendu le propos de Mary.

Mary ne savait quoi dire. Le visage de Hemingway gardait une expression inquiétante. L'arme entre ses mains constituait toujours une menace. Pendant un instant, elle avait même cru que le premier tir lui était destiné, surtout en le voyant surgir, les yeux exorbités, le buste raide, le fusil déjà pointé.

— J'avais demandé au jardinier de flanquer par là une carcasse de chèvre, fit-il d'une voix plus calme.

Il tendit l'arme au majordome.

— Fais ramasser toute cette bouillie, lui dit-il.

Planté devant Mary, l'air bizarre, il leva les yeux vers la cime des arbres.

— Tu entends ? murmura-t-il.

— Non, je n'entends rien, répondit Mary.

— C'est ce que je disais… tous les oiseaux se sont tus… même le vent…

Il hocha la tête, se mordilla la lèvre inférieure.

— Pour ce soir, je te demande de m'excuser pour la première heure auprès des visiteurs, enchaîna-t-il à voix basse. Tu leur diras ce que tu voudras, je te fais confiance.

Mary se détendit un peu.

— Et où seras-tu ?

— Dans la tour blanche.

— Mais elle est occupée par les chats, fit-elle. Tu n'as jamais voulu y aller depuis que je l'ai fait construire pour que tu y écrives…

Hemingway secoua la tête.

— La première heure, insista-t-il. Ce sera l'occasion de passer les chats en revue… de me rappeler tous les noms…

Le chant des oiseaux reprenait petit à petit. Mary huma les parfums entêtants des fleurs répandus dans ce qu'elle appelait son jardin sauvage.

— Tu t'habilleras décemment au moins, dit-elle.

Il lui prit simplement la main et la serra quelque peu, mais sans conviction.

— Je songe à revoir l'Afrique, fit-il avec une pointe d'émotion dans la voix. Il y a longtemps que j'en rêve… Le temps file, je m'épaissis, j'y vois moins bien… pourtant le chasseur en moi est toujours bien vivant…

Il avait prononcé ces mots en regardant Mary fixement. Elle devina sa tristesse.

— Mon pauvre Papa, murmura-t-elle, pourquoi te faut-il toujours un champ de bataille ? Tu n'en as pas assez de toutes tes blessures et de tes cicatrices ?

— C'est ce qui me tient en vie, Kitty, fit-il après un instant d'hésitation. *Soy como soy*, ajouta-t-il en détournant son regard.

Elle le vit tel qu'il était ; en vieil homme essoufflé, la vue basse, les cheveux clairsemés, la barbe presque blanche qui envahissait son visage au teint indéfinissable et aux rides nettes, creusées à la largeur de son front, aux coins des yeux et du nez. La lumière du matin révélait davantage la profondeur des cernes autour de ses yeux. La *guayabera* largement échancrée, pour ample qu'elle était, ne parvenait pas à dissimuler son embonpoint.

— J'ai drôlement soif…

Il évita le regard de Mary et se dirigea vers la villa d'un pas lourd, le dos rond.

⁊

Mary Welsh se tenait au haut du grand escalier de ciment dont les huit marches menaient à la porte d'entrée de la résidence. Raide comme une sentinelle, la coiffure blonde soigneusement lissée et ramenée vers l'arrière, elle ajustait sans cesse le tailleur beige qui la moulait et ressemblait à une tenue saharienne.

Lorsque l'automobile s'immobilisa, l'attention de Mary se porta immédiatement sur Dolores. Elle parut soulagée en s'apercevant qu'elle était de petite taille, plus petite encore que Sartre, et d'allure sportive.

L'accueil fut chaleureux et les deux femmes eurent tôt fait d'échanger sur le ton de la familiarité, en bonnes Américaines. Sartre parut un peu distant, surtout mal à l'aise, à l'étroit dans un habit sombre qui ne convenait pas aux chaleurs cubaines de cette fin d'août, et certainement vexé d'avoir à supporter la cravate de circonstance.

Mary parlait jardinage. Dolores s'émerveillait en entendant la quatrième épouse de Hemingway discourir amoureusement des dix-huit sortes de manguiers qui poussaient au travers des hauts palmiers, des bambous qui s'élevaient au milieu des lianes, des avocatiers qui se dissimulaient derrière les flamboyants fleuris, des bougainvillées et des hibiscus, des roses et des orchidées. Elle montra le ceiba, associa son tronc à la peau rugueuse d'un pachyderme et ses racines aux caprices de la nature, sans parler toutefois des mystères associés à l'arbre géant.

Sartre n'avait pas dit un mot depuis une bonne demi-heure. Il s'était contenté de regarder autour de lui comme l'eût fait un étranger aux aguets. La grande terrasse, avec ses dalles impressionnantes, les carrelages en céramique, le lierre qui grimpait aux colonnes et envahissait les murets, le fascinait. Il avait imaginé Hemingway jouant au grand seigneur dans une villa somptueuse, recelant d'œuvres d'art, voilà qu'il le trouvait dans cette vieille demeure coloniale, blanchie à la chaux, blottie au cœur d'un jardin botanique improvisé mêlant arbres tropicaux, fleurs et végétaux hétéroclites.

Il avait voulu poser une question ou deux à Mary, mais il n'arriva pas à formuler la moindre phrase cohérente, les mots en anglais ne lui venant pas, ou alors refusant de s'arranger correctement dans sa tête. Si bien que l'envie lui prit de prendre congé.

À le voir se tortiller sur sa chaise, Dolores se rendit bien compte que cette rencontre risquait de tourner au désastre si Hemingway demeurait invisible. « Il en a pour une petite heure tout au plus », avait expliqué Mary, en précisant, avec un sourire aussi éclatant que fabriqué, que l'écrivain devait à tout prix terminer les ultimes corrections de son tout dernier manuscrit.

— Et vous, monsieur Sartre, êtes-vous à l'écriture d'un prochain chef-d'œuvre ? avait-elle demandé, en détachant bien chaque syllabe.

Sartre réussit enfin à compléter une phrase dans un fort mauvais anglais, faisant allusion à son séjour à Santiago de Cuba. Dolores corrigea le tout, ce qui donna lieu à quelques éclats de rire et détendit l'atmosphère.

— Je mets de l'ordre dans mes notes, ajouta-t-il en français. Je tente de résumer mes impressions… J'ai écrit plus ou moins deux mille mots sur le sujet.

En écoutant la traduction, Mary parut surprise.

— Tant de mots ! Ce n'est plus un résumé, s'exclama-t-elle, c'est au moins une nouvelle…

Sartre avait compris. Il s'expliqua, et Dolores traduisit.

— Il y a au moins mille sujets, mille endroits de Santiago et des environs qui méritent des mots, des remarques… Cette ville est le grenier de l'histoire de Cuba… les Espagnols, les esclaves, les immigrants français, le sucre, le café, les révoltes, les luttes pour l'indépendance… la chute du colonialisme espagnol et la montée de l'impérialisme américain, les dictatures, les appels à une révolution… on dirait que tous les fantômes de l'histoire de Cuba ont élu domicile entre les murs de Santiago et dans les forêts de la Sierra Maestra…

Mary fit mine d'être ravie. Sartre avait vidé d'un trait un premier whisky. Il parlait encore, et Dolores traduisait toujours. Le sourire de Mary ne s'altérait aucunement. Elle paraissait attentive au moindre mot, mais lorsque Dolores fit allusion à l'impérialisme américain, elle plissa le front et haussa les sourcils.

— Un autre whisky *on ice* peut-être, monsieur Sartre ? demanda-t-elle.

Ce dernier accepta avec empressement.

— Nous dînerons sur la terrasse, annonça Mary. Au menu, langoustes et fruits de mer accompagnés d'un rioja d'Espagne et d'un bordeaux… gracieuseté de l'ambassade des États-Unis… Nous avons cet avantage, voyez-vous. Tout ce qu'il y a de cubain, vous en conviendrez !

L'effet du whisky se faisait sentir chez Sartre. Son regard trouble passait de Dolores à Mary, de la brune à la fausse blonde. Cette dernière jouait l'hôtesse parfaite. Elle réglait la mesure, consciente des variations, se levait, partait, revenait, se déplaçait avec la légèreté d'un papillon battant des ailes.

Elle mettait tout en œuvre pour faire oublier l'absence de Hemingway.

— Vous avais-je dit que j'ai rencontré Winston Churchill à quelques reprises ? lança-t-elle tout de go.

Elle fit alors le récit de sa propre vie, en relatant ses origines modestes dans le Minnesota, la dureté d'un père bûcheron, ses études en journalisme à l'Université Northwestern, ses débuts au *Chicago Daily News*.

— J'avais le choix d'une chronique féminine à l'abri de tout, ou encore de côtoyer la plus grande tragédie du siècle… J'ai choisi la guerre ! Ce fut lord Beaverbrook, le *London Daily Express*, le Politz de Londres, le débarquement de Normandie, puis le *Times* et finalement… Ernest Hemingway. C'était un peu comme gagner à la loterie.

Sartre avait saisi l'essentiel. Au premier abord, il n'avait pas imaginé un tel parcours de vie de la part de ce petit bout de femme. Lorsqu'il l'avait aperçue au haut du perron de la Finca, il l'avait aussitôt classée comme le prototype de l'hôtesse qui passait le plus clair de son temps à imaginer des buffets, à dresser des listes d'invités, à confier ses cheveux à un coiffeur réputé et le choix de ses robes à une modiste du dernier cri. Voilà qu'elle parlait en témoin de première ligne de ce raz-de-marée meurtrier qui avait déferlé sur l'Europe, alors que lui en avait rendu compte dans un langage abstrait, à l'abri de toutes les fureurs, et aveugle de toutes les horreurs.

Sartre chercha les quelques mots en anglais qui eussent constitué un quelconque compliment. Il n'y parvint pas.

— Vous êtes une pionnière dans le genre, fit-il alors en français. Il y eut très peu de femmes qui osèrent braver ainsi la mort afin que des pays entiers puissent s'accrocher à l'espoir, si tant est qu'il y en eût…

Dolores traduisit. Mary parut touchée. Elle inclina la tête et lança une œillade à Sartre, accompagnée d'un immense sourire.

— Vous savez, une fois dedans jusqu'au cou, rien n'est impossible ! Après tout, nous sommes ici, avec La Havane à nos pieds et un concert de grillons sous le ciel de Cuba ! Buvons à cela, mes amis !

— Le *Ritz*, chambre 31, août 1945 ! entendirent-ils.

Sartre reconnut aussitôt cette voix. Elle était toujours aussi monocorde, peut-être un peu plus nasillarde. La voix d'Ernest Hemingway. Il vit l'ombre du géant se profiler sur la terrasse.

— Que vient faire le grand philosophe dans cette petite île à la dérive ? articula Hemingway dans un mauvais français.

Sartre se leva. Il tendit la main et reçut une tape en plein dos en guise d'accueil. Il en eut presque le souffle coupé. Hemingway éclata d'un rire qui ressemblait davantage à une quinte de toux.

— *Welcome to Cuba… ¡ La isla de las putas y del delirios de grandeza !* lança-t-il en feignant des yeux scandalisés.

Sartre le regardait, ahuri. Sous l'effet de la nervosité, il eut l'impression que son œil droit s'écartait au point de vouloir sortir de son orbite. Hemingway l'avait empoigné et lui avait donné un semblant d'accolade tout en balbutiant quelques mots incompréhensibles. Chacun sentit la transpiration de l'autre. Sartre avait noté le visage congestionné de Hemingway, ses traits ravagés, le vide de son regard, sa chevelure presque blanche. En quatre ans, le temps l'avait considérablement écorché. L'homme le dépassait toujours de deux têtes, mais il paraissait voûté, chancelant. Il parvint à aligner quelques mots qu'il voulut en anglais. Les deux hommes partirent d'un même rire nerveux.

❧

À deux reprises durant le repas, Sartre tira discrètement la montre à gousset de sa veste afin d'y consulter l'heure. Le geste n'avait pas échappé à Hemingway.

— Un souvenir de votre père ? demanda-t-il avec l'ombre d'un sourire. Moi j'en ai une… pareille à la vôtre… mais de mon père, fit Hemingway, et j'ai les deux fusils qu'il m'a donnés pour mes dix ans…

— Pardonnez-moi ce geste assez inconvenant, enchaîna Sartre, l'air confus, une vieille habitude de professeur...

— À la Finca, il n'y a pas de bonnes ou de mauvaises manières, rétorqua Hemingway en levant son verre. Il n'y a que ceux qui veulent être coincés par le temps...

— Je vous rassure, monsieur Hemingway... et madame, s'empressa d'ajouter Sartre, nous sommes honorés par tout ce temps que vous nous accordez si généreusement...

Hemingway s'amusait de voir Sartre ramer ainsi à contre-courant. Le petit homme lui parut comme un poisson hors de l'eau, les yeux saillants, la bouche ronde, les lèvres épaisses, le masque presque tragique.

— Sans façon, vous dis-je, continua Hemingway. Alors dites-nous, Jean-Paul Sartre, vous, le père de l'existentialisme, qui avez fouillé nos façons d'être, de faire ou de ne rien faire, que dites-vous des chemins inexplorés de nos petites existences ?

Sartre eut un faible sourire.

— J'ai mené de bien modestes enquêtes... mais comme les abstractions ne sont pas du domaine des sciences exactes, je n'en suis encore qu'aux spéculations... et puis il y a eu cette guerre qui a été source de tant d'aveuglements, vous me comprenez ?

Il demanda à Dolores de traduire.

— À peine, fit Hemingway sur un ton sibyllin, après avoir entendu Dolores.

Cette brève réponse provoqua un silence et lui valut un regard interrogateur de Mary.

— Mais c'est parce que j'étais un cancre à l'école, s'empressa-t-il d'ajouter en partant d'un grand éclat de rire. Je comprends davantage les comportements des grands fauves et des gros poissons que ceux de la race humaine...

L'atmosphère se détendit. Sartre en profita pour entamer un autre verre de whisky. L'alcool lui brûla la gorge, le détendit.

— L'existentialisme, fit-il, est une affaire de libre choix... et le libre choix est ce qui est propre aux humains... à la race humaine. Le reste est une invention de journalistes... certains en mal de sensation...

— Vous êtes également journaliste, non ? remarqua Hemingway.

— Pas tout à fait, reprit Sartre. C'est vous qui êtes journaliste autre que d'être écrivain. Moi, je pourrais peut-être le devenir...

— Pour cela, il faudra que vous acceptiez d'avoir les deux pieds dedans...

— Pardon ?

— Dans la merde... les deux pieds dans la merde par libre choix, précisa Hemingway avec un cynisme évident.

— J'ai eu cet avantage en parcourant l'Amérique en 45, rétorqua Sartre, qui ne voulait pas s'en laisser imposer davantage.

— J'ai lu quelques-uns de vos papiers, répondit Hemingway du tac au tac, dans le *Figaro*, pendant que nos troupes se crevaient à vouloir libérer la France. Vous donniez l'impression de vouloir battre tous les voyous sans véritablement les rencontrer... L'Amérique que vous décriviez ressemblait à une colonie d'Afrique où chaque Blanc voulait épingler un nègre à son tableau de chasse... Remarquez que j'aime assez Don Quichotte... la mine triste mais le cœur noble...

Dolores n'avait pas quitté Sartre des yeux. C'était ce moment qu'elle craignait, celui où Sartre sentait une intention de mépris. Elle le vit serrer les lèvres, hausser les sourcils, replacer nerveusement la mèche rebelle qui revenait sans cesse sur son front.

— J'ai surtout écrit que dans cette Amérique qui ne cessait de vanter ses institutions démocratiques, un homme sur dix était privé de ses droits politiques, et qu'en cette terre qui s'affichait comme le pays de toutes les libertés, treize millions d'Américains étaient traités comme des citoyens de troisième classe sur fond de couleur de peau, répondit Sartre avec assurance. Dites-moi que les choses ont changé depuis...

Hemingway encaissa la contre-attaque de cet intellectuel français qu'il savait flirter avec les communistes sans toutefois oser sauter dans l'arène politique. Se penchant vers Dolores, il lui toucha légèrement le bras. Il la sentit frissonner. Il s'approcha de l'oreille de la femme au point de l'effleurer des lèvres.

— Qu'en pensez-vous Dolores ? murmura-t-il. Est-ce que les Américains en sont rendus à se torcher avec leur propre Constitution ?

Dolores eut du mal à réprimer son trouble. Elle avait senti le souffle chaud de l'homme dont elle avait rêvé de la rencontre, but de ce voyage à Cuba dans lequel elle avait entraîné Sartre. Voilà qu'Hemingway se trouvait à sa portée, presque intime, la touchait, lui soufflait à l'oreille. Elle en oublia presque les mots, le sens de la question.

— L'Amérique… euh… c'est-à-dire… je suis surtout une New-Yorkaise… balbutia-t-elle. L'Amérique, c'est un melting-pot, et chaque Américain est d'abord un immigrant…

Sartre parut contrarié. Il regarda Dolores et poussa un soupir désolé. Hemingway le relança.

— M. Sartre n'approuve pas, à ce qu'il semble… pas vrai, Sartre ?

— En effet, fit ce dernier avec vigueur. Je suis convaincu que l'Amérique promet infiniment plus qu'elle n'en peut donner… convaincu que le discours de la liberté totale, du lait et du miel en abondance, c'est du rêve, de l'illusion, de la poudre aux yeux… convaincu que l'Amérique se voit comme le centre du monde… la plus grande puissance de tout, en bien comme en mal… et convaincu que cette Amérique est fondamentalement raciste…

Cette fois, Hemingway ne sourit pas. Son regard passa de Sartre à Dolores puis à Mary. Les deux femmes étaient visiblement mal à l'aise.

— René ! lança-t-il.

Le majordome apparut presque aussitôt.

— Ma meilleure bouteille de scotch et le cigare des invités…

Il vida son verre et le déposa bruyamment.

— Vous savez ce que je crois ? fit-il à l'endroit de Sartre. Je crois que les philosophes sont des dangers publics… Ils allument des bûchers puis foutent le camp… Ils baisent le jour pendant que le travailleur s'échine au boulot… Ils ne pensent que la nuit, quand les gens normaux roupillent… le reste du temps, ils cuvent le vin qu'ils se font payer par des admirateurs qui bandent sur leur poésie…

Sartre eut un sourire glacial. Il allait répliquer lorsque le majordome revint avec la bouteille de scotch, qu'il déposa devant Hemingway. Puis il alla offrir le cigare à Sartre.

— El Rey del Mundo, expliqua Hemingway. Bien nommé, n'est-ce pas ? Le meilleur que l'on puisse trouver… planté, mûri, récolté, séché à Cuba… roulé par le meilleur *torcedor* de La Havane… le délice de tout fumeur digne de ce nom !

Sartre passa le cigare entre ses doigts, le huma. Un arôme chatoyant. La bague était richement armoriée : un roi couronné de plumes assis sur un trône tiré par un éléphant, un dromadaire, un bélier et un âne, avec au centre un écusson marqué de l'année 1882.

— Scotch et cigare, ajouta Hemingway d'une voix criarde. De quoi oublier que vous êtes philosophe, souvent antiaméricain et parfois communiste. Allez ! Faisons comme dans cette chambre du *Ritz*… On reprendra les hostilités quand nous verrons le fond de la bouteille… sauf votre respect, mesdames !

Sartre ne se souvenait que trop bien de cette nuit au *Ritz*. Précisément d'une partie de cette nuit. Le désordre indescriptible, la malpropreté des corps. Une nuit où l'alcool avait tout déformé, l'avait privé de ses moyens. Tous étaient ivres, râlaient, sauf Simone de Beauvoir. Pour Sartre, cette nuit avait fini dans un trou noir. Il n'avait jamais su de quelle façon cela s'était terminé pour le « Castor ».

D'un petit coup sec, il avala une gorgée du scotch que venait de lui servir le majordome. Puis il tira une première bouffée du cigare. Un frémissement des narines. Il eut une pensée pour ces rouleurs qui répétaient les mêmes gestes gracieux, pourtant si mécaniques, une vie durant. Puis il croisa le regard de Hemingway qui semblait le défier. Il prit un air détaché en renvoyant l'épaisse fumée qu'il avait gardée en bouche.

— Excusez-moi de me méfier des fonds de bouteille, fit-il. Je tiens sur-le-champ à vous corriger… je ne suis pas forcément antiaméricain. Cependant, je m'oppose fortement à l'impérialisme, sous toutes ses formes et de quelque provenance puisse-t-il être…

Il pria Dolores de traduire en dépit de l'objection que fit Hemingway en prétendant bien comprendre le français à défaut de le bien parler.

— Or, les États-Unis donnent aujourd'hui la désagréable impression d'être partout chez eux, poursuivit-il. Lorsque j'ai écrit ces articles, voilà près de cinq ans, on faisait souvent allusion à cet idéologue américain qui portait un nom prédestiné… Josiah Strong. Celui-ci affirmait que « Dieu avait confié une tâche à l'Amérique, qui était de régénérer le monde, et sa victoire finale montrerait qu'elle était la plus apte à le faire. » Des mots qui semblent avoir inspiré la plupart de vos présidents, de vos hommes politiques et de vos chefs militaires. Je suis contre cette façon de déployer une bannière sur tous les continents… et je dénonce toutes les stratégies, avec ou sans armes, qui tentent de faire d'un pays ou d'un autre l'arrière-cour de celui qui détient la puissance du capital doublée de celle d'une armée…

— Je suis un peu rassuré tout de même, fit Hemingway après que Dolores eut traduit le propos de Sartre. Vous ne semblez pas croire en Dieu et moi non plus… Il n'a donc rien à voir avec l'Amérique… et s'il existe en dépit de toutes les conneries qu'on rapporte dans la Bible, il en a plein les bottes avec la terre qu'il avait promise à Israël et qui ressemble davantage à quelques champs de rocaille et de poussière qu'à un pays… et je ne parle pas de l'Inde et du Pakistan… mais ce n'est que le point de vue du connard que je suis…

Le regard narquois, il se versa un autre scotch et invita Sartre à en faire autant. Ce dernier saisit le prétexte pour se lever en invoquant le besoin pressant de sa vessie. Mary voulut lui indiquer le chemin de la salle de bain, mais Hemingway l'en empêcha d'une pression exercée sur sa jambe accompagnée d'un grognement significatif.

— J'ai la même envie, lança-t-il en se levant à son tour… et comme, à Cuba, on fait comme les Cubains, autant profiter de la nature pour y faire ce qui est naturel. Allez, je vous accompagne… On va faire le vide tous les deux… ça laissera toute la place pour refaire le plein.

Tout en riant, il replaça sa *guayabera*, prit la bouteille de scotch et fit signe à Sartre de le suivre. Les deux hommes se dirigèrent vers l'escalier de la terrasse. La scène n'était pas banale : un géant qui précédait un quasi-nabot, le premier, balourd et claudiquant, le second, se déplaçant à pas menus, mal assurés, en ajustant sans cesse les lunettes trop grandes pour son visage.

Quelques pas au bas de la terrasse, et les deux hommes s'enfoncèrent sous la voûte de feuillage tout près.

— On n'y voit plus rien, lança Sartre, angoissé, une fois rendu parmi de grandes fougères.

Du regard, il chercha en vain quelque repère qui l'eût rassuré. Il entendit Hemingway ricaner et l'imagina à proximité, tapi dans l'ombre tel un joueur de mauvais tour.

— Depuis quand avez-vous besoin d'y voir clair pour pisser ? s'amusa Hemingway de cette voix de crécelle qui énervait Sartre.

Quelques instants plus tard, le maître des lieux émergea du noir. Sartre était en train de s'escrimer avec les boutons de sa braguette. Hemingway contemplait la scène d'un œil cynique. Sartre se sentit ridicule, un peu comme un adolescent boutonneux surpris au mauvais moment.

— Vous ne vous êtes pas pissé dessus, j'espère, fit Hemingway en voulant paraître drôle.

— Je n'en suis pas encore là, grommela Sartre, se détournant pour cacher sa mine exaspérée.

Hemingway but une rasade à même la bouteille, passa sa langue sur les lèvres et éructa. Sartre fut consterné par cette grossièreté.

— Pourquoi êtes-vous à Cuba ? demanda-t-il brusquement à Sartre, redevenu sérieux.

⁘

Dolores avait imaginé un autre décor pour le grand Hemingway, fleuron de la littérature américaine et enfant chéri de Hollywood. Certainement un immense manoir aux blanches colonnades. Peut-être une demeure de style Renaissance avec des escaliers intérieurs, des balustrades en fonte moulée, une cheminée et des lustres de marbre, une salle de réception laquée du plancher au plafond, des colonnes et des moulures sculptées, un mobilier de grand style. À l'extérieur, des jardins disposés autour de massifs verts, de buissons d'azalées géantes et des haies savamment taillées. Rien de cela. Outre cette terrasse enfouie sous le lierre, aucun patio ni balustrade en fer forgé. Une simple villa, sans croisement d'histoires et de cultures, à l'abri du soleil des tropiques, avec un point de vue lointain sur le front de mer en bordure de La Havane.

L'intérieur n'avait rien d'une architecture outrecuidante. Une vaste salle de séjour ouvrait sur une salle à manger. Le plancher était de céramique, un carrelage de dalles brun pâle. De larges fenêtres, des murs ornés de trophées de chasse de provenance africaine, quelques tableaux de collection, deux affiches au souvenir de corridas espagnoles. Un sofa du siècle dernier, deux fauteuils, dans l'esprit chippendale, placés côte à côte, recouverts d'un tissu aux motifs fleuris, une chaise berçante en bois courbé typique des maisons coloniales de la Louisiane, occupaient la partie centrale de la pièce. Quelques tables d'appoint étaient placées le long des murs, entre les étagères qui comptaient quelques milliers de livres. Là se trouvait le véritable trésor de la Finca Viagía. Des romans, des recueils, des essais, des traités. Des éditions originales pour la plupart dédicacées, dira Mary à Dolores.

— Cinq mille livres, précisa-t-elle, et il y en a certainement trois ou quatre mille dans d'autres pièces. En anglais, bien sûr, mais aussi en espagnol, en français et en italien… Papa dit qu'il les a tous lus… du moins parcourus…

Sur le mur de la salle à manger, le tableau intitulé *La Ferme*, de l'Espagnol Joan Miró, occupait seul tout l'espace. L'artiste y avait représenté des animaux domestiques, des plantes, des objets quotidiens qui mettaient en relation un maître terrien avec ses racines. Le tout dans un arrangement de formes et de couleurs hautement fantaisiste. Ce fut l'œuvre principale de l'art pictural des années 1920, celle qui avait ouvert la voie au surréalisme.

— En 1924, Papa a tout joué sur cette œuvre, expliqua Mary. Il n'avait, à l'époque, rien en poche, mais avait déjà l'âme d'un aventurier et l'instinct d'un conservateur de musée…

— Elle vaut une véritable fortune aujourd'hui, murmura Dolores, en contemplation devant le tableau.

— Oh ! Il le sait… mais il s'en fout carrément…

D'autres toiles sur les murs, toutes des chefs-d'œuvre. Du peintre allemand Paul Klee, chef de file de la structure en carrés, de Georges Braque, de Matisse, de l'espagnol Juan Gris, dont l'*Arlequin à la guitare* témoignait éloquemment de la période cubiste. Et tout à côté d'une affiche de corrida, cette tête de taureau signée de Picasso.

L'odeur du jasmin imprégnait les lieux. Des bouquets de cette fleur solitaire, à la corolle blanche, avaient été disposés aux quatre coins de la salle de séjour. Lorsque Dolores en fit la remarque, notant la beauté des autres fleurs placées sur les différentes tables d'appoint, Mary étala ses connaissances. Elle décrivit avec minutie les frangipaniers, les hibiscus rouge rubis, les lauriers roses, les balisiers pourpres frangés d'or, les bougainvillées groupées en panicules, les trompettes d'or auxquelles on avait mêlé quelques roses de porcelaine.

— Qu'écrirez-vous au sujet de Cuba ? lui demanda tout à coup Mary.

Dolores se détourna à moitié. Que devait-elle répondre au-delà du bavardage mondain ? Que l'île ressemblait à un monstre en apparence endormi, mais dans le ventre duquel prenait naissance un dragon de feu ? Que des tourbillons de contestation s'élevaient aux quatre coins de l'île ? Que La Havane, au-delà de ses atours clinquants, lui était apparue comme un fief de corruption, de frime et de crime ?

— Il faut y vivre, comme vous le faites, pour rendre justice à tout ce qu'est et n'est pas Cuba, répondit-elle de façon juste assez vague pour couper court.

Une expression contrariée parut sur le visage de Mary.

— Je vais être franche avec vous, Dolores, lâcha-t-elle. Cuba, pour moi, se limite à la Finca Vigía et à quelques sorties obligées en ville… Aux yeux des Cubains, je suis et demeurerai une Yankee en transit…

— Et M. Hemingway ? risqua Dolores.

— Papa ? Pour lui, Cuba c'est le prétexte de la mer, de la pêche au gros, du *Floridita*… c'est à se demander parfois s'il ne se prend pas pour la réincarnation d'un Henry Morgan ou de quelque célèbre pirate d'antan ! Mais dans le cas de Papa, c'est Cuba qui l'a adopté… enfin, qui a plutôt adopté sa célébrité. Papa règne sur la Finca comme un roi en exil… et pour tout vous dire, il n'a jamais mis les pieds ailleurs qu'à La Havane et à Cojimar, là où se trouve le *Pilar*… son deuxième refuge. C'est à bord du *Pilar* que Papa est véritablement lui-même… sa tête est ici, mais son cœur est avec le grand fleuve bleu, comme il appelle familièrement ces eaux qui séparent Cuba de la Floride…

Mary se ravisa brusquement.

— Mais pourquoi je vous raconte tout ça ? fit-elle, embarrassée.

Dolores sourit.

— Parce que vous aviez besoin de confier ceci à quelqu'un qui sait garder un secret.

Mary sourit à son tour.

— Retournons sur la terrasse… faisons en sorte que, de cette rencontre, il reste pour la postérité au moins une ou deux photos sur fond de ciel cubain…

En passant près des deux fauteuils, Dolores remarqua deux livres posés sur l'un d'eux. Le plus imposant était *Le Rouge et le Noir* de Stendhal. Il était marqué d'un signet. L'autre était un exemplaire passablement usé d'un ouvrage de Jean-Paul Sartre, *Le Mur*. L'air surpris de Dolores n'échappa pas à Mary.

— Le voilà, fit-elle, en prenant le livre de Sartre. La mémoire de Papa lui fait parfois défaut… un peu plus et il oubliait de demander une dédicace à notre grand philosophe.

⁓

— J'y suis venu à mon corps défendant, avait répondu Sartre à la question de Hemingway. En réalité, je n'ai jamais cherché Cuba… les tropiques, la chaleur, les carnavals, pas pour moi qui en ai déjà assez avec les insomnies. Mais ce que femme veut…

Il avait prononcé ces derniers mots sur un ton de résignation, puis avait enchaîné :

— Finalement, ce fut un mal pour un bien… si je n'ai pas cherché Cuba, aujourd'hui je puis affirmer que Cuba m'a trouvé.

Dans la noirceur, il ne put voir la réaction de Hemingway : un rictus provoqué autant par la contrariété que par l'étonnement. Comme si Sartre lui annonçait en toutes lettres qu'il avait l'intention de jeter la vérité de Cuba, quelle qu'elle fût, à la face du monde.

Sans un mot, il prit Sartre par le bras et l'entraîna le long d'un sentier fait d'un assemblage de grandes pierres plates. Il avait été tracé entre les grands arbres de la propriété et se perdait, sur plusieurs centaines de mètres, parmi la masse sombre des plantes et des fleurs qui formaient une véritable jungle.

Sartre le suivit non sans une certaine appréhension. Soudain, il entendit un bruissement étrange. Une forme sombre l'effleura et disparut aussitôt en poussant un cri aigu. Une autre forme survint et s'éclipsa de la même façon. Sartre réprima un frisson, leva instinctivement les bras à hauteur du visage et les agita de manière désordonnée.

— Chauve-souris. Ça ne bouffe pas les humains, ricana Hemingway en lui tendant la bouteille de scotch.

Sartre réalisa que la bouteille était presque vide. Il but une petite gorgée et voulut la rendre à Hemingway.

— Cul sec, insista ce dernier. Finissez-la en beauté !

Sartre ne se fit pas prier. Il lampa goulûment le reste de l'alcool sans même grimacer. Hemingway reprit la bouteille vide, la passa d'une main à l'autre, fit mine de vérifier si elle était bien vide avant de la balancer dans le sous-bois.

— Le scotch n'a rien à voir avec Cuba, vous savez cela, fit-il d'une voix rauque. Mais que savez-vous du rhum cubain ?

— Trois siècles et demi d'esclavage, des milliers de morts et une immense fortune pour quelques distilleries américaines, répondit Sartre sans même prendre un temps de réflexion.

— Hmm… vous avez déjà assisté à une *zafra* ? lui demanda Hemingway.

— Une quoi ?

— *Zafra*… une récolte de canne à sucre, précisa Hemingway, avec une pointe d'agacement.

— Je n'ai pas eu cette chance, avoua Sartre.

Hemingway haussa les épaules.

— Pour une *zafra*, pas de place pour un complet-veston… ça brise un homme… ça le fait cuire dans la fournaise vite fait. Vous avez déjà vu les grandes marées s'en prendre au Malecón ? Le submerger ?

— Je ne connais pas le Malecón…

— Ouais… j'oubliais que vous n'êtes que de passage à La Havane… en réalité le Malecón se trouve à moins d'un demi-mile de votre hôtel, ironisa Hemingway. Et le marlin bleu... les pêcheurs de Cojimar... les *cayos*... vous connaissez ?

Sartre secoua la tête.

— Non, non et non, je ne connais pas ! Ça vous va, comme réponse ?

Un grand sourire se peignit sur la large face de Hemingway.

— Ça répond à ma question au sujet de Cuba, fit-il.

— Bon, alors rentrons si vous n'y voyez pas d'inconvénient, insista Sartre, qui en avait assez de cette joute perverse à laquelle se livrait l'Américain.

Hemingway se pencha vers lui, ce que Sartre prit comme un geste de provocation. Cet homme aux allures de fier-à-bras et aux accents nasillards l'intimidait vraiment. Il demeura figé.

— Deux ou trois questions encore, murmura Hemingway, disons entre écrivains... Vous avez déjà mis les pieds en Espagne ?

— Un... séjour... un très bref séjour à... Madrid, balbutia Sartre.

— Quand ?

— C'était il y a un certain temps déjà... en fait non... c'était il y a longtemps... vingt ans, je crois.

— Et que pensez-vous de la guerre civile d'Espagne ? fit Hemingway en levant le ton.

Cette fois, Sartre ne doutait plus des intentions de Hemingway. Ce dernier cherchait délibérément à le déstabiliser pour ensuite lui mettre les tripes à nu, le confondre, voire le discréditer.

— Ce fut une horreur... une tragédie qui a atteint l'Europe entière, répondit-il avec un certain aplomb. Personnellement, j'ai tenu pour coupables tous les pays qui ont condamné le fascisme du bout des lèvres tout en reconnaissant à voix haute la légitimité de Franco après le fait...

Il avait formulé cette réponse dans un anglais laborieux, avec un accent terrible, mais il y était parvenu. Hemingway s'efforça de faire la même chose en français.

— Vous avez pris position contre Franco ?

— J'ai écrit *Le Mur*, répondit Sartre.

— *Le Mur*, reprit Hemingway, ça sonne bien comme titre…

— Que voulez-vous dire ?

Hemingway eut un ricanement.

— Quatre connards qui attendent d'être fusillés sans procès… la Feria de Valence… un bar de Séville… les splendeurs d'une corrida… les anarchistes… la Brigade internationale… tout ça en vingt-cinq pages… ce qui fait à peine sept mille cinq cents mots…

Sartre ne s'y trompait pas. Hemingway le chargeait à fond, avec hargne.

— Cela semble vous gêner, manifestement, répliqua-t-il. Êtes-vous écrivain ou comptable ?

— Me gêner ? reprit Hemingway d'une voix étouffée. Vous vous trompez de mec. Est-ce que j'ai l'air d'un prof de littérature ou d'une saleté de critique, d'après vous ? Mais je vais vous dire… la guerre civile d'Espagne a été un putain de massacre avant tout autre chose… un massacre comme il y en a eu peu dans l'histoire. À côté de ça, la guerre civile des États-Unis n'a été qu'un tournoi d'échecs. Mais en Espagne… des femmes, des enfants, des vieillards, des prêtres, des nonnes, des intellectuels, des poètes… violés, étripés, crucifiés… laissés à pourrir dans des fossés, accrochés dans des poteaux de télégraphe, des arbres, plus de lois, plus d'honneur ni de respect… que de la chair et du sang et encore du sang… plus que la terre espagnole ne pourra jamais en boire. Alors ce que je dis, c'est que seuls ceux qui ont eu les deux pieds dedans ont mérité le droit d'en perpétuer la mémoire… et vous n'y étiez pas. C'est ce qui me fout un coup dans les couilles. Vous saisissez ?

Sartre, ulcéré, se refusa au repli.

— De tout temps, j'ai reconnu n'avoir aucune disposition pour m'afficher sur les champs de bataille… J'ai également reconnu sans la moindre gêne n'avoir aucun courage guerrier… cela dit, je revendique haut et fort le droit de me prononcer sur les oppresseurs et sur les opprimés par les moyens de mon choix et en tous lieux de la terre… un droit que je revendique en tant qu'homme libre…

Il s'arrêta un instant presque à bout de souffle avant de poursuivre en français :

— Ma conscience est parfois anarchisante parce que désespérément révoltée… et je serai à jamais antibourgeois et antimilitariste… je suis anarchisant par opposition aux sociétés qui s'enlisent, encroûtées dans des habitudes qui les mènent tout droit à l'aliénation… par opposition à la résignation, la lassitude, le silence des classes, l'inaptitude des dirigeants politiques dans l'exercice d'un pouvoir véritablement démocratique… et je suis surtout profondément antimilitariste parce que toute guerre est l'affaire d'assassinats de masse commandés par les pires esprits criminels. À mon tour de vous demander si vos écrits ont changé quelque chose simplement parce que vous aviez les deux pieds dans le charnier ?

Subitement, Hemingway se sentit défié.

— Je vais te dire, mon petit homme, fit-il sourdement en anglais. J'ai été pris dans la tourmente de toutes les guerres de ce siècle sans en louper une seule… Sur le front italien, au cœur de l'Espagne, en plein débarquement de Normandie… à la libération de Paris pendant que ton putain de pays ne savait plus avec qui valser… J'ai assisté à des atrocités en Turquie, à d'autres en Chine. J'ai personnellement pris deux cent soixante-trois éclats d'obus dans une jambe, une trentaine de balles perdues un peu partout dans la carcasse… J'ai eu un œil bousillé… le crâne ouvert, et j'en passe. Est-ce que mes écrits ont changé quelque chose, me demandes-tu, petit homme ? Ben voilà… c'est dans mon propre sang que j'ai trempé ma plume pour écrire trois livres, mille pages et un million de mots. Ces mots ont été mis en images sur les écrans du monde entier… Est-ce que ça a changé quelque chose ? Il faudra que tu poses cette question à quelques millions de personnes pour qui le nom de Hemingway signifie quelque chose qui sort des sentiers battus… et si tu veux en savoir une autre, petit homme, je te confie que chaque nuit je revois la centaine de nazis à qui j'ai mis des balles en pleine gueule et dont le sang et les cervelles m'ont pissé dessus…

Il respirait fort et regardait fixement Sartre sans le voir, car en même temps qu'il avait parlé, de sales souvenirs étaient remontés en lui. Il avait revu les corps éparpillés de plusieurs soldats américains tués dans une embuscade. Il les avait détaillés longuement, ses yeux plongés dans les regards aveugles des morts. La plupart étaient démembrés. Il avait voulu prendre leurs badges d'identité, réciter une prière, leur fermer les yeux, les couvrir, mais il était resté figé devant ce spectacle de mort. Le même qu'il avait vu et revu sur les champs d'horreur de l'Espagne. Ce jour-là, il avait décidé que des mots seuls ne suffiraient pas à conjurer la haine qui l'envahissait tel un poison. Il n'avait plus rien du correspondant de guerre. Quelques jours plus tard, un SS qui voulait se rendre le défia en paroles. Il lui avait déchargé plusieurs balles dans le ventre et une dernière en pleine tête. Il ne s'était pas ému de sa mort. Il s'était dit qu'il connaissait dorénavant cette mort cruelle que l'on avait le pouvoir d'administrer en pleine guerre, en invoquant la loi de la jungle.

— Pourquoi restez-vous à Cuba ? lui demanda Sartre.

Revenu à lui après avoir demandé à Sartre de répéter sa question, Hemingway hocha la tête.

— Peut-être parce que je ne peux plus remettre les pieds en Espagne… si j'y retourne ce sera pour pisser sur la tombe de Franco…

— Je n'en crois rien…

— À votre guise… alors disons pour la mer, ses mystères… ses poissons…

— La mer est la même partout, fit Sartre.

— Pas à Cuba, reprit Hemingway. À Cuba, elle vous baise comme seule la meilleure des putes peut le faire… Elle vous propose des monstres marins qui vous font risquer le tout pour le tout…

— Toujours le chasseur en quête d'une proie, soupira Sartre. Cette île ne représente-t-elle rien d'autre pour vous que les perspectives d'une pêche miraculeuse ?

Hemingway haussa les épaules avec dérision.

— Et quoi d'autre ? À Cuba, il n'y a rien qui soit proprement cubain. Ici, le cinéma, c'est d'abord Hollywood… ceux qui savent lire, et ils ne sont pas nombreux, lisent des livres américains… surtout les miens ! Les journaux publient des nouvelles en provenance des États-Unis… la publicité est américaine… le sport, le showbiz, les hôtels, les casinos, les trains, l'électricité, le téléphone, les banques… tout ça est américain. La seule chose qui soit cubaine, c'est les putes, mais ce sont des Amerloques qui prennent leur fric… même les bandits sont des Américains recyclés… ce sont eux les vrais patrons. C'est pigé ?

— Et les membres du gouvernement dans tout ça ?

Hemingway eut un rire fort et bref.

— Gouvernement ? Vous voulez rire ! Des guignols en uniforme qui empochent la part du diable et qui passent la main à ceux que Washington a choisis comme remplaçants.

Sartre le fixa d'un air sévère.

— Il ne vous est jamais venu à l'idée de dénoncer cette situation franchement moche… inhumaine ? fit-il comme s'il affirmait un droit.

— Personne ne m'a nommé gardien des consciences, rétorqua Hemingway, et je n'ai pas la prétention de devenir le dépositaire des plaintes de l'humanité souffrante… Autant vouloir m'enfoncer une batte de baseball dans le cul !

— Je vous demande pardon ?

— Oh ! façon de parler, corrigea Hemingway. Ce que je dis c'est… ou bien vous arrivez à monter dans le ring chaque jour pour en recevoir plein la gueule et en donner… ou alors vous n'essayez pas de refaire le monde. Mon truc, ce n'est pas de semer des mots à tout vent pour ensuite les balayer sous le tapis… après tout, qu'est-ce qu'ils en ont à foutre, les présidents, les dictateurs et les autres fantoches, de tous ces mots qu'ils ne savent même pas lire, hein ? Suffise que je les emmerde tous, ces fils de pute !

Sartre tira une fois encore sa montre. Elle marquait presque minuit.

— Je crois que j'ai beaucoup abusé, s'excusa-t-il.

— Vous passerez la nuit à la Finca, ce n'est pas la place qui manque, laissa tomber Hemingway.

Les deux hommes reprirent le chemin de la villa. Hemingway traînait de la jambe, le souffle rauque.

— Il y a une révolution dans l'air à Cuba, lâcha Sartre, parvenu au pied des marches de la terrasse.

— Pour ça, il faudrait quelqu'un qui puisse opérer des miracles et marcher sur les eaux. Vous en connaissez un ?

Comme Sartre allait monter les marches, Hemingway le retint et lui souffla quelques mots à l'oreille. Perplexe, Sartre hésita, puis :

— Vous avez ma parole, répondit-il du bout des lèvres.

❧

La chaleur tropicale de cette fin du mois d'août imprégnait la vaste chambre aménagée à l'étage de la maison des invités, ainsi que l'appelait Hemingway. En réalité, la construction servait surtout de dortoir pour les domestiques et de garage.

La chambre avait un haut plafond, un plancher fait de bois du pays sur lequel on avait disposé des peaux de guépards et d'antilopes, un ameublement qui consistait en un grand lit aux montants de cuivre, une commode, deux tables de chevet, une petite bibliothèque contenant une cinquantaine de livres, une causeuse dont le tissu était passablement usé et une chaise berçante.

Dolores avait ouvert les deux fenêtres. La brise nocturne eut tôt fait de rafraîchir la pièce. Quand elle leva le couvre-lit, une odeur de moisissure la prit à la gorge.

— Pourquoi as-tu refusé que Mary fasse changer les draps ? fit-elle sur un ton de reproche.

— J'en ai rien à foutre, des draps, répondit Sartre, affalé dans la causeuse... rien à foutre de cet endroit... Tout est miteux ici... sans parler de cette colonie de chats puants qui infeste les lieux...

Dolores vint prendre place à ses côtés. Elle lui effleura la joue et, d'une pression sur le menton, le força à la regarder.

— Alors, dis-moi, de quoi avez-vous parlé ? Avez-vous décidé de changer le monde ?

Sartre se crispa, rentra presque le cou dans ses épaules, se mit à tripoter ses lunettes tout en fermant les yeux.

— On a d'abord pissé, marmonna-t-il, et on a vidé la bouteille de scotch... puis je l'ai écouté... il a débité des histoires saugrenues de pêche et de chasse en disant qu'il avait déjà vu des monstres marins qui n'avaient rien à envier à *Moby Dick* et qu'il avait combattu des lions blessés à mains nues... ça et des histoires de guerre. À l'entendre, c'est lui qui a inventé la bravoure !

— C'est tout ? fit Dolores.

— Tu crois peut-être que j'ai trouvé du temps pour parler ? Ce mec te bouffe tout rond... quand il en a fini, il ne reste plus d'air à respirer...

Dolores posa sa tête sur l'épaule de Sartre. Ils restèrent ainsi, immobiles, dans un silence absolu.

— Tu sais ce que nous devrions faire ? finit-elle par murmurer.

— Rien, répondit Sartre avec lassitude... ou plutôt, si, je sais ce que nous allons faire... Au lever du jour, nous foutons le camp d'ici vite fait et nous retournons à New York... T'as pas idée comme les Boyards me manquent... ça et un peu de vernis de civilisation...

Dolores lui passa la main dans les cheveux et lui effleura le cou du bout des lèvres. Sartre émit un petit grognement de plaisir. Une de ses mains glissa lentement jusqu'à ses seins.

— Nous devrions faire honneur aux draps de ce lit, souffla-t-elle. Ça leur donnera une bonne occasion de les changer.

Sartre retira sa main et se redressa. Il y eut un nouveau silence. Les yeux toujours fermés, il repassa dans sa tête les mots que Hemingway lui avait murmurés à l'oreille : « Cette rencontre n'a jamais eu lieu… *whatever has been said this evening will remain six feet under forever…* je veux votre parole ! »

— Je peux lire sa dédicace ? lui demanda Dolores en se levant brusquement.

Sartre remua à peine la tête. Elle prit l'exemplaire usagé du livre *For Whom the Bell Tolls* et l'ouvrit. « Le glas sonne pour tous, il sonne surtout pour toi », lut-elle.

— Et qu'as-tu écrit en dédicace ?

— « Le dos au mur, la mort en face, est-ce la cause ou la vie qui a encore une valeur ? »

— C'est toi tout craché, lâcha Dolores, ravie. Il a dit quelque chose au sujet de Cuba ?

— Que Cuba était une île à la dérive…

— C'est tout ?

— C'est tout, reprit-il après un instant d'hésitation.

— Tu me dis tout ? insista-t-elle. Pas même un commentaire sur toute cette agitation à La Havane.

— Désolé, mais rien, répondit Sartre sans trop de conviction. Il s'est contenté de citer Gandhi, qui aurait dit que s'il y a seulement le choix entre la violence et la lâcheté, il conseillait la violence…

Dolores eut une moue de déception.

— Allez, viens…

— Pas maintenant, je dois écrire quelques lignes… Je veux clore cet intermède cubain une fois pour toutes…

Il lui étreignit les mains.

— Dis-moi que tu me comprends…

— Rejoins-moi quand tu en auras fini avec Cuba… ou plutôt avec Hemingway, fit-elle en se dégageant doucement.

Il resta assis sur la causeuse pendant que Dolores se mettait au lit. Quelques minutes plus tard, son calepin de notes en main, il referma sans bruit la porte de la chambre, descendit la volée de marches et sortit. Il se dirigea vers l'immense ceiba aux allures de monstre des profondeurs. Fixant la villa, il distingua vaguement une silhouette massive qui se tenait, immobile, dans la pâle lumière qui éclairait une des pièces.

« Tu n'es rien d'autre que ce lion devenu vieux que décrivait La Fontaine, pensa-t-il. Ce lion chargé d'ans, pleurant son antique prouesse, enfin attaqué par ses propres sujets, devenus forts par sa faiblesse. Au fond, si Cuba n'est rien pour toi, Hemingway, tu n'es rien pour Cuba. » Après avoir déambulé à pas perdus en bordure des grands arbres, Sartre consigna ces quelques mots dans son carnet :

« Ce vieil homme ne voit en Cuba qu'une île à la dérive ; j'y vois une barque collée au flanc d'un énorme continent qui l'empêche d'avancer. »

12

Les deux hommes se mirent en route à la même cadence. Ils avaient la même démarche efféminée, portaient tous les deux des costumes sombres à fines rayures, faits sur mesure par le même couturier, affichaient le même mouchoir de poche en fine dentelle ainsi que des chapeaux de feutre qu'ils inclinaient sur l'œil droit. Les deux étaient de petite taille, quoique l'aîné fût plus enveloppé aux flancs. Il avait un visage sévère, les traits durcis par un nez épaté semblable à celui d'un boxeur éprouvé. Son compagnon paraissait plus sympathique de prime abord. Il avait des traits fins, un regard dépourvu de méfiance, une allure réservée, une voix posée.

— Bonjour, monsieur le directeur, fit James Crawford, le chauffeur personnel de J. Edgar Hoover, en ouvrant la porte arrière de la rutilante Cadillac noire qui servait de véhicule de fonction au directeur du FBI.

— James, marmonna Hoover sans le regarder et en prenant place sur la banquette arrière.

Il s'empara aussitôt de l'édition matinale du *Washington Times-Herald*, scruta les titres de la une, tourna quelques pages, puis fit de même avec la copie du *New York Times*. Il n'arrêtait pas de maugréer.

Clyde Tolson, directeur associé du FBI, s'apprêtait à contourner le véhicule pour s'installer, selon les habitudes des deux hommes, à côté du chauffeur, lorsque Hoover l'interpella et lui fit signe de venir s'asseoir à ses côtés, ce qu'il fit aussitôt.

— Rien dans les deux journaux, annonça Hoover à voix basse.

— Tu attendais quelque chose ?

Hoover tourna à peine la tête.

— Vous oubliez que nous sommes au travail, remarqua-t-il sur un ton presque glacial.

— Mes excuses, directeur, fit Tolson sans la moindre contrariété, sachant qu'il était entendu que toute familiarité entre les deux hommes devait cesser dès qu'ils étaient au travail ou paraissaient en public.

— Autre chose, directeur ? demanda-t-il du même souffle.

Cette fois, Hoover le dévisagea.

— C'est strictement personnel, nota-t-il, mais le rouge ne convient pas pour quiconque travaille au FBI... encore moins pour mon bras droit. Tout ce qui est rouge est présumé ennemi de l'État... alors vous me ferez le plaisir de changer cette cravate sur-le-champ...

Tolson approuva de la tête. Hoover se pencha vers le chauffeur.

— James, vous allez nous conduire immédiatement à cette mercerie qui se trouve à quelques rues d'ici...

— De quelles rues parlez-vous, directeur ? fit-il poliment.

— À côté de Center Market... entre la 7ᵉ et la 9ᵉ Rue...

La Cadillac s'engagea dans Pensylvania Avenue, cette voie historique de Washington, bordée de peupliers de Lombardie. Elle passa devant le Old Post Office. Au loin, on distinguait la masse imposante du Capitole, remarquable par sa blanche coupole. Non loin se trouvait la Maison-Blanche, occupée par le président démocrate Harry Truman, réélu depuis un an pour un second et dernier mandat. Le directeur du FBI détestait cet homme, qui lui détestait les intrusions du FBI dans la vie quotidienne des Américains, et lui préférait la CIA. Mais au-delà de ces inimitiés, Hoover tenait le président Truman pour responsable, par laxisme, de la montée du communisme aux États-Unis. Aussi soutenait-il par tous les moyens possibles, mais surtout secrets, le sénateur Joseph McCarthy, qui s'apprêtait à lever le voile sur les problèmes de sécurité intérieure de l'administration Truman.

— C'est là, à droite, annonça Hoover. Vous pouvez voir l'enseigne…

La Cadillac s'immobilisa.

— C'est vous qui entrez, James, précisa Hoover. Vous achèterez six cravates dans les tons de bleu… trois unies… et trois avec les rayures blanches ou jaunes…

Il tendit cinq billets de vingt dollars au chauffeur.

— Vous préciserez que c'est pour le directeur du FBI, on vous servira sans attendre… prenez ce qui se fait de mieux… en soie si possible… Vous me remettrez la facture ainsi que la monnaie exacte. C'est compris, James ?

— Parfaitement, directeur.

Aussitôt le chauffeur entré dans la mercerie, Hoover prit la main de Tolson et l'étreignit.

— Tu ne m'en veux pas ?

— Bien sûr que non… je m'excuse pour cet oubli.

— Toujours ce parfum discret, souffla Hoover en effleurant la joue de Tolson d'un doigt tremblant.

— Toi aussi tu me plais, murmura Tolson, tout en demeurant le buste droit, immobile, le regard fixe.

Hoover soupira, enleva son chapeau, écarta une petite mèche rebelle et se laissa aller un instant contre l'appui-tête.

— Tu sais quoi, Clyde ? Sans le FBI, notre pays serait myope et infirme… et sans toi, le directeur du FBI ne serait pas ce qu'il est…

Tolson se permit un petit rire complice.

— Et tu sais quoi, Edgar ? Un siècle ne suffirait pas pour reproduire ne serait-ce qu'une pâle copie de celui qui a créé le FBI… Sans toi, Edgar, je ne serais rien, ou si peu.

Hoover jeta un coup d'œil à travers la vitre opaque de la portière. Il prit une profonde inspiration, se donna une contenance et remit son chapeau.

— Cela a fait vingt ans la semaine dernière, ajouta Tolson après un moment de silence.

— Vingt ans ?

— Depuis que tu m'as reçu en entrevue pour ce poste au FBI...

— Déjà, fit Hoover. C'est Miss Gandy qu'il faut remercier... Elle avait pris soin d'épingler ta photo et de placer le dossier bien à vue sur mon bureau... après ma défunte mère, Miss Gandy est la seule femme au monde qui ait quelque influence sur mes choix... de quelque nature soient-ils...

— Tu aimerais que nous soulignions cette première rencontre ? suggéra Tolson en se tournant vers Hoover.

— Tu as une idée ?

— Pourquoi pas un long week-end à Del Mar... Ça fait un bail que nous n'avons pas été aux courses de chevaux...

— La Californie ? s'étonna Hoover. C'est loin...

— Vingt ans, Edgar, c'est encore plus loin...

— À la condition que tu prennes les dispositions et les précautions habituelles, finit par concéder Hoover en y allant d'un rare sourire.

Tolson manifesta un vif plaisir. Au même moment, James Crawford sortit de la mercerie, un paquet sous le bras. Il ouvrit la portière, remit le paquet à Hoover et lui rendit quelques billets de banque et autant de pièces de monnaie. L'air de rien, Hoover empocha l'argent et tira sa montre.

— Huit heures, annonça-t-il. Nous serons au bureau à temps pour la rencontre... au fait, quel est le nom de cet avocat, déjà ?

— Cohn, répondit Tolson, Roy Cohn...

— C'est juif, comme nom...

— Très juste, fit Tolson, mais c'est surtout un des plus brillants juristes sortis de Columbia... admis chez Irving Saypol de Manhattan, le procureur des États-Unis à New York, le jour même de son admission au barreau...

Hoover le regarda d'un air perplexe.

— C'est un de vos parents, ou alors vous connaissez tout le monde ?

Tolson parut légèrement embarrassé.

— Au contraire, murmura-t-il, c'est vous qui connaissez tout le monde, directeur… Je me contente d'imiter le maître.

Hoover fit mine d'ignorer à la fois l'embarras de son adjoint et le compliment.

— Alors vous avez tout juste le temps de changer de cravate, fit-il, tout en se replongeant dans la lecture du *New York Times*.

❧

Assis derrière l'immense bureau en noyer qui lui renvoyait en tout temps le reflet de son visage, Hoover passa en revue les dossiers du jour que sa secrétaire de longue date, Helen Gandy, y avait déposés. Le dernier dossier portait, en rouge, la mention « urgent ». Il était marqué du sceau présidentiel. Une seule feuille, deux paragraphes, un ordre et la signature bien lisible de Harry Truman. Le président lui commandait de lui transmettre le dossier d'enquête au nom de l'ancienne première dame des États-Unis, Eleanor Roosevelt, nommée depuis 1946 présidente de la Commission des droits de l'Homme des Nations Unies et marraine, depuis décembre 1948, de la Déclaration universelle des droits de l'Homme. Le dossier d'enquête en question était si compromettant, chuchotait-on dans l'entourage du président, qu'il pouvait, si divulgué, éclabousser bien des réputations, celles de l'actuel président et du Parti démocrate incluses.

Hoover afficha un air de mépris. « Qu'avait-elle à s'envoyer en l'air avec un sous-fifre et quelques bonnes femmes ? » pensa-t-il. « Je fais quoi maintenant ? » Il poussa le bouton de l'interphone. La voix familière d'Helen Gandy retentit aussitôt.

— Roy Cohn est arrivé ?

— Dans la salle d'attente, monsieur le directeur.

— De quoi a-t-il l'air ?

— Jeune, monsieur le directeur…

— Que fait-il présentement ?

— Il lit…

— Que lit-il ?

— Il parcourt un exemplaire du *Smith Act*, monsieur le directeur.

— Faites-le patienter une demi-heure, Miss Gandy, et envoyez-moi M. Tolson sur-le-champ.

Tolson trouva Hoover soucieux. Les mains croisées sous le menton, ce dernier fit un grand effort pour se ressaisir dès qu'il croisa le regard de son adjoint. Il lui tendit brusquement le dossier.

— Pour une histoire de chambre à coucher, le président exige que je lui file une de mes polices d'assurance, gronda-t-il. Pour des dossiers de la plus haute importance pour la sécurité du pays, il se cache derrière des soldats de plomb… on fait quoi ?

Tolson prit le temps de s'asseoir dans la chaise de cuir en face du bureau.

— C'est un ordre du président lui-même, fit-il posément, après avoir pris connaissance de la note.

— Ça, je le sais, répondit Hoover avec agacement. Ce que je veux savoir c'est ce que nous… NOUS allons faire !

Tolson se déroba au regard de hibou de Hoover.

— Vous avez plus de quatorze mille dossiers marqués « Personnel et confidentiel » que vous gardez hors de ce lieu, répondit-il avec calme. De ceux-là, près de cinq mille sont classés « Top secret » et ne sont connus que de Miss Gandy et de moi, avec mission d'en disposer selon vos instructions advenant votre départ du FBI. Or, pour autant que je sache, il n'y en a aucun qui soit classé sous « Eleanor Roosevelt ».

— Mais il y en a un, objecta Hoover, et il est bourré jusqu'à la gueule de scandales…

— Je sais, directeur, mais ce dossier n'est pas classé sous « Eleanor Roosevelt », précisa Tolson. Il porte le nom de code

« Lash vs Counter Intelligence Corps »... Il est soustrait à l'autorité du ministre de la Justice... en foi de quoi, vous ne mentiriez pas au président en l'informant que le dossier qu'il demande n'existe pas... et qu'il n'a même jamais existé.

La mine revêche de Hoover disparut comme par enchantement.

— Tu... euh... vous mériteriez une promotion sur-le-champ si une telle chose était possible, laissa-t-il tomber, visiblement soulagé. En fait, vous entreprendrez toutes les recherches nécessaires... ce que je m'empresserai d'annoncer au président... Vous ferez enquête auprès de la CIA, du CIC... ce qui devrait bien prendre quelques mois... le temps que se mettent en branle les procès contre le Parti communiste et que nous lancions d'autres offensives contre les Rouges... Le président aura alors d'autres chats à fouetter.

Tolson décroisa les jambes et prit une posture quasi protocolaire.

— Ce sera fait, fit-il.

— Tu mérites une confidence, Clyde, murmura Hoover, sur le ton de la familiarité savamment feinte. Cela fait des mois que Frank Waldrop, le rédacteur en chef du *Times*, est sur le coup... Waldrop joue main dans la main avec le sénateur Watkins... deux ennemis jurés des Roosevelt à l'époque de la Maison-Blanche... Si je laisse filer le dossier maintenant, nous perdrons une carte maîtresse... On nous traînera dans la boue. Je tiens à contrôler cette carte d'ici les prochaines élections... compris ?

— Assurément, directeur.

Sur ces paroles, Hoover se leva, ajusta son veston cintré, vérifia le nœud de sa cravate et adopta son air directorial coutumier.

— Vous entrerez en contact avec qui vous savez au *Washington Times* et vous lui offrirez une exclusivité... de préférence une affaire de mœurs impliquant un des dirigeants du Parti communiste... D'ici à demain, je veux trouver sur mon bureau le projet de réponse au président ainsi que diverses notes que nous adresserons au ministre de la Justice, à la CIA, au CIC. En même temps, vous ferez prendre l'air au dossier en question… histoire de le rendre introuvable…

— Il l'est déjà, intervint Tolson.

— J'insiste… totalement introuvable, reprit Hoover.

— Bien, directeur.

Hoover en avait terminé. Tolson l'avait écouté attentivement, le regardant bien en face. Lorsque Hoover baissa les paupières au point que ses yeux semblèrent fermés, Tolson se leva à son tour. Hoover le retint.

— Les derniers rapports en provenance de Cuba vous sont-ils parvenus ? demanda-t-il.

— Oui, directeur… le dernier en date est celui de l'agent Gregory Miller…

— Il est toujours en poste ?

— Oui, directeur… à notre ambassade de La Havane.

— Du nouveau au sujet de Hemingway ?

— Oui, directeur…

— Assez pour nous mettre en chasse ?

— Je le crois, directeur.

Le cœur de Hoover se mit à battre plus vite. Sa bouche aux plis amers se détendit, au point de sourire. Il voyait déjà Ernest Hemingway cité à comparaître pour violation du *Alien Registration Act* de 1940 et atteinte à la sécurité des États-Unis. Il détestait vraiment ce Hemingway. Il lui vouait une haine mortelle depuis que l'écrivain avait émis l'opinion, depuis Cuba, que le FBI, sous sa gouverne, était devenu la Gestapo américaine.

— Fais entrer Roy Cohn, ordonna-t-il, et sors le dossier de Hemingway.

⁓

Le regard de Hoover coula sur le jeune homme, car jeune il était ; de tête et de corps. Il portait un costume sombre, une cravate assortie, des souliers dernier cri, cirés du matin. Taille mince, nez et bouche bien dessinés, avec une figure fine, des yeux gris, des sourcils prononcés qui lui donnaient un air déterminé.

— D'où êtes-vous, Cohn ?

— Originaire du Bronx, monsieur… de parents juifs.

— Cela est important pour vous de vous dire juif ?

— N'aurais-je rien d'autre dans la vie, il me restera toujours l'identité de mes racines, répondit Cohn sans hésitation.

— Que fait votre père ?

— Il est juge, monsieur… le juge Albert Cohn du District de Columbia.

— Une allégeance politique ?

— Mon père est démocrate, monsieur…

— Et vous ?

— Je suis au service de la justice du pays, monsieur… C'est ma seule allégeance.

— Fiancé peut-être… ou alors une petite copine ?

— Non, monsieur.

— Vous fréquentez les bordels ?

Hoover ne quittait pas des yeux Cohn en l'interrogeant. Il parlait sans élever le ton, d'une voix monocorde, sans manifester le moindre étonnement ou une quelconque émotion.

— Je n'ai nulle attirance du genre, monsieur, ni maintenant… ni jamais.

En entendant cette réponse, Hoover plissa les yeux, toussota. L'idée fugace d'une certaine sensualité l'effleura. La même que lors de sa première rencontre avec Clyde Tolson. La moiteur gagna son front. Il voyait le jeune avocat d'un autre œil. Cela lui remontait à la gorge tel un réveil pervers des sens. Il eût souhaité faire durer le moment, se sentir libre de chair. Il ne l'était pas. Il n'avait de choix que d'agir froidement.

— Vous croyez à la menace communiste ? formula-t-il d'une voix devenue rauque.

— J'y crois, monsieur... et je crois qu'il est de notre devoir impératif de la combattre avec toutes les armes que nous permettent la justice et les institutions de notre pays.

— De quelles armes parlez-vous, Cohn ? le relança Hoover.

— Du *Smith Act*, monsieur, hors de tout doute, répondit Cohn avec assurance.

— Et pourquoi ?

— Parce que cette loi, dans son esprit et son application, ne permet aucune échappatoire... Elle sanctionne tout autant l'intention que l'acte, les individus autant que les groupes, les paroles autant que les écrits... monsieur.

Il y eut un court silence. Hoover estima que Cohn était sans complexes, en mesure d'affronter quiconque en lui opposant les règles de droit et les preuves conséquentes. Lui qui ne pouvait pas souffrir les juifs ni surtout les nègres, découvrait en Cohn un futur allié, partageant les mêmes dogmes sacrés. Un allié aussi loyal et obéissant que Clyde Tolson.

— Le sens de l'observation, Cohn...

— Monsieur ?

— Vous croyez l'avoir... ça et le souci du détail ?

— Outils indispensables, monsieur, affirma Cohn à la manière d'un acte de foi.

Hoover eut un geste lent. Il pointa en direction du grand tableau qui décorait le mur principal.

— Vous connaissez ?

Cohn se contenta d'un rapide coup d'œil.

— Un portrait illustrant le sacre du roi de France Louis XIV, monsieur.

Hoover fronça les sourcils.

— Pourquoi dites-vous... un... et non pas... LE portrait de Louis XIV ?

— Parce que l'original se trouve au Musée du Louvre, monsieur... l'œuvre de Hyacinthe Rigaud, le portraitiste français le plus célèbre de la période classique... Donc, l'original ne saurait être ailleurs qu'à Paris, à Londres ou à New York… Vous permettez que je l'examine de plus près ?

Hoover hocha la tête en guise d'assentiment. Cohn s'approcha du tableau, s'attarda sur quelques détails et revint s'asseoir en face du directeur du FBI.

— Une copie magnifiquement rendue à quelques menus détails près, fit-il. Par exemple, les retouches sur la déesse grecque de la justice, juste en bas de la colonne, confèrent un certain flou au personnage contrairement à l'original… Ensuite, il y a cette lumière un peu vive sur le manteau du sacre… et bien entendu la signature… la dernière lettre de la signature de Rigaud a été reprise par deux fois… je dirais une copie datant d'une quinzaine d'années… surtout que le cadre provient d'une galerie d'art de Washington qui n'a ouvert ses portes que peu avant la guerre, ce qui suggère que le copiste a exécuté l'œuvre vers la même époque et probablement dans la même ville.

Hoover cacha mal son étonnement. Il regarda Cohn, sa lèvre inférieure agitée d'un léger tremblement.

— Vous m'impressionnez presque, murmura-t-il. Puis, haussant la voix : il m'amuserait que vous complétiez cette analyse digne de Sherlock Holmes à un autre moment… surtout à un autre endroit… plus approprié.

— J'en serais ravi, fit Cohn complaisamment.

Hoover se racla la gorge.

— Café ou thé ?

— Café, monsieur… noir, sans sucre.

— Craignez-vous que l'Amérique soit à court de sucre ? blagua Hoover. Je vous rassure… d'après les derniers rapports, Cuba en produit plus que nous pourrions en consommer d'ici le prochain siècle.

— Sans façon, monsieur, répondit Cohn. Ce n'est pas la production cubaine qui m'inquiète… c'est plutôt mon tour de taille.

Hoover eut un sourire vaguement amusé. Il poussa le bouton de l'interphone.

— Miss Gandy, deux cafés noirs…

— Sucre, monsieur le directeur ?

— Sans sucre, répondit Hoover après une hésitation.

Les deux hommes sirotèrent leur café en silence, n'échangeant que de brefs coups d'œil. Cet intermède permit à chacun d'analyser l'échiquier qu'il avait en tête. Hoover, pour évaluer comment il allait ouvrir son jeu tout en exigeant le secret, Cohn, pour décider s'il allait jouer son avenir en se rangeant sous l'emprise tentaculaire du FBI. Il mettrait ainsi sa carrière au service de la duperie, de la délation, de l'atteinte à la vie privée, des preuves fabriquées, du scepticisme universel, mais en sachant qu'un tel choix ferait de lui un homme de pouvoir et l'instrument vital de la justice aveugle. Ce qu'il avait toujours souhaité devenir.

— J'ai bien compris, Cohn, que vous considérez le *Smith Act* comme l'arme essentielle pour combattre le péril rouge… l'affirmez-vous ? fit brusquement Hoover en rompant le silence.

— Je l'affirme, monsieur.

— Comprenez-vous que c'est le FBI qui détient, en vertu de l'accord présidentiel de 1940, la responsabilité exclusive de toutes les enquêtes en sol américain en matière d'activités subversives ou présumées telles ?

— Sans le moindre doute, monsieur…

— Comprenez-vous qu'en vertu de cet ordre présidentiel, le FBI est autorisé à procéder à des écoutes téléphoniques, des perquisitions, des filatures, des saisies de documents, des installations de micros sans qu'il soit requis d'en avertir le ministre de la Justice ?

— Je le comprends, monsieur…

— Admettez-vous que des soupçons d'affinités idéologiques, de fréquentations louches, de participation ou d'encouragement à des publications considérées subversives puissent constituer le doute raisonnable du point de vue de la Constitution de ce pays et du *Smith Act*, justifiant ainsi l'entrée en scène du FBI ?

— Certainement, monsieur…

— Admettez-vous, Cohn, que le devoir commandé du FBI est d'intervenir par tous les moyens dans des affaires pouvant mettre en péril la sécurité des États-Unis d'Amérique ainsi que des vies américaines, sur la foi du doute raisonnable uniquement ?

— Je l'admets, monsieur...

Hoover ouvrit le tiroir central de son bureau, y prit un objet qu'il déposa à portée de Cohn. C'était une plaque du FBI. Elle brillait d'un vif éclat, et on la devinait soigneusement polie.

— Sept mille agents ont prêté ce serment sur leurs vies, Cohn, fit Hoover avec gravité. Tous partagent mes vues sur les façons d'agir afin de servir au mieux notre pays... tous le servent dans l'ombre, soldats des ténèbres voués à l'anonymat, sans espoir de la moindre couronne mortuaire... vous saisissez ?

— Oui, monsieur...

Hoover rangea l'insigne.

— J'ai un mandat à vous confier, Cohn, annonça-t-il, solennel. Vous deviendrez procureur dans le procès qui s'ouvre contre les dirigeants du Parti communiste américain en vertu du *Smith Act*. Au terme de ce procès, je serais disposé à vous recommander au poste de procureur en chef de la commission que dirigera le sénateur Joseph McCarthy... vous deviendriez en quelque sorte l'exécuteur des hautes œuvres de cette commission, laquelle aura pour mandat d'abattre à jamais le péril rouge qui nous menace davantage chaque jour...

Cohn eut envie de répondre oui sur-le-champ. Ce qui lui avait paru impossible voilà à peine une semaine, alors qu'il dînait en tête-à-tête avec Tolson, était à un cheveu de se réaliser.

— Monsieur, je...

— Attendez, l'interrompit Hoover. À cela, il y a des conditions, et vous devrez prendre un engagement ici et maintenant.

— De quoi s'agit-il, monsieur ?

— De loyauté absolue à mon endroit en toute chose ; j'insiste, en toute chose... et d'un serment de secret absolu au sujet du dossier que je m'apprête à vous soumettre...

Cohn ne dit rien. Il se montra prudent. En toute autre circonstance, il eût questionné la portée de cette «loyauté absolue» qu'exigeait Hoover. Un lourd tribut à payer dans les faits. Comme céder à une deuxième nature qui admettrait toute forme d'oppression, qui cautionnerait les injustices, qui fermerait les yeux sur des actes criminels pourvu qu'ils soient justifiés par un quelconque doute raisonnable. Hoover devina le malaise.

— Rassurez-vous, Cohn, enchaîna-t-il, nul n'est réduit à l'esclavage dans les rangs du FBI, encore moins lorsqu'il s'agit de collaborateurs qui n'ont pas à risquer leur peau sur le terrain... comme dans votre cas. Quant à la bureaucratie, elle n'est pas un labyrinthe. Cette bureaucratie ne risque pas de vous asphyxier. Ici, la hiérarchie ne se perd pas dans un dédale de fonctions... elle est tout ce qu'il y a de net... les ordres ne proviennent que d'un endroit... ce bureau. Quant à nos sources, elles aboutissent dans nos cinq millions de fichiers classés selon la méthode Dewey... vous connaissez?

Cohn fit non de la tête.

— Celle-là même de la bibliothèque du Congrès. Il m'aura fallu trois années pour la maîtriser... je l'ai implantée au FBI en version améliorée dès mon arrivée. Assez simple, au fond... dix grandes classes comprenant cent divisions, lesquelles comprennent mille sous-divisions. Résultat: toute la sécurité des États-Unis se trouve protégée dans une forteresse imprenable. Voilà pour notre mandat. Pour ce qui vous préoccupe, soit la loyauté absolue envers ma personne, elle est indispensable... ce n'est pas une lubie du directeur du FBI, mais une arme que nous devons utiliser tous les jours... impossible d'y renoncer.

Il fit une pause et observa la réaction de Cohn. Il réalisa que l'autre ne comprenait pas. Les mots étaient comme une toupie dans sa tête.

— Voyez-vous, Cohn, nous ne sommes pas les seuls à nous occuper de sécurité nationale, continua-t-il, mais nous devrions être les seuls à le faire. Seulement il y a la CIA.

Depuis que le *CIA Act* a été voté par le Congrès, il y a de cela quelques mois, nous sommes contraints à respirer le même air, sauf que nous ne suivons pas les mêmes règles. En fait, la CIA opère impunément, hors de toutes les lois, en clandestinité de préférence et en empruntant mille visages, ce qui pourrait inclure le vôtre. Elle a des ramifications partout, dispose de quinze mille employés, auxquels il faut ajouter au moins autant de mercenaires et de transfuges, et un milliard de dollars en fonds secrets. La CIA est un monde à part, qui utilise des méthodes à part, qui poursuit des expériences secrètes, qui se spécialise dans le lavage de cerveau, la torture, le renversement de gouvernements, l'assassinat politique. Chez eux, pas de serment sur la Constitution. C'est la carte blanche, pour autant qu'ils ne laissent aucune trace, quitte à fausser toutes les pièces administratives. Depuis six mois, ils accordent des permis de séjour permanent à d'anciens espions, à des tueurs, à des extradés, ce qui comprend des communistes patentés… au nom de la sécurité nationale. Alors, toute alliée du FBI que la CIA puisse être dans les intentions du président et du Département d'État, elle est surtout notre adversaire. De là, cette exigence de loyauté absolue. Me suis-je fait comprendre, Cohn ?

— Totalement, affirma Cohn. Mais vous comprendrez que dans ma naïveté de jeune juriste, un tel exposé venant de la bouche même du directeur du FBI puisse paraître inquiétant. Cela dit, monsieur, je comprends bien les enjeux qui justifient que vous attaquiez tout ennemi sur son flanc et que vous défendiez ainsi votre mandat. Monsieur, sachez que ma loyauté absolue vous est acquise.

Hoover rayonnait. Il parut tel un grand seigneur qui voyait un vassal se ranger sous ses ordres. Sans prononcer un mot, il tira de la poche intérieure de son veston un étui de cuir frappé aux armoiries des États-Unis et le plaça sur le bureau. Il contenait l'insigne personnalisé du directeur du FBI. On l'eût dit gravé dans un lingot d'or.

Cohn sut ce que Hoover attendait de lui. Sans hésiter, il couvrit l'insigne de sa main et d'une voix ferme fit allégeance de loyauté absolue envers le directeur du FBI en nommant J. Edgar Hoover. Roy Cohn sut que sa vie venait de changer à jamais. Il allait épauler le plus puissant personnage des États-Unis d'Amérique dans la lutte impitoyable que ce dernier entreprenait contre les ravages du communisme.

Hoover parut satisfait. Il se leva et tendit la main à Cohn. Par ce geste, il scellait le contrat de loyauté absolue et faisait comprendre au jeune avocat que dorénavant tout le liait aux exigences fixées par Hoover lui-même. En obéissant au directeur du FBI, Cohn allait obéir à la logique du pouvoir. Une logique niant que l'homme puisse avoir la moindre valeur.

Hoover consulta sa montre-bracelet, tritura la bague sertie d'une émeraude qu'il portait à l'annulaire de sa main gauche, un cadeau de sa mère. Il fit de même avec les boutons de manchettes que lui avait offerts Clyde Tolson récemment, puis se saisit du seul dossier posé sur son bureau. La mention « Top secret » était apposée dans le coin supérieur droit du cartable.

— Vous avez un intérêt pour la littérature ? demanda-t-il à Cohn.

— Grâce à mes parents, monsieur… et à certains cours à l'université…

— Un genre en particulier ?

— Plutôt un intérêt personnel pour trois auteurs de chez nous, monsieur… Mark Twain, John Steinbeck et William Faulkner. D'ailleurs, Faulkner vient tout juste de se voir décerner le prix Nobel de littérature… un très grand honneur pour l'Amérique.

— Pour autant que Faulkner soit un Américain au-dessus de tout soupçon, je suis d'accord avec vous, observa Hoover, comme s'il s'agissait d'une attestation de bonne conduite qu'il émettait à l'endroit de cet écrivain dont l'œuvre ne prônait, en apparence, ni dissidence ou révolte au sein de l'Amérique.

Joignant le geste à la parole, Hoover poussa le dossier à portée de Cohn.

— Je vous donne une heure pour parcourir ce dossier et me faire part de vos commentaires, enchaîna-t-il. Vous ne prendrez aucune note… faites usage de votre remarquable mémoire. Miss Gandy vous installera dans un bureau où vous n'aurez accès à quiconque. J'attends de vous que vous trouviez dans ce dossier la brèche qui nous permettra de le brancher sur le *Smith Act*. Cela fait, tout ce que vous m'aurez dit devra rester secret.

Hoover jeta un autre regard sur sa montre.

— Vous avez une heure, Cohn.

Il fallut précisément soixante minutes à Roy Cohn pour parcourir, analyser et mémoriser tout ce que contenait le dossier d'Ernest Miller Hemingway. Il scruta chaque feuillet avec minutie, les dates, les notes en marge, les pièces versées en copie, les signatures des bordereaux de transmission lorsqu'il y en avait. Il mémorisa les événements, prit acte des liens de cause à effet qu'en faisaient les douze agents différents du FBI impliqués au fil des ans. On soupçonnait Hemingway d'avoir été au service du KGB russe sous le nom de code « Argo ». On avait dressé la liste de la vingtaine d'anciens combattants de la guerre civile d'Espagne que l'écrivain avait fait entrer à Cuba en dépit des interdits. On avait versé au dossier plusieurs articles publiés sous sa signature dans des journaux tels *The New Masses*, *The New Republic*, *La Pravda*. On évoquait ses relations avec Gustavo Durán, accusé en 1946 de collaboration secrète avec les Russes et de participation active au Comintern, avec Rolando Masferrer Rojas, membre du Parti communiste cubain soupçonné d'être devenu un mercenaire de la CIA. On laissait planer des doutes sur la nature de ses liens avec Eleanor Roosevelt. On le liait à des opérations secrètes de financement en vue du renversement du régime Trujillo de la République dominicaine et à un réseau de trafic d'armes de combat.

Cohn s'étonna qu'autant de télégrammes, de rapports et de notes personnelles signées par des ambassadeurs américains en poste à La Havane et destinés au Département d'État et au bureau du président des États-Unis aient été versés dans ce dossier sans qu'y soit attachée la moindre note de transmission autorisant la démarche. Il mit cette omission sur le compte de la guerre intestine que se livraient jour et nuit le FBI et la CIA.

L'heure écoulée, Roy Cohn se retrouva devant Hoover. Il fit récit sans faille de ses observations dont il rendit compte avec une précision chirurgicale.

Hoover l'écouta sans sourciller. À la fin, il lui posa une seule question :

— Avons-nous une cause ?

— Le *Smith Act* vous permet presque tout, monsieur, mais pas nécessairement tout, répondit Cohn avec détachement.

— Soyez plus clair...

— M. Hemingway réside à Cuba de manière permanente, monsieur...

— Il est toujours citoyen américain à ce que je sache...

— Mais il n'y réside plus, monsieur...

— Et ce dernier rapport... celui de l'agent Miller ?

— Au sujet de l'affaire Sartre, monsieur, précisa Cohn. Je l'ai bien lu. Le fait est qu'il s'agit d'un touriste français muni de toutes les autorisations d'entrée et de sortie... ce qui fait qu'il s'agit d'une visite de courtoisie d'un écrivain à un autre... qui plus est en sol cubain.

— Que savez-vous au sujet de ce Sartre ?

— Il adhère au Parti communiste français... il pourrait se lancer en politique dans son pays sous cette bannière... il jouit d'une grande influence en tant que philosophe et écrivain. Il a des admirateurs en Amérique et des entrées à Yale, Harvard, Princeton, Chicago. Son message est partout le même. Il martèle que l'Amérique n'est pas le centre du monde, que l'Amérique est incapable d'imposer ses lois pour peu qu'on lui résiste, qu'elle est la puissance la plus vulnérable et qu'il vaut mieux s'y opposer que de l'encenser. Ses allées et venues à Cuba sont connues puisqu'il a été suivi à la trace depuis Santiago de Cuba… les intellectuels qu'il a côtoyés soutiennent une éventuelle lutte révolutionnaire et ces mêmes personnes sont en lien avec M. Hemingway.

— Ce qui veut dire en fin de compte ?

— Que nous sommes en présence d'une sorte de cheval de Troie, monsieur.

Hoover avait la mine sombre. Il ne cessait de tambouriner sur le dossier posé devant lui.

— Cela fait vingt-cinq ans que je l'affirme, ragea-t-il. Cuba doit être mise à genoux et annexée aux États-Unis.

Cohn attendit que Hoover maîtrisât son exaspération.

— Si je puis me permettre, monsieur… commença-t-il.

Hoover le regarda, sceptique.

— Vous n'avez pas besoin du *Smith Act* pour démolir sa réputation, fit Cohn, vous n'avez besoin que de marchands de rumeurs et d'écoute téléphonique. Ils s'en trouvent certainement à Cuba qui n'attendent que l'occasion et les dollars !

Cinquième partie

La tour blanche

« Tant que je verrai des vivants,
les blessures feront mieux sur eux que sur moi. »
SHAKESPEARE (*Macbeth*, Acte V, Scène VII)

13

Abraham Bernstein fit la grimace. En plissant les yeux ainsi qu'il le faisait, ses taches de rousseur ressortaient davantage et adoucissaient ses traits passablement sévères.

— Même lorsqu'il n'y a pas de vent, la tête des palmiers est toujours en mouvement, fit-il le plus sérieusement du monde.

Il tira une longue bouffée du cigare et renvoya l'épaisse fumée vers le plafond de l'automobile. Incommodé, Hemingway grogna son mécontentement et baissa la vitre arrière de la Buick.

— Tu fumes ton cigare comme un touriste qui veut se faire passer pour ce qu'il n'est pas, lança-t-il en agitant sa main devant son visage à la manière d'un éventail.

— Tu veux rire, répliqua Bernstein. J'apprécie la seule bonne chose que les Cubains produisent à part le sucre, et aussitôt tu te mets le fusil à l'épaule et tu te braques…

— Abe, tu me fous en rogne quand tu me sors ce genre de connerie… t'as quand même pas fait le trajet depuis New York pour me faire la leçon sur le comportement des palmiers et pour m'empoisonner avec ce cigare dégueulasse qu'on t'a refilé à l'aéroport.

Bernstein se contenta de regarder le paysage défiler. D'une fois à l'autre, il avait peine à se souvenir des détails. Ici, les quelques champs de canne à sucre, les cultures de sisal ; là, les cabanes de paysans, les maigres potagers au bout des lopins de terre qui manquaient visiblement d'eau. Puis les pâturages et leurs troupeaux de bovins qui appartenaient en totalité à une poignée de propriétaires. Ensuite des silos, des citernes, des cimenteries, des fonderies avec leurs hautes cheminées crachant des volutes de fumée noire. Autant de symboles du mariage obligatoire de Cuba avec des capitaux étrangers, notamment américains. Mais cela n'intéressait nullement Bernstein. L'avocat n'y voyait que les apparences d'autant de décors. Il en savait peu sur cette île, sinon qu'elle respirait au rythme des États-Unis. Elle était conduite par des dictateurs qui, de quatre ans en quatre ans, filaient en exil, les poches bourrées de devises américaines. Ce qui, pour lui, était sans gravité ni portée. Ses sauts de puce à Cuba tenaient au seul motif qui lui importait : Hemingway.

— J'ai parlé à Charles Scribner, fit-il sans détourner la tête.

— Et je présume qu'il n'avait que des compliments à dire à mon sujet, enchaîna ce dernier en ricanant.

— Toujours aussi digne, continua Bernstein en lançant le cigare par la fenêtre ouverte de la voiture. Sa diction ralentit avec l'âge et les soucis… Il lui a fallu du temps pour me dire que les ventes sont au ralenti… tu t'en doutes un peu…

— Combien ?

Bernstein affecta un petit air de retenue comme celui qui prépare le terrain en voulant minimiser les dégâts.

— Ils en ont imprimé soixante-quinze mille…

— Et combien de ventes ?

Bernstein fit semblant de réfléchir avec une expression un peu exagérée.

— Peut-être trente… quarante au mieux, risqua-t-il.

Le silence qui suivit ne dura qu'un moment. La Buick se mit à cahoter sur une portion de la route totalement défoncée. Des ouvriers en salopette, dégoulinants de sueur, l'avaient transformée en un chantier encombré de pelles, de pics, de madriers, de tas de gravier. Ils se tassèrent à peine, leurs regards hostiles fixés sur l'imposante automobile qui zigzaguait entre les trous béants.

— La vitesse ne sera jamais un problème à Cuba, fit Bernstein sur le ton de la boutade. À ce train-train, ils auront le temps de changer de président avant que les réparations soient terminées… et encore !

Hemingway, irrité par les propos, sortit un mouchoir et épongea la sueur qui baignait sa grosse figure.

— C'est trente ou quarante ? insista-t-il.

— Je n'en sais rien, trancha Bernstein redevenu subitement sérieux, et ils ne le savent pas davantage… tout ce que je peux te dire, c'est que ton Charles Scribner n'en a que pour Faulkner depuis qu'il a eu le Nobel… À l'entendre, il est génial, prolifique et avec lui, pas d'erreur possible…

Hemingway réprima l'envie de dire ce qui allait être une bêtise.

— Sûr qu'avec le Nobel, Faulkner est maintenant assis à la droite de Dieu, souffla-t-il néanmoins.

— Tu veux que je te dise ma pensée ? fit Bernstein. Tu n'écris pas assez… on commence à t'oublier… Les autres t'ont doublé par la droite et par la gauche…

— On vendait vingt mille exemplaires par semaine de *Pour qui sonne le glas*… Ils ont fait une tonne de fric avec le livre, puis le film, se lamenta presque Hemingway.

— C'était il y a dix ans, répliqua Bernstein. Et toi aussi t'as fait un paquet de fric… assez pour t'offrir Cuba sur un plateau d'argent.

Puis, prenant un air sérieux après un moment d'hésitation, il lâcha :

— C'est justement là qu'est le problème… Cuba ! C'est loin de tout… c'est nulle part ! Cuba t'a bouffé tout rond…! Tu peux me dire ce que tu fous encore à Cuba ?

Cette vive remarque sembla blesser Hemingway. Il tapa sur l'épaule de Juan Pastor et lui commanda de se ranger sur l'accotement. D'un geste rageur, il ouvrit la portière et sortit. Bernstein lui emboîta le pas. Hemingway s'était mis à uriner dans le fossé. Bernstein fit de même.

— Ou je pissais ou je vomissais, grommela Hemingway, le regard fixé droit devant lui.

— Je ne voulais pas te vexer, Hem, fit Bernstein, mais je préfère être franc avec toi et je souhaiterais que tu me renvoies l'ascenseur… Qu'est-ce que tu fous encore à Cuba ?

— La Finca Vigía n'est pas Cuba…

— Et Alcatraz n'est pas San Francisco, rétorqua Bernstein du tac au tac, mais c'est néanmoins une prison…

Hemingway lui mit la main sur l'épaule et serra. Bernstein sentit la poigne redoutable de l'écrivain, forgée par des années de pratique de pêche au gros, lui meurtrir les chairs.

— Qu'est-ce que tu crois que j'ai fait durant toutes ces années, Abe ? Debout à la première lueur du jour, chaque jour… j'ai écrit, corrigé, détruit, recommencé dix fois, cent fois… et chaque fois c'était pour me réconcilier avec la vie… ou avec la mort. La Finca, ce n'est pas un lieu d'exil… c'est chez moi… le seul endroit qui m'indique que je suis encore en vie…

Bernstein endurait péniblement la douleur que lui causait la pression des doigts de Hemingway, mais il n'en laissa rien paraître.

— Tu m'as dit un jour que *Pour qui sonne le glas* avait marqué une étape décisive de ta démarche d'écrivain… Finies, avais-tu dit, les amours pathétiques et les transpositions de tes histoires personnelles dans tes romans… et qu'est-ce que tu nous as servi comme apéro dans ton dernier truc ? Un pauvre mec galonné qui ne bande plus et qui passe l'arme à gauche au moment du dessert ! Comment veux-tu vendre un truc pareil, tout Hemingway que tu sois ?

Bernstein avait à peine terminé sa dernière phrase que Hemingway, exaspéré, l'agrippa cette fois au revers de son complet. Ébloui par le plein soleil, l'avocat entrevit la main haute qui allait s'abattre. Il blêmit de peur. Mais le coup ne vint pas. Hemingway avait retenu son geste. Il demeura figé devant Bernstein, la mâchoire crispée, les poings serrés, dans cette posture du bagarreur de rue que ses amis lui connaissaient bien.

— Le dernier avorton qui a osé me dégueuler dessus comme tu viens de le faire a pris un compte complet, persifla-t-il.

Bernstein replaça lentement son veston. Il savait ce dont était capable un Hemingway sous l'effet de l'alcool ou de la colère, parfois même des deux. Et il en imaginait déjà les séquelles sur sa propre personne. Il se redonna néanmoins une contenance.

— À la différence près, dit-il, que l'avorton en question n'était jamais monté aux barricades pour aller te décrocher le double de ce que *Cosmopolitan* voulait te payer de prime abord. Tu piges ?

Bernstein, ne voulant rien gâcher, prit le bon ton.

— Tu as encaissé vingt-cinq mille dollars en guise d'avance, sans verser un sou à l'impôt puisque tu déclares résidence à Cuba… nous avons… enfin… tu as exigé un autre vingt mille… j'ai plaidé en ta faveur… mais les ventes se sont avérées désastreuses… *Cosmopolitan* a plongé avec le roman… Je te passe les détails sur ce qu'ils ont dit à la direction… Ils ont mis leurs avocats sur le coup, histoire de se retirer de l'entente et de ne pas payer…

Hemingway cracha au sol avec dédain.

— Des salauds… c'est moi qui prends les coups et eux qui bouffent le caviar…

— Hem… Hem…, poursuivit Bernstein, vois les choses comme elles sont… ils ont acheté un jeu dans lequel il n'y avait pas le moindre as… Ils l'ont acheté les yeux fermés en misant sur ton nom. Tu saisis ? Ils n'en ont rien à foutre des histoires qu'ils publient, pourvu qu'elles rapportent…

Hemingway s'appuya à deux mains sur le capot de la Buick, la tête basse, le visage cramoisi.

— Des marchands de papier, fit-il, d'une voix altérée. De vulgaires marchands de papier…

Bernstein retira une enveloppe de la poche intérieure de son veston. Placé à deux pas devant Hemingway, il la lui tendit.

— De la part des marchands de papier, annonça-t-il.

Hemingway releva la tête et regarda l'autre d'un air singulier, mélange d'orgueil et de déception. L'autre soutint ce regard.

— Lis toi-même, fit Hemingway à voix basse.

Bernstein insista pour que Hemingway prenne l'enveloppe.

— Il n'y a rien à lire, précisa-t-il.

D'un geste lent, Hemingway prit l'enveloppe et la déca-cheta. Il en retira une feuille pliée en trois à laquelle était agrafé un chèque. En prenant connaissance du montant, il fut pris de vertige, un bourdonnement sourd dans les oreilles.

— Cinquante mille ? parvint-il à dire, l'air incrédule.

— C'est ce qui est écrit, confirma Bernstein. En ma qualité d'agent, je retiendrai ma part de cinq mille dollars… en tant que mercenaire à l'emploi de *Cosmopolitan*, je t'informe que tu leur dois cinq papiers de deux mille mots chacun sur des sujets de ton choix… Si je sais bien compter, cela fait trois dollars du mot… autant dire qu'on te laisse te sauver avec la caisse en plein jour… et en tant qu'ami, j'ai dorénavant la tête sur le billot. Si tu te défiles, toutes les portes se refermeront sur mon nez et je serai bon pour la soupe populaire.

Troublé, Hemingway demeura sans voix devant un Bernstein qui, lui, parut sans émotion. Puis, l'œil humide, il lui tendit la main, pour aussitôt l'attirer vers lui et lui donner une longue accolade.

◦⁓◦

Hemingway ne dormit pas de la nuit, hanté par le double fait des ventes anémiques de son dernier roman et d'une critique qui l'avait étrillé. On le disait hors jeu. On prétendait que son écriture était sur le point de mourir d'asphyxie.

Chargé d'amour-propre, il ne redécouvrait plus l'écrivain qui prétendait à une place de choix au sein de la littérature mondiale. Aujourd'hui, le Hemingway qui, pendant les vingt-cinq années qu'il l'avait connu et en avait fait son souffre-douleur, en vint à envier Scott Fitzgerald. Le meilleur roman qu'avait écrit Fitzgerald était certes *The Great Gatsby*. Une critique unanime avait salué un chef-d'œuvre et l'avait porté au pinacle de l'art du roman. Charles Scribner avait prédit des ventes astronomiques en 1924. Le roman n'était même pas parvenu à faire ses frais. Quelques mois après sa sortie, Scribner avait fait retirer des milliers d'exemplaires du marché. Puis le roman était disparu des librairies en 1925. Peut-être cet échec avait-il hanté Fitzgerald aux derniers instants de sa vie. Mais Hemingway était certain qu'au moment de rendre son dernier souffle d'écrivain, Fitzgerald avait redécouvert, avant que tout ne s'assombrisse éternellement, la virtuosité avec laquelle il avait maîtrisé l'univers de la fiction. Une gloire immuable à laquelle nulle fortune ne pouvait se substituer. Rien que pour cela, il enviait Scott Fitzgerald.

Assis sur le bord du lit, il puait la sueur. Il se leva et se tint un long moment devant sa Royal portative. Elle ne lui inspirait rien, quoiqu'il se sentît sous son emprise. Il n'avait qu'à enfoncer les touches comme il l'avait fait des milliers de fois, pour insuffler vie à une histoire faite de décombres, de victimes, de mort. Une histoire où des humains pourris, à l'âme noire, des brutes, des mythomanes, s'enlisent dans leur propre folie. Une histoire sans jouissance ni grâce.

Dans sa tête, des images tournaient en rond, des formes déboussolées par un délire surréaliste. Des chiffres dansaient aussi devant ses yeux, les dizaines de milliers de dollars qui venaient, avec chaque histoire, grossir sa fortune. Des chiffres inscrits dans des contrats qui faisaient de lui aussi un mercenaire qui trafiquait, vendait et revendait des imitations fardées de sa propre vie.

Il se tourna vers la fenêtre. Dehors c'était l'obscurité. Au loin scintillaient les lumières de La Havane comme pour se substituer à la nuit sans étoile.

Soudain, un bruissement inhabituel, un léger tintement. Quelqu'un ou quelque chose touchait les bouteilles soigneusement rangées chaque soir par René Villarreal, le majordome. Hemingway sortit de sa chambre. Il jeta un œil méfiant alentour, vit une ombre se mouvoir dans la salle de séjour.

S'approchant, il reconnut Bernstein, une bouteille à la main, qui se dirigeait vers la terrasse. Ce dernier sursauta en entendant Hemingway lui dire :

— T'as oublié le mot de passe ?

L'écrivain se tenait à quelques pas, la tignasse en bataille, vêtu simplement d'un vieux short.

— Je ne voulais pas te réveiller, fit Bernstein, gêné.

— Je ne dormais pas, grogna Hemingway.

— Moi, je ne dormais plus… trop chaud, Cuba… il me faut de la climatisation…

— Rien à foutre d'un climatiseur, rétorqua Hemingway, je ne dormirais pas davantage… Je ne me souviens plus de ma dernière nuit complète au plumard…

Bernstein regarda autour de lui. La salle de séjour lui parut immense, peuplée de tous ces trophées de chasse qui ornaient majestueusement les murs.

— D'une fois à l'autre, je redécouvre ton musée, dit-il, admiratif.

— Il n'y a pas si longtemps, ces pièces de musée, comme tu les appelles, sillonnaient les savanes du Tanganyika.

Il y eut soudain la lueur d'un éclair, mais sans le moindre écho de tonnerre. De grosses gouttes se mirent à tomber, se changèrent rapidement en ondée puis en averse. Un vent frais se leva et chassa aussitôt l'humidité. Le tout dura à peine trois minutes. Reprirent les stridulations des cigales.

— La vie est comme ça, murmura Hemingway. Sans savoir pourquoi, elle te rentre dedans et te laboure la tête et le ventre jusqu'à t'éclater les tripes… et un jour tu entends sonner le glas sans savoir qu'il sonne pour toi… fin de l'histoire !

Bernstein le regarda comme pour lui dire qu'il savait très bien ce que l'écrivain entendait par ces mots. Il consulta sa montre.

— Il est à peine quatre heures du matin, Hem, dit-il. Ce que tu viens de dire, tu l'as déjà écrit… peut-être même qu'une grosse pointure de Hollywood l'a récité cent fois…

Contrarié, Hemingway s'empara à son tour d'une bouteille.

— Va te faire foutre, Abe, grogna-t-il en avalant une rasade.

— J'en ai bien l'intention, le reprit Bernstein, mais, en attendant ce plaisir, j'ai des choses sérieuses à te dire…

La terrasse était presque sèche, sauf pour quelques filets d'eau qui ruisselaient encore ici et là. Hemingway, affalé dans sa chaise, avait étendu ses longues jambes. En bâillant, il fit signe à Bernstein de venir s'asseoir à ses côtés. Ce dernier déclina d'un geste.

— Les hommes de génie préfèrent rester debout, ricana Hemingway.

Bernstein ignora la remarque.

— Tu sais ce qu'on dit à New York au sujet de ce tir de barrage des critiques ? fit-il gravement.

Surpris, Hemingway se contenta d'un haussement d'épaules.

— On parle de complot…

Ce seul mot évoqua chez Hemingway l'affreuse perspective de ce qu'il redoutait depuis toujours. Il eut l'impression d'entendre prononcer son arrêt.

— Complot ? Mais qui ? Pourquoi ?

— Washington… avec la complicité de faux amis peut-être, répondit Bernstein. Tu devais t'en douter un peu quand même…

Hemingway, abattu, se contenta de boire.

— Hem, continua Bernstein, tu leur en as fait baver depuis dix ans, pas vrai ? Et aujourd'hui tu n'as plus les appuis que tu avais… les Roosevelt ne sont plus à la Maison-Blanche… Tu n'as plus la même femme, qui était la grande amie d'Eleanor Roosevelt… Hoover se prend plus que jamais pour la conscience de l'Amérique et la main droite de Dieu… Il a lâché ses chiens sur tous ceux qui portent des traces de rouge… et toi, tu en portes un peu plus que les autres. Hem, à Washington, ils ont la liste de tous tes faux amis qui sont disposés à tremper leur plume dans le fiel pour du fric… beaucoup de fric !

Après un long silence, Hemingway se redressa brusquement.

— Je t'ai dit que la vie était comme ça… alors j'emmerde ceux qui font sonner le glas… J'emmerde ceux qui sont six pieds sous terre, fulmina-t-il, et j'emmerde ce pédé de Hoover et sa meute de loups mal enculés que je reconnais rien qu'à leur ombre…

Bernstein laissa Hemingway débiter toutes les grossièretés de son répertoire. Ce dernier finit par se taire. Il avait l'air de quelqu'un qui dérivait dans une barque abandonnée, seul au milieu d'un océan. Lorsqu'il releva la tête, il vit à peine les traits du visage de Bernstein. Dans l'ombre, les yeux de ce dernier lui semblaient noyés dans leurs orbites, ses taches de rousseur gommées tout autant que ses lèvres, qui d'habitude s'ouvraient sur un sourire carnassier. Il agita la bouteille à moitié vide comme pour narguer Bernstein.

— Ça prend des couilles bien accrochées pour se rendre au fond d'une bouteille de scotch avant le lever du soleil, fanfaronna-t-il. Tu veux parier ?

Bernstein déclina.

— Tu veux que je te raconte comment ils ont torpillé le meilleur roman de l'année 41 ? poursuivit Hemingway sur le même ton gouailleur.

— Je t'ai déjà demandé de ne pas réveiller les morts, fit Bernstein avec contrariété.

— L'hypocrisie, Abe, insista Hemingway en affichant un air méprisant. Il s'appelait Nicholas Murray Butler… il a été président de l'Université Columbia jusqu'à sa mort ou presque… un prix Nobel de la paix… mais également un fasciste et un antisémite… Il bavait d'admiration pour Mussolini… Il a ouvert les portes de Columbia à l'ambassadeur d'Allemagne qui est venu y vanter Hitler et ses nazis… Tu vois un peu ? C'est ce même Butler qui a mis son veto et empêché l'attribution du prix Pulitzer en 1941… Ce visage à deux faces a convaincu les membres du comité que le roman en question était de nature subversive et mettait en péril les valeurs profondes de l'Amérique…

— C'était il y a dix ans, Hem, glissa Bernstein. Où veux-tu en venir ?

— Le roman en question était le mien, Abe… C'était *Pour qui sonne le glas*, fit Hemingway en martelant durement chaque mot du titre en question. Tu vois où je veux en venir ?

— Bon… et alors ? Est-ce que le Butler en question t'a empêché d'encaisser les droits sur les ventes astronomiques du bouquin… et ceux du film ?

Hemingway maugréa et continua de boire.

— Pourquoi tu me parles de ça maintenant, hein ? continua Bernstein. Pourquoi n'as-tu rien dit à l'époque ? Rien ne t'empêchait de débarquer à Columbia et de les secouer… Tu n'en aurais pas été à un scandale près, non ? Ou alors tout ça n'était qu'une rumeur.

— Un fait indéniable, Abe, le corrigea Hemingway entre deux gorgées de scotch. Sauf que j'ai appris la chose au lendemain du décès de Butler, il y a trois ans seulement, par un de ceux à qui il avait refusé l'entrée à Columbia sous prétexte qu'il était juif… Voilà comment on sème les injustices… on protège des intérêts… l'hypocrisie, Abe… une putain de suite d'hypocrisies qui finissent par faire triompher la bassesse humaine…

Il partit d'un rire hystérique.

— Et que s'installe le règne de la bouteille de scotch !

Bernstein haussa les épaules avec une mimique de dépit. Il eut envie de dire à Hemingway d'aller prendre une douche ou alors de couler au fond de sa piscine tellement l'odeur forte de la sueur de l'écrivain le prenait à la gorge. Il s'efforça plutôt de faire bonne figure.

— Et Mary ? fit-il.

Hemingway roula des yeux effarés.

— Une lente nausée, laissa-t-il tomber.

— Je m'en doutais.

— Tu lui as parlé ? demanda Hemingway, intrigué par la réponse de Bernstein.

Ce dernier fit non de la tête.

— Pas besoin, répondit-il, il n'y a qu'à vous voir… si elle le pouvait, elle te passerait au hachoir, et toi, tu lui allongerais une ruade de cheval dans les dents.

Ils restèrent un moment face à face, à s'observer. Puis, Hemingway détourna le regard comme pour chercher la mince barre du jour au fond d'un horizon encore noir.

— Tu décides de te battre, ou tu te couches pour le compte ? lança Bernstein avec force.

Ces mots tirèrent Hemingway de son apathie. Il se leva lentement, repoussant sa chaise. Se campant devant Bernstein, il s'efforça de se tenir bien droit malgré qu'il eût déjà trop bu. Dévisageant ce dernier avec une étrange insistance, il finit par lui dire :

— Je ne me coucherai jamais pour le compte, Abe, ou alors ce jour-là, je ne me relèverai plus. Vois-tu, j'ai commencé ma vie en trichant sur mon âge, et c'était pour une folie… me retrouver en pleine guerre où j'ai failli laisser ma peau… Une guerre qui ne me concernait pas, qui ne concernait même pas mon pays… mais j'y ai gagné mon premier pari… *L'Adieu aux armes*. Vingt ans après, j'ai pataugé parmi les cadavres de la guerre civile d'Espagne… J'y ai gagné mon second pari… *Pour qui sonne le glas*. Depuis, on a dit de moi que j'étais tout et rien… un transfuge, un fuyard, un anarchiste, un communiste, un fanatique dépourvu de conscience morale… On a dit que mon imagination ne se manifestait qu'en présence de la furie des combats et du sang… que ma nature était provocatrice, scandaleuse… que je ne défendais au fond que ma seule cause en trafiquant bien des lâchetés pour leur donner toutes les apparences du courage…

Il s'interrompit, fit lentement un tour complet, puis fixa de nouveau Bernstein. Il y avait de la tristesse dans ses yeux. C'était comme si, en désespoir de cause, il avouait les tragiques erreurs de son parcours de vie sans toutefois en prendre le blâme définitif.

— Tu m'as bien regardé, Abe ? continua-t-il. Voilà tout ce qui reste du prétendu surhomme que j'ai traîné en moi depuis plus de cinquante ans. Avec quoi veux-tu que je me batte ? Contre qui ? Pourquoi ?

Il palpa ses chairs flasques, se prit l'entrejambe des deux mains :

— Voilà ce qui reste... des chairs molles et un machin qui n'arrive plus à bander ! Si tu veux que je me batte encore, Abe, tu as intérêt à me dire comment je vais emboucher la trompette...

Bernstein parut réfléchir, du moins en faisait-il semblant. Ce qu'il venait d'entendre de la bouche de Hemingway, il l'avait entendu une dizaine de fois, mais toujours après que l'écrivain eut ingurgité sa ration de daiquiris. Des récits, toujours revampés d'une fois à l'autre, de ses actions d'éclat. Et chaque fois Hemingway réinventait sa vie par d'impossibles détours. Il devenait alors plus grand que son ombre, un être presque unique parmi la race dominante.

— Tu m'attends un instant, dit-il à Hemingway avec fermeté.

Le son de sa voix disait tout. Il avait un plan. Il l'avait déjà en débarquant à Cuba. Connaissant Hemingway, Bernstein savait que même les intimes de l'écrivain devaient se soumettre au rituel de ses caprices, de ses délires et de ses accès de colère qui déferlaient par vagues. La tranquillité champêtre qu'annonçait la Finca Vigía n'étant qu'un leurre.

Il quitta la terrasse en direction de la maison des invités. En chemin, il croisa René Villarreal, qui le salua timidement, suivi par une colonie de chats. Il lui sembla qu'entre deux visites à la Finca le nombre de ces félins avait doublé. Levant les yeux, il vit que le ciel troquait lentement sa couleur d'encre contre une teinte bleu foncé, signe avant-coureur de l'aurore. Il gravit l'escalier deux par deux, entra dans la chambre qu'il occupait, ouvrit sa grande valise, en sortit deux livres et revint sur ses pas. Il s'apprêtait à jouer quitte ou double avec Hemingway, à porter, tour à tour, les chapeaux de l'agent d'affaires, du mercenaire, un peu celui de l'ami.

Hemingway n'avait pas bougé, sinon pour remplacer la bouteille vide par un verre déjà entamé de moitié. L'écrivain le regardait d'un air morne.

— Le plein ? plaisanta-t-il, en levant son verre en direction de Bernstein.

Ce dernier déclina en même temps qu'il lança tout de go :

— À New York, tout le monde a fait ouf ! en lisant le papier de O'Hara dans le *Times*. En écrivant que tu étais le plus grand depuis Shakespeare, il a réglé le cas des cent autres qui ont baissé leur froc…

— Ça ne me redonne pas les ventes perdues, grommela Hemingway. C'est à peine un prix de consolation…

— Nous aurions voulu inventer un cheval de Troie que nous n'aurions pu trouver mieux, poursuivit Bernstein en faisant fi des remarques de l'écrivain.

Joignant le geste à la parole, il lui mit sous le nez un exemplaire relié de *Pour qui sonne le glas* et l'ouvrit à la page de garde.

— Tu reconnais les deux signatures ?

Hemingway parut perplexe. Il déchiffra aisément les deux noms, ceux des acteurs, devenus depuis des célébrités de Hollywood. Ils avaient tenu les deux principaux rôles dans l'adaptation cinématographique de son œuvre : Gary Cooper et Ingrid Bergman.

— Bon… Je vois que tu les reconnais parfaitement, continua Bernstein, l'ombre d'un sourire sur le visage. Mais il manque la signature la plus importante pour faire de ce livre une véritable pièce de collection… Tu piges ?

— À quoi tu joues ? fit Hemingway.

— À te remettre en selle… à réveiller une célébrité qui s'est endormie au fil du temps…

— Et tu vas faire ça avec ma signature sur cette page ? Il secoua la tête incrédule. Je t'avoue que tu me perds.

— Non… mais avec ça, je vais allumer une lampe magique, répondit Bernstein.

— Lampe magique ?

— Tu sais bien… le truc qui fait passer un simple rayon de lumière à travers une plaque de verre peinte. Résultat ? Tu fais apparaître des choses que tu peux déformer autant que tu le veux…

Hemingway somma Bernstein de cesser ses propos sibyllins.

— Une dédicace de ta main suivie de ta signature, fit ce dernier en raffermissant le ton.

— Et à quel bienfaiteur je dois faire cette fleur ?

— À Meyer… tout simplement.

Hemingway changea d'expression. La seule évocation de ce prénom lui rappelait la légion de canailles qui avait essaimé La Havane pour engraisser leurs fortunes par tous les moyens. Son visage s'assombrit. Il vida son verre d'un trait.

— Tu parles de Meyer Lansky ? fit-il d'une voix rauque.

Bernstein se contenta d'un clignement d'yeux.

— Sais-tu qui est Meyer Lansky ? continua Hemingway, devenu rouge de colère. Un mafioso, Abe… Un enculé de mafioso engendré par Capone et entretenu par Lucky Luciano et ses sbires siciliens. Mais t'as perdu la tête, Abe !

Bernstein laissa une fois de plus passer la tempête. Il laissa Hemingway boire coup sur coup trois autres verres. Il lui laissa le temps de proférer toutes les obscénités possibles. Il le laissa libérer sa conscience et réaliser son impuissance.

— Maintenant que t'en as fini, à mon tour, reprit-il. En Amérique, Lansky et ses semblables sont des caïds du crime organisé, nous sommes d'accord. Mais à Cuba, ce sont des hommes d'affaires de première. Ici, ils ont la bénédiction de la Maison-Blanche, du FBI… Ils sont de mèche avec les banquiers américains, les gros bonnets des sucreries, des chemins de fer… Leurs établissements tiennent la vedette dans les guides de voyage… la Pan Am met à leur disposition les sièges de première classe. La valse des millions à Cuba a fait doubler les escales des navires de croisière dans le port de La Havane, tripler le nombre de touristes américains, quadrupler celui des touristes européens. Alors quoi ? Tu vas t'en prendre au cul et au jeu quand la moitié du Sénat et du Congrès et les trois quarts de Hollywood y sont abonnés ?

Le visage décomposé, Hemingway afficha son mépris. Il se mit à marcher pesamment sur la terrasse, d'un bout à l'autre, en proférant un chapelet de jurons à voix basse. Il défila ainsi devant Bernstein, sans le regarder, en y allant de haussements d'épaules d'exécration. Lui revenaient les phrases lues par Adriana. Il pensa à ses succès d'autrefois et à cette célébrité qu'il avait tenue pour acquise et qui, maintenant, semblait si éphémère. Était-ce déjà fini ? L'oubli serait-il à ce point brutal ? Ne lui restait-il que des matins misérables et l'insupportable vision d'une page blanche ?

D'un geste rageur, il lança à bout de bras le verre qu'il tenait à la main tout en poussant un juron sonore, puis il revint brusquement vers Bernstein.

— Je suis peut-être collé au mur, mais je ne suis pas à terre, fit-il, les dents serrées.

Bernstein demeura grave. Seul un léger tremblement de ses lèvres trahissait sa nervosité.

— Je me souviens d'un ami qui m'avait jadis soûlé au *Floridita*... au *Bodegita del Medio* aussi... au *Dos Hermanos*... deux ou trois fois au *Tropicana*... Il m'avait rabâché les délices de se perdre à La Havane... Il m'avait vanté les culs des gonzesses qu'il disait coulés dans le bronze... Il m'avait aussi trimbalé d'un casino à l'autre et m'avait offert, en prime et parce que j'étais un ami, le rare privilège de spectacles de pornographie dans le quartier chinois. Cet ami n'avait rien à foutre d'en savoir plus sur ceux qui tiraient les ficelles dans l'ombre... et cet ami se nommait Ernest Hemingway. Il passait pour un prince dans la cité de tous les vices et délices. C'est toi, Hem, qui devrais aller te faire foutre !

Sur ces mots, Bernstein tourna les talons.

— Abe ! lança Hemingway.

Il se retourna. Hemingway ne sut que dire d'autre.

— Je vais piquer une tête dans ta piscine... avec ta permission cela va de soi, dit Bernstein sur un ton neutre. Si

Juan Pastor était libre, je souhaiterais qu'il me raccompagne à La Havane... J'ai déjà retenu une chambre au *Sevilla-Biltmore*, aux frais de *Cosmopolitan* bien entendu...

— Abe... je... je suis désolé... je..., balbutia Hemingway.

— Ouais... on dit toujours ça quand il n'y a plus rien d'autre à dire, répondit Bernstein.

Il déposa les deux livres sur la chaise de Hemingway et quitta la terrasse. Hemingway, les traits jusque-là durs et fermés, prit un air atterré.

☙

Une serviette nouée autour de la taille, Bernstein fit lentement le tour de la piscine en mâchonnant le cigare vissé au coin de la bouche. Tel un miroir, l'eau de la piscine renvoyait les lueurs du petit matin. Surgis des arbres, des papillons zigzaguaient autour de lui. Il laissa tomber la serviette et descendit, nu, les marches de la piscine. Il eut la nette impression que plusieurs paires d'yeux invisibles le surveillaient. Aucune surprise. À la Finca Vigía comme ailleurs, les domestiques étaient en quête de faits divers et de rumeurs à colporter au sujet de leurs maîtres, de la même manière que des mouettes picorant des ordures. Immobile dans l'eau tiède, Bernstein pensa à Hemingway. Il était ce qu'il était, un chasseur dans un monde sauvage. Il devait y trouver ses raisons propres de survie. Dans ce monde, il projetait une ombre immense, abattait ses peurs, laissait au passage des traces que nul n'osait effacer. Il y risquait tout son poids de chair et de sang pour survivre, convaincu qu'autrement, la vie était réduite aux quatre murs d'une prison. Bernstein n'avait jamais cru que Hemingway se sentait concerné par Cuba, ou encore par La Havane. Ce n'étaient qu'apparences. Pour l'écrivain, la cité de tous les vices se résumait à quelques palais, habitations à arcades, putes de service, touristes en quête de perdition. Les traces de sang qui maculaient un mur ou un trottoir ne signifiaient rien d'autre qu'une fatalité, conséquence inévitable de quelque ridicule lutte de pouvoir. Hemingway n'avait à cœur que deux choses : un bateau ancré dans l'anse de Cojimar et un paradis niché au sommet de San Fransisco de Paula. Dans ce lieu, sa vie était menée de bout en bout par le règne de la haute estime de soi et l'impertinence à tous crins. Pendant un moment, Bernstein se demanda si son idée d'envoyer un signal à Meyer Lansky était à ce point ignoble. Après tout, il était de notoriété que Lansky opérait la main dans la main avec quiconque occupait la présidence de l'île. Et ce président, quel qu'il fût, se rendait à la Maison-Blanche à l'invitation de son chef, où il était reçu une fois l'an, avec tous les égards dus aux chefs d'État étrangers, photos officielles en prime. Meyer Lansky, à tout coup, investissant en coulisse.

Bernstein prit une profonde inspiration, puis, retenant son souffle, s'immergea à plusieurs reprises en faisant des bulles. La dernière fois qu'il refit surface, il vit la haute silhouette de Hemingway. Il avait enfilé une *guayabera* sans manche et paraissait fraîchement douché. Les épaules arrondies, tenant le chat Boise dans ses bras, l'écrivain le regardait.

— La dernière personne à part moi à se baigner nue dans ma piscine a été Ava Gardner, ricana-t-il. Sinatra était furax... je l'emmerde d'ailleurs !

Sur ce, il se gratta les joues, se mordilla les lèvres et remua les yeux d'une façon qui portait à croire qu'il avait pris le temps de réfléchir.

— Le duel est fini, Abe, ajouta-t-il d'une voix convulsive. Ils ont eu le choix des armes... ils m'ont atteint, m'ont fait ployer les genoux, mais ils ne m'ont pas mis hors de combat.

Il tendit la main en direction de la tour blanche.

— Je t'attends en haut...

Surpris, Bernstein n'avait rien dit. Il plongea de nouveau. Lorsqu'il émergea, Hemingway n'était plus là. L'aube s'était dissipée. Sous la lumière déjà vive, l'eau de la piscine avait pris une teinte océane. Il sentit sourdre une soudaine envie de sexe. Il se dit qu'il trouverait bien au *Sevilla-Biltmore* une de ces beautés des

Caraïbes qui lui ferait oublier, en une heure ou une nuit, tous les soucis de New York et les caprices de Hemingway.

❧

Mary Welsh avait fait construire la tour blanche, devenue, quatre ans plus tard, sinon un zoo félin, à tout le moins le refuge de la colonie des chats de Hemingway. Ce dernier n'y écrivit jamais, à peine y corrigea-t-il quelques manuscrits, la plupart demeurés inachevés. La tour dominait la Finca Vigía, à la fois observatoire et refuge. À l'instar d'une vigie dans un nid-de-pie, Hemingway y passait quelque tristesse à fixer le ciel et la mer qui se fondaient à l'horizon, par-delà les contours de La Havane. Cette parcelle de Cuba qu'il voyait au loin ressemblait à une huile sur toile avec fond de mer, qui de temps à autre moutonnait lors d'un cyclone. Le dernier étage de cette tour avait été aménagé en bureau de travail, avec une vaste table sur laquelle était posée une Royal. Il y avait aussi deux fauteuils de cuir brun et une bibliothèque à trois étagères sur laquelle était déposé un vieil exemplaire de l'*Odyssée* d'Homère marqué d'un signet. C'était le passage où Ulysse, perdu, pleurait en contemplant l'océan. Pour Hemingway, ce texte exprimait les mirages de l'esprit et de la chair qui empêchaient que ne s'accomplisse la finitude humaine ; celle-là étant de vaincre toutes les peurs, parmi lesquelles la peur de la mort.

La porte du bas s'ouvrit.

— Je suis en haut, lança-t-il.

Il entendit qu'on montait à pas menus. Des marches grinçaient au passage. Arrivé à l'étage, Bernstein émit un sifflement.

— C'est ce qu'on appelle une vue imprenable ! fit-il, admiratif.

— Personne ne vient ici à part moi, précisa Hemingway. Mary n'y a pas mis les pieds depuis trois ans.

— Et pourtant j'y suis… En quel honneur ? demanda Bernstein.

— Ta fidélité…

— Pourtant tu m'as envoyé me faire foutre…

— Façon de parler d'un idiot, avoua Hemingway sur le ton de l'excuse.

Il désigna la table de travail. Bernstein vit quatre volumes qui y étaient déposés. Il reconnut les livres qu'il avait laissés sur la chaise de la terrasse. Hemingway en avait ajouté deux autres.

— Vas-y… tu peux lire, ajouta Hemingway.

Bernstein ne se fit pas prier. Il ouvrit le livre du dessus à la page de garde. « Tant que je verrai des vivants, les blessures feront mieux sur eux que sur moi… », était-il écrit de la main de l'écrivain, suivi de sa signature.

— Ce n'est pas de moi, précisa Hemingway, c'est de Shakespeare, tiré de la tragédie de Macbeth.

Bernstein prit l'autre livre et lut la deuxième dédicace : « Hier encore la parole de César pesait plus lourd que l'univers. Maintenant, le voilà gisant. Et nul, si misérable soit-il, ne lui fait un salut… »

— C'est également de Shakespeare… pas mal, je trouve, dans les circonstances… J'aurais également pu écrire que « Ce qui nous touche nous-mêmes passe après le reste… », mais je préfère méditer là-dessus lors de mes insomnies… Satisfait, Abe ?

Après quelques secondes de silence, Bernstein détacha six mots :

— Une autre en espagnol peut-être…

Hemingway ouvrit un troisième volume et s'exécuta.

— Ça c'est de moi, dit-il en tendant le livre à Bernstein, qui lut : « ¡ Soy como soy ! »

— Personne n'y trouvera à redire, remarqua Bernstein, soulagé.

Hemingway, les mains dans le dos, s'était campé devant une reproduction grand format d'une huile sur toile de George Bellows, un des chefs de file du courant réaliste américain. L'œuvre était posée sur un chevalet dans un coin de la pièce. Achevé en 1924, le tableau illustrait le champion du monde de la boxe de l'époque, Jack Dempsey, propulsé hors du ring sous les coups de l'Argentin Luis Ángel Firpo, écrasant du coup la machine à écrire de marque Corona d'un journaliste posté au bord de l'arène. Le tableau avait vite été classé comme une icône de l'art pictural américain. Il décrivait exactement ce qui s'était passé, un certain soir, au Polo Grounds de New York, sans maquillage ni triche, sans escamoter le chaos et la brutalité par des jeux d'ombre et l'adoucissement des traits. Hemingway avait souvent dit que Bellows savait cracher le morceau.

— Tu connais la vérité de ce tableau, Abe ? demanda-t-il, les yeux rivés sur la reproduction.

Bernstein haussa les épaules.

— Un des deux a fini ses jours avec la cervelle en bouillie, répondit-il avec ironie.

— Tu dis n'importe quoi, le reprit Hemingway. Ce tableau met à l'enjeu le meilleur et le pire de l'être humain… Il te lance la putain de vérité en plein visage… Ce combat, Abe, n'a duré que quatre minutes… et celui qui semble dominer l'autre, selon ce qu'a peint Bellows, est allé en réalité huit fois au plancher avant d'y demeurer pour le compte. Dempsey, lui, s'est retrouvé hors du ring, mais ce fut un trompe-l'œil. À l'instant même, Bellows a saisi un autre moment de vérité. Vois-tu, Abe, je me reconnais dans ce tableau… Je prends tous les coups… on arrive même à me sortir du ring… mais j'y retourne et je les rends tous. C'est l'histoire de ma vie.

Bernstein se mit à regarder l'œuvre de Bellows avec attention.

— Ouais, ça pourrait te ressembler, murmura-t-il.

Puis se retournant :

— Pourquoi as-tu changé d'idée ? demanda-t-il.

— Parce qu'à bien y penser, moi aussi je suis un salopard… C'est dans ma nature, répondit Hemingway avec un faible sourire.

14

Assis bien droit derrière l'immense table de travail en acajou qui lui servait de bureau, Meyer Lansky paraissait plus petit encore qu'il ne l'était en réalité. Il portait un complet beige pâle, en tissu fin avec une cravate assortie. Un mouchoir de fantaisie, en soie, dépassait à peine le bord de la poche supérieure de sa veste. De temps à autre, il passait délicatement une main sur ses cheveux comme pour les lisser davantage, puis vérifiait le nœud de sa cravate, l'ajustant machinalement chaque fois.

La fixité du regard de Lansky évoquait l'œil glauque d'une pieuvre. Son visage osseux et ses lèvres charnues rappelaient les traits de l'acteur Humphrey Bogart. Ce fut d'ailleurs cette ressemblance qui frappa Bernstein dès la poignée de main qu'ils échangèrent au premier moment de leur rencontre. Pour y arriver, Bernstein avait été contraint à une fouille en règle dans le hall de l'hôtel *Nacional*, le quartier général de Lansky. Un Cubain vêtu d'un costume sombre l'avait accompagné dans l'ascenseur jusqu'au bureau de Lansky.

— Mon chauffeur et homme à tout faire Jaime, avait dit Lansky au moment de tendre la main à Bernstein.

— Vous semblez entre bonnes mains, avait répondu ce dernier.

— À La Havane, il faut se méfier de tout et de tous, reprit Lansky d'une voix à peine audible, autant des cireurs de chaussures que des vendeurs de cigares.

Il laissa ensuite parler Bernstein sans l'interrompre. Ce dernier lui exposa son plan. À la fin, il déposa devant celui que l'on connaissait comme le « patron » de La Havane les quatre livres d'Hemingway, en priant Lansky de lire les dédicaces. Les ayant lues, il dodelina de la tête.

— Un grand homme, ce M. Hemingway, dit-il finalement, en ajoutant : un grand Américain surtout... ce que nous rêvons tous de devenir un jour...

Puis il désigna les quatre boîtes de cigares soigneusement disposées sur la table. Chacune contenait vingt cigares de qualité supérieure, les meilleurs qui se fabriquaient à Cuba : Hoyo de Monterrey, Partagas, Montecristo et Romeo y Julieta.

— Je vous en prie, fit-il, en poussant la boîte de Montecristo vers Bernstein, vous ne vous damnerez pas en respirant cette marque.

Bernstein ouvrit la boîte, prit un cigare, le huma et l'alluma. Lansky fit de même après l'avoir roulé plusieurs fois entre ses doigts.

— Vous savez pourquoi il porte ce nom ?

L'autre fit signe que non.

— On dit que c'est parce qu'on lisait aux rouleurs dans les fabriques des passages du roman *Le Comte de Monte Cristo*, expliqua Lansky. Pour ma part, j'ai usé de ma modeste influence pour aider Alonso Menéndez, le propriétaire de la manufacture Particulares, à ouvrir le marché du Montecristo aux États-Unis... En revanche, il m'en fait livrer une certaine quantité chaque mois... Un gentleman ce Menéndez, vous pouvez me croire.

Les deux hommes tirèrent de longues bouffées. Lansky approcha le cendrier de Bernstein.

— Abraham, c'est bien votre prénom, poursuivit-il. Un prénom biblique...

— Je ne suis pas familier avec la Bible, dit Bernstein.

— Moi je le suis, reprit Lansky, on y trouve des histoires passionnantes. En fin de compte, ce que je veux surtout dire, c'est que vous et moi sommes juifs...

Bernstein parut surpris de cette remarque.

— Je suis né à Philadelphie, précisa-t-il, diplômé de la faculté de droit de l'Université de Washington…

— Quel est le prénom de votre père ?

— Moïse…

— C'est ce que je disais, fit Lansky. Vous êtes juif… moi je suis né dans l'ancien empire russe… vous aux États-Unis. Nos pères ont été victimes de pogroms, c'est certain. Nous sommes donc de la race des survivants…

— Possible, laissa tomber Bernstein.

— Possible, dites-vous ? J'affirme que nous sommes de la race des survivants… persécutés, chassés de nos terres, emprisonnés, exterminés par millions… pourtant, aujourd'hui, moi… et vous… défendons les valeurs de l'Amérique en dépit de toutes les embûches et de tous les préjugés…

— Je ne suis pas certain de comprendre, fit Bernstein, mal à l'aise.

— Vous avez entendu parler de la commission Kefauver ?

— Comme tout le monde…

— De la commission McCarthy ?

Bernstein fit oui de la tête.

— Chasse aux sorcières dans les deux cas, reprit Lansky d'un ton grinçant, pendant que son regard défiait son vis-à-vis.

Il écrasa son cigare dans le cendrier.

— Tous des politiciens d'extrême droite, poursuivit-il, tous protestants blancs anglo-saxons… et tous se disent en croisade. Contre qui, croyez-vous ? Nous… juifs, italiens, irlandais, polonais, ukrainiens. Ils nous associent au crime, à la mafia, pire, au communisme. Ils répandent les rumeurs sans égard à nos réputations… Ils fabriquent des preuves bidon, ils achètent les faux témoignages… ils violent la vie privée… Ils condamnent sans la moindre preuve tangible… vous êtes avocat, vous êtes descendant juif et vous êtes américain… Je sais que vous me comprenez parfaitement et m'approuvez.

Bernstein s'en fichait, en réalité. Il afficha néanmoins une sympathie soudaine sur son visage. Cela fit bon effet sur Lansky, qui parut se détendre. Il prit un autre cigare et l'alluma.

— Vous m'approuvez, n'est-ce pas ? fit Lansky en s'avançant sur le bout de son fauteuil.

— Vos arguments sont on ne peut plus convaincants, reconnut Bernstein sur le ton du parfait gentleman.

Lansky esquissa un sourire.

— Que diriez-vous de doubler le nombre de livres ? lança-t-il brusquement en tirant une longue bouffée qu'il renvoya en spirales successives.

— Ça ferait trois mille, s'étonna Bernstein, sans compter la mise en place... J'ai bien peur de ne pas avoir les moyens d'une telle ambition... et à New York, je crains que...

— Je ne vous demande rien, l'interrompit Lansky. Vous êtes venu m'exposer un plan qui implique M. Hemingway... cela m'a plu. Ici, ce n'est pas New York... Ici, c'est moi qui décide... et je décide de régler la note... toute la note. Occupez-vous simplement de faire venir la marchandise... enfin... les livres... de New York. Mes gens en prendront livraison à l'aéroport et feront ensuite la distribution dans tous les hôtels et les lieux de divertissements de La Havane... une bonne soixantaine d'endroits...

— Mais...

— Il n'y a pas de mais, monsieur Bernstein. Entre juifs, il faut s'aider, voilà ce qui compte. La seule chose que vous avez à faire est de promener M. Hemingway dans les endroits les plus fréquentés de La Havane... On est bien d'accord ?

— Bien sûr, murmura Bernstein.

Il vit Lansky le fixer, la tête légèrement inclinée à la manière d'un vieux sage, ce qu'il n'était évidemment pas, tout en tapotant l'extrémité du cigare contre le rebord du cendrier.

— C'est très bien... C'est même une idée géniale que vous avez eue d'offrir les livres de M. Hemingway à nos visiteurs, continua Lansky avec un haussement de sourcils, mais comme vous le savez, ce sont en majorité des Américains qui viennent ici pour s'amuser… Ils veulent jouer, gagner ou perdre du fric, s'envoyer une partie de jambes en l'air. Ces touristes ne gâcheront jamais une soirée ou une nuit pour se taper de la littérature… Vous me suivez ?

— Certainement, murmura Bernstein.

— Je vous accorde que les livres serviront à réaliser un coup de publicité, à soigner l'image de M. Hemingway, poursuivit Lansky, mais il en faut plus…

— Plus de livres ?

— Non, pas plus de livres… Il faut quelque chose de plus excitant pour les gens d'ici… pour les Cubains, je veux dire… la majorité ne sachant ni lire ni écrire.

Bernstein ne sut que répondre. Il retira le cigare de sa bouche et tritura nerveusement le bout qui restait avant de l'écraser à son tour dans le cendrier.

— Il me vient donc cette autre idée, poursuivit Lansky. Le cinéma ! Pas besoin de savoir lire pour aller voir un film… et si je ne m'abuse, plusieurs des livres de M. Hemingway ont pris le chemin de Hollywood… Combien, au juste ?

Bernstein réfléchit un instant.

— Quatre, répondit-il, et un cinquième est en tournage… *Les Neiges du Kilimandjaro*.

— Bien… très bien, fit Lansky. Et les acteurs ?

Bernstein défila les principaux noms : Gary Cooper, Humphrey Bogart, Burt Lancaster, Ingrid Bergman, Ava Gardner. L'évocation de ce dernier nom fit sourire Lansky. Il pensait à Frank Sinatra, un allié de toujours.

— Que diriez-vous d'un festival des films de Hemingway ? proposa-t-il.

— Il fallait y penser, reconnut Bernstein, mais cela prendra des mois à mettre un tel projet sur pied… Il faudra négocier les droits, louer une salle de cinéma et mille autres détails…

Une ombre de sourire détendit le visage de Lansky.

— Monsieur Bernstein, nous n'avons pas l'habitude d'être en panne d'initiatives à La Havane. Je donnerai personnellement cinq coups de fil, et dans cinq jours j'aurai les bobines de ces films sur mon bureau. Pour les cinémas, n'ayez crainte… ils nous appartiennent tous. Dans dix jours, les films en question seront à l'affiche dans les principaux cinémas de la ville… et je prédis que les salles seront pleines du premier au dernier jour des projections… Un autre cigare, peut-être ?

Bernstein hésita puis finit par se servir. Lansky remarqua le léger tremblement qui agitait la main de son visiteur.

— Je vous sens préoccupé…

Bernstein leva la tête. Il déposa le cigare dans le cendrier sans l'avoir allumé.

— C'est au sujet de Hemingway, dit-il.

Lansky sembla ne pas comprendre.

— Il n'est pas facile à prévoir, précisa Bernstein, embarrassé. Un jour, il veut le monde à ses pieds, flotte sur le tapis rouge… le lendemain, il envoie le bon samaritain se faire foutre.

L'air tranquille, Lansky sortit un briquet, l'alluma et se penchant vers Bernstein en le regardant de ses grands yeux fixes.

— Ne gâchez pas le plaisir d'un cigare de première qualité, murmura-t-il.

Docile, Bernstein le laissa allumer le cigare. Il en tira une première bouffée, suffisamment longue pour que se forment les premières cendres, qu'il secoua aussitôt dans le cendrier.

— Nous suivrons votre plan, continua Lansky… car tout ceci est bien votre plan… Je vous rassure tout de suite au sujet de M. Hemingway… il est à La Havane depuis assez longtemps pour avoir succombé à tous ses charmes… à l'un d'eux en particulier. Et lorsqu'un tel béguin se glisse sous votre peau bien malgré vous – il poussa un soupir –, il est généralement trop tard pour y renoncer. Voyez-vous, les moindres secrets de La Havane me sont connus… même lorsque les choses se passent derrière des portes closes… comme celles du *Ambos*

Mundos par exemple. Alors, célébrons notre entente en parfaits gentlemen que nous sommes… moi, c'est du Pernod… et vous ?

Bernstein regretta presque sa manœuvre, craignant qu'un quelconque piège se refermât sur lui. Il tâcha de n'en laisser rien paraître.

— Scotch, annonça-t-il du bout des lèvres.

Les deux hommes échangèrent encore quelques réflexions banales, puis Bernstein prit congé de son hôte.

— Jaime va vous reconduire à votre hôtel, lui dit Lansky. Un endroit fort agréable… c'était l'hôtel préféré de M. Alfonso Capone… la suite 615… mais ça, vous le savez déjà… tous les touristes le savent.

Comme Bernstein passait le pas de la porte, Lansky le retint délicatement par le bras.

— Je vous donne votre conte de fées, à vous et à M. Hemingway, dit-il d'une voix feutrée. Vous devrez peut-être me rendre la pareille un jour.

Dans le stationnement de l'hôtel *Nacional*, sous l'élégante rangée de palmiers, Bernstein nota l'incessant va-et-vient d'automobiles flambant neuves, tant des Cadillac, des Oldsmobile, des Chevrolet, des Buick que des Mercedes-Benz et quelques Rolls Royce.

❧

Pendant trois jours, Hemingway ne quitta pas la tour blanche. Il s'y était pratiquement barricadé. Seul le majordome pouvait y entrer afin de lui apporter ses repas.

Hemingway y passa des heures devant le tableau de Bellows, voyant et revoyant chaque détail, à la fois brutal et vrai. Il saisissait l'intention de chaque combattant et réalisait une fois encore que l'œuvre de destruction menée par tout homme n'était jamais un jeu.

Trois jours d'isolement à lire et à relire Homère et Shakespeare. À réciter des dizaines de répliques du *Roi Lear*, de

Macbeth, de *Hamlet*. À méditer sur le dilemme de l'existence humaine. Trois jours à vider les réserves de scotch pour comprendre qu'Adriana ne lui appartiendrait jamais malgré toutes les apparences et qu'elle incarnerait sous peu la figure allégorique de l'oubli. Trois jours pour se convaincre qu'à l'exemple du général sudiste Stonewall Jackson, dont il avait trouvé le récit de la mort dans les archives du *Harper's Weekly* de mai 1863 et dont il avait tiré le titre de son dernier roman, lui, Hemingway, se dresserait contre tout venant tel un mur de pierre. Trois jours pour décider qu'il n'existait aucune fin heureuse, dans la vie comme dans tout roman. Trois jours enfin pour se faire à l'idée qu'il n'accepterait plus jamais d'être vu comme un type d'écrivain qui tournait en rond sur un manège en imaginant que tel était le vrai monde.

À l'aube de la quatrième journée, René Villarreal vint le prévenir qu'il y avait un appel téléphonique pour lui.

— Qu'ils aillent au diable !

— Urgent, señor Papa !

— De la part de qui ?

— La dame du *Ambos Mundos* !

Hemingway emboîta le pas au majordome. Au bout du fil, il reconnut immédiatement la voix de Leopoldina Rodriguez.

La conversation fut brève. Hemingway commença par dire non. Leopoldina insista. Hemingway hésita mais refusa encore. Leopoldina s'enhardit. Elle lui rappela qu'il lui avait dit qu'en dépit de tout, il serait toujours là pour elle. Hemingway répondit qu'il allait y penser, mais sa voix tremblait.

— Est-ce que quelqu'un écoute notre conversation ? demanda-t-il.

— Non, c'est juré, fut la réponse.

— Est-ce qu'on t'a demandé de faire ce que tu fais ?

Leopoldina répondit par un oui catégorique.

— As-tu peur ?

— Plus maintenant.

— Tu peux leur dire que j'y serai…

— J'ai toujours dit que tu étais le seul homme de parole que je connaisse.

— C'est pour toi que j'y vais.

Il raccrocha. Il n'avait pas vu Mary. Elle se tenait dans l'embrasure de la porte qui donnait sur la terrasse. Les bras croisés, elle le regardait avec une expression de dédain.

— J'ai tout entendu…

— Rien… tu n'as rien entendu du tout, répliqua-t-il, bourru.

— Arrête ton cirque, Papa, fit-elle les lèvres serrées. Ce n'était pas Abe, je le sais. Ce n'était aucun de tes copains du *Floridita*, ils cuvent encore leur vin. Qui reste-t-il donc sinon ta bonne vieille pute du *Ambos Mundos* !

Hemingway se contint au prix d'un grand effort.

— Voilà que tu sais tout et vois tout, murmura-t-il. C'est quand même prodigieux… c'est surtout chiant !

En quelques phrases brèves, elle lui rappela ses incartades et les comportements sans scrupules qu'il avait eus à son égard au cours de la dernière année.

— Tu m'as repris en un an tout ce que tu m'avais promis et donné auparavant, lui lança-t-elle à la fin. Tu m'as fait miroiter les merveilles de l'Italie et tu joues au séducteur devant la première venue… et tu as le toupet de lui dérouler le tapis rouge de la Finca… à elle et à sa suite familiale. Non mais quand cesseras-tu de me prendre pour le paillasson sur lequel tout le monde s'essuie les pieds ?

Puis, reprenant son souffle :

— Jure-moi que ce n'était pas ta pute qui te réclamait…

Elle le défiait du regard.

— Un homme forcé de jurer est un homme qui finit par mentir, fit-il.

Elle resta bouche bée un instant, puis devint furieuse.

— Quelle énormité ! Tu oserais répéter cela en te regardant dans le miroir ? J'en doute fortement… parce qu'alors tu verrais le reflet d'un salaud grandeur nature !

Il la regarda d'une drôle de façon, puis hocha la tête.

— Ça, je le sais déjà, fit-il. Se regarder dans le miroir et se voir tel qu'on est, c'est le prix à payer pour rester en vie… Ça nous empêche de nous bercer d'illusions et ça nous évite l'espoir inutile…

Il sut dès lors qu'il n'y aurait plus jamais de complicité véritable entre eux.

15

La Havane fit la fête à Hemingway. On l'acclamait partout. On lui arrachait les dédicaces. On se vantait d'avoir tout lu de lui. Il ne put se rendre d'un endroit à l'autre sans qu'il y eût un flash lui rappelant qu'on le prenait en photo. Il fut reçu à bras ouverts au *Deauville*, au *Comodoro*, au *Sans Souci*, au *Montmartre Casino*, au *Plaza*, au *Sloppy Joe's*, au *Tropicana*, au *Shanghai*. Le héros littéraire presque déchu, oublié, redevenait une célébrité. Le rhum Bacardi coulait à flots entre les doubles daiquiris glacés. On servit des montagnes de langoustes et de crevettes. On défilait sur le Malecón. Ce fut comme si la ville entière se parait de baroque à la faveur du jaillissement des fontaines, des lumières multicolores et du faste des vêtements et des bijoux. Ne manquaient que les masques et les pétards pour que l'ambiance devînt carnavalesque.

Là où allait Hemingway se trouvait Leopoldina. Au *Floridita*, un touriste américain quelque peu éméché émit un commentaire désobligeant à l'endroit de la mulâtresse. Le père Andrès s'interposa rapidement. Une fois sur le trottoir, il empoigna l'individu par le collet et le secoua sans ménagement.

— Je vais te donner un conseil, lui dit-il, en lui soufflant presque dans le nez. Ne regarde jamais cette femme de façon irrespectueuse et tourne ta langue sept fois dans la bouche avant de dire la bêtise que tu as dite... cette femme n'est pas ce que tu crois... elle ne fait que se défendre contre les revers de la vie. Alors, ne t'avise plus de la juger… encore moins de l'offenser. Je pourrais alors facilement oublier que je suis un serviteur de Dieu et te faire avaler tes dents…

— Je vais aller m'excuser, fit l'autre, la mine déconfite.

— Non, répondit le père Andrès. Tu risques de ne pas avoir le temps d'ouvrir la bouche…

— Mais je vais au moins aller régler ma note…

— Ta note est déjà réglée… fous le camp d'ici… et souviens-toi qu'à Cuba, ce qui paraît trop évident n'est pas ce qui est en réalité… ¡ *Vaya !*

∽

La Buick s'immobilisa à un coin de rue du Palais des sports. La foule se pressait aux portes. Une immense affiche annonçait en lettres lumineuses l'affrontement entre la gloire cubaine Kid Tunero et le Portoricain José Salinas. Le premier était sorti de retraite pour ce combat disputé en l'honneur de Hemingway. En près de quinze années de carrière, les deux pugilistes avaient plus de deux cent cinquante combats à leur actif. Il était de notoriété que Tunero était, avec Kid Chocolate, un des boxeurs favoris de l'écrivain.

— Tu es resplendissante, chuchota Hemingway à l'oreille de Leopoldina.

Elle frissonna.

— Je dois être à la hauteur de l'homme le plus célèbre de La Havane, répondit-elle avec un battement de cils.

Elle hésita, puis :

— Et ta femme ?

— Un peu plus et elle me traitait de maquereau, ricana-t-il.

— Je suis désolée…

— Ne le sois pas, la rassura Hemingway. Je suis ce que je suis, et tu es ce que tu es… ta profession, tu la fais honnê-tement… La seule chose que je te demande, c'est de ne pas accepter de cadeaux de personne d'autre que moi. Le fric, ça, je m'en fous… mais un cadeau, c'est personnel, authentique, intime… tu comprends ?

— Tu as ma parole, Papa.

— Je te crois.

Ils entrèrent au Palais des sports, Leopoldina en retrait, deux pas derrière Hemingway. Une clameur que l'on devinait orchestrée salua l'arrivée de l'écrivain. Ébloui par les projecteurs, il se fraya péniblement un chemin à travers les admirateurs agglutinés qui lui tendaient la main au passage. Lorsqu'il gagna enfin le siège qui lui était réservé, il vit le tapis du ring maculé du sang des combats précédents. Il chassa l'idée que ces pugilistes de préliminaires étaient des forçats analphabètes qui crevaient de faim entre deux duels. Il y eut un moment de grand silence avant qu'un bruit assourdissant, un grondement continu, n'envahisse le lieu. On oubliait les misères. On se grisait, survolté par l'affrontement de deux gladiateurs. Ils se battaient sous la lumière blanche et crue des projecteurs, les spectateurs étant réduits à des ombres mouvantes.

Hemingway n'entendait qu'une rumeur assourdie. Gagné par une joie farouche, il se laissait emporter par le spectacle du supplice volontaire que s'infligeaient pour son plaisir les deux belligérants. Il l'avait écrit voilà de nombreuses années : une des choses les plus simples et fondamentales à la fois était la mort violente donnée en pleine conscience. Simple parce qu'elle n'avait rien des complications des autres formes de mort. Elle était claire, hors d'atteinte et de secours de quiconque. Encore fallait-il aimer tuer. Dans ces espaces clos, la vision du monde se trouvait étonnamment réduite. Probablement parce que l'ordre de la raison en était absent et qu'il n'y avait de place ni pour une quelconque compassion ni pour la moindre condamnation. Le monde, pour civilisé qu'il se prétendît ne se priverait jamais d'une forme ou d'une autre de mise à mort. Cela était dans l'ordre de la création, par conséquent dans celui de la nature humaine.

Le combat était entamé. L'accueil fut mince lorsque le président de Cuba, sa suite et ses gardes armés se rendirent en bordure du ring. Dans la rangée derrière celle qu'occupait le cortège présidentiel avaient pris place Meyer Lansky, sa garde rapprochée et Abraham Bernstein.

Le président Carlos Prío Socarrás avait les allures et les mimiques d'un acteur hollywoodien. Pour le flatter, on le comparait souvent à Clark Gable. Même chevelure foncée, aux tempes à peine grisonnantes, soigneusement assouplie à la brillantine. Même regard ténébreux et, sur commande, même sourire romantique. Carlos Prío, avocat issu d'une famille pauvre, avait été premier ministre sous la présidence de Ramón Grau San Martín, dont le mandat avait été marqué par une corruption galopante. En 1948, se présentant sous l'étiquette de la réforme et de l'assainissement des mœurs politiques, il était devenu président du pays, soutenu par le Parti révolutionnaire cubain, connu comme *El Partido Auténtico*. Dès l'année suivante, la famille Prío devint milliardaire. Grâce aux manigances présidentielles, elle avait acquis trente-quatre haciendas dans la seule province de Pinar del Río et mis en sécurité des millions de dollars dans des banques du Mexique.

Le président Prío regardait sans cesse autour de lui comme pour reconnaître des alliés. Il n'en vit guère. Un aide lui offrit une cigarette. Il la prit délicatement, la fuma à moitié, puis en souffla le bout avant de la jeter au sol pour l'écraser du pied. Des questions graves le préoccupaient, notamment un prêt de plusieurs centaines de millions à la banque nord-américaine, d'autres crédits pour réviser la loi sur les mines au profit d'entreprises étrangères, des exemptions douanières pour les nouveaux investisseurs et une réduction des salaires des travailleurs du sucre. Il s'était engagé à envoyer un contingent de vingt-cinq mille Cubains pour combattre sous le drapeau américain dans le tout nouveau conflit coréen. Alliés et opposants soufflaient le chaud et le froid. Surtout un certain Eduardo Chibás, le dirigeant du Parti orthodoxe du peuple cubain, qu'une partie du peuple favorisait pour les élections de 1952.

Meyer Lansky ne suivait pas davantage le déroulement du combat. Vêtu d'un élégant costume de lin blanc et coiffé d'un panama dont le rebord mou cachait en partie ses yeux, il se tournait d'un côté, de l'autre, parlant à mi-voix, allant jusqu'à chuchoter.

Le combat se déroulait au ralenti. Tunero ménageait ses coups. Le Portoricain, malgré sa jeunesse, n'attaquait pas davantage. On devinait que ni l'un ni l'autre n'osait ouvrir la garde et lancer des coups appuyés. Pour le moment, Tunero se laissait labourer les flancs par son adversaire tout en se repliant dans un coin du ring. Il y eut des sifflets et plusieurs huées. Le président s'était tourné vers Lansky. Ce dernier comprit le message. Il fit signe à Jaime. Le Cubain l'écouta attentivement. Lorsque Lansky lui pressa une liasse de billets dans les mains, il la fit disparaître prestement et se dirigea aussitôt du côté de l'arène occupé par le Portoricain et ses hommes de coin. Le conciliabule fut bref. L'argent changea de main comme par enchantement. Jaime passa à l'autre coin.

— Toi et ton gars avez intérêt à vous mettre au boulot, souffla-t-il à l'oreille de l'entraîneur de Tunero. Vous allez faire saigner ce gars pendant deux rondes et le descendre au suivant.

Dans l'enceinte, on tapait du pied, ce qui soulevait une abondante poussière. À la reprise, les coups de Tunero se mirent à pleuvoir. Le Portoricain saigna de la bouche et du nez. Lorsqu'à la reprise suivante le sang gicla d'une profonde coupure au-dessus d'un œil, la foule commença à hurler. Dès le début de l'autre round, Tunero envoya son adversaire au tapis. Puis deux autres fois, la dernière pour le compte fatidique. Salinas se releva péniblement, parut sonné. De l'arène au vestiaire, il afficha une mine ahurie alors que la foule clamait le nom de Tunero. Le président se rendit au centre du ring, salué par des applaudissements polis. Lorsqu'il invita Ernest Hemingway à se joindre à lui, ce fut l'ovation. Prío remit à Tunero une médaille enrubannée, et Hemingway lui offrit une bouteille de rhum Bacardi. Le président tendit la main à l'écrivain. Les deux hommes échangèrent quelques mots, mais sans presque se regarder. Puis Hemingway s'approcha de Tunero.

— Kid, lui dit-il, je t'ai admiré à l'époque où tu étais réglo... Ne vends pas ta peau pour des clopinettes, sinon tu vas finir sur l'étal d'un boucher et on ne paiera pas cher pour ce qui restera de ta carcasse.

Sur ces mots, il lui serra la main. Tunero grimaça de douleur. Sa main enflée était probablement fracturée.

On se pressait autour du ring, quelques-uns criant le nom de Tunero, la plupart celui de Hemingway.

— Papa ! Papa ! entendait-on surtout.

Le président se retrouvait face à l'indifférence générale. Bernstein attendait Hemingway au bas des marches. Il avisa son humeur, le vit suer à grosses gouttes, mais ravi de l'attention qu'on lui portait. Il avait l'air câlin de la vedette en pleine reconquête. Il le prit par le bras et le sentit se raidir, mais sans chercher à se dégager.

— Abe, lui dit Hemingway, la voix légèrement enrouée, je te savais capable de rouler la plupart des pourris dans la farine, mais là, chapeau ! T'es franchement le roi des salopards... et prends ça comme un compliment.

Bernstein sourit largement.

— Alors nous sommes deux à partager cet honneur, reprit-il à la blague.

Il entraîna Hemingway sur quelques pas.

— Monsieur Lansky, dit-il, je vous présente M. Ernest Hemingway.

Les deux hommes ne se tendirent pas la main immédiatement. Hemingway imposa son gabarit en se plantant devant le petit homme, le torse bombé. Lansky fixa son regard glauque sur le visage de l'écrivain avant de détendre ses lèvres pincées en un mince sourire.

— C'est un grand honneur, monsieur Hemingway, murmura-t-il, en présentant la main droite.

La poignée de main fut résolue mais courte.

— Lire votre dédicace m'a comblé, ajouta Lansky. Ce fut un moment mémorable pour moi… d'autant plus mémorable que vous avez eu cette délicatesse de l'emprunter à Shakespeare… mon auteur favori.

Hemingway jeta un œil oblique à Bernstein, qui parut étonné.

— Je n'en savais rien, répondit Hemingway avec un brin de malice. Cela dit, Shakespeare n'est pas un mauvais choix.

D'un geste lent, Lansky repoussa son chapeau, dégageant à la fois son front et ses yeux. Puis, se raidissant :

— J'ai passé des années à essayer de corriger mon ignorance et à surmonter la pauvreté, fit-il d'une voix qu'il voulut posée. J'ai trouvé Shakespeare… et comme j'avais la mémoire des chiffres et un talent pour la comptabilité, j'ai développé celle des répliques… en fait, je pourrais vous réciter toutes celles du *Marchand de Venise*, mon œuvre favorite… mais j'aime bien *La Tempête*… peut-être parce qu'elle colle bien à Cuba… par exemple, cette réplique du personnage de Prospéro… « L'homme qui, à force de fausser la vérité, finit par rendre sa mémoire complice de ce péché pour donner plus grand crédit à son mensonge. » Je crois qu'elle s'applique à la plupart des hommes… qu'en pensez-vous ?

Hemingway leva les yeux en grimaçant un sourire.

— J'en pense que lorsque nous sommes désespérés de notre ignorance, nous sommes capables du pire comme du meilleur, dépendant de quel côté notre arbre penche, répondit-il.

Lansky n'eut pas le temps de répliquer. Des photographes les réclamaient tour à tour. Le président Prío, qui avait cherché à s'esquiver, finit par prendre les poses de circonstance, tantôt avec Lansky, tantôt avec Hemingway.

— Monsieur Lansky… monsieur Hemingway… quelques questions, s'il vous plaît, lança quelqu'un.

Lansky mit une main en visière et chercha celui qui l'interpellait. L'homme portait un complet passablement froissé, avec une chemise couverte au cou. Il était de taille moyenne, large d'épaules, les cheveux foncés, près de la quarantaine.

— Bob Springate, annonça-t-il, du *Chicago Tribune*.

— Je fais un reportage sur les Américains à Cuba.

— Vous ne vous adressez pas à la bonne personne, répondit Lansky en rabattant son chapeau sur le front.

Springate s'avança à sa hauteur tout en mâchouillant un bout de cigare éteint. Deux gardes du corps s'interposèrent, mais Lansky leur fit signe de ne pas intervenir davantage.

— Autre chose, monsieur... Springate ?

— Je crois que vous êtes la bonne personne, monsieur Lansky. Vous vous occupez des plus grands casinos, du plus grand hôtel et du plus grand champ de course... ainsi que des plus grandes stars de Hollywood... en plus de...

— Que voulez-vous savoir au juste ? l'interrompit Lansky, agacé.

Springate jeta le bout de cigare qu'il écrasa du pied, sortit un calepin et un stylo de sa veste.

— Vous rendrez-vous devant la commission Kefauver pour témoigner contre les syndicats du crime, monsieur Lansky ?

Lansky sourit.

— Je crois en Dieu et à la Constitution des États-Unis d'Amérique, répondit-il.

— Êtes-vous associé d'une quelconque façon avec Charles Luciano, Frank Costello, Bugsy Siegel, Albert Anastasia, monsieur ? insista Springate.

— Je m'occupe d'activités qui sont absolument légales et ne contreviennent en rien aux lois en vigueur à Cuba... Le président Prío en personne vous le confirmera.

— Vous n'avez donc rien à craindre de la commission Kefauver, n'est-ce pas ? le relança Springate.

— Sauf si cette commission a l'intention de me persécuter parce que je suis juif, et rien, pour l'instant, ne m'assure du contraire, fit Lansky, en signifiant qu'il mettait fin à l'entretien.

— Est-ce le cas, monsieur Lansky ? insista le journaliste.

Lansky lui tourna carrément le dos. Pendant que le président Prío se retirait discrètement, Springate s'adressa à l'écrivain.

— Monsieur Hemingway, beaucoup d'Américains se demandent pourquoi vous n'êtes pas en Corée comme correspondant de guerre...

Hemingway fit un geste évasif, sans toutefois répondre.

— Rien à dire, monsieur Hemingway ?

— Pourquoi ne vas-tu pas faire la tournée des bars de La Havane, mon garçon ? fit alors Hemingway sur un ton de plaisanterie. T'apprendras beaucoup plus de choses que les conneries que je pourrais te dire.

— Sans blague, monsieur Hemingway, serait-ce parce que vous vous objectez à l'entrée en guerre des États-Unis avec la Corée du Nord ? insista Springate.

Hemingway le foudroya du regard.

— Qu'est-ce que nous allons foutre en Corée... tester des armes bactériologiques ? Répandre le typhus, le choléra ? Faire joujou avec une nouvelle arme nucléaire ? Truman en a rien à foutre, il ne sera pas réélu... Les généraux sont contents, ils en bavent tellement, ils s'ennuyaient à Washington. Cette guerre devait durer trois semaines... Elle dure depuis six mois, et nos soldats en prennent plein la gueule sans savoir quelle cause ils défendent... Y a-t-il seulement une cause ? Pas plus de cent mille morts, avait dit Truman alors qu'il pesait sur le bouton... Il y en aura un million de plus, et deux, trois, peut-être quatre années avant qu'on décide d'un cessez-le-feu. Alors, non merci pour moi, mes nuits sont peuplées des fantômes de trop de massacres.

— Vous partagez en quelque sorte l'opinion de M. Jean-Paul Sartre, qui affirme que cette guerre fut déclenchée à l'instigation des États-Unis, enchaîna Springate.

Hemingway fut pris d'une rage muette. Au lieu de s'emporter, il feignit l'indifférence.

— Qui est ce Jean-Paul Sartre ?

Springate ignora la question de l'écrivain.

— Que pensez-vous de la décision du gouvernement de Cuba d'envoyer un contingent de vingt-cinq mille hommes en renfort aux troupes américaines en Corée ?

Hemingway jeta un coup d'œil alentour et constata que le président Prío avait bel et bien quitté les lieux.

— Vous avez les noms ? ironisa-t-il.

— Vous désapprouvez, monsieur Hemingway ? persista Springate.

— Vois-tu, à Cuba, on se contente de leur botter le cul sans leur dire pourquoi on le fait… Là-bas, on les transformera en chair à canon sans leur dire combien ils valent une fois ramenés dans leur pays entre quatre planches. Je déteste ce genre de marché de chair humaine… On traite mieux les taureaux abattus dans les arènes d'Espagne.

Springate parut quelque peu désemparé. Il changea brusquement de sujet.

— Appuyez-vous le sénateur McCarthy dans sa campagne contre les communistes, monsieur Hemingway ?

L'écrivain le regarda un moment en se grattant les joues. Puis :

— Mon garçon, si j'avais quelques daiquiris dans le buffet, j'aurais l'excuse de t'enfoncer mon poing dans ta trop grande gueule… mais ce n'est pas le cas… alors je vais te dire que ce salopard de McCarthy peut aller se faire enculer par tous les jean-foutre du FBI si ça lui chante…

— Vous ne croyez donc pas à une menace communiste sur le territoire américain ?

— Tu appelles menace communiste les centaines d'acteurs, de scénaristes, de réalisateurs, de compositeurs, d'écrivains que ce débile mental soupçonne d'être communistes simplement parce qu'ils ont des noms à consonance juive, polonaise ou je ne sais trop ? Tu crois qu'en détruisant ces grands talents… ces grands esprits… l'Amérique pourra dormir tranquille ? Qu'il se la mette où je pense, la Constitution, si c'est à cette sale comédie qu'elle servira.

Hemingway était devenu blême de colère. Après avoir traité le sénateur américain de raciste et de fasciste, il ajouta d'une voix étranglée :

— Si ce fils de pute insiste, j'ai ce qu'il faut pour lui fermer le clapet… c'est fait de bois et d'acier… d'un calibre suffisant pour stopper un éléphant. Cela dit, cet entretien est terminé.

Springate ne demanda pas son reste. L'instant d'après, il s'était esquivé. Lansky lança un regard interrogateur à Hemingway.

— Ce mec n'est pas un journaliste, fit ce dernier, et ajouta : et moi je commence à manquer d'air.

Lansky fit aussitôt signe à ses hommes. Durant ce temps, Springate et un photographe s'étaient déjà engouffrés dans une Oldsmobile noire qui filait à toute allure en direction de l'ambassade des États-Unis.

— C'est fait ? demanda l'homme qui occupait la banquette arrière, en réalité l'agent du FBI Gregory Miller.

— Du cousu main, répondit Springate en reprenant son souffle.

— Et les photos ?

Le photographe se contenta de lever son appareil.

— Vous avez mes documents ? s'enquit Springate.

Miller lui tendit une enveloppe.

— Le compte y est, dit-il, ainsi que votre billet pour Washington et votre passeport… euh… légèrement modifié. Les précautions d'usage.

Springate jeta un coup d'œil sur la photo. Il vit la tête de quelqu'un qui lui ressemblait vaguement, mais avec une fine moustache et des yeux perdus derrière d'épaisses lunettes. Une tête comme il s'en trouvait des milliers, ressemblant un peu à tout le monde, mais derrière laquelle se cachait un acteur qui avait pour mission de mener les plus sales besognes.

— Votre vol est à quatre heures du matin, précisa Miller. Nous avons besoin de votre rapport d'ici là. Donnez-moi votre film, demanda-t-il au photographe.

Ce dernier ouvrit le boîtier de son appareil et en retira la bobine, qu'il tendit à Miller.

— Le rapport tiendra dans une page, fit Springate. Lansky n'a pas été très coopératif, et Hemingway nous a tout bonnement chié dessus.

— C'est surtout Hemingway qui nous intéresse, précisa Miller. À Cuba, Lansky occupe un carré de sable qui nous est utile… mais pour Hemingway, c'est autre chose… Alors, faites en sorte que le rapport soit étoffé… comme ça, les patrons de Washington seront contents de vous.

— Je n'aurai pas le temps de profiter de Washington, fit Springate.

— On vous envoie faire votre numéro ailleurs ?

— Au Guatemala, répondit Springate.

— République de bananes, ironisa Miller.

— C'est ça… la United Fruit se plaint que le gouvernement de Árbenz s'apprête à changer les règles du jeu avec une réforme agraire qui leur fera perdre des millions… les rapports mentionnent que les communistes appuient Árbenz…

— Un renversement alors…

— Le FBI se contente de préparer la mise en scène… ce sera à la CIA de se salir les mains, fit Springate d'un air absent.

⁂

Une fois de plus, ils avaient fait semblant de s'aimer. Peut-être s'aimèrent-ils véritablement. Leurs ébats s'étaient passés dans le noir de la chambre 511 du *Ambos Mundos*. Ils avaient frissonné dans les ténèbres, lui les paupières closes pour accentuer l'illusion, elle les yeux grands ouverts pour s'assurer qu'elle ne rêvait pas. Ils étaient passés du souffle ardent à l'apaisement.

Au petit matin, il n'éprouva aucun regret. Il avait dormi à peine deux heures, mais il lui sembla que ç'avait été la nuit entière. L'aurore pointa, sans le moindre rayon de soleil. La pluie tombait. Il entendait ses lents ruissellements.

Il vit La Havane à travers des lambeaux de brume. La ville ne semblait pas pressée de prendre son rythme matinal.

La rue Obispo était pratiquement déserte, alors qu'elle s'égayait d'habitude dès l'aube. Ses réverbères ressemblaient à des phares lointains dont les lueurs jaunâtres luisaient à peine.

— Tu m'as menti, entendit Hemingway.

Il se retourna et vit Leopoldina assise dans le lit.

— Tu es la seule femme à qui je n'ai jamais menti, répondit-il.

— Tu m'as dit que tu ne voulais plus de moi…

— Je t'ai dit que tu ne serais plus la bienvenue à la Finca, la corrigea Hemingway, pour ta propre protection… et c'est le cas. Le *Ambos Mundos*, c'est autre chose…

— Et c'est quoi ?

— Un no man's land…

— Je ne comprends pas…

— Un terrain neutre.

— Je sais que ta femme est au courant, fit-elle.

— Toutes mes femmes ont été au courant… Lansky est au courant… les présidents de Cuba étaient au courant, grogna Hemingway. Mais tous font semblant d'ignorer… alors ça reste notre secret…

— Ça me peine beaucoup, murmura-t-elle en brossant sa longue chevelure.

— Tu resteras toujours *Leopoldina la honesta*, fit Hemingway avec sincérité… Oh ! Oui ! ¡ *La honesta…* ! La seule digne de ce qualificatif.

Elle ne répondit rien. Hemingway retourna devant la fenêtre. Il fixa son regard sur le débarcadère de la baie. Le traversier pour Regla, à peine chargé, demeurait à quai. Les quelques débardeurs, charretiers et chevaux semblaient engourdis en attendant que reprenne le travail.

— Ils sont comme moi, maugréa Hemingway. Ils n'ont plus rien dans la peau…

— Que dis-tu ?

— Rien… Je rattrape quelques idées ici et là.

Elle continuait de brosser ses cheveux d'un geste devenu machinal.

— Je commence à avoir des cheveux blancs, dit-elle en retenant une mèche.

L'observation de Leopoldina fit sourire Hemingway.

— Si c'est là ton seul souci…

— Mon souci est de toujours te plaire…

— Aurais-tu la tête blanche que tu resterais irremplaçable, la rassura Hemingway. De toute façon, quand cela se produira, je serai parti depuis longtemps…

— Ne dis pas ça, tu m'épouvantes, dit Leopoldina, comme saisie de peur. Toi, tu es comme le ceiba… tu as plusieurs vies !

Hemingway fut frappé par l'allusion. Il quitta la fenêtre, s'approcha du lit, prit la brosse des mains de Leopoldina, se mit à lui caresser les cheveux. Elle le regarda fixement. Il compara ses yeux à ceux de son chat favori. Le même iris aux reflets verdâtres, la même pupille qui s'arrondissait démesurément.

— Je sais qu'il y a une autre femme, fit-elle alors.

— C'est vrai, admit-il. Mais elle appartient à l'écrivain… pas à l'homme. Elle a été une grande inspiration, et je lui dois beaucoup.

— Est-ce que tu l'aimes ?

— J'aurais pu… mais dans une autre vie et loin de tout.

Elle se blottit contre sa poitrine.

— Du moment que ce n'est pas dans cette vie, murmura-t-elle.

Hemingway respira à plein nez l'odeur musquée que dégageait la peau de la femme. Elle lui rappelait le goût légèrement sucré des baies sauvages qu'il avait dégustées jadis en Italie. Ils restèrent ainsi soudés un long moment.

— C'est Lansky qui t'a demandé de me téléphoner, n'est-ce pas ? fit-il sur le ton de celui qui semblait déjà connaître la réponse.

— C'est Lansky, répondit-elle sans détour. Il m'a dit que c'était pour te rendre un important service… Est-ce que j'ai mal agi ?

Hemingway fit signe que non.

— Qui d'autre ? demanda-t-il.

Cette fois, il perçut l'embarras alors que Leopoldina baissa les yeux.

— El Hombre…

El Hombre, c'était ainsi que se faisait appeler fièrement l'ancien président de Cuba et nouveau sénateur, Fulgencio Batista. Celui qui se disait dévoué à la sainte cause de Cuba.

Leopoldina devina son trouble. Elle effleura du doigt les lèvres de l'écrivain, se dégagea doucement de son étreinte, sortit du lit et enfila la robe de chambre d'un bleu délavé suspendue au portemanteau placé près du chambranle de la porte donnant sur la minuscule salle de bain. Puis, elle fouilla dans sa sacoche en cuir de crocodile et en sortit un jeu de cartes. Hemingway crut vaguement reconnaître des figures de tarot.

— Je ne crois pas au tarot, lança-t-il.

Leopoldina déposa les cartes sur la table de coin qui servait d'écritoire. Elle exhiba trois cartes. L'une d'elles représentait l'arbre ceiba, une autre le serpent à plumes, la troisième, un cacique taino. Puis trois autres, toutes marquées de glyphes mayas.

— *Santería*, dit-elle simplement en brassant les cartes.

Hemingway changea d'allure. Quoiqu'il n'accordât généralement aucune importance à ce genre de jeu ni aux interprétations que l'on pouvait en faire, ce mot « *Santería* » l'amenait à y voir une manière d'envisager l'avenir et, forcément, la mort.

— Tu veux m'arracher ce qui me reste de vie ! dit-il avec une trace d'anxiété dans la voix.

Leopoldina ne l'entendait plus. Son regard interrogatif passa des cartes à Hemingway, ne semblant voir ni les unes ni l'autre. Elle se mit à débiter des mots incompréhensibles, toujours les mêmes, comme elle l'avait fait lors du rite initiatique dans le sanctuaire de la Vierge noire de Regla. Même si les mots n'avaient aucun sens apparent, leur son avait quelque chose d'imposant. En quelques instants, l'énergie croissante de la femme gagna Hemingway. Puis elle se relâcha brusquement. Leopoldina tourna les trois cartes qu'elle avait retenues. Celle illustrée du ceiba parut au centre.

— L'arbre sacré à mille branches et plusieurs vies, fit-elle d'une voix monocorde. Si tu choisis la bonne, elle te mènera au sommet... mais pour y arriver, tu auras besoin de ta plume... Elle te soumettra à la plus rude épreuve de ta vie...

Hemingway se montra d'abord amusé par le propos, comme s'il ne se fut agi que d'un jeu.

— On est tous soumis à quelque chose, fit-il en adressant un clin d'œil à Leopoldina.

— C'est sérieux, Papa...

— Il n'y a que les tarés qui croient que la vie est un voyage gratuit entre deux rives, acheva Hemingway.

Leopoldina s'obstina. Elle tourna et retourna plusieurs fois les trois cartes. Elles réapparurent chaque fois dans le même ordre.

— Les cartes disent la vérité, Papa, reprit-elle. Elles ne trichent pas... Elles ne mentent pas. Ces cartes disent que le plus grand succès viendra de la mer et que c'est Ochun qui te montrera le chemin...

La physionomie de Hemingway changea.

— Que dis-tu là ?

— Pas moi, Papa, les cartes. Elles disent que tu devras écrire sur Cuba !

— Toi... les cartes... c'est du pareil au même... fit Hemingway, plus étonné que contrarié. Je veux bien pour la *Santería*... mais il y a des limites...

C'est alors que Leopoldina lui fit part de ce qu'elle qualifia de « son plus grand secret ». Sa mère avait bel et bien été une servante de la riche famille Pedroso, dont l'imposant hôtel particulier était situé tout près de la cathédrale, au cœur de la Vieille Havane. Mais son père véritable était de lignage royal, descendant lointain du dernier roi arawak de l'île de Cuba, assassiné par les conquistadors de Diego Vélasquez. Garrotté, il aurait, peu avant sa fin tragique, prononcé les mots magiques qui allaient permettre à quelqu'un de sa descendance de prédire l'avenir de quelques rares personnes dignes de telles révélations. Leopoldina Rodriguez était l'élue.

≈

Le club *Gallistico* était le haut lieu des combats de coqs. Rien à voir avec les *pits* de province, petites arènes circulaires improvisées, aménagées dans un champ, une cour arrière, un bâtiment désaffecté, une enceinte d'entrepôt, ou encore sur le pont d'un rafiot condamné à la rouille le long d'un quai. Le *Gallistico* était à La Havane ce que le Colisée était à Rome, à la différence que, dans le premier, les combattants étaient des coqs sauvages domestiqués, croisés, puis entraînés pour se battre à mort.

Dans le *pit* du *Gallistico*, les coqs mouraient à la manière des gladiateurs de jadis. Dans un combat sans merci, brutal, sanglant, selon une tradition qui remontait à la nuit des temps.

Cela faisait une bonne heure déjà que des centaines de Havanais excités gueulaient et pariaient sur ces diables au plumage éclatant et aux crêtes écarlates qui bondissaient, s'entrechoquaient, retombaient en équilibre, feignaient un nouvel assaut, esquivaient des coups d'ergots, s'aplatissaient pour mieux repartir à l'attaque. Inévitablement, un des coqs finissait par prendre le dessus. Il portait les coups d'ergots les plus redoutables, aveuglait l'opposant, provoquait l'hémorragie, cassait une aile. L'autre, affaibli, dominé, tentait alors de rendre coup pour coup en dépit des frappes meurtrières. Le coq blessé ne fuyait jamais, ne se couchait que s'il avait les pattes brisées, n'espérait aucune grâce. Son sort inéluctable était de sortir vainqueur du *pit* ou d'y mourir.

Hemingway avait pris place dans la troisième rangée, un endroit réservé aux habitués de cette activité que Cuba, tout comme d'autres pays caribéens, avait héritée des conquérants espagnols. Lui-même avait son propre élevage de coqs de combats. À la Finca, cependant, pas question de duels à mort. Les coqs subissaient un entraînement dans une petite arène de terre battue délimitée par une palissade de planches. Les coqs ne s'y battaient pas à l'éperon d'acier, seulement à l'arme naturelle, soit l'ergot. Dès qu'un coq prenait l'avantage ou, inversement, qu'il montrait des signes de trop grande fatigue, il était retiré, baigné, massé, frictionné puis toiletté à neuf. Et l'homme de confiance de Hemingway était un coupeur de canne à sucre du nom de Pachito.

Au club *Gallistico*, les combats de coqs avaient une autre signification. Pour les uns, ils évoquaient la lutte fatidique pour la survie, pour les autres le sacrifice rituel d'antan. Pour tous cependant, les combats de coqs procuraient un spectacle sanglant et l'occasion de lucratifs paris.

La foule hurlait. Les propriétaires des coqs excitaient leurs gladiateurs à plumes, les tenaient de manière à impressionner le rival, les agitaient pour qu'ils gonflent leurs plumes et lancent des coups de bec. Dès qu'ils les lâchaient, commençait la danse mortelle. Les gallinacés chargeaient alors toutes ailes déployées. Des coqs mouraient, les uns transpercés par un ergot d'acier, d'autres par de puissants coups de bec, les yeux crevés. Des liasses d'argent passaient de main à main. Les coqs morts étaient désarmés, remis à des bouchers. À l'abri des regards, ils étaient saignés, plumés et débités. Des préposés nettoyaient au fur et à mesure la toile de jute qui recouvrait le plancher du *pit*. Puis les combats reprenaient, drainaient les mêmes passions, entraînaient d'autres mises à mort, sans qu'un seul coq, si affaibli ou mutilé fût-il, donnât le moindre signe de soumission.

Ce fut au cours d'une des dernières pauses que la rencontre eut lieu. Les deux hommes s'étaient croisés une seule fois auparavant, à l'occasion d'un match de pelote basque au Fronton de La Havane. Fulgencio Batista était alors président de Cuba, mandat qu'il avait exercé entre 1940 et 1944, durant la Seconde

Guerre mondiale. De cet homme, Hemingway savait peu de choses. Qu'il était né d'un couple métissé. Qu'il avait grandi dans la pauvreté, dans une petite communauté de la province d'Oriente, à mille kilomètres de La Havane. Qu'il avait exercé mille et un métiers, de travailleur des champs à sténographe militaire. Qu'il était un autodidacte. Qu'il avait su tirer parti des différents régimes dictatoriaux jusqu'à se hisser au rang de général dans l'armée cubaine avant d'accéder lui-même à la présidence de Cuba. Qu'il avait pactisé avec le gouvernement américain au point de le laisser intervenir comme bon lui semblait dans les affaires cubaines. Qu'il avait aidé la United Fruit à engranger d'énormes profits, dont une part avait abouti dans ses propres coffres. Qu'il avait acquis une magnifique propriété à Daytona Beach, en Floride, où il avait prétexté vivre en exil pendant quatre ans. Une rumeur voulait également qu'il ait disposé d'une suite au *Waldorf-Astoria* de New York, partageant un voisinage avec des caïds de la mafia.

L'homme n'avait guère changé, nota Hemingway. Une véritable carte de mode avec son complet cintré, tout blanc, fraîchement pressé, des boutons de manchette en or, des souliers cirés du jour. Il présentait un léger embonpoint, résultat d'une vie effrénée lors de son séjour américain, déduisit-il. Ses traits métissés et sa chevelure de jais lui conféraient un charme évident.

— Monsieur l'écrivain, quoiqu'en retard de plus d'un an, je vous fais tous mes vœux pour vos cinquante ans, chantonna Batista d'un anglais marqué d'un fort accent latino.

Le grand sourire qui accompagna ses paroles dévoila une dentition parfaite, d'une blancheur éclatante.

— J'ajoute que vous ne les faites absolument pas.

Hemingway détestait les compliments exagérés. Il se contenta d'un hochement de tête et d'une brève poignée de main.

— Ce n'est pas ce que me dit le miroir, fit-il en souriant à peine. Mais puisque vous ne semblez pas du même avis que lui, je me rends plutôt à votre jugement.

Batista ne cessa de sourire. Il continua sur sa lancée, expliqua qu'il était bon juge en matière de physionomie et de distinction, que de déceler les signes de la haute classe chez un individu ou un autre était pour lui l'affaire d'un instant, et ajouta que ce n'était pas parce qu'une personne avait l'air d'un paysan mal habillé qu'elle était pour autant dépourvue d'une certaine grandeur. Hemingway acquiesça ici et là pendant que l'autre débitait son discours.

— Je veux aussi vous remercier très sincèrement, fit alors Batista avec une soudaine solennité.

Hemingway ne comprit pas tout de suite. Il dissimula son étonnement derrière un sourire timide.

— Votre dédicace m'a touché, poursuivit Batista. Elle exprimait parfaitement ce que je suis... *soy como soy*. C'est si bien dit ! On est ce qu'on est... par la tête, les yeux et le cœur... pas un instant sommes-nous autre chose. Vous m'avez comblé, monsieur Hemingway.

Ce dernier comprit bien que la dédicace en espagnol que lui avait demandée Bernstein avait été destinée à l'ancien président de Cuba, aujourd'hui nouveau sénateur. Il comprit aussi que cette rencontre n'était pas fortuite. L'homme soignait son image, cherchait des appuis. D'évidence, le métis devenu sergent, général, chef de l'armée, président de son pays, aspirait à redevenir l'homme le plus puissant de Cuba. De gré ou de force. C'était dans sa nature. Probable que Batista pensait que tel était son destin.

— Le soleil se lève et se couche pour tous les hommes, répondit Hemingway.

— Pas de la même manière, fit Batista.

— Il n'est donné qu'à peu d'entre nous de trouver une réponse aux grandes incertitudes qui se présentent entre ces deux moments, ajouta Hemingway.

Batista s'embrouilla un peu en voulant répondre. Il finit par prendre un air de candeur.

— Vos coqs combattaient-ils ce soir ? demanda-t-il à brûle-pourpoint.

— Vous êtes un homme très bien renseigné au sujet de mes coqs de combats, fit Hemingway. C'est non… mes coqs ne combattent pas ce soir ni aucun autre soir… Je trouve les paris beaucoup plus cruels que les combats.

— Pourtant vous êtes ici…

— J'y suis par hasard… mais je ne parie jamais… ni sur un coq… ni sur un taureau… encore moins sur un homme, précisa Hemingway avec fermeté.

Batista fit signe à un individu qui se tenait en retrait d'approcher. Ce dernier portait un complet-veston de la même couleur que celui de Batista, mais d'une confection moins ajustée. Hemingway nota aussitôt un renflement du côté gauche du veston, à la hauteur de la poitrine. Il portait une arme de bon calibre, déduisit-il.

— Je vous présente señor Esteban Ventura, dit Batista. Il dirige le service responsable de la sécurité des ministres et des sénateurs du gouvernement de Cuba… Un homme de grande loyauté et digne de toute confiance…

Ventura se raidit et salua avec respect en inclinant le buste.

— Très enchanté de vous rencontrer, señor Hemingway, fit-il avec un ton presque impératif.

Hemingway le détailla rapidement. Il était de taille moyenne, plutôt sec d'allure, et portait une fine moustache qui adoucissait à peine sa mâchoire proéminente. Il fut toutefois frappé par le regard de l'homme. Il avait les yeux d'un reptile. Froids et fixes comme ceux du mamba africain, ce serpent sans couleur définie qui sortait de nulle part et envoyait toutes ses victimes se faire enterrer.

— Si jamais vous avez besoin d'un service… disons urgent et discret, vous pouvez compter sur le señor Ventura, ajouta Batista avec un sourire entendu.

Sur ces paroles, il sortit un cigare de sa veste et l'offrit à Hemingway. Ce dernier le déclina.

— Moi qui croyais tout savoir du célèbre écrivain ! badina Batista en continuant de sourire. « Pas de baptême ni de bonnes affaires sans un parrain et un bon cigare », disons-nous à Cuba… Allez, vous êtes ici depuis assez longtemps… faites honneur à un cigare tiré de nos champs…

Hemingway prit le cigare, le manipula à la façon de Gregorio Fuentes, son pilote du *Pilar*, et le plaça entre ses lèvres. Ventura lui tendit un briquet.

— « Telle est la religion du prince, telle est celle du pays », fit Hemingway après avoir tiré une première bouffée et réprimé l'envie de tousser.

Il vit le regard interrogatif de Batista.

— Oh ! Un vieux dicton venu d'Europe, précisa-t-il d'une voix étranglée par le goût âcre du fort tabac.

Une voix graveleuse, amplifiée par des haut-parleurs, annonça l'ultime ronde des combats. La foule s'échauffa aussitôt. Des quatre coins, on hurlait des paris. Certaines cotes allaient jusqu'à dix contre un.

— Faites-moi l'honneur de partager ma loge, fit Batista en élevant la voix comme il put pour couvrir le brouhaha, tout en prenant Hemingway par le bras pour l'entraîner à sa suite.

— ¡ *Vamos* ! criait-on de partout.

— ¡ *Cientos pesos sobre el gallo criollo* ! lança un parieur.

— ¡ *No* ! ¡ *No* ! *Más cien dólares sobre el colorada* ! cria un autre.

On entendit d'autres cris : Papa ! Papa ! et certains qui scandaient : ¡ *Batista presidente* ! ¡ *Viva El Hombre* !

Batista salua d'une main, de l'autre il montrait Hemingway. Il savait ce qu'il faisait en récupérant la nouvelle célébrité de l'écrivain au moment où des centaines d'amateurs de combats de coqs s'identifiaient avec passion aux affrontements sanglants des oiseaux guerriers. La fascination trouvait un sens dans cette danse de mort. Les coqueleurs, les combattants emplumés, les parieurs, la foule ne firent plus qu'un.

◦

Le temps parut interminable à Hemingway. Le temps de signer des autographes, de serrer des mains, de poser pour des photographes improvisés. Le temps de paraître, de feindre de grands sourires. Celui de redevenir le personnage extravagant, le monstre littéraire. En réalité, il éprouva du désarroi. Surtout lorsque le sénateur Batista lui proposa de l'accompagner dans son domaine, la Finca Kuquine, du côté de Arroyo Arenas. Le politicien insista sur le fait qu'un connaisseur d'art comme Hemingway se devait de voir la plus belle collection privée de peinture cubaine. Batista lui révéla de surcroît avoir été celui qui avait fait le nécessaire afin que fût présenté le festival des films dédié au nom de Hemingway, et ajouta qu'il avait vu chacun des quatre films à plusieurs reprises alors qu'il séjournait à Daytona Beach.

— Un jour, il vous faudra me présenter Gary Cooper et Humphrey Bogart, lui dit-il candidement. Je vous promets que j'irai personnellement à Hollywood pour les décorer, et vous m'accompagnerez.

À la suite de quoi il récita à Hemingway la litanie des projets qu'il envisageait pour l'avenir de Cuba.

— Sénateur, vous parlez comme si vous étiez de nouveau président de Cuba, finit par lui dire Hemingway.

— Et pourquoi cela ne serait-il pas ? répondit Batista sans se départir de son impayable sourire. Je connais mieux que quiconque le chemin le plus court pour Washington et la Maison-Blanche, cela dit en toute modestie.

Hemingway trouva l'excuse pour ne pas se rendre à l'invitation de Batista. Cela faisait une semaine qu'il n'avait pas mis les pieds à la Finca Vigía. Bien que leurs regards s'affrontassent brièvement, le temps pour Esteban Ventura d'ouvrir la portière de la limousine du sénateur, Batista se montra courtois et tendit la main à Hemingway.

— J'ai un aveu à vous faire, murmura-t-il alors qu'il serrait la main de l'écrivain. Mon acteur favori est en réalité Errol Flynn… J'ai un faible pour le personnage de Robin des Bois, qu'il a si merveilleusement incarné.

— Ce n'est que du cinéma, sénateur, répondit Hemingway, et le cinéma est l'art de toutes les illusions.

— Prendre aux riches pour redonner aux pauvres est beaucoup plus que du cinéma, monsieur Hemingway. Si vous croyez à cette philosophie de la justice naturelle, peut-être pourrons-nous partager sous peu un important combat… ici même à Cuba !

Batista ne souriait plus lorsqu'il s'engouffra dans la limousine. Celle-ci fut rejointe par deux autres voitures tout aussi luxueuses. Elles s'éloignèrent. Hemingway les suivit du regard. En quelques instants, elles étaient devenues un cortège d'ombres.

e⌣ɔ

La Buick avait quitté La Havane et roulait vers l'obscurité. Une fine pluie s'était mise à tomber. Les phares balayaient l'asphalte mouillé.

Hemingway et Leopoldina étaient assis, côte à côte, sur la banquette arrière. Lorsqu'il voulut la déposer devant chez elle, dans la rue Infante, elle lui proposa de faire un long détour. Hemingway ne cacha pas sa surprise. Elle insista.

— Ce sera la dernière fois, lui dit-elle en lui prenant la main.

— Regla, annonça Hemingway à Juan Pastor, d'un ton sec.

Ils demeurèrent perdus dans leurs pensées pendant un long moment.

— Tu as arrangé ce coup avec Arsenio, n'est-ce pas ? finit par demander Hemingway.

Elle le regarda fixement.

— Non, répondit-elle. C'est entre toi et moi.

La Buick quitta la route asphaltée et s'engagea dans un chemin de gravier parsemé de grandes flaques d'eau et traversé par des rigoles. Puis, au tournant, elle déboucha brusquement en face de l'embarcadère. Tout à côté se dressait le sanctuaire de Notre Dame de Regla. Alentour, des ruelles escarpées menaient à des collines dont on apercevait à peine les contours. La porte du sanctuaire n'était pas verrouillée. Leopoldina se couvrit la tête d'un voile blanc en franchissant le seuil. Hemingway se sentit mal à l'aise tant la coupole voûtée qui abritait la statue de la Vierge noire lui parut menaçante. Il sentit des présences invisibles, des ombres et des frémissements tout près.

Leopoldina s'était dirigée au pied de la statue avec l'assurance d'un chevalier en quête du Graal. Elle invita Hemingway à ses côtés. Ils restèrent ainsi, immobiles, à contempler le visage de la Vierge. Puis les lèvres de Leopoldina remuèrent, prononçant des mots incompréhensibles. À la fin, elle tourna lentement sur elle-même en imprimant à son corps une légère ondulation.

Plus tard, lorsque la Buick s'engagea dans la rue Infante, elle se mit à trembler.

— Qu'as-tu ? s'inquiéta Hemingway.

— Beaucoup de tristesse et une grande joie, répondit-elle, les yeux baignés de larmes.

Elle s'approcha de lui et l'embrassa.

— La Vierge de Regla est la mère de tous les *orishas*, continua-t-elle. Elle m'a donné l'assurance que Ochun et Changó sont réconciliés. Fais un vœu, Papa, en prenant le ceiba à témoin… il sera exaucé. Mais à une condition…

— Laquelle ?

— Tu la connais, Papa. Les cartes de la *Santería* ne mentent jamais… la mer et Cuba t'attendent !

Sixième partie

Coup d'État

« J'aime mieux que tout soit à refaire
que d'être obligé de tout accepter
comme un héritage immuable. »
Curzio MALAPARTE, 1944

16

La Cadillac blanche, fraîchement lavée et astiquée, avançait à un rythme de tortue dans les ruelles encombrées de la Vieille Havane. Après moult détours, elle stationna devant le 57, rue Tejadillo. Une pancarte sur le mur de façade annonçait un nouveau cabinet d'avocats aux noms de Rafael Resende, Jorge Aspiazo et Fidel Castro.

L'homme au volant, dans la mi-vingtaine, élégamment vêtu, klaxonna à plusieurs reprises. Un concert de klaxons lui fit écho, ajoutant au tintamarre habituel qui régnait dans ce secteur de la ville. Exaspéré, Rafael Díaz-Balart ouvrit brusquement la portière et se dirigea vers l'édifice à la façade lépreuse. Il cogna à coups redoublés dans la porte. N'obtenant pas de réponse, il l'ouvrit brutalement. Il allait s'engager dans le sombre escalier lorsque quelqu'un en descendit précipitamment.

— Mes plates excuses, lâcha Fidel Castro. J'avais un cas urgent à traiter parmi mille cas urgents.

Díaz-Balart lui jeta un regard rageur. Castro sourit et lui tendit la main. L'autre la serra mollement.

— Une cravate eût été de mise, remarqua Díaz-Balart. Tes chaussures ressemblent à celles d'un paysan sorti de son champ. Je t'avais pourtant dit de soigner ton apparence… On ne va pas à une manifestation, merde !

Il avait dit ces derniers mots sur un ton presque agressif.

— Je n'ai pas une minute à perdre avec ces futilités, rétorqua Castro. Je passe mon temps à défendre les habitants des quartiers les plus pauvres de cette ville…

— Réalises-tu seulement l'importance de cette rencontre ? fit Díaz-Balart en poussant Castro vers la sortie.

— Tu me parles de mode, et je te parle de pauvreté, dit Castro en haussant le ton. Sais-tu seulement combien de maisons sont menacées de destruction à La Havane au profit de tous ces requins de l'immobilier qui font la loi ?

Contrarié, Díaz-Balart pinça les lèvres. Il jeta un coup d'œil à sa montre-bracelet en or.

— Nous allons être en retard…

∽

Les mains crispées sur le volant, Díaz-Balart avait la mine renfrognée. À quelques reprises, la Cadillac dévia de sa route pour se déporter sur l'accotement. Chaque fois, Díaz-Balart la ramena sur le pavage d'un brusque coup de volant.

— Mes lunettes ! s'exclama soudainement Castro après avoir fouillé ses poches.

— Qu'ont-elles, tes lunettes ?

— Je les ai oubliées, s'alarma Castro. Il faut retourner les prendre au bureau, Rafael.

Ce dernier secoua vigoureusement la tête.

— Hors de question, je t'ai dit que nous sommes très en retard… et ça c'est autrement plus grave que tes lunettes, rétorqua Díaz-Balart.

— J'ai besoin de mes lunettes… absolument, insista Castro.

Díaz-Balart prit une profonde inspiration.

— Ça va nous coûter deux heures, Fidel, dit-il en essayant de garder son calme. Tu crois que nous pouvons nous permettre un tel affront ?

Castro se frotta vigoureusement les yeux, les écarquilla, les plissa.

— Je n'y vois pas grand-chose, s'entêta-t-il.

— Je suis certain que tu verras ce que tu dois voir, fit Díaz-Balart en enfonçant un peu plus l'accélérateur.

Castro se retint à grand-peine. Il s'efforça de mettre de côté la contrariété que lui causait cette affaire de lunettes.

— Que me veut-il, le sénateur ? demanda-t-il alors.

— Te témoigner sa générosité.

— Sa quoi ? s'exclama Castro, pour qui le mot avait eu l'effet d'une décharge.

— Générosité, répéta Díaz-Balart, et je ne joue pas sur les mots. Alors t'as intérêt à te montrer attentif, respectueux et coopératif. Au fait, t'es-tu débarrassé de ton pistolet ainsi que tu l'avais promis ?

— À toi de me le dire, le nargua Castro. Tu aurais dû me fouiller... probable que tu devras t'en confesser au sénateur.

Díaz-Balart fit la grimace.

— T'as une cigarette ? fit-il sur un ton marqué par l'impatience.

— Je ne fume pas la cigarette, répondit Castro.

Les deux hommes échangèrent un bref regard.

— J'ai parlé à ma sœur, enchaîna Díaz-Balart. Elle n'a pas cessé de pleurer. Elle est inquiète pour l'enfant... Elle est inquiète chaque fois que tu ne rentres pas... Elle est inquiète chaque fois que tu sors. Tu n'oublies pas que le sénateur est un ami intime de mon père... et qu'il vous a donné un cadeau de mariage. Il voudra savoir comment va ta famille... c'est son droit.

Castro s'agita.

— Comment veux-tu que nous allions ? Comme la majorité des Cubains... avec un salaire de misère, à peine de quoi payer pour le loyer et la nourriture...

— Tu es pourtant avocat, maintenant...

— Tu veux rire, fit Castro. Je suis un avocat qui s'occupe des causes des vaincus et de ceux qui refusent de manger dans la main des exploiteurs de tout acabit. Tu crois que le sénateur voudra entendre ça ?

La conversation tourna court.

— Il y a une cravate… là, dans le porte-documents, lança Díaz-Balart, en désignant la banquette arrière. Dépêche, nous arrivons à Arroyo Arenas.

⚬⚭

Fidel Castro avait entendu parler de la résidence dans laquelle vivait Fulgencio Batista depuis son retour de la Floride, mais il ne se doutait pas que le lieu fût un véritable palais. La Finca Kuquine avait été érigée dans le secteur de Arroyo Arenas, une banlieue de La Havane, sur des terres d'une superficie de plus de deux cents hectares.

L'immense villa blanche avait toutes les allures d'un temple. Elle se dressait au milieu d'un parc dominé par des palmiers royaux. Entourée d'une véranda aux colonnes d'acajou, elle était percée de vastes fenêtres, dont certaines, faites de vitraux multicolores, renvoyaient la lumière du jour avec des reflets d'arc-en-ciel.

Batista se tenait au pied de l'escalier, souriant, les mains dans le dos. Il portait un complet d'un blanc immaculé, une fleur violette à la boutonnière. À ses côtés, Esteban Ventura, en costume sombre, affichait la mine sévère d'un religieux.

Díaz-Balart se chargea des présentations en employant un ton protocolaire. Le regard un peu étonné par la taille impression-nante de Castro, Batista invita les deux hommes à faire quelques pas à l'ombre des palmiers. Ventura les suivit à bonne distance.

Pour Castro, tout était enchantement. Il aperçut une construction dont l'architecture rappelait vaguement une hutte indigène. Batista interrompit son monologue.

— Intrigué, monsieur Castro ? fit-il en montrant du doigt la construction au toit végétal.

— Un peu…

— Ce n'est un secret pour personne, poursuivit Batista. Je suis fier de mes origines et j'honore mes ancêtres… ma grand-mère Dominga était descendante d'esclave… Elle rendait un culte aux dieux africains.

Castro ne dit rien. Il se souvenait de certains récits qu'il avait entendus durant sa jeunesse à Birán, de la bouche de travailleurs noirs. D'autres histoires racontées par les jésuites du Collège Dolores. On disait que les prières chrétiennes servaient aux adeptes de la *Santería* et que les croix des cimetières dissimulaient des divinités païennes.

— À qui adressez-vous vos prières, monsieur Castro ? lui demanda Batista en affichant une mine curieuse.

Étonné par la question, Castro hésita.

— J'ai été baptisé, finit-il par répondre. J'ai été éduqué par les jésuites et je suis officiellement catholique. Cela dit, je ne suis pas du genre à prier pour moi.

Batista leva les bras au ciel et gloussa.

— Ah ! Fils de riche ! s'exclama-t-il. J'oubliais presque… vous êtes un des fils de Don Ángel Castro y Argiz… vous avez fréquenté le Collège Dolores de Santiago, bien entendu. Moi, fils de pauvre, c'est dans les champs de canne à sucre et dans les ruelles de Banes que j'ai reçu la mienne.

— Ce qui ne vous a pas empêché d'avoir été président, fit Castro.

— Élu président, mon ami, et aujourd'hui élu sénateur, précisa Batista avec un grand sourire. Bien entendu, je n'ai pas l'avantage d'afficher des certificats académiques au mur, mais j'en ai eu beaucoup d'autres…

— Tous bien mérités, ajouta Díaz-Balart avec candeur.

Batista le gratifia d'une tape amicale sur l'épaule et reprit son monologue. Il parla de son sens de l'histoire, de ses idées politiques, d'honneur et de noblesse. Il cita même de grands noms de l'Histoire et affirma qu'il fallait s'emparer de leurs idées pour façonner l'avenir de Cuba. Castro comprit très vite que ces phrases toutes faites cachaient à peine des intentions de liaisons dangereuses.

— Suivez-moi, les intima Batista en faisant volte-face, avant de se diriger vers la villa.

Les trois hommes passèrent devant Esteban Ventura, rivé sur place tel un vigile. Lui et Castro se défièrent du regard. Le premier laissait entendre qu'il n'était aucunement impressionné par la haute taille et l'aspect imposant de Castro. Le jeune avocat affichait quant à lui un air impertinent. D'un geste, Batista, qui avait vu le jeu, commanda à Ventura de s'éloigner. Il porta une main sur l'épaule de Castro.

— Toujours difficile de servir deux maîtres, dit-il sur un ton bienveillant.

À peine avait-il dit ces mots qu'il déboutonna son veston, porta sa main droite à l'intérieur et exhiba un calibre 45. Il vérifia le chargement, fit tourner le barillet d'un geste vif, puis pointa l'arme en direction de quelques cibles imaginaires.

— Vous aimez les westerns ? demanda-t-il à Castro.

Pris de court, ce dernier se contenta de dire qu'il n'était pas friand du cinéma hollywoodien.

— Et toi, Rafael ?

— J'aime bien John Wayne, s'empressa-t-il de répondre.

Batista partit d'un grand rire. Il mima un duel à l'arme à feu, puis rengaina le Colt.

— La seule différence entre John Wayne et moi est que Wayne fait du cinéma et qu'il tire avec un Colt chargé à blanc, ironisa-t-il.

❧

Batista guida ses deux invités d'une pièce à l'autre. Partout, des meubles de grand style, des bustes, des porcelaines, des statuettes d'ambre, de jade, d'ivoire.

— Vous avez certainement beaucoup voyagé pour jouir d'une telle collection, observa Castro.

— Elle est plutôt venue à moi, répondit Batista.

Au centre d'une des salles, plus petite et surtout plus sombre que les autres, trônait une sorte de mannequin portant un habit de jute orné de dessins géométriques qui rappelaient l'art indigène. Au sol, un tambour garni de bouquets de plumes de coq.

— Vous connaissez ? demanda Batista.

— Carnaval de Santiago ? risqua Díaz-Balart.

— Un *diabolito*, corrigea Batista.

— Étrange…

— Avec son tambour *enkrikamo*, ajouta Batista.

Castro passa la main sur le tissu effiloché aux bras. Il lui parut très ancien.

— Cela représente l'esprit des ancêtres tel que vénéré par la société secrète Abakuá, expliqua Batista sur le ton du connaisseur. Mais rassurez-vous, il n'y a là rien de bien mystérieux… De nos jours, les cultes associés aux reglas de Palo et à la *Santería* sont fondés sur la justice sociale, l'entraide et les secours mutuels. À l'origine, voilà trois siècles, ils se consacraient à perpétuer les croyances africaines, le rachat et la libération des esclaves… Je tiens cela des enseignements de ma mère.

Díaz-Balart parut quelque peu ému. Castro ne perdait pas de vue que toute cette mise en scène, pour impressionnante qu'elle fût, cachait d'autres intentions.

— Vous êtes amateur d'art, monsieur Castro ? lui demanda Batista.

— Mes études de droit ont requis tout mon temps, sénateur, fut la réponse.

— Cela incluait-il vos temps libres ? insinua Batista.

— Je n'en avais pas, répondit sèchement Castro.

— Nous en reparlerons, fit Batista en affectant l'air le plus décontracté qu'il put. D'ici là, je me permets en toute modestie de vous faire découvrir le véritable visage de l'art cubain.

Sur les murs de quatre salles rappelant celles des grandes galeries, une cinquantaine de peintures, plus pittoresques et extravagantes les unes que les autres, étaient mises en valeur, certaines suspendues aux murs, d'autres disposées sur des chevalets. Ici, des scènes villageoises, des décors urbains, des visages de paysans, de miliciens. Là, des scènes exprimant des réalités historiques, des êtres plongés dans la tourmente, des fleurs et des plantes gorgées de soleil. Plus loin, des tableaux évoquant la sensualité tropicale, ou encore des formes cubistes, des jeux de lumière et d'ombre, des traits humains stylisés.

Batista fit une nomenclature de ces artistes, qui, disait-il, avaient étudié en France, en Italie, en Espagne, inspirés par Matisse, Miró, Braque, Picasso. Il nomma Amelia Peláez, Victor Manuel Garcia Valdés, Wifredo Lam, Mario Carreño.

— Que pensez-vous de ceci? fit-il, campé devant une œuvre qu'il considérait comme un trésor national.

Le tableau représentait quatre personnages fortement stylisés portant des masques. Surgissant d'une végétation tropicale, ils étaient soudés les uns aux autres.

— Absolument étonnant, murmura Díaz-Balart, toujours admiratif. De qui est-ce?

— Wifredo Lam... et c'est intitulé: *La Jungle*. On dit que c'est digne de Picasso... et vous, monsieur Castro, qu'en dites-vous?

Celui-ci recula de quelques pas, se frotta les yeux, s'avança de nouveau. Un petit jeu qui agaçait visiblement Batista. Finalement, Castro le regarda.

— Je pense qu'il y a une grande fortune sur vos murs, laissa-t-il tomber. Je pense aussi que toutes ces œuvres appartiennent au peuple cubain et qu'elles devaient être rendues à notre musée national.

Díaz-Balart fut contrarié par la réponse de son beau-frère. Comme toujours, ce dernier trouvait, juste au moment où il ne fallait pas, une réponse qu'il voulait spirituelle mais qui s'avérait vexante. Aucune sagesse ni retenue.

— J'ai pris de grands risques en rapportant toutes ces œuvres depuis les États-Unis, répondit Batista, sans prendre ombrage des allusions de Castro. Elles sont maintenant ici, donc à Cuba. En ces lieux, elles sont gardées jour et nuit par un personnel au-dessus de tout soupçon. Un jour peut-être, lorsque le bien public le commandera autrement que par vanité ou par intérêts mondains, ces œuvres trouveront-elles une place digne du génie de leurs créateurs. En attendant, veuillez me suivre, je vous prie.

Ils s'engagèrent dans un vaste corridor le long duquel étaient disposés des châssis vitrés où étaient exposées des pièces de collection en céramique, en nacre, en bronze représentant des scènes mythologiques, également des masques africains et orientaux. Un ensemble qui dénotait un goût ostentatoire d'opulence de la part de leur propriétaire.

Castro fut frappé par le silence profond qui régnait dans la villa. Des domestiques y circulaient presque sur la pointe des pieds. L'un d'eux, la physionomie fermée et portant un plateau chargé de rafraîchissements, se tenait au seuil de la salle de travail de Batista.

⇛

Le bureau était comme toutes les autres pièces, immense. Quatre guéridons à piétement central étaient placés aux coins. Sur chacun reposait un bronze. Il y avait aussi une grande armoire du XVIIIᵉ siècle ainsi qu'une bibliothèque couvrant le mur du fond. Les rayonnages du plus bel acajou étalaient au moins deux mille livres, tous reliés en maroquin.

Sur un des murs, un immense portrait de Batista en uniforme de général, la poitrine épinglée de médailles. Sous le portrait, placé dans une monture de verre, une imposante machette dont la poignée patinée à l'extrême témoignait de son ancienneté.

— Devrais-je également rendre cet objet à un musée ? demanda Batista à Castro, qui fixait l'objet avec un mélange de curiosité et d'étonnement.

— À vous de me le dire…

— Dans ma jeune vie, je fus *machetero*, fit Batista en se bombant le torse. Cette *machete* a coupé jusqu'à quatre cents *arrobas* par jour… des journées de douze heures à vous arracher la peau des mains… Cette *machete* est ce qui me lie à la terre de Cuba… à mes racines à Banes… à Oriente… Ceci est ma *machete*… Elle représente ma chair et mon sang… ce que j'ai de plus précieux à donner à Cuba !

Castro ne dit rien. Il examinait de près le portrait de Batista. Puis :

— Je me demandais si vous regrettiez votre uniforme.

— Je n'étais alors que général, répondit Batista d'un air amusé.

— Et toutes ces médailles ?

— Elles sont venues avec le grade, plaisanta encore Batista tout en jetant un coup d'œil à sa montre.

Díaz-Balart prit Castro par la manche.

— Le sénateur a des choses importantes à te dire, lui souffla-t-il.

Batista avait pris place derrière le bureau, dans un grand fauteuil de cuir vert. Sur le bureau étaient placés une base de cristal, une coupe d'albâtre, un couteau à lame courbe de style mauresque et un livre intitulé *Technique du coup d'État*, de Curzio Malaparte. Il ouvrit un tiroir et en tira un épais dossier, qu'il parcourut rapidement. Il le referma et ne garda sous les yeux qu'une seule feuille en guise d'aide-mémoire. Il avait troqué son air affable contre une mine presque sévère, marquée d'un froncement prononcé des sourcils. Il leva les yeux et regarda fixement Castro.

— Fidel Castro Ruz, dit-il avec gravité, je sais tout de vous.

Sans attendre, Batista débita une liste d'événements avec faits et gestes imputés à Castro. Le soulèvement populaire en Colombie, l'assassinat de l'avocat Jorge Gaitán dans une rue de Bogota, la tentative ratée de renversement du dictateur Trujillo en République dominicaine, les agitations étudiantes à La Havane, les tentatives de meurtre sur des chefs de gangs, les discours appelant à la désobéissance civile.

Batista parla volontairement à voix basse, laissa écouler de longs moments de silence, lança des coups d'œil entendus à Díaz-Balart allant parfois jusqu'à requérir l'approbation de celui-ci, joua négligemment avec le couteau décoratif posé sur son bureau.

Pendant tout ce temps, Castro s'efforça de demeurer impassible en dépit d'une envie de clamer bien haut que tout ce qui paraissait une vérité trop facile l'était rarement une fois la lumière faite. Il se contenta de hocher la tête d'un côté, puis de l'autre, à la manière des jésuites. Mais à tout moment, il fixait Batista, sans le moindre battement de cils, de manière à lui signifier son défi.

Au terme de la longue énumération, Batista mit de côté l'aide-mémoire et posa ses coudes sur le bureau.

— Avez-vous toujours votre Browning, monsieur Castro ? demanda-t-il.

— Non.

— Avez-vous tenté d'assassiner le chef de la Sécurité nationale en 1947 ?

— Non.

Batista se pencha vers l'avant.

— Rolando Masferrer, précisa-t-il.

— Je connais cet homme, répliqua Castro, en haussant fortement le ton. Il n'était pas à la Sécurité nationale… Il était le bourreau en chef de la police secrète… Il commandait des meurtres d'innocents… Il payait des gangsters pour agir à sa place…

— Vous reconnaissez donc la tentative d'assassinat, insista Batista.

Castro serra les poings. Díaz-Balart lui envoya un léger coup de pied pour l'inciter au calme.

— Je ne regrette qu'une chose… c'est que les balles destinées à Masferrer aient raté la cible.

Batista sourit comme à son habitude lorsqu'il sentait qu'une situation risquait de le mal faire paraître.

— Vous avez récemment dénoncé publiquement les gangsters qui terrorisaient l'Université de La Havane pendant de nombreuses années, fit-il. Il faut un certain courage pour passer des actes de violence aux actes de pénitence. Je vous en félicite…

Castro hocha la tête sans plus.

— Cela dit, monsieur Castro, continua Batista, vous faites toujours l'objet d'une enquête par la CIA, le FBI et Scotland Yard pour les événements qui se sont déroulés en Colombie, à Cayo Confites et à l'ambassade américaine à La Havane…

Il avait prononcé les derniers mots sur un ton plus bas, en détachant son regard de Castro pour le porter sur Díaz-Balart.

Castro secoua la tête avec force.

— Je n'ai jamais mis les pieds à l'ambassade yankee, protesta-t-il.

Batista se mit à tambouriner sur le dossier.

— Monsieur Castro, dit-il, je cherche une solution pour empêcher l'inévitable.

— Quel jeu jouez-vous, sénateur ? fit Castro sur un ton glacial.

Díaz-Balart sentit que son beau-frère allait perdre pied.

— Fidel, intervint-il, je crois que tes paroles dépassent ta pensée…

— Mon cher Rafael, laissez donc votre beau-frère aller au bout de sa pensée, fit Batista avec bienveillance. Poursuivez, monsieur Castro, ajouta-t-il.

— Je n'ai jamais violé le territoire de cette ambassade, répéta Castro. Je reconnais avoir mené une marche de protestation qui s'est pointée à proximité de l'édifice… Je reconnais avoir prononcé un discours dans lequel j'ai dénoncé les méthodes de la police secrète et cité les noms de plusieurs personnes portées disparues… Je reconnais avoir accusé la police secrète de l'assassinat de ces personnes, parmi lesquelles plusieurs femmes… Je l'ai fait parce que je crois absolument que le peuple a le droit de savoir.

Batista parut médusé par la conviction de Castro. C'était un esprit fort, dangereux même. Avec un tel homme, il fallait sans cesse être sur ses gardes, justement parce qu'il savait être le messager d'une cause. Et il se trouvait que Cuba était en quête d'actes nobles.

— Le coup de la cloche de Manzanillo, c'était vous ?

— Je n'étais pas seul, reconnut Castro.

— Il fallait du culot pour traverser Cuba d'est en ouest avec ce symbole de notre indépendance, souligna Batista.

— Il fallait surtout que La Havane sache que l'histoire de notre pays s'est d'abord écrite en Orient, précisa Castro.

— Je vous donne raison sur ce point.

Le regard de Batista porta sur son portrait en uniforme de général de l'armée. Cette autre part de lui-même, figée dans une pose martiale, le regardait d'une manière sévère comme pour lui reprocher de faire sotte figure devant ce jeune avocat. Pourtant, il reconnaissait en Castro l'âme passionnée qui savait faire une grande impression sur ses interlocuteurs et défendre avec panache ses justes droits.

— Vous connaissez très bien le sénateur Eddy Chibás, n'est-ce pas ?

— Je le connais, répondit Castro.

— Est-il votre mentor ?

— Non, il est le fondateur du Parti orthodoxe.

— Et vous militez dans ce parti…

— En effet.

— Chibás est votre guide, alors, suggéra Batista.

— Non, fit Castro. Chibás est un homme foncièrement honnête qui lutte contre la corruption sous toutes ses formes… Je partage cette lutte.

— Chibás a été défait par Carlos Prío aux élections de 48, relança Batista. Vous avez par conséquent misé sur un perdant.

— Chibás n'a jamais concédé la victoire à Prío, rétorqua Castro. Il n'est donc jamais tombé de son cheval de bataille.

— Ne jouez pas sur les mots, monsieur Castro, fit Batista.

Castro comprit que Batista voulait pousser l'exercice jusqu'au bout.

— Sans jouer sur les mots, j'affirme qu'il y a eu manipulation, intimidation, dit-il avec conviction. J'affirme, sénateur, qu'une fois encore Cuba a été entraînée dans une fraude électorale sans précédent. Je suis conscient que ces mots sont durs, mais ils expriment la réalité.

Batista perdit momentanément son air dégagé. Les mouvements rapides de ses yeux laissaient deviner son inconfort. Il se leva, se rendit près de son portrait, souleva le châssis vitré, prit la *machete* et effectua quelques moulinets d'une main experte. Puis il la remit en place et retourna vers son bureau.

— Le bon *machetero* est celui qui continue de couper la canne avec dignité en dépit de la soif, de la chaleur, de la douleur, dit-il d'une voix altérée. Il doit en être ainsi du bon politicien. C'est le peuple d'abord… le peuple toujours ! Vous auriez fait un bon *machetero*, monsieur Castro. Je crois en effet que la corruption a pris de l'ampleur, que le peuple a été la plupart du temps abandonné… Je crois aussi que Cuba semble être à la dérive.

— C'est donc que vous croyez que c'est le peuple cubain qui est le véritable perdant, fit Castro.

Batista le regarda avec gravité. Grand, beau, élégant sans être particulièrement soigné, dépourvu du moindre goût vestimentaire, mais capable de jouter d'égal à égal avec quiconque et de passer en un clin d'œil de la froideur à la passion. Un homme à qui il ne fallait jamais céder la moindre initiative.

— Êtes-vous communiste, monsieur Castro ? demanda-t-il alors.

— Je ne le suis pas, affirma Castro.

— Pourtant, dans chacun de vos discours, vous citez Karl Marx…

— J'ai lu le *Manifeste du Parti communiste* de Marx et ne m'en cache pas, expliqua Castro avec calme, comme j'ai lu les œuvres de Lénine… J'ai également lu des ouvrages qui racontent comment des gouvernements corrompus, des dictatures comme celles de Trujillo ou encore de Franco, arrivent à suffoquer les peuples… J'ai lu des récits qui décrivent les manières de priver les humains de leurs libertés. Cela ne fait pas de moi un communiste pour autant… mais cela fait de moi un homme prêt à s'engager envers le peuple cubain par devoir de mémoire.

Batista baissa un instant les yeux comme pour dissimuler son embarras.

— Il est facile de dire qu'on sacrifierait tout au bien public lorsqu'on ne dispose de rien, fit-il à demi-voix.

Castro se leva comme mû par un ressort.

— Faux, s'exclama-t-il. Si vos paroles s'adressent à moi, sachez que j'ai déjà fait sacrifice d'une fortune qui m'était destinée…

— Au grand désespoir de votre père d'ailleurs, insinua Batista.

Castro allait s'emporter lorsque Díaz-Balart l'incita à se rasseoir. Il l'invita une fois de plus au calme alors que l'autre ne cessait de secouer la tête.

— Croyez que je ne voulais en rien vous offenser, mon ami, fit Batista sur un ton conciliant. Dites-moi plutôt ce qui vous anime véritablement…

— Ce qui m'anime, sénateur ? répéta Castro, ce sont des mots devenus immortels… des mots comme « le gouvernement doit naître du pays »… ou encore « tout ce qui divise les hommes, tout ce qui les spécifie, les isole, les parque, est un péché contre l'humanité »… ces mots appartiennent à un martyr de Cuba… José Martí. Le même Martí qui a dit que la parole est faite pour dire la vérité et non pour la dissimuler… Voilà ce qui m'anime. J'ai cette mémoire, sénateur… celle de Martí, de Gomez, de Maceo… tout comme la mémoire de ces esclaves, de ces paysans qui ont nourri de leur sueur et de leur sang la terre cubaine… J'ai en tête la mémoire des centaines de milliers de Cubains morts pour la cause d'une liberté que nous n'avons toujours pas…

Batista avait reçu l'élan oratoire de Castro comme la récitation d'une ode tout entière. Il lui en fit toutefois compliment. Puis il ajouta :

— Les fantômes du passé ne nous sont plus de grande utilité, vous en conviendrez… Ces hommes sont morts… tués en raison même de leur fanatisme.

— Morts ? reprit Castro. Je ne crois pas. Martí n'est pas mort, pas plus que Céspedes, Gomez ou Maceo… Le jour où Antonio Maceo a refusé une paix sans indépendance, il nous a légué l'idéal et la fermeté révolutionnaires… lui, son père, quatorze de ses frères, sa mère… tous morts mais immortels pour tous les Cubains. Vous pouvez jeter bas leurs statues, violer leurs tombes, rayer leurs noms des livres d'histoire… mais vous ne pourrez jamais éteindre la flamme qu'ils ont allumée en chacun de nous.

Batista reçut la dernière envolée de Castro avec un hochement de tête. Il se garda prudemment d'ajouter le moindre commentaire. Il savait qu'il épuiserait le peu de connaissance qu'il avait de l'histoire de Cuba face à ce jeune fanatique dont il avait le double de l'âge et qui semblait doté d'une mémoire phénoménale des événements, des dates et des citations.

On cogna trois coups et la porte s'ouvrit. Esteban Ventura se tenait sur le seuil. Batista s'excusa et alla le rejoindre. Les deux hommes conférèrent à voix basse. L'entretien qui devait être court se prolongea. Batista consulta plusieurs fois sa montre. L'expression de son visage changea peu à peu, jusqu'à paraître ennuyé. Il mit fin brusquement aux échanges et revint prendre place derrière son bureau.

— Pourquoi faut-il toujours passer notre temps le plus important à régler des détails sans importance ? laissa-t-il tomber en regardant Castro et Díaz-Balart avec l'air de quelqu'un qui cherchait un prétexte pour mettre fin à la rencontre.

Díaz-Balart se leva aussitôt, déjà prêt à débiter le boniment habituel de remerciements. Batista lui fit comprendre qu'il n'en avait pas terminé.

— Je vous disais au début que je savais tout de vous, fit-il en s'adressant à Castro. Je m'étais trompé. En réalité, je ne sais que ce qu'il y a dans ce dossier… J'entendais ce que disaient les uns et les autres, parmi ceux-là ceux qui souhaitaient vous voir disparaître à jamais. Mais j'ignorais tout de vos convictions… surtout de votre engagement envers de nobles idéaux…

Batista se leva une fois encore pour reprendre place sous son portrait. Le contraste était frappant. Quinze années séparaient l'image du haut gradé à l'uniforme bardé de médailles de pacotille, le regard noir, vif, rêvant d'un parcours du combattant, de l'homme replet qu'il était devenu, engraissé aux plats fins et rêvant maintenant de règne absolu.

— Un homme comme vous, monsieur Castro, continua Batista, a besoin d'un avenir, ce que vous n'aurez jamais tant que vous serez sous enquête. Je peux vous faire cadeau d'un tel avenir en vous plaçant au-dessus de tout soupçon. Il m'en coûtera cependant des sommes considérables pour mettre fin à toutes ces enquêtes… et il m'en faudra autant pour convaincre l'ambassadeur des États-Unis d'intervenir auprès de qui vous savez. Je me permets d'ajouter que le moment est propice… l'actuel ambassadeur Butler s'apprête à quitter ses fonctions d'ici quelques semaines et il aura forcément besoin de combler un… certain manque à gagner. Quant à son successeur… dont j'ai le modeste mérite de déjà connaître le nom… bien officieusement d'ailleurs, il aura besoin de mon appui afin que la transition soit harmonieuse. Vous me suivez toujours, monsieur Castro ?

Castro fut tenté de répondre à Batista qu'il n'avait rien compris à ses engagements patriotiques. Voilà qu'il lui proposait ce qui allait ressembler à un vulgaire marchandage de tapis. Un simple troc par lequel lui, Fidel Castro, devrait revêtir les frusques du Cubain docile et devenir un chien fidèle. Il devrait se contenter d'aller au bout de sa laisse sans jamais chercher à la rompre, de bondir de joie et faire des cabrioles sur commande du maître.

Pendant un moment, il scruta l'homme et son portrait, deux visions floues pour un myope. Ce Batista qui se tenait là, tel un sénateur romain, avait le don de ramener les cris de révolte du peuple cubain au rang de manifestations banales. Il n'accordait aucune portée ni gravité aux appels à la véritable indépendance. Il se jouait des textes constitutionnels ne serait-ce que pour entretenir la proximité des liens avec les hautes instances américaines. Cet homme, il le savait maintenant, n'aurait jamais la moindre considération pour ceux, et ils étaient des millions, qui n'avaient qu'un lit d'ordures pour toute possession. Cet homme était la réincarnation moderne des conquistadors qui jadis exerçaient un droit absolu de vie et de mort.

— À quel prix ? demanda Castro.

Batista feignit l'étonnement.

— Je ne saisis pas bien…

— Qu'attendez-vous exactement de moi ? précisa Castro d'un ton fort.

— Que vous dénonciez les malversations de Carlos Prío Socarrás, fit Batista sans la moindre hésitation.

— Ce n'est pas à moi qu'il faut demander cela, mais à Eddy Chibás… c'est lui l'homme politique le mieux placé.

— Chibás ne pourra jamais mener une telle tâche à bien, monsieur Castro, répondit Batista d'un air résigné.

— Et pourquoi ?

— Parce que toutes les portes lui sont fermées.

— Alors faites-le vous-même… vous êtes sénateur, après tout…

La physionomie de Batista changea. Il parut accablé.

— J'ai l'obligation de la neutralité, monsieur Castro, fit-il avec un soupir, et je n'ai déjà plus l'âge de monter aux barricades. Je vous assure que vous pourrez compter sur toute ma collaboration… et, un jour prochain, je vous témoignerai de manière très tangible ma reconnaissance… J'en prends votre beau-frère Rafael, ici présent, à témoin, et le jure sur les dieux de mes ancêtres…

Embarrassé devant une telle emphase, Castro se contenta d'un signe de tête. Du bout des doigts, il effleura le livre posé sur le bureau. Batista s'approcha avec l'ombre d'un sourire sur le visage.

— Une simple lecture de chevet, glissa-t-il.

— Écrit par un fasciste, répondit Castro, en ajoutant : Curzio Malaparte n'est pas son véritable nom. Cet homme a adhéré au parti fasciste italien et fut longtemps un penseur à la solde de Mussolini.

— Très franchement, vous m'impressionnez, monsieur Castro, fit Batista. Vous semblez avoir tout lu, tout entendu et tout vu…

— Je ne crois pas au coup d'État, sénateur, répliqua Castro, sans se soucier des remarques de Batista.

— Et pourquoi ?

— Parce que le coup d'État est une absurdité historique, fit Castro. Et parce que tout coup d'État sert d'abord un besoin de pouvoir d'une poignée d'individus.

— Quoi d'autre alors ?

— La révolution, reprit Castro avec assurance, parce que la révolution tire sa légitimité de la mobilisation du peuple… et que seul le peuple est souverain.

Batista n'avait pas cessé de sourire. Il ouvrit un tiroir et en sortit un livre qu'il tendit à Castro.

— Je vous en fais cadeau.

Castro lut le titre : *Por quién doblan las campanas*, d'Ernest Hemingway.

— L'auteur est un ami de Cuba, dit Batista, et un de mes amis personnels… mais surtout un très grand écrivain.

Castro feuilleta rapidement l'ouvrage. C'était un roman.

— Je vous remercie, sénateur, dit-il, en lui tendant la main.

Après la brève poignée de main, les deux hommes demeurèrent un moment face à face, éprouvant une certaine fascination l'un pour l'autre.

— J'attendrai votre réponse, monsieur Castro, fit Batista.

— Je vais réfléchir, monsieur le sénateur.

Le regard de Batista s'assombrit, mais il continua de sourire. Castro pensa que cet homme souriait sur commande et qu'il ne s'en apercevait même plus. Le genre de sourire qui figeait l'homme. Le genre d'homme qui survolait toutes les misères et voyait toutes les horreurs en souriant.

— Ne réfléchissez pas trop longtemps, monsieur Castro, murmura Batista en y allant d'une tape délicate sur l'épaule de Castro.

— Craignez-vous l'épreuve du temps, sénateur ?

— Pas vraiment… mais ici et maintenant, je vous offre, en ami, de vous affranchir de certaines chaînes.

— J'ai déjà choisi de rompre toutes mes chaînes, sénateur, fit Castro sèchement.

Sur ces paroles, il se dirigea vers la sortie sans même attendre Díaz-Balart. Lorsque ce dernier voulut quitter la pièce à son tour, Batista le retint.

— Ton beau-frère est l'homme le plus dangereux de Cuba, lui dit-il.

Díaz-Balart hocha la tête en signe d'impuissance.

— Toi, Rafael, n'oublie jamais qu'un président est celui qui choisit qui doit vivre et qui doit mourir.

En sortant de la villa, Díaz-Balart, ébloui par l'ardeur du soleil, se frotta les yeux pour se persuader qu'il n'avait pas rêvé. Il ne savait rien de l'avenir de Fidel Castro, mais il savait qu'il devait choisir le sien.

⁓

Fidel Castro n'avait pas trouvé le sommeil. Il avait imaginé le pire : son arrestation, des heures et des semaines de cachot sans connaître les motifs véritables de son arrestation. Peut-être une grève de la faim et de la soif. Mais alors sa mort ne servirait à rien d'autre qu'à amuser ses gardiens qui le regarderaient crever derrière une grille cadenassée. Dans le bureau envahi par des piles de dossiers, il avait parcouru le livre que lui avait offert Batista. Un geste anodin qui faisait partie de l'univers absurde des gens de pouvoir. Mais voilà, il avait tout de suite aimé le titre après avoir lu qu'il était tiré d'un sermon d'un poète anglais du XVIIe siècle. Et il aimait le nom de l'auteur. Les syllabes se prononçaient bien.

Il en avait lu quelques pages, l'avait refermé. Puis il avait repris la lecture. Trois phrases retinrent son attention. Il les nota.

« Je ne tuerais pas même un évêque. Je ne tuerais pas un propriétaire. Je les ferais travailler tous les jours, comme on travaillait aux champs, et comme on travaillait aux arbres dans la montagne, pour tout le reste de leur vie. »

Fidel Castro se promit alors qu'il ne tuerait jamais un évêque ni un propriétaire. Il revit en pensée Fulgencio Batista imitant de manière grotesque John Wayne brandissant son Colt 45. Il ne se promit pas de ne pas le tuer un jour au nom de la patrie.

17

La sueur dégoulinait du front de Hemingway. En jurant par tous les diables et les saints, il y passa le revers de sa main pour l'empêcher de couler dans ses yeux.

Depuis l'aube, il avait remué tout ce qui lui tombait sous la main : liasses de documents jaunis, paquets ficelés qu'il n'avait jamais défaits, jusqu'aux vieux bouquins rangés aux extrémités des rayons de ses bibliothèques. Y passèrent les tiroirs de la commode de la chambre à coucher et ceux du bureau de travail. Il s'en prit à Mary, au majordome, et alla jusqu'à enguirlander le cuisinier chinois qui, sans rien comprendre à la diatribe du maître, menaça sur le même ton, en cantonnais, de rendre son tablier.

— Où est-ce que j'ai foutu ces putains de notes ? ne cessait de maugréer Hemingway.

Son visage était congestionné. Ses mains tremblaient. Il tira deux valises aux coins rongés par l'humidité du fond d'un placard, les ouvrit et en répandit les contenus. Il fouilla avec fébrilité les enveloppes et les cartonnages retenus par des rubans élastiques. Il trouva une cinquantaine de photos. Elles évoquaient, toutes, des scènes de pêche au gros et de chasse.

La *guayabera* lui collait à la peau. Il la retira et s'épongea le visage. Brusquement, il sentit le sang lui battre aux tempes. Il savait que la pression artérielle accentuait son étau. D'instinct, il prit son pouls au poignet. Les battements étaient trop rapides et surtout irréguliers. La brutale réalité d'une santé détériorée. Un goût affreux lui vint en bouche. Il se précipita vers la salle de bain. Il s'aspergea le visage à grande eau au-dessus du lavabo. Le coup d'œil dans le miroir le fit grimacer. Il ramassa ses cheveux et les poussa vers l'avant pour masquer sa calvitie. Il vit son regard fiévreux, les taches brunes qui enva-hissaient son front. Une proie pour le festin sauvage, imagina-t-il. Il avait vu des dizaines de festins sauvages en Afrique. Cela commençait en silence. Les prédateurs se pointaient : les félins d'abord, suivis des hyènes, des chacals. Les vautours formaient une couronne noire dans le ciel. La curée lancée, la proie était encore vivante, consciente de sa mort lente, atroce. Lorsque les derniers charognards se mettaient de la partie, il ne restait qu'une carcasse à nettoyer. Une proie, ne cessait de se dire Hemingway en contemplant son propre reflet. Un festin sau-vage chez les hommes comme chez les bêtes ; sur terre et sous la mer. Un même festin sauvage qui devenait l'inéluctable finalité de tous les vivants. Être vaincu définitivement sans perdre... perdre définitivement sans être vaincu ; là était toute la ques-tion. Et là était la seule réponse...

Il tenta de se calmer en prenant de profondes inspirations. T'as intérêt à te tenir droit dans tes bottes et raide dans ton pan-talon, pensa-t-il alors. T'en es où, Papa ? Peut-être bien que tu n'es qu'une île à la dérive comme celle que t'habites, connard ! Et qui as-tu envoyé au front à ta place ? Frederic Henry ? C'était toi, connard, l'ambulancier blanc bec qui a levé un mouchoir blanc en guise d'adieu aux armes. Robert Jordan ? C'était encore toi, déguisé en *dynamitero* qui n'a pas été foutu de faire sauter correctement un pont. Richard Cantwell ? Tou-jours toi, déguisé en colonel qui prétendait défier la maladie et la mort, mais incapable de baiser la comtesse italienne qui collait à tes basques. T'as porté tous ces masques, connard, et t'as scribouillé tous ces autoportraits pour une montagne de fric. Alors tu vas te secouer, Papa ? Tu vas te battre pour le titre ? Parce que les trois quarts de ta vie sont inscrits au compteur, et que cette salope de mort, avec ses orbites sans fond, te guette. Où donc est passée ta magie ? Perdue peut-être dans le labyrinthe de tes écrits ; enfouie parmi le million de mots qui ont inventé celui que tu n'es pas. Il serra les poings. Un désir de cogner le prit, là, tout de suite. Le poing droit écrasa le miroir. Les éclats lui renvoyèrent, en une fraction de seconde, l'image étrangement déformée de son visage. L'image de la décomposition de son être, symbole d'une chute fatale vers l'oubli. Le sang se répandit dans l'évier, le maculant de coulées pourpres.

— Papa ! Papa ! criait Mary, en accourant, affolée à la vision du sang.

— C'est rien, fit-il, en jetant un coup d'œil méprisant sur les phalanges de sa main droite.

— Il faut soigner ça, Papa… Je vais appeler René.

— Tu n'appelleras personne, gronda Hemingway. Et vous allez tous me foutre la paix !

❦

— Stop, ordonna Hemingway à son chauffeur. Tu me laisses ici.

Surpris, Juan Pastor rangea la Buick à l'extrémité de la Calle Amistad, à quelques pas du *Pórtico Chino*. L'immense porte chinoise, la plus grande au monde disait-on, enjambait la Calle Dragones et marquait l'entrée dans le quartier chinois de La Havane, fort de plusieurs dizaines de milliers d'immigrants presque exclusivement du sud de la Chine. On y parlait surtout le dialecte cantonais, sans compter le charabia utilisé par les membres des Triades.

Hemingway prit une dernière gorgée de rhum à même la bouteille qu'il avait tenue entre ses jambes tout le long du trajet, puis la tendit à Juan Pastor.

— Prends-en soin, fit-il. Va te payer un peu de bon temps dans le Vieux… mais pas au *Floridita*, tu entends ? Va prendre un verre au *Dos Hermanos*, du côté de *La Lanchita*, et reviens me prendre dans deux heures à la porte du *Pacifico*. Tu connais la place ?

— C'est au fond de Cuchillo… sur San Nicolás, dit Juan Pastor sans hésitation.

— Si tu le dis…

Chaque fois que Hemingway lui posait pareille question, Juan Pastor se demandait si le patron le taquinait, le mettait au test, ou si tout simplement il montrait des signes réels d'amnésie.

— Très bien… très bien, murmura Hemingway. Dans deux heures pile…

Il s'extirpa péniblement de l'automobile. Juan Pastor le regarda s'éloigner en boitillant. Il paraissait desséché comme une grande fleur blanche privée d'eau. Il le vit tourner le coin et passer, sans même lever la tête devant la Sucursal del Banco Nacional de Cuba, où il avait pourtant des comptes bancaires et des coffres de sûreté. Il s'engagea dans Dragones. Juan Pastor se demanda ce que Hemingway venait faire, tout seul, dans le quartier chinois. Le restaurant *El Pacifico* n'était peut-être qu'un prétexte. On avait beau s'appeler Hemingway, il n'était pas recommandé pour un Américain de venir se perdre dans le dédale des ruelles et des impasses de ce quartier réputé pour ses bordels, ses fumeries d'opium, ses clubs de spectacles érotiques et tous ces autres lieux qui ne s'animaient qu'une fois la nuit venue, illuminés par des myriades de bougies et de lanternes de papier, et enveloppés d'odeurs d'encens et de fleurs exotiques. Il regretta de ne pas avoir offert à Hemingway le calibre 22 qu'il portait en permanence sur lui.

~

Une grande pancarte annonçait le *El Pacifico*. Un fronton monté sur de lourdes colonnes de bois surplombait l'entrée. De chaque côté, des gaillards corpulents, certains au visage ravagé par des cicatrices de petite vérole, épiaient alentour et se passaient des cigarettes. Hemingway ne leur prêta aucune attention.

L'intérieur du *El Pacifico* baignait dans la pénombre. Les quelques fenêtres, à demi masquées par du vitrail aux motifs chinois, ne laissaient filtrer qu'un faible rai de lumière. Un des murs était de briques rouges, les autres de bois, tout comme le plancher et le plafond, duquel pendaient de grands rouleaux sur lesquels on avait tracé des idéogrammes. Des odeurs d'alcool de riz, de friture, mêlées à celle d'un tabac plus âcre que celui produit à Cuba, flottaient dans la place.

Il y avait peu de clients à cette heure de l'après-midi. Pourtant, des serveurs en veste blanche, boutonnée au col, circulaient sans cesse tel un flot remuant. Ils transportaient les objets les plus bizarres, depuis des théières et leurs réchauds jusqu'aux carcasses écorchées de divers rongeurs. Des échos partout. Bruits de chaises et de tables qu'on déplaçait, tintements de plats, ordres brefs venant de la cuisine.

— Ah ! Señor Hemingway ! Il y a longtemps que vous n'avez pas honoré cet humble établissement de votre présence, fit l'homme en mêlant de l'espagnol à l'anglais. J'espère que vous avez toujours le bon *joss*…

Liu Rivera, comme il se faisait appeler, était un des trois propriétaires du *El Pacifico*. On le surnommait « le diplomate ». Quoique cantonais d'origine, il avait les yeux à peine bridés, un visage à la peau lisse et une chevelure noire, soigneusement taillée. Les lunettes aux verres teintés qu'il portait dissimulaient son regard, sauf lorsqu'il les retirait pour les nettoyer, ce qu'il faisait fréquemment. Il dévoilait alors des yeux ronds, très noirs, qui modifiaient ses traits et trahissaient sa véritable nature chinoise.

— Le bon *joss*, ça va et ça vient, répondit Hemingway d'un air distrait.

— Oui, oui, c'est très sage, reprit Liu sur un ton doucereux. On dit chez nous que les fleurs sont les seules choses qui soient éternelles.

Hemingway ne l'écoutait plus. Il cherchait du regard. Liu Rivera sourit imperceptiblement.

— Là-bas, murmura-t-il, à côté de la statue du Bouddha. Cela fait une bonne heure qu'il se fait servir du thé aux graines de lotus. Peut-être aura-t-il lui aussi un bon *joss*.

Hemingway vit la silhouette de l'homme. Mince, il buvait à lentes gorgées. Lorsqu'il se présenta à la table, l'homme leva la tête et le dévisagea pendant un moment. Le Hemingway qu'il avait connu avait les allures d'un géant. Il était massif, large d'épaules, avec des traits énergiques et un regard déterminé. De cet homme ne subsistait qu'un souvenir obscur. Celui qui se tenait devant lui était courbé, avec des yeux mornes. Une barbe blanche, mal taillée, lui donnait des airs de vieillard. N'eurent été les photographies que publiaient à l'occasion journaux et revues, il n'eût point reconnu Ernest Hemingway.

Ce dernier s'installa en face de l'homme. D'un geste lent, il balaya la table du revers de la main, et y posa les coudes.

— Evans… Walker Evans, murmura-t-il, ou alors son fantôme. T'as presque pas changé… toujours la gueule aussi carrée, la mèche rebelle et un Kodak à la place des yeux.

— On choisit son malheur comme son bonheur, rétorqua Evans.

Il prit le livre qu'il gardait sur ses genoux et le déposa sur la table. Hemingway lut le titre : *The Crime of Cuba*. Il haussa les sourcils.

— Ça date de quand ?

— 1934…

— T'as fait ce que tu devais faire, laissa tomber Hemingway.

— Toi… non !

Un serveur se présenta avec une bouteille de rhum et deux verres. D'un signe, Hemingway lui commanda de les remplir. Aussitôt fait, il se mit à boire à petits coups saccadés.

— J'ai payé le prix en Espagne, grogna Hemingway en déposant bruyamment son verre. Et qu'est-ce que ça a donné ? Rien… ¡ *Nada !*

Evans releva les épaules et prit une expression mauvaise.

— Où sont les soixante-dix-sept négatifs que tu devais sortir de Cuba pour me les remettre à New York ? demanda-t-il, son regard rivé sur Hemingway.

Ce dernier vida son verre.

— Merde, merde, grogna-t-il. Ça fait dix-huit ans de ça, et t'es venu jouer à Sherlock Holmes pour des clichés qui ne serviront jamais plus ?

— Où sont-ils ? insista Evans.

— Je n'en sais rien, fit Hemingway en soupirant. T'étais soûl… je l'étais plus encore… ils peuvent être partout comme nulle part.

— Je veux ces clichés, Hem, insista Evans.

Hemingway soupira, puis enfila d'un trait ce qu'il restait de rhum dans son verre.

— Bois, dit-il, ça vaudra mieux… Je te dis que les clichés se sont envolés… ou alors ils ont moisi au fond d'une caisse perdue entre Key West et la Finca…

Evans donna sourdement du poing contre la table.

— J'ai risqué ma vie pour ces clichés, fit-il, les dents serrées. Toi, tu baisais tes maîtresses au *Ambos Mundos*… ç'a été un miracle si j'ai pu sortir de Cuba avec quelques pellicules fourrées dans mon slip… Je veux ces clichés.

Hemingway sentit monter l'exaspération.

— Écoute… De te savoir en vie et bien portant me fait bien plaisir… mais ton histoire me fait chier ! Désolé pour ta frustration mais je ne suis pas magicien… Faire disparaître et apparaître les objets, c'est pas mon rayon… surtout n'y voit là aucune intention secrète ni magouille…

Evans partit d'un rire sarcastique.

— Il y avait une intention, rétorqua-t-il. Quand t'as vu mes premiers clichés, tu m'as dit que j'avais un instinct infaillible pour saisir la souffrance et l'injustice d'un clic du doigt, tu te rappelles ? T'as également dit que c'étaient les circonstances qui faisaient lever les meilleurs d'entre les hommes… comme tu m'as dit que toi et moi avions une cause… moi avec les images, toi avec la plume. Vrai ou faux ?

Hemingway fit la moue. Il était gêné. Quoique ne se souvenant pas de telles paroles, il se souvint de cette colère commune exprimée face à la répression sanglante menée par les tueurs de l'ex-président Gerardo Machado dans les rues de La Havane. Ils avaient agressé, torturé, assassiné des ouvriers, des paysans, des étudiants, des journalistes ainsi que des politiciens dissidents. Une répression brutale, un assassinat massif, sous l'œil complaisant de l'ambassadeur américain Harry Guggenheim. Il s'en souvenait, mais n'en souffla mot à Evans.

— Laisse-moi te rappeler deux ou trois petites choses, poursuivit Evans. Un soir, au bar du *Ambos Mundos*, tu m'avais raconté avoir sorti un espadon de près de cinq cents livres durant ta journée en mer… et que tu l'avais vu bondir trente-sept fois bien comptées… Moi je t'avais raconté avoir vu les hommes de Machado massacrer une douzaine d'étudiants en pleine rue. Tu m'avais répondu que la seule façon pour toi et moi de nous remettre de nos émotions était de nous soûler la gueule… On avait commencé au *Ambos* et terminé aux petites heures au *Floridita*… Ça te revient ?

Pour toute réponse, Hemingway poussa le verre de rhum à portée d'Evans.

— On est tout autant responsable de ce qu'on n'a pas osé faire que du contraire, poursuivit Evans en regardant Hemingway droit dans les yeux pendant qu'il prenait une lente gorgée.

— Tout ça, c'est le passé, Evans, et nous devrions en rester là.

— Non ! l'interrompit Evans. Non ! Ce passé t'a retrouvé, Hem. Il demande que tu lui rendes des comptes… Tu disais qu'il fallait renverser Machado à tout prix… que nous devions unir nos forces… qu'il fallait dévoiler ces crimes à la face du monde…

— Tu l'as fait, fit Hemingway en agitant le livre devant son visage. Machado est parti depuis longtemps et d'autres ont pris la place…

— Mais pas toi… Tu es resté un spectateur passif, répliqua Evans. Tu as préféré la lutte aux gros poissons à celle contre l'injustice…

Hemingway ne dit rien. Il se mit à tourner les pages. Les photos étaient d'un réalisme poignant. Elles mettaient à mal la dignité humaine. Des corps sanglants affalés au pied d'un mur. Des visages figés par l'horreur. Des enfants en loques. Des portraits d'anonymes qui accusaient les indifférents. L'œuvre puissante d'un seul homme qui avait osé plonger au cœur de l'action avec un simple appareil photo au cou. Hemingway n'avait pas vu de telles scènes à Cuba. Sa passion pour la mer et ses secrets avait servi d'alibi pour motiver ses absences. En Espagne, douze ans plus tôt, il avait été un témoin de première ligne. Les atrocités d'alors le hantaient toujours. Au cours des derniers mois de la Seconde Guerre mondiale, il avait vu des soldats rendre l'âme. Ils étaient morts en armes, par nécessité, comme cela devait se passer quelques fois par siècle. Par contre, il n'avait rien vu des camps de la mort des nazis. Que des photos. Celles de morts vivants. Il avait écrit *Pour qui sonne le glas* et s'était acquitté d'un certain devoir de mémoire. Là avait été sa dénonciation de l'absurdité des guerres, des armes et des hommes de pouvoir. Il en avait assez fait. Après tout, l'histoire était écrite par les vainqueurs, fussent-ils les pires bourreaux.

Il se gratta nerveusement les joues.

— Spectateur passif, t'as dit ? réagit-il finalement en ponctuant sa remarque d'une inclination de tête.

— Certainement.

D'un geste brusque, Hemingway repoussa le livre. Evans haussa les épaules et le reprit.

— Qu'est-ce que t'as appris que je ne sais pas ? le défia Hemingway.

Evans fut pris au dépourvu par la question de l'écrivain. Il y eut un court silence. Hemingway reprit une gorgée de rhum et finit par vider le verre jusqu'à la dernière goutte.

— Tant qu'il y aura des hommes, ils se tueront pour le pouvoir, continua-t-il d'une voix plus sourde, et chaque fois, il y aura des tas de morts inutiles. Ici, à Cuba, comme dans toutes les républiques de bananes, ils appellent ça des révolutions. Des révolutions… ! Je pisse sur ces révolutions ! Des dictateurs déguisés en présidents qui se trahissent entre eux avant de se vendre au plus offrant… C'est ça, une révolution ? C'est ça que tu voulais que j'écrive ? *¡ Nada !* Je te l'ai déjà dit, j'ai donné en Espagne… Là-bas, c'était *el culo del mundo* ! Tu piges ? C'était le trou du cul du monde ! Et maintenant, tout Walker Evans que tu sois, tu vas me faire le plaisir de sortir de ma vie.

En un clin d'œil, Evans fut debout. La colère s'était déchaînée dans son cerveau. Mais au sentiment de révolte qu'il éprouvait, une certaine pitié vint faire contrepoids. L'homme devant lui, qu'il n'avait pas revu depuis dix-huit ans, n'était plus à ses yeux qu'un alcoolique enfermé dans une célébrité qu'il n'avait jamais méritée. Pendant un moment encore, il toisa Hemingway d'un œil méprisant. Puis il lui tourna le dos. Il s'éloigna, mais au bout de quelques pas se ravisa. Il revint vers la table.

— Qu'est-ce que tu disais au sujet de la guerre civile d'Espagne ? Que t'avais payé le prix ? Ce ne serait pas d'autres qui l'auraient payé à ta place pendant que tu batifolais au bar de l'hôtel *Florida* à Madrid ?

— Comment… oses-tu ?

— Tout finit par se savoir, mon vieux, fit Evans. T'étais payé un dollar du mot pour raconter des histoires que tu tirais des photos que Robert Capa prenait en risquant sa peau… C'était ça, le trou du cul du monde ?

Il y eut un bref instant d'affrontement des regards des deux hommes. Ce fut Hemingway qui baissa les yeux. Lorsqu'il les leva de nouveau, Evans avait quitté les lieux. Dans sa tête commença un lent défilé de fantômes ensanglantés.

18

L'air demeurait surchargé d'humidité malgré la succession d'orages qui s'étaient abattus sur la région côtière, à l'est de La Havane. Les pluies diluviennes avaient vite transformé les ruelles de Cojimar en ruisseaux d'eaux boueuses.

À première vue, Cojimar n'était qu'un modeste village de pêcheurs comme il en existait des centaines le long du littoral cubain. Tous se ressemblaient : quelques cabanes aux murs blanchis à la chaux et autant de masures de bois, des chaloupes tirées sur le rivage, des filets suspendus, des rames et des agrès. À l'intérieur des cabanes, des lanternes fixées au plafond en guise d'éclairage prêtaient aux jeux d'ombres sur les murs ajourés. Alentour, des poules circulaient librement. À la vue d'un chien errant, elles s'éparpillaient en caquetant, avec des battements d'ailes désordonnés.

Quelques îlots sableux ourlaient le rivage de Cojimar. Ils servaient de reposoirs à des colonies de pélicans, de sternes, de mouettes, de gravelots ainsi qu'à de rares iguanes. Non loin s'étendait une mangrove avec ses palétuviers au milieu desquels nichaient des rongeurs arboricoles, quantité d'ibis, d'aigrettes et de spatules rosées.

Pour Ernest Hemingway, Cojimar était le centre du monde. Il y voyait un décor digne de la plume de Dickens. Cojimar était sa fenêtre sur le grand bleu et ses secrets. Un coin de paradis emmêlant eau et terre. Si Cojimar semblait laissé pour mort sous des cieux tourmentés, le village ne subissait que rarement l'assaut des flots déchaînés. C'était à cause de l'anse qui tenait le village à l'abri d'une mer démontée. Pourtant, deux jours avant de mettre les pieds à Cojimar, Hemingway se désespérait. Tel Sisyphe, ce roi légendaire de Corinthe condamné dans les enfers à faire rouler un rocher vers le haut d'une montagne seulement pour le voir retomber avant qu'il n'atteigne le sommet, il allait tout abandonner. Cette rencontre avec Walker Evans avait failli l'achever. L'autre l'avait fait passer pour un lâche et un usurpateur. Or, que restait-il d'un homme d'honneur une fois dépouillé de sa réputation ? Il était vrai qu'il avait probablement égaré à jamais les clichés d'Evans. Un oubli, une négligence ; cela s'était passé depuis trop longtemps pour qu'il s'en souvienne. Mais en cherchant, il avait mis la main sur une boîte à chaussures rangée derrière des piles de vieux journaux. Cette boîte contenait les précieuses notes rédigées quinze ans plus tôt. Une vingtaine de feuillets d'une écriture tassée, avec des statistiques et quelques diagrammes rudimentaires qu'il avait lui-même tracés. Tout cela était le fruit de la prodigieuse mémoire d'un certain Carlos Gutierrez. Le vieux pêcheur en savait long sur la mer, l'influence des alizés, l'action des courants, le vol des balbuzards, des pélicans et des mouettes. Il connaissait tout du cycle de vie et de mort qui se déroulait sous les flots, depuis les habitudes des thons, des makaires et des marlins, jusqu'aux attaques prédatrices des requins mako. Mais les trois dernières pages résumaient le récit qu'avait fait Gutierrez d'une invraisemblable aventure marine doublée d'une tragédie humaine.

෨ි

Hemingway sortit de la Buick. Il passa à l'épaule le baluchon qu'il tenait, salua Juan Pastor de la main et emprunta la Calzada Real de la Reina Isabel II, ainsi qu'on avait nommé la plus vieille rue de Cojimar. Il marchait d'un pas délibérément lent, en regardant la mer. Dans l'anse, elle était turquoise, lisse comme un miroir. Plus loin, au-delà de la barrière rocheuse, elle affichait toutes les teintes de bleu, de l'azur au sombre. Il la regardait fixement et se souvenait de tout. Des levers et couchers de soleil, de la tiédeur des brises, des coups de grain, des traques, des prises faites aux Bermudes, aux Bahamas, à proximité des Keys, alentour des *cayos* de Cuba. Il se souvenait des attaques de requins et des monstres de plus de mille livres ramenés au moulinet. « *Papa, fish, Papa !* » entendit-il dans sa tête. C'était, à chaque fois, le signal convenu entre lui et Gregorio Fuentes, le pilote du *Pilar*.

Maintenant il avait le sourire aux lèvres. Il souriait à ces souvenirs, mais il souriait surtout à ce qu'il était venu accomplir à Cojimar et au large de ses côtes au cours des prochains jours.

La Terraza était tout près. C'était son havre de paix à Cojimar, tout comme l'était le *Floridita* à La Havane. D'abord une modeste épicerie, *Las Arecas* fut convertie en restaurant durant les années 1930 pour devenir *La Terraza*. Le propriétaire, Salvador Blanco, y mijotait les meilleurs plats de langoustes et de fruits de mer. Ce qui avait séduit Hemingway et forgé une amitié durable.

— *¡ Hola, Papa !* lança gaiement un gamin aux yeux immenses.

— Manolo ! le salua Hemingway en lui passant la main dans la tignasse en désordre.

Puis, lui tâtant les épaules et les bras :

— *¡ Vaya ! ¡ Estás como un fideo !*

Manolo fit la grimace en entendant l'écrivain le traiter de sac d'os.

— *¡ Fideo, Papa ? ¡ No puede… porque soy fuerte como un toro !*

— *¡ Y terco como una mula !* s'amusa encore Hemingway.

Manolo se mit à sautiller devant l'écrivain en feignant boxer et en lui tapotant le ventre.

— *¡ Vaya, Papa, mira la barriga !* le nargua-t-il.

Salvador Blanco parut sur le seuil de *La Terraza*. Il lança un regard sévère à Manolo, qui se mordit aussitôt les lèvres et se tut.

— Il disait ça pour rire, señor Papa, fit-il d'un air contrit.

— C'est qu'il a raison, ton Manolo, dit Hemingway en riant toujours. J'ai pris tellement de ventre que j'ai l'impression de porter une barrique.

Il serra la main de son hôte. Blanco sentait la lotion après-rasage. Hemingway remarqua sa chemise blanche, fraîchement repassée, et ses cheveux récemment coupés. Il n'était pas grand, avait des yeux noirs et le visage barré par une épaisse moustache.

— Tu boxes encore, Salvador ?

— Oh ! non, señor Papa ! On finit par avoir les pensées trop engourdies, répondit Salvador. Il y a aussi que la mâchoire et les dents me faisaient trop souffrir... alors c'est *nada más* pour moi.

— Tu vas montrer à Manolo ?

— Qu'il apprenne d'abord à bien lire et écrire, señor Papa... c'est comme ça qu'il deviendra un homme et qu'il gagnera son pain, ajouta-t-il avec conviction.

Hemingway hocha la tête.

— Tu as raison, Salvador, fit-il. Pas besoin d'un ring pour se battre... la vie est un ring, et on ne doit jamais cesser de se battre. Manolo n'y échappera pas... Comme tu as dit, lire et écrire est déjà un foutu combat... après... après il y a la putain de vie...

Il aurait voulu en dire plus, mais cela ne concernait pas Salvador Blanco. Ni personne d'autre d'ailleurs. Cela le concernait lui seul. Il se revit en cette journée de 1917 sur le front italien. Un cœur d'enfant, une tête de rebelle et un corps d'homme. Il y avait eu une explosion. Il n'avait rien senti. Plus tard, dans cet hôpital italien, alors qu'il avait craint de perdre une jambe et qu'il vivait son premier grand amour, on lui avait appris qu'il serait décoré de la croix d'argent italienne. Pour vaillance, avait-on précisé. À croire qu'il avait tué une quantité d'Autrichiens et sauvé autant d'Italiens à lui tout seul. Il n'avait rien fait de la sorte. Tout au plus s'était-il trouvé au mauvais endroit et au mauvais moment au volant d'une ambulance. Trente ans plus tard, le gouvernement américain lui avait décerné la médaille de bronze. Pour actes méritoires durant la Seconde Guerre mondiale, avait dit le chargé militaire. On l'avait décoré à La Havane, dans le bureau de l'ambassadeur américain, deux ans après la fin du conflit. En fait, il ne se rappelait aucun de ces actes méritoires. Il se disait qu'on avait peut-être décoré l'écrivain célèbre plutôt que l'homme. Qu'importait, il était un héros.

Un murmure croissant montait de l'intérieur de *La Terraza*. Blanco haussa les épaules.

— C'est Augusto… encore un pari sur une joute de bras de fer.

— Ça m'intéresse, fit Hemingway.

Il n'y avait plus de place au bar. La plupart des pêcheurs de Cojimar occupaient les tables. Certains étaient assis sur des banquettes et quelques tabourets. Les autres se contentaient de caisses vides en guise de sièges. Le verbe haut, ces hommes ne parlaient que d'un seul sujet : l'épreuve de force.

Augusto n'était pas originaire de Cojimar. Il venait d'un village de pêcheurs qu'il disait être plus à l'ouest. Il se revendiquait d'une lignée de marins espagnols qui avaient sillonné les sept mers. Taillé dans le roc, il avait des avant-bras de forgeron, épais et striés de veines. De l'avis général, le nègre, un étranger venu de La Havane, mais qui paraissait plutôt venir de nulle part, subirait la loi d'Augusto. Entre les tournées de rhum, on pariait. Quelques fantasques risquaient la mise sur le nègre.

— Tu veux parier, patron ? fit une voix que Hemingway reconnaissait entre toutes.

Gregorio Fuentes était derrière lui, la tête enveloppée de l'épaisse fumée du cigare vissé dans sa bouche. Un petit homme malgré la raideur de son maintien. Contrairement aux habitués de *La Terraza*, Fuentes buvait le rhum à même une chope, question de montrer qu'il avait plus de coffre que n'importe quel Cubain, fût-il de deux fois sa taille, disait-il.

— Je ne parie jamais avec toi, *capitán Grigorine*, répondit à la blague Hemingway.

— Pour une fois, patron…

— Pour une fois et toutes les autres, je me méfie des trucs d'un vieux loup de mer comme toi.

Fuentes retira le cigare de sa bouche, se racla longuement la gorge et agita ses bras maigres, constellés de taches brunes.

— Moi, patron, j'ai appris à me méfier de tes plaisanteries, rétorqua-t-il en plissant ses yeux, dont la teinte délavée témoignait d'une vie entière passée en mer.

Il sortit un cigare de la pochette de sa chemise et le tendit à Hemingway. Ce dernier déclina. Fuentes le passa entre ses doigts, le renifla, puis le plaça entre ses lèvres.

— Si j'étais toi, patron, je parierais sur le nègre, murmura-t-il entre deux bouffées.

Le nègre était assis dans le coin le plus reculé de *La Terraza*. Il regardait fixement en direction de la mer. Lorsqu'on lui fit signe de s'approcher de la table spécialement aménagée pour le bras de fer, il ôta sa chemise rapiécée, la plia soigneusement et la déposa sur la chaise. Torse nu, il était impressionnant. Les muscles de ses épaules et de sa poitrine saillaient, quoiqu'une bonne couche de graisse enrobât son ventre. La sueur ruisselait sur sa peau d'ébène. Quelqu'un lança que c'était la peur qui le faisait transpirer de la sorte, ce qui provoqua un éclat de rire général. Il ne montra aucune émotion. Il sembla d'ailleurs ne prendre aucun plaisir à se donner en spectacle. Probablement se rappelait-il ce qu'il avait appris tout jeune : ne jamais affronter un Blanc, surtout, ne jamais cogner sur un Blanc.

La table portait deux marques de craie. Deux chaises identiques avaient été placées de chaque côté de cette table. On demanda un arbitre. Tous les regards se tournèrent vers Salvador Blanco. Le propriétaire de *La Terraza* refusa sous prétexte qu'il voulait rester neutre. Quelqu'un suggéra Hemingway, insistant sur le fait que Cojimar l'avait pratiquement adopté au sein de sa communauté de pêcheurs.

— Pourquoi pas Gregorio ? proposa-t-il, en poussant celui-ci vers la table.

On gratifia Fuentes de tapes d'encouragement, si bien qu'il accepta. Il débita aussitôt quelques règlements inventés à l'instant même, puis commanda aux deux hommes de prendre place.

Augusto avait déjà soudé son coude droit à l'endroit marqué à la craie. Le corps penché au-dessus de la table, il donnait l'impression de s'être approprié l'espace tout entier.

Le nègre s'installa à son tour. Il planta son regard noir dans celui d'Augusto. Ce dernier n'y vit pas la moindre trace de peur. Lorsque Fuentes leur demanda de faire contact, ce fut une main dure comme pierre qui enserra la main carrée du pêcheur. Ce dernier tenta bien d'écraser les doigts du nègre, mais en vain.

— La moitié de tous les paris au vainqueur, fit Fuentes, dont l'annonce fut couverte par un concert de cris et de sifflets.

— Cinquante pesos sur le nègre, fit alors Hemingway.

Au moins une vingtaine de parieurs relevèrent la mise. Fuentes demanda alors le silence. On n'entendait plus que la respiration des deux hommes. Augusto manœuvra pour modifier sa prise de mains, mais celle du nègre, plus grande, l'enfermait.

— ¡ *Fuego !* cria Fuentes.

C'était le signal. Les yeux injectés de sang et les traits déformés par l'effort des deux hommes donnèrent un ton brutal aux forces en présence. Chacun avait lancé son poids contre celui de l'autre. Aucun n'avait cédé.

Au bout de presque une heure, les crampes attaquèrent la résistance des jouteurs. Trempés de sueur, sentant glisser leur prise, ils s'enfermèrent dans un farouche entêtement. Vinrent les douleurs suivies du lent engourdissement. À tour de rôle, un bras fléchissait pour revenir aussitôt à la verticale. L'initiative passait ainsi du pêcheur au nègre, en alternance. Une demi-heure plus tard, Fuentes demanda aux deux hommes de relâcher leurs efforts, mais de garder leurs deux mains soudées. Il commanda deux verres de rhum et les plaça sur la table.

— Buvez!

Ils vidèrent chacun leur verre d'un trait. Puis:

— ¡ *Fuego!* lança une fois de plus Fuentes.

Le bras de fer durait depuis trois heures. Hemingway se demandait si on ne manquerait pas de rhum à *La Terraza*. Mais cela n'avait aucune importance. C'était cet affrontement hors du commun qui la prenait toute. Et cela se passait à Cojimar, devenu le centre du monde. En jetant un coup d'œil par une des grandes fenêtres, Hemingway vit le vieux quai et, tout au bout, bercé par une légère houle, son bateau, le *Pilar*. Il remarqua la silhouette d'un homme, assis tout près, les jambes pendantes au-dessus de l'eau. Un vieil homme, d'après son allure.

౿

Son visage seul définissait l'homme. On y lisait son existence entière. Des rides creusées par des années en mer et un regard qui embrassait le large. Il disait s'appeler Anselmo, et ajoutait après un moment d'hésitation:

— Anselmo… Hernandez.

Et maintenant, que faisait-il seul, au bout de ce quai? Plus rien, sinon contempler la mer et le ciel. Il cherchait à compter les nuages et les oiseaux en vol, mais s'y perdait rapidement. De quoi se souvenait-il? De rien, ou alors de tant de poissons qui avaient lutté contre lui, qui s'étaient débattus éperdument, pour finir morts au bout d'un filin, l'œil dilaté, fixe. Il n'avait aucun autre souvenir, sauf ceux de toutes les luttes menées en mer contre les gros poissons. De celles-là, il avait le souvenir exact. Mais aujourd'hui, ses membres, si forts jadis, l'avaient abandonné. Il ne lui restait rien des armes du pêcheur. Et pour ne pas ternir l'honneur de la communauté, il avait cessé d'aller en mer.

C'était tout? Il n'avait besoin de rien. Il mangeait à sa faim, c'est-à-dire du poisson séché. Et il avait sa cabane, son bien le plus précieux. Elle était au bout du village. Un assemblage de bonnes planches avec un toit solide. Une litière de paille fraîche ; un tricot pour les nuits fraîches ; une chemise de rechange, lavée et soigneusement pliée, et une lampe qui lui servait de veilleuse.

Il murmurait, courbé. Il disait qu'il était heureux, qu'il menait une existence tranquille, celle du sage. Qu'il ne craignait plus la tempête ni le soleil brûlant. C'était vraiment tout ? Bien sûr que non. Il disait avoir été au bout de ses forces, de son sang et de sa sueur le jour où il avait ferré cet énorme poisson. Cela s'était passé du côté de Cabañas, bien à l'ouest de Cojimar. Un monstre qui plongeait sans fin et sautait hors de l'eau comme pour s'envoler. Ce jour-là, avait-il dit, il avait recommencé à croire en Dieu. Et deux jours plus tard, lorsqu'il s'était cru vainqueur mais que les requins s'étaient mis de la partie, il s'était pris à croire au Diable. Cette fois, c'était vraiment tout.

Il avait la tête basse, sourd à toute autre question. Il avait résumé une vie entière. Il ne paraissait pas triste, encore moins aigri. Hemingway imagina qu'il ruminait peut-être les choses anciennes en respirant à pleins poumons l'air salin de Cojimar. Ainsi figé dans une immobilité de pierre, il lui inspirait un hymne à la mer.

❦

En s'éveillant, Hemingway n'eut qu'à moitié conscience qu'il naviguait sur le *Pilar*, son vétéran des mers. Et comme depuis bientôt vingt ans, Gregorio Fuentes était à la barre. Lui et son éternel cigare, qu'il réussissait à allumer par tout vent. *Pilar* comme dans le nom de la *Nuestra Señora del Pilar* de Saragosse. Selon une tradition, elle était apparue à saint Jacques le Majeur en l'an 39, debout sur une colonne de soutien. À l'endroit où s'élève aujourd'hui un temple. *Pilar* comme le prénom de la femme soldat républicaine dont il avait fait l'héroïne de son roman inspiré de la guerre civile d'Espagne. *Pilar*, un nom qui évoquait pour Hemingway la mère de toutes les tempêtes, de tous les vents, de toutes les agonies et les extases, comme il ne s'en trouvait nulle part ailleurs.

Acquis en 1934 grâce à des avances sur ses œuvres, le *Pilar* était vite devenu son deuxième refuge après la Finca Vigía. À son bord, Hemingway avait sillonné les eaux du golfe de Floride, de l'Atlantique et des Caraïbes. Des milliers de milles marins. C'était un robuste coursier avec un toit consolidé, un rouleau de poupe pour embarquer les grosses prises, une puissante motorisation pour la pêche à la traîne, plusieurs couchettes et un réservoir d'eau douce de quelques centaines de gallons permettant une autonomie en mer de près de trois semaines.

De couleur blanche à l'achat, la coque avait été peinte en noir, et la quille, jusqu'au-dessus de la ligne de flottaison, en rouge. Des couleurs lui rappelant son œuvre en langue française favorite : *Le Rouge et le Noir* de Stendhal, ainsi que celles qu'affichaient parfois les combattants républicains en Espagne.

Au cours des ans, Hemingway et Gregorio Fuentes avaient connu les grains tropicaux autant que les temps morts en mer. Ils avaient réussi des prises de taille record de thons, de thazards noirs, de marlins, d'espadons, les uns dépecés au profit des pêcheurs de Cojimar, d'autres remis à l'eau, quelques-uns déchiquetés par des requins. Ainsi, le *Pilar* était devenu le symbole de l'effort rude et de la simplicité des pêcheurs cubains. Ceux-là qui partaient chaque aube à bord de barques modestes, par nécessité certes, mais également par amour de la mer. Car c'était la haute mer, dépourvue du moindre repère et pleine de dangers, qui donnait à ces hommes cette dignité qui les élevait au rang de nobles travailleurs de la mer.

Hemingway s'étira, inspira longuement, regarda Fuentes et lui adressa un petit signe de la main. Aucune parole. Le Cubain mâchouillait son cigare comme à l'habitude, les yeux rivés vers l'horizon. L'océan sommeillait. À peine quelques ridules venaient mourir sous l'étrave du *Pilar*. Les contours des récifs de corail couraient sous la surface.

Hemingway se laissa gagner par les mirages de l'immensité liquide. Quelque part devant, l'océan cédait à l'abysse et à une faune marine qui défiait l'imaginaire. Il avait lu l'œuvre puissante de Herman Melville. Son *Moby Dick*, écrit voilà précisément cent ans, lui avait été inspiré par une croyance mystique : dans les profondeurs abyssales existait un véritable démon des mers issu de la Création, tel qu'il avait été écrit dans le livre de la *Genèse*. Melville avait compris que l'œuvre devait donner un souffle au mythe, avoir une résonance biblique, être associée au monstre du Léviathan, lier le sort de l'humain à un acte noble, fut-il dépourvu de raison. Quant à la chasse infernale et à la capture ou non du monstre, cela tenait du bouleversement d'un ordre immuable : celui de transformer la défaite en victoire. Pour Melville, la noblesse de l'homme consistait davantage à défier le gouffre qu'à vaincre à tout prix l'indomptable créature, puisqu'il s'avérait impossible de la combattre à armes égales.

Hemingway fixa ainsi les eaux durant une bonne heure, en sachant qu'il n'en percerait jamais le mystère. Mais il revoyait sans cesse les traits d'Anselmo Hernandez. Il l'entendait lui dire que les requins avaient provoqué la catastrophe, mais qu'elle lui avait permis la rédemption par le renoncement. Si la mer avait imposé sa suprématie sur les créatures et les humains, il avait, lui, retrouvé sa condition d'homme. De cette œuvre de plus de deux cent mille mots, Hemingway se souvenait des derniers : « … tout s'affaissa, et le grand linceul de la mer roula comme il roulait il y a cinq mille ans. » Il murmura ces mêmes mots comme il l'eût fait d'une prière et sentit une émotion l'envahir.

— Il était une fois un vieil homme, soliloqua-t-il, un vieil homme dans son bateau… il était une fois un gamin triste… triste de voir le vieil homme rentrer avec sa barque vide…

— Tu m'as parlé, patron ?

— Tu connais Anselmo Hernandez ?

Fuentes émit un ricanement.

— À Cuba, tous les pêcheurs se connaissent s'ils se sont rencontrés au moins une fois en mer... à Cojimar, tous les pêcheurs sont frères.

— Quel âge a-t-il ?

— Anselmo ? Je ne sais pas... C'est important, l'âge, patron ?

La question fit sourire Hemingway.

— Non, fit-il. On a l'âge qu'on veut.

Il fixait de nouveau la mer. L'espace se creusait entre la ligne fugitive de la côte et le large. Le vent forcissait. La proue du *Pilar* se soulevait et s'abaissait au gré de la houle. Fendant la vague, l'étrave faisait jaillir une masse d'écume. Çà et là, Hemingway crut voir surgir des profondeurs une forme sombre, une gigantesque dorsale. Pure illusion. Pendant un moment, il suivit du regard le vol serré d'une colonie de pélicans. Puis, jaillissant des vagues, une traînée de poissons volants qui laissèrent derrière eux un miroitement d'argent.

— Un coup de rhum, patron ? entendit-il.

Il n'eut qu'à tendre la main. Ils trinquèrent à la mer, à ses mystères, à la liberté.

— Alors, patron, est-ce que j'avais raison ? demanda joyeusement Fuentes.

— À quel sujet ?

— Le nègre ! Je te l'avais dit... Ce n'était pas un nègre comme les autres, t'as bien vu ! C'étaient pas des mains ordinaires, qu'il avait... pas vrai ? Dommage qu'il soit un nègre... il aurait fait un bon pêcheur.

— Il s'appelle Osvaldo, fit Hemingway, Osvaldo Segundo. Il était *torcedor* à la *Real Fábrica de Tabacos Partagás* de La Havane. Il m'a dit qu'il était le meilleur rouleur de cigares de toute la fabrique.

— Tu dis qu'il était... il ne l'est plus ?

— Un jour, il a volé cinq cigares... trois Montecristo et deux El Rey del Mundo. On lui a collé trois ans de travaux forcés. Après il a bossé sur les docks, puis il est monté dans le ring pour un promoteur… Il a perdu une partie de la vision de son œil droit. C'est lui… ton nègre !

Fuentes retira le cigare de sa bouche et en écrasa le bout dans le cendrier qu'il plaçait toujours au même endroit, à portée de la roue de gouvernail.

— T'as bien raison, patron, répondit Fuentes en y allant d'un clin d'œil. Mais moi, j'ai eu raison en te faisant parier sur lui.

Ils choquèrent leurs verres et les vidèrent.

— Je lui ai laissé la moitié des profits… l'autre moitié a servi à payer pour tout ce que vous aviez bu depuis deux jours à *La Terraza*.

Fuentes partit d'un rire rocailleux.

— Ça te fera une bonne histoire à raconter, patron.

⁕

Dans les eaux chaudes, Hemingway attrapa quelques dorades, des bonites à ventre rayé et un marlin de bonne taille qui se livra après une lutte d'une heure. Des poissons qui s'étaient quelque peu égarés parmi les récifs coralliens.

Mais l'esprit de Hemingway était maintenant occupé par cette histoire de Cuba qu'il voulait tant raconter. Elle ne tenait nullement à La Havane et à ceux qui s'y agitaient. Pourtant, il ne savait rien des paysans, des sols pauvres où ne poussaient que buissons et épines. Il ignorait tout des coupeurs de canne à sucre, des rouleurs de tabac. Il ne connaissait ni la forêt tropicale ni la cordillère. Encore moins la sierra de l'autre extrémité de l'île. Pour lui, Cuba était née de la mer. Un immense récif émergé de l'abysse. Cuba était le joyau le plus brillant de la couronne des Tropiques, et seul de l'océan voyait-on l'éclat de ses ors.

— Tu te rappelles la fois où nous avons pris plus de marlins que le *Pilar* pouvait en ramener…

— Bien sûr que je me rappelle, patron…

— Et de la fois où les requins encerclaient le *Pilar*…

— Bien sûr, patron…

— Qu'est-ce que je leur ai mis comme plomb dans leurs sales gueules… J'avais vidé tous les chargeurs de ma Thompson, et ces salauds se bouffaient entre eux…

— Vous n'avez pas apporté la Thompson cette fois, patron ? s'étonna Fuentes.

— Non… J'ai compris qu'un requin sera toujours un requin… et un pêcheur doit rester un pêcheur… pas un juge… ni un bourreau.

— Bien sûr, patron… mais il n'y a que le requin à avoir les mâchoires de la mort et l'œil furieux d'un démon…

Hemingway regardait le soleil décliner lentement pour achever brusquement sa course en coulant entre ciel et mer. Il prit le premier quart. Puis il descendit et s'étendit sur sa couchette. Il eut un éblouissement inhabituel. Mille images défilèrent devant ses yeux, illustraient le mythe, le rendaient à une vérité simple : celle d'un monde invisible rendu visible. Au contraire d'Ulysse, le héros de l'*Odyssée*, il prenait conscience que si tout avait commencé par le chaos, les mirages du passé cédaient à la vie véritable afin que s'accomplît la finitude humaine : vaincre toutes les peurs. Dans le récit qu'il imaginait, Cuba se fondait tout entière dans le parcours en mer d'un pêcheur de Cojimar.

Il dormit. Lorsqu'il rouvrit les yeux, une aube rouge baignait la mer. Gregorio Fuentes était à la barre. Il ressemblait davantage à un guetteur qu'à un timonier. Le genre de guetteur qui, depuis la hune d'un baleinier, annonçait à voix forte qu'un monstre marin venait de faire surface. Hemingway frictionna sa jambe et se leva péniblement. Il remplit deux verres de rhum. Il monta sur le pont et tendit un des verres à Fuentes.

— J'ai fait un diable de rêve, confia-t-il au Cubain. J'ai rêvé que j'étais sur le *Pilar* en pleine tempête… et j'étais tout seul. Au moment où tout allait chavirer, j'ai aperçu une lumière blanche illuminer l'océan… puis j'ai aperçu une poupée de chiffons, avec un visage tout noir et des yeux ronds comme des billes. La poupée flottait sur les vagues... elle portait une robe jaune, brillante comme de l'or, et venait vers moi, en me tendant les bras. Au moment de la prendre et de la hisser à bord, tout s'est arrêté... plus de vent, plus de tempête. Et là... la poupée m'a parlé... comme ça, comme je te parle...

Il vida son verre.

— Bah! C'est comme ça que rêvent les vieux ivrognes, fit-il avec une pointe d'ironie dans la voix.

Fuentes n'avait pas sourcillé. Son regard demeurait rivé sur la mer.

— Ochun, murmura-t-il.

— Quoi?

— C'est Ochun qui t'envoyait un message...

— De quoi parles-tu? fit Hemingway en feignant l'ignorance.

— De la *Santería*, patron... une légende que racontent les marins.

Hemingway ne dit rien d'autre. Il redescendit dans la cabine. Il prit son carnet de notes et inscrivit les noms de toutes les espèces d'oiseaux et de créatures des mers qui lui vinrent à l'esprit : crevettes, sardines, seiches, poissons volants, bonites, albicores, hirondelles, aigles, pélicans, mouettes, dorades, méduses, tortues, thons, marsouins, marlins, fauvettes, espadons, rémoras... Il ratura le même mot quelques fois avant d'écrire... requins. Puis il ajouta : « espadon géant de couleur mauve... une queue de la taille d'une grande faux... fait au moins vingt-cinq pieds de la gueule à la pointe de la queue. » Il griffonna ensuite le nom de Ochun et inscrivit en marge : *Virgo de la Caridad del Cobre y Nuestra Señora de Regla*... les trois ne font qu'une.

Maintenant il tenait son histoire cubaine. Elle mettait en scène un pêcheur de Cojimar, sa barque, un gamin, un nègre, des oiseaux et des poissons de tous genres pour animer la mer, un espadon géant, des requins et la folie humaine. Une allégorie de la défaite changée en victoire. Ce serait l'histoire d'une rédemption. La sienne.

◦◦

À la Finca Vigía, Hemingway se mit à l'écriture en pleine nuit. Il s'acharna durant des heures et des jours. Au septième jour, il refusa que René Villarreal lui servît son petit déjeuner. Il renvoya Boise, son chat favori. Puis il retrancha le tiers des pages écrites. Ensuite la moitié. Il raya le nom d'Anselmo. Finalement celui de Cojimar.

Il avait perdu le sommeil. Au huitième jour, il demanda à Juan Pastor de le conduire à Regla. Il entra dans la chapelle pour y contempler la Vierge noire. Il se remémora les paroles d'Arsenio de Céspedes, celles aussi de Leopoldina. Pourtant, la vraie passion ne se manifestait toujours pas. De retour à la Finca, il se promena en solitaire dans le sous-bois, chercha refuge dans un coin sombre. « De quoi as-tu peur ? se demanda-t-il. Shakespeare l'a bien écrit : il y a une marée dans les affaires humaines. Quand on saisit le flux, il mène à la fortune ; quand on le laisse passer, tout le voyage de la vie échoue dans les bas-fonds et les misères. » Il se retrouva devant le ceiba. La vue de l'arbre géant lui rappela que pour mener un grand combat, l'esprit avait besoin d'espace et d'audace.

Le lendemain, il tira un trait sur toute vie sociale à la Finca. Sa physionomie s'enferma dans une gravité absolue. Il n'échangea guère plus que dix phrases avec Mary. Aux discrètes interrogations de celle-ci, il répondait toujours par les mêmes mots :

— Je n'ai pas hérité de la folie de Michel-Ange, je dois donc botter le cul de mon imagination par d'autres moyens !

Au dixième jour, son regard brûla de la fièvre de celui qui était parvenu à exalter son imagination. Il jeta les derniers feuillets du manuscrit originel. Il posa ses pieds nus sur la peau de koudou et tapa les premiers mots qui lui vinrent à l'esprit.

« Il était une fois un vieil homme, tout seul dans son bateau, qui pêchait au milieu du Gulf Stream. En quatre-vingt-quatre jours, il n'avait pas pris un poisson... »

Il décrivit ce vieil homme avec des rides sur le visage et la nuque, des entailles dans les mains, des taches brunes sur les joues et les bras, un regard sans âge, bleu comme la mer par jour de soleil. Pour ce vieil homme, l'équipe de baseball les Yankees de New York ne pouvait perdre tant que le grand Joe DiMaggio serait dans ses rangs. Il écrivit ensuite que ce vieil homme affrontait la mer et, pendant trois jours, luttait contre le plus grand espadon de la Création. Une créature quasi mythique. Plus longue qu'une barque de pêcheur. Plus lourde que les dix pêcheurs les plus robustes de Cojimar. Assez puissante pour tirer la barque du vieil homme hors de vue de la côte. Assez redoutable pour renverser la barque et réserver au vieil homme le même sort que Moby Dick avait infligé au capitaine Achab. Le vieil homme combattait le grand espadon. Et ce faisant, il voyait défiler toute sa vie. Le monologue du vieil homme devenait la voix qui s'exprimait au nom de tous les hommes. Et la mer livrait au vieil homme les terrifiantes mâchoires des requins pour rappeler qu'elle ne rendait jamais son âme.

Au soixantième jour, Hemingway compta vingt-quatre mille cinq cents mots. Son vieil homme s'appelait Santiago, du même nom que cette ville de Cuba qui avait été le berceau de tous les combats pour l'indépendance. La poupée de chiffons était à sa place, à droite de la machine à écrire portative. Elle fixait Hemingway de ses yeux ronds comme des billes. Elle paraissait lui tendre les bras.

Hemingway sentit monter l'émotion. À cet instant, il devint Santiago. Comme lui, il comprit qu'il avait laissé ses dernières forces et que tout était fini. Comme lui, il pleurait. Telle était la solitude d'un vieil homme qui avait osé défier la mer avec les mots du cœur.

19

Eduardo Chibás était une bête politique. Depuis 1933, il était engagé corps et âme dans les luttes pour l'indépendance politique et économique de Cuba. Il avait pris la rue pour manifester contre le régime dictatorial de Machado, avait été matraqué, s'était retrouvé sous les verrous. Chibás était reconnu comme un champion du peuple. Il livrait ses combats tous les dimanches, depuis 1943, au micro de la station de radio CMQ de La Havane. Et chaque dimanche, vêtu de son éternel complet blanc, il gesticulait derrière le micro, dénonçait, revendiquait, terminait ses élans pamphlétaires par le slogan « *Vergüenza contra dinero* », la honte en échange de l'argent. Il signait de la sorte son combat contre la corruption généralisée des gouvernements successifs.

Chibás était issu d'une riche famille de la province d'Oriente. Son père, Eduardo Chibás y Guerra, un ingénieur fortuné, avait tracé les cartes des hauteurs de San Juan, utilisées par les *Rough Riders* de l'ancien président américain Theodore Roosevelt durant la guerre hispano-américaine de 1898. Mais il tenait le goût de la lutte politique de sa mère, Gloria Ribas Agramonte, la nièce d'Eduardo Agramonte, secrétaire aux Affaires extérieures de Cuba durant la première guerre de l'indépendance entre 1868 et 1878. Ce fut elle qui lui inculqua le goût des luttes idéologiques, des dissidences, du sacrifice politique.

Cela faisait une bonne heure que Fidel Castro écoutait Eduardo Chibás déverser son fiel contre le président Carlos

Prío Socarrás, accusant ce dernier, ainsi que tous les membres de son cabinet, de détournement de fonds et de trahison du serment d'office.

Chibás, rouge de colère, s'était à ce point emporté qu'il avait, d'un geste, fait table rase de tous les documents empilés sur le minuscule bureau qui lui servait de table de travail. En fait, le quartier général du Parti orthodoxe que dirigeait Chibás était installé dans l'ancien gymnase de Kid Chocolate, surnom de Eligio Sardiñas, qui avait été champion du monde de boxe professionnelle durant les années 1930, le premier boxeur cubain à atteindre pareille notoriété. Plusieurs affiches témoignant de l'illustre carrière du pugiliste couvraient encore les murs lépreux de l'endroit, Chibás ayant insisté pour qu'on les y laissât à vue.

José Pardo Llada, le bras droit de Chibás, lança un coup d'œil à Castro. Ce dernier haussa les épaules en signe d'impuissance. Sans un mot, les deux hommes se mirent à ramasser les documents éparpillés, en tâchant de les remettre en ordre, vaille que vaille.

Après s'être ainsi égosillé, et pratiquement à bout de souffle, Eduardo Chibás replaça ses lunettes à grosse monture d'écaille et passa ses mains dans sa chevelure clairsemée, dégageant ainsi un front large et haut.

— Tu as trouvé mes notes pour dimanche ? fit-il en s'adressant à Pardo Llada.

Ce dernier fit non de la tête.

— Tu sais quoi, Fidel ? enchaîna Chibás, après dix-huit années de combat, j'ai l'affreux sentiment d'être le seul à me présenter au combat à visière levée.

Castro se sentait personnellement visé.

— Avec le respect que je vous dois, monsieur, répondit-il, vous vous trompez. Vous semblez oublier tous ces étudiants qui, chaque jour, font entendre leur voix au péril de leur liberté… de leur vie, même. Autre chose, monsieur… il y a un mois à peine, *Bohemia* vous désignait comme le candidat favori des Cubains aux prochaines élections…

— *Bohemia* n'a rien dit des deux autres tiers, rétorqua Chibás.

— Nous avons onze mois pour mobiliser un autre tiers, lança Pardo Llada, qui continuait de chercher les notes que réclamait Chibás.

— En onze mois, Prío et sa bande de voleurs ont largement le temps d'acheter les votes de ces deux tiers avec l'argent des banquiers yankees, fit Chibás. C'est maintenant qu'il faut frapper... et c'est cette saleté d'Arango que je vais faire payer. Mais où sont passées ces foutues notes ?

Castro secoua la tête. Pardo Llada le regarda comme pour lui demander de ramener Chibás à la raison.

— Je ne crois pas que ce soit une bonne idée de vous attaquer au ministre de l'Éducation, monsieur Chibás... pas maintenant...

Chibás le fixa durement. Ses yeux globuleux paraissaient exorbités derrière les verres épais de ses lunettes.

— Et que crois-tu donc que je dois dire ou faire, monsieur l'avocat qui sait tout ?

Castro savait que Chibás entretenait une certaine méfiance à son endroit. Des mauvaises langues avaient dit à Chibás qu'il était du type *pistolerismo*, qu'il avait des tendances marxistes, qu'il défendait des causes indéfendables, qu'il était en rupture avec sa famille, et même qu'il fréquentait secrètement l'entourage de Fulgencio Batista. Une sorte de cheval de Troie infiltré à l'intérieur du Parti orthodoxe. Quelques-uns, parmi lesquels José Pardo Llada, défendaient Castro, le présentaient comme un rassembleur et un tribun hors pair. Certainement un disciple inconditionnel des doctrines de José Martí.

— Je crois que la présidence de Cuba est à votre portée, monsieur Chibás, énonça Castro avec fermeté. Mais je crois également que vous ne pouvez pas gaspiller l'heure de grande écoute dont vous disposez chaque dimanche pour lancer des accusations pour lesquelles vous ne disposez d'aucune preuve... Laissez-nous le temps d'en trouver, alors vous les frapperez en plein cœur. Mais en attendant, pas de preuves, pas d'accusations.

Chibás retira ses lunettes et les rabattit brusquement sur le bureau, éjectant du coup un des deux verres. Pardo Llada le récupéra et tenta de le remettre en place, mais sans succès.

— Des preuves ? s'indigna Chibás. J'ai ça dans mes notes… des dizaines de milliers de pesos destinés à acheter du matériel scolaire détourné…

— Vous avez les documents officiels ? l'interrompit Castro. Les montants exacts ? Les signatures du ministre ?

Chibás ne répondit pas. Il feuilletait frénétiquement des documents, dont plusieurs étaient annotés.

— J'ai des témoignages… Arango a fait l'achat d'un ranch au Guatemala avec tous ces fonds…

— Vous avez l'acte de propriété de ce ranch au nom du ministre ? reprit Castro.

— Des chiffres… toujours des chiffres ! pesta Chibás. Tu joues à l'avocat alors qu'on vole le peuple en plein jour. Fidel, la moitié du peuple cubain ne sait ni lire ni écrire… Tu crois qu'il sait compter ? Tu crois qu'il sait ce qu'est un prête-nom ?

— Le gouvernement ne vous laissera pas faire, insista Castro. Il peut vous interdire l'accès au poste de radio… il peut…

— Il ne peut pas m'empêcher de m'adresser à la conscience du peuple cubain, fit Chibás, exalté. *¡ Aldabonazo, Fidel !* Voilà le cri de ralliement, le cri du cœur ! Le cri qui va réveiller les consciences endormies !

Pardo Llada manipulait toujours les lunettes sans parvenir à réinstaller le verre éjecté. Castro les lui prit des mains et parvint à remettre le verre en place. Il les déposa sur le bureau, à portée de Chibás.

— Eddy, si je peux me permettre, fit Pardo Llada, ce n'est pas d'un procès en ondes dont Cuba a besoin, mais d'un homme qui comprend les aspirations du peuple… d'un homme qui, une fois président, saura former un gouvernement qui répondra aux besoins du peuple. C'est de cela que tu devras parler au micro...

Chibás balaya l'argument d'un geste rageur.

— Mon micro est la seule arme dont nous disposons pour chasser Prío du pouvoir maintenant... Ce micro est l'arme de la dernière chance.

Castro s'était mis à arpenter la pièce.

— Monsieur Chibás, fit-il en retirant ses lunettes, nous sommes dans un lieu qui fut jadis celui d'un grand champion... Kid Chocolate... Un homme dont vous vous réclamez souvent en raison de votre admiration et de votre amitié pour lui...

— Où veux-tu en venir ?

D'un geste théâtral, Castro pointa une des affiches illustrant le boxeur noir, la garde haute, l'air confiant.

— On dit que le Kid ne montait jamais dans un ring sans avoir étudié son adversaire dans les moindres détails... On dit même qu'il a visionné les films des plus grands boxeurs afin de s'approprier les secrets de leurs meilleurs coups. Je crois que vous devriez suivre son exemple...

Chibás eut un ricanement nerveux.

— Je ne jouerai pas à l'espion... Je n'ai pas de temps à perdre pour trouver des délateurs... pour forcer les coffres-forts. Dimanche, je vais dire ce qui doit être dit...

— Et vous allez vous retrouver en prison pour diffamation, l'interrompit Castro. Vous allez perdre votre crédibilité, et cela vous coûtera la présidence. C'est cela que vous voulez ?

— Jamais ! fulmina Chibás. Dans quel camp es-tu donc, Fidel, pour m'inciter à sacrifier l'honneur que nous ont légué Céspedes, Maceo et Martí ? La prison, dis-tu ? Qu'elle vienne à moi, je ne crains ni ses barreaux, ni sa puanteur, ni ses tortionnaires. Alors entendez-moi bien, toi, Fidel Castro Ruz, et toi, José Pardo Llada : dimanche, le peuple de Cuba entendra toute la vérité... Il saura que Carlos Prío Socarrás est le complice d'une administration à ce point corrompue qu'elle a volé les budgets de la santé publique et transformé nos hôpitaux en véritables morgues... et que Sanchez Arango a détourné l'argent de nos écoles pour se ménager un coin de paradis au Guatemala. Voilà ce qu'entendra le peuple cubain ce dimanche... Je le jure sur ma vie !

Castro fut sur le point de faire une violente sortie, mais il en réprima l'envie. Puis tout se passa vite. Plusieurs partisans entrèrent en trombe en brandissant des exemplaires de *Prensa Libre, El País* et *Diario de la Marina*. Tous avaient une mine consternée. Chibás comprit sur-le-champ. Il devint blême. Il arracha l'exemplaire que lui tendait un partisan et lut le titre qui s'étendait sur huit colonnes à la une. Aussitôt, il chiffonna le journal et serra les poings. À voir son air furibond, Fidel sut qu'il n'avait qu'une envie : frapper tout le monde autour de lui à défaut de pouvoir s'attaquer à l'intéressé. Il prit un autre journal et parcourut l'article. Il avait été manifestement rédigé sous la dictée gouvernementale. Chibás y était décrit comme un démagogue, un manipulateur, un menteur et un diffamateur ; un homme sans honneur, indigne de partager la scène politique cubaine. En conclusion, le président en personne exigeait une rétractation totale des accusations de Chibás et des excuses publiques à l'égard du ministre de l'Éducation Sanchez Arango.

— Il fallait s'y attendre, murmura Castro.

— Quoi ? fulmina Chibás.

— Ils savent que vous n'avez pas de preuves, sinon vous les auriez dévoilées, précisa Castro sans élever le ton. Sanchez Arango est avocat... Il a été professeur d'université... À première vue, aucun défaut à son armure. Il nous envoie son intégrité en plein visage...

— Tu dis ça comme si c'était une certitude, fit Chibás, rageur.

Castro regarda les autres. Il ne vit que désarroi.

— Monsieur Chibás, même si on s'y attelait nuit et jour, nous n'en viendrions pas à bout. Il faut trouver des témoins, les faire parler. Ça prendra des mois... et vous avez deux jours...

Mille choses passèrent par la tête de Chibás en ce seul instant. Il parut tout à coup désemparé, assailli par un sentiment d'impuissance.

— En décembre 1946, j'avais dénoncé Manuel Alemán en pleine radio, lâcha-t-il. Lui aussi était ministre de l'Éducation... lui aussi semblait invulnérable... pourtant la vérité est sortie...

— Vous aviez des preuves alors, fit Pardo Llada. Vous aviez trente et un témoignages en provenance d'écoles rurales de Las Villas... des témoignages que vous aviez lus en ondes... et Alemán n'a jamais démenti les faits : il avait bel et bien acheté la Finca America, propriété de l'ex-président Gomez, avec les millions destinés aux écoles rurales. Mais cette fois, rien... rien d'autre que votre réputation... que vous risquez de perdre !

Dans sa tête, Chibás revécut la journée du 18 avril 1945. Le sénateur Santiago Rey Berna, représentant de la province de Las Villas, et lui s'étaient affrontés au sabre dans un jardin du domaine du sénateur Calvo Tarafa, en présence d'une quinzaine de témoins. En dépit de la loi cubaine qui l'interdisait, le duel permettait de venger l'honneur d'un offensé en lui laissant le choix des armes. Or, trois jours plus tôt, lui, Chibás, avait dénoncé l'absence d'engagement politique de Rey Berna à l'égard des gens de Las Villas, lors de son émission de radio dominicale. Un affrontement de quelques minutes, des blessures à l'avant-bras et au dos, suivies d'une réconciliation des deux hommes. Mais voilà que l'heure n'était plus au choc symbolique de deux épées, même pour l'honneur.

— José Martí a déjà vengé son honneur par un duel, ne put-il s'empêcher de murmurer.

— Sénateur Chibás, répondit Castro avec solennité, c'est de la présidence qu'il s'agit, pas d'un combat de coqs.

Il regarda Pardo Llada.

— Tu as les notes de la conférence de juin devant les businessmen américains ? lui demanda-t-il.

Pendant que Llada fouillait les dossiers, Castro croisa le regard de Chibás. Il fut frappé par la blancheur de craie de ses traits. Il nota aussi le léger tremblement de ses lèvres.

— Ça y est, annonça Llada avec soulagement.

Castro parcourut les quelques feuillets.

— Voilà ce qu'il faut dire, sénateur, ou plutôt redire. Tout est là... Votre vision politique, la cubanisation de toutes les activités économiques, la nationalisation graduelle des grandes entreprises, la distribution des terres, l'élimination du régime féodal, la création de coopératives, la construction d'écoles et d'hôpitaux dans les zones rurales... ce qui vous laisse le dernier quart d'heure de l'émission pour expliquer les mesures à mettre en place pour éliminer la corruption dans les services gouvernementaux...

Il y eut des murmures d'approbation. Pardo Llada parut soulagé. Comme d'habitude, Castro avait trouvé les mots justes. C'était comme s'il avait tourné la clé dans la serrure d'une cellule sans lumière et libéré la conscience de Chibás. Ce dernier n'avait qu'à mettre en veille les accusations contre le ministre de l'Éducation tout en promettant de faire toute la lumière au cours des prochaines semaines. Il n'avait qu'à dire qu'il ne jugeait pas l'homme, mais qu'il ne renoncerait jamais à la découverte de la vérité. Il n'avait qu'à s'adresser à la conscience de chaque auditeur, érudit comme illettré, et dire que la corruption est un mal qui ronge le pays de l'intérieur, ce qui en fait, dans chaque ville et village de Cuba, un drame humain partout identique par ses conséquences.

— Je te remercie, Fidel, murmura Chibás, je vous remercie tous... Je vous demande maintenant de me laisser seul ; je dois préparer l'heure la plus importante de toute ma vie... peut-être de l'avenir de notre nation.

Lorsque Fidel étreignit la main tendue de Chibás, il vit le visage d'un supplicié en croix. Dans sa tête, ses mots résonnaient comme les dernières volontés d'un soldat.

La lueur blafarde qui éclairait le bureau du 109, avenue du Prado, provenait de la petite lampe de travail placée sur le bureau d'Eduardo Chibás.

Il avait passé la nuit du samedi au dimanche à relire *Notre Amérique* de José Martí. L'ouvrage était une édition vieille de cinquante ans dont la plupart des pages avaient été abondamment annotées.

Il avait l'intention de les citer lors de son émission du dimanche soir. Finalement, il n'en retint que deux, qu'il intercala dans ses notes de discours. Car c'était bien un discours qu'il avait décidé de livrer en ondes. Ils seraient plus d'un million à syntoniser CMQ. La plupart dans les villes, mais des dizaines de milliers dans les campagnes, où plusieurs familles se regrouperaient autour d'un poste de fortune pour entendre cette voix qui semblait venir d'outre-tombe livrer un message d'espoir.

« Tout ce qui en Amérique tient encore du village doit se réveiller, avait noté Chibás. Notre temps n'est pas de ceux où l'on peut se coucher la tête dans un foulard, mais où les armes doivent tenir lieu d'oreiller : les armes de l'intelligence, qui triomphent des autres. Des tranchées d'idées ont plus de valeur que des tranchées de pierre… »

Chibás relut l'extrait à voix haute, s'assurant des accents toniques et des effets de voix. Puis il nota :

« Le bon gouvernement en Amérique est celui qui sait de quels éléments est fait son pays, et comment il peut les orienter tous à la fois, pour parvenir, grâce à des méthodes et des institutions nées du pays lui-même, à cet état souhaité où chaque homme se connaît et agit en conséquence… Le gouvernement doit naître du pays ! L'esprit du gouvernement doit être celui du pays ! La forme du gouvernement doit s'ajuster à la constitution propre du pays ! »

Il refit le même exercice avant d'ajouter une note plus personnelle :

« Tout ce qui discrimine les hommes, tout ce qui les sépare, les enferme, les diminue, les prive de leur dignité, de leur honneur, est un péché contre l'humanité… L'injustice est grande parce qu'elle cultive l'ignorance. Qu'il soit donc entendu, ici et maintenant, que la vérité doit être dite… entière, sans compromis. Car seule la vérité achèvera d'unir tous les Cubains… »

Chibás regarda sa montre. Il était presque quatre heures du matin. Il éteignit la lampe. Dans le noir, il fut saisi d'angoisse. Voulant se rassurer, il tenta de reprendre à haute voix un extrait de José Martí, mais les paroles restèrent prises dans sa gorge. On ne sait jamais rien, se dit-il. On ne sait jamais si ce que l'on fera ne sera pas en vain, et il arrive qu'on ne sache trop pourquoi on le fait. La peur le glaçait. Il se frictionna les tempes, le front. Ils étaient trempés d'une sueur froide en dépit de la touffeur du lieu. En perdant brusquement le contact avec la réalité, il imagina un bruit assourdissant et l'odeur de la poudre brûlante. Il imagina un objet de métal lui pénétrer le corps. Il imagina une plaie, mais sans la moindre souffrance. Et la vie qui l'abandonnait lentement alors que le sang s'écoulait tout aussi lentement. Enfin, il savait tout ce qu'il voulait savoir depuis la première heure de sa vie. Il s'éveilla en sursaut. Lorsqu'il regarda de nouveau sa montre, elle marquait six heures. Il avait dormi durant deux heures, le front appuyé sur les notes de son discours. Il se frictionna le cuir chevelu, se frotta les yeux, remit ses lunettes. Il distingua le rai de clarté qui annonçait l'aube.

Dans le tiroir du centre, il prit l'arme de poing qu'il y gardait en secret. Il ne s'en était jamais servi. C'était un Colt Detective Special de calibre 38. Un revolver au canon réduit à 50 mm. L'arme, particulièrement légère, permettait une extraction rapide de l'étui tout en favorisant la dissimulation. Il soupesa l'arme, vérifia le roulement du barillet, avisa la mire. Puis il prit la boîte de balles qu'il gardait dans le même tiroir et introduisit six projectiles dans le barillet, tout cela avec des gestes lents. Il sourit en se rappelant que celui qui lui avait jadis procuré le revolver lui avait dit que c'était le *nec plus ultra* du genre et qu'il était utilisé par les agents des services secrets américains. Il déposa l'arme sur le bureau et, reprenant la plume, inscrivit au bas de ses notes : « *El último aldabonazo...* », l'ultime salve.

c✍️

Fidel Castro, les mains crispées sur le volant de la Chevrolet Sedan, remontait lentement l'avenue du Prado. À ses côtés, José Pardo Llada, le visage sombre, n'avait pas dit un mot. Sur la banquette arrière, Eduardo Chibás, en costume blanc et cravate, frais rasé et soigneusement peigné, regardait les couples d'amoureux assis sur les bancs de marbre à l'ombre des platanes et des lions de bronze. Il enviait ces jeunes de pouvoir ainsi figer le temps, s'enlacer comme si l'éternité leur appartenait. Il les enviait de se croire seuls au monde, alors que lui se savait vidé de ses rêves.

Au moment de tourner à gauche sur le Malecón fouetté en cette fin de journée par quelques vagues tumultueuses de l'Atlantique, Chibás demanda à Castro de s'arrêter un instant. Devant eux, de l'autre côté de la baie, sur l'escarpement, le phare du Castillo del Morro venait de s'allumer.

— Nous contemplons quatre cents ans d'histoire de Cuba, fit-il gravement.

Castro et Llada se regardèrent, surpris de cette remarque inattendue.

— Vous êtes passés mille fois au moins par ce chemin, fit Llada.

— C'est différent ce soir, répondit Chibás, le regard fixé sur la baie. Ici, jadis, poursuivit-il, les Espagnols tendaient une immense chaîne en travers de l'entrée afin de prévenir une invasion par la mer... et cette chaîne était fixée là, tout juste devant nous, à ce qui reste de la Punta.

Il pointa les ruines du Castillo San Salvador de la Punta, dont seuls une tourelle et un muret s'élevaient encore sur le front de mer.

— Je ne savais rien au sujet de cette chaîne, dit alors Castro, mais je sais que c'est contre ce mur que les Espagnols ont fusillé six étudiants de médecine en 1871 simplement parce qu'ils avaient osé réclamer la liberté…

Chibás soupira.

— Tant de chaînes qui nous entravent encore…

— Il faut y aller, dit Llada en pointant l'heure sur sa montre.

La Chevrolet fila à vive allure sur le Malecón jusqu'à l'intersection de la Calle 23, connue sous le nom de La Rampa. S'y dressait, sur son promontoire, l'hôtel *Nacional*, joyau de l'architecture néobaroque et quartier général de la mafia de Meyer Lansky. La Rampa, éclairée de tous ses néons, était moins animée que d'habitude. L'automobile roula bon train, passa les boutiques, les restaurants, les hôtels particuliers aux devantures plus extravagantes les unes que les autres, jusqu'à l'imposant immeuble de neuf étages, de construction récente, marqué de trois énormes lettres : CMQ.

Castro s'apprêtait à sortir de la Chevrolet lorsque Chibás lui fit signe de rester dans le véhicule.

— Ce soir, lui dit-il, tu seras plus utile ici, à surveiller les abords.

— Mais, sénateur…

— Fidel, c'est non ! La police secrète de Prío n'a aucune limite, c'est toi-même qui le dis, insista Chibás. Je compte sur toi pour surveiller les lieux de l'extérieur.

Castro n'eut pas le temps d'argumenter. Chibás et Llada s'étaient déjà engouffrés dans l'immeuble. Irrité, Castro alluma la radio du véhicule. Il tourna rageusement le bouton jusqu'à ce qu'il entende la musique du big band de Moré, dont l'orchestre et les airs ressemblaient à ceux du célèbre Xavier Cugat. Il venait de syntoniser CMQ. Il se pencha et prit le browning qu'il avait caché sous le siège. Il vérifia le chargeur et déposa le pistolet à portée de main.

⤳

Dans le petit studio enfumé, la bouche soudée au micro, Eduardo Chibás entreprit le procès du président Carlos Prío Socarrás, de son gouvernement, de plusieurs grands propriétaires terriens et d'autant de dirigeants d'entreprises américaines. Il les traita d'exploiteurs, de mercenaires, de voleurs, les accusa de ne combattre que pour leurs intérêts personnels. Il cria à tous les échos que ces hommes étaient indignes, qu'ils n'avaient qu'une seule morale : exploiter sans relâche afin de s'enrichir démesurément.

À mi-chemin de l'émission, José Pardo Llada, toujours à ses côtés, tenta de calmer les ardeurs de Chibás. Mais ce dernier n'en fit rien. Il lança d'autres accusations en se disant ouvertement conscient des risques auxquels il s'exposait.

— Ces hommes passeront à l'histoire pour avoir écrit le chapitre le plus sombre de Cuba, clama-t-il, pour avoir façonné une société dans laquelle le peuple n'a à peu près pas le droit de vivre... Une société dans laquelle jamais les travailleurs des champs, des usines, de la mer n'ont été autant méprisés. Dans cette société, aucun Cubain n'est libre de dire sa propre vérité, car il risque à tout moment de croupir et même de mourir dans une prison sans jamais avoir été coupable...

Il régnait maintenant un étrange silence sur tous les étages de l'édifice de la CMQ. La lumière d'un unique néon transfigurait le visage de Chibás. En cette heure, il s'attribuait la mission d'apôtre, de symbole de la nation, à l'image de José Martí, le martyr de la lutte pour l'indépendance de Cuba. Au micro retentissait le credo de Martí.

— Dans le *Manifeste de Montecristi* signé en 1895, il est écrit que l'on acquiert bien plus dans la conquête de la liberté, fût-ce par une lutte armée, que dans une abjecte prostration, lança Chibás. J'affirme à mon tour, à l'exemple de José Martí, que je reconnais comme mon maître à penser, que la République de Cuba doit avoir pour base la personnalité intégrale de chacun de ses fils, sinon elle ne vaudra pas la moindre larme de nos femmes ni une seule goutte de sang d'un brave. Tout comme

Martí, je demande que cette République, qui n'existe toujours pas, devienne une démocratie intégrale, sans privilèges de race ni de classe…

De l'autre côté du mur vitré qui séparait le studio du corridor, on se bousculait pour mieux voir Chibás à l'œuvre. Certains versaient même des larmes. Levant les yeux, Chibás vit l'effet de ses paroles. Pendant un instant, il ouvrit les bras à la manière d'un prédicateur, puis se reporta à ses notes.

— J'ai fait un rêve, le dernier de ma vie, je crois bien…

Le ton de sa voix avait changé. La colère était tombée, remplacée par une forme de résignation. Il fit une pause, jeta un autre regard alentour, qui ressemblait à un regard d'adieu.

— J'ai vu dans ce rêve un homme tomber au combat… l'homme ressemblait à José Martí, mort à Dos Rios le 19 mai 1895. Dans mon rêve, cet homme me disait juste avant de mourir qu'il saurait disparaître sans regret en sachant que sa pensée ne disparaîtrait pas… Il me disait qu'il avait toujours su qu'il donnerait sa vie pour Cuba, c'était pourquoi il accomplissait maintenant son devoir en sachant qu'il avait le courage qu'il fallait pour le faire…

Chibás se tut. C'était la fin de l'émission. Llada regarda sa montre : il restait moins d'une minute au temps d'antenne. Le technicien de la régie se préparait à diffuser des annonces publicitaires de quelques cabarets de La Havane.

Chibás avait ramassé les feuillets sur lesquels il avait noté les quelques extraits de José Martí, puis il prit les mains de Llada et les étreignit avec ferveur. Se ravisant brusquement, il saisit le micro et lança d'une voix brillante :

— Depuis toutes ces années, j'ai su vivre pour Cuba… maintenant je dois…

Des sanglots vinrent altérer sa voix.

— *Este es mi último aldabonazo para despertar la conciencia cívica del pueblo cubano* « Ceci est mon ultime appel à l'éveil de la conscience civique du peuple cubain. »

Il poussa un long soupir.

— Maintenant je dois, à mon tour, savoir mourir pour Cuba…

Il y eut une puissante détonation, puis un cri de souffrance.

Dans les instants qui suivirent, une vague d'émotion sans précédent déferla sur Cuba. D'une puissance telle que se dressèrent tous les fantômes du passé sanglant de l'île. Cette vague déferla de Pinar del Río aux terres rouges de Vinales, ébranla les villes coloniales et les communautés portuaires, gagna la péninsule de Zapata, les marais sauvages, les plaines agraires, le dédale de Camagüey. Elle roula finalement sur la mythique Sierra Maestra, Bayamo la rebelle, puis Santiago de Cuba, la mère de tous les soulèvements.

Les échos de ce cri de souffrance allaient se faire entendre à la grandeur des Amériques, des États-Unis jusqu'à la lointaine Argentine.

⁓

Affalé, le corps de Chibás était secoué de spasmes. Sa poitrine se soulevait comme mue par une pompe invisible. Sa peau avait déjà changé de couleur. Une écume sanguinolente lui coulait de la bouche.

— Vite, vite ! hurla Pardo Llada, des compresses, il faut arrêter l'hémorragie !

Il avait finalement réussi à désarmer Chibás après une courte lutte pour lui faire lâcher le Colt 38. Le sang avait complètement imbibé la chemise de Chibás et se répandait sur le plancher. Quelqu'un apporta des serviettes, un autre une couverture. Elle allait servir de brancard.

— S'il n'est pas à l'hôpital d'ici une quinzaine de minutes… murmura celui qui avait apporté les serviettes.

Il hocha la tête sans terminer la phrase.

— On le déplace sur la couverture, fit Llada en comprimant la plaie du ventre à l'aide des serviettes.

Ils furent une dizaine à s'improviser brancardiers. Chibás se mit à gémir lorsqu'ils le soulevèrent. Ils se hâtèrent vers la sortie. Les spasmes avaient diminué, le corps se recroquevillait. Les yeux de Chibás avaient changé de couleur. Devenus sans éclat ni teinte définie, ils n'appartenaient déjà plus à un vivant.

Une fois le blessé installé dans la Chevrolet, ils s'engouffrèrent à six dans le véhicule.

— À l'hôpital, vite ! lâcha Llada.

Fidel Castro poussa l'accélérateur à fond. Il était livide et agissait avec des réflexes d'automate. De l'édifice de la CMQ, sur La Rampa jusqu'au centre médico-chirurgical de La Havane, situé sur Avenida 29, il y avait moins de dix minutes. Il en fallut à peine cinq à Castro pour faire le trajet.

Des infirmiers placèrent Chibás sur une civière et l'acheminèrent vers un bloc opératoire. À demi conscient, Chibás tenta de parler, mais il ne parvint qu'à murmurer. Castro recueillit quelques mots.

— Qu'a-t-il dit ? lui demanda-t-on.

— Que tant qu'un seul Cubain souffrirait, il faudra se battre en son nom, répondit Castro, l'air toujours aussi consterné.

Chibás fit une autre tentative. Cette fois, les traits de Castro se détendirent quelque peu.

— Quoi ?

— Il a raconté que le manager de la Cuban Esso Company lui a dit un jour que la différence entre les USA et Cuba était que les USA avaient inventé Superman…

Il y eut quelques sourires. Les portes du bloc opératoire s'ouvrirent. On poussa la civière hors de vue. Un médecin en tenue chirurgicale s'avança vers le groupe. Il affichait calme et assurance.

— Je suis le docteur Pedro Iglesias Betancourt, fit-il. Nous allons opérer M. Chibás d'ici quelques instants. Son état est grave ; il a perdu beaucoup de sang, et il faut absolument retirer la balle. La bonne nouvelle… il est en vie. En bonne logique, l'irréparable a été évité, pour l'instant du moins. Si M. Chibás a tenté de mourir pour Cuba, peut-être aura-t-il une seconde chance de vivre pour Cuba.

— Dieu vous entende, dit l'un du groupe.

Trois autres se signèrent pieusement.

— Vous croyez encore que Dieu se préoccupe de Cuba ! grommela Castro en essuyant le sang qui lui couvrait les mains sur le devant de sa *guayabera*.

༄

L'ambassadeur Willard Leon Beaulac avait sa mine des mauvais jours. Il tripotait sans arrêt son nœud de cravate. Il n'aimait pas sentir le sang lui monter brutalement à la tête comme ç'avait été le cas à cinq heures du matin, lorsqu'il avait reçu un coup de téléphone du département d'État des États-Unis pour l'informer d'un incident qui pourrait faire brusquement basculer la situation politique à Cuba. « Un télégramme à caractère confidentiel suivra dans deux heures » lui avait-on dit sans autre explication. Il avait eu envie de répondre qu'au rythme où allaient les choses, il aurait les cheveux blancs dans un an, du moins ceux qui lui restaient sur le crâne. Il s'était contenté de la formule diplomatique coutumière. Il en avait l'habitude puisque, depuis 1940, il avait agi à titre de consul général des États-Unis à Madrid, puis d'ambassadeur au Paraguay et en Colombie avant d'entrer en fonction à La Havane en juin 1951.

Lorsque le premier secrétaire entra dans le vaste bureau de l'ambassadeur, il trouva Beaulac debout, raide comme un vigile de faction, les mains dans le dos, l'air inquiet. En dépit de la chaleur d'août, Beaulac portait un costume sombre, rayé, assorti d'une cravate noire.

— C'est arrivé il y a cinq minutes, monsieur, fit le premier secrétaire en lui tendant une enveloppe.

Beaulac la décacheta et prit connaissance du texte. Il fit quelques pas, lisant et relisant le télégramme.

DEPARTEMENT OF STATE
Memorandum of Conversation

SUBJECT: Senator Chibás shoots self
PARTICIPANTS: Dr. Espinosa — Cuban Embassy
Mr. Wellman — Cuba Desk Officer, MID
COPIES TO: ARA — Mr. Mann, Mr. Miller
MID — Mr. Nufer
American Embassy, Habana (informally)

Dr. Espinosa stated that the Embassy has had confirmation that Senator Chibás pulled out a gun and shot himself in the chest in the course of a violent argument with colleagues in the Ortodoxo party following his weekly radio broadcast on Sunday, August 5.

Dr. Espinosa said that Chibás' condition was serious, but the wound was not fatal and he was expected to live.

Dr. Espinosa recalled that this was the second time that Chibás had shot himself. He said that some five or six years ago Chibás was shot under circumstances indicating that he had tried to simulate an attack upon himself.

Dr. Espinosa speculated that this incident would cause a great deal of political controversy and would not benefit Chibás.

L'ambassadeur fixa longuement la photographie du président Harry Truman qui ornait le mur derrière son bureau. Il se rappela que le président lui avait dit, quelques semaines avant d'entrer en fonction à La Havane, qu'un jour les États-Unis dompteraient complètement l'Amérique latine, en commençant par Cuba. Il avait demandé au président ce qui se passerait si les États-Unis n'y parvenaient pas. Truman lui avait dit bien calmement que la place normale des bêtes sauvages restera toujours une cage. Beaulac effleura de la main le drapeau américain placé dans un coin de la pièce. Il revint vers le premier secrétaire et lui remit le télégramme.

— Prenez connaissance du texte, Lennox, lui dit-il.

Ce dernier parcourut le télégramme. Il fronça les sourcils.

— Un scénario digne de Hollywood, monsieur, commenta-t-il.

— Soyez plus clair...

— Tout Cuba a entendu le coup de feu, monsieur, expliqua Lennox. Chibás s'est tiré une balle en toute fin d'émission...

— Et pour le reste ?

— Il faudra voir avec les autorités médicales, monsieur...

— Je parlais de cette autre tentative de suicide dont il est question dans le télégramme.

— Il y a six ans, monsieur, j'étais avec nos troupes d'occupation en Allemagne.

— Chibás est fiché ici, n'est-ce pas ?

— Cela va de soi, monsieur, il est un joueur important sur l'échiquier politique de Cuba.

— Fouillez son dossier...

— Je crains, monsieur, que votre prédécesseur ait fait le ménage de circonstance avant de vous remettre les clés de l'ambassade, si je puis dire.

— Faites le nécessaire... discrètement.

Lennox revint au bout de deux heures.

— En avril 1945, Chibás a été impliqué dans un duel au sabre avec un certain Santiago Rey, alors sénateur... un fait divers et deux éraflures. En mai 1947, le maire de La Havane, Manuel Fernández Supervielle, s'est suicidé à l'arme à feu... une promesse électorale concernant l'approvisionnement en eau potable de La Havane... l'affaire a mal tourné et il en a fait une question d'honneur...

— Chibás était impliqué ? demanda Beaulac.

— Il a prononcé l'éloge funèbre de Supervielle... rien d'autre.

Beaulac alluma une cigarette et tira de lentes bouffées. Il prit place dans le fauteuil Chippendale, croisa ses jambes et invita Lennox à s'asseoir dans l'autre fauteuil.

— Votre opinion, Lennox?

— Cela dépasse ma fonction, monsieur, d'autant plus que je ne suis ici que depuis trois mois à peine… alors mon opinion risque d'être un compromis entre mes allégeances et mes sympathies.

Beaulac fut tenté de répondre au premier secrétaire qu'il le comprenait. Lui-même avait éprouvé le même dilemme lorsqu'il avait servi à titre de consul général en Espagne durant la Seconde Guerre, en plein régime franquiste. Il avait été témoin d'une société entière condamnée à l'asphyxie, puis avait appris à ignorer l'atmosphère devenue toxique.

— Dites ce que vous avez à dire, Lennox, insista Beaulac.

— Quelqu'un tire les ficelles depuis La Havane, monsieur, en se servant de l'ambassade cubaine à Washington pour contaminer nos services du département d'État à Washington… et ce quelqu'un est appuyé en très haut lieu… au FBI, à la CIA, peut-être même à la Maison-Blanche.

— Et à qui songez-vous?

En cet instant, Lennox eût préféré être un scientifique et pouvoir répondre qu'il ne parlerait qu'avec toutes les preuves à l'appui. Mais l'ambassade des États-Unis n'était pas une salle de classe. C'était un univers absurde aux allures de théâtre aux miroirs. On y défendait de jour des frontières qu'on violait de nuit. On y représentait la démocratie tout en fermant les yeux sur la torture.

— Chibás rayé de la course à la présidence, monsieur, nous devrions voir se manifester au grand jour le sénateur Fulgencio Batista, répondit Lennox.

Beaulac acheva de fumer sa cigarette.

— Vous avez un bel avenir dans le corps diplomatique, Lennox, dit-il. Avec le temps, vous entendrez sans broncher les uns et les autres parler de guerre et de paix et vous saurez que nul ne tiendra véritablement promesse. Mais comme l'histoire est d'abord écrite par les vainqueurs, nous ne serons plus là lorsque la parole sera donnée aux vaincus…

— Je me console en imaginant que nous pouvons au moins influencer l'histoire, répondit Lennox.

— Dans nos fonctions, Lennox, nous ne sommes pas sous les feux de la rampe, nous ne sommes que des ombres…

Lennox se leva de son fauteuil.

— Lennox, veuillez sécuriser ma ligne avec le secrétaire d'État, demanda Beaulac alors que le premier secrétaire allait sortir.

— Vous souhaitez parler à M. Dean Acheson en personne ? s'étonna Lennox.

— En personne, fut la réponse catégorique de l'ambassadeur, avant d'ajouter : Lennox, prévoyez une réception officielle ici même, à l'ambassade, et mettez le sénateur Batista en tête de la liste des invités.

⌘

Fidel Castro avait entamé une longue veille devant la chambre 321 de l'hôpital. Armé, il s'était donné le mandat de garde du corps de Chibás. Chaque soir, on lui apportait quelques tranches de pain avec du beurre, à l'occasion avec un peu de jambon. Un thermos de café noir et deux carafons d'eau complétaient cette ration de soldat. Il demeurait plusieurs heures debout, à la manière d'une sentinelle. Autrement, il s'assoyait sur une chaise métallique, allongeait ses longues jambes et somnolait une demi-heure par-ci par-là. La nuit, pour rester éveillé, il retirait ses chaussures et ses bas et marchait pieds nus sur les dalles froides du corridor. Lui le tribun, l'homme au verbe haut, passait la plupart du temps sans prononcer un mot, sauf lorsque Pardo Llada venait le ravitailler et prendre des nouvelles de Chibás. Le pronostic demeurait incertain : il avait eu le côlon sectionné par le projectile, d'autres dommages internes, et il demeurait un risque toujours élevé de nouvelles hémorragies.

— As-tu pensé à la suite des choses si ? lui demanda Llada au dixième jour.

— Je refuse d'y penser, fut la réponse catégorique de Castro, alors ne me pose plus cette question.

Ils parlèrent de ce qui entravait le peuple cubain, des prisons qui étaient pleines, des paysans qui devaient céder la presque totalité de leurs récoltes. Ils parlèrent de chaque Cubain devenu la propriété de l'État, de chaque Cubain qui n'avait aucun droit de parole, du nombre d'hommes réduits à l'état d'esclavage parce qu'emprisonnés dans des camps, des champs, des usines, des quartiers insalubres.

— Tu veux que je t'apporte de la lecture ? demanda Llada.

— J'ai les œuvres de Martí... J'ai également le livre d'un Américain qui a écrit sur la guerre civile d'Espagne...

— Tu parles de ce Hemingway ?

Fidel sortit un livre de sa besace fourre-tout et le montra à Llada.

— Je ne lis pas l'anglais, fit ce dernier avec une moue, mais j'ai vu le film de cette histoire... Tu sais que Hemingway demeure à Cuba... peut-être pourrait-il être utile à la cause, tu crois pas ?

— Un Yankee demeure toujours un Yankee, dit Castro.

— Alors pourquoi le lis-tu ?

— Parce qu'il fait l'éloge de la révolution.

Llada parti, Castro se remit à la relecture de l'ouvrage de Hemingway. Il sautait des chapitres entiers, s'arrêtait aux passages où il trouvait les mots qui lui convenaient et l'inspiraient. Il les souligna au stylo-bille. Il se demandait sans cesse où était son propre devoir. Le mot « révolution » lui fournit la réponse. Il trouva qu'on pouvait obéir aux motifs d'une révolution. Elle orientait la conscience et devenait alors une nécessité pour laquelle on devait se battre. Il lut et relut cette phrase qui disait : « Cela vous permettait de participer à quelque chose en quoi l'on pouvait croire entièrement et pour lequel votre propre mort devenait négligeable. » Aussitôt, les sentiments de reproche puis d'impuissance qu'il avait éprouvés face au geste à la fois noble, désespéré et absurde posé par Chibás disparurent.

Il comprit que Chibás, en appuyant lui-même sur la gâchette du Colt 38, avait posé le premier jalon de la révolution.

Plusieurs journées passèrent sans que l'état de Chibás changeât. Il demeurait toujours à demi conscient, mais extrêmement faible.

Il était passé minuit lorsque Castro s'endormit sur sa chaise. Brusquement, il eut conscience d'un branle-bas de combat. Il crut rêver. En réalité, il était réveillé. Deux médecins, dont le Dr Betancourt, se précipitaient dans la chambre de Chibás. Il voulut les suivre, mais déjà on avait refermé la porte. Lorsqu'il chercha à l'ouvrir, il constata qu'on l'avait verrouillée de l'intérieur. Il frappa à grands coups, en vain. Il regarda machinalement sa montre : elle marquait une heure du matin. Il colla son oreille contre la porte, mais n'entendit rien d'autre que des murmures. L'idée lui passa par la tête de faire sauter la serrure à l'aide de son browning. Il frappa encore. Elle s'ouvrit pour laisser sortir une infirmière dont la tenue était couverte de sang. Il l'entendit crier qu'on avait besoin de compresses et qu'on allait procéder de toute urgence à une transfusion sanguine. Les paroles de l'infirmière résonnèrent à ses oreilles comme un signal d'alarme. Il sentit un besoin pressant d'uriner et tenta de se retenir. Il s'avança sur le seuil de la porte. À quelques pas, sur le lit, tel un supplicié que l'on venait d'éventrer, gisait le corps ensanglanté de Chibás. Il s'avança d'un autre pas. Le Dr Betancourt se tenait devant lui.

— Vous devez sortir, monsieur Castro, lui dit le médecin d'une voix empreinte de douceur.

— Je ne veux pas qu'il meure, docteur, murmura Castro, il n'a pas le droit de mourir…

Betancourt posa une main sur l'épaule de Castro.

— Dans cet hôpital, monsieur Castro, il n'est qu'un homme qui va entrer dans l'éternité…

— Vous voulez dire ?

— Je veux dire que M. Chibás a livré son dernier combat. Les renforts arrivaient.

— Docteur, vite ! cria quelqu'un.

— Monsieur Castro, je vous prie, fit Betancourt en le repoussant doucement vers le corridor.

La porte se referma. Castro éprouva une immense culpabilité. Il eût aimé pleurer, mais il ne savait pas verser de larmes. Il s'adossa au mur, les bras ballants, l'esprit perdu. Un liquide chaud coula le long des cuisses et mouilla son pantalon. Il entrait dans l'antichambre des premières grandes souffrances de la vie.

ᙜ

Ils avaient été vingt-cinq, cinquante, cent, puis deux mille à se présenter devant l'hôpital dans lequel Eduardo Chibás agonisait. D'abord, on ne leur avait rien dit. Au cinquième jour, on avait annoncé que son état était stable. On avait prié, élevé des banderoles. Au dixième jour, on avait parlé d'espoir. Au onzième jour, Cuba comptait un martyr de plus.

Dans les quartiers de La Havane, on versait des larmes. Ceux de la *Santería* se rassemblèrent dans les lieux du culte. Dans la chapelle de la Vierge noire de Regla, on manquait de place. Arsenio de Céspedes sortit d'un long recueillement pour dire qu'Eduardo Chibás avait été visité par la mort afin de lui permettre de toucher le ciel de ses mains, et qu'il en reviendrait en libérateur. Il avait ajouté que Chibás n'était pas un fantôme puisqu'il n'appartiendrait jamais au royaume des morts.

De partout s'élevaient des prières : des hôpitaux, des prisons, des campagnes, des hameaux de pêcheurs. Tous ne comprenaient pas la portée de cette disparition, mais tous souffraient de quelque manière. Une fois encore, Cuba était frappée au cœur et versait son poids de sang.

Tel un immense linceul soulevé par la brise, une masse blanche, celle d'un millier d'étudiants vêtus de la *guayabera* traditionnelle, remuait dans un silence impressionnant. Ils enveloppaient ainsi le cercueil d'Eduardo Chibás, placé en chapelle ardente dans l'Aula Magna, le grand amphithéâtre de l'Université de La Havane. Parmi la garde d'honneur qui veillait le corps, Fidel Castro les dominait tous d'une tête. Vêtu d'un costume gris et portant une cravate noire, il se tenait au garde-à-vous, immobile pendant des heures malgré les crampes qui le tétanisaient. Une fine moustache accentuait la gravité de ses traits. Seuls ses yeux bougeaient. Alentour, il ne vit que ferveur. La peur semblait avoir cédé à l'absolue conviction d'une juste cause. Aucun regard ne disait adieu à Chibás. Lui-même revoyait encore cette course à la vie alors qu'il roulait à toute allure vers l'hôpital. Chibás, couvert de sang, avait murmuré qu'il ne sentait rien, que le sang qu'il verrait était le don qu'il faisait à Cuba, que ce sang ne lui appartenait plus, qu'il n'avait plus rien d'autre à offrir maintenant que sa vie.

Vint le moment des éloges. Ils furent une dizaine à prendre la parole. Ils parlèrent avec respect et dévotion.

— Dorénavant, à Cuba, sur chaque visage nous reconnaîtrons un peu celui d'Eduardo Chibás, dit l'un des orateurs.

— Nous devons le pleurer aujourd'hui et jusqu'au moment où nous le mettrons en terre. Après, nous devons croire que son cœur battra en chacun de nous, fit un autre.

— Vivant, peut-être aurait-on enfermé Eduardo Chibás dans une cellule sans lumière... peut-être aurait-on tourné la clé à double tour pour le contraindre au silence. Mort, aucune grille ne parviendra à faire taire son nom, ses idéaux, sa lutte, évoqua un troisième.

Fidel Castro fut le dernier orateur. On s'attendait à un discours enflammé. Lorsqu'il s'avança au micro, il regarda longuement l'assemblée. Puis il ferma les yeux. « Aujourd'hui ne sera pas un jour de victoire mais de renonciation », pensa-t-il. Il releva la tête et parla lentement, d'une voix profonde. Quelques mots seulement.

— Eduardo Chibás, en nous quittant aussi précipitamment, laisse un grand vide... un vide tel que nous ne savons pas si un jour nous tous et bien d'autres parviendrons à le combler.

Mais ce que nous savons, c'est que cette seule balle a atteint chaque Cubain au plus profond de sa chair… Cette balle nous fait tous sentir l'indéniable culpabilité de notre indifférence.

Il se tut et baissa la tête.

෨

L'ambassadeur Beaulac se tenait devant la grande fenêtre qui donnait sur le jardin. Des ouvriers taillaient les haies, ramassaient les feuilles et les pétales des bougainvillées. C'était son moment de contemplation. Il aimait ce cadre luxuriant qui mêlait toutes les espèces d'arbres et de plantes tropicales, au-delà duquel se dessinait la ligne bleue du détroit de Floride.

Ce qu'il aimait moins était toute cette agitation que suscitait la mort d'Eduardo Chibás. Un incident qui arrivait au moment où il devait présenter officiellement ses accréditations au président Prío. Ce qui devait n'être qu'une formalité s'annonçait comme une entreprise plus périlleuse. Voilà quelques jours à peine, le secrétaire d'État Dean Acheson lui avait rappelé ce que la Maison-Blanche attendait de son ambassadeur : rien de moins qu'une parfaite complicité avec le régime de Prío Socarrás. « Le sucre, Willard, lui avait-il dit, rien d'autre que le sucre au meilleur prix. Quant au reste, laissons-les se battre et se réconcilier entre eux, et s'ils font trop de tapage, remettez-leur en mémoire notre présence à Guantánamo. »

Le premier secrétaire se fit annoncer. Une fois en présence de l'ambassadeur, Lennox lui lut le télégramme qu'il venait de recevoir du Département d'État. En substance, ni geste ni présence aux funérailles de Chibás.

Beaulac poussa un soupir de soulagement.

— Voilà la meilleure décision dans les circonstances, ne croyez-vous pas, Lennox ?

— C'est en effet une affaire entre Cubains, monsieur, et toute présence américaine aux funérailles de ce monsieur serait inopportune, me semble-t-il.

— Nous retiendrons donc la version officielle communiquée par le consulat cubain à Washington, ajouta Beaulac.

— Monsieur ?

— Dois-je vous rappeler que ce Chibás s'est tiré une balle à la suite d'une violente altercation avec des membres de son état-major ?

— Bien, monsieur… Puis-je suggérer que vous fassiez mention de ce fait lorsque vous vous rendrez au palais présidentiel ?

— Cela plaira certainement au président à dix mois des élections, remarqua Beaulac en souriant.

— J'ai autre chose à vous transmettre, monsieur, dit Lennox en tendant à l'ambassadeur un dossier assez volumineux portant la mention « confidentiel ».

— Encore une surprise ?

— Avec M. Hemingway on ne peut jamais s'attendre à autre chose.

— Hemingway, murmura Beaulac.

Il n'y eut pas de place pour un seul autre mot. Beaulac serra le dossier entre ses mains et retourna devant la fenêtre.

❧

Ce fut jour de deuil national. Non pas qu'il fût décrété par le président Prío, cela n'avait pas été nécessaire. Il avait suffi que les Cubains prennent la rue par dizaines de milliers. Ils étaient venus par autobus, par train, par camion, à bicyclette, à pied. Ils étaient si nombreux qu'ils piétinèrent pendant des heures, tellement La Havane était congestionnée. Ce jour-là, personne ne voulut savoir qui avait eu tort ou raison. Nul ne voulut déchaîner la haine. Personne n'invoqua un dieu de la vengeance. Seules les prières murmurées au passage du cercueil témoignaient que tous se voyaient tels des esclaves libérés, ne fut-ce que pour cette journée. Hier on les asphyxiait, aujourd'hui la mort d'Eduardo Chibás donnait un sens ultime à leur vie.

Le cortège prit le départ depuis la statue de l'Alma Mater au haut des marches de l'Université de La Havane. Il emprunta la Calle L, tourna à gauche sur La Rampa qu'il emprunta jusqu'à la Calzada de Zapata, laquelle ceinturait toute la façade nord du cimetière de La Havane, surtout connu sous le nom de Necrópolis Colón, en l'honneur de l'amiral découvreur des Amériques, qui, selon la légende, se serait exclamé en apercevant l'île de Cuba que c'était « la terre la plus belle jamais contemplée par l'œil humain ! ».

Il fallut plusieurs heures pour arriver devant l'entrée monumentale de cette véritable cité des morts. Le portail, haut d'une vingtaine de mètres, était enrichi d'une sculpture de marbre représentant les trois vertus théologales : la foi, l'espérance et la charité. On y lisait : *Janua Sum Pacis*, l'inscription ayant donné son nom au portail que tous connaissaient comme la porte de la Paix.

L'avenue centrale Colón était devenue trop petite pour contenir cette multitude grouillante. Les gens se répandaient en désordre parmi les monuments de marbre, de bronze, passaient des faux temples romains, grecs et égyptiens à des châteaux médiévaux miniatures, avant d'aboutir, par grappes, à la chapelle de forme octogonale, située au cœur du cimetière. Construite en fin de XVIIIᵉ siècle, elle contenait des fresques magnifiques, dont une allégorie du Jugement dernier sur un des murs de l'autel.

Ce fut dans ce haut lieu patrimonial, qui s'étendait sur presque soixante hectares, parmi plus d'un million de sépultures et autant de fantômes errants, qu'Eduardo Chibás fut inhumé, non loin de la tombe de Máximo Gómez, un des trois signataires du *Manifeste de Montecristi*. Chibás en avait cité une phrase : « L'on acquiert bien plus dans la conquête de la liberté, fût-ce par une lutte armée, que dans une abjecte prostration. » Ce furent parmi les derniers mots qu'il avait prononcés en ondes avant d'appuyer sur la détente de son revolver.

— Que faisons-nous maintenant ? demanda-t-on à Fidel Castro après l'émouvante cérémonie.

— Au-delà de sa mort, nous allons donner à Eduardo Chibás la satisfaction de voir le président Prío se faire chasser du palais présidentiel et filer comme un lâche, répondit-il sans la moindre hésitation.

☙

Pedro Trigo passa nerveusement ses doigts dans son abondante chevelure noire avant de se frotter le visage et le cou. Puis il arrangea le col passablement élimé de sa chemise tout en la laissant entrouverte tellement la sueur la trempait. De temps à autre, il s'épongeait avec un grand mouchoir. Le manque de sommeil le faisait bâiller sans arrêt. Depuis trois semaines, Pedro Trigo rencontrait du matin au soir les travailleurs des plantations Gordillo, Lage, Potrerillo de Menocal, Pancho Simon et Paso Seco. Ces terres se trouvaient près de El Globo et Calabazar, deux communautés situées à moins de vingt kilomètres de La Havane.

— Moi et ma famille, on nous a expulsés du petit lot que nous possédions, lui avait dit un *campesino*. On a saisi nos récoltes et fait des choses à mes deux filles.

— Un matin, le contremaître m'a fait appeler, avait raconté un autre. Il y avait un sergent et cinq soldats à ses côtés. On m'a ordonné de partir avant la fin de la journée. J'ai demandé qu'on me laisse finir la semaine parce que je devais au moins avoir de quoi nourrir ma famille pendant quelques jours… rien à faire. J'ai appris plus tard que cinq soldats avaient pris ma place. Ils passaient les journées à boire, à jouer aux cartes et à coucher avec des jeunes filles qu'on forçait à aller avec eux. On payait ces soldats cinq pesos par jour chacun, alors que moi j'en gagnais deux pour dix heures de travail.

Fidel Castro notait scrupuleusement sans perdre le moindre détail. De temps à autre, il retirait ses lunettes et fronçait les sourcils comme s'il doutait de ce qu'il entendait.

— Tu peux répéter ça ? T'es certain de ce que tu dis ?

Pedro Trigo revoyait alors ses propres notes et répétait mot à mot et sur le même ton monocorde ce qu'il venait de relater.

— Tu as les noms de toutes ces personnes ? Les noms des soldats ?

— J'ai tous les noms, assura Trigo.

— Bien. Maintenant il faut que chacun signe une déposition écrite, précisa Castro.

— Il y en a peu qui savent écrire…

— Une croix suffira et un témoin pour authentifier le tout, fit Castro. Nous aurons besoin de photos… il faudra photographier chaque témoin…

— Ce ne sera pas facile… ils ont tous très peur de représailles…

— Il faut leurs photos, insista Castro.

— Ça va prendre des mois, Fidel… J'ai rencontré plus de cent *campesinos*…

— Mille eût été préférable, ironisa Castro, qui ajouta plus sérieusement : nous disposons de trois semaines, Pedro…

— Il faudra que tu viennes en personne, fit Trigo. Tu devras leur parler, les convaincre…

— Je le ferai.

On passa le mot. Dans l'arrière-pays de La Havane, on reconnut bientôt la vieille Buick verte. On accourait pour entendre Fidel Castro dire avec un sang-froid inaltérable que le gouvernement de Prío Socarrás n'avait été que le prolongement de celui de Grau Martín, et que, à l'exemple de son prédécesseur, Prío Socarrás, avec son entourage véreux, avait enfoncé Cuba dans une mer de scandales. Sur chaque tribune, fût-ce une table, un banc ou une simple chaise, Fidel Castro martelait les mêmes mots, les mêmes accusations.

— Qui a détourné des fonds destinés aux travaux publics ? Qui a pigé dans les caisses de retraite ouvrières, dans les crédits destinés à la construction de dispensaires, d'écoles rurales ? Qui s'est opposé à la création de la Cour des comptes ? Qui est de connivence avec des spéculateurs, des trafiquants, des gangsters, des propriétaires de casinos, des souteneurs de la prostitution ?

Puis Castro faisait mine de réfléchir, de songer au prochain argument, à la phrase assassine. En levant le poing, l'air indigné, il lâchait brusquement :

— Qui a détourné cent soixante-quatorze millions de pesos à son profit personnel ?

Alors qu'au premier jour on s'était méfié de ce gueulard qu'on présentait comme le fils spirituel d'Eduardo Chibás, on lui fit rapidement confiance par la suite. Les accusations qu'il portait étaient crédibles. Il donnait des noms, des endroits, des dates, des faits. Il parlait d'assassinats, de disparitions de femmes et d'enfants, de montants d'argent astronomiques envolés. Des accusations courageuses ! Castro ne parlait plus au nom du Parti orthodoxe, tout parti populaire fût-il. Il ne parlait pas comme un politicien en puissance. Il lançait un appel à l'éveil du peuple cubain. Il invitait une nation sans voix à l'affrontement avec le gouvernement de Carlos Prío Socarrás, ses fonctionnaires corrompus, sa police secrète, ses financiers occultes.

Son auditoire avait considérablement grandi. Il était envoûté par cet homme aux élans irrésistibles appuyés par de grands gestes. Ils auraient voulu lui dire quelque chose, mais ils ne savaient pas dire ces choses, puisqu'on ne leur avait jamais laissé le temps pour une seule parole. Ils ne savaient presque rien de leur île, leur pays. Ils ne connaissaient que leurs champs, les ruelles de leur village, l'étendue de leur misère, les visages de ceux qui venaient réquisitionner leurs récoltes. Ils se voyaient, les uns les autres, vieillir si vite, les traits ravagés, le corps brisé, l'espoir broyé, la dignité dérobée, leur terre pillée.

❧

La voix du Dr Fidel Castro, ainsi qu'on appelait maintenant l'impétueux avocat, finit par résonner sur une nouvelle tribune.

Depuis les micros de la station de radio C.O.C.O., il poursuivit les dénonciations. À sa voix se joignit celle du journaliste bien connu Guido García Inclán. En quelques jours, le climat d'incertitude qui régnait depuis la mort de Chibás engendra des protestations populaires, avec en tête les masses étudiantes. Le gouvernement fit donner de la matraque. Les hommes du chef de la police nationale Rafael Casals se mirent à tabasser tous ceux qui osèrent élever des voix de protestation. Sous les ordres d'un boucher de la rue, le lieutenant Rafael Salas Cañizares, La Havane fut mise à sang. Un jeune ouvrier, Carlos Rodriguez, fut battu à mort par des *pistoleros* à la solde de la police secrète. Fidel Castro revêtit la toge d'avocat et porta des accusations devant un juge d'instruction de La Havane. On menaça les témoins de représailles. L'affaire fut classée. Le journal *Alerta* ouvrit ses pages à Castro. Il y signa un premier article de nature pamphlétaire : « *Más vale morir de pie* » (« Mieux vaut mourir debout »). Tout en dénonçant les abus policiers, il s'engagea à mener à terme la lutte commencée par Eduardo Chibás.

Au cours des semaines suivantes, le tirage de *Alerta* ne cessa de grimper. On se l'arrachait. Ceux qui ne savaient pas lire s'en faisaient faire la lecture comme cela était déjà de coutume dans les fabriques de cigares.

Parurent en première page, coiffées de manchettes spectaculaires, les révélations qui allaient livrer le gouvernement de Carlos Prío Socarrás à la vindicte populaire.

Les articles signés par Fidel Castro révélèrent que le président Prío avait reçu en cadeau une ferme de trente-trois hectares pour avoir étouffé une affaire de viol d'une mineure par un de ses ministres. On y apprit que Prío avait agrandi ses propriétés personnelles à plus de six cent cinquante hectares à l'aide de fonds détournés ; qu'il avait ordonné l'expulsion de centaines de *campesinos* de leurs terres et acquis ces dernières frauduleusement ; qu'il avait fait verser dix-huit mille pesos par mois à des *pistoleros* responsables de plus de deux mille assassinats et qu'il les avait recasés dans divers services gouvernementaux; qu'il avait détourné plus de cent cinquante millions de pesos avec la complicité de la banque America Norte; qu'il avait fait disparaître en une seule nuit près de deux mille cinq cents dossiers incriminants pour son gouvernement.

La Cour des comptes prit acte des preuves de corruption et de gangstérisme contre le gouvernement de Carlos Prío Socarrás. Aussitôt, *Alerta* publia les conclusions de cette Cour. Fidel Castro fut sur toutes les tribunes.

— J'ai dit que j'allais rendre justice à Eduardo Chibás, c'est fait, affirma-t-il d'une fois à l'autre. Ce régime avili va bientôt mordre la poussière. Chibás a voulu se porter à la défense de notre société menacée de l'intérieur, et nous continuons sa lutte. Jusqu'à nouvel ordre, Cuba demeure entre les mains d'une gouvernance aux appétits démesurés, gardée par des chiens féroces. Carlos Prío Socarrás n'est pas le seul à avoir engendré le mal, d'autres l'ont fait avant lui. Notre devoir est d'empêcher que cela se reproduise. Si c'était le cas, Cuba irait à sa perte. On nous montrerait partout comme le bordel des Amériques. Alors je lance cet appel patriotique : sauvons Cuba de l'effondrement moral et constitutionnel... arrachons Cuba à ceux qui nous tiennent en laisse et violent nos terres !

Réfugié dans le palais présidentiel, Carlos Prío Socarrás tenta de nier les crimes qu'on lui reprochait. Mais il n'y avait plus d'espace pour la duperie. Les soldats et les policiers armés de mitraillettes et de bâtons faisaient moins peur. Ils avaient beau tirer, frapper, les longs cris des protestataires et la grêle de pierres avaient atteint de telles proportions qu'on ne parvenait plus à les calmer. Ce tumulte hantait le président Prío. Son palais était devenu sa prison. Il ne se demandait plus comment s'accrocher au pouvoir, mais comment s'en évader avec le trésor qu'il avait dérobé au peuple cubain.

À l'occasion d'une cérémonie protocolaire, il reçut l'ambassadeur des États-Unis. Ce dernier l'assura du soutien habituel du gouvernement américain. Aucun ne crut un seul mot du discours de l'autre. Simple formalité que l'accolade suivie de la poignée de main. Les deux hommes échangèrent à peine un regard. Pour Washington, Carlos Prío Sacarrás n'était plus qu'une fiche qu'on rangerait aux archives.

En quittant le palais, l'ambassadeur Beaulac salua son hôte froidement. Sur le chemin du retour, il murmura simplement : « Au suivant. » Le prochain président de Cuba était déjà dans l'œil de l'aigle américain. Quelque part dans la banlieue de La Havane, on le préparait à la totale allégeance.

20

Le gardien s'étonna de voir le sénateur se diriger vers lui. Il regarda sa montre. Elle indiquait minuit trente-deux. Batista l'ignora. Il poussa la porte de la chapelle et franchit le seuil, refermant la porte derrière lui. Le gardien entendit le frottement d'une allumette. Aussitôt une faible lueur, dansante, traversa la petite fenêtre grillée. Des sons étouffés. En réalité, on murmurait des mots incompréhensibles. Cela ne pouvait venir que de Batista, puisqu'il était entré tout seul dans le petit temple consacré à la *Santería*. Quelques minutes plus tard, il ressortit. Il regarda le gardien droit dans les yeux.

— Tu as vu ou entendu quelque chose, soldat ? demanda-t-il d'une voix très basse.

— Euh… mes yeux et mes oreilles sont bouchés, monsieur le sénateur, répondit-il avec empressement.

— Général, le corrigea Batista, tu m'appelles général !

— À vos ordres, général.

Sa voix tremblait. Batista le détailla de la tête aux pieds.

— Où est Ramirez ?

— Il a obtenu quelques heures de congé, général. Il est allé au carnaval…

— Et qui a autorisé ce congé ?

— Le caporal Tabernilla, général.

— Ton nom, soldat ?

— Felipe Garcia Rivera, général.

— Soldat Garcia Rivera, je t'interdis d'adresser la parole à un autre soldat ou à une autre personne, même à ta mère, d'ici minuit demain, lui ordonna Batista. Tu as bien compris cet ordre ?

— Absolument, général.

Batista leva les yeux au ciel. Le ciel était noir, plein d'étoiles.

— Tu vois ça ? fit-il en pointant vers le haut.

Garcia Rivera regarda le ciel à son tour.

— Qu'est-ce que tu vois, soldat ?

— Des étoiles partout, général.

Batista sourit.

— C'est ta nuit de chance, dit-il à Garcia Rivera. Dans plusieurs années, tu pourras raconter à tes amis ce que tu as vécu cette nuit, en fumant un bon cigare. Mais en attendant… tu me comprends bien ?

— Absolument, général.

Batista s'éloigna à pas lents. Un peu plus loin, il prit le temps d'uriner derrière un palmier. Puis il déboutonna sa *guayabera* et s'amusa à dégainer le Colt 45 à crosse de nacre qu'il portait au ceinturon. « Ce sera une courte nuit et une longue journée, pensa-t-il tout en continuant de manipuler l'arme. J'ai attendu huit ans, trois mois et vingt et un jours que sonne cette heure du retour. »

⁘

Revêtu de l'uniforme de général, mais sans les rangées de médailles, Fulgencio Batista entra dans son bureau de travail. Les cinq hommes déjà présents se levèrent aussitôt. Parmi ceux-là, les trois militaires en tenue claquèrent les talons et saluèrent. Batista prit place sous son portrait.

— Merci, messieurs, merci… et repos, fit Batista tout sourire.

Il fit un tour sur lui-même puis posa de profil.

— Vous voyez une différence avec ce portrait ? demanda-t-il sur un ton amusé.

Les regards des cinq hommes passèrent de sa personne au portrait derrière lui. Batista savait bien ce qu'ils pensaient : un général reste un général en dépit d'un tour de taille plus imposant et douze kilos de trop. Il éclata de rire.

— Mon tailleur a fait le nécessaire, fit-il, en fait, presque rien...

Les hommes rirent à leur tour.

— Bon, nous débattrons de l'idéal de la beauté masculine une autre fois, ajouta-t-il en redevenant sérieux. Où en sommes-nous, commandant Tabernilla ?

Officier de carrière, Francisco Tabernilla Sr avait participé à la révolte des sergents en 1933, sous les ordres de Batista. Depuis ce temps, Batista l'avait admis dans sa garde rapprochée.

— L'opération durera quarante-cinq minutes, à compter du moment où nous quitterons Finca Kuquine, rendit compte l'officier. Le commandant de marine José Rodriguez Calderón prendra la forteresse San Salvador de la Punta... il n'attend que votre signal. Le chef de district Rafael Salas Cañizares s'occupera du quartier général de la police... une formalité. Pour ma part, j'investirai la forteresse de la Cabaña. En même temps, señor Nicolas Pérez Hernández aura charge de prendre le contrôle des stations de radio de La Havane...

— Et Camp Columbia ? s'enquit Batista.

— Le capitaine Dámaso Soto attend notre signal, répondit Tabernilla. Le 6ᵉ Régiment vous est acquis.

— Bien, bien, murmura Batista. Reste le palais présidentiel...

— Ils sont tous dans le noir, si je puis dire, général. Le président est avec sa famille dans son domaine de La Chata, et à cette heure précise, ils dorment tous à poings fermés.

— Bien, bien...

Batista souleva le couvercle de verre sous lequel était déposée sa machette. Il prit l'objet fétiche, le manipula, passa un doigt sur le tranchant et admira la patine du manche. Puis il remit l'outil en place.

— À vous de jouer, commandant Tabernilla, dit-il simplement.

— Messieurs, nous allons synchroniser nos montres, annonça ce dernier. Il est présentement une heure quarante-huit du matin… l'heure zéro est fixée pour deux heures… dans douze minutes.

Ils levèrent tous leurs verres de rhum à l'invitation de Batista.

— Au président ! lancèrent-ils en chœur.

— Messieurs, dans moins d'une heure ce sera ou le palais présidentiel ou le peloton d'exécution, fit Batista d'une voix grave.

Quelques instants plus tard, au moment de prendre place dans la seconde automobile, Batista se tourna vers l'homme qui se tenait au pied du grand escalier.

— Rafael, lui dit-il, je te confierai le ministère de l'Intérieur. Toi et Esteban Ventura devrez réorganiser la police d'État de ce pays.

Rafael Díaz-Balart contint un sourire de satisfaction. Il se contenta d'acquiescer de la tête. Batista lui prit la main et la serra.

— Il y a un livre sur mon bureau, dit-il, un livre qui m'a permis de bien comprendre le geste que je m'apprête à faire… et d'affronter toutes les conséquences…

— *Technique d'un coup d'État*, de Malaparte, fit Díaz-Balart.

Batista hocha la tête et sourit.

— Tu as un bel avenir, Rafael… je veux que tu fasses disparaître ce livre.

— Je le ferai, monsieur…

— Autre chose… S'il m'arrivait quelque chose, tu prendras les dispositions immédiates pour que ma femme et mes enfants puissent quitter Cuba… Tu les accompagneras à ma résidence de Daytona Beach en Floride… Ils ont droit à la vie.

La poignée de main se prolongea avec effusion.

— D'ici une heure, monsieur, vous serez le nouveau président de Cuba, fit Díaz-Balart.

Fulgencio Batista s'engouffra dans l'automobile et fit un semblant de signe de croix. Les deux véhicules foncèrent dans la nuit. Il était deux heures du matin. Les derniers fêtards du

Carnaval de La Havane se mettaient au lit. Batista jeta un coup d'œil distrait à la longue rangée de pins d'Australie qui bordaient l'allée centrale de son domaine et dont les rameaux pleureurs s'entrecroisaient à l'infini.

Cinq kilomètres plus loin, des phares se mirent à clignoter en bordure de la route déserte.

— Nous changeons de voiture, annonça brusquement Batista.

— Mais, général, c'est cette voiture-ci qui est attendue à Camp Columbia, fit le capitaine Robaina, chargé de l'arrivée dans la plus importante caserne militaire de Cuba.

— Raison de plus pour mettre au test la loyauté de tous, fit Batista.

À deux heures quarante-cinq précises, le commandant Francisco Tabernilla Sr téléphona en personne depuis le bureau du commandant de la forteresse de la Cabaña.

— Général Batista, annonça-t-il, vous êtes président de la République de Cuba.

RESTRICTED SECURITY INFORMATION

TELEGRAPH BRANCH

```
                              Control : 4146
                         Rec'd : March 10, 1952
                                    4:31 p.m.
FROM : Habana
TO : Secretary of State
NO : 599, March 10, 2 p.m.
NIACT.
PASS ARMY, NAVY, AIR.
```

Fol mil movement which apparently began about 4 this morning Gen Batista has taken over Habana practically without opposition.

   Batista is at Camp Columbia and is acting as army chief staff while Col Cantillo, former head

1/2

Air Force, has agreed serve as adjudant gen. Col. Cantillo states all mil forces in country behind Batista. However, at least one radio station Camagüey broadcasting in favor Prío an hour ago.

Small mil force in fifth district Habana under Col Perez Alonso reported early this morning be still loyal to govt but nothing heard recently and apparently no fighting in Habana so presumably it also has joined revolt.

Two persons reported killed at Pres Palace early this morning. About eight this morning Palace press secy gave me copy declaration which he said Prío had drawn up in Pres Palace claiming mil in provinces loyal to govt and exhorting people resist. However Batista forces in charge radio stations and declaration not to Broadcast. It has just been published by press however.

Pres Prío left Palace 8:30. His present whereabouts unknown.

The four generals of Cuban Army under arrest in Batista's finca near Habana. Col Cantillo accepted post adjutant gen after consulting former chief of staff, Caberera, who is one of those under arrest.

Consulate Santiago and consular agent at Camagüey report all quiet. One station Santiago broadcast Commie charge US instigated revolt to get troops for Korea. Station now of air.

CTC gen strike in favor Prío forecast.

Airport and dockworkers reported ordered out on strike. Jmujal* reported in custody.

Coastguard cutter NEMESIS in Habana in connection yacht races returning Key West shortly. Amer yachts being encouraged return home.

Batista has sent me two messages saying he wishes cooperate with US and that his regime will fulfill its international obligations.

BEAULAC

BA : DGP

NOTE : Mr. Wellman (MID) notified 5:35 p.m., 3/10/52
CWO-M. Relayed to Army, Navy, Air 3/10/52 5 p.m. CLEM
*As received.

Septième partie

Moncada

« Condamnez-moi, peu importe.
L'Histoire m'absoudra. »
Fidel CASTRO RUZ, 1953

21

Pour Celia de la Serna, chaque crise d'asthme d'Ernesto était une nouvelle malédiction. Elle ne s'était jamais pardonné cette sortie d'automne au bord du Río de la Plata vingt-deux ans plus tôt. La même image revenait la hanter. Celle d'un enfant de deux ans, en maillot de bain, seul sur la petite plage de sable gris, qui l'attendait en grelottant de tous ses membres sous le vent en provenance des hauts plateaux de la Patagonie.

L'asthme était ce mal terrible qui avait privé Ernesto de son enfance, l'avait condamné pour la vie, courte ou longue, à côtoyer la possibilité d'une mort lente, par asphyxie. La pire de toutes. Aucun remède n'y faisait. Un changement d'environnement radical, un climat sec de montagne parvenait, au mieux, à atténuer l'ampleur du mal. La crise ne ratait aucun rendez-vous, mais elle épargnait l'obstruction des bronches passée une certaine altitude en moyenne montagne. Comme à Alta Gracia, aux environs de Córdoba, la vieille ville coloniale située à presque quinze heures de route de Buenos Aires. Là-bas, ç'avait été le salut temporaire pour Ernesto, mais aussi l'exil. Jusqu'à ses dix-neuf ans, alors qu'il avait fait son entrée à la faculté de médecine de l'Université de Buenos Aires. Il était devenu un *porteño*, un habitant du seul port d'Amérique latine qui comptait vraiment, celui de Buenos Aires. Portègne il était, fièrement, malgré son accent distinctif de Córdoba, son allure débraillée de campagnard, ses comportements farouches de solitaire.

Mais à Buenos Aires, l'asthme était revenu en force. Les crises fréquentes avaient, à la longue, déformé la cage thoracique d'Ernesto. L'angoisse d'une obstruction soudaine des voies bronchiques le hantait. Surgissaient alors ces démons nocturnes qui emprisonnaient ses poumons dans une étreinte de fer, réduisaient sa respiration à une plainte sifflante, le privaient du souffle vital. Il vivait entre deux impossibilités : celle d'inspirer suffisamment d'oxygène et celle d'expirer correctement, ce qui empêchait une nouvelle inspiration. Chaque filet d'air qui parvenait à se frayer un passage devenait alors un tour de force, le triomphe de la volonté, une nouvelle victoire sur une mort annoncée.

Celia venait de servir un quatrième maté amer à Ernesto. Il respirait mieux quoique encore avec peine. Ernesto ne jurait que par le maté servi bouillant. Il le dégustait lentement, à la manière des gaúchos, à même une calebasse dans laquelle se trouvait la bombilla qui agissait comme un filtre. Boisson stimulante, le maté, également appelé « thé des jésuites », provenait d'une plante, le *yerba maté*, dont le résidu stimulait le système nerveux et s'avérait cardiotonique.

— Qu'est-ce que je peux te dire d'autre pour te convaincre, Ernestito ? demanda Celia. Les trois médecins que nous avons consultés ont tous dit la même chose : le rugby est suicidaire pour toi… ! Peux-tu admettre qu'une crise en plein effort peut s'avérer mortelle ?

— Ce n'était pas une vraie crise, se défendit le jeune homme en repoussant la mèche noire qui lui pendait sur le front.

— Ce n'est pas ce qu'a dit Alberto, répliqua Celia.

— Alberto n'est pas médecin, il est biologiste, précisa Ernesto.

Celia se prit la tête à deux mains et poussa un soupir.

— Ernestito ! Ernestito ! Cesse de jouer ce petit jeu avec moi. Oublies-tu que moi aussi je me bats pour ma vie ?

— Toi tu as été opérée pour un cancer et tu es guérie…

— En rémission, Ernestito, pas guérie…

— Moi aussi, je suis en rémission, rétorqua-t-il. À la différence que ma rémission est une affaire de quelques jours à la
fois ; c'est toujours à recommencer. Ce qui fait que j'en ai marre
de traîner ce boulet... marre de ce cachot qui m'emprisonne...
marre qu'on me vole ma vie.

— Tu sais que tu me fais peur ? fit-elle d'une voix tremblante.
Ernesto hocha la tête, l'air obstiné.

— Je me fais peur à moi-même, fit-il. Chaque fois que
l'asthme gagne sur moi, j'ai le sentiment de n'être qu'une
moitié d'homme, et ça me fout la trouille. Alors j'ai décidé de
retrouver l'autre moitié de moi-même... un défi avec ma vie
sur la ligne de touche.

— *¿ Es que has perdido la cabeza por completo ?* s'emporta Celia,
qui appréhendait déjà quelque folle aventure qui entraînerait
son fils dans l'antichambre de la mort. Qui t'a mis cette idée en
tête, hein ? Qui ? Carlos Figueroa, le futur avocat qui prétend
redresser tous les torts ? Ou alors les frères Granado ? Je le sais,
c'est Alberto... ça fait longtemps qu'il te fait miroiter cette idée
d'expédition au bout des Amériques... c'est lui, n'est-ce pas ?

La mère et le fils se dévisagèrent en silence. Elle vit les traits
de son fils ravagés par l'asthme, son regard farouche, déterminé,
son corps trop maigre, semblable à celui des mineurs andins.

— Tes études de médecine ne te suffisent donc pas ? ajouta-
t-elle presque à mi-voix. Et ton travail de laborantin pour le
Dr Pisani ? Tes tournois d'échecs ? Toutes tes lectures ? La
poésie ?

— C'est l'air de cette université qui ne me suffit plus,
répondit Ernesto. C'est l'air de Buenos Aires qui m'empoi-
sonne... Ce sont les discours de l'ordre établi qui m'étouffent...
C'est la bourgeoisie qui tire tous les avantages du monde de la
pauvreté qui me frustre...

— Tous ces livres, soupira-t-elle, encore et toujours les
livres, les philosophes...

— C'est toi, mère, qui as mis tous ces livres à ma portée...
C'est toi qui m'as donné le goût de lire... C'est toi qui m'as dit

un jour que les livres étaient autant de chemins menant à la liberté…

Les mains de Celia attrapèrent celles d'Ernesto. Elle les étreignit, le regarda avec tendresse.

— Je ne le nie pas, fit-elle, mais c'était surtout pour t'initier à la langue française…

— Alors j'ai dépassé tes espérances, s'exclama Ernesto. Non seulement je lis le français couramment, mais je le parle aussi…

Celia avoua sa fierté. Grâce à la lecture des grands classiques français, parmi lesquels les œuvres de Hugo, de Dumas, de Verne, de Châteaubriand, Ernesto avait développé un profond sens du réel, dépassé la pensée trop commode en ne tenant pas pour acquis la première opinion venue, opéré sa propre révolution intérieure en revendiquant le droit à la dissidence, accepté de ne jamais verser dans un pessimisme excessif ni de se réfugier dans quelque philosophie abstraite.

— Je pars dans une semaine, annonça-t-il brusquement. Je pars pour deux mois… peut-être trois.

Celia crut avoir mal entendu.

— Trois mois ? balbutia-t-elle.

— Seul, en vélomoteur, précisa Ernesto. Je passerai par Rosario, Villa María, Córdoba. De là je me rendrai à la léproserie de San Francisco del Chañar, j'y donnerai un coup de main à Alberto. Si tout va bien, je pousserai vers le nord, jusqu'à Santiago del Estero, Tucumán, San Salvador de Jujuy… puis retour au bercail. Quatre mille kilomètres à travers douze provinces d'Argentine…

Il tapa des mains et partit d'un grand rire cristallin.

— Une balade, mère ! s'exclama-t-il, moqueur. Je te jure que je reviendrai avec la liberté en poche !

Celia ne réagit pas. Elle ne souriait pas. Elle eut soudainement froid. Alors que les paroles d'Ernesto résonnaient encore à ses oreilles, elle eut l'impression que son corps l'abandonnait. Elle n'eut pas la force de parler. Elle eût pourtant voulu hurler sa peur. Une peur qui lui faisait entrevoir la mort d'Ernesto. Une mort aussi logique qu'affreuse ; aussi atroce qu'inutile. Cela se passerait quelque part le long d'une route montagneuse, dans le brouillard, juste avant une forte pluie. Il s'écroulerait, à bout de souffle, les lèvres bleuies, la tête écrasée contre sa poitrine qui ne pouvait déjà plus contenir la moindre bouffée d'air. De son corps, on ne retrouverait que la peau et les os. Un corps dont on n'arriverait jamais à mesurer ni l'espoir qui l'avait nourri ni la souffrance qui l'avait fait sombrer dans le néant.

— Ernestito ! gémit-elle, prononçant le prénom de son fils comme pour le supplier.

— ¡ *Venga, madre ! ¡ Qué mala cara tienes, che ! Te juro que el viaje vale la pena. ¿ Qué ? No te preocupas, che… pue des dormir a pierna suelta. ¿ Claro ?*

— Parce que ça brise mon cœur de mère, sanglota Celia. Parce que je mérite de t'avoir vivant à mes côtés… malade peut-être… souffrant certainement… mais vivant ! Et que deviendraient tes deux sœurs, tes frères, sans leur protecteur ? Et moi ? C'est pour toi surtout que je me suis battue… que j'ai vaincu le cancer… oui, pour toi ! Chaque fois que la mort me frôlait, je revoyais dans ma tête ces nuits interminables à guetter tes moindres souffles… Je te gardais couché sur moi pour t'aider à respirer… Je partageais tes angoisses, tes peines. Je te le demande, je t'en supplie, ne fais pas ça, Ernestito ! Ne joue pas à la roulette russe avec ta vie !

Il prit sa mère dans ses bras, lui caressa les cheveux.

— Mon cœur est ici, lui murmura-t-il, il le sera toujours… ça, je peux te le jurer. Mais ma tête est ailleurs… habitée par un monde sans frontières. Ma tête me pousse à l'aventure… mais pas n'importe laquelle… une aventure inspirée par la liberté… la mienne bien sûr, mais surtout celle des peuples de ce continent qui souffrent… ceux-là, je dois les regarder bien en face… Je dois les aider. Ce sera la seule façon de donner un sens à ma vie… Tu comprends ?

Celia le serra contre elle. Ernesto sentit les larmes de sa mère mouiller son visage.

— Tu as un noble cœur, Ernestito, je l'ai toujours su, fit-elle. Mais plutôt que de défier la mort, tire plutôt avantage de la vie… Termine tes études… Pendant ce temps, rien ne t'empêche de militer dans les rangs étudiants.

Ernesto la repoussa doucement à bout de bras.

— Les étudiants n'ont pas de voix, mère. Juan Perón garde les Argentins sous sa botte pendant qu'Evita fait son grand numéro de séduction… et l'or s'empile dans le secret grâce à ces milliers de meurtriers nazis qui ont trouvé asile dans notre pays. Tu sais aussi bien que moi que toute critique devient un manque de respect et que toute dissidence mène droit en prison. Si je milite, alors je manifeste. Résultat, on me tape dessus. Si on me tape dessus, je descends dans la rue avec un fusil dans les mains. Résultat, on me blesse, on m'interroge, on me torture, on me fait disparaître. Pas pour moi ! Ce sera ailleurs, mère… et si ailleurs signifie que je serai un aventurier, alors je le serai… mais un aventurier d'un type nouveau.

Celia se doutait bien qu'aucune parole ni le moindre argument ne dissuaderaient son fils de se lancer dans cette aventure solitaire.

— Tu as maigri, fit-elle du bout des lèvres. Ce n'est pas bon signe.

Ernesto sourit, la remarque de sa mère lui donnant l'occasion de dire une blague.

— Tant mieux, car il est indispensable que le vélomoteur tienne jusqu'au bout, dit-il ironiquement. Tu me vois revenir honteusement dans une charrette avec les restes de la bécane ? Je n'ose même pas imaginer le savon que me passerait oncle Jorge ! Il me semble que je l'entends déjà m'apostropher. « T'es un gros couillon incapable de tenir la route le temps d'un tango… et dire que c'est ce gros plein de soupe qui prétend se dresser contre les Américains qui n'en finissent pas de vider nos poches. *¿ Es para tirarse de los pelos, che, no ? »*

Celia sourit presque malgré elle en entendant les propos tant amusants qu'incongrus de son fils. En voyant ses yeux noirs pétiller et son large sourire découvrir des dents très blanches, elle s'apaisa. Ernesto en profita.

— Mère, le professeur Pisani s'est occupé de mon cas... Je vais enfin pouvoir utiliser un traitement mis au point en France durant la guerre...

Celia parut incrédule.

— Tiens, comme par miracle, fit-elle. C'est le même professeur qui hier encore disait que ton asthme était chronique... et que, ta vie durant, il te faudrait prendre toutes les précautions...

— Mère... mère, l'interrompit Ernesto, c'est un fait que l'asthme fera toujours partie de ma vie... C'est une maladie au long cours qu'il faut accepter et combattre. Et c'est ce que je ferai, mais sans sacrifier l'essentiel de ma vie. Grâce au professeur Pisani, j'y parviendrai... Oh, il n'y aura pas de miracle, simplement l'atténuation des effets d'une crise et la diminution des crises elles-mêmes... Tout cela, grâce à une solution de chlorure de magnésium par dose de cent vingt-cinq centimètres cubes matin et soir durant plusieurs jours...

— Et si, malgré ce traitement, une crise d'asthme s'avérait hors de contrôle au milieu de nulle part ? objecta Celia.

— Alors ce sera au futur médecin que je suis de prévoir la crise à temps, répondit Ernesto avec conviction. Et à cet instant, mère, je croirai à la vie plus qu'à la mort... J'aurai cette foi qui transporte les montagnes et je me réfugierai dans la poésie ainsi que tu le faisais quand venait le désespoir.

— Sois sérieux, Ernestito, fit Celia en contenant à peine de nouvelles larmes.

— Mère, le jour où tu as mis la poésie de Pablo Neruda entre mes mains, tu as ouvert cette porte qui me permet aujourd'hui de donner un sens au mot « liberté ».

— Encore faut-il rester en vie pour pouvoir en jouir, de cette liberté, murmura Celia en s'essuyant les yeux.

— Alors, écoute, mère, fit Ernesto en prenant une pose théâtrale… écoute ce qu'a écrit Neruda… « Bien après d'imprécises distances, incertain de mes domaines, indécis de mes contrées, suivi de pauvres espérances et de compagnies infidèles ainsi que de rêves méfiants, j'aime la ténacité qui survit encore dans mes yeux… »

Sa voix ressemblait à une chanson. Il fit une pause pour reprendre un second souffle.

— « J'entends dans mon cœur mes pas de cavalier, enchaîna-t-il, je mords le feu endormi et le sel perdu, et la nuit, d'obscure atmosphère et de deuil fugitif, celui qui veille au bord des campements, le voyageur armé de résistances stériles, arrêté parmi les ombres qui grandissent et les ailes qui tremblent, je me sens être, et mon bras de pierre me défend[*]… »

Celia pleurait une fois de plus. Mais cela n'avait plus rien à voir avec des larmes de douleur. Ernesto avait pris sa mère dans ses bras et entamé quelques pas d'une danse improvisée. Elle s'abandonna au rythme bohème, se laissa bercer par les vers de ce poète chilien que certains qualifiaient de « père d'une parole capable d'attaquer l'ordre ancien et d'ouvrir grande la porte du temps présent », Neruda, l'homme d'une conscience sud-américaine. Neruda, le messager qui appelait des peuples entiers à se dresser contre une fausse histoire. Neruda, dont les poèmes se frayaient un passage entre les matraques et les mensonges.

— « Que demeure, donc, ce que je suis, récita encore Ernesto, tout en se déplaçant au rythme lent souhaité par sa mère, en quelque endroit et en tout temps, établi et fermé et ardent témoin, se détruisant soigneusement, se préservant sans cesse, incontestablement engagé dans son devoir originel. »

᭤

[*] Pablo Neruda, *Résidence sur la terre* (titre original : *Residencia en la tierra*), Éditions Gallimard, 1972.

Pour se venger de l'asthme, il y avait les échecs dans la vie d'Ernesto. Initié par son père aux rudiments du jeu, il avait fini par faire des échecs son champ de bataille personnel. Ainsi, Ernesto définissait souvent les règles de la vie en fonction d'un échiquier, avec ses soixante-quatre cases, ses trente-deux pièces, équitablement divisées entre les blanches et les noires. Le moment venu, toutes ces pièces prenaient vie, chacune ayant une finalité propre. Dès lors, le reste n'était qu'apparences et faux-semblants.

Perdu dans ses pensées, confronté à un dilemme, mais surtout menacé par une crise d'asthme, Ernesto se réfugiait dans sa tête et mettait en branle la marche des pièces. Capturer le roi adverse symbolisait alors de faire échec à l'asthme. C'était l'affaire d'une haute lutte qui consistait à surmonter l'obstruction des bronches, les douleurs d'un quasi-étouffement, les affres des violentes quintes de toux sèche. Il s'imposait l'improbable contrôle de l'esprit consistant à imaginer la manière de contrer l'adversaire, de dissimuler les intentions agressives, de décourager psychologiquement l'adversaire devenu trop sûr de lui, de placer au moment opportun le coup de boutoir décisif, de donner l'estocade finale. Pour prendre au piège ce roi qu'il voyait tout noir, il lui fallait maîtriser l'univers des fous, la marche déconcertante des cavaliers, la conjonction de mouvements des tours et des dames.

La journée s'annonçait interminable, comme toujours, mais pour Ernesto, elle était déjà trop courte. Dès sept heures, la course pour se rendre à l'amphithéâtre d'anatomie, où même les plus coriaces, pour ne pas dire les plus insensibles, se sentaient l'estomac remué. Ernesto arrivait à noter l'essentiel, à faire de rapides croquis, surtout à ironiser au sujet de certaines dissections.

De là, une autre course pour aller se faire couper les cheveux très courts, sauf pour la mèche devant. Une façon pour Ernesto de contester la mode des cheveux longs avec souvent une queue-de-cheval en prime. À peine eut-il le temps d'attraper un autobus qui partait du Vieux Palermo, aux murs ornés de fresques, aux mille et un restaurants, cafés, bars et clubs aux adresses souvent clandestines ou encore aux devantures envahies par des œuvres d'art naïf, plus insolites les unes que les autres. Le parcours dans ce secteur de la ville traversait quelques quartiers populaires et se terminait près de l'obélisque de l'avenue Corrientes. Il fallait un autre kilomètre à pied pour se rendre à Plaza de Mayo et, finalement, à Casa Rosada. Le temps nécessaire pour lire la dernière trouvaille qu'avait faite Ernesto en fouillant dans la bibliothèque de sa bonne tante Beatriz. C'était une nouvelle intitulée *Le Joueur d'échecs*, écrite par un certain Stefan Zweig. La fin tragique de cet auteur, survenue au Brésil en 1942, avait fait de cette œuvre le symbole d'une dénonciation virulente du nazisme, de la guerre en général, mais davantage une confession de désespérance personnelle. L'histoire était assez simple. À l'origine, un champion d'échecs se retrouvait face à un mystérieux inconnu à bord d'un paquebot en partance pour l'Argentine. Le champion était un prodige, l'inconnu, un pratiquant atypique. Le champion se pensait hors d'atteinte. L'inconnu, libéré après une très longue détention, croyait avoir décrypté tous les codes du jeu d'échecs, au point que son esprit avait acquis la certitude que les pièces, blanches comme noires, s'étaient incarnées en lui. La fin du récit demeurait sans réponse définitive. L'auteur refusant de trancher entre des valeurs culturelles donnant un sens véritable à la vie et celles vantant les mérites de la force imposée. Restait au lecteur de faire son propre choix. Le meilleur pouvait-il se permettre de capituler ? L'inconnu pouvait-il résister à la tentation de se retirer pour sauver une réputation douteuse ? En refermant le livre, Ernesto conclut à une leçon sur la conscience lucide. En fait, nul ne saurait jamais qui se cachait derrière le champion d'échecs. Zweig avait choisi un nom fictif pour son champion et avait emporté le secret de l'identité véritable avec lui dans la tombe. Qui de Miguel Najdorf, Herman Pilnik, Roberto Grau, ou encore José Raúl

Capablanca, ou même Alexander Alekhine se cachait derrière le masque ? Chacun de ces grands maîtres avait déjà pris un paquebot en direction de Buenos Aires.

Ernesto fourra le livre dans sa musette et avisa l'heure. Encore une dizaine d'arrêts, à ce qu'il semblait. Des travailleurs, parmi lesquels plusieurs *cabecitas negras*, ainsi qu'on appelait avec un certain mépris les métis à peau foncée, s'entassaient à l'arrière de l'autobus sans jamais trouver de sièges pour s'asseoir. Ernesto offrit sa place à une vieille Indienne courbée. Elle hésita avant d'accepter, ce qui valut au jeune homme des regards réprobateurs. Il dévisagea l'un de ceux qui le regardaient, un homme dans la quarantaine, portant un complet-veston par-dessus une chemise d'un blanc éclatant, soigneusement pommadé, le porte-documents de cuir sur les genoux et affichant l'allure d'un fonctionnaire de l'État. Ernesto lui lança, en même temps qu'une œillade de défi : « Vive la liberté, à bas Perón ! »

Arrivé à destination, Ernesto sortit de l'autobus, le poing droit brandi au-dessus de la tête, en y allant d'un retentissant : « *¡ Hasta la libertad siempre !* » qu'il accompagna d'un grand éclat de rire.

⁓

Ernesto fila aussi vite qu'il put sur l'Avenida de Mayo. Il apercevait droit devant le somptueux Palacio del Congreso surmonté d'une coupole au toit de cuivre passablement verdi par la patine des ans. Cinq cents mètres plus loin, il se trouva le souffle court et la respiration sifflante. Il fouilla dans sa musette et en sortit un citron de bonne taille dans lequel il mordit à pleines dents. Un remède préventif du professeur Pisani. Le goût amer le fit grimacer. Il recracha la pulpe et recommença. Quelques instants plus tard, il respirait déjà mieux. Il reprit son allure. S'approchant de la grande place, il entendit hennir les chevaux des calèches qui circulaient à proximité de la grande fontaine surmontée d'un aigle de bronze aux ailes déployées.

Des flâneurs y nourrissaient la multitude de pigeons qui voletaient bruyamment au-dessus de leurs têtes.

Ernesto poussa un soupir de soulagement en voyant la devanture du *Café Tortoni*. Un lieu mythique. Le plus ancien café d'Argentine, fondé en 1858. L'intérieur était de marbre, de cuir et de bronze. Les contours des miroirs étaient finement ciselés, les vitraux des fenêtres illuminés dès la tombée du jour par des lampes Tiffany.

On se bousculait à l'entrée. À l'intérieur, on y voyait à peine tant l'endroit était enfumé. Les serveurs, si habitués à leur ballet ordonné autour des tables, parvenaient à grand-peine à circuler. Par dizaines, les admirateurs et les curieux se massaient autour des tables en chêne et marbre vert, qu'on avait disposées de telle sorte que le maître puisse circuler à son aise pour jouer simultanément contre trente adversaires. Les paris n'étaient pas pris en fonction d'une possible défaite du maître, mais plutôt du nombre de coups pour mettre tous les adversaires échec et mat.

On disait l'événement unique dans les annales du jeu d'échecs à Buenos Aires. Et on était à moins de dix minutes du début des hostilités. À l'instant même, une seule des trente tables sur lesquelles on avait disposé des échiquiers réglementaires était toujours inoccupée. Le maître attendu avec tant de ferveur était ce Polonais qui avait obtenu la nationalité argentine pendant la guerre et qui, très récemment, était en lice pour le titre de champion du monde. Mieczyslaw Najdorf, désormais connu à travers le monde sous le nom de Miguel Najdorf, était invaincu depuis 1939. Craint des plus grands, il était réputé pour ses redoutables ouvertures et, davantage, pour ses déroutantes stratégies défensives.

Lorsque Najdorf s'avança en affichant un modeste sourire, il eut droit à une ovation. Tel un chef d'orchestre voulant mettre sa réputation sur le compte de la virtuosité de ses subalternes, il pointa de sa main fine et blanche les joueurs qui avaient pris place aux tables et les salua d'un mouvement gracieux de la tête, des deux côtés de l'allée. Puis il laissa tomber sa veste après en avoir demandé la permission aux organisateurs, ce qui lui valut une autre salve d'applaudissements.

Au même moment, Ernesto parvint enfin à la table inoccupée. Il rangea sa musette sous la chaise et s'aperçut qu'il suait à grosses gouttes. Tout en jetant un coup d'œil à la ronde, il s'épongea le visage avec le pan de sa chemise. Il était le seul à ne pas porter de cravate, aussi boutonna-t-il la chemise trempée jusqu'au cou. On eût dit un paysan qui venait de quitter son champ à la hâte pour venir se distraire en ville.

Une voix lui chuchota à l'oreille. Il reconnut son inséparable compagnon Carlos Figueroa, étudiant de droit.

— Toujours en train de courir, Tito. Tu m'avais pourtant dit que tu te pointerais ici parmi les premiers... ça fait deux heures que je fais le pied de grue !

— Chut, Carlos... sinon je risque de partir parmi les premiers.

Carlos fit la grimace.

— T'aurais pu te laver, mettre un costard et une cravate comme tous les autres...

— Pas eu le temps... et je n'ai pas de costard !

— T'es comme un fantôme, Tito... quand on croit que t'es quelque part, t'es déjà ailleurs...

Ernesto gloussa en guise de petit rire.

— C'est justement de cette stratégie que j'ai besoin pour survivre au deuxième tour contre le maestro !

Brusquement, le silence se fit au point qu'on aurait entendu le bruit d'une épingle tomber sur le plancher. Le maître défila lentement dans l'allée, s'arrêta brièvement devant chaque table, allant d'un petit salut et avisant avec désinvolture le premier mouvement effectué par la quinzaine de joueurs qui avaient eu l'avantage des blancs. Ernesto était parmi ceux-là. Najdorf s'accorda peu de temps de réflexion entre les coups. Ici il déplaça prestement un pion central, là il effectua un blocage destiné à empêcher les blancs d'amorcer une attaque, ailleurs il mit à mal une tour, un fou ou encore un cavalier. Chaque fois, il afficha un air affable, s'inclinant après chaque coup sans dire un mot, sans le moindre regard qui eût pu intimider tel ou tel autre joueur.

En moins de vingt minutes, quinze joueurs se trouvèrent battus. Chacun tendit une main tremblante au maître en signe d'abandon. À chacun Najdorf murmura : « Merci. » À l'un d'eux il ajouta : « Ce fut une très bonne idée que d'ouvrir la partie par le pion de votre roi. »

Au cours des dix minutes suivantes, le maître poussa dix autres joueurs à l'abandon. Il avait volontairement cédé trois pions, ce qui lui avait permis d'encercler des dames et, le coup suivant, de terrasser le roi.

Un maître gagnait toujours selon une loi non écrite du jeu d'échecs. Simplement parce que le maître du jeu vivait en fonction d'une fin extraordinaire de partie. Il se nourrissait de subtilités tactiques, de positions compliquées, de variantes inusitées, de pièges psychologiques, le tout qualifié de grand art. Lorsqu'un maître d'échecs était convié aux grandes rencontres internationales, lorsqu'il s'engageait sur le tapis rouge, déambulait sous d'immenses lustres de cristal, était gratifié de compliments par des têtes couronnées, il devenait unique. Et lorsque s'entamaient les hostilités, la vie entière était ramenée aux dimensions et à la symbolique d'un échiquier, aux compensations résultant d'un pion ou d'un cavalier sacrifié, puis à la main tendue de l'adversaire en signe d'abandon.

Miguel Najdorf était de cette courte liste de prodiges des échecs. En jeu, ils n'étaient plus que cinq, dont Ernesto, à avoir survécu à l'hécatombe. Ce dernier avait manœuvré de sorte qu'un fou et un cavalier constituassent une menace pour la dame noire du maître. Najdorf hocha la tête, puis joua de sorte qu'Ernesto manquât d'espace et en fut réduit à n'espérer qu'un gain de temps. Trois autres joueurs cédèrent leur roi. Ernesto finit par sacrifier ses cavaliers, éventuellement sa dame. Il était maintenant seul contre le maître. Najdorf vint se camper devant lui.

— Tu as un grand mérite, jeune homme, dit-il à Ernesto. Depuis le début, tu as choisi l'attaque comme ta meilleure défense. Tu nous as offert quelques coups brillants. Je t'offre une nulle !

Un long murmure s'éleva des rangs de spectateurs. Tous les yeux étaient rivés sur Ernesto. Celui-ci fixa crânement Najdorf.

— Maestro, je ne puis accepter ce que je n'ai pas mérité, répondit-il.

— Alors c'est à toi de jouer le quinzième coup, fit Najdorf en souriant.

Ernesto ouvrit la diagonale et oublia ce faisant la dame noire du maître. Deux coups plus tard, Najdorf conclut la partie par l'attaque décisive contre le roi blanc. Il ne prononça pas la formule victorieuse habituelle. Ernesto renversa la pièce en question et tendit la main au maître. Najdorf, contrairement à l'usage protocolaire, serra chaleureusement la main du jeune homme.

— Votre mémoire visuelle est remarquable, observa-t-il à l'endroit d'Ernesto.

— Vous êtes la gloire de l'Argentine, répondit ce dernier. Vous êtes notre modèle à tous… Vous l'avez encore prouvé aujourd'hui en refusant d'avoir les blancs dans toutes les parties.

Najdorf fit un signe en direction des officiels. On lui apporta son veston.

— Je sais bien que l'habit ne fait pas le moine, mais que les convenances suggèrent que le moine ne laisse pas planer de doute sur son état, fit-il en riant, tout en lançant une œillade à Ernesto.

On se pressait maintenant autour de lui, en quête d'un autographe, d'une poignée de main, d'un simple regard. Ernesto avait cherché à se soustraire à la cohue, mais Najdorf l'avait retenu. Au bout de quelques minutes, les curieux se dispersèrent un à un. Najdorf pria Ernesto de le suivre. À l'écart, dans un coin de l'établissement, il fixa le jeune homme.

— Pourquoi ai-je l'impression de vous avoir déjà rencontré ? Je n'oublie jamais un visage, encore moins certains regards, fit-il.

Ernesto sourit.

— À Córdoba, répondit-il, à l'été de 1943, vous aviez joué contre quarante adversaires… J'y étais. J'avais alors quinze ans, et mon père m'avait pratiquement forcé de me présenter à une table… en réalité je n'avais pas survécu à votre variante de la défense sicilienne… Cinq coups et c'en était fait de moi.

— Remarquable, murmura Najdorf, tout à fait remarquable. Je vous prédis un très bel avenir au jeu d'échecs, jeune homme. De quel club êtes-vous membre ?

— D'aucun, maestro.

— Étonnant ! Où donc avez-vous appris tous ces coups ?

— Dans des livres…

— Comment jouez-vous, alors ?

— Dans ma tête, maestro… à l'aveugle.

— Et combien de coups connaissez-vous ?

— Entre cent et deux cents… selon que j'ai bien dormi ou passé une nuit blanche.

Najdorf avait peine à croire à ce qu'il entendait de la bouche d'Ernesto. Il soupira.

— Qui vous a inspiré ?

— À part vous, Capablanca, le Cubain, répondit Ernesto sans la moindre hésitation.

— Certainement pas un mauvais choix, fit Najdorf. Qu'est-ce qui vous a poussé vers Capablanca parmi tant d'autres grands ?

— J'avais vu une photo de lui alors qu'il avait quatre ans et qu'il avait battu son père… il m'avait aussitôt fait penser à Mozart.

Najdorf hocha la tête, demeura pensif, puis tendit la main à Ernesto.

— Bonne chance, dit-il, et puissiez-vous toujours jouer dans votre tête comme vous le faites, dit-il. Euh… que je suis distrait… rappelez-moi votre nom ?

— Guevara, maestro… Ernesto Rafael Guevara de la Serna… Je suis étudiant en médecine.

Le maître regarda le jeune homme franchir le seuil du *Café Tortoni* la tête haute. Il ne marchait pas comme quelqu'un qui allait déambuler dans les beaux quartiers de Buenos Aires, voire célébrer entre amis. Il marchait comme s'il était déjà ailleurs, comme celui qui voyait des choses que d'autres ne verraient jamais.

☙

— Que t'a-t-il dit ? demanda Carlos, avec un mélange de curiosité et de fierté dans la voix.

Ernesto ignora la question. Il sortit un appareil photo de sa musette et en vérifia le mécanisme d'ouverture.

— Faut que j'aille faire les photos si je veux gagner les cent balles promises.

— Quelles photos ? fit aussitôt Carlos.

— T'es vraiment le *negro* le plus curieux de Buenos Aires, s'esclaffa Ernesto.

L'autre lui administra une bourrade amicale.

— *Tango rioplatense*, répondit Ernesto, en esquissant gauchement une série de pas dansés. Du côté de San Telmo, ajouta-t-il.

— *El Corrientes*, je parie, fit aussitôt Carlos. C'est ça ?

Ernesto approuva de la tête.

— Et le cinoche, enchaîna Carlos, tu te souviens ? On devait aller au cinoche ce soir…

Ernesto parut mal à l'aise.

— Pourtant vrai, admit-il. Désolé, Carlos, mais je dois absolument faire ces photos. Demain peut-être ? C'est quoi déjà le film ?

— Un gros truc sur la guerre civile d'Espagne… tu sais bien… avec Gary Cooper et Ingrid Bergman… Il paraît qu'en voyant cette Bergman, on vient tout raide dans le pantalon…

— Pas besoin d'une actrice pour devenir raide, rétorqua Ernesto. Il y en a qui disent la même chose pour Evita Perón… Moi ça me laisse indifférent… c'est bidon ces trucs.

Les deux amis arrivèrent à l'arrêt d'autobus. On faisait la file.

— La guerre civile d'Espagne ? reprit Ernesto, soudainement intéressé. Quel est le titre du film ?

— *Por quién doblan las campanas*, fit Carlos.

— Drôle de titre, murmura Ernesto. On dirait une affaire de croque-mort…

— C'est tiré d'un roman écrit par un Américain du nom de Hemingway.

— Connais pas, fit Ernesto. Qu'est-ce qu'un Américain connaît de la guerre civile d'Espagne, hein ? Hemingway… hmm… Jamais entendu ce nom. Un copain de Franco, je te parie. Encore un coup de propagande des fascistes !

— Alors c'est non, pour le ciné ?

— Pas ce soir, Carlos.

Carlos fit la moue.

— Je sais bien qu'il n'y a pas juste des photos, pas vrai ? Il y a une *chica* aussi, pas vrai ?

Ernesto lui tapa amicalement sur l'épaule.

— Je vais te dire ce que le maestro m'a dit… Il m'a dit que j'étais accoutré comme un clown… que mes chaussures étaient dépareillées… que j'étais mal peigné… qu'en fin de compte, je n'avais rien en commun avec un joueur d'échecs digne de ce nom… et encore moins avec un futur médecin. Voilà ce que m'a dit le maestro !

— Tu veux rire ! s'exclama Carlos.

— Ah ! J'oubliais… il m'a aussi suggéré de changer la marque de savon que j'utilise… ou que j'utilise rarement ! Tu crois vraiment qu'une *chica* pourrait s'intéresser à un mec comme moi ?

Ernesto parut sérieux et Carlos, incrédule. Jusqu'au moment où Ernesto partit d'un grand éclat de rire.

— Promis, lança-t-il à Carlos. Demain soir pour le ciné. On verra bien si ta merveille arrivera à faire lever quelque chose dans mon pantalon !

22

Le quartier La Boca occupait une place à part dans l'histoire de Buenos Aires. On le disait hanté par un passé tumultueux, sanglant à l'occasion, habitat des pauvres, des marins, des dockers qui en constituaient une véritable faune nocturne. On y accédait par un pont métallique qui enjambait le canal de Riachuelo, débouchait sur l'avenue de Mendoza, puis menait au Caminito, minuscule passage où s'alignaient des masures en tôle et en bois. Ce ramassis d'édifices désalignés, multicolores, rappelait les abris des premiers immigrés italiens. Une époque lointaine où la crue des eaux inondait le quartier au point qu'il avait fallu construire ces trottoirs surélevés qui subsistaient toujours dans les rues les plus anciennes. À proximité s'élevaient des entrepôts, des usines de salaison et, en bordure du Río de la Plata, un chantier naval délabré et des quais permettant à des navires de fort tonnage d'accoster.

Le jour tombait. La Boca se métamorphosait telle une belle-de-nuit. Les haut-parleurs crachaient des airs de tango. Dans chaque rue, une *confitería* affichait ses couleurs, invitait à la célébration d'une danse qui avait tout d'un rituel de la passion. Sorti des tripots, le tango avait acquis ses lettres de noblesse presque un siècle plus tard et était devenu une danse célébrée dans le monde entier. L'Argentin y voyait non pas un simple agencement de rythme et de pas, mais plutôt une célébration du corps à laquelle même les âmes timides n'osaient faire défaut.

Ernesto était à l'heure pour ce rendez-vous qu'il avait gardé secret. On nommait l'endroit *El Viejo* sans que nul ne sût pourquoi. Un café qui ne ressemblait à aucun autre, au coin des rues Ayolas et Rodríguez. On y fumait, buvait et jouait aux dominos. Mais surtout, on y dansait le tango avec une ferveur religieuse sur un plancher où chaque pas résonnait sous les impulsions du petit orchestre mené par la guitare et la flûte. Sur la piste, on distinguait la palette de toutes les couleurs de peau ; du pâle Européen au noir esclave. Chacun savait que l'autre venait du brassage de plusieurs siècles entre envahisseurs et autochtones. Si rejet il y avait encore au fond des cœurs, il était contré par la débrouillardise, un certain fatalisme, mais surtout le tango. Hommes et femmes de tous âges suivaient le tempo sans déroger à la note. Ils avançaient, reculaient, la tête haute, le regard porté vers un point fixe. On buvait la musique dans une mesure à deux, parfois à quatre temps bien marqués. Reins cambrés, corps enlacés, parfois emboîtés, les hanches poussées vers une direction impromptue, l'homme guidait la femme, ainsi que le voulait la règle invariable, alors que le regard de la femme suggérait que cette danse abolisse les tabous. Chaque regard s'attribuait ainsi un aspect insolent, une part de provocation. Il semblait qu'aucun pas ne se répétait, il se réinventait. Ils étaient sous l'influence d'une passion qui inventait toutes les libertés et permettait autant de fantaisies. Sur cette piste, chacun se perdait comme dans un jeu de miroirs sans cesse renouvelé.

Le temps s'arrêta. Les danseurs s'immobilisèrent. Un nom courut sur toutes les lèvres : « Carmencita ! » Ce nom, à lui seul, incarnait le tango à la grandeur de l'Argentine, sa séduction, ses rythmes endiablés, ses manières hautes en couleur.

Carmencita était en réalité Carmen Micaela Risso y Cancellieri. Fille de pauvres immigrants italiens, orpheline à treize ans, elle avait fait ses premiers pas de tango au *Sin Rumbo Club*. Sa rencontre avec le célèbre danseur El Cachafaz avait fait d'elle une vedette d'abord, puis une légende. Entre cette jeune femme et le tango était né l'amour de toute une vie.

Les danseurs avaient formé un cercle autour de la piste. Un joueur de bandonéon, instrument presque jumeau de l'accordéon, ainsi que deux violonistes s'étaient joints aux guitaristes et aux flûtistes.

Apparut Carmencita. Elle prit place au centre de la piste. Elle était ombre et lumière, à la fois, comme une grâce donnée. Le corps moulé dans une robe écarlate, son abondante chevelure noire ramenée vers l'arrière et retenue par un ruban, elle se figea dans une pose qui évoquait tout autant un besoin impérieux de musique que l'attente du partenaire avec lequel elle exprimerait, en passion et en émotion, le quotidien de son peuple.

Le danseur avait adopté la tenue vestimentaire du légendaire Carlos Gardel : un feutre rabattu sur les yeux, une veste foncée et un foulard blanc. Ils esquissèrent les premiers pas, glissant, tournoyant, éclipsant tous les styles, guidés par un même instinct.

Dès la deuxième danse, on entendit, en dépit de quelques grésillements, la voix du regretté Gardel chanter l'air qui l'avait fait connaître : *Mi noche triste*. Plusieurs eurent la larme à l'œil. On crut voir bouger les lèvres de Carmencita, comme pour saluer le vide de l'absence de Gardel, cet enfant du quartier Abasto que les portènes adulaient toujours.

Ernesto, l'objectif braqué sur le couple, enchaîna les clichés. Au fil des pas complexes, Carmencita prenait sa véritable stature d'icône. Elle semblait se métamorphoser, créer l'illusion d'une fusion des corps, d'une séduction, d'un triomphe du machisme. Le danseur la dirigeait, petits pas, grands pas, pivots, mais Carmencita s'appropriait totalement la danse. Elle n'était plus le prétexte, elle était le tango lui-même. Elle était l'objet de convoitise de chaque homme que la dureté des petits métiers dans les quartiers surpeuplés de Buenos Aires poussait aux fantasmes.

La voix de Gardel s'estompa. Les deux danseurs continuèrent d'évoluer au gré du seul bandonéon. Ils exécutèrent une dernière série de figures improvisées, l'homme, le visage fermé, Carmencita, elle, transfigurée, possédée, irrésistible.

Quelques clichés encore. Malgré lui, Ernesto fut subjugué par l'expression de tant de grâce et l'étalage d'une passion à l'état pur. Lui qui n'entendait rien à la musique par manque d'oreille musicale et qui, de surcroît, n'avait nul attrait pour quelque danse que ce fût, éprouva une forme d'enivrement. Son regard croisa celui de Carmencita. Il vit distinctement un froncement volontaire de sourcils, des battements répétés de cils et une braise luire au fond de l'œil sombre de la diva. Elle posa longuement, en exagérant la cambrure des reins, afin de rappeler un corps perpétuellement en éveil. Pour Ernesto, c'était un appel des sens.

— Elle fait au moins quarante-cinq ans, entendit-il chuchoter dans son oreille. Elle pourrait être ta mère.

La voix était chaude, assez grave. Il la reconnut aussitôt. Celle de Katrina Sofia Olivera. Un hasard de rencontre dans les corridors de l'Université de Buenos Aires. Elle était inscrite comme étudiante à mi-temps en littérature étrangère. Elle avait un visage qui rappelait vaguement les portraits de femmes que faisait Modigliani : quelque peu triangulaire, légèrement incliné, avec des yeux immenses et le regard de quelqu'un qui flânait sans véritable but. Des cheveux courts, lisses, séparés par une raie bien tracée. Elle n'était pas grande, mais son corps d'apparence athlétique suggérait des lignes parfaites. Ernesto l'avait dévisagée, et elle lui avait rendu le même type de regard. Il avait éprouvé un sentiment trouble. Il avait fait aussitôt demi-tour. Alors qu'elle s'éloignait d'un pas vif, il l'avait imaginée nue, propre, à l'image de quelque chose d'unique. Il lui avait emboîté le pas et quelques instants plus tard s'était retrouvé en sa présence. La suite avait paru simple, Katrina ayant éprouvé le désir de répondre tout naturellement à ce jeu de séduction. Le reste de cet après-midi-là, ils avaient parlé de littérature. Elle, des œuvres récentes d'auteurs américains, surtout de Steinbeck et de Faulkner, d'auteurs français aussi, lui, de ses lectures boulimiques et désordonnées qui mêlaient autant la poésie, les grands classiques français et les essais philosophiques de Kant jusqu'à Sartre. Il avait été abondamment question d'existentialisme, Ernesto ne cachant pas son admiration pour les écrits de Jean-Paul Sartre, qu'il avait qualifiés de proprement révolutionnaires.

Le même soir, ils s'étaient retrouvés dans un lit à peine assez grand pour deux adultes. La sueur avait trempé leurs corps. Dans la chaleur suffocante, Ernesto avait eu peur de manquer d'air. Elle l'avait rassuré, et malgré quelques sifflements naissants, la crise d'asthme n'était pas venue. Il avait fini par s'endormir, une main appuyée sur la rondeur d'une hanche nue de Katrina. Ce n'est qu'au matin, en le regardant de ses grands yeux chatoyants, que Katrina lui avait révélé son âge. Elle avait douze ans de plus que lui et quelques expériences de vie confinées dans son jardin secret.

— Ma mère non plus ne fait pas son âge, et cette Carmencita encore moins, répondit Ernesto.

Katrina déposa un baiser sur le lobe de son oreille. Il frissonna malgré lui.

— Et moi ? souffla-t-elle.

— Toi tu n'as plus d'âge, fit-il, en murmurant.

— Prouve-le-moi, susurra-t-elle.

Carmencita s'étant éclipsée de la piste, les danseurs avaient repris le tango avec une ferveur accrue. Soudainement, les femmes jouaient toutes à être des émules de la grande danseuse. Elles osaient de bien pâles imitations, guidées par les accords de musique et la voix d'outre-tombe de Gardel.

— Je ne sais pas faire la différence entre un tango et une polka, se défendit Ernesto.

— Je ne parlais pas de danse…

— De quoi alors ?

— De lit…

— Cela fera-t-il de moi davantage un homme ?

— Peut-être pas, répondit Katrina, mais de moi une femme, ça j'en suis certaine !

Ils y mirent davantage de fougue que la première fois, même si dans le minuscule appartement la chaleur était presque insupportable. Ils n'avaient ni faim ni soif. Elle eut envie d'une cigarette, lui, d'un *yerba maté*. Mais aucun des deux ne bougea. Ils restèrent allongés, nus, leurs regards noyés dans l'obscurité.

— Tu n'as pas sommeil ? lui demanda-t-elle.

— Pour quoi faire ? fit-il à demi-voix. J'ai souvent pensé que le sommeil était une perte de temps… On s'endort en pensant qu'au réveil tout ira autrement… et lorsqu'on se réveille, tout est à recommencer… et c'est alors que tout nous semble si médiocre…

Elle aimait l'entendre réfléchir tout haut. Il avait l'air authentique.

— Et quoi, maintenant ? demanda-t-elle d'une voix lente.

Il avait l'esprit très clair et n'éprouvait plus la moindre excitation sexuelle qui eût pu l'empêcher de dire les choses avec une brutale franchise.

— Dans trois jours, il n'y aura plus de maintenant pour moi, fit-il. Dans trois jours, je pars.

Les deux mots eurent l'effet d'un flash subitement déclenché. Elle se tourna vers lui, fixa son visage, dont elle ne distinguait que des contours tracés dans l'ombre.

— Tu pars ? répéta-t-elle en posant les mains sur sa poitrine moite.

— Oui.

Elle ressentit une courte angoisse.

— Pour longtemps ?

— Deux mois… trois peut-être.

— Et… tu pars seul ? demanda-t-elle sur un ton qu'elle voulut détaché.

— Seul… en vélomoteur.

— Une aventure, quoi !

Les yeux d'Ernesto brillaient dans le noir. Il se sentit comme libéré.

— L'aventure n'est pas mon obsession, fit-il. Je pars à la recherche d'une partie de moi que je ne connais pas… C'est cette partie que la plupart des gens associent à l'idée de l'échec.

Elle ne dit rien. Il se glissa contre elle, sa main folâtrant dans la chevelure de Katrina. Les lèvres de cette dernière s'ouvrirent sur un grand sourire.

— Nous passons tous nos vies à chercher quelque chose qui manque à notre bonheur, murmura-t-elle. Peut-être que toi, tu as simplement avalé la clé.

— Rien à voir avec le bonheur et tout ça, fit Ernesto. Moi je dois me libérer de cette partie de moi qui se trouve ailleurs et qui s'appelle la peur. Je dois la trouver et m'en débarrasser pour de bon.

— N'est-ce pas ce que tu ressens quand nous faisons l'amour ? Peur, angoisse, anxiété qui s'évaporent ? lui souffla-t-elle à l'oreille.

— Un intermède, répondit-il gentiment, rien qu'un court intermède…

— Mais c'est aussi ça, la vie, Ernesto… et j'en remercie le Bon Dieu quand cela m'est accordé, fit-elle avec ferveur.

— Le Bon Dieu… Dieu…, reprit Ernesto en se levant à demi sur un coude et en passant l'autre main dans ses cheveux en bataille. Lui et moi ne nous connaissons pas… nous n'avons donc rien en commun.

— N'as-tu donc jamais ouvert une bible ? s'étonna-t-elle.

— Bien sûr… J'y ai trouvé la mort au rendez-vous à chaque page… et un Dieu qui permet à un peuple d'élever son pouvoir sur les ruines de nations qu'il a abattues… Voilà qui explique assez bien tous les génocides et les holocaustes qui ont meublé l'histoire de la race humaine.

Elle se redressa subitement, comme frappée par ces dernières paroles.

— Tu penses vraiment ce que tu dis ?

Il la sentit le fixer.

— Si Dieu est tout ce qu'on a écrit et dit qu'il était, pourquoi a-t-il laissé inventer le mal ? Pourquoi a-t-il laissé des hommes élever des montagnes de corps et creuser des rivières de sang en son seul nom ? Ce que je dis, moi, c'est que le véritable Dieu, capable de ramener la race humaine à la raison, n'a pas encore été inventé.

Elle passa ses bras autour des épaules d'Ernesto, l'attira vers elle et lui écrasa les lèvres d'un baiser fougueux. Ainsi rivé à elle, il finit par avoir besoin d'un second souffle. Elle le laissa respirer à l'aise, puis, fermement, elle le repoussa sur le dos, s'installa sur lui et activa son bassin. Les deux corps bougèrent à l'unisson, et quatre mains pétrirent les chairs jusqu'à l'extase. Enfin repus, ils s'allongèrent et fermèrent les yeux.

℘

Ernesto était revenu vivant de son périple après avoir poussé toujours plus au nord, vers des lieux improbables, sondant ses propres limites, tuant un à un ses doutes. Des jours brûlants, des heures nocturnes défilant trop lentement. Lui qui n'avait jusqu'alors franchi que quelques centaines de kilomètres en automobile, jusqu'à Rosario, Córdoba ou Mar del Plata, avait découvert l'immensité du Río de la Plata, son embouchure qui faisait presque deux cents kilomètres de large, et le Rio Parauá, qui, après avoir traversé une partie de l'Amérique du Sud, tantôt rivière puis torrent, tantôt fleuve, débouchait dans l'estuaire du Río de la Plata. Il avait roulé dans la Pampa de Achala, franchi les coteaux, les ravins et quelques plaines tranquilles. Il avait salué le mont Champaquí, un sommet de la Sierra de Córdoba, avait rejoint Alberto Granado dans la léproserie, puis, en dépit du danger, avait pris le risque de descendre une paroi rocheuse des chutes Los Chorrillos. Mais Ernesto avait surtout découvert qu'il devait infiniment plus à la vie que tout ce qu'il lui avait demandé depuis vingt-deux ans : la découverte de l'humanité.

Il avait longuement flâné, calepin en poche, avant de franchir les grilles du cimetière de la Recoleta, le plus ancien de Buenos Aires. Il ne s'arrêta devant aucun mausolée ou caveau des grands de l'Argentine. Il le traversa du sud au nord, jusqu'au terrain vague hérissé de modestes croix anonymes. « Un jour, je vous tirerai de l'oubli », murmura-t-il. Peut-être ces mots se voulaient-ils une prière. Trouvant une place à l'ombre, il tira son calepin et se mit à écrire.

« Au bout d'un mois, on me demanda qui j'étais et pourquoi je filais ainsi, droit devant, sans destination finale. Il me prit l'idée de répondre que je n'étais qu'un vagabond, un ignorant à la recherche d'un personnage imaginaire. En fait, c'est ce que j'étais véritablement. Pourtant, j'avais lu une *Histoire contemporaine* en vingt-cinq volumes. J'avais lu des dizaines de poèmes entiers. Des œuvres philosophiques où se côtoyaient Platon, Socrate, Marx et Sartre. Mais je réalisai rapidement que j'ignorais tout de l'aspect héroïque du travail agricole, du ramassage de coton, des vendanges, de l'élevage domestique. J'ignorais que l'on pouvait passer une vie entière sous des tôles ondulées en guise de toit. Je ne savais rien des enfants envahis de larves parasites. J'avais oublié que cette Amérique fut avant tout espagnole et jamais indienne depuis sa découverte. J'avais oublié que la conquête de tous ces territoires le fut par force, assujettissement et exploitation. J'avais aussi oublié toutes les autres formes de dépendance. Celles des interventions impérialistes qui continuaient à exiger un tribut trop lourd. Celles des États-Unis, qui s'étaient attribué tous les droits d'intervention pour maintenir leurs intérêts financiers.

« Après trois mille kilomètres, j'étais toujours en vie et j'ai cessé de compter. J'étais là, puis ailleurs, cela me suffisait. Ma mémoire s'est reformée. Timide d'abord, elle est devenue de plus en plus vive. Je n'avais plus besoin de caméra pour fixer les images d'enfants en haillons, la morve au nez, les mains et les pieds encroûtés de crasse. Les odeurs de détritus et d'excréments rôdaient partout. Mais ce sont les visages de la misère qui se sont surtout révélés. Des visages de vaincus, de victimes, dont fut gommée jusqu'à la moindre trace de leurs origines nobles. Ici des masures, des cahutes de paille, là des chiens galeux fouissant des gravats.

« Ce fut alors que le moment si redouté se manifesta. La respiration sifflante, le souffle court, la conscience que j'allais défaillir. Je me suis éveillé à côté d'un feu qu'entretenait un inconnu. Il m'offrit une tasse de maté. Le meilleur maté amer qu'il m'avait été donné de boire. Nous avons très peu parlé, mais nous avons partagé pleinement un grand silence qui semblait tout dire au sujet de nos vies.

« Je me sentais faible, mais je ne ressentais plus la moindre panique ni la sensation d'oppression qui m'enserrait presque continuellement la poitrine. Je n'ai jamais su son nom, ni lui le mien. J'eus pourtant la sensation d'avoir rencontré cette autre partie de moi-même au milieu de nulle part. Nous nous sommes quittés sans poignée de main. Mais nos regards voulaient tout dire : la liberté, quoi d'autre ?

« J'ai certainement parcouru un autre deux mille kilomètres. Et, par je ne sais trop quel miracle, le vélomoteur tenait encore la route. Le petit moteur italien Micrón me poussait à du vingt à l'heure, parfois plus. Et je ne passais nulle part inaperçu, avec mes grosses lunettes d'aviateur, mon blouson de cuir lacéré de partout et mes sacoches en bandoulière. Il ne se passa pas une journée sans que des paysans m'offrent le gîte et un maté amer. Et chaque fois je disais que c'était le meilleur qu'il m'avait été donné de boire. On ne me demanda jamais rien en échange. Aucune main tendue. De temps à autre, des chants populaires dont on m'expliquait le sens des paroles. Toujours la même chose : des rescapés qui vivaient dans l'indifférence générale et qui s'accrochaient à l'espoir.

« Je les entends maintenant chaque jour, même si je me suis réhabitué à la ville, à l'université, aux cours de médecine, au défi des échecs, à mes lectures boulimiques. Je les entends me dire que tout ce qui brise le silence est une lutte. Je les entends me dire que depuis des siècles on tente de faire taire le peuple indien, mais qu'il est impossible de rendre muette la voix de la terre, d'empêcher le soleil des Andes de se lever. Durant ce périple, je croyais que ma quête se terminerait à la frontière de l'Argentine. Erreur : elle ne fait que commencer. »

ↄ৵

Ernesto raconta son périple à Carlos Figueroa. Comment il avait roulé dans le brouillard sur les contreforts de la cordillère des Andes. Comment il s'était fait tirer par une voiture à du cinquante à l'heure, une camionnette à du quarante, risques compris. Comment il avait crevé. Comment il avait joué aux infirmiers, côtoyé les lépreux, passé des jours entiers sans le moindre repas. Mais jamais il ne lui fit part de sa véritable découverte : celle d'être devenu le témoin volontaire de la misère rampante dans son propre pays.

— Une drôle de randonnée, avait conclu Carlos.

— Un drôle de randonneur, avait ajouté Ernesto à la blague. J'étais tellement crasseux à mon retour que même ma mère a failli ne pas me reconnaître.

— Elle t'a certainement préparé un bain dans lequel elle t'a forcé à tremper pendant toute une journée, pas vrai ?

— Ça, c'est après qu'elle m'a préparé le meilleur *maté amargo* qu'il m'a été donné de boire !

Ils rirent un bon coup.

— Je connais un ingénieur qui serait disposé à retaper le vélo et le moteur, lui annonça soudain Carlos.

— Tu veux rire ! Nous n'avons même pas cinquante pesos à nous deux…

— Tu as pris des photos, non ? Tu as tracé ton itinéraire sur une carte de l'Argentine, pas vrai ?

— Et alors ?

— Alors ? Si tu lui permets de raconter ton voyage et de se faire de la publicité, il fera le boulot gratuitement.

— ¡ *Hey che, Carlos* ! ¡ *Dicho y hecho* ! Mais une fois le truc remonté, on en fera quoi ?

Carlos haussa tout bonnement les épaules.

— On profitera de sa célébrité pour le vendre à fort prix et nous mettre quelques centaines de *mangos* en poche.

— Pourquoi pas ! lança Ernesto sans même réfléchir, à quoi il ajouta : Tu sais Carlos, au sujet de ce film… celui avec cette *chica* qui fait raidir tous les hommes dans leur pantalon… J'avais complètement oublié que nous avions un rendez-vous ce soir-là… Tu m'en as voulu ?

— Tu n'as rien manqué, tu sais, fit Carlos. La *chica* était boutonnée jusqu'au cou même dans le sac de couchage. Pour le reste, il y a eu quelques salauds qui se sont bagarrés avec d'autres salauds… et ce mec, *Inglés* comme on l'appelle, qui finit par être un héros malgré lui…

— Et c'est tout ?

— C'est tout.

— Tu ne m'en veux pas, alors ?

— Bien sûr que non, le rassura Carlos.

Les deux amis s'étreignirent.

— Qu'est-ce qu'on attend pour rencontrer ton ingénieur ? lança joyeusement Ernesto.

ఌ

Ernesto avait gardé pour lui un autre secret. Au matin de la dernière nuit passée avec Katrina Sofia, il lui avait demandé si elle connaissait un écrivain du nom de Hemingway. Sans dire un mot, elle avait passé en revue les quelque mille livres soigneusement rangés sur des étagères improvisées, des planches posées sur des briques en appui contre deux murs. Elle avait retiré un livre portant le titre *Por quién doblan las campanas*.

— Le voilà, Hemingway, lui avait-elle dit. Un Américain qui a appris son métier d'écrivain à Paris et qui vit, depuis, à Cuba. Ce roman est tiré de l'histoire de la guerre civile d'Espagne… un portrait dérangeant de l'idéalisme… une course pour la vie contre la mort. Selon moi, le roman le plus important de l'écrivain le plus important de sa génération. Tiens, je t'en fais cadeau.

Ernesto avait lu le roman en une nuit. Au matin, il n'avait plus le moindre doute sur la dévotion entière d'un homme à un principe, sur l'obligation de croire absolument qu'une cause est juste, sur le fait que la mort puisse devenir négligeable si pour l'éviter il faut occulter l'accomplissement d'un devoir de première nécessité. Puis il avait noté cette phrase qu'il allait dorénavant faire sienne en toutes circonstances : « Je combats depuis un an, maintenant, pour ce que je crois. Si nous sommes vainqueurs ici, nous serons vainqueurs partout. »

23

La succession d'orages tropicaux suivie de deux ouragans avait pris des allures surréalistes et laissé Cuba dans un état de désolation. Le Malecón fut submergé, des palmiers déracinés par centaines, des hectares de canne à sucre ravagés, des toits de chaume et de tôle arrachés. La réincarnation d'un enfer dantesque.

Puis, la nature apaisée, la Croix du Sud réapparut, avec ses quatre étoiles les plus brillantes déployées dans le ciel caraïbe. Elle annonçait la fin d'un tumulte homérique. De nouveau l'océan respirait à son rythme le plus lent. Le ciel redevint rouge le soir, rosé à l'aurore. Les arbres, les plantes, les fruits et les fleurs refaisaient leurs forces, reprenaient de l'éclat. Le paysan, corvéable, attaché par une chaîne invisible aux terres d'un maître étranger et à l'empire de ce dernier, revint au champ.

Dans le palais présidentiel, à vue du Capitolio, le nouveau président de Cuba emboîtait déjà le pas à ses prédécesseurs. En quelques mois, il avait acquis de nouvelles terres cubaines tout en restant propriétaire terrien aux États-Unis. Il ordonna que l'on agrandisse et fortifie les grandes casernes militaires du pays, celles de Columbia à La Havane, de Leonce Mabel à Santa Clara et de la Moncada à Santiago de Cuba. Il sollicita de nouveaux capitaux américains. Entre les cérémonies de remises de distinctions honorifiques et les cocktails, il fit remplacer plusieurs centaines de miliciens avachis par des commandos de mercenaires entraînés à la torture et à l'assassinat sous l'égide de la CIA. L'homme à la tête de cette armée privée était Rolando Masferrer, qui avait combattu pendant la guerre civile d'Espagne dans les rangs de la Brigade internationale Abraham Lincoln, qui avait milité au sein du Parti communiste cubain avant de faire volte-face en s'engageant aux côtés de Fulgencio Batista. On l'avait connu ensuite pour parader à tout moment dans une Cadillac décapotable armée de mitrailleuses, chapeau de cowboy sur la tête, gardes du corps à ses côtés. Le même Masferrer, en dépit d'une réputation grandissante de gangster et de meurtrier, avait réussi à se faire élire au Sénat, à devenir propriétaire du magazine *Tiempo en Cuba*, à s'entourer de fonctionnaires corrompus grâce auxquels il avait soumis de nombreux établissements commerciaux à un impôt privé qui avait servi à constituer une armée privée de quelques milliers de mercenaires mis au service personnel du président Batista et des dirigeants de la mafia havanaise.

La Havane avait repris vie. La lumière blanche du soleil caribéen nappait la ville. Les hôtels étaient bondés de touristes venus se perdre dans le paradis du vice. On paradait sur le Prado. Les hommes en costume léger, de préférence de lin blanc, coiffés d'un panama, un cigare de marque aux lèvres. Les femmes tout aussi élégamment vêtues, maquillées et parfumées.

Une nouvelle courut ce jour-là dans les corridors du chic hôtel *Florida*, situé à deux coins de rue du *Ambos Mundos*. Le *Florida* avait grande réputation. Inauguré en 1885, il avait été considéré pendant quelques décennies comme l'hôtel le plus chic de La Havane. Ses sols étaient de marbre blanc et noir, ses murs décorés d'estampes des XVIIIe et XIXe siècles. Il était en outre célèbre pour une statue de style Art déco représentant une femme à demi nue, cambrée à souhait, les bras tendus vers le haut. La sculpture, réalisée par un célèbre artiste européen, évoquait le passé colonial de l'endroit et était placée au centre du patio de style espagnol, parmi les colonnes de pierres polies.

À l'ombre des arcades en arabesques, on chuchotait qu'au petit matin, on avait trouvé deux hommes avec, chacun, un trou de balle dans la tête. L'un entre les deux yeux, l'autre en pleine tempe. Une rumeur voulait qu'ils aient été des adversaires politiques de Batista. Une autre suggérait qu'ils s'étaient mis en travers de la route de Meyer Lansky. Aucun témoin. Du travail de professionnel. Personne n'avait rien entendu. L'arme utilisée devait être munie d'un silencieux. Pas la moindre trace de sang. Le parquet luisait comme un sou neuf. La scène de crime n'existait plus. On disait que la police avait déjà fait son travail. En fait, quatre hommes engoncés dans des uniformes étaient venus inspecter les lieux, en débarrasser les cadavres et remettre le hall d'entrée en état. Ils avaient incité les rares clients nocturnes à détourner les yeux et à comprendre qu'une amnésie passagère valait mieux que les dalles de la morgue. À l'échelle d'une ville bourdonnante comme une ruche où les consciences étaient trafiquées et tous les intérêts vendus et revendus, mieux valait ne pas se retrouver en présence de ceux qui étaient chargés de régler les affaires courantes des politiciens, des banquiers et des malfrats.

Sur l'heure du midi, les clients de l'hôtel traitaient l'incident comme ils l'auraient fait d'un quelconque film de gangsters. Il y eut bien quelques regards curieux et autant de mines désabusées. Mais chacun avait compris qu'il valait mieux tirer un trait et se perdre dans le fouillis des ruelles de la vieille ville, parmi le trafic humain qui s'agitait en tous sens en humant l'odeur de tous les parfums de La Havane.

Le même matin, le chauffeur de Meyer Lansky rangea la Chevrolet décapotable couleur crème devant un édifice somptueux du Paseo del Prado. L'immeuble faisait le coin avec Calle Refugio. Une bijouterie s'y trouvait au rez-de-chaussée. Le commerce était régulièrement fréquenté par les dames de la haute bourgeoisie havanaise et constituait un des rendez-vous chics de la ville. On s'échangeait volontiers l'adresse de ce lieu qu'abritait la belle façade néoclassique couronnée de reliefs sculptés.

La maîtresse cubaine de Meyer Lansky occupait le vaste appartement du deuxième étage avec vue sur l'allée principale du Prado et ses bancs de marbre. Lansky venait l'y entretenir chaque mardi, à trois heures de l'après-midi. Une ou deux fois par mois, il y passait la nuit.

Dès que Lansky sortit de l'édifice, le chauffeur ouvrit la portière du côté passager. Lansky retira son chapeau et prit place sur la banquette.

— Un tour sur le Malecón, monsieur ?

— Comme d'habitude, murmura Lansky.

La Chevrolet roula lentement le long de la mythique allée ponctuée de lions de bronze et ombragée de lauriers, avant de s'engager sur le Malecón. D'un côté, l'océan venait lécher paresseusement les rochers au pied de la digue. De l'autre s'étendait la rangée de façades pastel délavées par le soleil et les embruns de l'Atlantique. Cette vision matinale inspirait calme et quiétude à Meyer Lansky. Elle lui rappelait son arrivée à La Havane à une époque où le Vedado n'était qu'un petit quartier regroupant les maisons aux styles éclectiques. En moins de dix ans, il avait fait de ce quartier le cœur urbain de La Havane. Il l'avait doté de clubs, de restaurants, de cinémas, d'immeubles modernes, d'hôtels de luxe. En un mot, il avait séduit l'Amérique et créé son propre empire cubain.

— Arrête ici, commanda Lansky.

Il sortit du véhicule et s'appuya sur la digue. Face à l'océan, il se tint immobile pendant de longues minutes, le visage offert à la brise venant du large. Un vague sourire finit par dérider ses traits. Il se remémorait son témoignage devant les membres de la Commission Kefauver. Il avait été contraint de comparaître. Il avait obtempéré en sachant pertinemment que ses activités à La Havane échappaient à la juridiction de la Commission. Et lorsque le sénateur Kefauver avait voulu le mal faire paraître, il l'avait interpellé en lui lançant que lui-même était un joueur invétéré. « Peut-être, mais je ne veux pas que vous et les vôtres contrôliez tout ça », avait répondu

Kefauver. Ce à quoi Lansky avait rétorqué de manière cinglante : « Je ne suis pas un juif agenouillé qui vient quémander. Je ne suis pas comme ces propriétaires d'hôtels juifs de Miami Beach qui vous racontent ce que vous voulez entendre. Je ne vous laisserai pas me persécuter parce que je suis juif. À Cuba, gérer tous les jeux d'argent est légal. Acheter des restaurants, des clubs, des champs de courses est légal. Offrir des conditions de vie décentes à des femmes dans le besoin est légal. Et selon mes droits constitutionnels, refuser de répondre à certaines de vos questions qui pourraient me porter préjudice est également légal. » Lansky avait joué quitte ou double à l'heure précise où Fulgencio Batista avait réussi son coup d'État. Il souriait encore lorsqu'il reprit place dans la Chevrolet.

⁂

À l'extérieur comme à l'intérieur, le palais présidentiel était une œuvre architecturale monumentale autant que symbolique. Dessiné par des architectes belge et cubain, décoré par des dizaines d'artistes, parmi lesquels Tiffany de New York, le palais avait été inauguré en 1920 par un des premiers présidents de Cuba, Mario García Menocal. Le grand escalier intérieur, le dôme constitué de céramiques multicolores et de quatre pans peints sur fond de feuilles d'or, le Salon des Miroirs avec son haut plafond entièrement décoré de fresques, ses murs couverts de miroirs qui renvoyaient les mêmes reflets à l'infini, des fenêtres hautes aux vitraux finement ouvragés et de nombreuses terrasses aménagées aux angles de l'édifice faisaient de ce monument un joyau du néoclassicisme.

Cela faisait quelque temps déjà que Meyer Lansky n'y avait pas mis les pieds. Il avait préféré demeurer dans l'ombre au moment des grandes agitations causées par les remous politiques du coup d'État de Batista. Encadré par la garde rapprochée du nouveau président, Lansky monta lentement les deux paliers de marches taillées dans le marbre qui menaient à l'étage présidentiel. Batista occupait son bureau de fonction situé au-dessus du Salon des Miroirs. Par d'immenses fenêtres, il avait une vue imprenable sur la baie de La Havane.

En entrant dans le bureau, Lansky retira son chapeau. Les deux hommes portaient des costumes semblables, en lin, de couleur blanche. Batista afficha son habituel sourire d'acteur, découvrant ses dents blanches, parfaitement alignées. Lansky, plus réservé, la paupière lourde, le regard inquisiteur, se contenta de rouler son chapeau entre ses doigts.

— Magnifique, votre bureau, fit-il en guise d'introduction.

— Vous n'en êtes pas à votre première visite, je suppose, le relança Batista en prenant un air taquin.

— Non, bien sûr, mais je n'avais encore jamais vu une telle collection d'œuvres d'art réunie dans une même pièce, murmura Lansky.

Il s'approcha d'une statuette sculptée dans le bois, placée sur un meuble en coin, et la contempla avec curiosité.

— C'est Changó, fit Batista.

— Connais pas, répondit Lansky en examinant de plus près la figurine au visage sombre, drapée de rouge et de blanc, une hache à double tranchant fixée dans une de ses mains.

— Dans la *Santería*, c'est le dieu de la Foudre, de la Passion… Il est également le symbole de la virilité. Certains le tiennent pour le dieu des Guerres… vous comprenez ?

Lansky haussa les épaules.

— À vrai dire, monsieur le président, je suis né dans la pauvreté en Pologne. J'ai été élevé dans la pauvreté dans le Lower East Side de New York et je suis juif. Alors, moi et les choses compliquées comme les religions, vous savez…

Batista se contenta d'un hochement de tête entendu. Il ouvrit un tiroir, tira une boîte de cigares et la présenta à Lansky.

— Peut-être vous y connaissez-vous mieux en cigares ?

— Un peu… quoique je n'en sois pas un adepte.

— Allez, insista Batista, une fois n'est pas coutume… et comme il n'est pas coutume de refuser un cigare offert par le président…

Lansky fit son choix. Il huma le Hoyo de Monterrey, un robusto léger du matin. Batista avait pris un San Luis Rey, un double corona puissant. Après quoi il tira d'une armoire vitrée une bouteille de rhum.

— Les meilleurs accords se font avec ceci… un rhum vieilli de sept ans qui se déguste comme un nectar !

Il en versa dans deux verres et en tendit un à Lansky. Celui-ci hésita.

— Je ne suis pas un adepte d'alcool…

— Ma foi, s'exclama Batista, j'ai devant moi un invité qui prêche l'abstinence. Allez donc, monsieur Lansky, vous n'allez pas bouder une vieille tradition cubaine qui fait honneur à nos récoltes de canne à sucre… et surtout, une trinquée avec le nouveau président de Cuba !

Lansky sourit à peine. Il choqua son verre contre celui de Batista et goûta du bout des lèvres. À peine avala-t-il une gorgée. Batista ingurgita une lampée puis émit un clappe-ment. La familiarité déplut à Lansky qui associait cette pra-tique à un comportement de rustre. Il n'en laissa toutefois rien paraître.

— Au président de Cuba, marmotta-t-il.

Ce fut Lansky qui tendit un briquet allumé. Batista tira de longues bouffées de son cigare, aspira la fumée qu'il expulsa en émettant un grognement de satisfaction. Lansky l'imita. Ce faisant, il remarqua deux encadrements placés côte à côte sur un des murs. Intrigué, il s'approcha. Il s'agissait de deux pre-mières pages du magazine *TIME*. La première était datée du 26 avril 1937, l'autre, du 21 avril 1952. Un gros titre coiffait l'une d'elles : « Cuba's Boss Batista ».

— Avril semble être votre mois chanceux, dit-il.

— Lorsqu'on redevient président de Cuba, la chance n'y est pour rien, enchaîna aussitôt Batista.

Lansky se retourna et croisa le regard de Batista. Ce dernier avait pris place derrière son bureau, bien droit, le menton appuyé sur sa main gauche.

— Nous avons à parler, monsieur Lansky, ajouta-t-il d'une voix aussi neutre que possible.

— Croyez bien que je ne suis pas ici en touriste, monsieur le président.

Batista retira son cigare en même temps qu'il humecta ses lèvres. Il se balança d'avant en arrière à deux ou trois reprises avant de reprendre contenance en appuyant fermement ses coudes sur le bureau.

— J'ai besoin de toute votre collaboration, monsieur Lansky, fit-il brusquement en fixant ce dernier droit dans les yeux. Ce que je veux dire, c'est... toute la collaboration de votre organisation.

À son tour, Lansky déposa son cigare dans le cendrier et plissa ses yeux à la manière d'un dévot.

— Je reçois cette demande comme étant un immense privilège, monsieur le président... mais mon organisation, ainsi que vous l'appelez, n'est pas une entreprise philanthropique... et elle n'est pas davantage une banque. Cette organisation a une trésorerie précaire... Elle a des ennemis sur tous ses flancs... elle doit constamment se défendre... et elle ne peut dépendre que d'elle-même pour garder le contrôle de ses opérations... donc pour survivre.

Batista se versa une autre ration de rhum.

— Ce n'est pas d'hier que vous survivez, mon cher Meyer, insinua Batista en prenant brusquement le ton de la familiarité.

Lansky demeurait impassible.

— Cela fait bien quinze ans, peut-être vingt, que vous vous occupez de votre multinationale du divertissement sans le moindre souci et sans avoir à craindre de représailles, contrairement à New York, à Las Vegas ou à Miami...

Lansky demeurait toujours sans réaction. Il savait bien que jadis Batista avait eu son mot à dire. Celui qui se plaisait à se faire appeler « *El Hombre* » avait encouragé des politiciens influents, des haut placés dans la police et l'armée, des fonctionnaires de haut rang et des banquiers américains à souscrire à un régime de collusion qui avait rapporté des millions.

— Dites-moi si je me trompe, mais la Grande Dépression, la Seconde Guerre mondiale, les disputes entre les familles siciliennes et napolitaines, nos propres querelles à Cuba ont tué dans l'œuf bien des projets, ajouta Batista. Mais voilà que le destin nous fait signe… je me trompe, Meyer ?

Lansky se mordilla la lèvre inférieure. Il plissa davantage les yeux, au point qu'on ne distinguait plus que deux fentes. Tout en tambourinant de l'index droit sur son genou.

— Vous ne vous trompez pas si vous mettez des chiffres sur votre signe du destin, finit-il par dire avec un petit hochement de tête presque cynique.

— Nous y voilà, fit Batista en redressant les épaules. Puis, en changeant de ton : au cours des trente dernières années, notre sucre, l'or blanc des États-Unis et de l'Europe, a perdu vingt pour cent de sa valeur. Notre exportation a diminué de moitié. En fait, nous n'exploitons plus que trois des six millions d'acres de canne à sucre. Les capitaux américains sont passés de un milliard à moins de sept cents millions de dollars en moins de deux décennies. Mon pays, mon île de Cuba, de riche qu'elle était, devient pauvre… et à ce rythme, nous serons bientôt tous pauvres…

— Pourtant, je n'ai jamais vu autant de gens célèbres venir y faire la fête, l'interrompit Lansky.

Batista lui lança un regard de reproche.

— Regardez-y par deux fois, Meyer… Voyez plus loin que votre hôtel *Nacional* et vos quelques casinos…

Ce fut au tour de Lansky de se raidir. Il garda le silence un moment, croisa les jambes et joignit les mains.

— Ce n'est pas parce que je n'ai rien dit depuis quelques années que je n'ai rien vu, répondit-il d'une voix assourdie. Mais à vous entendre, mon cher président, je ne crois pas que vous m'ayez tout dit. Vous savez, enchaîna-t-il après un toussotement, ce n'est pas ce que vous me racontez qui m'inquiète, c'est tout ce que vous ne me dites pas… c'est ça qui me turlupine. Lorsque je suis entré dans ce bureau, vous m'avez dit que vous aviez besoin de ma collaboration…

— De toute votre collaboration, le corrigea Batista avec emphase.

— D'accord, toute ma collaboration, fit Lansky avec un brin d'agacement. Cela dit, je ne suis ni manufacturier ni banquier… Je n'exporte rien… je ne dirige aucune compagnie de transport et ne possède pas le moindre bateau, avion ou chemin de fer… et je n'ai aucune idée des finances de votre gouvernement. Alors, président, de quelle collaboration parlez-vous ?

Batista repoussa sa chaise, s'étira et se mit à fixer le plafond avec l'état d'esprit de l'illusionniste qui prétend lire l'avenir dans une boule de cristal invisible. Pendant ce bref moment, celui de quelques battements de cils, il se voyait défiler dans une immense décapotable aux côtés du président des États-Unis. Il voyait des milliers de drapeaux rouge, blanc et bleu, étoilés, orner les façades, battre au vent, à La Havane autant qu'à Washington, pour célébrer l'alliance renouvelée entre les deux pays. Il se voyait à la Maison-Blanche recevoir des mains du président la plus haute décoration étrangère. On le courtisait, il faisait les premières pages des grands magazines européens. Il passait d'une villa sur la Côte d'Azur à une autre sur la Costa del Sol en Espagne.

Un clignement d'yeux suffit pour que toutes ces impressions s'effacent aussitôt. Devant lui, il n'y avait que Meyer Lansky, le Juif américain, qui le regardait bizarrement. Batista sut que la route serait longue et qu'il devrait trafiquer avec cet homme sur la foi d'un simple accord tacite. Tout allait reposer sur des paroles données et sur les codes d'honneur d'un ancien sergent ayant usurpé la présidence de son pays et d'un bandit notoire. Il fit un effort pour paraître absolument calme. Puis, selon son habitude, il sourit à pleines dents pendant que Lansky ne cessait d'épier ses moindres réactions.

— Dans quelques semaines, il y aura un nouveau locataire à la Maison-Blanche, dit-il d'une voix rassurante. Je sais déjà que le prochain secrétaire d'État et le nouveau chef de la CIA sont de la même famille... les frères Dulles... tous les deux actionnaires de la United Fruit. Le nouveau président aura à s'occuper de la guerre de Corée... votre pays y est enlisé jusqu'au cou. Il aura à soutenir la chasse aux communistes... Il devra accorder des millions de plus au FBI, ce qui n'est pas la meilleure nouvelle pour vos anciens associés...

Il s'arrêta, la bouche entrouverte, à l'affût d'une réaction de Lansky.

— Et ? fit ce dernier comme pour indiquer qu'il nageait toujours en pleine abstraction.

— Et, poursuivit Batista, Cuba recèle des communistes en provenance d'Espagne, d'Italie, des États-Unis, dont nous avons la liste complète... Cuba sert d'abri fiscal à plusieurs proches du futur président... Cuba détient des dossiers compromettants pour la réputation de nombreux sénateurs et membres du Congrès de votre pays... Cuba sert de couverture à un vaste réseau d'espions américains... Cuba détient des sauf-conduits pour la République dominicaine, le Guatemala, le Panama, la Bolivie, le Paraguay, l'Argentine... Cuba est en mesure de fournir des milliers de soldats pour la campagne de Corée... Dois-je continuer ?

Lansky se contenta de frotter l'un contre l'autre le pouce et l'index de sa main droite.

— Ah oui ! fit Batista en émettant un gloussement, le nerf de la guerre. Je n'oubliais pas, n'ayez crainte. Je m'apprête, mon cher Meyer, à filer une facture à votre pays, digne de notre place sur cet échiquier politique. Et c'est là que vous intervenez...

Toute trace de doute disparut aussitôt du visage de Lansky. Il décroisa ses jambes et s'avança sur le bout de la chaise. Il écouta religieusement Batista défiler son plan, chiffres à l'appui. Batista s'animait. À la fin, il donna l'impression de trôner avec majesté. De président d'une république de sucre, de banane et de tabac, il se voyait à la tête d'un empire.

Pour Lansky, l'irréalité se matérialisait soudain. Des chiffres astronomiques avaient valsé devant ses yeux. Cela supposait évidemment des crimes. Il s'était engagé à une étroite collaboration avec une armée de l'ombre que Batista avait lui-même désignée sous le nom de « Tigres de Masferrer ».

— Ce Castro… Fidel Castro, c'est bien son nom, n'est-ce pas ? Pourquoi ne pas laisser Masferrer s'en occuper ? demanda-t-il à Batista.

— Raison de famille, murmura Batista. Dans ce cas particulier, je ne veux pas qu'un Cubain se salisse les mains… question de tradition. Castro est le beau-frère d'un de mes ministres. Avouez que ce serait maladroit.

Lansky parut hésiter. En fait, il n'avait rien contre les règlements de comptes. Il en fallait. À défaut de charmer, il fallait savoir dompter, et si cela ne suffisait pas, il devenait nécessaire d'éliminer la menace, quelle qu'elle fût. Il avait appris cela dans les rues du Lower East Side de New York. Il n'était jamais question de haine ou de vengeance, mais de la loi du plus fort. Elle seule dictait les moyens à prendre ; l'esprit et la volonté devaient se charger du reste. Encore fallait-il vivre avec les conséquences. Quiconque y parvenait pouvait alors franchir toutes les barrières, balayer les interdits, contourner les lois, remercier Dieu, faire des offrandes, des signes de croix sans jamais éprouver le moindre regret. Toutefois, dans l'esprit de Lansky, ce Castro n'était pas son affaire.

— Castro, répéta-t-il, c'est bien ce jeune avocat fort en gueule, n'est-ce pas ?

Batista acquiesça.

— Hmm ! Vous devez savoir que les questions politiques, c'est pas mon rayon, murmura Lansky.

La remarque contraria Batista. Après un silence :

— Meyer, ce jeune avocat pourrait bien devenir le grain de sable qui va empêcher la grande roue de tourner à la vitesse où nous le souhaitons… Ce jeune avocat a toutes les audaces. Il a porté plainte contre moi devant le tribunal d'urgence pour sédition, rébellion… Il a demandé que je sois condamné à cent ans de prison pour avoir violé la Constitution du pays. Ce jeune avocat fait circuler des tracts… il me ridiculise dans les journaux, à la radio… il traite mes ministres de poltrons, de médiocres, de pauvres d'esprit…

Lansky prit un air cynique et émit un ricanement.

— Dois-je vous rappeler que c'est vous, en tant que président, qui avez suspendu les garanties constitutionnelles, le droit de grève et celui de manifester ? Vous avez ordonné la fermeture de l'université, et ce sont vos hommes qui ont fait les manchettes des journaux, matraques à la main… vrai ?

Batista but la dernière gorgée de rhum tel un assoiffé.

— Ravi que vous vous intéressiez à autre chose qu'aux recettes des casinos, ironisa-t-il.

Lansky lui adressa un signe de tête glacial.

— Si vous ne savez pas jouer au blackjack, abstenez-vous de vous asseoir à la table, rétorqua-t-il. Alors trêve de cynisme, président, je ne suis pas une de vos marionnettes.

Il n'y avait pas la moindre trace d'émotion ni quelque inflexion dans la voix de Lansky. Seulement une froide mise en garde intimant à Batista le respect de son interlocuteur.

— Je n'avais nulle intention de vous blesser, finit par dire Batista.

— Bon… ce Castro… un bravache qui se présente comme un héros, enchaîna Lansky après avoir pris une longue inspiration, vous voulez le faire disparaître ? Offrez-lui la lune, il la prendra.

— Il n'en veut pas, répondit Batista en lançant à Lansky un regard d'anxiété.

— Mais encore ?

— Il y a quelques mois, la porte était grande ouverte… un pardon inconditionnel… un poste au gouvernement…

Lansky l'arrêta d'un geste.

— J'ai dit la lune… pas des poussières d'étoiles. Une participation aux profits, une villa en Floride, des poules de luxe…

Les deux hommes allumèrent un autre cigare.

— Il veut autre chose, laissa tomber Batista. Il se prend pour la réincarnation de José Martí… Il veut réinventer Cuba…

Lansky en avait assez. Il n'aimait pas cette manière qu'avait Batista d'inventer des spectres et de les faire surgir à tout moment. Le temps passait vite, l'argent tout autant. Seul comptait à ses yeux un monde réel où toute chose pesait son poids et se monnayait à sa valeur.

— Vendez-le à la CIA, fit-il. En attendant, faites-le filer jour et nuit… Faites porter sur lui tous les soupçons pour menaces, enlèvements… Empêchez-le de dormir. Mais ne vous salissez pas les mains. Je veux bien me charger de quelques éliminations pour qu'en peu de temps votre héros devienne l'ennemi public numéro un. Pour cela, mettez les propriétaires des journaux à votre main ou alors coupez-leur les vivres.

— Combien pour cela ?

— L'immunité diplomatique pour trente de mes hommes… vingt millions pour cinq nouveaux hôtels…

— Accordé, fit aussitôt Batista, mais je prends quinze pour cent des profits de vos futurs casinos.

— Les choses se passeront exactement ainsi, fit Lansky en se levant et en tendant la main à Batista.

Lansky quitta le bureau présidentiel en imaginant que tout avait été dit et que tout serait précisément joué. Il avait remarqué le regard épuisé de Batista. Il savait qu'il tenait le président de Cuba à sa merci.

Batista avait repris place derrière sa table de travail. Il ne supportait pas l'incertitude. Lansky se rendait-il compte de la menace réelle que représentait Fidel Castro ? Pour l'instant, il n'était encore qu'un exalté qui brandissait le vieux flambeau d'un martyr. Mais bientôt il s'attaquerait aux grandes idées, tenterait de saboter les grands projets. Et une fois le peuple conquis, il réclamerait que l'on renonçât à tous les rêves engendrés par le mirage américain. Il exigerait même que l'on dressât un mur géant, infranchissable avec le temps.

℘

Deux coups discrets. Une porte dérobée s'ouvrit, cédant le passage à un militaire corpulent, à la moustache noire et fine. Il salua et s'approcha de Batista. L'officier d'état-major portait un uniforme tout neuf, avec des boutons dorés astiqués avec soin et une rangée de rubans évoquant autant de décorations. Sur un signe de Batista, il se mit à parler à voix très basse, ses lèvres remuant à peine. En entendant le nom d'Elliot Roosevelt, le président sourit.

— Faites-le entrer par l'autre porte, commanda-t-il.

Il tira un volumineux dossier d'un tiroir du bureau et le posa devant lui.

Le visiteur était plutôt grand, avec des cheveux foncés, courts, d'épais sourcils et un regard pénétrant. Il portait un costume sombre, de bonne coupe, et avait une démarche militaire.

— *Encantado, señor Presidente*, salua-t-il en tendant la main à Batista.

— *Igualmente, Elliot, y recuerdos a tu madre*, répondit Batista en serrant chaleureusement la main tendue.

Il fit signe à Elliot Roosevelt de prendre place dans le même fauteuil qu'avait occupé Meyer Lansky.

— Où êtes-vous installé ? lui demanda Batista en anglais.

— Au *Nacional*…

Batista fit la moue.

— Vous allez vous installer à la Finca Kuquine… vous y serez en sécurité… et à l'abri de certaines tentations.

Il partit d'un rire sonore avant de plisser ses grands yeux noirs.

— Et comment va dame Eleanor ? demanda-t-il sur un ton compatissant.

— Ma mère ne cessera jamais de nous surprendre, répondit Elliot Roosevelt. Elle se bat pour les causes qu'elle croit justes... Elle milite contre la peine de mort des Rosenberg... bref, je suis fier de ma mère comme je le fus de mon père...

— Vous êtes en effet le digne fils de feu le président, dit Batista. Vous savez que je l'ai rencontré quelques fois à la Maison-Blanche...

— Évidemment... et j'en garde un bon souvenir...

Batista afficha une mine réjouie.

— Il fut le plus grand de tous les présidents américains.

Roosevelt baissa la tête.

— Je transmettrai vos éloges à ma mère... elle en sera ravie, fit-il.

— Vous portez la Légion d'honneur ? fit tout à coup Batista en pointant la rosette fixée au revers de la veste de Roosevelt.

— Missions de reconnaissance aériennes en Afrique du Nord et autres missions au-dessus de la France, expliqua Roosevelt.

— Et l'autre ?

— La US Legion of Merit...

— Un authentique héros de guerre, fit Batista.

Roosevelt le regarda avec un peu de tristesse.

— Nous en étions rendus là, murmura-t-il.

— Il n'y a pas de honte à afficher sa bravoure.

— Encore faut-il avoir le même courage pour dénoncer la souffrance causée à des millions d'êtres humains, le reprit Roosevelt.

— Rhum ? Cigare ? offrit Batista.

Roosevelt déclina.

— Alors ce sera la grève de la soif ! plaisanta Batista. Votre père, au contraire, raffolait de nos produits cubains...

— Moi je préfère les mettre en marché, fit Roosevelt en riant.

— Si je vous comprends bien, Elliot, vous laissez entendre que vous êtes disposé à faire des affaires à Cuba ?

Roosevelt sortit un étui de cigarettes.

— Vous permettez ?

— Une Camel contre un *puro* de première qualité, fit Batista en riant. Aucune chance !

— J'imagine que ce n'est pas un grand péché que de tirer quelques touches d'une clope américaine, plaisanta Roosevelt. Une habitude prise durant cette putain de guerre.

Les deux hommes fumèrent en silence tout en échangeant de brefs regards.

— La dernière fois que nous nous sommes rencontrés, vous m'avez laissé entendre que vous vous intéressiez aux stations de radio et de télévision… à l'aviation commerciale… et au marché de l'armement, reprit Batista. C'est toujours le cas ?

Roosevelt écrasa son mégot dans le cendrier placé sur le bureau.

— Je suis un homme d'affaires, monsieur le président, fit Roosevelt sur le ton de la prudence, et j'ai à protéger les intérêts de nombreux partenaires… la plupart américains…

Un grognement franchit les lèvres de Batista. Il n'aimait pas le jeu des valses lentes. Il se leva, alla jusqu'à la grande fenêtre, jeta à peine un coup d'œil à l'extérieur, puis revint.

— Vous êtes intéressé ou pas ? fit-il sèchement.

Roosevelt ne détourna pas le regard. Il parut en parfaite maîtrise.

— Vous êtes dans ce fauteuil grâce à un coup d'État, dit-il. Or, un coup d'État n'est pas une élection. Vous voyez un peu pourquoi je vous dis que je dois protéger plusieurs intérêts ?

Batista essaya de sourire, mais parvint mal à réprimer son agacement. Il ralluma son cigare sans maîtriser le tremblement de ses mains.

— D'accord, finit-il par dire d'une voix rauque. Mais je veux que vous compreniez que nous ne sommes pas aux

États-Unis, monsieur Roosevelt. À Cuba, ce n'est pas la seule affaire d'une Constitution… c'est une affaire de *cojones* ! Vous comprenez ce mot ? Ça veut dire : de couilles ! Votre père l'avait bien compris… Il m'a même félicité un jour en me disant que pour diriger Cuba, il fallait en avoir deux grosses, bien accrochées, et avec ça une colonne vertébrale trempée d'acier.

Il ouvrit le gros dossier, retira les deux premières feuilles et fit une énumération.

— Le 12 mars, la République dominicaine, le 13 mars, le Venezuela, le Nicaragua, le 15 mars, Haïti, le 17 mars, l'Espagne, le Portugal, le 18 mars, le Honduras, le 19 mars, El Salvador, la Chine nationaliste, le 20 mars, la Suisse, le 21 mars, la France, le 25 mars, l'Italie, le Portugal, le 26 mars, le Vatican, la Grande-Bretagne, le 27 mars, le Chili, l'Argentine, les États-Unis, le Canada, la Norvège… la liste n'en finit pas…

Il remit la longue liste à Roosevelt.

— Prenez-en connaissance vous-même et après, parlons de choses sérieuses…

Roosevelt regarda la liste. Il était embarrassé.

— Tous les pays qui ont reconnu mon gouvernement en moins de quinze jours, ont ouvert des relations diplomatiques et sont disposés à signer des ententes commerciales, ajouta Batista avec assurance. Satisfait ?

Roosevelt l'était. Il devait maintenant mettre fin à ses hésitations et entrer dans les secrets du nouveau maître de Cuba.

— Entièrement, murmura-t-il.

Batista prit une autre feuille. Il changea encore de ton. Sa voix était redevenue grave, ses phrases brèves, précises, comme si tout ce qu'il annonçait avait déjà été décidé.

— Exploitations minières, quatre-vingts millions… raffineries de pétrole, cent millions… électricité et téléphone, trois cents millions… aviation civile et militaire, chemins de fer, chantiers maritimes, trois cent cinquante millions… constructions d'hôtels, de casinos, d'infrastructures touristiques à Varadero, deux cent cinquante millions… et le double de ces montants d'ici huit ans. Cet argent me provient du Trésor américain… il est déjà approuvé par la prochaine présidence de votre pays. Faites les comptes… nous dépassons le milliard…

Roosevelt parut subjugué.

— Mais… il vous faudra plusieurs réélections pour accomplir ces travaux d'Hercule…

— Je ne connais pas les travaux de cet Hercule, reprit Batista en se bombant le torse, mais je peux vous donner la parole de El Hombre, c'est-à-dire moi en personne, que Cuba deviendra, à compter de maintenant, l'île aux trésors des Amériques !

Après une seconde d'hésitation :

— Très bien, laissa tomber Roosevelt. Postes de radio… aviation militaire… armement…

Batista se remit à sourire.

— Cela me plaît, fit-il, la mine réjouie. Il faut justement des couilles pour se lancer dans ce genre d'affaires… elles sont pleines de mystères, mais surtout de grands profits. Vous avez un plan ?

Roosevelt sourit à son tour. Il alluma une autre Camel et renvoya la première bouffée de fumée vers le haut. Il lui sembla respirer une odeur d'argent frais.

— M'établir à La Havane, fit-il en prétextant l'insouciance.

— La plus belle villa de Miramar n'attend que vous, répondit du tac au tac Batista.

— Un compte ouvert à la première banque de La Havane, continua Roosevelt.

— De combien ?

— Cinq millions, lâcha Roosevelt.

Batista ne put s'empêcher de rire.

— ¡ Cojones ! ¡ Cojones ! lâcha-t-il.

Il ajouta aussitôt :

— Un million à Cuba… cinq millions dans un compte à Panama… et autant au Guatemala dans un an… Vous avez ma garantie personnelle.

— Et tout ça sera légal ?

— Absolument, le rassura Batista. Je réorganise l'armée, la police... J'ai besoin d'armes modernes par milliers pour assurer la défense du territoire... Je m'apprête à signer des accords de réciprocité avec ces pays d'Amérique centrale et cinq pays d'Amérique du Sud... et je réorganise par la même occasion tous nos services de renseignements, ce qui comprend postes de radio, de télévision, journaux...

— J'aurai besoin de certaines garanties...

— Vous aurez plus que cela, l'assura Batista. Vous serez mon chargé d'affaires personnel et aurez l'immunité diplomatique fournie par votre propre ambassade...

Les deux hommes échangèrent un long regard de satisfaction.

— À ces conditions, fit Roosevelt, j'accepterais volontiers un verre de votre meilleur rhum.

Le tintement des deux verres qu'ils choquèrent scella l'accord. Batista savoura les premières gorgées, Roosevelt se contenta de goûter du bout des lèvres.

— D'ici un an, vous serez un millionnaire, lui dit Batista sur un ton léger.

— Et vous pareillement, mon cher président.

Batista déposa son verre, prit familièrement Roosevelt sous le bras et l'accompagna jusqu'à la porte.

— Mon cher Elliot, je suis millionnaire depuis longtemps... et je le dois en partie à votre père !

24

Il y eut plusieurs vagues de protestations. Les enseignants de l'Université de La Havane, les organisations étudiantes et syndicales, les partis d'opposition pour ce qui en restait, des écrivains, des artistes, condamnèrent le coup d'État. On voulut en appeler devant la Cour des garanties constitutionnelles. On fit disparaître les requêtes. On réprima durement toutes les tentatives d'opposition du mouvement ouvrier.

Fulgencio Batista, à l'exemple du dictateur Franco, fit abolir la Constitution de 1940. Il imposa des statuts constitutionnels sans aucune consultation populaire. Il fit suspendre le droit de grève et la liberté de presse. Il fit dissoudre le Parlement pour le remplacer par un Conseil formé de propriétaires terriens, de dirigeants d'entreprises américano-cubaines et de banquiers. Il fit interdire les partis politiques. Des commandos de rue mirent à sac les locaux de plusieurs journaux, de syndicats et d'organisations féminines. Ils jetèrent en prison des leaders d'opinion et des journalistes.

Le raz-de-marée de représailles entraîna la fermeture d'universités. Batista fit libérer des assassins, leur accorda l'immunité et les intégra dans les rangs des Tigres de Masferrer.

En quelques mois, la hausse du coût de la vie toucha les plus démunis. Batista ordonna la réduction des salaires des travailleurs pour augmenter ceux de la police et de l'armée pendant que les subsides américains venaient gonfler les coffres de la dictature. Suivant à la lettre son plan machiavélique,

Batista promulgua le décret 427, qui obligeait dorénavant les paysans à payer des baux aux propriétaires terriens selon une quote-part des récoltes. Cette mesure allait doubler les profits d'entrepreneurs américains. En même temps, le nouveau dictateur de Cuba signait d'autres accords avec le gouvernement des États-Unis. La production cubaine de pétrole, de nickel, de cobalt, de cuivre et de sucre, de même que les entreprises de chemin de fer, d'électricité et de téléphone tombaient sous le contrôle des États-Unis. Batista venait de placer l'économie cubaine sous l'entière dépendance du marché nord-américain.

Il y eut des tentatives de résistance parmi les cheminots, les dockers, les travailleurs du tabac, du sucre, les ouvriers du bâtiment, les mineurs d'Oriente. Les paysans de Realengo, Yaguajay, Alquizar, Rancho Mundito luttèrent contre les expulsions. D'autres réclamèrent une réforme agraire qui les affranchirait définitivement de toute forme d'esclavage. La répression fut encore plus brutale. Il y eut des centaines d'arrestations et davantage d'actes de torture. Elle fut marquée par l'assassinat de Sergio Reina, un adolescent. Le meurtre devenait la réponse à l'indignation, à l'injustice et au soulèvement des esprits et des âmes. Il y eut des balbutiements de conspiration. Ici et là, quelques groupuscules clandestins organisèrent des caches d'armes sans réels destinataires et sans volonté d'en faire usage. Chacun tremblait lorsque l'on osait parler d'insurrection. D'un mois à l'autre, personne ne voulait reprendre le flambeau qu'avait si vaillamment allumé José Martí. Et nulle part on n'apercevait celui qui allait enfin marcher sur les eaux pour libérer son peuple.

❧

En ce début de nuit, l'immense nécropole de La Havane avait son allure de cité des morts. Des masses de pierre et de marbre s'y dressaient hors du néant. Aucun bruit.

Tels des spectres, huit silhouettes humaines se déplaçaient avec prudence, louvoyaient entre les tombes, s'arrêtaient par moments, à l'affût du moindre signe suspect. C'était en ce lieu gardé par une multitude d'anges aux ailes déployées que reposaient un million et demi de morts confiés aux ténèbres et gisant pour l'éternité. On y venait murmurer quelques prières, déposer des fleurs fraîches, effleurer de la main un nom gravé. Surtout de jour, parfois au crépuscule ; jamais la nuit. Les superstitieux craignaient les revenants qui, disait-on, s'emparaient des âmes et hantaient les rêves. Au milieu de ce cimetière qui s'étendait à l'infini, chacun se sentait prisonnier de cette citadelle de la solitude.

Dans ce dédale, au bout d'une allée qui ressemblait à toutes les autres, se profila la tombe que cherchaient les huit hommes. Elle n'avait ni beauté ni élégance. Elle n'annonçait rien d'autre que le nom de celui dont elle renfermait l'âme et le souvenir. Aux quatre coins de la masse de pierre se trouvaient des poignées de fer retenues par des écrous. Au centre, une plaque de marbre indiquait : « *CHIBÁS, DESCANSA EN PAZ. TU PUEBLO NO TE OLVIDA. 16-8-52.* »

— C'est ici, murmura le premier du groupe.

— Quelle heure est-il ? demanda un autre.

— Onze heures trente.

— Il devrait déjà être là, observa un grand échalas, en balayant les environs du regard.

— On vient… !

Une ombre se glissait, furtive, entre les tombes.

— *Cuba libre*, souffla un du groupe.

La silhouette entrevue avait disparu.

— *Cuba libre*, répéta la même voix.

Cette fois quelqu'un répondit.

— *Semilla de la América nueva !*

Tous reconnurent la voix de Fidel Castro. Il se tenait derrière eux, l'allure d'un spectre vêtu d'une ample *guayabera* blanche. Il avait rasé sa moustache. Il y eut un court silence, puis les neuf s'étreignirent.

— Tu jouais au mauvais génie qui voulait nous foutre la trouille ? lança celui du groupe qui dépassait de deux centimètres la haute silhouette de Castro.

Castro lui passa la main dans les cheveux pour l'ébouriffer.

— Toi, Nico, et les autres, vous faisiez autant de bruit que des ânes qui claquent leurs sabots sur les pierres d'un sentier, ironisa-t-il.

On poussa quelques blagues. Puis Castro, affichant une mine solennelle, se planta droit sur ses jambes.

— Le long deuil est terminé, commença-t-il par dire. Le temps est venu de passer à autre chose… mais avant, présentons-nous chacun à Eduardo Chibás.

À tour de rôle, posant la main droite sur la dalle froide du monument funéraire, ils déclinèrent leur identité.

— Pedro Miret…

— Jesús Montané…

— Raúl Martínez Ararás…

— Boris Luis Santa Coloma…

— Mario Muñoz Monroy…

— Oscar Alcalde…

Les deux derniers se voulurent plus solennels.

— Moi… Antonio Lopez, je jure loyauté à mon peuple sur ma vie… moi…

— Renato Guitart… pour la vie et jusqu'à la mort pour un Cuba libre.

Fidel Castro se contenta de murmurer son nom, mais il demeura un certain temps à contempler la plaque de marbre.

— Abel Santamaría n'est pas avec toi ? s'enquit le grand Lopez.

— Ce qu'il avait à faire ici est déjà fait, Nico, répondit Castro. Abel est déjà au travail pour assurer la suite des choses.

Nico se racla la gorge. On s'échangea des coups de coude.

— Quelle suite ? demanda Nico.

Castro lui posa une main sur l'épaule.

— L'impossible, répondit-il avec gravité.

Il avança d'un pas et posa sur le groupe un regard intimidant. Tous connaissaient ce regard. Il exprimait une force qui recelait l'envie de boire la mer entière afin d'en découvrir tous les mystères. La force qui défie la mort à chaque instant de la vie.

— Ou bien nous aurons un pays à nous et nous vivrons, ou bien nous nous retrouverons pour le reste de nos existences dans un bagne politique, avec une chaîne et un boulet aux pieds forgés par ceux qui veulent perpétuer le système colonial, indigne et indéfendable, poursuivit Castro avec conviction. Ceux qui défendent ce système et s'y abreuvent ne veulent pas admettre que l'esclavage continue à Cuba, qu'il a simplement changé de forme et qu'il n'est plus une affaire de couleur de peau. Ils refusent d'entendre le mot «liberté». Ils refusent de comprendre que la grandeur morale passe avant tout par la liberté… et ils refusent d'admettre que la liberté est un droit fondamental pour lequel on doit se battre… armes à la main en dernier recours.

Castro s'abandonna à sa ferveur coutumière. Il prenait racine, habité par le désir brûlant du combat.

— Eduardo Chibás est mort au service d'une idée : redonner à tous les Cubains une dignité d'homme en libérant Cuba de toutes les indignités. Il est mort comme Maceo, Gomez, Martí… comme ces rares libérateurs de peuples qui ont choisi le combat de toutes les égalités. Nous sommes ici, devant cette tombe marquée d'une simple phrase, non plus seulement pour rendre hommage à Eduardo Chibás, mais pour entendre le fantôme de José Martí nous redire que dans ce pays de Cuba naîtra un jour une république qui sera l'expression de chaque Cubain. Ici et maintenant, nous, les neuf qui représentent une multitude issue d'un même sang, affirmons que naîtra un pays libre qui sera bâti pierre sur pierre par chaque paysan, ouvrier, travailleur d'usine, pêcheur, de chaque village de Cuba. Nous savons qu'il faudra abattre des murs et creuser des tranchées… Nous savons que nous devrons dresser nos poings devant des canons... mais nous savons aussi que nos murmures s'élèveront pour devenir autant de tempêtes... et nous savons surtout que des géants aux pieds d'argile crouleront sous le poids des richesses qu'ils nous ont volées. Le temps achève où le Yankee nous fait porter le bonnet de la mascarade pour son bon plaisir... où le Yankee nous vole les biens de nos terres après nous les avoir fait pétrir de notre sueur... où le Yankee et ses complices plongent à pleines mains dans les poches de nos paysans pour leur dérober la pitance de leurs enfants. Nous affirmons que si nous ne sommes pas disposés à mourir pour Cuba, c'est que nous faisons l'aveu que nous ne sommes pas dignes de vivre sur la terre qui nous a vus naître. Autant dire que nous sommes des bâtards venus de nulle part et que vers nulle part nous allons. Et si tel est le sort que nous voulons partager, autant faire dès maintenant la génuflexion devant les maîtres de l'impérialisme qui se prétendent les seuls propriétaires de Cuba. Mais si nous choisissons de nous dresser contre ces maîtres de l'horreur, il faudra cesser de les dénoncer et commencer à les combattre. Il faut, ici et maintenant, nous convaincre que l'heure d'allumer des bûchers a sonné, que la liberté vaut dix fois le prix de nos vies... Il faudra jurer, ici, devant Eduardo Chibás et au milieu de toutes ces âmes cubaines ensevelies, que nous sommes décidés à payer le prix ultime de nos vies.

Il en avait terminé. Il poussa un soupir, puis demeura silencieux, immobile, sans le moindre tressaillement de paupière. Chacun réalisa que Fidel Castro venait de faire le premier pas vers un univers que nul n'avait encore imaginé. Il venait de s'engager dans le passage étroit fait de souffrances et de ténèbres. Un lieu où les séparations étaient douloureuses. Puis il leva le poing droit. Les autres l'imitèrent.

— ¡ *Patria o muerte !* lança-t-il.

Ce serait la patrie ou la mort. Tous le savaient maintenant. Comme ils savaient quel en serait le prix.

— Ce sera quoi, Fidel ? Où et quand ? lui demanda Nico.

Castro le regarda. Il aimait bien ce grand escogriffe aux allures de rachitique.

— L'impossible… tu le sais bien, murmura-t-il en souriant. Le plus tôt possible.

La réponse parut sans surprise pour Nico, car tel était Fidel Castro : toujours animé par un rêve d'éternité. Soudain, l'air bruissa de bruits inquiétants. Quelqu'un approchait en courant.

— Fidel… Fidel ! fit une voix étouffée.

— Par ici, Rafa…

C'était le guetteur que Fidel avait posté à l'entrée de la nécropole, sous l'arche.

— Ils arrivent !

Fidel donna le signal de se disperser. En quelques instants, les ténèbres avaient avalé toute présence, cédant de nouveau aux secrets murmures des âmes. Les forces de police arrivèrent, fouillèrent le cimetière partout et nulle part. Ils le quittèrent bredouilles.

25

À cinquante ans passés, Pachito était toujours aussi infatigable en dépit des premières mèches blanches qui couraient dans sa chevelure d'une belle épaisseur. Il était fier de sa silhouette que ne marquait pas le moindre embonpoint. Lorsqu'il ne vaquait pas aux travaux des champs à San Francisco de Paula, il s'occupait des coqs de combat d'Ernest Hemingway. Plusieurs journées par mois, de l'aube à la nuit, il échauffait, toilettait et nourrissait la douzaine de combattants ailés que possédait l'écrivain. Les coqs de Pachito avaient tous le poitrail noir strié de mèches dorées, le cou bien haut, la tête allongée surmontée d'une crête écarlate, les pattes solides, le plumage éclatant. Hemingway était autant fasciné par ces espèces combattantes, pourtant si frêles d'apparences, que par les énormes taureaux que l'on sacrifiait, au terme d'un ballet de mort, dans les arènes espagnoles.

Pachito passait des heures en massages et en frictions, à tailler les plumes à ras, à aérer le dessous des ailes, à aiguiser leurs ergots. Mais pas question d'éperons d'acier. Hemingway avait en horreur ces faucilles au tranchant meurtrier qui mutilaient la plupart du temps. Contrairement à ce qui se passait au *Club Gallistico* de La Havane, Hemingway avait établi ses propres règles. À la Finca, il aimait voir ses gladiateurs à plumes s'entrechoquer toutes ailes déployées, lancer des coups de bec, rivaliser d'astuce. Pachito devait monter les coqs les uns contre les autres, les pousser à la limite de leur instinct, mais leur éviter l'épuisement fatal. Un tumulte sanglant prélude d'une mort possible, mais de laquelle la bête vaincue serait épargnée.

Le *pit* de la Finca était une enceinte rudimentaire, sur terre battue, délimitée par une palissade. Hemingway l'avait fait aménager à distance du bungalow des invités, sous le couvert de l'abondante végétation tropicale, à l'abri du soleil qui plombait dès l'aurore.

Mary Welsh détestait ces joutes barbares. Aussi, lorsque Hemingway invitait sa bande du *Floridita*, qu'elle qualifiait non sans mépris de « zombies cubains », elle réquisitionnait la Chrysler et demandait à Juan Pastor de la conduire dans le chic quartier de Miramar. Mais en cette journée, elle annonça qu'elle allait se rendre à l'ambassade américaine afin d'y faire ample provision des meilleurs vins italiens et français. C'était un simple prétexte. En réalité, Mary Welsh était inquiète. Des rumeurs couraient au sujet du sort que Fulgencio Batista, le nouvel homme fort de Cuba, réservait aux rares Américains établis à Cuba. Aussi allait-elle tenter de resserrer les liens avec l'ambassadeur Beaulac. Lorsqu'elle quitta les jardins de la somptueuse résidence, Mary Welsh se sentit rassurée. La Finca Vigía allait bénéficier d'une immunité totale. Ernest Hemingway allait devenir le premier citoyen américain à recevoir des mains de Fulgencio Batista la Médaille d'honneur de Cuba. En échange, Mary Welsh s'était engagée à devenir les yeux et les oreilles de la diplomatie américaine.

⁃❧⁃

Outre Mayitito Menocal, le fils de l'ancien président de Cuba, il y avait Elicio Arguelles, l'avocat. Cousin de Mayitito, c'était un tireur d'élite et un pêcheur de thon invétéré. Thorvald Sanchez, héritier d'une des plus grosses fortunes sucrières de Cuba, amateur de cigares, se réclamait d'être un champion buveur de rhum. Il y avait aussi Juan Dunabeita, un officier de marine d'origine basque qui faisait la navette entre Cuba et quelques grands ports américains, sans jamais parler des cargaisons à bord. On le surnommait Sinbad. Le plus yankee de la bande était un ancien boxeur du nom de George Brown. Propriétaire d'une salle de boxe à New York, il venait régulièrement à Cuba en quête de quelque pugiliste de talent. Puis il y avait Andrès Untzain, mieux connu sous le surnom de « Prêtre rouge ». Il n'avait d'ecclésiastique que sa soutane. Untzain était un prêtre basque exilé à Cuba après avoir soutenu les républicains pendant la guerre civile d'Espagne et avoir incité la jeunesse espagnole à prendre les armes contre Franco. Amateur de bonne chère, grand consommateur de vin, il avait coutume de jurer comme un charbonnier à la moindre occasion.

Tous des types rudes, dont les passe-temps favoris alternaient entre les sorties de pêche au gros, les combats de coqs, les concours de consommation d'alcool et les souvenirs de bagarres. Chaque événement, au fil d'un récit, prenait une portée épique, qu'il ait été réel ou inventé. Tout semblait plus gros, plus dangereux qu'il ne l'avait été en réalité. Et tout se mesurait à l'évidence des cicatrices, des os brisés mal repris, des claudications. La moindre anecdote, racontée avec force détails, rappelait, sous une forme ou une autre, un affrontement guerrier.

Au centre de ce chœur d'aventuriers, Hemingway donnait habituellement le ton. Rhum, gin, vin et champagne aidant, chaque récit versait dans l'exagération, devenant la plupart du temps, passé le verre de trop, un mensonge patenté.

— Le curé n'est pas encore là ? s'enquit George Brown.

— Occupé par sa lessive, ricana Thorvald Sanchez, tout en mâchouillant l'énorme cigare vissé entre ses lèvres.

Il se pinça le nez et grimaça.

— Sa soutane, même lavée, pue le bouc, ajouta-t-il en partant d'un rire tonitruant.

— Tant pis, on commence sans lui, fit Brown. Quand la cloche sonne, t'as intérêt à te présenter au centre du ring... c'est la règle, pas vrai, Papa ?

Hemingway ne répondit rien. Il semblait réfugié dans un long regard pensif.

Puis Sanchez s'approcha du *pit*. Il pointa un des coqs. Pachito l'ignora. L'autre l'apostropha assez rudement.

— On attend le curé, entendit-il derrière lui.

Hemingway le tira par la manche et l'entraîna à l'écart. Il fixa Sanchez d'un air sévère.

— Pachito ne reçoit les ordres de personne d'autre que moi, fit-il, les dents serrées. Personne d'autre.

Sanchez dégagea son bras et ralluma son cigare.

— T'es devenu syndicaliste, Papa? grommela-t-il. Faudrait quand même pas que ton éleveur de coqs se prenne pour ce qu'il n'est pas...

Un geste conciliant, un mot eurent suffi à clore l'incident. Mais Hemingway n'en avait cure. À la Finca, il était le chef du clan et ses mots seuls définissaient son autorité.

— Pachito a sa fierté, t'as certainement remarqué. Et la fierté c'est un putain de truc qui passe par les couilles et s'empare du reste, dit Hemingway sourdement. Mais Pachito a quelque chose de plus... il est l'arrière-petit-fils d'un esclave qui a été débarqué à Cuba en provenance d'Afrique et qu'on a mené à coups de trique et de fouet jusqu'à sa mort. Pachito, quand il coupe la canne à sucre, il est comme n'importe quel autre coupeur de canne... c'est-à-dire personne... rien... *nada* ! Mais quand il franchit le portail de la Finca... quand il entre dans le *pit* avec mes coqs... alors Pachito est le meilleur... le meilleur putain de coqueleux de tout ce qui se trouve au sud du tropique du Cancer... il est señor Pachito ! Tu piges ?

Sanchez retira le cigare de sa bouche, le projeta au sol et l'écrasa avec rage.

— Tu ne serais quand même pas à me faire la leçon sur la façon dont je m'occupe de mes plantations, hein ? persifla-t-il.

Hemingway lui mit la main sur l'épaule.

— Si j'étais soûl, je le ferais, ricana-t-il. Mais pour le moment je suis sobre.

— Toi, mon salaud, tu me cherches, ricana Sanchez à son tour, en mettant son bras autour des épaules de Hemingway. On règle ça au rhum ?

— Cent dollars pour le premier rendu au fond de sa bouteille ! le relança Hemingway.

Pendant une demi-heure, on oublia les combats de coqs. On oublia le « Prêtre rouge ». Ce n'était plus qu'affaire d'honneur. Hemingway parvint à ingurgiter la moitié de sa bouteille de rhum sans broncher. Sanchez commençait à vaciller. Hemingway se mit à le railler.

— Moi qui croyais que t'en portais deux bien gonflées !

Sanchez allait répliquer lorsque :

— Voilà notre curé, lança celui que l'on surnommait Sinbad.

Une vieille Ford rongée par la rouille venait tout juste de s'immobiliser près du bungalow, répandant une forte odeur de cambouis. En descendit un prêtre, grand de taille. Il était vêtu d'une soutane à laquelle manquaient deux boutons au col et portait un béret noir enfoncé jusqu'aux sourcils. Il se dirigea à grands pas vers le groupe. Hemingway lui prit la main, la serra avec force tout en attirant vers lui le prêtre pour l'étreindre vigoureusement.

— Toujours en odeur de sainteté, lui souffla-t-il à l'oreille.

— Et toi t'empestes le rhum, rétorqua le prêtre.

Hemingway le repoussa à bout de bras et lui lança un regard sévère. L'homme d'Église, qui était de même taille que l'écrivain, ne parut pas le moindrement intimidé. D'ailleurs, il y avait belle lurette que plus rien ne l'intimidait.

— Quand j'en aurai fini avec Sanchez, tu seras le prochain que je roulerai sous la table, fit Hemingway en lançant mollement un direct du droit qui effleura le menton du prêtre.

Untzain esquiva et mima un coup semblable.

— *¡ Cojones de toro, padre !* clama Hemingway.

— T'en auras besoin plus que moi, Papa, rétorqua le prêtre le plus sérieusement du monde. Il faut que je te parle… maintenant !

Hemingway eut un geste de dérision.

— On a plus important à faire, curé. D'abord, régler le compte de Sanchez, et pour ça faut que j'aille au fond de la bouteille... ensuite, il y a mes coqs qui s'impatientent...

Le visage du prêtre se rembrunit. Hemingway vit les veines de son front et de son cou qui gonflaient comme pour marquer les combats qu'Untzain avait livrés durant toute sa vie de prêtre.

— Tout de suite, fit ce dernier d'un ton sans réplique. Ta bouteille et tes coqs attendront.

D'un signe de la tête, Hemingway l'enjoignit de le suivre.

— Hé, Papa, le curé t'a enfin convaincu de te confesser ? railla Elicio Arguelles. Surtout lui raconte pas tout... t'en aurais pour dix ans à faire pénitence !

Les autres se mirent à rire aux éclats. Hemingway ignora la blague de mauvais goût.

— Tu peux lâcher les coqs, Pachito, lança-t-il à son coqueleux. Je mets cent pesos sur Sloppy Joe chaque fois... on verra bien qui a les couilles de taureau et qui a le trou du cul au ras le sol.

Sur ce, il emboîta le pas au prêtre.

— T'as intérêt à ce que ce soit de la plus haute importance, maugréa-t-il à l'intention de Untzain, sinon je te noie dans une cuve de rhum.

Le prêtre haussa les épaules. Il pointa la vieille Ford.

— J'ai quelque chose à te montrer.

❧

Cinq caisses de bois, longues et étroites, étaient entassées à l'arrière de la Ford. Hemingway connaissait ce genre de caisses pour en avoir vu des milliers durant la dernière Guerre. Il en avait également vu sur le front italien, durant la Première Guerre, et d'autres au cours de la guerre civile d'Espagne.

— Dis-moi que je rêve, souffla-t-il, incrédule.

— Tu ne rêves pas, fit le prêtre après une courte hésitation.

— Alors c'est que Dieu t'a rendu fou !

Une brusque bouffée de colère assaillit Untzain. Il la réprima aussitôt.

— Au contraire, il m'a ouvert les yeux et rendu parfaitement lucide, rétorqua-t-il avec fermeté.

La gorge sèche, Hemingway grommela quelques mots entrecoupés de jurons, puis s'envoya une rasade de rhum. Il tendit la bouteille au prêtre qui but à grands traits. Hemingway lui reprit la bouteille des mains et la vida.

— J'ai besoin de ton aide, Papa, murmura Untzain d'une voix à peine audible.

— Dieu maudisse d'avance ce que tu vas me demander !

Untzain le regarda avec un sourire contraint.

— Il arrive un moment, Papa, où on n'a plus le droit d'être lâche...

— C'est écrit dans la Bible ?

— Non... J'ai appris ça en Espagne...

— Moi aussi, j'y étais, en Espagne, le reprit Hemingway.

— C'est vrai... tu y étais... mais t'avais les yeux d'un correspondant de guerre... T'avais ta chambre au *Florida* de Madrid... T'en avais que pour Gellhorn...

— Merde, curé, tu ne prétends tout de même pas que pour moi cette guerre a été le prétexte d'une affaire de cul, s'insurgea Hemingway.

Untzain poussa un soupir tout en secouant la tête.

— Ce n'est pas ce que j'ai voulu dire, corrigea-t-il poliment. Et j'ai le plus grand respect pour Martha Gellhorn... que Dieu la protège où qu'elle soit dans le monde. Mais tu n'étais pas à Guernica... Tu n'as pas vu la Légion Condor détruire en une heure ce que le peuple basque avait de plus sacré... Tu n'as pas vu les deux tiers de Guernica rasés... Tu n'as pas vu le résultat de deux mille cinq cents bombes incendiaires larguées sur Guernica sous prétexte de n'en vouloir qu'au pont de Renteria...

Hemingway enjoignit à Untzain de se taire. Il était suffisamment tourmenté par ce dont il avait été témoin au cours des guerres de ce siècle pour se faire écorcher davantage.

— Andrès, j'ai vu tant d'hommes pisser dans leur froc devant la mort que je n'en dors plus… J'ai moi aussi frôlé cette putain d'assez près pour ne plus vouloir entendre de noires prémonitions… ni de toi… ni de personne.

Il frappa du poing sur une des caisses.

— Je sais ce qu'il y a dans ces caisses, Padre, ajouta-t-il. J'en connais assez pour savoir que ce ne sont pas des instruments de musique et que les mélodies qu'on en tirera ne nous berceront pas de cantiques. Je me trompe ?

Untzain ignora la question.

— Papa, si toutes les voix se taisent… si nous fermons tous les yeux en prétendant qu'ils sont grands ouverts, il y aura d'autres Guernica… peut-être ici même, à Cuba.

Hemingway leva les yeux au ciel puis regarda en direction du *pit*. La bande était comme toujours, insouciante, absorbée par les combats de coqs. Pour chacun, l'existence n'était qu'une longue suite de rêves fous. Et chaque rêve était une caricature qui excluait toute misère.

— Pourquoi tu ne le demandes pas à eux ? Ils sont tous cubains… à part Brown… mais lui, en dehors de ce qui se passe dans un ring, il se fout de tout…

Untzain secoua la tête.

— Parce que tu sais ce qu'implique la défense de causes justes, fit-il avec un air obstiné.

— Pas du tout ! se rebiffa aussitôt Hemingway. J'ai défendu mon droit de dire ce que me dictait mon imagination… euh… et il se peut qu'en écrivant sur la guerre civile j'aie pu donner l'impression de pencher du bord des vaincus… mais loin de moi l'idée de partir en croisade… oh ! non ! Pas de sermons, de harangues, de menaces… pas question de parades pieds nus en portant une croix pour aller la planter quelque part à Jérusalem… non et non ! Je ne joue pas à la loterie du royaume des cieux, Andrès !

— Mais tu as bien dit que tu rêvais d'aller pisser un jour sur la tombe de Mussolini… et de Franco, une fois qu'il aura passé l'arme à gauche… pas vrai ?

— C'est mon affaire, fit Hemingway, renfrogné.

À ces mots, Untzain décela l'étincelle d'une sourde pulsion dans le regard de l'écrivain.

— Tu te souviens d'avoir dit à quelqu'un que tu avais trouvé une force magique avec ton calibre 577 Nitro Express entre les mains ?

Hemingway fut estomaqué.

— Comment… comment sais-tu ça ? bredouilla-t-il.

— J'ai une ligne directe avec Là-Haut ! fit-il en souriant.

Hemingway voulut cacher son désarroi en prenant un ton cassant.

— Tu me dis tout… et tout de suite !

Untzain hocha la tête. Il retira son béret, tira un mouchoir de sa soutane et s'épongea le visage ruisselant de sueur. L'air sombre, Hemingway le dévisageait en se mordillant les lèvres. Untzain prit alors une profonde inspiration et lança d'une seule traite :

— Fulgencio Batista est de la lignée des dictateurs comme Mussolini, comme Franco. À leur exemple, il a usurpé la présidence du pays et a commencé à vendre Cuba morceau par morceau. Pour arriver à ses fins, il ment, il vole et il tue. Pour s'enrichir, il enfonce le peuple dans la pauvreté. Cuba est mon pays d'adoption… il m'a offert l'asile. Sans Cuba, je n'ai nulle part où aller. Si je retourne au Pays basque, je suis bon pour le peloton d'exécution… et comme j'ai déjà combattu une fois pour la liberté, je refuse que l'on m'en prive et que l'on mette Cuba aux enchères. Depuis six mois, j'appartiens à une cellule de résistance, laquelle fait partie d'une éventuelle rébellion. Aujourd'hui, c'est-à-dire maintenant, j'ai besoin de ton aide pour que ces caisses et quelques autres parviennent à leurs destinataires. Voilà… tu sais tout.

Les paroles étaient celles d'un soldat de la liberté. Mais surtout d'un prêtre qui livrait son âme révoltée en retour d'une certaine justice.

— Qui ? demanda Hemingway.

— Tu le connais… c'est un honnête homme qui aime profondément son pays… mais tu sais aussi que les dictateurs épargnent rarement les gens de bien… simplement parce que ces gens-là savent et disent tout haut les vérités essentielles.

— Arsenio Moreno y Céspedes, murmura Hemingway.

Untzain approuva d'un clignement d'yeux. Hemingway se souvenait de cette rencontre dans la chapelle de Regla. « Les Moreno ont été de toutes les luttes, lui avait dit Arsenio. Celles en faveur de la libération des esclaves… plus tard, aux côtés de Carlos Manuel de Céspedes, celles pour l'indépendance de Cuba contre les Espagnols. Chaque jour ces noms que je porte me rappellent que la lutte se poursuit… tel est mon devoir patriotique. »

Par un effet de magie, voilà qu'on le mêlait aux folies d'un pays en crise. Il se souvint de ce combattant républicain durant la guerre civile d'Espagne dont le fusil s'était enrayé au plus intense des tirs. Il s'était soudainement levé, face à l'ennemi, et avait lancé en riant : « On ne brise pas le sceau du destin… le mien est d'entrer à Madrid en libérateur. » Une balle l'avait frappé en pleine tête à l'instant où Robert Capa appuyait sur le déclencheur de son appareil photographique. La scène, irréelle, avait paru s'éterniser. Elle était étrangère à tout ce qui s'agitait alentour. Hemingway avait alors oublié ce qu'il était venu faire en Espagne. Il avait oublié son devoir de neutralité. Il avait saisi l'arme du mort, avait actionné la culasse, cédant à un bouillonnement de colère et de violence, vidé le chargeur en direction des franquistes qu'il savait droit devant.

Il s'était souvent demandé si c'était à cet instant qu'il avait choisi son camp. Avait-il du même coup engendré le personnage de Robert Jordan, le volontaire dans l'armée républicaine dont il avait fait son alter ego ? La mort de cet homme lui avait-elle rappelé la solidarité du genre humain, pour lequel, inévitablement, le glas sonnait à toute heure ? Croyait-il toujours qu'en pointant une arme vers la cible d'en face, quelle qu'elle fût, on pouvait mourir sans jamais être vaincu ?

Il tapota le couvercle d'une des caisses.

— Alors ça vient ? demanda-t-il en dévisageant le prêtre.

— Dix MAS 49, calibre 7,5 mm, semi-automatique ; dix Enfield Rifle M1917, calibre 30-06 ; dix Springfield 1903, calibre 30 ; vingt Lee-Enfield Mark II, calibre 303 ; dix Mauser Kar 98K, calibre 7,92 mm ; dix Thompson M1928, calibre 45 ; dix Beretta 1938, calibre 9 mm Parabellum… et cinquante pistolets Beretta 1934, calibre 9 mm court… et cinq mille cartouches tous calibres.

Hemingway poussa un soupir désespéré, se passa la main dans les cheveux et se gratta les joues.

— Des antiquités, grommela-t-il, des putains d'antiquités ! La plupart de ces trucs ont une portée effective inférieure à quatre mille pieds… tes cinquante pistolets rateront une cible à moins de cent pieds. À quoi tu joues ? À une rébellion ou une partie de tir aux pigeons ?

Untzain sembla désemparé. Il savait Hemingway mal dégrossi, d'une fierté tapageuse, porté sur les différends et les querelles, mais il s'y connaissait en armes autant qu'en pêche au gros. Et n'eût-il été un homme de lettres, il eût été un chien de guerre.

— Il y en a dix fois autant, dit-il.

— Où ça ?

— Un peu partout dans le Matanzas… planqués dans des fermes.

Des pensées tourbillonnaient dans le cerveau de Hemingway.

— Tu sais combien il y a de militaires cantonnés à Camp Columbia ?

Le prêtre fit signe que non.

— Trois, peut-être quatre mille… et dans les autres casernes de Cuba ?

— Non.

— De quinze à vingt mille… sans compter les milices rurales.

Untzain baissa les yeux.

— Regarde-moi, Padre, gronda Hemingway. Regarde-moi bien, car je veux que tu saches ce qu'est une descente aux enfers.

Le prêtre ne réagit pas. Du plat de la main, Hemingway frappa à quelques reprises sur la même caisse.

— Alors écoute… Un seul coup de fil de Batista et le nouveau président Eisenhower va donner le feu vert à ses cinq mille GI de Guantánamo. Et alors ? Ce sera l'affaire de quelques heures… ou alors une petite semaine si vous choisissez d'être massacrés jusqu'au dernier.

— Des martyrs ne meurent jamais, murmura Untzain, les yeux obstinément rivés au sol.

— Martyrs ? s'exclama Hemingway. Mais dans quel monde te crois-tu donc, Andrès ? On s'en fout, des martyrs… ton église ne sait plus quoi faire de ses martyrs. Vous crèverez, ce sera terminé et on oubliera. Le rideau tombera, la vie emportera jusqu'au moindre souvenir dans son flot impétueux. Voilà ce qui se passera.

Untzain, piqué au vif, se frappa le front du plat de la main.

— C'est ça qui te reste dans les tripes ? lâcha-t-il durement. Franchement, je ne croyais pas entendre un jour Ernest Hemingway dire qu'il tourne le dos à l'injustice sans même écrire une ligne !

Hemingway s'approcha du prêtre, les poings crispés. Untzain recula instinctivement d'un pas.

— Si ce n'était de ta robe noire, je… fit-il, menaçant.

Il était livide, déchiré entre la colère et le désarroi. Les deux hommes se dévisagèrent.

— Je la portais déjà en Espagne, cette robe noire, murmura Untzain, et elle ne m'a pas empêché de prendre les armes…

— Et de quel côté était Dieu ?

— Sais pas, soupira le prêtre. Mais je sais que lorsqu'une maison brûle, tous ceux qui sont à l'intérieur se précipitent dehors pour se mettre hors de danger… et que c'est alors que quelques braves y entrent pour tenter de la sauver du désastre final… cela au mépris de leur vie. Et alors, quoi qu'il advienne, ceux-là auront enfin l'âme en paix.

Hemingway n'en entendit pas davantage. Il agrippa Untzain par une manche de la soutane et l'entraîna à sa suite vers la villa.

∽

Boise, le chat, se frottait contre la jambe de Hemingway en miaulant. Une douzaine de félins rôdaient dans l'immense salle de séjour. Hemingway avait attrapé au passage une autre bouteille de rhum et l'avait généreusement entamée avant de la tendre à Untzain.

— Tu es venu ici des dizaines de fois, lança-t-il au prêtre, et que sais-tu de la Finca ? Rien. Pourtant, c'est ici que j'ai mené ma propre révolution. C'était un endroit en ruines et c'est devenu un coin de paradis… perdu peut-être, mais un paradis quand même…

— T'oublies pas un peu Martha Gellhorn ? rétorqua Untzain.

— Ç'a été avec mon fric, le relança Hemingway. Ici, dans les jardins, sur les murs, dans les bibliothèques, dans la discothèque se trouvent réunies les mémoires vives de tous les continents. Ici, j'ai mené mille combats, chapitre après chapitre… J'ai commencé et recommencé trente, quarante, cinquante fois le même paragraphe… J'ai souffert chaque nuit et ressuscité chaque matin pour me rendre au bout d'un livre et d'un autre. Ici, Cuba me hante depuis vingt ans, tellement qu'à ma mort c'est moi qui hanterai Cuba.

— Mais, Papa, il ne s'agit pas de toi…

— Tu la fermes et tu m'écoutes jusqu'au bout, lança Hemingway.

Il but encore et se rendit en titubant légèrement devant l'imposante bibliothèque au fond de la pièce.

— Je ne sais pas si je pourrais avoir une vie ailleurs qu'à Cuba, mais je sais que je ne donnerai pas ma vie pour Cuba… tout comme je sais que c'est à cause de Cuba que je suis encore en vie !

Il se tut et se mit à parcourir les rayons de la bibliothèque. Untzain regarda autour de lui. Des tableaux, des trophées de chasse, un mobilier ancien, des bahuts envahis par des périodiques et des journaux de toutes provenances, des livres et encore des livres ; un musée et un sanctuaire tout à la fois. Et par les portes-fenêtres, une vue imprenable sur quinze acres de luxuriance tropicale. Quelle âme, se demanda-t-il, ne trouverait pas la paix en un tel endroit ?

Hemingway exhiba les deux livres qu'il cherchait.

— Tiens, les voilà ! lança-t-il, les deux guides du parfait révolutionnaire : la Bible et le Coran. On les oppose, mais ils sont comme cul et chemise. Dans l'un, on massacre des païens, on va au paradis… dans l'autre, on massacre des chrétiens, on va au paradis. En vedette, des violeurs, des empoisonneurs, des bourreaux, des traîtres, des procès, des bûchers, des famines, des épidémies, des territoires dépeuplés par des massacres, œil pour œil, dent pour dent, hécatombe sur hécatombe, temple païen construit sur les ruines d'un temple chrétien, et vice versa. Huit croisades, deux millions de morts, et au terme de deux siècles de fanatisme aveugle, des papes et des sultans qui échangent des moratoires sur des dettes contre un rocher sur lequel on a érigé une cathédrale servant à des foires de fausses reliques. Voilà de quoi sont faites les révolutions, Andrès. Elles ne sèment aucun miracle sauf dans l'imagination de ceux qui croient que rêve et réalité baisent ensemble… foutaise !

Untzain passa sa langue sur ses lèvres sèches. L'envie fut grande de traiter Hemingway de salopard, de profiteur, de mauvais baiseur, de scribouillard en mal d'inspiration, en y ajoutant une litanie de termes orduriers dont lui seul avait la formule. Pourtant il se ravisa, ravala sa colère et but quelques rasades additionnelles de rhum cubain. Puis, avec une lenteur délibérée, comme s'il prêchait, le cœur battant la chamade, il dit en ayant repris contenance :

— J'ai connu autrefois en Espagne un homme qui a vu mourir sous ses yeux un pays avec son poids de croyances et de souffrances… un homme indigné qui a décidé de brandir sa plume comme d'autres ont brandi leurs fusils. Aujourd'hui, cet homme me demande de renoncer à la liberté de tous les hommes. À cet homme je dis que seuls les faibles craignent la mort digne… peut-être parce que l'éternité les effraie… ou alors parce qu'ils ignorent qu'il existe une noblesse dans la défaite. Mais ce qui est infiniment triste, c'est que cet homme sait toutes ces choses.

Hemingway secoua la tête en signe de négation. Untzain lui tourna le dos et se dirigea vers la porte-fenêtre donnant sur la terrasse.

— Béni soit tout de même cet homme ou ce qu'il en reste, murmura-t-il en esquissant un signe de croix.

— Curé !

Le mot heurta un mur de silence.

— Andrès !

Il se retourna. Hemingway s'avança vers lui. Il avait un regard effaré.

— Je me fous de ta bénédiction… mais dis-moi au moins que tu me comprends, fit-il d'une voix mal assurée.

— Comprendre quoi ? Que tu dois ménager la chèvre et le chou avec Batista depuis qu'il t'a décoré ? Qu'il t'a promis de protéger ton paradis cubain ? Que tu dois rester un patriote américain au-dessus de tout soupçon ? Que tu dois refaire ta célébrité ? Je peux comprendre cela… mais toi, comprends-tu qu'un fils de pute qui a usurpé la présidence de Cuba enlise les crève-la-faim dans le dénuement et la terreur ? Si tu me dis non, c'est que t'es, toi aussi, un fils de pute ! Et alors, amitié ou pas, ne me demande pas de rester sourd et aveugle… Mais quoi que tu en penses, que Dieu te bénisse !

Hemingway fut tenté de prononcer les quatre mots qui nourrissaient son vocabulaire en pareilles circonstances : « Va te faire foutre ! » Mais si ces mots franchissaient ses lèvres, s'il faisait la sourde oreille à cet exilé basque qui était prêt à se faire coller au mur au nom d'un idéal de justice, il serait un moins que rien, c'est-à-dire un lâche.

Il entendait les cris de la bande. Les paris étaient faits. Les coqs s'affrontaient selon un rituel établi par Pachito. Sloppy Joe gagnerait, il en était certain. Mais tous les coqs combattraient sans merci et perdraient sans se dérober au combat. L'honneur se définissait ainsi : lutter jusqu'au bout en défiant le sort et en vénérant l'abnégation.

— Qu'est-ce que je fais de ces caisses ? demanda-t-il abruptement.

— Que veux-tu dire ? bredouilla le prêtre, croyant avoir mal entendu.

— Tu ne veux quand même pas que je les mette à la poste !

Toujours sous le coup de la surprise, Untzain remua la tête et dit :

— Il faut qu'elles parviennent à Santiago de Cuba d'ici quinze jours… impossible pour moi d'y aller par route… je suis surveillé par les chiens de garde de Batista… de même pour Arsenio de Céspedes et plusieurs autres…

— À quel endroit précisément à Santiago ?

— La baie de Santiago… au pied de la forteresse San Pedro de la Roca…

— Et t'as imaginé que le *Pilar* serait la mule idéale pour livrer ta cargaison… évidemment !

— Grâce à Dieu…

— Surtout pas ! gronda Hemingway. Demande-lui justement de ne pas s'en mêler. T'as vu ce qu'il a fait pour les quinze mille prêtres que Franco a fait liquider en Espagne… Il les a regardés crever en les bénissant.

— Que Dieu te pardonne, fit Untzain en dissimulant son trouble devant de telles paroles. Tu le feras ?

— Qui est ton contact là-bas ?

— Quelqu'un qui te voue une grande admiration... il enseigne la littérature au Collège Dolores... et il dispose d'importants moyens financiers, répondit avec finesse le prêtre.

Hemingway tressaillit. Il poussa un soupir désespéré.

— Perusal... Miguel Perusal ! Mais c'est un complot... un putain de complot !

— Non, Papa... pas un complot, juste des personnes ordinaires qui cherchent à vaincre leurs peurs et qui ont entendu l'appel des fantômes de ceux qui ne sont jamais soumis à la tyrannie.

Hemingway hésita un long moment avant de rétorquer d'un ton ferme :

— Je ne verserai pas une seule larme sur ton cadavre... mais sache que j'aime ta folie, curé !

— Voilà une douce mélodie à mes oreilles de Basque, fit Untzain en souriant. Dis-moi, ajouta-t-il, t'as combien de fusils de chasse ?

— Une vingtaine, répondit Hemingway. Pourquoi ? Tu veux faire une partie de tir aux pigeons ?

— Non, c'est juste que... une idée comme ça...

Hemingway lui décocha un regard aussi sombre qu'interrogateur.

— Pas après ce que tu m'as demandé... Une idée comme ça n'est pas dans ton genre... Alors quoi ?

— Bien... t'es membre émérite du *Club de Cazadores del Cerro*, pas vrai ?

— Depuis vingt ans... Et quel rapport cela a-t-il avec mes fusils ?

Untzain lui lança un regard bizarre.

— Si tu y laissais tes fusils de chasse pendant une quinzaine... histoire de les faire nettoyer et ajuster par Fernando Nuez... ton homme de confiance ?

— Continue...

— Tes fusils seraient bien plus utiles qu'ici, sous clé, à la Finca...

— Tu veux ajouter mon cadavre au tien ?

— On n'y verra que du feu... Fernando Nuez sera muet comme une carpe...

— Nous le serons tous... mais dans une tombe, ironisa Hemingway. Andrès Untzain, c'est pas avec Dieu que tu couches, mais avec le diable en personne. Et tu veux savoir pourquoi ? Parce que c'est des couilles d'acier que tu traînes sous ta soutane !

26

Pendant deux mois, au volant d'une Chevrolet beige, Fidel Castro avait parcouru inlassablement les provinces de Pinar del Río, La Habana, Matanzas, jusqu'aux limites de Santa Clara. Il avait rencontré cent, mille, puis dix mille Cubains. La plupart étaient ouvriers, paysans, coupeurs de canne, éboueurs, pêcheurs, conducteurs de camions, veilleurs de nuit. À tous il avait demandé comment ils imaginaient leur pays, la justice, la liberté ; comment ils arrivaient à accepter le retour à la caste servile ; pourquoi tout un peuple en était rendu à s'abandonner et à se laisser glisser vers le néant. Il leur avait parlé de ce passé lointain où on avait arraché des hommes noirs à leur pays natal pour venir les parquer sur le sol cubain. Il leur avait dit que pour beaucoup de Cubains d'aujourd'hui, un peu du sang de ces hommes coulait toujours dans leurs veines.

Pendant ces deux mois, Fidel Castro avait fait et refait la même route ondulée de vallonnements, longeant des terres sur lesquelles poussaient pins, palmiers, bananiers, buissons épineux, entrecoupées de plants de canne à sucre, de tabac, que survolaient de l'aube au crépuscule buses, urubus et balbuzards.

Cent fois il avait répété le même discours. Les mots de la dénonciation d'une dictature avaient pris des allures d'incantation. Pour tous ceux qui ne savaient ni lire ni écrire, Castro avait réinventé l'histoire de Cuba en lui donnant un rythme, en fouettant les sens comme d'autres faisaient résonner leurs instruments de musique.

Castro fit si bien qu'après ces deux mois était née une petite armée de volontaires. Ils étaient d'Artemisa, d'Arroyo, de Marianao, de Nueva Paz, de la Ceiba, de Guanajay, d'El Cerro et de différents quartiers de La Havane. De ce premier cercle d'ombres se propagea un appel incitant le peuple à secouer le joug que lui faisait porter Fulgencio Batista. Fidel Castro avait réussi à convaincre les quelques milliers de sympathisants qu'il n'était plus question d'adhérer à un parti politique, mais de rallier un mouvement populaire qu'il désignait comme : le Mouvement. Et ce mouvement, insistait-il, ne défendrait qu'une seule cause : la Révolution. Au nom du Mouvement, chaque militant s'engageait à combattre jusqu'au sacrifice ultime.

Dorénavant, alors que se formait une alliance de notables et de petits métiers, le nom de José Martí redevenait l'incarnation de la nation cubaine. Le fantôme de l'exilé revenu à Cuba en 1878, puis de nouveau condamné à l'errance avant de tomber sous les balles espagnoles en 1895, recommençait à hanter de ses métaphores patriotiques le dictateur et son entourage. Le héros renaissait de ses cendres. Ses discours de jadis prenaient des sonorités nouvelles dans la bouche de Fidel Castro et de ses premiers lieutenants. « La patrie requiert des sacrifices ! » martelaient-ils sans cesse, à l'heure où Cuba célébrait timidement le centenaire de la naissance de José Martí.

Batista, quoique sûr de sa force, constatait que son autorité était mise à l'épreuve quotidiennement et décida de mesurer son pouvoir et son influence. Il ordonna la traque. Sa police secrète, le SIM (*Servicio de inteligencia militar*), lâcha ses agents les plus aguerris, renforcés par les Tigres de Masferrer, avec mission de débusquer les agitateurs et de les écrouer à la forteresse de la Cabaña. La seule évocation de ce nom faisait trembler les plus coriaces. San Carlos de la Cabaña demeurait la plus imposante fortification coloniale érigée par les Espagnols en 1763. Juchée sur le promontoire surplombant la baie de La Havane et jouxtant la forteresse du Morro, la Cabaña était ceinturée de douves. Ses puissantes murailles, épaisses de trois mètres, rendaient aveugles, sourds et muets tous ceux qu'on écrouait dans ses sombres cachots. On chuchotait que ceux qui entraient à la Cabaña en criant à pleins poumons à la liberté et à la justice en sortiraient vieux, brisés et impuissants, si jamais ils devaient un jour ressortir.

La répression fut sanglante. Un jeune étudiant, Rubén Batista Rubio, à l'agonie pendant quelques semaines, finit par succomber à ses blessures. Fidel Castro prit la tête de l'immense cortège qui conduisit la dépouille de Rubio au cimetière. L'inévitable affrontement avec une police lourdement armée fit des dizaines de blessés. Le désarroi fut grand. Le lendemain, Batista parut au balcon présidentiel en grande tenue. Il souriait, triomphant. Il promit de faire l'impossible pour que la vie du peuple cubain reprenne son cours normal et ses droits. Une majorité poussa un soupir d'impuissance. Les autres, un gémissement douloureux, incrédule.

On pansa les plaies. On accepta d'endurer avec une sorte d'indifférence ce que Batista et ses hommes prirent pour une nouvelle trêve ; une de plus. Mais pour Fidel Castro, le temps n'était plus aux élucubrations ni même aux débats idéologiques. Il n'y avait plus de place pour les surprises du hasard. Il bannissait le doute. Seule la révolution régirait dorénavant le destin de Cuba.

⁓

La Chevrolet passa devant la Catedral San Cristobal. De style baroque, le temple était surmonté aux extrémités par deux campaniles, dont le plus imposant abritait les quatre cloches qui marquaient le temps et les offices de leur sonnerie vive. À cette heure matinale, la plaza était presque déserte. Les premiers rayons de soleil commençaient à peine à jouer sur les corniches et les balcons ouvragés qui ornaient les façades coloniales des environs. À l'intersection des rues Empedrado et San Ignacio, la *Bodeguita del Medio*, un des bars les plus courus de La Havane, sommeillait encore à l'ombre de la cathédrale.

— Prends Tejadillo, fit Castro.

— Tu ne crois pas que c'est dangereux ? demanda Fernando Mella, un ancien du Parti orthodoxe, qui servait de chauffeur à Fidel Castro.

— C'est toi qui me demandes si c'est dangereux ? rétorqua Castro. Toi, un Mella ?

— Justement, les Mella ont la mauvaise habitude d'être assassinés pour leurs idées politiques, fit Fernando, en allusion à un de ses oncles, Julio Antonio Mella, créateur du Parti communiste cubain, leader de la réforme universitaire à Cuba et assassiné au Mexique en 1925.

— Le genre de mort dont le pays se souvient, commenta Castro avec superbe.

Fernando Mella se renfrogna en effectuant le virage à gauche pour s'engager dans la rue Tejadillo.

— Ce n'était pas le trajet prévu, grommela-t-il. Nous devions vider tes affaires au quartier général du Parti et filer chez Abel Santamaría... c'est ce qui était prévu. Ce serait bête de nous jeter dans la gueule du loup... et cette rue prête justement à un guet-apens.

Castro ne répondit rien. Il connaissait parfaitement le coin. Le quartier était paisible. Il n'y avait personne aux fenêtres. Aucune porte n'était ouverte ou même entrebâillée. Les grillages des boutiques étaient cadenassés. Les chiens errants sommeillaient en bordure des trottoirs.

Fernando vit l'enseigne sur la façade avec le nom de Fidel Castro au milieu de deux autres noms d'avocats. Il serra sur la droite et immobilisa le véhicule. Castro lui toucha l'épaule.

— Sois calme, murmura-t-il, je n'en ai que pour un instant.

— Prudence, répondit Fernando, les yeux rivés sur le rétroviseur.

Dès que Castro eut quitté l'automobile, Fernando sentit un léger tremblement de son corps. Aux aguets, il ne put réprimer l'idée que la mort venait toujours à pas de loup pour frapper à l'improviste. À l'instant, elle pouvait jaillir des ténèbres sous forme d'une attaque subite. Des hommes masqués surgissant de toutes parts, des coups sur le crâne, un seul coup de feu à bout portant et ça y était ; une issue inévitable en quelques secondes. Il se voyait affalé sur le volant, le crâne fracassé. Le néant l'emportait. Il ne comprenait pas que Fidel ait pu dire qu'une cause juste était l'aboutissement de toutes choses, une sorte de billet de passage pour l'immortalité. Il vit une porte s'ouvrir et deux hommes sortir sur le trottoir. Ils fixaient la Chevrolet. Il trembla de la tête aux pieds. Il les vit s'éloigner. Il soupira, réalisant que c'était à la vie qu'il devait allégeance et non à l'idée absurde de crever comme une mouche. La portière s'ouvrit brusquement, et Castro prit place sur la banquette, à ses côtés.

— On y va, lança-t-il.

— Où allons-nous ?

— Contente-toi de rouler… direction le Malecón.

Fernando ne posa aucune autre question. Il conduisit comme quelqu'un épié par mille paires d'yeux. Il enfila les ruelles de la Vieille Havane, les mains crispées sur le volant, les épaules tendues. Ce ne fut qu'une fois sur le Malecón qu'il se détendit quelque peu. Fidel Castro avait défait les ficelles qui liaient le gros paquet qu'il tenait sur les genoux. Il contenait son Browning et un fusil de chasse de calibre 12 démonté.

— Il appartenait à mon père, fit-il gravement. S'il savait qu'il est entre mes mains, il ferait une syncope. Tu crois pouvoir te servir de ça ?

— Je n'ai jamais tenu une arme de ma vie, avoua Fernando. Pas plus que mon oncle, que je sache…

Castro le dévisagea un long moment.

— Dommage, dit Castro, s'il avait su tirer, il serait peut-être encore en vie aujourd'hui…

— Peut-être, laissa tomber Fernando. Où allons-nous ?

— Rejoindre les membres de la cellule Vedado, répondit Castro.

— Donc chez Abel Santamaría.

Fidel se contenta d'assembler le fusil de chasse. Il enclencha les pièces, arma les deux chiens et les percuta à tour de rôle pour vérifier le double mécanisme de tir. Puis il serra l'arme contre sa poitrine.

— Direction El Cerro, finit-il par dire.

— El Cerro ? Qu'est-ce qu'on va aller faire dans ce bled ? s'étonna Fernando.

— Apprendre à tirer, répondit Castro.

Fernando eut un ricanement nerveux.

— Avec ça ? fit-il, en pointant le fusil de chasse. Et sur quoi on va tirer ?

— Sur des cibles mouvantes… des objets volants, dit posément Castro.

— C'est une blague ? reprit Fernando en lui jetant un regard interrogateur.

— Pas le moindrement, l'assura Castro avec fermeté. Vois-tu, quand j'avais douze ou treize ans, mon père m'envoyait aux champs avec ce fusil pour effrayer les urubus et d'autres volatiles qui venaient saccager les récoltes… Il m'a fallu un mois pour descendre le premier rapace, encore que je n'étais qu'à quelques pas de lui. Aucune cible n'est facile à atteindre, surtout lorsque ta vie en dépend… et bientôt notre vie dépendra de notre habileté à nous servir de ceci – il tapota le fusil – et à faire mouche.

— Et c'est à El Cerro que nous trouverons ces cibles ?

— Nous allons au *Club de Cazadores del Cerro*… C'est un club de tir… le plus prestigieux qui existe. Nous avons des laissez-passer, des armes, des munitions, un instructeur. Tout a été arrangé par des gens importants qui soutiennent notre cause, mais qui demeureront dans l'ombre. En fait, nous sommes officiellement des gens de la bourgeoisie à l'emploi de quelques grosses pointures yankees… des intouchables. Tu comprends mieux ?

— J'y comprends toujours rien, avoua Fernando. Et si c'était un piège de ton beau-frère Díaz-Balart… ou de Ventura et de ses tueurs ? Tu y as pensé ?

Castro se redressa sur le siège, retira ses lunettes et les essuya soigneusement.

— Nous aurions alors de belles funérailles, murmura-t-il avec un sombre sourire.

Les deux hommes demeurèrent silencieux. Ils baissèrent les fenêtres des portières et laissèrent le vent chaud fouetter leurs visages. Sous le soleil de plomb, ils étaient trempés de sueur.

27

Depuis cette visite du « Prêtre rouge », Hemingway ne dormait plus. Les demandes de Untzain l'avaient ébranlé. Il avait cherché une sortie honorable pour finalement succomber à son vieil esprit aventurier. Mais il croyait toujours que le sort de Cuba, tel un manège de bois, passait et repassait par les mêmes repères. On armait des paysans qui n'entendaient rien à de vieux fusils et on les envoyait se faire tuer au nom d'une liberté qu'ils n'avaient jamais connue. Le temps de quelques affrontements jusqu'à épuisement des munitions. Le pays finissait par saigner un peu. Pendant ce temps, le soleil se levait et se couchait à son rythme immuable. Le peuple ne mangeait toujours pas à sa faim. Puis, on tirait les verrous des cachots de la forteresse.

Un soir, il ressortit la Bible, ouvrit au hasard pour tomber sur le *Premier Livre des Macchabées*. Le texte était une longue suite d'alliances, d'épisodes sanglants, de cœurs enorgueillis, de perfidies. Un grand cycle qui témoignait, encore et toujours, de la barbarie des hommes. Il était clair que tout avait été imaginé puis écrit par quelque grand prêtre du fanatisme pour en arriver à faire l'éloge d'un chef qui avait étendu le renom de son peuple en ceignant ses armes de guerre, en livrant au feu les perturbateurs de son peuple et en abattant les mécréants par la terreur qu'il inspirait.

Il avait revu les scènes où des prêtres avaient béni des combattants au nom de Dieu. Ce même Dieu, peu importait qu'on le qualifiât de Christ ou d'Allah, qui avait de tout temps provoqué des sursauts extrêmes de conscience et encouragé des armées de fanatiques à édifier de par le monde des autels d'holocaustes.

Chaque matin, le miroir renvoyait à Hemingway le reflet d'un visage flétri et d'un regard dans lequel la vie s'effaçait peu à peu. Chaque nuit, il souffrait de cette part de vie dépourvue d'un sens véritable, authentique. Il souffrait de ne pas jouir des ardeurs pourpres de ses flamboyants, de la palette vive de ses hibiscus. Il souffrait de ne plus rien voir des ciels changeants, de ne plus entendre le ressac des marées.

— Qu'est-ce qu'il te voulait, le curé ? lui avait demandé Mary après un repas sans le moindre échange.

Pendant un moment, Hemingway demeura muet, l'air absent. Puis il laissa tomber brusquement le masque. C'était la première fois depuis leur rencontre en 1945. Il se confia enfin à Mary. Ce fut un long glissement vers ces quelques vérités essentielles qu'il gardait enfouies au plus profond de son être. Pourquoi tant de noirceur en lui, tant de colère, tant d'écarts de conduite ? Pourquoi ce besoin de toujours frôler le vide en présumant de forces qu'il n'avait pas ? Il lui avait presque tout dit. Durant ce court espace de temps, Mary avait senti renaître Ernest Hemingway. Aucune illusion cependant, car chaque confession entraînait de nouvelles questions.

Mary avait pleuré, Hemingway avait versé quelques larmes. Il avait lâché : « Lorsqu'un écrivain ne trouve plus le moindre chemin de conquête, c'est qu'il n'a plus la force d'écrire... ce qui fait de lui un être impuissant. » Spontanément, ils avaient fait l'amour. Ensuite, Mary s'était endormie et Hemingway avait plongé la tête la première dans le rhum.

Entre deux verres, il s'était conforté de ne pas avoir tout révélé à Mary. Rien sur Adriana qu'il aimait en secret. Ni sur Leopoldina, sinon qu'elle était une pute de luxe avec laquelle il s'était affiché de temps à autre. Rien sur Arsenio de Céspedes ni la *Santería*. Au sujet du *Pilar*, il avait inventé une histoire invraisemblable : le bateau, lui avait-il dit, avait subi de sérieuses avaries et il fallait qu'il soit mis en cale sèche pour un certain temps. Elle avait reçu l'explication avec un stoïcisme narquois. Elle avait osé lui dire que si tout était à refaire, Cuba n'entrerait jamais dans sa vie, mais que puisque la chose était faite, elle se sentait trop vieille pour renoncer à Cuba. Mais elle n'avait pas osé lui dire qu'il lui gâchait aujourd'hui la vie à force de vouloir redevenir un géant dans l'univers des mots. Avant de s'abandonner au sexe, elle lui avait glissé à l'oreille que les mots seuls ne pesaient guère lorsque l'essentiel de la vie s'effaçait inexorablement. Parce qu'alors tout ce qui restait de l'être vacillait et finissait par s'éteindre comme flamme au vent.

༄

La journée s'annonçait particulièrement chaude. Pas un souffle de vent. Les oiseaux, d'habitude criards et remuants, demeuraient nichés au creux de la végétation luxuriante de la Finca Vigía. Çà et là un tangara, un tacco, un tyran, un trogon ou un merle fondait à tire-d'aile sur un gros insecte pour aussitôt disparaître sous le couvert végétal.

Tôt ce matin-là, Hemingway déposa le vinyle qu'il avait choisi parmi les centaines rangés sur des tablettes, le déposa sur le tourne-disque et abaissa le levier. Au contact de l'aiguille commença l'aria de la célèbre *Chevauchée des Walkyries* de Richard Wagner. L'acte III de ce drame musical était un des favoris de l'écrivain. Il lui remontait le moral chaque fois qu'il se sentait au creux de la vague. La musique évoquait avec puissance les vierges sauvages montées sur des coursiers ailés, traversant les nuages orageux pour aller tenir conseil sur le rocher des Walkyries. Hemingway communiait alors à la beauté tendre et funèbre à la fois de l'accompagnement orchestral lorsqu'en élan final, cuivres, cordes, tambours et cymbales évoquaient la naissance de Siegfried, celui qui allait un jour menacer la race des dieux.

Il se trouvait déjà sur la terrasse lorsque René Villarreal vint lui porter le petit déjeuner. Il lisait, le chat Boise lové sur son ventre, le reste de la colonie féline rôdant alentour.

— Je n'ai pas faim, grommela-t-il.

— Vous êtes malade, señor Papa ? s'inquiéta le majordome.

— Tu vois bien que je lis, fit Hemingway sans lever les yeux.

— Plus tard ?

— J'sais pas.

— Et les chats ?

— Est-ce que tu les entends réclamer de la bouffe ?

Villarreal fit signe que non.

— Alors ça veut dire qu'ils se sont mis au régime... comme moi !

Le majordome demeura planté devant lui. Hemingway devina qu'il avait autre chose à dire mais qu'il hésitait.

— Quoi ? Il y a un des chats qui t'a bouffé la langue ?

Villarreal baissa les yeux.

— Hé ! Qu'est-ce que je t'ai demandé le jour où je t'ai confié ce job ? l'apostropha Hemingway.

Le majordome se passa la langue sur ses lèvres sèches.

— De ne jamais baisser les yeux, señor Papa...

— C'est ça... tu ne détournes jamais le regard. Qu'est-ce que tu veux me dire ?

Villarreal se dandina d'une jambe à l'autre puis se racla la gorge.

— Est-ce que... j'aimerais... euh... je souhaite vous demander si vous accepteriez de signer votre nom sur le magazine *Life*... vous savez... celui avec votre photo dessus...

Hemingway sourit. C'était ce qu'il aimait particulièrement des Cubains ; ils étaient dépassés par toutes ces luttes de pouvoir, mais ils savaient poser tous les gestes simples et nobles. Il fut tenté de dire à Villarreal que ce numéro de *Life* s'était vendu à plus de cinq millions d'exemplaires en deux jours et que grâce à ce coup d'éclat, *Le Vieil Homme et la Mer* était devenu un best-seller fulgurant qu'on s'arrachait maintenant sur deux continents.

— Va chercher un exemplaire, se contenta-t-il de répondre, et apporte un des stylographes rangés sur mon bureau...

— Bleu ou noir, señor Papa? demanda naïvement le majordome, exultant de joie.

— À ta guise.

Le jeune homme fila et revint quelques instants plus tard. Il tendit à Hemingway l'exemplaire en question avec sa photo en couverture. Rasé sauf pour la moustache, le regard décidé, pénétrant, les traits d'un homme satisfait d'avoir accompli une grande tâche littéraire, Hemingway, sur la photo choisie parmi une centaine de clichés, se révélait tel qu'il souhaitait redevenir. Villarreal lui tendit le stylographe.

— Le bleu, señor Papa... comme la mer, annonça-t-il timidement.

Hemingway signa son nom. Puis il feuilleta le livre qu'il relisait pour une centième fois peut-être, *L'Odyssée*, et trouva rapidement le passage qu'il cherchait. Au bas de sa photo, il écrivit en travers : « Je crains que ce ne soit vrai tout ce qu'a prédit Calypso quand elle m'annonçait que sur la mer, avant d'atteindre les rives de ma patrie, j'épuiserais toutes les souffrances. »

Il ajouta : « Ainsi parla Ulysse sur son radeau. »

Villarreal se confondit en remerciements.

— ¿ *Ron, señor Papa* ? ¿ *Vino rojo* ? s'enquit-il.

Hemingway secoua la tête en soupirant.

— *Nada*, murmura-t-il en bâillant.

Le majordome allait se retirer lorsque :

— *Revolución*, lança brusquement Hemingway, t'as envie d'une *revolución* ?

Villarreal se contenta de regarder l'écrivain, l'air sidéré. Il fit mine de réfléchir.

— Sais pas, laissa-t-il tomber.

— T'as raison, fiston, murmura Hemingway. Le peuple n'écrit jamais l'Histoire.

Il ferma le livre et le déposa au sol.

— Je vais faire un somme, ajouta-t-il d'une voix presque inaudible.

Villarreal s'était retiré. Hemingway ne s'endormait pas vraiment. Il avait surtout envie de tisser seul le bonheur de son plus récent haut fait littéraire. D'en jouir pleinement sans avoir bu. De sentir son cœur battre comme lorsqu'un homme renaît par miracle. Car il s'agissait bien d'une résurrection littéraire pour le géant que l'on avait cru effondré.

Après le coup génial du magazine *Life*, *Le Vieil Homme et la Mer* avait été vendu à des dizaines de milliers d'exemplaires par semaine en librairie. *Life* et *Scribner*, son éditeur, lui avaient versé au-delà de cent mille dollars en droits divers. Son grand rival le romancier William Faulkner, déjà prix Nobel, avait écrit courtement : « Cette fois, Hemingway a découvert Dieu. » Des critiques y avaient vu une œuvre d'art qui exhalait tant de symboles que d'allégories. D'autres avaient parlé d'une idylle de la mer décrite du point de vue de la mer. Tous avaient conclu au grand chef-d'œuvre. Hemingway avait refusé de se prêter au moindre exercice intellectuel. Il avait prétendu que toute évocation d'une forme quelconque de symbolisme n'était que pure invention d'intellectuels en mal d'un vocabulaire nouveau. Lorsqu'on avait comparé son court récit au monumental *Moby Dick* de Herman Melville, il avait suggéré que cet auteur avait créé un mythe avec trois cent mille mots en s'inspirant des naufrages des baleiniers *Essex* et *Ann Alexander* au XIXᵉ siècle, alors que lui avait raconté la lutte avérée d'un pêcheur solitaire de Cojimar et d'un espadon géant en vingt-cinq mille mots. Lorsqu'on lui avait opposé que l'espadon géant n'était aussi que le fruit d'une imagination fiévreuse, Hemingway s'était posé en expert et avait rappelé qu'en 1926, sur les côtes de la Nouvelle-Zélande, un certain capitaine Mitchell avait sorti un marlin de neuf cent soixante-seize livres, qu'en 1930, à Mataiera, Tahiti, un dénommé Zane Grey avait ferré un marlin bleu de plus de mille livres et que lui-même avait lutté pendant plus de sept heures avec semblable poisson d'une demi-tonne. De tels monstres, capables d'une vitesse sous-marine de plus de quinze nœuds, hantaient autant les eaux de l'Atlantique que celles du Pacifique, avait-il précisé. Il avait néanmoins reconnu un grand mérite à l'œuvre de Melville en disant que Moby Dick était la créature marine qui symbolisait les mystères des abysses. Il avait admis que le cachalot géant faisait trois fois la longueur du *Pilar*, pouvait plonger à la verticale à dix mille pieds de profondeur, déplacer sa masse de soixante tonnes à plus de vingt milles à l'heure et frapper un navire de bonne taille avec la puissance explosive d'une tonne de T.N.T.

Il y avait aussi le courrier des lecteurs. *Le Vieil Homme et la Mer* avait engendré un massif d'épithètes élogieux. On avait aimé sa prose et davantage encore son personnage de Santiago, qui incarnait la noblesse de l'échec. On l'avait adopté tel un vieux sage.

En cet instant de grâce, il n'y avait rien pour altérer ses rêves. Et rien pour remettre en question la puissance du combat qu'il avait mené contre ses propres démons. Il se flattait d'avoir imposé Adriana à titre d'illustratrice de la couverture de l'édition originale. Un passage stylisé, une colline dénudée, quelques cabanes, trois barques de pêche, la mer bleue qui s'étendait à l'infini. L'évocation de Cojimar en quelques traits de couleur. Mary avait été hostile à l'égard de cette collaboration, mais outre cette rancœur, elle n'avait exercé aucunes représailles.

Hemingway finit par sommeiller. Des images se bousculaient dans sa tête. Il éprouva d'étranges sensations. Une impression bien nette d'errer au milieu d'une dévastation de lieux familiers. Il se réveilla en sursaut et se rendit compte qu'il avait à peine dormi dix minutes. Il pensa tout à coup aux requins. Il se rappela ce qu'il avait écrit à leur sujet : « Quand ces requins-là ont faim, ils vont jusqu'à mordre les rames ou le gouvernail des barques, à sectionner les pattes des tortues endormies à la surface, à attaquer l'homme... » C'est ainsi que sont les requins, se dit-il. Un requin n'est ni meilleur ni pire qu'un autre requin, et les hommes ne sont ni meilleurs ni pires que les requins… à la petite différence toutefois que les hommes tuent pour le pouvoir et le plaisir.

Il se leva et s'étira. Boise dormait toujours, il le garda blotti contre sa poitrine. Les autres chats se frottaient contre ses jambes. Il descendit les marches de la terrasse. Le chien Black l'y attendait en remuant joyeusement la queue. Le petit cortège se dirigea vers la piscine.

Mary s'était offert le bain matinal en solitaire. Dès son entrée dans l'eau déjà chaude, elle avait retiré son maillot de bain. Elle s'était imposé quelques longueurs de brasse puis s'était tournée sur le dos. Elle se laissait flotter, les bras en croix, le visage offert à la caresse du soleil.

Ce fut dans cette posture que la trouva Hemingway. De la voir ainsi, nue, le remua. Non pas qu'il n'eût jamais été séduit par la beauté franche de son visage et de son corps, mais force lui fut d'admettre qu'elle portait à merveille ses quarante-cinq ans. Ses seins et ses hanches étaient fermes, ses jambes, droites et finement musclées. Immobile, elle fredonnait un air familier, ce qui le fit sourire. Il ne doutait pas de l'attachement qu'il éprouvait pour Mary, quoiqu'il lui fît endurer mille tourments et lui gâchât bien des joies. Aujourd'hui, entre Mary et lui se dressaient deux obstacles : Adriana, sa muse italienne à peine sortie de l'adolescence, et Leopoldina, la reine des putes cubaines. Il savait qu'Adriana ne deviendrait jamais le jouet de ses caprices ; deux générations, une culture, des traditions et un océan les séparaient à jamais. Pour Leopoldina, quoique ayant pris goût au flux d'une irrésistible passion, Hemingway savait qu'entre eux se dressait l'incontournable réalité des préjugés.

Boise remuait dans ses bras. Il s'étirait langoureusement. Hemingway le caressa tout en murmurant doucement à son oreille. Le chat ronronna avant de sauter agilement sur le sol.

— Tu as quelque chose à me dire ? entendit-il.

Mary avait repris pied dans la piscine. Elle le regardait avec le plus grand sérieux.

— Pas vraiment, fit-il. Je m'amusais à regarder les reflets du soleil sur tes cheveux.

— Viens me rejoindre, dit-elle, tu les verras de plus près.

Il retira sa *guayabera* et entra dans la piscine en quelques pas mal assurés. Une fois dans l'eau, il balança son bermuda à bout de bras et s'accouda sur le rebord, face à la tour blanche.

— Je t'écoute, fit Mary en s'approchant.

Il nagea en cercle, se mouvant avec lenteur.

— On parle de Cuba à beaucoup d'endroits dans le monde, dit-il. T'imagines? Cojimar n'est plus un lieu abstrait… un point imaginaire sur une carte. Et Santiago… ! On se mettra à la recherche de Santiago… mon vieil homme !

Mary le regarda avec une lueur maligne dans les yeux.

— Et tout le monde voudra savoir si le vrai Santiago était un baiseur invétéré ou un salopard qui tripotait les petits garçons comme ton Manolin… tu crois pas ?

Hemingway l'agrippa par le bras.

— Dis-moi que tu blagues…

Elle haussa les épaules, se raidissant pour dégager son bras.

— Je joue au grand Hemingway, lâcha-t-elle avec ironie. Pourquoi m'avoir si parfaitement ignorée ? poursuivit-elle, sérieuse.

Ils se dévisagèrent. Bravade dans l'œil de Mary, méfiance de la part de Hemingway.

— Une belle journée s'annonce, murmura-t-il. Pas le moindre nuage pour troubler l'éclat du soleil…

Il se pencha vers elle.

— Kitty ! Kitty ! Cela fait des mois… des années que j'use mes forces… et oui… les tiennes aussi ! Pourquoi ne pas simplement ouvrir les grilles de la Finca à un moment de bonheur.

— Pas tant que tu ne me répondras pas, fit-elle avec froideur.

Hemingway s'immergea, refit surface aussitôt et se frotta vigoureusement le visage.

— Finissons-en, réagit-il. Qu'est-ce que tu veux savoir ?

— Je sais que le *Pilar* n'est pas en cale sèche, énonça-t-elle d'un ton cassant. Où est-il ?

— Tu as raison, il n'est pas en cale sèche, répondit Hemingway avec gravité. Mais je ne peux pas te dire où il est parce que je n'ai aucun contact avec le pilote. Considère donc qu'il est en mission secrète…

— Et qui a ordonné cette mission ?

— Je te répète que tout ça est secret…

— Tu crois vraiment qu'il peut y avoir des secrets à Cuba ? fit-elle en lui lançant un regard ironique.

— Qu'est-ce que tu veux savoir d'autre ? demanda-t-il en ignorant la remarque.

— Tu avais promis de me dédier *Le Vieil Homme et la Mer*… Tu m'avais dit que nul ne s'était voué corps et âme à te soutenir plus que je ne l'avais fait…

Les yeux de Mary se remplissaient de larmes.

— Tu m'avais dit que je t'avais donné ce souffle qui t'avait si cruellement fait défaut… et voilà que sans une explication… sans même un mot… tu dédies le livre à Charles Scribner… le même Scribner qui n'avait pas hésité à te mettre aux enchères pour trois fois rien après ton dernier roman. Fais-tu donc partie de cette race de ventres pleins dont la raison est à ce point cruelle qu'elle en vienne à ignorer la valeur d'une parole donnée ?

— Tu as raison, avoua-t-il, mais comment pouvais-je jeter la pierre à Scribner ? Cet éditeur a passé sa vie à faire de la mienne autre chose qu'une merde… il a honoré le nom de Hemingway, et même s'il avait préparé mon oraison funèbre avant l'heure, il a tout fait pour me ressusciter…

— Et qu'est-ce que tu crois que j'ai fait ? s'écria-t-elle en se frappant la poitrine avec une rage à peine contenue. Je t'ai non seulement ressuscité… mais je t'ai enduré… j'ai subi chaque instant de cette descente aux enfers que tu as toi-même provoquée…

Elle parlait en échappant des sanglots. Hemingway voulut l'étreindre, mais elle se déroba.

— Je te demande pardon, murmura-t-il, mais... Scribner est mort, lui ! Il est définitivement parti... il n'a rien partagé de ce succès... mort... déjà oublié ! C'était la seule façon honorable que j'ai trouvée pour lui rendre hommage. Si c'est ça que tu me reproches, alors je veux bien être un enfant de pute pour l'avoir fait !

Il fit une nouvelle tentative pour la prendre dans ses bras. Elle recula instinctivement. Il vit son regard hostile à travers les larmes.

— Tu n'as pourtant pas hésité pour Gellhorn, s'obstina-t-elle.

— Quoi, Gellhorn ? Qu'est-ce qu'elle a à voir dans ça ? fit-il avec stupéfaction.

— C'est à elle que tu as dédié *Pour qui sonne le glas*, dit-elle. À elle... pas à ton éditeur... ni à personne d'autre... à elle ! Qu'avait-elle donc fait pour mériter une telle vénération ? Qu'avait-elle de plus que moi ?

Hemingway resta silencieux.

— C'était pour son cul ! Avoue que c'était pour son cul ! gronda-t-elle.

— Pour avoir un cul, elle avait tout un cul, répondit Hemingway avec un calme déconcertant. Et elle savait s'en servir comme personne. Mais non, Kitty, ce n'était pas pour la baise. Elle était là, en Espagne, sous les bombes... elle était là, à tenir la main d'une femme... d'un enfant... qui allait autrement mourir seul... elle était là au moment où d'autres ne songeaient qu'à fuir...

Il s'interrompit, livide. Kitty connaissait bien cette expression, ce regard féroce. L'instant où les pulsions incontrôlables prenaient le dessus, l'aveuglaient, le rendaient violent.

— Señor Papa...

C'était la voix de Villarreal.

— Le téléphone, señor Papa...

— Je ne suis là pour personne, René, trancha Hemingway.

— Le señor dit que c'est *muy importante*, insista le majordome.

— Qu'il aille se faire foutre ! murmura Hemingway qui se ravisa aussitôt : quel señor ?

— Matthews... señor Herbert Matthews.

En entendant le nom, Hemingway sortit de la piscine, enfila son bermuda mouillé et sa *guayabera* à la hâte et se dirigea du meilleur pas qu'il put vers la villa. Il se retourna brusquement et lança :

— Je suis peut-être une ordure, Kitty, mais je n'avais pas oublié ton anniversaire.

Mary tressaillit, stupéfaite. Elle voulut lui crier « Va te faire foutre, Hemingway » mais en fut incapable. Elle implora quelque force invisible de lui donner le courage d'endurer cet homme de toutes les illusions.

— Je t'envoie le chauffeur, et tu viens à la Finca, lança Hemingway, fébrile.

Il entendit l'autre soupirer dans l'acoustique.

— Je suis en mission commandée, Hem, je préfère pas... tu sais que la question d'apparence est règle d'or pour le *Times*...

Hemingway s'impatienta.

— Ça fait quoi ? dix ans... douze même ? fit-il en tordant le fil du téléphone. On n'en a rien à foutre des apparences...

Nouveau soupir. Hemingway sentit Matthews mal à l'aise.

— Très bien, poursuivit-il, contrarié, t'es où ?

— Au *Sévilla*... tu connais ?

— Qu'est-ce que tu crois ? C'est comme si je l'avais construit... Rendez-vous au bar à midi.

Lorsque Mary revint à la villa, Hemingway avait quitté les lieux. Villarreal l'informa que señor Papa était en route pour La Havane.

Vers le milieu de l'après-midi, un camion-remorque se présenta à la Finca Vigía. Une fois la rampe installée, on sortit la marchandise : une Plymouth Cranbrook décapotable de couleur jaune vif, munie de pneus à flancs blancs, avec l'intérieur de cuir noir, tableau de bord en acajou, radio du dernier cri.

Le livreur la salua et lui remit une enveloppe. Elle contenait deux clés et une carte imprimée à son nom, sous lequel elle lut : « Joyeux anniversaire, Kitty ! » Elle reconnut la calligraphie élégante de Hemingway. Il y avait un autre texte au dos : « Pensons au bleu profond du Gulf Stream, pensons alors à Cuba qui a été créée pour les Cubains et pour nous. »

Mary était bouleversée. Elle fondit en larmes.

28

Chaque fois qu'il remettait les pieds au *Sevilla,* Hemingway avait le sentiment de trahir un peu le *Ambos Mundos,* même si nul ne savait qu'il s'y était cloîtré pendant plusieurs semaines, en 1939, pour y écrire une bonne partie du roman *Pour qui sonne le glas.* La même année où Don Amleto Battisti Lora, un homme d'affaires uruguayen d'origine italienne, avait acquis l'hôtel. On soupçonnait sa proximité avec la City Bank Trust Company de Habana, et il ne cachait pas ses relations avec Fulgencio Batista et les parrains de la mafia italo-américaine Lucky Luciano, Santos Trafficante et, plus tard, Meyer Lansky. Rien de surprenant que le *Sevilla* eût connu une parfois triste célébrité. Il était devenu rapidement l'endroit le plus branché de La Havane, avec son Chinese Room, l'endroit propice pour des affaires occultes, et son Roof Garden, le paradis des soirées mondaines et des rencontres de stars.

Le *Sevilla* occupait l'équivalent d'un pâté de maisons et donnait directement sur Paseo de Prado, ce qui en faisait l'unique hôtel à bénéficier d'un accès direct à la mythique avenue de La Havane. On pouvait aussi accéder à l'hôtel par les rues Trocadero et Zulueta. Joyau de l'architecture mauresque, ses façades hautes de dix étages, ses balcons et son hall d'entrée avaient été conçus en parfaite harmonie avec le style mudéjar : colonnes de forme orientale, plafond à caissons, stucs, fresques, entrelacs, jusqu'à la niche ornée d'arabesques et d'azulejos qui abritait la célèbre statue d'une déesse nue. Un décor familier pour Hemingway, puisqu'il lui rappelait les grands ouvrages d'influence arabe qu'il avait tant admirés à Cordoue, Séville, Tolède, Grenade, Valence, Malaga, sans parler des arènes de tauromachie qui émaillaient toute l'Espagne.

Il n'eut pas de peine à reconnaître Herbert Matthews. Il n'avait presque pas changé au fil des ans, sauf pour une chevelure plus clairsemée. Élancé, presque maigre, il avait la même allure timide qu'au jour de leur première rencontre. C'était en 1938, à l'hôtel *Florida* de Madrid, plutôt dans la partie de l'hôtel qui n'avait pas été touchée par les bombardements de l'armée franquiste. Très vite Hemingway s'était lié de sympathie avec ce correspondant du *New York Times*. Il ne lui avait fallu que quelques jours pour découvrir le génie que cachait obstinément cet homme aux traits ascétiques qu'il comparait volontiers à un certain Sherlock Holmes, surtout lorsqu'il fumait son inséparable pipe. Chaque fois qu'il le taquinait au sujet de son souci maniaque des détails, il répondait, pince-sans-rire, qu'il était payé pour dire la vérité à un million de lecteurs chaque jour et qu'il ne disposait que de deux yeux, de deux oreilles et d'un cerveau dont il connaissait malheureusement les limites. Ce n'est qu'au bout de plusieurs mois, au moment de la bataille de l'Èbre, qu'il avait appris que Matthews avait un diplôme de Columbia, qu'il se débrouillait passablement en français, en italien et en espagnol, et qu'il avait été le témoin de l'invasion italienne de l'Abyssinie en 1935 à titre de correspondant du grand quotidien new-yorkais.

— Après toutes ces années, voilà qu'enfin se pointe le grand Herbert Matthews ou alors son fantôme, s'exclama Hemingway en serrant avec effusion la main du journaliste.

Matthews sourit timidement.

— Treize ans et quelques jours, fit-il en émettant un petit gloussement.

Ils s'assirent au bar, leurs regards pleins de réminiscences du passé portés l'un sur l'autre.

— T'as pas mis une once de viande sur ta carcasse, blagua Hemingway.

— Toi t'as un peu plus de poils blancs au visage, rétorqua Matthews.

Hemingway passa une main sur le veston de laine cardée que portait le journaliste. Il eut un rire sonore.

— On t'a dit qu'à Cuba, il n'y avait que deux climats ? Chaud et très chaud… avec ça tu risques de suer un bon coup avant même de faire cent pas.

Il se rappelait que Matthews portait ce type de veste en toutes circonstances, qu'il se coiffait d'un béret de berger basque et qu'il traînait constamment des jumelles, un appareil photographique et plusieurs stylographes et crayons à mine de plomb en plus de son carnet de notes.

— On finit par s'habituer à nos manies, répondit-il avec finesse.

— Alors je te conseille la meilleure manie qui soit… le *Hemingway special*, que t'avaleras cul sec en te rappelant que l'abus n'exclut pas l'usage !

Ils burent ainsi à l'Espagne, aux copains disparus, aux retrouvailles. Puis à tous les cortèges de joies et de misères qu'ils avaient vu défiler. Finalement aux guerres dont ils avaient été les témoins et qu'ils avaient décrites en n'épargnant aucune horreur.

— J'ai appris que tu t'étais remarié, fit Matthews.

— Ouais… ici même, à La Havane… Mary Welsh… quatrième et dernière, c'est une promesse, répondit Hemingway. La prochaine fois, je prendrai la fuite !

— Je lève mon verre… enfin, ce qui en reste, à ton mariage, énonça sentencieusement Matthews.

Hemingway se contenta de pousser un profond soupir. Matthews bourra sa pipe, tira de longues bouffées qu'il rejeta vers le plafond.

— T'as revu Gellhorn ? lui demanda Hemingway à brûle-pourpoint.

— Une fois, en 47, répondit Matthews. Elle m'a parlé de toi, de vous deux, des regrets… Elle m'a dit qu'elle ne pourrait jamais être au service de deux passions en même temps…

— Surtout qu'elle était d'abord au service d'elle-même, l'interrompit Hemingway avec cynisme.

— Parce qu'elle avait toujours rendez-vous avec une guerre au sujet de laquelle elle devait rendre témoignage me disait-elle, précisa Matthews. Je crois savoir qu'elle s'est rendue en Israël et qu'elle est probablement en Indochine… toujours en contact avec sa bonne amie Eleanor Roosevelt…

— Ouais… grand bien lui fasse, dit Hemingway, en cachant son dépit. Si tu me parlais de cette fameuse mission commandée ?

Matthews sembla hésiter. Il ralluma sa pipe et regarda autour de lui. Hemingway ricana.

— T'en fais pas, ici les murs n'ont ni yeux ni oreilles…

Matthews ne perdit pas son regard inquisiteur.

— Le *Times* m'envoie rendre compte de la situation politique à Cuba, finit-il par dire.

— Vous avez votre correspondante sur place, s'étonna Hemingway. Ruby Phillips fait partie du décor depuis vingt ans… J'en sais quelque chose… elle fourre son nez partout…

— Justement, Hem, fit Matthews, le *Times* se pose des questions à son sujet…

— Et ça veut dire ?

— Qu'elle passe trop de temps dans l'entourage du président Batista et pas assez à faire son véritable boulot, précisa Matthews. Tu comprends maintenant pourquoi je dois absolument sauver les apparences ?

— Cuba, c'est pas les États-Unis, Herb, observa Hemingway avec une pointe de malice. Ici, on se fout carrément des apparences.

— Le *Times*, c'est ni Cuba ni les États-Unis, s'obstina Matthews, c'est la recherche de la vérité.

Hemingway pivota sur le tabouret et fixa Matthews avec un regard mêlant tendresse et nostalgie.

— T'es le dernier d'une race en voie d'extinction, Herb, murmura-t-il, et je te déclare pleinement coupable d'honnêteté jusqu'à preuve du contraire !

Il voulut trinquer. Matthews repoussa le verre plein.

— J'ai assez bu…

Hemingway vida le sien.

— Et même si Phillips baisait avec Batista, qu'est-ce que t'en as à foutre ? fit-il d'une voix étouffée.

Matthews lui lança un regard perplexe.

— Tu le crois vraiment ?

Hemingway regrettait d'avoir trop parlé.

— Le romancier te répond qu'il est toujours possible d'utiliser une rumeur et de la rapporter comme un fait, fit-il après un instant de réflexion. Le journaliste avoue qu'il n'a aucune preuve, mais qu'il suggère quelques bonnes raisons.

— Si tu m'en nommais deux ?

Ce fut au tour de Hemingway de regarder autour de lui. Des regards étaient posés sur lui, mais il devinait la curiosité. Ses lèvres s'entrouvrirent, et il fut sur le point de répondre mais se ravisa.

— Donc les murs ont des oreilles, fit Matthews.

— Tu te souviens ce qu'on nous disait en Espagne ? dit Hemingway à voix basse. Il y a des cadavres cloués sur les murs… c'est ça qu'on disait.

— Et à Cuba ?

Hemingway fit un effort.

— Une épaisse couche de vernis… une économie orchestrée par la Maison-Blanche… une puissance coloniale remplacée par un rouleau compresseur impérialiste… un président qui découpe les terres de Cuba à la tronçonneuse pour les revendre au centuple de leur valeur… deux règles cardinales : le silence et le fric.

Matthews sortit son calepin de notes de la poche intérieure de son veston.

— Ça pèse lourd ce que tu viens d'affirmer, fit-il.

Hemingway plaqua une main sur le calepin.

— C'est comme aux douanes, lâcha-t-il avec conviction, officiellement, je n'ai rien à déclarer.

485

— Mais…

— Il n'y a pas de mais, Herb, insista Hemingway, il n'y a rien. Nous ne sommes plus en Espagne… ni en chasse de nazis… tout ça n'est plus qu'une vallée de cendres.

Matthews afficha la déception.

— Je sais ce que tu penses, Herb, poursuivit-il. Tu penses que j'ai tout balancé… que bâillon et profil bas valent mieux pour ma santé et mes passions cubaines que tout ce qui gronde et rugit…

Il remplit de rhum son verre, le leva à la hauteur de ses yeux, puis en prit une gorgée qu'il roula dans sa bouche avant de l'avaler.

— Trois guerres, Herb, trois divorces, une tension artérielle qui m'obsède, une condition cardiaque qui me rappelle que le temps presse… et l'alcool qui me tue à petit feu. Je me suis assigné à la réclusion et m'accorde le privilège d'être à bout d'arguments… ce que tu as entendu au sujet de Cuba n'était rien… Cuba est Cuba… une île à la dérive au milieu du grand fleuve bleu, c'est tout !

— Si on passait à table ? suggéra Matthews.

Ils apprécièrent la fraîcheur de la grande salle à manger. Hemingway retrouva avec plaisir les tables recouvertes de jolies nappes brodées et la cuisine mitonnée par deux chefs réputés : langouste à la plancha, brochettes de poulet aux légumes, *parillada* de poisson, bananes plantains frites, ainsi que les meilleurs vins d'Italie et d'Espagne. Un pianiste enchaînait de vieux airs qu'il entrecoupait de rythmes plus enlevés du répertoire cubain.

— Je vais faire une interview avec Batista, laissa tomber Matthews.

Hemingway ne broncha pas.

— Tu sais qu'il a fait deux fois la une du magazine *Time*, sans compter les autres publications américaines qui lui ont déroulé le tapis rouge, poursuivit Matthews. Au *New York Times*, on lui a consacré cent quinze articles en dix ans, et je n'ai pas compté ceux du *Washington Post* et du *Miami Herald*…

Hemingway se contenta d'une grimace.

— Si tu continues, je vais être jaloux…

Matthews le regarda et répéta avec une lenteur délibérée :

— Une interview en bonne et due forme, Hem, tu comprends ce que je dis ?

— T'es Herbert Matthews du *New York Times*… les portes du palais présidentiel s'ouvrent toutes grandes à toi. Batista va débiter sa profession de foi, et tu vas quitter les lieux avec une médaille au cou, fit Hemingway avec une pointe de cynisme.

— Le problème, c'est que Ruby Phillips va être de la partie… une exigence de Batista, ajouta Matthews, troublé.

Hemingway bredouilla quelques insultes suivies aussitôt de mots d'excuse.

— J'ai besoin que tu me parles de Cuba, Hem… que tu me dises le fond de ta pensée, le pressa Matthews avec un ton de supplique. Je sais très bien que Batista va me rouler dans la farine et que Phillips ne fera rien pour l'en empêcher. Allez, Hem, je te demande seulement de mettre les pendules à l'heure au sujet de Cuba… Je te demande d'être cet homme que j'ai connu et admiré en Espagne… et je ne te croirais pas si tu me disais que tu as tout effacé du bagarreur au fond de toi !

Hemingway eut un regard étonné. Jusqu'à cet instant, il s'était raccroché au seul combat de son écriture, au mérite de sa dernière œuvre. Il s'était habitué à cette solitude. Mais il avait beau chasser les fantômes, ceux-ci revenaient sans cesse le hanter, tant pour le ramener dans le passé que pour l'entraîner au-delà du présent.

— D'accord, fit-il gravement. Mais ce ne sera pas une interview… mon nom devra rester secret. Ce que je dirai, tu devras en modifier les tournures et ne jamais en faire des citations. Ce qui veut dire que tu ne m'as jamais rencontré…

Il but d'un trait la coupe de vin qui accompagnait son repas.

— Tu m'as bien entendu, Herb ? Je fais appel à notre amitié… et à ta judicieuse sagesse…

Matthews approuva d'un hochement de tête.

— Je prends ça pour un oui, reprit Hemingway, et je te rappelle que tu m'en dois une !

Matthews se souvenait de cet événement qui s'était passé en novembre 1938 alors que la bataille de l'Èbre battait son plein. Les républicains perdaient pied, les ponts qui enjambaient cette rivière avaient tous été détruits, la corde qui servait à haler la barque d'une rive à l'autre pour l'empêcher de sombrer dans les rapides à proximité s'était rompue. Hemingway s'était aussitôt emparé des rames et avait, seul, en déployant une force inouïe, amené la barque en lieu sûr. Ce jour-là, il avait sauvé trois vies, dont la sienne assurément. Matthews avait abandonné son regard inquisiteur.

— Tu te souviens de la première chose que tu as dite lorsque nous avons pris pied sur la rive ? demanda-t-il.

Hemingway eut un petit rire narquois.

— Comme si c'était hier... que j'avais finalement trouvé la bonne raison pour larguer l'Église catholique, parce qu'elle n'était d'aucun secours une fois pris dans la merde jusqu'au cou...

— Miséricorde, reprit Matthews en riant franchement, ça c'était pour la galerie ! Non... je parlais de ce que tu as dit lorsque la barque a filé dans le courant et qu'elle s'est brisée en morceaux dans les rapides...

Les yeux de Hemingway s'embuèrent aussitôt.

— « Nous luttons barques à contre-courant, refoulés sans fin vers notre passé... », murmura-t-il. Les derniers mots du roman de Fitzgerald... ce connard angoissé... ce putain d'alcoolo... ce...

Sa voix tremblait.

— Ce... ce génie qui ignorait qu'il avait écrit le meilleur roman américain de l'époque. Si par malheur Dieu existe... qu'il damne tous ceux qui l'ont traité de clown de son vivant...

Ils levèrent leurs verres à la mémoire de Scott Fitzgerald et à son *Gatsby le Magnifique*.

— Alors... pour Cuba ?

Il y eut d'abord un silence. Hemingway hésitait. Il tripota la bouteille de vin, puis il remplit lentement les deux coupes et prit une profonde inspiration.

— En 39, j'avais envoyé une dépêche à la *Pravda* qui m'avait valu d'être soupçonné de communiste par un certain trou du cul du FBI... j'avais osé écrire que les fascistes assassinaient pour détruire le moral du peuple espagnol et pour tester les armements d'une guerre prochaine pour le compte des nazis... Tu t'en souviens peut-être...

— De ça et de bien d'autres textes, répondit Matthews. Mais quel rapport avec Cuba ?

Hemingway sirota une nouvelle gorgée de vin.

— Rien n'a changé, reprit Hemingway, qu'il s'agisse d'une île ou d'un continent. On commence par jouer au sauveur, on arrache des fils à leurs mères pour le salut d'une nation... des jeunes qui n'ont pas encore baisé et qui ne savent pas faire la différence entre rêve et réalité... on dissimule les véritables ambitions, on balaie l'histoire, on enterre le passé, on achète les politiciens, on travestit les présidents, on infiltre le pouvoir, on impose les règles d'un capitalisme sauvage, on dépouille le peuple. C'est ainsi que les choses se sont passées, se passent et se passeront ici comme ailleurs. Cuba est ce fruit mûr qui tombe inexorablement au pied de l'arbre que les États-Unis ont planté grâce à l'amendement Platt en 1902. Ce que tu vois autour de toi, ce que tu entendras de la bouche de Batista est l'affaire de la perversité naturelle de la race humaine... la règle d'or étant : au plus fort la récolte de tous les trésors.

Matthews réprima difficilement son impatience.

— Tu parles en paraboles, Hem... et ce que tu dis annonce le procès d'intention. À t'entendre, les États-Unis sont carrément au banc des accusés...

— Ils le sont, s'emporta Hemingway.

— Alors, des faits, dit Matthews, laconique.

Hemingway se doutait bien que Matthews, en bon journaliste, l'éprouverait au-delà de leur amitié.

— Il faut vraiment que je sois un fils de pute pour jouer à ce jeu, grommela-t-il sombrement.

Puis, changeant brusquement d'attitude, il planta ses yeux dans ceux de Matthews et lança avec un air de défi :

— Très bien, Herb, je vais vider mon sac… mais sache que ce que tu entendras sortira de la bouche d'un fantôme… pas de celui qui est assis en face de toi…

Matthews approuva de la tête.

— Notre pays, Herb, a fait main basse sur tout ce qui s'étend au sud de ses frontières… un jeu qu'il a commencé il y a plus de cinquante ans. Il s'est emparé des économies d'une quinzaine de pays d'Amérique centrale et d'Amérique du Sud… il l'a fait de la même façon que Jesse James lorsqu'il vidait les banques à l'époque du Far West ! Ce qui se passe à Cuba se passe également au Guatemala, au Honduras, au Panama, au Salvador, au Nicaragua, en Bolivie, au Pérou, au Venezuela, en République dominicaine. Notre gouvernement prend les ressources naturelles de ces pays, impose les règles de production et d'exportation, corrompt les services publics, prend le contrôle des élections et le monopole des communications. Qui contrôle le pétrole mexicain ? La Standard Oil. Le cuivre chilien ? Kenecott. Le cuivre péruvien ? La Cerro Pasco Corporation. La production bananière de tout le littoral atlantique ? La United Fruit. Et qui sont les patrons de la United ? Les mêmes que ceux qui dirigent la CIA et le Secrétariat d'État américain. Les réseaux de voirie, les voies ferroviaires, les installations portuaires ? La United Fruit s'en occupe. Les communications téléphoniques ? La International Telephone and Telegram s'en occupe. Une recette gagnante : monopole et dictature. Un chef d'orchestre : la CIA. C'est elle qui infiltre, corrompt, commande les assassinats des élites traditionnelles, instaure la délation, arme les coups d'État, décapite les syndicats, musèle la presse. La CIA détient les plus vastes pouvoirs qu'on puisse imaginer… bien sûr avec la bénédiction de la Maison-Blanche, du Congrès, du Sénat et du Pentagone… mais ça, tu le sais déjà, pas vrai, Herb ?

Matthews était perplexe. Il hésitait entre le verre de vin et sa pipe. Il savait très bien qu'Allen Dulles, le grand patron de la CIA, entretenait d'étroits contacts avec les patrons du *New York Times* et du *Washington Post*, et qu'il se permettait, au besoin, d'orienter le contenu de certains articles sensibles, tel un maître subtil du jeu de la propagande.

— Tu le sais, pas vrai, Herb ? répéta Hemingway.

— La CIA n'est pas ma tasse de thé, murmura le journaliste, sans conviction.

— Tu crois peut-être que c'est la mienne ? rétorqua Hemingway. Mais voilà que t'es là et que tu me braques le miroir de la vérité en plein visage… et je n'aime pas ce que j'y vois…

Les deux hommes eurent le même geste. Ils burent tous les deux en silence. Ils revirent tous les deux des images d'Espagne ; des images d'horreur, des images de femmes et d'enfants qui mouraient sans savoir pourquoi, sans croyances ou espoirs. Des images d'un pays divisé sur lui-même et dont chaque part réclamait que l'autre s'effondre, s'éteigne, disparaisse. Un théâtre sadique dont le spectacle, sans cesse rejoué, avait trop duré.

— Qu'est-ce que tu y vois d'autres ? demanda Matthews.

— Le reflet de quelqu'un qui a gâché l'essentiel de sa vie, reprit Hemingway. La sale impression d'avoir raté tout ce qui n'était pas lié à l'écriture…

Hemingway repoussa son assiette dont il avait à peine entamé le contenu. Ses mâchoires serrées trahissaient un inconfort mêlé d'une part d'angoisse. Il s'étira le cou, roula ses épaules, pour atténuer les raideurs qui irradiaient dans ses jambes, son dos.

— Je vais te dire quelque chose, amorça-t-il sombrement. Il y a quelques années, j'ai voulu faire la leçon à un secrétaire de l'ambassade américaine et je lui ai lancé à la figure cette courte phrase de T.E. Lawrence disant « qu'il se battait pour sa cause, sur son propre fumier ». Je l'avais fait mienne. J'ai toujours admiré ce rat du désert et j'ai probablement lu cinq ou six fois ses *Sept piliers de la sagesse*... un truc qui fait presque mille pages... Et tu sais quoi ? Vingt ans plus tard, je réalise que la seule sagesse qui se trouve dans ce bouquin est une admission qu'a faite l'auteur et qui se résume à ceci : « On n'y trouve ni leçons pour le monde, ni révélations qui blessent des communautés... » Il disait que tout ce qui semblait inévitable devenait à la longue sans importance. C'est ce que je crois aujourd'hui... Je crois qu'au début, il existe des motifs nobles qui font agir, mais que rapidement ces motifs se traduisent en ambitions historiques. Je crois qu'au fond de nous, ce qui nourrit la racine profonde de toutes nos actions, c'est le désir d'être vainqueur à tout prix. De qui, de quoi ? On s'en fout ! Et je crois que le plus puissant motif de l'être humain, parce que totalement personnel, est un motif qui promet un pouvoir arbitraire... et forcément abusif. Voilà pour la brève histoire du monde et celle de Cuba... !

Matthews avait sorti son calepin et griffonna quelques notes. De temps à autre, il levait machinalement les yeux. Hemingway buvait, le regard absent, l'allure d'un homme fatigué qui n'avait plus d'illusions, qui ne croyait plus à rien. Il s'accrochait à Cuba parce qu'il n'avait nul autre endroit pour aller y mourir. Et surtout parce qu'il n'avait plus la force de quitter cette île.

Matthews se remit à noter, rapidement, ainsi qu'il avait appris à le faire terré dans quelque tranchée de fortune en Espagne. Des mots au sujet d'hommes et de femmes en chair et en os. Des mots sur Cuba d'hier et Cuba de demain. Une allusion à un palais de marbre et à une vaste prison qui retenait tout un peuple sans que quiconque prît jamais conscience de l'individu. En marge, il écrivit : CIA, FBI, mafia, trafic d'armes. Les mêmes motifs, les mêmes techniques, le même appareil d'État corrompu pour imposer un pouvoir absolu, nota-t-il encore. Puis un dernier commentaire : personne pour forcer les grilles de la prison, rompre les chaînes, dénouer la corde d'un gibet, enrayer les fusils d'un peloton d'exécution. À Cuba, il n'y avait aucun camp de concentration, parce que Cuba était, à la grandeur de l'île, un tel camp… avec ou sans Guantánamo.

— Toujours le même tâcheron, entendit-il de la part de Hemingway. Tu ressembles à un de ces prêtres basques qui priait toujours pour toutes ces âmes chargées de péchés, mais qui n'hésitait jamais à pointer un fusil sur un fasciste le moment venu… il ne manque que ton foutu béret !

Matthews avait déposé le crayon pour allumer sa pipe.

— Je fais juste mon boulot, Hem…

— Phillips a-t-elle un pouvoir de censure ?

— Non, répondit Matthews sèchement. Personne ne viendra censurer un de mes textes.

— On te permet combien de mots ?

— Mille cinq cents pour l'entrevue avec Batista plus photo… et cinq cents pour le climat social et politique.

— Juste assez pour donner une bonne conscience au *Times*, opina Hemingway.

Matthews grimaça un sourire.

— Juste assez pour ne pas contrevenir au Premier Amendement de notre Constitution, répondit-il.

Il semblait que tout avait été dit. Sur un signe de Matthews, le serveur vint lui remettre l'addition. Hemingway la lui prit aussitôt des mains. Matthews insista.

— Ce serait mal élevé de ma part, fit Hemingway d'un air narquois. Ici c'est chez moi jusqu'à nouvel ordre.

Il bredouilla quelques mots au serveur en espagnol. Le garçon hocha la tête et se retira avec un sourire et un regard timide après que Hemingway lui eut glissé plusieurs pesos dans la main.

— C'est ça, Cuba ! railla Hemingway.

Matthews ne trouva rien à répondre. Ce fut Hemingway qui en rajouta :

— Une pute, Herb, Cuba est la pute personnelle des États-Unis… Elle se couche là où on lui dit de se coucher, elle baise avec qui et quand on lui dit de le faire… ça dure depuis cinquante ans et ça risque pas de s'arrêter… Savais-tu qu'il y a autant de putes à La Havane qu'il y a de rouleurs de cigares dans l'île ? Savais-tu qu'il ne se passe pas une semaine sans que des pontes de Washington, sénateur, membre du Congrès, gouverneur ou encore star de Hollywood ne viennent profiter des ondes chaleureuses du grand harem ? Savais-tu que le bureau de Hoover déborde de filières secrètes sur toutes les nuits heureuses passées entre les jambes de la plus belle putain du monde ? Tu devrais en parler à Batista… en fait, c'est pour quand cette interview avec El Hombre ?

— Demain… à dix heures.

Hemingway eut une moue dédaigneuse. Il prit Matthews par le bras et l'entraîna vers le hall. Près de la sortie, il dévisagea le journaliste.

— Ce qui reste de ma vie est ici, Herb, laissa-t-il tomber. Ailleurs, je perdrais pied.

— J'ai compris ça, répondit Matthews en lui serrant la main.

Il hésita puis ajouta :

— Roy Cohn… le nom te dit quelque chose ?

— Qu'est-ce qu'il a à voir avec Cuba ? rétorqua Hemingway.

— Tu le connais ? le relança Matthews.

— L'âme damnée de ce chasseur de communistes de McCarthy… le procureur qui a fait condamner les Rosenberg à la friteuse… qui ne connaît pas ce nom ? fit Hemingway, méprisant. Quel est le rapport ?

Matthews lui mit la main familièrement sur l'épaule.

— Le Roy Cohn en question s'intéresse à toi, Hem, expliqua le journaliste, l'air soucieux.

Hemingway tressaillit, mais feignit l'indifférence.

— Et après ? Qu'il aille au diable ! Ce ne sera qu'un enculeur de plus à la solde de Hoover !

— Il est de la race des puissants, répondit Matthews sur le ton d'une mise en garde. Mais comme je t'en dois une, je te file une primeur… c'est au sujet de ton *Vieil Homme et la Mer*…

Il avait changé de ton.

— C'est toi qui as déjà écrit que le soleil se levait chaque jour, enchaîna-t-il, et c'est particulièrement vrai en ce qui te concerne…

Hemingway le regardait, perplexe.

— T'es le lauréat du prix Pulitzer, Hem… un choix unanime. Ton *Vieil Homme* part à la conquête du monde.

Hemingway ne put cacher son désarroi. Il bégaya, balbutia.

— Si c'est une mauvaise blague… merde, Herb… comment as-tu… ?

— C'est ça le *New York Times*, mon vieux, fit Matthews d'un air triomphant, mes sources sont infaillibles.

Hemingway bredouilla encore, la gorge sèche. Il était confus, mais surtout ému.

— Quand dois-tu repartir ? murmura-t-il.

— Demain, en soirée, par le dernier avion pour Miami, répondit Matthews.

— Nous nous reverrons, j'espère ?

— En frères d'armes, j'espère.

Sur le chemin du retour, les paroles de Matthews eurent l'effet d'une mélodie qui le berçait doucement. Le destin lui restituait enfin ce dont il avait été si injustement privé en 1941 : le prix Pulitzer. On avait alors occulté son immense drame de guerre *Pour qui sonne le glas* par une magouille politique, voilà qu'on récompensait l'histoire d'un modeste pêcheur de Cuba luttant en solitaire contre un énorme poisson jailli des abysses.

Hemingway s'était assoupi sur la banquette arrière de la Buick. Il rêvait aux collines de Toscane, à la charge des taureaux dans les arènes d'Espagne. Comme son Santiago, il se sentait atteint par l'humidité. Comme lui, il rêvait aux vertes collines d'Afrique et aux lions qui humaient la brise de terre.

Lorsqu'il se réveilla, la Finca Vigía était en vue. Il savait maintenant ce qu'il dirait à Mary : « Je veux que tu connaisses cet empire des sens qui a donné naissance à l'humanité… je t'emmène en Afrique ! »

29

— Bonjour Fred, désolé de cette convocation assez brutale…

L'ambassadeur Beaulac souriait aimablement à son premier secrétaire, mais F.C. Fornes n'était pas dupe. Une convocation à une heure aussi matinale signifiait forcément une urgence.

— Un problème, monsieur ?

— Vous avez lu au sujet d'Ernest Hemingway ?

— Le prix Pulitzer ?

Beaulac hocha la tête.

— C'est Edgar Hoover qui va être content, dit-il avec une pointe d'ironie.

— On dit que lorsqu'un écrivain obtient le Pulitzer, il est destiné au prix Nobel, fit Fornes, et lorsqu'il obtient ce prix, il devient un prophète… enfin… j'ai lu ça quelque part…

Beaulac toussota.

— Comme vous dites… mais ce n'est pas l'objet de cette convocation… le fait est que Washington demande un rapport immédiat sur une crise qui n'a pas encore éclaté.

Fred Fornes remarqua que Beaulac était d'une pâleur inhabituelle. En dépit de la fraîcheur qui régnait dans le bureau, de petites gouttes de sueur perlaient sur son front. L'ambassadeur exhiba des journaux et deux documents annotés. Il les déposa un à un devant le premier secrétaire, qui, en voyant les titres, fronça les sourcils.

— L'encre n'est pas encore sèche, commenta Beaulac.

Fornes parcourut rapidement les articles. L'un d'eux, publié dans le journal *Tiempo*, propriété de Rolando Masferrer, sénateur et homme de main de Batista, rapportait qu'un pacte d'invasion de Cuba avait été signé à l'hôtel *Ritz Carlton* de Montréal, au Canada, par l'ancien président Carlos Prío Socarrás et Millo Ochoa, un des dirigeants du Parti orthodoxe. L'invasion serait menée par quelques milliers de mercenaires, appuyés par une vingtaine d'avions de combat. Des équipes de sabotage devaient faire sauter tous les ponts de La Havane, empêchant ainsi les chars d'assaut M-8 et la batterie mobile de canons de calibre 75 mm de Camp Columbia d'entrer en action. Le journal *Alerta* faisait allusion à un document secret, *Invasion du pays XXVI: Cuba*, selon lequel l'invasion devait se réaliser sous le commandement de la Légion des Caraïbes, dont le quartier général se trouvait quelque part au Mexique. Quant au journal *Visión*, une publication en langue espagnole ayant pignon sur rue à New York, il parlait du « plan d'invasion de Prío », lequel envisageait une attaque de Cuba en provenance du Yucatán, du Guatemala et du Honduras, avec La Havane comme première cible.

En lisant, Fornes n'avait cessé de jouer avec le nœud de sa cravate. Lorsqu'il eut terminé, il avait la mine contrariée. L'ambassadeur lui offrit une cigarette. Ils fumèrent tous les deux en silence. Puis Fornes enleva ses lunettes et déposa sa cigarette dans le cendrier.

— Il faudrait des millions, commenta-t-il prudemment. Prío Socarrás est un homme brisé… il n'a aucun appui… que des rumeurs, monsieur.

Beaulac écrasa à son tour la cigarette dans le cendrier.

— Un homme n'est jamais brisé s'il a des millions à sa disposition, fit-il, et Socarrás a des millions… Il peut donc acheter tous les appuis dont il a besoin. Savez-vous ce qu'il a dit au moment de quitter Cuba pour le Mexique ? Il a textuellement dit qu'on le reconnaîtrait un jour comme le meilleur président qu'aura jamais eu Cuba… en voilà un qui se voit prophète sans jamais avoir eu un prix quelconque !

— N'est-ce pas une tradition à Cuba que des présidents se sauvent en exil avec une partie du trésor national et reviennent quelques années plus tard pour sauver le peuple ? remarqua Fornes.

Beaulac tiqua.

— Tradition ou pas, nous avons des devoirs pressants à faire si nous ne voulons pas que le président Eisenhower ordonne un débarquement à la grandeur de l'île.

Fornes se remit à triturer sa cravate.

— Pour l'instant, nous ne pouvons que spéculer, monsieur, risqua-t-il.

— Alors nous spéculerons, Fred, fit l'ambassadeur, froidement.

— Mais si rien n'arrive, nous aurons…

— Il arrive toujours quelque chose, l'interrompit Beaulac, et nous avons toujours comme premier devoir de veiller aux intérêts de notre pays. Nous investissons plus de un milliard de dollars ici… c'est cinq fois plus que ce que nous dépensons dans tous les pays d'Amérique centrale réunis… autant qu'au Brésil et en Argentine, qui font pourtant trente fois la population de Cuba. Rumeurs ou spéculations, s'il y a de la fumée… et il y en a, il y a forcément un feu qui couve quelque part. À Washington, ils veulent savoir à combien s'élèveront les frais…

Le carillon de l'horloge posée sur un gros meuble d'acajou marqua sept coups.

— Oubliez votre logique personnelle, Fred, sinon tout vous paraîtra absurde, ajouta l'ambassadeur. Notre boulot ne consiste pas à chercher la vérité objective à tout prix, mais à justifier ce qui doit l'être au profit de notre gouvernement.

Il tendit le boîtier à cigarettes à Fornes.

— Vous avez jusqu'à demain soir pour calmer la Maison-Blanche, Fred.

Le premier secrétaire jeta un regard suspicieux sur les documents tout en les mettant en ordre.

— Ne vous en faites pas, fit encore l'ambassadeur, la CIA aime lorsque le jeu devient dangereux. Heureusement, nous les diplomates ne sommes pas appelés à y jouer indéfiniment. Mais pour le moment, nous devons jouer. Alors à vous de déplacer la prochaine pièce sur l'échiquier.

Fornes sortit, l'ambassadeur se rappela la photo montrant le vingt-cinquième président des États-Unis, William McKinley, bien calé dans un fauteuil de cuir lors de la réunion diplomatique qui avait précédé les accords de Paris du 10 décembre 1898. Les États-Unis avaient alors acquis Cuba, Porto Rico et les Philippines pour la somme de 20 millions de dollars. Dix mois auparavant, les États-Unis avaient déclaré la guerre à l'Espagne, en représailles à l'explosion mystérieuse du cuirassé américain *Maine*, qui mouillait au large de La Havane. Deux cent soixante-six marines américains y avaient trouvé la mort. Un accident ou un attentat ? Nul ne l'avait jamais su. On avait choisi l'attentat et façonné l'histoire de telle sorte que le prix du sang versé justifiât un blocus naval et une courte guerre. Ce qui avait valu aux États-Unis le droit d'intervention à Cuba, l'installation d'une base militaire américaine à Guantánamo, une autre à Camp Columbia et une main mise sur l'économie cubaine. La diplomatie avait trouvé les mots justes, inspirés par une guerre qui avait tué quatre cent mille personnes et détruit les trois quarts du bétail, des récoltes de canne à sucre et celles du tabac.

Deux jours plus tard, Beaulac félicita le premier secrétaire F. C. Fornes pour la qualité du rapport qu'il s'empressa de transmettre par courrier aérien diplomatique à John Foster Dulles, le secrétaire d'État aux Affaires étrangères des États-Unis, également actionnaire de la United Fruit Corporation, connue dans toute l'Amérique latine sous le vocable de « La Pieuvre ».

Air Pouch **PRIORITY** | **RESTRICTED** | DO NOT TYPE
IN THIS SPACE

(Security Classification) | 1726 | 737.00/5-753

N°. desp.

May 7, 1953

Date

FOREIGN SERVICE DESPATCH

FROM: amembassy, habana
TO: the department of state. washington.
SUBJECT: reports from mexico regarding arrests
of cubans said to be revolutionaries.

In a press release dated April 30, 1953, the
Ministry of Information announced that "through offi-
cial channels" the Cuban Government had learned of
the detention by Mexican authorities of Eufemio FER-
NANDEZ Ortega, ex-Chief of the Secret Police, Segundo
CURTI, ex-Minister of the Interior, ex-Colonel Oscar
DIAZ, Juan RIOS Montenegro, an aviator, and Cán-
dido DE LA TORRE, Ex-Alderman of Habana. The release
said that "compromising documents" were sized that
revealed plans to attack the coasts of Cuba and the
modus operandi of arms contraband.

The Minister of Information charged that the deten-
tions in Mexico were a "link in the chain of international disturbances being caused by the so-called
Caribbean Legion" in which the Mamaroneck affair had
been another. He also accused ex-President PRIO of
investing a "good part of his large fortune in an insur-
rectional plan, the prime objective of which included
the indiscriminate bombing of the city of Habana."

The authorities claimed to have had prior knowledge
of the conspiratorial activities. They descended upon
the apartment of one Mrs. Eva JIMENEZ Ruiz, described
in one press report as the niece of the President of the
Court of Accounts. About a dozen people were arrested,
including the occupant of the apartment and the University professor, Rafael GARCIA Bárcena, who police
alleged was the head of the conspiracy. The authorities
reported that they found arms and ammunition, plans
of action, layouts of Camp Columbia and La Cabaña For-
tress, and a Cuban flag signed by the conspirators!

1/2

Later, at the same place, more arrests were made when various individuals brought to the apparent rendezvous more arms which they were charged with having taken from the farm ff the director of the daily "Información", said to be a wellknown sportsman addicted to shooting.

At about the same time other arrests were made in the environs of Camp Columbia at so-called "concentration points" from which the attack on the Camp was to be launched.

The total number of those arrested was reported to be about 60. Practically all were men and many appeared to be of university age. Assuming the truth of the story of a conspiracy headed by Garcia Bárcena, it would appear that he has been successful in spreading the revolutionary ideas he has been known to hold among a few young men but apparently not among the numbers he has reportedly claimed.

For the Ambassador:
F.C. Fornes, Jr.
First Secretary of Embassy

2/2

❧

La Chevrolet beige immatriculée 50315 ralentit devant un immeuble de la Rampa dans le quartier Vedado. Fidel Castro, un chapeau rabattu sur les yeux, observa le deuxième étage. Il remarqua que l'édifice au complet était dans le noir.

— Ils ont coupé l'électricité, murmura-t-il. Il y aura une descente.

Il fit signe à Fernando Mella d'accélérer. Lorsque celui-ci lui demanda quelle direction prendre, Castro hésita.

— La 25e, dit-il après réflexion, mais tu ne t'arrêtes pas… tu passes devant l'immeuble d'Abel et tu continues jusqu'au coin de Infante… là, je descendrai…

— Ensuite ?

— Tu files sur le Malecón et tu laisseras l'auto dans les parages du *Nacional*...

Une bouffée d'angoisse étreignit Fernando Mella.

— Tu me demandes de me jeter dans la gueule du loup ?

— Combien y a-t-il de miles au compteur ? lui demanda calmement Castro.

— Quatre-vingt-six mille, répondit Mella après avoir jeté un coup d'œil à l'odomètre.

Castro ôta son chapeau et arrangea ses cheveux, les lissant pour dégager son front.

— Je ne mettrai jamais la vie d'un ami en danger, fit-il, rassurant. La nuit est tombée, personne n'y verra rien. Tu sais comme moi que l'auto est sous filature et qu'ils n'attendent que la bonne occasion pour nous coincer dans leur piège... Alors voici ce que tu vas faire : dès que tu arrives près du *Nacional*, tu retires la plaque d'immatriculation... aucune trace des occupants, fin de la Chevrolet.

— Mais... Fidel... comment allons-nous nous déplacer ?

Castro sourit.

— Où sont passés tes rêves, Fernando ?

Mella resta perplexe. À l'endroit convenu, Castro sortit du véhicule après s'être assuré que le browning était chargé et bien en place dans le ceinturon.

— T'as ton arme ? demanda-t-il à Mella.

Ce dernier tapota son aisselle. Il avait le cœur battant.

— J'ai au moins appris à m'en servir, fit-il.

Castro le dévisagea un bref instant.

— ¡ *Patria o muerte !* souffla-t-il.

L'instant d'après, il était tapi dans l'obscurité. Il rasa les façades en direction du numéro 174 de la 25ᵉ Rue. L'édifice d'un bleu délavé comptait six étages et autant de balcons. Il scruta alentour voulant s'assurer qu'il n'y avait aucun véhicule ni quelque activité suspects. Il avisa le dernier étage. En apparence, rien d'anormal. Il resta ainsi à l'affût un long moment. Le temps d'éprouver un malaise en songeant que lorsqu'il monterait les soixante-douze marches menant au sixième étage, qu'il cognerait à la porte de l'appartement 601, il franchirait le seuil de l'antichambre de la mort. Il regarda sa montre, elle marquait sept heures trente. Il sentit une chape de plomb s'abattre sur ses épaules.

❧

On parlait de la faiblesse du Mouvement, du manque de ressources, du manque d'argent, des filatures, des arrestations arbitraires. Certains parlaient avec conviction, d'autres avec une douloureuse impuissance. On parlait avec colère, avec timidité, quelques-uns avec une ferveur religieuse. Il y en eut pour réclamer vengeance pour ceux qu'on avait écroués à la Cabaña. Ceux-là étaient pris dans l'engrenage de la haine. Imperturbable, Fidel Castro les écoutait. Son regard passait d'un visage à l'autre. Chacun se laissait entraîner par ses doutes, ses peurs.

Dans le minuscule appartement qu'Abel Santamaría partageait avec sa sœur Haydée, une vingtaine d'hommes se pressaient, épaule contre épaule. La cacophonie mêlait les murmures aux éclats de voix. Cela ressemblait davantage à une ménagerie qu'à une réunion politique ; un flot ininterrompu de mots pour dire que tous les malheurs et leur cortège de souffrances ne connaissaient aucune logique. Tantôt on favorisait des actions clandestines, tantôt une guérilla d'usure, mais sans en mesurer les besoins, encore moins les conséquences. Les plus radicaux prônaient l'assassinat pur et simple de Fulgencio Batista. Au bout du compte, on tuait sans se préoccuper du sort qui guetterait le Mouvement une fois les dernières cartouches épuisées.

— Et on fait quoi après ? furent les premières paroles de Castro après une bonne heure de palabres. Qu'est-ce qui nous différenciera de ceux qui massacrent aujourd'hui puisque vous voudrez les massacrer demain ? Et que dirons-nous au peuple cubain ? Que c'est en son nom que nous avons commis d'autres atrocités ? Que leurs champs seront irrigués avec le sang de leurs semblables ?

Il fit une pause. Quelques réflexions traversèrent son esprit, mais il se garda de les exprimer. Il ne discourut pas davantage au sujet de la véritable indépendance de Cuba, il en avait parlé mille fois. Il se contenta d'ajouter cette seule phrase :

— Jamais je ne me ferai le complice de l'assassinat d'un président de Cuba... je tiendrais un tel crime pour impardonnable !

— Ce sera ça ou un miracle, lança quelqu'un, et je ne crois pas au miracle.

— Pourtant ce sera un miracle, fit Abel Santamaría d'une voix tranquille mais ferme.

Tous les regards se portèrent vers le jeune homme d'allure frêle, les traits tirés par les nuits trop courtes et une mauvaise alimentation. Des lunettes trop grandes lui donnaient un air de romantique angoissé. Natif de la région rurale de Las Villas où il avait connu la misère des travailleurs du sucre, Abel Santamaría était venu à La Havane pour y suivre des cours à l'école du soir. Il avait fini par se trouver un emploi de comptable dans une succursale du fabricant d'automobiles Pontiac. Depuis quelques mois, il partageait le modeste appartement de deux pièces, dans le quartier Vedado, avec sa sœur Haydée, son aînée de cinq ans.

Santamaría vint prendre place à côté de Castro.

— Un miracle n'a rien d'un coup de baguette magique, continua-t-il sur le même ton. Le miracle dont je parle n'est pas des représailles pour un parent ou un ami disparu, torturé ou massacré... ou pour des cultivateurs dépossédés. Ce miracle est celui d'une révolution... et cette révolution n'est rien d'autre qu'une longue marche vers la liberté... une marche que nous devons entreprendre aujourd'hui... dès maintenant !

On cogna. Le signal convenu. Plusieurs sortirent nerveusement leurs armes, qu'ils pointèrent vers la porte.

— C'est Haydée, fit Santamaría avec un sourire.

— On avait dit pas de femmes, entendit-on.

— Elle est ici chez elle au même titre que moi, rétorqua Santamaría.

Une jeune femme aux traits énergiques fit son entrée. Les visages inquiets se détendirent. D'un regard droit et franc, elle sonda celui de plusieurs, puis, agitant une main devant son visage dans un mouvement d'éventail, elle tenta de dissiper le nuage de fumée qui envahissait la pièce. D'un pas décidé, elle se rendit à l'unique fenêtre du lieu et l'ouvrit toute grande.

— Comme ça au moins nous aurons les idées plus claires, lança-t-elle d'autorité.

— Peut-être voudrais-tu également présider cette réunion, répliqua Castro, en y allant d'un clin d'œil à la ronde.

Haydée fixa Castro.

— Où que vous alliez, j'irai, répondit-elle, quoi que vous fassiez, je le ferai.

— T'as réussi les épreuves de tir ? demanda Castro.

— Je n'ai jamais pensé qu'un fusil était un jouet pour faire du bruit, si c'est ce que tu veux savoir, Fidel. J'ai tiré cinquante balles, j'ai atteint la cible quarante-cinq fois…

Il y eut quelques ricanements.

— Ouais, c'est un beau score, Haydée… mais la cible de papier ne rend jamais les coups… tu crois que tu pourrais tirer sur un homme ? la relança-t-on.

Le ton était teinté d'un brin d'hostilité.

— Et toi, Antonio ? Toi, Renato ? Et toi, derrière, Elpidio ? Vous avez déjà tiré sur quelqu'un ? Bien sûr que non ! répliqua-t-elle. Ce que j'aurai à faire, je le ferai… et sachez que j'ai suffisamment lu José Martí pour savoir que le pire n'est pas de mourir, mais de ne plus pouvoir regarder un paysan en face en sachant que nous n'avons rien fait pour combattre ceux qui l'ont dépossédé de ses terres.

Castro parut satisfait. Tous comprirent qu'il y aurait désormais une femme en première ligne. Il y eut bien quelques murmures. Castro lui-même éprouva un sentiment étrange en pensant qu'il enverrait peut-être Haydée à la mort. Mais cette impression se dissipa aussitôt. Une voix intérieure lui murmurait autre chose.

— Abel a raison, dit-il, nous accomplirons un miracle.

Il fit signe à Santamaría. Ce dernier déplia les feuilles qu'il tenait à la main. Il retira ses lunettes, les essuya avec le pan de sa chemise et les remit en place. On fit circuler du café. Son odeur se mêla à celle, déjà âcre, des cigarettes et des cigares qu'on fumait à la chaîne. Cinq autres participants s'annoncèrent. On manqua de place. Quelques-uns décidèrent de s'asseoir à même le plancher.

— Voilà la situation, fit Santamaría. Nous disposons en tout de dix-neuf mille huit cent quatre-vingt-dix-huit pesos… cette somme représente l'espoir du peuple cubain. Mais il en manque cinq fois autant pour armer les deux mille volontaires qui sont prêts à faire la révolution…

— Une banque, lança quelqu'un, une seule suffira à faire toutes les révolutions !

Quelques-uns approuvèrent bruyamment.

— Et le lendemain nous aurons la mafia sur le dos, énonça calmement Mario Muños Monroy.

Il était l'aîné du groupe. Un homme de taille moyenne, plutôt replet. Médecin, il disposait d'une belle fortune et se déplaçait dans son petit avion privé. Il avait rallié le Mouvement, convaincu que seule une révolution redonnerait au peuple cubain sa dignité.

— Vous avez mieux à proposer, docteur ?

— Je triple le montant dont nous disposons, répondit-il avec une assurance tranquille.

Personne ne réagit de prime abord, mais tous avaient compris que leurs efforts conjugués seraient la seule force véritable par laquelle ils gagneraient le respect.

— Je fais don de tout mon équipement de photographie, risqua timidement Fernando Chenard Piña… ça va chercher dans les mille pesos…

— Moi, je vais vendre mon mobilier de salle à manger et je vais mettre en gage mon emploi à la brasserie… ça vaut bien trois mille pesos, enchaîna Pedro Marrero.

— Bonne idée, Pedro, reprit Elpidio Sosa. Moi, j'en connais plusieurs qui reluquent mon boulot de comptable… je vais le mettre aux enchères au plus offrant.

— Moi aussi, renchérit Oscar Alcalde.

Il y eut un silence. Castro vit les regards chargés tant de curiosité que de conviction, chacun imaginant que son geste allait changer le monde. Finalement:

— Je fais don de ma ferme d'élevage de poulets au Mouvement, annonça gravement Ernesto Tizol.

Puis Jesús Montané prit la parole.

— Il y en a qui m'ont déjà traité de lâche… de traître même, parce que je travaille pour la General Motors. Ce soir, je fais don de mon salaire entier au Mouvement… et en prime j'offre ma vie !

Tous cessèrent de parler. Les regards se tournèrent vers Montané. En ce modeste commis de bureau, chacun vit la même chose: quelqu'un qui s'engageait à marcher droit devant, décidé à passer à travers tous les obstacles, les yeux grands ouverts, conscient de laisser une empreinte indélébile sur le sol cubain. Il incarnait celui qui renonçait délibérément à la vie, seule chose acquise et précieuse, lui préférant cette cause de la révolution pour laquelle il saurait mourir dignement.

— Voilà le miracle qui s'annonce, Fidel, murmura Santamaría à l'oreille de Castro.

Le visage de celui-ci s'illumina. Il réprima toutefois l'envie de manifester ouvertement sa joie. Il imaginait aisément la réalité des choses. Des hommes allaient mourir. Des femmes et des enfants probablement. D'autres allaient être traqués, faits prisonniers, torturés, allaient disparaître sans un dernier adieu aux leurs. L'histoire du monde démontrait hors de tout doute qu'une révolution réclamait son lot de vies et de ruines. Ainsi, toute cause, fût-elle la plus noble, n'avait jamais le pouvoir de remplacer une vie.

Santamaría avait effectué la compilation. Il fit une première addition, qu'il recommença à deux reprises. Il encercla à gros traits le résultat.

— Je compte quatre-vingt-quatorze mille six cent quarante pesos, annonça-t-il fièrement.

On manifesta bruyamment. On s'adonna à des accolades et des embrassades. À l'instant, toutes les illusions étaient permises. Ils allaient changer le monde, ou alors ils crèveraient en s'y obstinant. Haydée, les lèvres marquées d'un rare sourire, continuait à servir du café noir.

Castro n'avait toujours pas manifesté sa joie. Il se pencha, dénoua les lacets de ses souliers et en retira des billets de banque froissés. Il les rendit à Santamaría.

— Ma mère les a ramassés secrètement, dit-il simplement.

Santamaría le regarda de cet air doux et obstiné à la fois que Castro connaissait bien. Il eut envie de saisir ce dernier par les épaules, de l'étreindre, de lui crier son bonheur du moment. Plutôt, il se contenta de dénombrer les billets.

— Je compte quatre mille huit cent cinquante pesos additionnels, fit-il, pour un total de quatre-vingt-dix-neuf mille quatre cent quatre-vingt-dix pesos. Nous y sommes, Fidel.

Castro n'avait pas encore touché à sa tasse. Il but quelques gorgées du café devenu froid. Il sentit la touffeur du lieu, dans lequel pas un souffle d'air frais n'entrait. En regardant tous ces visages rayonnants, il se demanda combien d'entre eux seraient balayés par les armes, fauchés dans un champ, exécutés contre un mur. L'idée même d'une révolution en action se révélait d'une effrayante simplicité : le pouvoir s'acharnait à l'étouffer puis à l'exterminer avant que le peuple se réveille et entame l'ultime marche vers sa libération. Il porta instinctivement la main à la ceinture et tâta son browning. Le contact de l'acier froid le rassura. Ces hommes enfiévrés par la cause formaient le noyau dur d'un soulèvement populaire. Suivait la première véritable révolution qui, espérait-il, allait enflammer les quatre coins de l'île de Cuba. Il sentait la complicité de tous.

Non pas qu'ils saisissent toute l'extrême gravité de l'entreprise, mais tous comprenaient ce qui pétrissait un révolutionnaire : la ferveur, l'obstination, l'entêtement, la volonté de se buter aux armes sans autre calcul que celui d'espérer le triomphe de la justice. Étreignant le bord du meuble qui servait de bureau, il se leva et, à son habitude, prit la mesure de son auditoire. Il prit le temps de fixer les uns et les autres d'un regard pénétrant.

— Nous sommes comme des vigies au-dessus de notre terre cubaine, commença-t-il par dire. Nous sommes peu mais nous représentons l'espoir de tout un peuple. J'ai lu une histoire dans un livre écrit par cet Américain qui demeure à quelques kilomètres d'ici... il s'appelle Hemingway. Qu'il soit américain importe peu... c'est l'histoire qu'il a écrite qui importe. Il s'agit d'un homme qui se battait pour défendre ce à quoi il croyait... et, dans cette histoire, cet homme devait faire sauter un pont. Ses supérieurs lui avaient dit que ce pont, une fois démoli, allait empêcher l'ennemi de faire passer des tanks, de l'artillerie, des régiments de soldats lourdement armés. Mais l'homme y trouva un autre idéal : il crut qu'en faisant sauter ce pont, il empêcherait des milliers d'humains d'être tués, il empêcherait des obus de détruire des villages, de massacrer du bétail, de ravager des champs... il crut qu'il pourrait tout changer, y compris de débarrasser ce pays qui n'était pas le sien des atrocités de la guerre... de toutes les guerres. Je sais que ce ne sont là que des mots sur du papier... Je sais aussi que depuis que le monde est monde, il y a eu des guerres et qu'il y en aura d'autres... et que chaque guerre compte ses victimes par milliers... parfois par millions...

Il s'arrêta de parler. On retenait son souffle. D'un coup d'œil, Castro parcourut les quelques notes qu'il avait griffonnées en désordre sur une feuille.

— Nous ne sommes pas des soldats... encore moins des terroristes, continua-t-il. Nous ne lançons pas une guerre, nous préparons une révolution. Nos idéaux sont différents de ceux des chefs de guerre... différents parce que nous n'avons jamais perdu de vue les enseignements de José Martí… différents parce que nous proposons que notre peuple reprenne possession de son pays et non pas qu'il en envahisse un autre… différents surtout parce que seule une minorité se sacrifiera au bénéfice de tous…

Un nouvel intermède. On murmurait. L'anxiété était palpable. Pourquoi tout cet argent si ce n'était pour se procurer des armes ? Et pourquoi toutes ces armes si ce n'était pour s'engager dans un conflit ? Après tout, rébellion, révolution, guerre, tout n'était qu'affaire d'argent et de temps. Et l'évidence ne voulait-elle pas que seul l'argent parvînt à faire des miracles ?

— Fidel ! fit une voix.

Luciano González se leva, mal à l'aise. Les mains dans le dos, il se dandinait, tel un écolier devant le maître. Il avait les cheveux d'un noir d'encre, coupés ras sur les côtés, et arborait une toute petite moustache.

Castro l'invita à s'exprimer.

— Voilà, je représente une trentaine d'hommes du quartier Marianao, et je parle en leur nom parce que je suis le plus âgé, fit-il avec un tremblement léger dans sa voix. Nous n'avons pas beaucoup d'instruction… quelques-uns n'en ont pas du tout et nous gagnons durement notre pitance. Il y a parmi nous des menuisiers, des poseurs de briques, des journaliers, un vendeur de fleurs, un marchand d'huîtres, deux fossoyeurs… et quelques-uns qui n'ont pas de boulot parce qu'ils sont négros. Certains n'ont pas encore vingt ans. Nous savons peu de choses de la politique… beaucoup de mots nous échappent… mais nous comprenons ceux qui parlent d'injustices, de privations… surtout ceux qui parlent de dignité et de liberté. Chaque jour, à Marianao, nous entendons les clairons saluer le drapeau yankee qui flotte sur Camp Columbia… chaque soir nous voyons les touristes yankees venir faire la fête au *Tropicana Club*… nous voyons passer les belles voitures des chefs de la mafia pour se rendre à la piste de courses du Oriental Park. Chaque jour, ces bandits nous volent un peu plus… nous humilient davantage.

Alors, guerre ou pas guerre, Fidel, dis-nous où et quand… et dis-nous ce que tu attends de chacun… !

On applaudit bruyamment Luciano González. Son propos reflétait l'opinion de tous. Sans emportement, il avait exprimé le besoin commun de justice. Des mains s'étaient levées. On parla au nom de tous les absents, du peuple entier. De ceux des champs, de la mer, des prisons, et des sans-abri, des analphabètes. Même que tous voulurent parler à la fois. Puis ce fut au tour de Fidel Castro. Il commença par dire qu'il n'y avait aucun pont à faire sauter, mais plusieurs ponts à franchir. Ensuite, il annonça que cent soixante-quinze hommes avaient été choisis parmi les deux mille qui étaient aptes au combat. Il n'y eut plus le moindre mot, le moindre son lorsque Castro révéla la date et donna une première idée de l'endroit. Il ne parla pas de la cible ; il la garda secrète. Pour deux semaines encore, l'espoir de chacun devait s'incarner dans la description qu'il fit d'une petite ferme de Siboney, un village balnéaire situé à moins d'une heure de Santiago de Cuba et à quinze heures de route de La Havane.

Le rendez-vous avait été fixé dans l'après-midi du 25 juillet 1953. Les hommes voyageraient par automobile, autobus, train et camion. Des armes avaient été planquées dans différentes caches de Santiago de Cuba. D'autres, démontées, allaient être dissimulées dans les soutes à bagages d'autobus, sous les sièges des conducteurs de camions, dans les wagons d'un convoi de marchandises en direction de la province d'Oriente. Là-bas battait le cœur de l'histoire cubaine. Christophe Colomb y avait marqué le destin des Amériques lorsqu'il avait abordé l'île de Cuba en 1492, dans la baie de Bariay. Là-bas, les généraux Maceo et Gomez avaient formé l'armée *mambi*, les maquisards, pour combattre les occupants espagnols. Là-bas, les États-Unis avaient cerné la flotte espagnole dans la baie de Santiago de Cuba, puis écrasé l'armée espagnole entière, pour finalement acheter Cuba pour mieux l'exploiter à compter de 1902. Là-bas, Santiago de Cuba, métisse, rebelle, bastion révolutionnaire, s'enfiévrait au milieu des chars colorés et des danseurs rythmés par les congas, les cuivres et les maracas. Une fois encore, le carnaval de Santiago de Cuba battait son plein. La tradition revivait comme chaque année depuis le XVIIIe siècle. Les fantômes des *carabalís* apparaissaient sous des allures afro-cubaines.

Par chaleur écrasante de juillet, la ville coloniale, surpeuplée de festivaliers, fleurait le rhum fraîchement distillé des plantations avoisinantes. Sur le toit en terrasse de l'hôtel *Casa Granda*, ce même rhum coulait à flots. Personne ne prêtait attention à la façade de la cathédrale, située à un jet de pierre, au sommet de laquelle se dressait l'Ange de l'Annonciation, les ailes déployées comme pour prendre son envol.

30

Sur la route menant à Siboney se trouvait un chemin qui montait en lacets jusqu'à Gran Piedra, le monolithe avec vue sur les montagnes et les vallées qui ondulaient entre Baracoa et Guantánamo. Des milliers de caféiers y poussaient à l'ombre des hautes cimes.

Quelques kilomètres plus loin nichait Granjita Siboney. On l'appelait familièrement « la petite ferme » quoiqu'elle ressemblât davantage à un chalet de villégiature. Abel Santamaría l'avait louée par l'entremise de Renato Guitart, sous prétexte d'y exploiter un élevage de poulets. Quelques assemblages de planches et deux douzaines de poules caquetant dans les parages créèrent l'illusion d'un vaste poulailler. Masquée par une rangée de caroubiers et quelques manguiers, l'installation allait plutôt servir d'abri pour la quinzaine d'automobiles qui allaient converger vers ce lieu de rendez-vous.

Ce fut l'Oldsmobile 1952, aux tons de vert et de blanc, conduite par Abel Santamaría, qui arriva en premier. Renato Guitart Rosell, l'homme de confiance de Castro à Santiago de Cuba, lui expliqua qu'une centaine d'hommes étaient déjà logés en ville. Une vingtaine à l'hôtel *Rex*, autant à l'hôtel *La Perla*, à proximité de la station ferroviaire, les autres répartis dans des pensions de famille du quartier Sueño, de la Calle Celda et dans la pension *La Mejor*, en face de l'hôtel *Rex*.

— Fidel est-il arrivé ? demanda Santamaría.

— En soirée, fit Guitart, évasif.

— Les armes ?

— Elles sont au frais, répondit Guitart, avec un clin d'œil.

Santamaría n'était pas rassuré. L'endroit lui parut isolé. Il demanda des précisions à Guitart au sujet du voisinage et des environs.

— Ici, personne ne connaît son voisin, le rassura le jeune homme. Siboney est une oasis au cœur de la fournaise tropicale des mois de juillet et d'août. Tout droit, à deux kilomètres, c'est la plage. Entre ici et la plage, il y a une dizaine de bungalows… chacun voit à ses affaires et ferme les yeux sur celles des autres. Siboney, c'est le royaume des fruits savoureux, des fleurs parfumées, du meilleur café de Cuba et des dominos. Ça te va, *compañero* ?

Santamaría et ses cinq compagnons de route arpentèrent les lieux. La petite maison avait un charme d'antan. Toute blanche, elle était camouflée au milieu des arbres et des plantes aux grandes feuilles. Tout y était à l'avenant. En d'autres circonstances, Santamaría aurait fait le tour de son histoire. Peut-être lui aurait-on dit qu'un voyageur perdu dans Oriente finirait par s'échouer, tel un marin, à Granjita Siboney, et à y retrouver la paix de l'âme. En attendant, l'endroit devenait le terreau d'une révolution.

Une heure plus tard, d'autres automobiles arrivèrent. Une par une, on les dirigea vers le poulailler trompe-l'œil. De la petite route, rien n'y paraissait. Bientôt s'y retrouvèrent, rangées à la file, la douzaine de Dodge, de Plymouth, de Buick, de Pontiac, de Mercury et d'Oldsmobile, à laquelle s'ajoutèrent une Chevrolet taxi, une Studebaker et une dernière, plus rutilante, la Lincoln noire conduite par le Dr Mario Muñoz Monroy.

— Des nouvelles de Fidel ? s'enquit Guitart après avoir salué le médecin.

— Je le croyais déjà ici, répondit ce dernier, une lueur d'inquiétude dans le regard. Nous avons passé une heure ensemble hier matin, à Colón. Il m'a dit qu'il ferait un arrêt à Santa Clara et qu'il roulerait de nuit pour être ici à l'heure convenue… à moins que…

— À moins que… ? répéta Guitart.

Muñoz secoua la tête comme pour chasser toute pensée. Il consulta sa montre, elle marquait un peu plus de cinq heures. Il tira l'étui de cuir de la pochette de sa chemise et offrit un cigare à Guitart qui l'accepta tout en évitant le regard du médecin. Les deux hommes demeurèrent côte à côte, à fumer.

— T'inquiète pas, Fidel a l'habitude de bien réfléchir avant de faire une bêtise, finit par dire Muñoz à demi-voix.

Au coude de la route parut une automobile. Trois coups de klaxon retentirent. L'automobile s'engagea dans l'entrée et s'immobilisa. Jesús Montané en sortit, suivi de Haydée Santamaría, les traits tirés par le long périple. Elle était accompagnée d'une autre femme, une mulâtresse. Brune, mince, la chevelure déployée telle une crinière de fauve, de grands yeux noirs qui repéraient les moindres détails, elle s'avança vers les deux hommes, la tête bien droite.

— Je suis Melba Hernández Rodriguez, fit-elle en tendant une main énergique au Dr Muñoz. Je suis avocate et je me mets au service de la révolution.

Elle paraissait tout à fait à l'aise. Guitart, surpris, interrogea Haydée Santamaría du regard.

— Fidel a dit que la liberté était du droit de tous… C'est donc de ce droit que, au nom des femmes cubaines, nous nous battrons, fit celle-ci.

À son tour, Guitart tendit la main à Melba Hernández.

— Ravi, Melba… mais vous devez savoir que cette opération n'est pas une guerre de mots.

— Je crois bien que je saurai mourir, répliqua Melba avec un sourire qui fit frissonner Guitart.

❧

La Buick bleue 1952 avait roulé sans arrêt depuis une dizaine d'heures. De Colón à Santa Clara par la route nationale, puis de Ciego de Ávila à Camagüay, en traversant les plaines centrales de Cuba parsemées d'élevages de bovins. Camagüay était une cité coloniale aux ruelles sinueuses, aux édifices d'un autre âge érigés de plain-pied, avec des façades peintes de couleurs vives.

Ernesto Tizol, qui avait conduit pendant une bonne partie du trajet, immobilisa le véhicule en bordure de la Plaza de Armas de Camagüay, à quelques mètres de la statue équestre qui trônait en son centre, celle du patriote local d'une des guerres d'Indépendance, Ignacio Agramonte. Il céda le volant à Pedro Marrero, lui-même un conducteur de camion. Assis à l'avant entre les deux hommes, Eduardo Montano, surnommé « le Vieux », en raison de sa trentaine avancée et de quelques poils gris naissants sur les tempes. Bavard comme une pie, ce dernier enchaînait des anecdotes de barbier, son métier. Les trois hommes n'en finissaient pas de rigoler.

Sur la banquette arrière, Fidel Castro était en compagnie de Raúl Gómez García, un jeune enseignant de vingt-quatre ans aux allures de star de cinéma, ardent patriote et poète à ses heures. Les deux hommes lisaient, relisaient et annotaient un texte que le groupe d'activistes devait approuver au nom du Mouvement. Préparé par Gómez García, l'écrit était intitulé : *Le Manifeste à la nation*. Rédigé en onze points, le document énonçait les idéaux de José Martí, réclamait une répartition équitable des richesses du pays pour toutes les classes de la société, prônait l'instauration de plusieurs lois favorables aux travailleurs, exigeait la reconnaissance pleine et entière d'un drapeau distinctif et de l'hymne national *La Bayamesa* et proclamait solennellement la Révolution pour et par le peuple en respect de la Constitution de 1940, en cette année du centenaire de la naissance de José Martí, héros et martyr de Cuba. À force de discussions, de ratures et d'ajouts, incluant quelques désaccords sur les virgules et les points, Castro et Gómez García finirent par se déclarer satisfaits.

— Lis-le à voix haute, demanda Castro.

— C'est au chef à lire ce texte, rétorqua Gómez García, et c'est toi le chef.

— Mais c'est toi le poète, alors c'est à toi de le lire, s'obstina Castro.

— Je le lirais bien, ironisa le Vieux, mais venant d'un barbier ça ne ferait pas sérieux.

Gómez García soupira puis amorça la lecture d'un ton empreint de gravité. Le texte exprimait la force obstinée d'une lutte nécessaire et reflétait, à l'instar d'une mélodie guerrière, le sacrifice de tant de vies au profit de la liberté du peuple.

— Alors ? demanda Castro une fois la lecture achevée.

Quelqu'un émit un sifflement admiratif.

— Avec un truc comme ça, on sait qu'on va au moins mourir pour quelque chose qui a du sens, fit Ernesto Tizol, en étouffant un bâillement.

— Eduardo ?

— Ben… je l'ai dit… sur la chaise du barbier, ça discute pas politique, bredouilla-t-il. Il y a toujours le rasoir qui invite les mauvaises langues à ne pas trop dire de bêtises. Mais il faut bien qu'un jour des mots dénoncent ce qui va mal… Ce sont les mots que je viens d'entendre. Raúl, j'aimerais bien avoir ta gueule et tenir une plume aussi bien que je manie le peigne et le rasoir.

— Toi, Pedro ?

Le chauffeur de camion affecta une mine sceptique.

— Tu crois, Fidel, que nous pourrons faire tout ce que dit ce papier ? grommela-t-il. Moi je veux bien essayer, même si je ne crois pas aux miracles… mais peut-être, après tout, aurons-nous une bonne étoile pour nous guider.

Il bâilla à son tour, signe que la fatigue du long trajet l'accablait.

— Las Tunas droit devant, Fidel, annonça-t-il. Qu'est-ce qu'on fait ?

— À droite à l'intersection, direction Bayamo, répondit Castro, sans hésitation.

— Ça nous fait un long détour, argua Tizol, en consultant la carte routière.

— Bayamo n'est jamais un détour, répliqua Castro, c'est le lieu de tous les miracles !

C'était ainsi que Fidel Castro avait conçu Bayamo depuis que, jeune étudiant au Colegio de Dolores, un de ses professeurs, Miguel Perusal, lui avait dit que Bayamo était le moule de toutes les légendes, la mère des libérateurs de toutes les luttes pour l'indépendance de Cuba.

Bayamo était un des piliers de Cuba, la seconde des sept cités fondées par Diego Vélasquez en 1513. Une légende racontait que lors de la première rébellion indienne, menée par le seigneur indigène Hatuey, les cris de souffrance de son peuple avaient été entendus jusqu'à Bayamo, alors que les Espagnols le brûlaient vif à Yara. La même légende prétendait que depuis quatre siècles, la lumière de Yara allumait tous les autres feux révolutionnaires et maintenait en vie les fantômes des héros tombés sous le fer et le feu des envahisseurs.

Guidé par Castro, Pedro Marrero conduisit la Buick en bordure du Parque Céspedes, du nom de Carlos Manuel de Céspedes, le libérateur des esclaves cubains et le plus célèbre patriote de Cuba avec José Martí.

— Pied à terre, fit Castro.

Les cinq sortirent de l'automobile. Courbaturés, ils s'étirèrent en pestant contre l'interminable trajet.

— Tout ça pour peut-être prendre une balle dans la peau, grommela Montano, le barbier.

— Qu'est-ce que je donnerais pour un bon coup de rhum, murmura Marrero.

Montano tira cinq cigares de sa *guayabera* et les offrit à la ronde.

— Plus tard, dit Castro. Nous avons quelque chose de plus important à faire.

À un coin de rue de Parque Céspedes se dressait l'église Parroquial Mayor de San Salvador. Le temple avait été construit en 1916 sur les ruines de la chapelle d'origine, érigée en 1740, puis rasée par les flammes. En janvier 1869, les Bayamais avaient choisi d'incendier leur ville plutôt que de la céder aux Espagnols. Trois siècles et demi de biens patrimoniaux avaient été réduits en cendres ce jour-là. En pénétrant dans le temple désert, Castro se signa rapidement. Les cinq avancèrent jusqu'au pied de l'autel surmonté d'un retable en bois sculpté et doré, d'inspiration baroque. Ils observèrent un moment de silence. Puis:

— Dans le *Manifeste à la nation*, nous déclarons que *La Bayamesa* sera pour toujours notre hymne patriotique, dit sentencieusement Castro. J'en fais le serment. C'est ici même, à Bayamo, que Pedro Figueredo, compagnon de lutte de Carlos de Céspedes, a écrit les paroles que nous proclamons solennellement comme l'expression du caractère patriotique de notre peuple. Cela s'est passé le 10 octobre 1868... il y a quatre-vingt-cinq ans. Alors qu'en ce 25 juillet 1953 se lèvent une fois encore ceux qui ont combattu pour l'indépendance de notre peuple...

Ce fut Raúl Gómez García qui entonna *La Bayamesa*. Les voix des quatre autres se mêlèrent à la sienne; voix haute, voix grave, voix éraillée, voix rocailleuse. En dépit des fausses notes, l'hymne s'éleva puissant. Il résonna dans l'espace clos avec des accents inspirés, semblables aux échos d'une armée de fantômes lancée à l'assaut.

Al combate, corred, bayamases,
Que la Patria os contempla orgullosa;
No temáis una muerte gloriosa,
Que morir por la Patria es vivir.
En cadenas vivir, es vivir
En afrenta y oprobio sumido;
Del clarín escuchad el sonido;
¡ A las armas, valientes, corred° *!*

༄

° « Bayamais, courez au combat, Que la Patrie orgueilleuse vous contemple ; Ne redoutez pas une mort glorieuse, C'est vivre que mourir pour la Patrie. Vivre enchaîné, c'est vivre, Soumis aux affronts et à l'opprobre ; Écoutez le son du clairon, Aux armes, braves, courez ! »

La Buick avala les derniers kilomètres qui séparaient Bayamo de Santiago de Cuba. L'automobile filait à bonne allure en plein cœur de l'histoire de Cuba. Chaque kilomètre rappelait à la mémoire de Fidel Castro une date, un lieu où le destin du pays avait basculé dans un nouveau cycle d'oppression.

Si les envahisseurs avaient jadis compté en nombre d'esclaves, ils accumulaient aujourd'hui les richesses de toutes les exploitations dont ils avaient le monopole. Les résistants, hier comme aujourd'hui, comptabilisaient les morts. Devant se dressaient les ombres dantesques de la Sierra Maestra. Jadis, les *mambises* s'y étaient engouffrés et en avaient fait leur refuge. Demain, espérait Castro, on entendrait jaillir leurs voix à la grandeur de Cuba.

చ

La centaine d'hommes et les deux femmes ne parvenaient pas à dormir. Entassés comme des bestiaux dans le bungalow, ils étaient couchés à même le sol, le nez à terre, l'imagination en ébullition. Quelques-uns avaient choisi de s'étendre dehors, sous les arbres, à rêver éveillés de choses qui n'arriveraient peut-être jamais. Pour les uns, cette nuit était peuplée de visions d'espoir. Pour d'autres, imaginant que cela pouvait être la dernière de leur vie, de scènes cauchemardesques.

Renato Guitart faisait les cent pas, l'œil rivé à sa montre-bracelet. Il guettait la route, corridor sombre et sans repères, dans l'espoir d'y voir luire enfin les phares de la Buick. Quelques lampes éclairaient faiblement l'entrée du lieu de rendez-vous. Çà et là, le rougeoiement des cigarettes qu'on fumait pour chasser la nervosité. Une légère brise balayait l'odeur du tabac et celle, plus forte, des corps en sueur.

Guitart passait et repassait devant le puits aménagé sur le côté du bungalow. Il s'y arrêtait, le contemplait, écrasait la cigarette à demi consumée pour, aussitôt, en allumer une autre.

— T'es inquiet, pas vrai ? fit une voix derrière lui.

Abel Santamaría s'amena à sa hauteur.

— Tu ne dors pas ? murmura Guitart, en offrant une cigarette à Santamaría.

— Toi non plus, à ce que je vois.

Guitart se contenta de sourire.

— Demain sera un grand jour, dit Santamaría en rejetant une bouffée de fumée tout en levant les yeux vers le ciel où luisaient les premières étoiles de la nuit.

Guitart regarda une fois de plus sa montre.

— Dans une demi-heure, ton demain sera aujourd'hui…

— Qu'importe, reprit Santamaría, un jour tout ça finira… et nous serons les maîtres du destin de Cuba.

Guitart soupira, l'air accablé.

— Toi, t'es de La Havane, comme beaucoup d'autres, fit-il. Vous ne pouvez pas savoir ce que ces mots veulent dire pour nous, les Santiagais…

— À toi de me le dire…

— Ça fait quatre siècles que nous voyons le destin nous filer sous le nez… jamais de paix, jamais de liberté ! Depuis 1868, vingt-neuf généraux cubains ont combattu pour l'indépendance de Cuba… trois guerres… des centaines de milliers de morts… noirs, mulâtres, blancs. Demain… aujourd'hui, ce n'est qu'un cri de plus qui retentira… après celui de Yara, de Baire, de Dos Ríos. T'as intérêt à te souvenir de ça avant de te mettre à trop rêver…

Santamaría se garda de répondre. Il ne voulait annihiler aucun espoir. Les deux hommes crurent entendre le grondement lointain d'un moteur. Quelques instants plus tard, les phares de la Buick balayèrent l'entrée de Granjita Siboney. Quatre hommes en sortirent. Le cinquième dormait profondément sur la banquette arrière. Guitart poussa un soupir de soulagement. Il regarda l'heure. Il était presque minuit. Les quatre hommes se précipitèrent vers des bosquets où ils se soulagèrent longuement. Pendant ces quelques instants, ils oublièrent les fatalités possibles du choix qu'ils avaient fait, comme celle de mettre leur propre vie en jeu.

— Santiago, c'est la plus belle métisse de la terre, murmura Guitart à l'oreille de Santamaría. Elle est rebelle le matin et héroïque le soir… comme nous tous le serons !

31

Des hommes veillaient, plantés comme des vigies. D'autres sommeillaient. Rares étaient ceux qui avaient sombré dans un sommeil profond. À l'écart, quelqu'un avait la nausée.

Fidel Castro avait réuni ses lieutenants. Ils étaient quatre qui partageaient avec lui l'écrasante responsabilité de précipiter cent soixante militants dans la gueule du loup, pour ne pas dire vers l'héroïque suicide. Castro se dirigea vers la sortie en enjambant les corps affalés sur le plancher et regarda longuement le ciel. Il se savait dans ses terres d'Orient, mais tellement loin des siens, de sa mère qu'il savait inquiète de son sort, de son père, hostile, qui l'avait accusé d'encourager le désordre social. Les mains crispées, il murmura quelques mots qu'il voulut une prière. Abel Santamaría l'avait rejoint. Il lui offrit une cigarette. Castro la prit distraitement et laissa l'allumette lui brûler les doigts. La soudaine douleur le tira de sa rêverie. Son regard noyé s'éclaircit. Il parut tout à coup calme, résolu.

— C'est l'heure, dit-il tout bas à Santamaría. Réunion générale dans cinq minutes.

Ils avaient tous l'air épuisés, mais leurs regards portaient l'obstination consciente que leur inspirait la mission que Fidel Castro s'apprêtait enfin à leur révéler.

Il parla avec sa fougue coutumière. Il leur rappela les trois guerres d'indépendance, les héros de jadis, les morts, la lente agonie du pays. Il leur dit que l'action qu'ils allaient mener n'était pas une révolte alimentée par la vengeance, ni une guerre puisqu'il n'y avait aucun soldat dans les rangs, aucun général pour aspirer au pouvoir, aucun massacre à ordonner, aucun pillage en récompense, aucune médaille pour vanter un acte méritoire. Certains commencèrent à douter. Qu'étaient-ils venus faire au juste, de l'autre côté de l'île, si ce n'était pour se battre ? S'ils n'étaient pas des soldats de la libération, qui étaient-ils alors ? Quelques-uns comprirent qu'on allait exiger d'eux l'ultime sacrifice en espérant qu'un jour viendrait le triomphe de la justice, tout en sachant qu'ils n'en seraient jamais les témoins vivants. Mais ceux-là n'étaient qu'une minorité.

On murmurait. Il y eut des regards de méfiance. Un malaise s'installait. Tant de paroles pour suggérer que la souffrance et le sacrifice ne mèneraient pas à la victoire finale ?

— Nom de Dieu, Fidel, vas-tu enfin nous dire où nous allons et ce que tu attends de nous ? lâcha quelqu'un.

Le propos eut l'effet d'une sonnerie de clairon. Il provoqua le branle-bas. Paroles confuses, parfois violentes, avec force, gestes d'impatience et de colère.

— Des mois à nous faire prendre des risques pour finir dans ce trou perdu sans savoir si on ne nous embrochera pas comme de vulgaires poulets…

Castro les écoutait, impassible. Il comprenait leur colère. Il l'avait souhaitée. Elle montait, à la manière d'une vague de fond. Leur colère était celle du peuple entier, dirigée contre toutes les exploitations, toutes les exactions, toutes les misères. Une colère digne, capable de décupler les forces, de balayer les dernières peurs. Il avisa l'heure.

— Dans cinq heures exactement, nous prendrons la direction de Santiago. Le trajet durera trente-cinq minutes, dit-il avec assurance. À sept heures précises, ce dimanche 26 juillet, en plein carnaval, nous aurons pris la caserne Moncada. Nous prendrons le contrôle de tout l'armement et des mille cinq cents soldats qui y sont cantonnés. Une heure plus tard, nous contrôlerons journaux, postes de radio, téléphone, télégraphe et station de chemin de fer de la ville. À la même heure, un second groupe d'assaut se sera rendu maître de la caserne Carlos Manuel de Céspedes à Bayamo. Sur le coup de midi, Fulgencio Batista entendra retentir à La Havane le cri de la Moncada. Il saura alors que Cuba deviendra libre ou sera en flammes.

Sur ces derniers mots, il retira ses lunettes, les essuya avec soin avant de les remettre en place après avoir épongé son visage de la sueur. Il n'ajouta rien. Il venait de signifier à tous que ce serait le peuple de Cuba contre les usurpateurs. Ils seraient cent contre mille. Une poignée d'hommes contre un régiment. Des armes désuètes contre un armement moderne capable de les faucher à distance. Par conséquent, s'ils devaient être tués, chacun devait auparavant en avoir tué dix.

Il y eut un profond silence. Il n'existait plus rien d'autre que cette Moncada que personne n'avait encore vue et qui emportait chacun dans cet élan. Puis, Renato Guitart leur présenta un diagramme des lieux. Il parla sobrement, mais sans omettre le moindre détail.

La Moncada était plus qu'une simple caserne, c'était une forteresse. La plus importante installation militaire de Cuba après celle de Camp Columbia. Construite en 1859 pour servir de prison coloniale, elle devint vingt ans plus tard la puissante citadelle qu'elle était toujours. On la rebaptisa plus tard du patronyme de Guillermón Moncada, le héros noir de la première guerre d'indépendance, emprisonné dans la forteresse qui allait porter son nom.

La Moncada s'étendait sur quatorze acres au cœur même de Santiago. Elle était ceinturée de murailles crénelées, de tours d'observation aux angles, de plusieurs guérites, sans compter les soldats de faction chargés d'y patrouiller jour et nuit.

Quoique la cause les eût soudés, la révélation de la cible donna à chacun le frisson. On se regardait, la tête haute, refoulant la peur. Castro reprit la parole.

— Nous formerons un convoi de seize automobiles. Nous entrerons dans Santiago par l'avenue Victoriano Garzón, puis nous tournerons à droite sur Los Libertadores… à cinq cents mètres, vous verrez la Moncada. Distance de cent mètres entre les autos jusqu'à cette intersection, ensuite on resserre. À trois cents mètres, sur la droite, le palais de justice… les deux voitures de fin de convoi s'y dirigeront… dix hommes l'occuperont. Les autres continueront et longeront la première muraille de la Moncada. De là, trois voitures se rendront devant l'hôpital Saturnino Lora, sur la gauche. Le groupe sera dirigé par Abel Santamaría… avec lui, sa sœur Haydée, Melba Hernández, le Dr Muñoz, Raúl Gómez García et dix autres. Vous prendrez le contrôle de l'hôpital… à vous de convaincre le personnel d'adhérer à notre cause.

Son regard croisa celui des deux femmes. Il était empli d'une clarté très pure. Leurs mains se frôlèrent légèrement puis s'étreignirent.

— Renato Guitart prendra la tête du convoi, il est de Santiago, poursuivit-il. Je serai dans le deuxième véhicule, les porteurs d'armes automatiques seront dans la voiture derrière la mienne… suivront ceux qui auront les fusils de chasse, les Winchester, les Remington. Nous attaquerons le poste numéro trois, ici (il pointa l'endroit sur le diagramme). Au même moment, les deux autres groupes de quatre autos chacun feront de même aux postes un et deux, là et là. Nous serons donc vingt-cinq attaquants à chaque endroit. Nous porterons tous des uniformes semblables aux leurs, avec des grades de sergent. À l'heure de l'attaque, nous aurons un allié de taille : la surprise, sans compter que la moitié de la garnison cuvera tout le rhum ingurgité la veille, durant la parade. Nous disposerons de dix minutes pour prendre le contrôle du dépôt d'armes, notre objectif principal. Cela représente plus du tiers de l'arsenal militaire de Cuba, et pour Fulgencio Batista, le tiers du pays. Nous prendrons ensuite les postes de radio et les journaux. Cuba tout entière apprendra que l'armée s'est soulevée et qu'elle demande le départ de Batista.

Il regarda sa montre et fit signe à Guitart. Ce dernier fit distribuer les uniformes et lança un ordre singulier à ceux qui gardaient le puits. Ils en retirèrent des paquets ficelés, inoffensifs en apparence. C'étaient autant de carabines et de fusils, assemblés un à un, comme on l'eût fait de briques, de pierres, de madriers et d'argile, pour ériger, pièce par pièce, la maison fondatrice de la nation. Chacun se vit attribuer une arme et des munitions. Les plus exposés durant l'attaque reçurent soixante balles, les autres, quinze. Parmi eux, il y en avait quelques-uns qui, lors d'exercices, rataient les cibles à moins de quinze mètres. Castro le savait, tout comme il savait que l'un de ces hommes était le père de six enfants. S'il devait tomber au combat, il porterait en lui l'éternelle douleur d'un sacrifice qui pourrait bien s'avérer inutile.

Il ne restait guère de temps. L'aube pointerait, et il fallait investir la Moncada avant que les premiers rayons de soleil illuminent la Sierra Maestra. Il retint l'envie de dire que dans moins de trois heures, ils seraient vainqueurs ou alors ils seraient martyrs.

— À toi, Raúl, fit-il en s'adressant à son compagnon de route.

Le jeune poète s'avança et monta sur une chaise.

— Mon cœur de patriote bat furieusement, commença-t-il par dire d'une voix hésitante.

Il toussota et, changeant brusquement de ton, lut le *Manifeste à la nation*. Il y eut des hochements de tête suivis d'un murmure d'approbation, finalement d'une ronde d'applaudissements. Le front barré d'une profonde ride, Castro comprit que tous allaient vaillamment faire face aux fusils que l'on dirigerait contre eux. Il allait donner les dernières instructions lorsque Gómez García exhiba d'un geste élégant une fleur toute blanche à trois pétales, semblable à un papillon aux ailes déployées.

— Je l'ai avec moi depuis notre départ de La Havane. Elle pousse dans la région de Viñales, elle est d'apparence si fragile, pourtant elle n'est pas flétrie… Elle est comme nous… Elle est tout ce qui définit l'espoir. La *mariposa*, notre symbole national ! C'est à même ses pétales que les femmes rédigeaient jadis des informations destinées aux combattants de la première guerre d'indépendance. La *mariposa* sera notre porte-bonheur !

Il tira un papier d'une poche de son pantalon, le déplia et lut avec ferveur le poème qu'il venait de rédiger d'un trait dans l'heure précédente.

Ya estamos en combate
Por defender la idea de todos los que han muerto…
Que morir por la patria es vivir
La libertad anida entre los pechos de los que viven hombres…
A la generación del Centenario le caben los honores
De construir la patria que soñara el Maestro Inmortal
Ya estamos en combate…¡ Adelante° !

---

* « Nous sommes déjà au combat ; Pour défendre l'idéal de ceux qui sont morts ; Car mourir pour la patrie c'est vivre. La liberté est un appel à tous les vivants ; À cette génération du Centenaire d'être à la hauteur ; À elle le devoir et l'honneur d'édifier la véritable patrie ; D'entendre résonner l'appel des héros ; Alors que nous sommes déjà au combat… en avant ! » (traduction d'Yvon Chouinard)

32

— Allez, Marta, il faut se dépêcher, s'impatienta Panchito Cano, un vétéran photographe du journal *Bohemia*.

La journée s'annonçait très chaude, comme toutes les journées de fin de juillet, alors que le carnaval battait son plein.

La jeune fille apparut tel un tourbillon. Elle regarda Panchito de ses grands yeux noirs, ses traits mulâtres rehaussés par un éclatant sourire.

— Tu m'avais dit sept heures, dit-elle, et il est à peine six heures... toute ma famille dort. As-tu oublié que c'est dimanche ?

Panchito haussa les épaules et maugréa. C'était un homme trapu, au visage énergique, buriné comme celui d'un travailleur des champs, avec un regard franc. Il était connu comme le photographe le plus débrouillard de *Bohemia*.

— Jeune fille, le carnaval n'en a rien à faire de la grasse matinée de ta famille... Alors tu m'excuseras de te redire que nous devons nous grouiller l'arrière-train.

Marta éclata d'un rire cristallin.

— À voir le tien, tu ne pouvais pas mieux dire ! Par où commence-t-on ?

Panchito passa les courroies de ses deux caméras à l'épaule et vérifia le nombre de rouleaux de pellicules qu'il traînait en poche. Il avisa le chargement de ses caméras.

— On remonte Victoriano Garzón au pas de charge, fit-il, et on file en direction du centre-ville. On devrait trouver un ou deux sujets croustillants pour ton premier reportage… C'est bien ton premier reportage, ou je me trompe ?

Marta Rojas pinça ses lèvres, se contentant de lui emboîter le pas. Ils parlèrent peu. Au bout d'une centaine de mètres, Panchito avait le souffle court et le visage baigné de sueur. Il s'arrêta brièvement.

— C'est mon premier reportage, dit-elle, il faut bien commencer quelque part. Je viens tout juste d'obtenir mon diplôme de l'école de journalisme Manuel Márquez Sterling de La Havane… et avec de très bonnes notes en plus.

— Et tu crois que tu vas faire carrière ici ? haleta-t-il.

— C'est pas ce que tu fais, Panchito ?

— Moi, je fais des photos…

— Et moi, je mets des mots sur les photos, rétorqua-t-elle, à Santiago comme ailleurs… de toute manière, je ne sais même pas si je ferai carrière dans ce métier.

— T'es payé, au moins ?

— Cinquante pesos… si on aime ce que je vais écrire !

Ils repartirent. Elle avait déjà cinq pas d'avance sur Panchito. Vue de dos, elle paraissait aussi gracile qu'une danseuse de ballet. Son corps fluet roulait des hanches avec grâce. Soudain retentit ce qui ressemblait à une pétarade.

— Un feu d'artifice, par là, fit Marta.

Les bruits s'intensifiaient, irréguliers.

— Ça, c'est pas un feu d'artifice, lâcha Panchito, pas si tôt le matin… On dirait plutôt…

Ils prêtèrent l'oreille. D'autres bruits. Staccato…

— Ça, je connais, rugit Panchito. On tire du côté de la Moncada.

Il prit Marta par le bras et la tira à sa suite. Devant, ils distinguèrent les murailles de la Moncada. Une odeur de poudre brûlée emplissait l'air.

ல

Les véhicules de tête approchaient de la Moncada. Dans la pâleur de l'aube, Fidel Castro aperçut une patrouille de cinq hommes qui déambulaient du côté opposé de la longue muraille. Ils manquaient de contenance, affichaient un air presque hébété et ressemblaient davantage à des geôliers qu'à des soldats. Il détailla le visage de celui qui semblait responsable du détachement. Il était ventru, les traits bouffis, les joues trempées de sueur, moustachu et crasseux. Un pistolet d'ordonnance pendait négligemment à son ceinturon. Castro se dit qu'une petite rafale suffirait à supprimer ces hommes. Mais ce n'était pas ainsi qu'il concevait cette mission. On ne tuait pas sans raison, pas plus qu'on n'égorgeait des prisonniers ou qu'on les torturait. En cet instant, il se percevait comme un guerrier. Et les guerriers appartenaient à une confrérie d'êtres nobles, partageant chaque moment de leur vie avec l'idée d'une mort omniprésente.

Il souffla l'ordre à chacun de se tenir prêt. Cent mètres les séparaient de la guérite la plus proche. Il fallait neutraliser les vigiles et ôter la chaîne qui empêchait les véhicules de pénétrer dans l'enceinte de la caserne.

La dernière chose dont Castro se souvint avec netteté fut ce geste coutumier d'essuyer ses lunettes embuées par la sueur. Il y eut un impact violent qui projeta les occupants les uns contre les autres, suivi d'un coup de feu. L'automobile de Castro venait d'emboutir celle de Renato Guitart.

— Trop loin, hurla Castro, nous sommes trop loin !

Un brouillard de poussière empêchait les hommes de distinguer quoi que ce soit alentour. Aucun repère visible. Puis ils entendirent le vacarme de tirs multiples et les bruits des tôles percutées par des projectiles. Un premier pneu éclata en répandant une odeur de caoutchouc brûlé. Des hurlements de sirènes déchiraient l'aube.

S'extirpant de l'automobile, Castro commença à distinguer des silhouettes qui couraient en tous sens. Des balles ricochaient autour de lui. Il se surprit de ne pas penser à la mort.

Puis il vit les contours de l'énorme caserne. Il lui sembla qu'il y avait de l'agitation sur le toit. Il s'avéra que deux soldats mettaient en batterie une arme lourde. Ils la déployaient sur son affût, l'alimentaient d'un ceinturon de cartouches et la pointaient en direction du convoi. Quelqu'un cria qu'on armait une browning de calibre 50. Castro savait que cette arme pouvait anéantir cent hommes une fois en action. C'était la faucheuse de vies des champs de bataille, capable de cracher cinq cent cinquante balles par minute.

La terrible réalité apparut à Castro. D'attaquants, son groupe et lui étaient maintenant devenus les cibles. L'effet de surprise n'y était plus. Les militaires n'avaient pas été dupés. L'appel au combat avait cédé à des cris de panique, au désarroi. L'espoir se changeait en cauchemar.

À quelques pas de Castro gisait un des hommes de Guitart. Il avait les traits convulsés, une écume sanglante à la bouche, une main serrant l'arme qui n'avait tiré que trois coups de feu. Il remuait encore les jambes, mais faiblement. Le sang qui coulait de trois plaies à la poitrine se répandait autour de lui, formant une mare visqueuse sur le sol. Puis il s'immobilisa, les yeux vides, la posture cassée.

Castro passa une main sur son visage ruisselant de sueur. Il fit tomber ses lunettes. Il les ramassa, les remit maladroitement et pompa son fusil de chasse. Sans même viser, il déchargea l'arme en direction de la mitrailleuse sur le toit. La volée de plombs atteignit un des deux soldats à la jambe. Le second faillit tomber à la renverse. Une balle venant d'un autre tireur le toucha. Il se mit à vociférer.

Plus près, à proximité de la guérite, un autre soldat tirait au hasard. Castro vit le ventre du militaire secoué par le recul de l'arme. Il le mit en joue. Atteint à l'abdomen, le soldat fut pratiquement plié en deux. Il resta prostré au sol sans réaction, le regard ahuri. Castro entendit crier son nom. C'était Renato Guitart.

— Des munitions, hurlait-il. Où sont les munitions ?

Castro aurait voulu lui répondre que l'arsenal de la Moncada était à leur portée, qu'il contenait assez d'armes pour changer le cours de l'histoire de Cuba, mais aucun son ne sortit de sa bouche. D'ailleurs, l'écho de tous les cris se noyait dans le vacarme des coups de feu et des sirènes. Il lui adressa un simple signe de la main comme pour lui dire que l'espoir ne les quitterait jamais. Il crut déceler un sourire de la part de Guitart. Ce fut le dernier geste de son allié de Santiago. Guitart n'entendit jamais le tir qui lui éclata le crâne. Foudroyé par l'impact, il fut projeté sur le dos, les bras en croix. Castro n'arrivait pas à détacher son regard du cadavre de Renato Guitart. Il se demanda si la cause valait le prix de ce sang, de ces vies. Il sut que cette bataille était perdue.

⁓

Fulgencio Batista ne ratait jamais l'occasion de participer à quelques mondanités à Varadero. L'endroit était une langue de terre faite de sable blanc, poudreux, qui s'étendait sur plus de vingt kilomètres. En bordure de mer s'alignaient des maisons de plage, toutes de pierres poreuses, entourées de vérandas et envahies de fleurs tropicales.

En cette journée du 26 juillet, le président de Cuba avait été invité à remettre le trophée au vainqueur de la course de yacht annuelle, cérémonie qui se tenait dans les jardins de la villa du milliardaire américain Du Pont de Nemours. La somptueuse demeure, aux allures de palais néo-espagnol, avait été construite par les architectes du Capitole de La Havane, les Cubains Govantes et Cabarrocas, au cours des années 1920. Batista et son entourage se tenaient sur l'immense terrasse érigée à même la falaise, avec vue sur le récif corallien au milieu duquel venait s'égarer toute une faune aquatique.

Lorsque l'officier de service vint se planter devant lui au garde-à-vous pour lui remettre ensuite un message portant la mention « priorité absolue », Batista avait fait un effort de volonté pour que rien n'y paraisse. Pas le moindre signe de surprise, d'incrédulité, encore moins de colère. Il s'attarda quelques instants à regarder filer les voiliers au large, distribua des poignées de main en répétant à chaque fois « Je suis désolé… » puis s'éloigna d'un pas résolu, suivi par un détachement militaire.

Sitôt arrivé au palais présidentiel, il vit que des soldats armés jusqu'aux dents avaient entièrement ceinturé le vaste édifice. Il monta prestement les marches en compagnie de quatre de ses ministres et du commandant des forces armées.

— Je veux Chaviano au téléphone sur-le-champ, ordonna-t-il au haut gradé.

Le majordome l'aida à troquer son complet blanc contre son uniforme de général, puis il lui passa la plus haute distinction honorifique au cou. Batista se rendit au salon des miroirs et y parada quelques instants, en solitaire. Il examina la silhouette que lui renvoyaient les glaces et trouva que l'embonpoint gagnait sa taille. Il sentit le goût salé de la sueur sur ses lèvres. Tirant un grand mouchoir, il s'épongea le visage.

— Monsieur le président, vous avez la communication dans votre bureau, vint lui annoncer son secrétaire.

Batista fit signe aux cinq hommes qui l'attendaient de le laisser seul. Ils se consultèrent du regard et quittèrent le bureau en silence.

— C'est vous, Chaviano ?

Il écouta le colonel Alberto del Río Chaviano, commandant du régiment d'Oriente cantonné dans la caserne Moncada, lui faire rapport de la situation de crise à Santiago. Pendant tout ce temps, il ne cessait de se lisser les cheveux d'un geste mécanique.

— Quand je pense que c'est moi qui vous ai obtenu votre poste, furent les premières paroles de Batista en agitant un doigt accusateur. Personne n'a donc rien vu venir ! Qu'est-ce que vous commandez là-bas, Chaviano, des bouffons de carnaval ou des soldats de plomb ?

À l'autre bout, Chaviano allumait une cigarette après l'autre. Il tenta de rassurer Batista au sujet de sa fidélité inébranlable et insista sur le fait qu'il contrôlait la situation.

— Combien de morts chez nos hommes ? demanda Batista.

— Huit, monsieur le président.

— Blessés ?

— Une quinzaine…

— Et chez les mercenaires ?

— À peu près la même chose, monsieur le président.

La voix de Batista éclata dans l'acoustique. On eût dit le bruit d'os broyés par la mâchoire d'un fauve.

— Et vous croyez que c'est avec un tel bilan que vous garderez votre poste, Chaviano ?

Chaviano bredouilla tout en laissant choir la cigarette qu'il venait d'allumer.

— Chaviano, l'interrompit brutalement Batista, il n'y a pas trente-six façons de régler ce fouillis…

— Je vous écoute, monsieur le président…

— Votre rapport fera état de civils et de patients de l'hôpital Saturnino Lora froidement assassinés… Vous rapporterez au moins soixante tués chez les mercenaires… Vous ferez tout ce qu'il y a à faire pour ça… C'est bien compris ? Assurez-vous que des photos convaincantes soient prises… et trouvez autant de témoins qu'il faudra pour corroborer la version officielle… Vous aurez tout l'argent nécessaire pour que ces témoins disent ce que je veux entendre.

— Et pour les prisonniers, monsieur le président ?

— Faites-les parler, Chaviano. Pour ça, je vous envoie des spécialistes sous les ordres d'un homme de confiance…

Batista demeura pensif un instant, les yeux fixés sur son propre portrait au mur.

— Des questions, colonel ?

Tout était clair. La moindre hésitation serait interprétée comme une offense envers le président. Chaviano respira d'aise. Il venait de recevoir les ordres de la bouche même de Batista.

Il lui plairait d'imposer dorénavant sa propre loi, ses propres règles de terreur. Des actes dont il ne rendrait compte à personne d'autre qu'à Batista, le seul qui en connaîtrait l'étendue.

Batista rumina quelque peu, passa ses doigts sur les décorations qui ornaient son uniforme avant de décrocher le récepteur d'un autre téléphone, celui-là placé tel un trophée sur un petit secrétaire en bois de placage et de marqueterie. La International Telephone and Telegraph Corporation, une multinationale américaine qui profitait des largesses de Batista, lui avait fait cadeau de cette pièce unique : un téléphone entièrement plaqué d'or et gravé à son nom.

Il fit tourner posément le cadran à cinq reprises. Une voix grave répondit dès la première sonnerie.

— Esteban, fit Batista, nous avons de petites difficultés du côté de Santiago… trop de bruit et beaucoup de désordre. J'ai besoin que le ménage soit fait… un nettoyage complet, si tu vois l'affaire. Le commandant de la Moncada, le colonel Chaviano n'a pas ces compétences… alors je t'envoie en renfort.

— Un peu de tourisme à Santiago me fera du bien, monsieur le président, répondit Ventura d'un ton neutre.

Il écouta les directives sans interrompre Batista. La conversation fut brève. Le président lui présenta une vision simplifiée de ce qu'il attendait : des contre-mesures pour dissuader un ramassis de canailles. Une heure plus tard, Esteban Ventura était rasé, la moustache finement taillée. Il avait enfilé un costume de lin blanc et rangé quelques instruments chirurgicaux dans sa valise. Une grosse automobile noire encadrée de deux motards l'attendait. En route pour l'aéroport, il imaginait déjà les regards suppliants que les détenus poseraient sur lui. Ces derniers n'auraient aucune idée des épreuves qui les attendaient. À la fin, ils ressembleraient à des pantins désarticulés qui auraient préféré ne jamais être nés.

Dans l'heure qui suivit, Batista avait réuni le Conseil des ministres. Il ordonna que soit décrété l'état de siège à Santiago de Cuba, en même temps qu'il requit la suspension de toutes les garanties constitutionnelles sur le territoire cubain. Entra en vigueur sur-le-champ la censure de la presse et de la radio. Le Conseil des ministres décréta la fermeture immédiate ainsi que la saisie des presses du journal *Noticias de Hoy*, l'organe du Parti socialiste populaire de Cuba.

Lorsque Rafael Díaz-Balart, ministre de l'Intérieur, évoqua la possibilité de mesures de représailles exemplaires, Batista coupa court aux spéculations : « Aucunes représailles », trancha-t-il. La séance levée, il fit signe à Díaz-Balart de demeurer à son siège. Une fois les portes refermées, il rejoignit son ministre.

— Pas de représailles, Rafael, ne signifie pas que nous ne rétablirons pas les comptes, fit-il avec un sourire. Mais cela ne doit faire l'objet d'aucune mesure officielle. Ainsi, pour chaque soldat tué durant cette escarmouche, dix mercenaires paieront le prix de leur trahison. Je te laisse le soin de régler les détails…

De retour dans son bureau, Batista décrocha une fois de plus le téléphone doré. Il parla directement à l'ambassadeur des États-Unis, William Beaulac.

— Monsieur l'ambassadeur, dit Batista, Cuba est en état d'urgence. Nous avons été attaqués tôt ce matin par un fort contingent de mercenaires et nous croyons qu'il s'agit d'une tentative de renversement du gouvernement par des terroristes communistes. Le ministre de l'Intérieur, M. Rafael Díaz-Balart, vous mettra au courant de tous les détails et des mesures que nous prenons pour maintenir le bon ordre et la sécurité des citoyens de Cuba. Je demande le soutien officiel du gouvernement des États-Unis…

— Vous avez toujours eu ce soutien, monsieur le président, et je le réitère…

— Je veux dire un soutien tangible et immédiat, monsieur l'ambassadeur… en argent et en armes… Nous avons un urgent besoin de véhicules blindés, d'armes automatiques de gros calibre, de mortiers…

— J'en réfère immédiatement à Washington, monsieur le président.

— Je vous en remercie, monsieur l'ambassadeur… Je vous informe que je m'adresserai demain à la nation.

❧

Le caporal Corrales avait serré le ceinturon et tiré le bas de son uniforme pour défaire les plis afin de se donner de la contenance. Lorsqu'il reçut les ordres du lieutenant Teodoro Rico, il demeura les bras ballants, la bouche entrouverte, les traits gras de son visage marqués d'incrédulité. L'officier le fixa sans cligner de l'œil et répéta d'un même ton aigu :

— Tout cela doit être fait immédiatement. Prenez cinq hommes de confiance avec vous… vous entendez bien : des hommes de confiance.

— Combien il en faut, lieutenant ?

— Une douzaine… et n'oubliez pas, caporal… vous devez avoir l'air de mercenaires… Vous ne posez pas de questions et… pas de pitié.

Quelques minutes plus tard, six hommes firent irruption dans une salle commune de l'hôpital Saturnino Lora. Ils étaient vêtus de vieilles tuniques maculées de sang dont ils avaient retroussé les manches. Leurs visages étaient en partie couverts par des foulards rouges. Machettes à la main, ils adoptèrent une posture de chasseurs à l'affût. L'ordre lancé ressemblait à un grognement bestial. Aussitôt, ils s'élancèrent en direction des lits les plus proches, semblables à des bêtes sauvages fondant sur leurs proies. Des malades levèrent instinctivement les bras, d'autres se lancèrent en bas des lits. Les lames acérées s'abattirent à répétition, entaillant les chairs. Les bourreaux improvisés suaient à grosses gouttes, éclaboussés du sang de leurs victimes. Celles-ci hurlaient des mots à peine articulés. Puis l'odeur de la mort flotta dans le lieu qui avait pris une allure d'abattoir.

Le caporal Corrales sortit le pistolet qui pendait à son ceinturon et vida le chargeur au hasard. Les projectiles ricochèrent un peu partout. Un patient fut atteint au ventre. Il hurla, les mains sur l'estomac. Le caporal Corrales poussa un juron.

— Qu'est-ce qu'on fait de lui ? lança un des hommes d'une voix mauvaise.

Corrales lui tendit son pistolet. Ce dernier braqua l'arme en direction du visage épouvanté. Les yeux exorbités du blessé fixaient le canon. Le coup partit, résonnant comme un coup de tonnerre. Le blessé fut projeté vers l'arrière, un trou béant en plein front.

— Nettoyez les machettes, ordonna Corrales d'une voix saccadée.

Les hommes se servirent des draps de lit pour essuyer les lames ruisselantes. Puis ils battirent en retraite, nullement remués par l'atrocité de la scène. Ils n'avaient pas agi en mauvais soldats, encore moins en lâches puisque les ordres avaient été stricts, donc indiscutables.

— Qu'avez-vous vu à l'hôpital, caporal Corrales ? lui demanda le lieutenant Rico, en feignant un air inquiet.

Corrales lui fit un bref récit de la scène faisant en sorte que cette sauvagerie soit imputée aux mercenaires. Il ne manquerait pas de témoins pour rapporter avoir entendu les tueurs crier : *¡ Viva la revolución !*

Le lieutenant Rico s'empressa de former un autre escadron de la mort. Il chargea deux sous-officiers d'une opération qu'il qualifia de nécessaire parce que la sécurité du pays en dépendait. Dix soldats furent désignés pour former un détachement de nettoyage. En quelques minutes, ils exécutèrent quinze prisonniers du groupe de Fidel Castro. Après leur avoir retiré la tunique, on leur tira une balle dans la tête, simulant ainsi le suicide. On leur remit les vestes kaki, leur plaça une arme dans une main et les dissémina sur un vaste périmètre.

Près de l'entrée principale de la Moncada, dix blessés furent jetés à l'arrière d'une camionnette. L'un des hommes, touché au thorax, ne cessait de vomir du sang. Un autre avait une plaie béante au ventre et le genou cisaillé par une balle de fort calibre. Les blessés regardaient à travers un brouillard. Ils n'y voyaient que noir et sang. La plupart avaient oublié la cause, le *Manifeste à la nation*, jusqu'au nom de la caserne qu'ils avaient attaquée. Quelqu'un murmura : « La liberté est l'appel à tous les vivants… » Un autre répondit : « Nous sommes déjà au combat… ». Une voix ajouta : « Mourir pour la patrie, c'est vivre… »

— Si vous ne fermez pas vos gueules, on vous débarque en chemin et on vous passe dessus comme des chiens écrasés, pesta un des soldats en prenant place sur une des deux banquettes du véhicule.

— Où vous nous emmenez ? questionna faiblement un des blessés, on a besoin de soins…

— Pas de problème, ironisa-t-on, on va vous trouver des chambres de luxe, des infirmières privées et on vous proposera même pour des décorations.

Les soldats pouffèrent de rire.

— En route ! lança le caporal qui commandait le groupe.

Il jeta un rapide coup d'œil à l'arrière de la camionnette. Il déglutit avec peine à la vue du sang répandu sur le plancher du véhicule.

— Assurez-vous que vous avez ce qu'il faut, ajouta-t-il à l'endroit de ses hommes.

Chacun vérifia son arme, son chargeur ; des cliquetis obsédants. Ils imaginaient le fracas des salves, les sifflements de la volée de balles, les sursauts des corps avant de s'écraser, puis deux ou trois coups de feu retardataires afin d'achever la besogne meurtrière. Il ne resterait que des corps informes éclaboussés de taches écarlates. Le caporal donnerait l'ordre de poser des armes à proximité des corps. La mission accomplie, les hommes fumeraient des cigarettes, dégusteraient du rhum. Le caporal tirerait quelques bouffées d'un cigare. Un dernier regard révélerait dix cadavres crevés de plaies d'où s'échapperait un sang rouge sombre. Le caporal pensait au rapport qu'il ferait à son supérieur. Lui et ses hommes avaient subi l'épreuve du feu. Une grêle de balles, le grondement continu de tirs automatiques, quelques explosions. Ils avaient donné l'assaut à la petite ferme. Une heure d'angoisse. Au terme de cette charge, des corps allongés partout. Au plus fort du chaos, quelques hommes avaient reflué sans laisser de trace. Le bungalow avait été criblé de balles, l'intérieur fracassé par endroits. Des armes vides avaient été empilées les unes sur les autres. Elles ne menaceraient plus personne. Pour les photographies officielles, quelques cadavres tombés l'un sur l'autre. C'était cette version qui parviendrait au président Fulgencio Batista et que retiendrait l'histoire. Ainsi, la bravoure de la troupe ne serait jamais remise en question, puisque l'enquête se terminerait avant même de commencer. Elle se terminerait au bout d'une piste incertaine, mais s'avérerait concluante pour les autorités.

❧

Un prêtre passait d'un corps à l'autre. Il distribuait les bénédictions à la hâte, sans s'attarder ni fixer aucun des cadavres. À ses yeux, tous ces mercenaires se ressemblaient une fois toute vie effacée de leurs traits.

Les corps étaient éparpillés entre le bâtiment principal et l'allée qui menait aux quartiers des soldats. Panchito Cano avait essayé tant bien que mal de se faufiler parmi toute l'agitation. Il entendit quelques tirs sporadiques tout près. Se fiant à son instinct, il poussa Marta Rojas en direction des baraquements situés à l'arrière du bâtiment principal de la Moncada. Un gradé surgit de nulle part. Il se planta devant eux, l'arme haute.

— On ne passe pas, ordonna-t-il.

Panchito exhiba une carte de presse défraîchie.

— Je me nomme Panchito Cano, je suis photographe de presse…

Il désigna la jeune femme qui l'accompagnait.

— Marta Rojas… Elle est en reportage pour *Bohemia*.

Le militaire les examina des pieds à la tête.

— Pas de reportage ici, fit-il, le fusil toujours pointé sur Panchito.

Il avait parlé avec autorité, et son seul regard indiquait qu'il n'hésiterait pas à employer la manière forte.

Marta Rojas dissimula son trouble. Elle ne voulait surtout pas que le militaire s'aperçoive qu'elle était morte de peur. Elle fit un effort pour sourire.

— Dites-nous seulement ce qui se passe… quelques mots, je vous prie, monsieur…

— C'est sergent… pas monsieur, rétorqua le militaire. Je suis le sergent Carlos Delgado.

— Une simple explication, sergent Delgado… Je vous donne ma parole que nous ne mentionnerons pas votre nom.

— Accompagnez-nous le temps de quelques mots, sergent, insista Panchito, et de trois ou quatre clichés à distance…

Joignant le geste à la parole, Panchito tira quelques billets de sa poche.

Le militaire hésitait. Son regard passa du photographe à la jeune femme aux yeux couleur d'obsidienne.

— Vous avez des cigarettes américaines ? lança-t-il.

— Deux paquets de Pall Mall, s'empressa de répondre Panchito.

— Filez-moi tout ça…

Il saisit l'argent, le fit disparaître dans sa tunique, puis vérifia si les deux paquets de cigarettes étaient intacts. Il brisa l'emballage de l'un d'eux et préleva une cigarette.

— Du feu, grogna-t-il.

Panchito lui tendit son briquet. Delgado alluma la cigarette, tira une longue bouffée, puis souffla la fumée à la figure du photographe.

— Il y a eu une attaque par des terroristes… ici, à la Moncada et là-bas… à l'hôpital… des terroristes ont assassiné des malades à coups de machettes… On pense qu'ils voulaient forcer l'armurerie de la caserne et prendre les armes… Il y a eu plusieurs morts et des blessés…

— On sait qui commandait les terroristes ? demanda Marta Rojas.

Le militaire fit signe que non tout en répétant qu'il y avait eu beaucoup de morts et de blessés.

— Des arrestations ?

Delgado approuva de la tête.

— Plusieurs ?

Il haussa les épaules.

— Difficile à dire… le commandant Chaviano fera son rapport lorsqu'il aura toutes les informations…

Marta Rojas lui posa d'autres questions. Il répondait de façon évasive, un mot, un grognement, un mouvement de tête, une moue, un geste expressif. Elle notait à la hâte, en sténographie.

Brusquement, Delgado jeta le mégot et l'écrasa.

— Prends tes photos en vitesse, fit-il en s'adressant à Panchito. Après, vous disparaissez tous les deux.

Panchito s'éloigna de quelques pas.

— Pas plus loin, lui ordonna le militaire.

Il pointa son appareil vers les dépouilles qui jonchaient le sol à une dizaine de mètres de là. Il régla l'obturateur. La mort se révéla de plus près. Chaque cadavre exprimait avec netteté la terreur et la souffrance des derniers instants. Il mitrailla la scène. Il prit son autre appareil. Chaque déclic imprimait des visages figés, des regards éteints, des bouches ouvertes comme pour crier leur tragique destin. Des tuniques déboutonnées, sanglantes. Des mains rigides, blanches, crispées par l'agonie. Il s'attarda sur le corps d'un homme dont les mains tenaient encore les intestins qui avaient commencé à glisser de son ventre crevé. Partout des faces ensanglantées exprimant une stupeur muette.

— Maintenant vous partez, gueula le sergent Delgado.

Panchito n'insista pas. Il fit signe à Marta d'obtempérer. Le militaire saisit le photographe par le bras et poussa le canon de son fusil contre son ventre.

— Vous avez intérêt à ne jamais mentionner mon nom…
Moi je connais les vôtres.

— On ne vous a jamais vu, murmura Panchito.

Delgado baissa son arme.

— Tu sais que je pourrais te confisquer tes caméras, fit-il
en le fixant d'un œil malicieux. Alors tu me files ton briquet et
tu tiens ta langue.

❧

La chaleur augmentait rapidement. Tellement que Panchito
commençait à se sentir mal. Sans vouloir ironiser, Marta lui
répondit que l'hôpital était à quelques pas. Il la regarda d'un
air de reproche et s'assit à même le trottoir, le dos contre le
mur de la maison située en biais de la Moncada. Des véhicules
militaires allaient et venaient sans relâche au milieu des soldats en armes. Sur le toit de la Moncada, dont la façade était
criblée de projectiles, des sentinelles braquaient leurs jumelles
tous azimuts.

— Qu'est-ce qu'on fait maintenant ? demanda Marta.

Panchito ne dit rien. Les yeux mi-clos, il observait le
va-et-vient.

— C'est terrible, ce qui est arrivé, soupira-t-il finalement.

Puis il se remit pesamment sur ses pieds et fixa Marta avec
gravité.

— Il faut que tu partes d'ici par n'importe quel moyen…
Tu dois retourner à La Havane et rédiger ton article…

— Pourquoi moi et pas toi ?

— Parce que c'est toi la journaliste… C'est toi qui tiens
peut-être le plus grand reportage de l'histoire…

— Mais c'est toi qui tiens les photos, rétorqua-t-elle. Sans
ces photos, pas d'article…

Panchito avait terriblement soif. Il respirait mal, la bouche
ouverte.

— T'as raison, dit-il.

Son esprit redevint actif. D'un geste précis, il rembobina le film, ouvrit le boîtier de la caméra et le retira. Il fit de même avec l'autre caméra. Puis il introduisit des films vierges dans chacun des appareils et prit des clichés à la ronde. Lorsqu'il en eut pris une trentaine, il tendit les deux rouleaux à Marta.

— Il y a là cinquante-deux clichés... Ils valent de l'or. À toi de les protéger.

— Mais ce sont tes photos, lui lança Marta.

— Pas pour longtemps... Il y a déjà des barrages partout... Où que nous allions, on va se buter à des contrôles... Tu devines le reste.

Marta se tint coite. Elle comprenait que dans Santiago de Cuba, chaque rue était devenue une frontière, chaque quartier un ghetto. Le carnaval se terminait sur une tragédie. Dorénavant, elle avait un devoir sacré : préserver son droit de rendre compte des événements de la Moncada. Elle prit les deux rouleaux de film et les dissimula dans son soutien-gorge.

— Tu sais ce que j'ai vu par l'œil de la caméra ? fit Panchito.

— Des horreurs...

— Des corps transpercés de balles, mais des tuniques intactes... pleines de sang, mais intactes !

Marta parut stupéfaite.

— Je ne comprends pas...

— Une mise en scène, Marta, laissa-t-il tomber. Les photos me donneront raison.

33

Les quarante détenus vivaient un même cauchemar. Des cellules plongées dans le noir, sauf lorsque la lueur d'une lampe bleuissait les murs. La lampe dansait dans les mains d'un gardien qui entrait, lançait des insultes suivies de coups, puis sortait en les traitant de traîtres.

Abel Santamaría avait été touché par une balle à la jambe lors de l'assaut de l'hôpital Saturnino Lora. Il s'était défendu, mais son arme s'était enrayée. On l'avait cerné, capturé, roué de coups. Lorsque le tumulte avait pris fin, on n'entendait que des râles. Il avait été pris d'une fureur de désespoir. On l'avait alors adossé contre un mur. Il avait cru qu'on allait le fusiller. Il avait senti le froid de la mort le glacer. En fin de compte, on l'avait traîné comme une bête que l'on envoie à l'abattoir. Il s'était mis à hurler en voyant des corps souillés, des taches sanglantes, des brutes vociférantes. On l'avait traîné parmi les cadavres de ses compagnons étalés dans des mares de sang. On l'avait jeté dans un réduit sombre, malodorant, où on l'avait aspergé d'eau. Il avait défailli.

Lorsqu'il reprit connaissance, il sentit immédiatement une présence humaine. Il vit le rougeoiement d'une cigarette.

— Je vais te poser quelques questions auxquelles tu répondras, fit la voix.

Santamaría ne répondit pas. L'individu répéta la question en se faisant plus insistant. Santamaría se tut. Le coup partit et l'atteignit près de l'oreille. Il s'écrasa, plié en deux.

— Je veux voir un avocat… J'ai droit à un avocat, balbutia-t-il.

Il vit à nouveau le rougeoiement de la cigarette.

— Je vais t'expliquer quelque chose, reprit l'homme sans élever le ton. Tous les droits sont suspendus par ordre du président, ce qui, bien entendu, comprend le recours à des avocats ainsi qu'à l'*habeas corpus*. Tu es donc un criminel. Et si tu refuses de répondre à mes questions, je te traiterai comme un traître à ton pays. Voici ma première question : quel est ton nom complet ?

— Abel Santamaría Cuadrado…

— De quel endroit es-tu ?

— La Havane…

— Adresse complète…

— 25e Rue, numéro 164, appartement 603, quartier Vedado…

— Lieu et date de naissance ?

— Las Villas… le 20 octobre 1927.

— Employeur ?

— L'agence d'automobiles Pontiac de La Havane…

— Le nom de l'organisation qui a mené cette attaque contre la Moncada ?

Abel Santamaría se tut. Il s'attendait à un nouveau coup vicieux et tendit ses muscles à l'extrême. Il ne se passa rien, quoiqu'il sentît le souffle de l'homme sur sa nuque.

— Le nom de l'organisation ? répéta ce dernier.

Santamaría se mordit les lèvres. Les mains de l'homme frôlèrent sa tête. Elles lui retirèrent délicatement les lunettes cassées dont il ne restait que la monture. Il les déposa au sol et les écrasa. Santamaría sentit une soudaine brûlure sur une oreille. Il hurla. L'homme lui enfonça un chiffon dans la bouche. Il vomit et commença à étouffer pendant que l'homme allumait tranquillement une nouvelle cigarette.

— Si tu refuses de parler, ce sera un œil… puis l'autre, fit la voix. Après, on passera aux choses sérieuses…

— Vous devez me traiter comme un prisonnier de guerre…
L'homme ricana.

— Cuba n'est en guerre avec personne, c'est toi qui t'es attaqué à ton propre pays… ce qui fait de toi un terroriste, un assassin et un traître. Je répète ma question… quelle est l'organisation responsable de cette attaque, et qui en est le chef?

Abel Santamaría ne broncha pas. L'homme tira une dernière bouffée de cigarette. Le rougeoiement s'estompa. Il y eut un moment de silence.

— Vois-tu, Abel Santamaría, je suis obligé d'obéir aux ordres de mes chefs, reprit l'homme, ça, tu le comprends maintenant. Pour m'acquitter d'un travail aussi considérable, il n'y a que la manière efficace. Je ne peux donc admettre ton silence ni me contenter de réponses vagues. Protester ne te servira à rien… souffrir ne te servira à rien… mourir ne te servira à rien. Tes protestations ne seront pas entendues… tes souffrances ne serviront d'exemple à personne… ta mort ne touchera personne. Si tu ne parles pas, d'autres le feront, c'est une promesse que je te fais. Alors je te le demande pour la dernière fois: quelle est cette organisation, et quel est le nom de son chef?

Santamaría eût voulu hurler des imprécations. Il n'en fit rien. Il eût voulu se dresser contre cet homme, le défier, voir son visage. Au contraire, il abdiqua tout orgueil et se résigna au pire en espérant toutefois que ce bourreau terminât vite son œuvre, sans lui arracher des accents suppliants.

— ¡ *Ya estamos en combate… que morir por la patria es vivir…* !
Ce furent ses seuls mots.

Un coup terrible sur la nuque lui fit perdre toute notion. Deux mains lui prirent la tête en étau. Il sentit vaguement les pouces de l'homme appuyer sur ses yeux. Le crâne voulait lui exploser. Quelque chose céda. Santamaría se sentit suspendu dans le vide. Sa mémoire le quittait, son esprit ne perçut aucune lumière. Il sut que la victoire était sienne avant de basculer dans le néant. L'homme resta quelques instants immobile. Il sortit ensuite une petite lampe de poche et dirigea le rai de lumière sur le visage de Santamaría. Du sang coulait d'une oreille et de son nez. Son œil droit était tuméfié, enfoncé en partie dans l'orbite. Pourtant, le visage avait conservé un air d'inaltérable sérénité, presque de noblesse. La force brutale n'avait pas réussi à lui soutirer sa dignité. L'homme réprima sa déception. Il brandit la matraque et asséna un coup violent entre les deux yeux; le coup de grâce. Le corps s'agita d'un sursaut, se raidit puis retomba mollement, l'œil gauche ouvert, fixant l'éternité. L'homme rangea la matraque et passa à une besogne de boucher. Scalpel à la main, il préleva l'œil droit d'Abel Santamaría, ne laissant qu'un petit caillot de sang couler de l'orbite évidée.

Sortant de la cellule, l'homme transmit des ordres stricts aux deux soldats de faction.

— Une balle dans la tempe droite de manière à ce qu'elle ressorte par l'œil… puis vous déposerez le corps dans un corridor de l'hôpital avec son arme près de sa main droite. Pas de bavure.

Les deux soldats tirèrent au sort.

— Dans la tempe droite, insista l'homme à l'endroit du soldat désigné.

Celui-ci pénétra dans le lieu obscur. Quelques instants plus tard, une sourde détonation retentit. Lorsqu'il ressortit, l'homme lui jeta un regard inquisiteur. Le soldat lui montra l'endroit, sur sa propre tempe droite, où la balle avait pénétré, puis celui, autour de l'orbite, où elle était ressortie.

— Je n'ai pas retrouvé son œil, fit le soldat.

— Ne t'occupe pas de son œil, répondit l'homme d'un ton froid.

Les deux soldats exécutèrent l'ordre d'Esteban Ventura.

℀

Haydée Santamaría n'avait rien bu ni mangé depuis près de huit heures. On l'avait dépouillée des vêtements kaki et vêtue d'une robe trop grande, souillée, qui avait appartenu à une patiente de l'hôpital. Elle n'avait vu d'autre figure qu'une face de brute qui la reluquait chaque fois qu'il pénétrait dans la cellule sous prétexte de lui demander si elle avait besoin de quelque chose. Lorsqu'elle avait répondu qu'elle avait un urgent besoin d'uriner, il s'était moqué d'elle, lui disant qu'elle n'avait qu'à s'exécuter devant lui. Elle avait préféré se coucher à même le sol froid, essayant de refouler les douleurs qui lui déchiraient le bas-ventre.

D'abord épouvantée à l'idée qu'on la laisserait pourrir dans ce réduit à l'allure d'un cloaque, elle s'était résignée au rythme de sa lente dégradation physique. Les geôliers s'étaient succédé aux demi-heures. On l'avait interrogée de toutes les manières. On l'avait menacée de la violer. Elle avait toujours prononcé les mêmes mots qui ne voulaient rien dire. On avait fini par lui hurler des questions à lui rompre les tympans. Rien n'y avait fait. Ses mots, toujours les mêmes, ressemblaient à des échos lointains. Elle s'était contentée de marmonner des sons presque imperceptibles.

Lorsque Esteban Ventura entra dans la cellule, il la trouva, au sol, recroquevillée en position fœtale. Il demanda au geôlier d'apporter une table, deux chaises, une bassine d'eau et une serviette. Il invita Haydée à se nettoyer puis à prendre place sur une chaise.

— Avez-vous été brutalisée par les gardes ? lui demanda-t-il doucement.

Pour toute réponse, Haydée enfouit son visage entre ses mains. Ventura les prit entre les siennes et la força à le regarder. Il la vit en proie à une troublante incertitude.

— Répondez-moi, Haydée, fit-il sans élever le ton.

Elle parut surprise.

— Comment savez-vous mon nom ?

— C'est mon travail de savoir, mademoiselle Santamaría. Veuillez me répondre : avez-vous été brutalisée ?

— Non, laissa-t-elle tomber.

— Très bien… car un soldat doit se conduire en gentleman en présence d'une femme, fit Ventura. Vous êtes d'accord ?

Elle fit signe qu'elle l'était.

— Vous savez pourquoi vous êtes détenue, n'est-ce pas ?

Elle murmura qu'on l'avait arrêtée sans lui donner de motif et sans l'informer de ses droits. Ventura la fixa, le sourcil froncé. Son regard rappelait à Haydée celui d'un reptile, aussi fixe et froid.

— Vous avez participé à une attaque terroriste, mademoiselle Santamaría, lui dit Ventura sans la quitter des yeux. Une attaque aussi barbare que sauvage…

— Je n'avais aucune arme en ma possession…

— Vous étiez en compagnie de votre frère et de plus de cent cinquante autres terroristes…

— Je n'étais pas armée, répéta Haydée.

— Cela vous rend-il moins coupable ?

Elle baissa les yeux. Ventura lui prit le menton et l'amena à le regarder.

— Mon travail n'est pas de vous accuser, mademoiselle, c'est l'affaire de la justice, précisa-t-il. Mon travail consiste à poser des questions et à obtenir des réponses. Vous répondez à mes questions, vous me dites la vérité et vous aurez droit à une bonne douche et à un bon repas.

— Je ne demande aucune faveur, murmura Haydée, simplement d'être convenablement traitée.

— Je crains que nous n'en soyons plus au marchandage, mademoiselle, fit Ventura.

— Ce n'est pas mon genre, monsieur.

— Bien, alors il y a peut-être de l'espoir, répondit Ventura en feignant la bonne volonté.

— Je n'ai rien dit de la sorte…

Ventura se leva et fit quelques pas dans la cellule. Il recommença le manège à quatre reprises.

— Cinq pas d'un mur à l'autre, dit-il, trois mille pas à l'heure, trente mille pas pour une seule journée… et toujours un mur devant soi. Imaginez-vous quel enfer et quelle folie ce sera au bout d'un an ?

Il revint s'asseoir devant Haydée.

— Le président a décrété la loi martiale, poursuivit-il, ce qui veut dire que l'armée détient tous les pouvoirs. J'ai personnellement ordre d'obtenir toutes les réponses. Vous comprenez ?

Haydée fit mine de réfléchir. Elle connaissait la vérité. Elle connaissait surtout la valeur de la cause à laquelle elle avait juré fidélité. Elle était fatiguée, avait les yeux hagards. Elle se doutait bien que toute l'attaque avait échoué, que les chefs étaient sinon morts du moins en danger. Elle ne voyait aucune issue.

— Vous comprenez ? répéta Ventura. Je crois en effet que vous mesurez assez bien la gravité de la situation. Alors si vous le permettez, gagnons du temps…

— Je crains qu'avec moi vous alliez plutôt perdre votre temps.

Esteban Ventura repoussa subitement sa chaise et se détourna. Il faillit perdre contenance. Il alluma une cigarette et se tint face à un des murs de la cellule, qu'il fixa d'un œil vide.

— Une cigarette, Haydée ? fit-il après un moment de silence.

— Non… Je vous remercie.

Il continua de fixer le mur pendant un long moment, puis il consulta sa montre et revint prendre place.

— Je n'ai que deux questions, dit-il en paraissant calme. Quel est le nom de l'organisation qui a mené l'attaque contre la Moncada, et quel est le nom de son chef ?

Haydée ne réagit pas. Il lui souvint qu'elle et Melba Hernandez, les deux seules femmes à avoir été admises dans les rangs du Mouvement, s'étaient juré de combattre jusqu'au bout sans défaillir. Le moindre mot prononcé serait un acte de lâcheté. Mais en punition de son silence peut-être la condamnerait-on à entendre pousser le verrou sur la porte de fer de la prison qui l'engloutirait à perpétuité.

— Je n'en sais rien, répondit-elle.

Pendant quelque temps encore, Esteban Ventura essaya de la convaincre de prononcer deux noms, rien de plus. Il eut même de bonnes paroles à son endroit. La jeune femme demeura inflexible.

— Vous aimez votre frère ? lui demanda brusquement Ventura.

— Nous nous entendons très bien, murmura-t-elle.

Haydée revit le visage souriant de son frère cadet. C'était la dernière image qu'elle avait d'Abel. Toutes les autres s'étaient étrangement effacées. Pourtant hier encore, ils écoutaient les dernières instructions de Fidel Castro et le poème de Raúl Gómez García.

— Vous aimeriez bien le revoir, n'est-ce pas ? insinua Ventura.

— Vous connaissez ma réponse, laissa-t-elle tomber en proie à une soudaine émotion.

— Vous n'avez que deux noms à prononcer, rien de plus, et vous reverrez votre frère.

Si elle parlait, tout s'écroulerait. Sa propre vie ne serait plus supportable. Si elle ne parlait pas, combien de morts aurait-elle sur la conscience ? Elle se rappela les deux mots terribles que leur avait lancés Fidel Castro en guise de ralliement : ¡ *Patria o muerte !* La patrie ou la mort ! Nul compromis entre les deux.

— Je ne connais aucun de ces noms !

Le regard rivé sur le visage de Haydée, Esteban Ventura déposa sur la table un mouchoir rouge soigneusement plié. Il le défit avec lenteur. Ce qu'elle vit la glaça d'horreur.

— Deux noms, Haydée, et j'épargne l'autre œil de votre frère... et sa vie !

Devant elle, l'œil glauque de son frère Abel. Elle se sentit vidée de son propre sang. Elle serait morte pour Abel. Ils étaient issus d'un même monde, avaient partagé les mêmes idéaux, couru les mêmes risques, affronté les mêmes dangers, prononcé le même serment d'allégeance à la révolution. Le ressort de sa vie se détendit brusquement, comme s'il s'était brisé.

Elle ne doutait plus de l'enfer puisqu'elle y était plongée, et la main du diable pesait sur elle. Elle imaginait des visages suppliants, des mains tendues, un grondement de colère, une porte de fer qui semblait céder.

— Les morts se souviennent, souffla-t-elle en défiant Ventura du regard.

Cette phrase prononcée, tout vacilla autour d'elle.

&

Les soldats avaient reçu l'ordre du lieutenant Rico de fouiller les cadavres et les prisonniers, parmi lesquels plusieurs étaient blessés. Ce fut une véritable curée, semblable à celle de vautours qui s'abattent sur un charnier. On tourna les corps en tous sens, à la recherche d'indices. On en profita pour subtiliser le moindre objet de quelque valeur. L'ardeur du soleil accablait les hommes. Ils pestaient, juraient à mi-voix. Quelques-uns pourtant éprouvaient de la répugnance à profaner ces corps mutilés, raidis.

— Des papiers sur celui-là, cria un soldat, trempé de sueur.

Le sergent accourut. Il grimaça en voyant de près le visage bleu, enflé, méconnaissable. Il se détourna et parcourut les feuilles froissées, tachées de sang.

— C'est quoi ce charabia ? grogna-t-il.

Le soldat continua de tripoter le cadavre. De la main droite crispée du mort, il retira des pétales de fleur.

— On dirait une *mariposa*…

Le sergent lâcha une bordée d'injures.

— Tu peux te la fourrer où je pense, ta *mariposa*, gronda-t-il, mais en attendant, tu finis le boulot qu'on t'a demandé.

Il se tourna et cria d'une voix abominable :

— Vous avez intérêt à trouver ce que le commandant cherche… S'il faut les vider de leurs tripes, vous le faites… C'est compris ?

Les soldats le regardaient d'un air stupide. Ils s'essuyaient machinalement le front, le barbouillant de rouge. En maugréant, ils se remirent à fouiller les corps comme ils l'eussent fait de tas d'ordures.

Le commandant Chaviano se sentait traqué depuis que le président Batista lui avait signifié ce qu'il attendait de lui. Les appels téléphoniques se succédaient. Encore et toujours Batista.

— Quand allez-vous me confirmer que toute cette affaire est sous contrôle ?

Chaviano s'efforça de ne pas perdre sa contenance. Il voulut se faire rassurant.

— Qui sont ces hommes ? Qui est leur chef ? martela Batista.

— Nous recueillons toutes les preuves, monsieur le président... votre envoyé procède aux interrogatoires... Nous travaillons sans relâche...

— Ne vous égarez pas à découvrir une vérité quelconque, l'interrompit Batista. Faites le nécessaire pour que les faits parlent d'eux-mêmes sans causer de préjudices au gouvernement. Vous avez une journée, Chaviano. Passé ce délai, ou vous serez rétrogradé, ou vous devenez colonel...

Chaviano voulut répondre, mais le président avait raccroché. Il se sentit doublement traqué. Il fit défiler les subordonnés dans son bureau, les pressa, les menaça à leur tour. Deux heures plus tard, on commença à dresser une liste de noms, parmi lesquels celui de Renato Guitart. Il résidait à Santiago de Cuba, où il travaillait comme contrôleur de livraison. Il avait acquitté des factures d'hébergement et de repas d'une vingtaine de personnes en provenance de La Havane, descendus à l'hôtel *Rex*. Les noms de ces clients furent ajoutés à la liste. Le lieutenant Rico se fit annoncer. Il avait le compte rendu de l'attaque.

— Nous avons perdu dix-huit hommes, commandant, et nous comptons vingt-huit blessés... On m'informe d'un mort et de deux blessés à Bayamo...

— C'est une honte ! s'indigna Chaviano en frappant du poing sur son bureau.

Chaviano tira sur son col. Il désigna le téléphone.

— C'est ça que je vais dire au président ? Nous sommes bons, tous les deux, pour retourner couper la canne jusqu'à la fin de nos jours...

Rico restait calme. Lorsque Chaviano eut terminé son coup de gueule, il continua son rapport :

— Soixante et un morts chez les terroristes, quarante détenus, parmi lesquels une dizaine de blessés...

— Enfin une bonne nouvelle...

— Nous recherchons cinquante fuyards...

— Vous avez des noms de complices ?

— Quelques-uns, commandant, nous sommes sur leurs pistes...

Chaviano avait un mal de tête lancinant. Il cherchait à se concentrer.

— Des journalistes ?

— Expulsés du périmètre, commandant... Tout leur matériel a été confisqué... Les journaux ont été mis en garde à vue et Cadena Oriental de Radio a cessé de transmettre... et il y a ceci.

L'officier déposa une liasse de feuillets sur le bureau. Chaviano les manipula avec dédain.

— Un ramassis de torchons, grommela-t-il.

— Puis-je suggérer de les regarder avec attention, commandant ?

Chaviano lui lança un regard sévère, puis prit une feuille au hasard. Le texte lui parut embrouillé. Il ouvrit un tiroir et sortit ses lunettes.

« La jeunesse de Cuba se dresse en un geste de rébellion immortelle pour briser le pacte dément conclu avec la corruption passée et le mensonge présent...

Manifeste de la Moncada

Raúl Gómez García »

Chaviano se mit à parcourir avec fébrilité les autres feuillets, allumant cigarette sur cigarette. Un texte complet intitulé :

Le Manifeste de la nation, signé par le même Raúl Gómez García et Fidel Castro Ruz. Puis une feuille sur laquelle était griffonné ce qui semblait être un plan. Il y était mentionné qu'une attaque principale serait dirigée sur la caserne Moncada, que le carnaval de Santiago servirait de couverture, que tous les véhicules afficheraient les couleurs du parti politique de Batista, qu'une attaque serait également dirigée contre la caserne Carlos Manuel de Céspedes de Bayamo, que les armes de la Moncada seraient réparties dans une quinzaine de caches dans Santiago, que tous les journaux et les postes de radio seraient mis à contribution pour annoncer la chute du régime de Batista et appeler le peuple cubain à la révolution. Un des textes, pratiquement illisible en raison des taches de sang, faisait allusion à José Martí. Le dernier feuillet ne contenait que quelques lignes, vraisemblablement gribouillées à la hâte :

« Dans quelques heures, vous serez vainqueurs ou vaincus, mais de toute façon le Mouvement triomphera. Si demain nous sommes vainqueurs, nous verrons alors ce à quoi aspirait Martí. Dans le cas contraire, notre geste servira d'exemple au peuple de Cuba. Jeunes du centenaire de l'apôtre Martí, comme en 68 et en 95, nous allons crier pour la première fois ici en Oriente : la liberté ou la mort !

Fidel Castro »

Chaviano remit les papiers en ordre. Il regarda le lieutenant Rico avec beaucoup de gravité.

— Je ne crois pas que nous irons couper la canne après tout, ironisa-t-il.

Il lui tendit un paquet de cigarettes.

— Le moment est venu de commander du café, lieutenant, dit-il.

— À vos ordres, commandant, fit Rico en se raidissant.

Chaviano soupira. Il entrevit le moment de gloire. L'instant d'après il obtint la communication avec le président Batista.

— Le nom de celui qui a commandé cette attaque est Fidel Castro Ruz, monsieur le président, annonça-t-il fièrement.

Date

TO : THE DEPARTMENT OF STATE. WASHINGTON.
REF : F239011-8500

	ACTION	DEPT.
24	ARA*	I S/S G OLI IBS IFI IPS L ND SY EUR/X MC CP R
For Dept.	REC'D	N
Use only	JUL 30	F OTHER

SUBJECT : Attacks against armed forces
in Santiago de Cuba and Bayamo

At about 5:00 on the morning of Sunday, July 26,
an unknown number of persons attacked the head-
quarters of the First Regiment at Santiago de Cuba.
Approximately at the same time an encounter with
an army patrol at Bayamo resulted in the death of
a sergeant and two of the attackers, according to
the press. Most of the persons who carried out the
attack at Santiago de Cuba are reported to have been
in khaki uniform. This gave rise to early reports
that the fighting was between elements of the Armed
Forces.

The garrison drove off the attackers who
returned the fire from the military hospital, reportedly after man-handling several patients who sub-
sequently died. It appears that after killing one
or more sentries the attackers proceeded to the
quarters where non-commissioned officers lived with
their families. They knocked on doors and as the
doors were opened shot or knifed the person inside.

Consul Story was informed that 29 Army personnel
had been killed. The Government has reported that 17
officers and men were killed at Santiago de Cuba and,
as stated above, one man, a sergeant, at Bayamo. On
the basis of incomplete press reports, a total of
at least 55 persons were killed, many as yet uni-
dentified. A large number were reportedly wounded.

Although it was rumored that several planes
landed in Cuba, this has not been confirmed and may
well be untrue. There was also an unconfirmed rumor

1/2

558

that some men were landed at or near Siboney Beach
in the Santiago area. In so far as the Embassy
already in Cuba. After the Santiago attack failed,
a number of the attakers retired in the direction
of Siboney Beach. It is understood that the Army
is continuing mopping-up operations in the area.
Alerta of July 28 reported that another 15 or 20 of
the attackers had been killed so far in the later
operations.

Comment CONFIDENTIAL

The attack indicates considerable preparation
and determination on the part of the opposition, as
well as a similar determination on the part of the
Armed Forces to defend themselves.

While the Government has shown its ability to
defend itself against attacks of this type, the
fact that men were willing to die in the attempt to
capture the military garrison at Santiago de Cuba
is bound to impress the mass of Cubans. The suspension of Constitutional Guarantees will probably
increase the Government's unpopularity.

Conditions are quiet at the present time.
However, probably few people expect them to remain
quiet.

For the Ambassador

Earl T. Crain
Acting Counselor of Embassy
Enclosures

RESTRICTED

Edgar Hoover tourna et retourna le document, l'air excédé.
Il roula de grands yeux et toussa âprement après avoir pris
une gorgée de café noir. Il tira le mouchoir de la pochette de
son veston et se mit à frotter le dessus de son bureau comme
s'il eût voulu le nettoyer de toute empreinte. Il émit un grognement, signe de sa sourde irritation, tout en décrochant le
téléphone.

— Miss Gandy, je veux que vous changiez le programme de ma journée, commanda-t-il à sa secrétaire personnelle. Prenez un rendez-vous avec mon coiffeur pour onze heures pile. Je veux voir M. Tolson dans dix minutes. Réservez une suite au *Willard* pour la fin de journée et pour demain… d'ici là, je n'y suis pour personne sauf pour le président.

Il allait raccrocher lorsque :

— Vous aviez convoqué le procureur Cohn, monsieur…

— Dites-lui que la réunion est déplacée au *Willard*… nous y dînerons à sept heures.

— Dois-je demander à James de prendre le procureur à son domicile, monsieur ? demanda Helen Gandy.

— Surtout pas. Qu'il prenne un taxi et qu'il entre au *Willard* par la Freedom Plaza… Ah ! Miss Gandy… cette rencontre ne doit pas être portée à mon agenda et la réunion doit rester secrète.

L'appel terminé, Hoover soupira, comme délivré d'un certain poids. Il ressentit un étrange effet. Il se rendit compte qu'il avait les mains crispées, les paumes moites.

Lorsque Clyde Tolson vint s'asseoir à sa place habituelle, il lui sembla que Hoover était absorbé dans une sorte de rêverie, ce qui était inhabituel.

— Un problème, directeur ?

— Lis ceci et dis-moi ce que tu en comprends…

Tolson prit le document transmis par l'ambassade de Cuba au département d'État et le parcourut rapidement.

— Depuis quand sommes-nous sur la liste de distribution restreinte des Affaires extérieures et de la CIA ? s'étonna-t-il.

— Depuis que nos agents sur place font ce qu'on leur demande… demeurer invisibles et nous informer dès que quelqu'un secoue les cendres de son cigare, grogna Hoover en incitant Tolson à lire plus attentivement.

— Inquiétant, mais pas alarmant, commenta ce dernier au terme de sa lecture. Au pire, nous pourrions toujours demander à nos militaires de Guantánamo de faire quelques manœuvres de poids… cela marquerait tous ceux qui rêvent de révolution et se nourrissent d'utopie… Cela dit, plus ça change, plus c'est pareil à Cuba.

Hoover fit mine de partager l'avis de Tolson. Appuyé sur ses paumes, le regard vague, il semblait en proie à une obsession, inquiété par une chose qu'il ne pouvait encore qu'imaginer.

— Et s'ils avaient des ramifications en sol américain ? murmura-t-il. Une filière d'armes, des bailleurs de fonds, quelques communistes bien branchés qui auraient échappé à McCarthy… pas de chance à prendre. Tu pars aujourd'hui même pour Miami. J'ai besoin de quelqu'un sur le terrain pour prendre le pouls de nos hommes. Il n'y a que toi en qui j'ai confiance…

Il esquissa un sourire complice.

— Rien de tel qu'une courte séparation pour mieux jouir des retrouvailles, ajouta-t-il.

— Bien, directeur, fit Tolson, en imposant le silence à la voix du cœur qui semblait ne pas vouloir se résigner à cette brusque séparation. Mais est-il bien nécessaire d'aller sur place alors que je peux très bien faire ça à partir de nos bureaux, ici à Washington ?

— Tu connais mes règles, Clyde : tu gardes l'œil sur ceux d'en face, tu testes la poignée de main, t'observes directement les allées et venues, tu écoutes toutes les rumeurs, tu achètes les renseignements, tu ne gâches pas ta salive, mais tu fais comprendre aux intéressés que tu en sais toujours plus sur eux qu'ils en savent eux-mêmes.

Pendant tout ce temps, Hoover regardait Tolson, les yeux plissés des rides de son âge.

— Faut pas me décevoir au boulot, Clyde, ajouta-t-il en haussant les sourcils.

Clyde Tolson quitta les lieux sans desserrer les lèvres.

⁓

Le *Willard* était à l'image de Washington, il alliait l'histoire de la ville à la distinction des grands établissements du genre. Par son architecture, il rappelait les grands hôtels de Paris. Par sa clientèle, il faisait très londonien. Situé à quelques centaines de mètres de la Maison-Blanche, du Smithsonian Museum et du Théâtre National, le célèbre *Willard* avait ouvert ses portes en 1847, une quinzaine d'années avant que la guerre de Sécession ne déchirât les États-Unis. Abraham Lincoln s'y était réfugié afin d'y rédiger, à l'écart des célébrations, le discours inaugural de sa première présidence. C'est du *Willard* qu'Abraham Lincoln avait emprunté Pensylvania Avenue en carrosse jusqu'au Capitol, d'où il allait prêter son serment d'office. Par la suite, tous les présidents des États-Unis s'étaient fait un devoir de séjourner sous quelques prétextes au *Willard*. À leur exemple, les grands de tous les pays descendaient au *Willard* afin de participer aux spectaculaires dîners de galas et d'admirer la fastueuse décoration dont les lignes caractérisaient les traditions d'élégance et le mélange des styles. Quiconque descendait au *Willard* en repartait plus instruit de la culture des beaux-arts.

On cogna discrètement à la porte de l'une des suites du douzième étage. Hoover tendit machinalement l'oreille avant d'ouvrir. Roy Cohn se tenait devant lui bien droit, vêtu d'un complet neuf, d'une cravate de soie, de souliers fraîchement cirés. Son teint légèrement bronzé faisait ressortir l'éclat de ses yeux.

— Bonsoir, directeur, fit-il.

— Nous ne sommes pas au bureau, répondit Hoover d'une voix empreinte d'un soupçon de familiarité. Vous pouvez m'appeler Edgar... du moins ce soir.

Il fit signe à Cohn d'entrer. Une discrète odeur de parfum embaumait la vaste pièce. Près de la porte-fenêtre du balcon, une table était dressée de couverts pour deux personnes. Hoover avait passé une robe de chambre en soie noire à l'encolure rouge et troqué ses souliers vernis contre une paire de pantoufles en peau de daim. Cohn ne put s'empêcher de voir l'austère Edgar Hoover sous un autre jour : l'allure plus décontractée, le regard légèrement complice. Mystère de l'existence, pensa-t-il.

— Pour vous… Edgar, dit-il en lui tendant un paquet emballé avec soin.

Hoover parut troublé.

— Délicate attention… très délicate, répéta-t-il dans un souffle.

Il défit l'emballage puis émit un grognement de satisfaction à la vue de la boîte de cigares armoriée.

— *Romeo y Julieta !* fit Hoover en prononçant laborieusement les mots.

— Regardez-y de plus près, insista Cohn.

Cette fois Hoover ne cacha pas son émotion.

— Bagués à mon nom ! Décidément, rien ne vous échappe, mon cher… Je dois avouer que je suis… disons, très touché par ce geste.

Il prit la main de Cohn, l'étreignit, puis tira ce dernier vers lui. À la frange des regards, désordre et confusion. Ils restèrent un moment serrés de près. Des mots cherchèrent à prendre forme dans la bouche de l'un comme de l'autre. Quelque chose qui parut insaisissable. Hoover effleura l'épaule de Cohn et s'approcha de l'immense fenêtre qui ouvrait sur Washington. Il fit signe à Cohn de l'y rejoindre.

— Incroyable pour le commun des mortels, mais pas pour nous, fit-il en portant ses mains dans le dos. D'ici, nous contemplons le centre du monde, la source même du plus grand pouvoir… et cela ne devra jamais changer. Qu'en dites-vous, Roy ?

Cohn eut un petit rire nerveux.

— Jamais, reprit Cohn. J'en ai plus qu'entendu à la barre des témoins de la Commission McCarthy pour saisir l'ampleur de la menace communiste.

Hoover se tourna vers lui.

— Avez-vous le moindre regret d'avoir envoyé les Rosenberg à la chaise électrique ?

— Pas le moindre, répondit fermement Cohn. J'ai servi la justice, la sécurité des États-Unis d'Amérique et la volonté de son président. C'est l'esprit de Dieu lui-même qui a inspiré cette sentence.

— Nous nous entendons, se réjouit Hoover.

Il invita Cohn à prendre place dans une des deux bergères, chacune ressemblant à un trône d'évêque richement sculpté. Les deux meubles étaient d'acajou et placés à proximité d'un grand fauteuil recouvert de velours rouge. Hoover prit le cartable qu'il avait déposé sur une table ronde au dessus de marbre noir et le remit à Cohn.

— J'ai besoin de vos conseils, fit-il. Mais avant, permettez que je me délecte d'un de ces merveilleux cigares que vous m'avez offerts… mon seul lien, d'ailleurs, avec Cuba.

Il roula le cigare entre ses doigts, le huma, sourit singulièrement tout en en taillant l'extrémité. Il l'alluma et en tira de longues bouffées, contemplant le nuage bleuté qui se formait au-dessus de sa tête.

— Puissant… parfumé, gloussa-t-il. Je dois bien ce compliment à ces salauds de Cubains !

Il fuma, et brusquement :

— C'est au sujet de Cuba que je vous ai fait venir ici, Roy. Ouvrez le cartable.

Cohn ne parut pas surpris. Le cartable contenait plusieurs dossiers, parmi lesquels le long télégramme envoyé par l'ambassade des États-Unis à Cuba au secrétaire d'État américain. Il les parcourut un à un.

— La version diplomatique, c'est trois fois rien, commenta Hoover. Beaulac est déjà en train de faire ses malles. Dans un mois, il sera sous d'autres cieux… Les rapports de la CIA sont assez mal fagotés… on dirait des trucs pour sourds-muets. À la place du secrétaire d'État Dulles, je serais inquiet. Ce qui laisse le président Eisenhower dans une situation vulnérable, car le jour où il apprendra ce qui se passe vraiment dans ce foutu bordel, il ne terminera pas sa partie de golf.

Il s'interrompit pour tirer une autre bouffée du cigare.

— Bon, suffit, ces conneries ! Relisez attentivement les trois rapports de mes agents sur place à La Havane…

Cohn se concentra sur les notes en question. Les petites rides de son front s'accentuèrent. Hoover versa deux doigts de gin dans un verre. L'avocat le porta à ses lèvres. Sa main tremblait légèrement. Il termina la lecture en même temps qu'il avala une dernière gorgée. Il leva finalement les yeux en direction de Hoover.

— On ne ferait pas mieux à Hollywood, fit-il.

Une réflexion anodine que Hoover prit au pied de la lettre.

— Ne badinez pas, répliqua-t-il d'un ton sec. Si nous n'agissons pas vite et bien, ce repaire de communistes deviendra une poudrière…

Hoover fit mine d'appuyer un pistolet imaginaire contre sa tempe et d'appuyer sur la détente.

— Résumons, poursuivit-il. Des terroristes entrent dans une caserne bourrée de soldats et d'armes comme dans un moulin… L'ambassade nous chante une berceuse alors que cinquante de ces terroristes sont toujours en cavale. Pendant ce temps, le président nous envoie ses bons baisers de Cuba et nous demande des livraisons prioritaires de chars, d'avions et d'armes en échange d'un tarif préférentiel sur les exportations de sucre, de quelques putains de luxe et de jetons de casinos. Quelque chose à dire ?

Cohn allait répondre, mais Hoover ne lui en laissa pas le temps. Sa voix était devenue rauque, le débit très saccadé. Il fixait l'avocat de son regard de hibou.

— Gardner… il s'appelle Arthur Gardner. Il a fait un peu de tout, sauf l'essentiel. Il ne connaît rien des coulisses de la diplomatie, mais il se vante d'avoir connu Eisenhower alors qu'il commandait l'école militaire à Gettysburg. Le pire, c'est qu'il ne connaît rien de Cuba, rien des questions d'Amérique latine… dans quelques semaines, cet Arthur Gardner sera le nouvel ambassadeur des États-Unis à Cuba. Alors, Roy, que faisons-nous ? On monte aux barricades, ou on se met la tête dans le sable ?

— Cas de force majeure, fit Cohn sans la moindre hésitation. Vos agents du FBI ont fait de l'excellente besogne… à croire qu'ils ne dorment jamais.

— Être ou ne pas être du FBI, tout est là, affirma Hoover avec un brin d'arrogance.

Cohn exhiba un des documents.

— D'où viennent toutes ces armes américaines ? demanda-t-il. Comment parviennent-elles à Cuba ?

Hoover eut un soupir de désolation.

— Les vipères ont la fâcheuse tendance à se multiplier si on ne détruit pas les nids… vous avez lu ? Professeur d'un collège réputé, libraire, dirigeant d'une secte païenne, curé, banquier mexicain… mais la plus dangereuse liaison est celle de Hemingway avec le chroniqueur du *New York Times*, le fameux Herbert Matthews…

— Pour l'instant, les rapports font état de simples présomptions, corrigea Cohn.

La remarque irrita Hoover. Il éteignit le cigare et redressa les épaules.

— Au feu les présomptions… si nous laissons filer, nous perdrons le contrôle… Après Cuba, ce sera le Guatemala, le Panama, le Honduras… et toute l'Amérique du Sud suivra.

— C'est l'affaire de la CIA et du Département d'État…

— Que la CIA fasse sont cinéma avec ces gouvernements et qu'elle les renverse si ça lui chante, mais notre rôle à nous, c'est la sécurité du pays… peu importe les moyens ! Des citoyens américains mettent cette sécurité en péril, à nous d'y voir !

Cohn sentit la pression. Il admirait cet homme aux allures de pitbull qui avait le don de balayer tout scepticisme par la fascination qu'il exerçait au moment où tous les autres hésitaient, en proie au doute.

— D'accord, fit-il, mais sans mandat, impossible de frapper aux portes et de tenter de faire un lien entre des individus et des événements.

Hoover hocha la tête et fit mine de sourire. Puis le sourire s'effaça.

— Roy, je ne sers pas la vérité, je sers la sécurité de mon pays. Je ne me demande pas si des juges inculperont un jour des coupables ou des innocents… Il m'indiffère qu'un peuple d'analphabètes lance des pierres ou se terre dans ses pigeonniers. Tout ce qui m'intéresse, c'est de briser les menaces, quelles qu'elles soient.

Cohn hésita. Il connaissait par cœur les mots que Hoover voulait entendre. Il eût voulu faire diversion, mais il ne le fit point. La question n'était plus de savoir s'il souhaitait demeurer un incorruptible, ce n'était qu'un rêve. Il voulait goûter au pouvoir. Pour cela, il devait se trouver en symbiose avec l'homme le plus puissant du pays, celui qui dictait ses volontés au président lui-même.

— Des gens meurent dans des accidents tous les jours, murmura Cohn. D'autres sont assassinés dans un quartier malfamé, quelques-uns se suicident par dettes de jeu…

— Bien dit, mais encore ?

— Je suggère que la main droite ignore ce que fait la gauche. Il ne vous restera qu'à déposer des fleurs sur les tombes et à envoyer des mots de sympathie.

— Cet entretien n'a jamais eu lieu, Roy, fit Hoover.

Il se leva et se dirigea vers le grand lit. Il se pencha et prit une boîte enrubannée. Il fit un brusque demi-tour.

— Venez, Roy.

Son regard errait avec plaisir sur l'élégante silhouette de l'avocat.

— C'est pour vous, fit-il en déposant la boîte sur le lit.

Cohn défit les rubans. Il contempla un superbe peignoir de couleurs noir et rouge, presque semblable au sien.

— Faites-moi le plaisir de le porter, là… tout de suite, murmura Hoover. Nous allons dîner.

Cohn fit ce que lui demandait Hoover. Il dîna avec celui qui incarnait le véritable pouvoir. Demain, il commanderait des assassinats à des tueurs à gages que fournirait la mafia de La Havane. Puis il ne pensa à rien d'autre. Il se contenta de vivre cet instant, un petit rien qui, en une heure ou une nuit, ferait la différence dans sa vie.

34

Les photos que le journal *Bohemia* avait publiées à la une évoquaient des scènes de guerre. Des corps ensanglantés, méconnaissables, gisants éparpillés autour de la caserne Moncada. Des clichés qui exprimaient ce que mille mots n'eurent pu faire. Le portrait en noir et blanc du chaos d'une guerre débarquée à l'improviste.

Le président Batista était resté de longues minutes rivé à son fauteuil à contempler les images de l'horreur. Lorsque son ministre de l'Intérieur se présenta, il feignit un stoïcisme narquois.

— Tu étais au courant, Rafael ?

— Je ne l'étais pas…

— Le décret visait tout le monde ou pas ?

Díaz-Balart marchait sur des œufs.

— Tous étaient au courant que les articles 32 et 33 de la Constitution étaient suspendus indéfiniment, expliqua-t-il.

Batista le regarda. Díaz-Balart était pâle, avec des yeux inquiets.

— Alors pourquoi *Bohemia* nous a-t-il défiés ?

— Vous aurez remarqué qu'il n'y a aucun texte… que des photos avec de courts bas de vignette… le gouvernement n'est aucunement en cause.

Batista fronça les sourcils. Il prit une loupe dans le tiroir central de son bureau et examina attentivement les photos en s'attardant sur les visages ou ce qu'il en restait.

— C'est vrai qu'on ne distingue pas grand-chose, ricana-t-il. Tu veux voir ?

Díaz-Balart grimaça.

— J'ai déjà vu, monsieur le président.

— Une arme par cadavre, remarqua Batista d'un ton redevenu tranquille, ça simplifie l'affaire… pas besoin de phrases élégantes ou d'explications compliquées. Qui a pris ces photos ?

— Un certain Panchito Cano… Un vieux routier de Santiago… un gars sans histoire.

— Je me méfie des gens sans histoire, répondit Batista. Comment ces photos sont-elles arrivées à La Havane ?

— Une jeune journaliste qui en était à son premier reportage… Elle s'appelle Marta Rojas… elle est originaire de Santiago. On ne lui connaît aucune activité politique… La chance de la débutante à ce qu'il semble.

Batista eut un haussement d'épaules tout en affichant une mine sombre. Il arpenta la pièce, contempla son portrait comme il avait coutume de faire, puis se planta devant la machette devenue son fétiche.

— Sais-tu pourquoi les coupeurs de canne de Cuba ont de la chance, Rafael ? fit-il, les yeux rivés sur la machette.

— Ils ne sont jamais au chômage ? risqua l'autre.

— On peut dire ça, renchérit Batista. Vois-tu, les coupeurs de canne des Caraïbes doivent tous se méfier des serpents venimeux qui infestent les champs de canne et les plantations de bananes… mais pas nous. Ici, à Cuba, il n'y a aucun serpent venimeux…

— C'est vraiment de la chance, reprit Díaz-Balart sans savoir où Batista voulait en venir.

— Plus que de la chance… une bénédiction, poursuivit Batista. Mais il y a toujours une exception… et ton beau-frère Fidel Castro est cette exception…

— Je ne saisis pas bien…

— Il est le serpent venimeux qui menace Cuba, fit Batista à mi-voix. Et chaque heure de sa liberté ajoute au danger que court le peuple cubain. Tu es d'accord ?

Díaz-Balart ne répondit rien. Batista l'épiait avec une méfiante insistance. Le ministre ne résista pas au regard du président.

— D'accord, finit-il par dire.

— Bien. À partir de cette minute, le mot « révolution » est banni du langage. Ce qui est arrivé là-bas, à la Moncada, est l'acte insensé d'un groupuscule d'exaltés à la solde de communistes véreux. C'est la version des faits... la seule.

Il se raidit, à l'image de son portrait au mur.

— Dans trois jours, j'entends m'adresser à la troupe de la Moncada...

— Vous voulez dire... sur place ? demanda Díaz-Balart.

— Sur place, Rafael. Un pied dans l'Atlantique, l'autre dans la mer des Caraïbes... parole d'El Hombre !

⁓

Pendant quatre jours, les neuf fugitifs bravèrent la faim, la soif, les cruautés de la nature sauvage et la peur. Mais peu à peu, l'espérance d'une fuite définitive cédait à l'angoisse de la capture. Cela signifiait le silence terrifiant d'un cachot, de multiples tortures, une exécution sans témoins, l'oubli.

Les neuf avaient une allure misérable, des regards d'agonisants. Ils traînaient des armes qu'ils savaient maintenant inutiles, sauf, peut-être, pour éviter une fin indigne.

— Tu sais où on est, Fidel ?

— La Sierra est par là, répondit Castro d'une voix qui sortait mal de sa gorge enflée. Droit devant, c'est la mer... on la verra à l'aube.

L'obscurité tomba brusquement. Les hommes n'avaient toujours pas mangé à leur faim. Finalement, rampant sur les coudes et les genoux, ils s'affalèrent sur le sol trempé par les pluies récentes.

— Là-bas, murmura l'un d'entre eux.

Ils virent une faible lueur dansante. Un sursaut d'espoir. Mais aussitôt :

— Ce sont peut-être des soldats en bivouac…

Castro savait trop bien qu'on les traquait jour et nuit. On avait doublé le nombre de soldats lancés à leur poursuite, et ce n'était qu'une question de temps, même s'ils avaient réussi à échapper à tous les pièges jusque-là. Des fermiers leur avaient dit que les miliciens se comportaient comme des chiens de chasse, fouillant jusqu'au moindre buisson. La rumeur courait que cette milice avait reçu ordre de tuer sur place quiconque prêtait assistance aux fugitifs. L'image de soldats assassinant froidement des femmes et des enfants le hantait. Pour économiser leurs munitions, les miliciens utilisaient des coutelas, des machettes. Ils frappaient les humains de la même manière que les paysans sabraient la canne à sucre. Ils tuaient jusqu'à l'ivresse, égorgeant tout en ignorant les noms de leurs victimes. En soi, l'idée de mort n'effrayait nullement Castro. Lui et les autres étaient prêts à mourir au nom de la révolution. Mais cette mort était la leur, non pas celle de tant d'innocents.

— Combien avons-nous de munitions ? demanda-t-il.

Chacun compta ce qui lui restait de balles. Le compte s'arrêta à quarante-sept.

— Ce n'est pas avec ça que nous empêcherons le massacre, laissa-t-il tomber.

— Alors, c'est chacun pour soi ? fit Ignacio.

Juan Almeida n'avait pas dit un seul mot depuis ces quatre journées. Il avait toujours donné l'impression de se tasser, ce qui donnait à croire que parce qu'il était noir, il n'était qu'un automate obéissant.

— Non, gronda-t-il. Nous n'allons pas maintenant filer chacun de notre côté pour sauver notre peau. Nous avons fait un choix et aujourd'hui nous allons lutter contre le courant… et s'il doit nous emporter, ce sera au nom de la révolution… en souvenir du Mouvement du 26 juillet.

Quelqu'un jura à mots étranglés. Almeida le fustigea du regard.

— C'est vrai, poursuivit-il, tout est contre nous… Nous étions cent soixante, nous ne sommes plus que neuf… Nous avions les meilleurs véhicules, il ne reste qu'une Studebaker hors d'usage… Nous avions des centaines d'armes, il ne nous reste que neuf carabines et quelques balles… Nous avions un plan d'attaque et nous sommes perdus en pleine brousse… mais nous incarnons le Mouvement du 26 juillet… Nous sommes le dernier espoir de Cuba.

Il se tut et se rassit.

— Quelqu'un a-t-il un plan ? demanda Castro.

Oscar Alcalde se leva à son tour et vint se planter devant Castro.

— Nous ne nous connaissons pas beaucoup, Fidel, dit-il d'une voix étrangement calme. J'imaginais mon avenir autrement… j'avais des projets… parmi ceux-là, devenir libraire à La Havane… mais le 26 juillet, mon avenir m'est apparu différemment… Ce jour-là, je me suis rendu compte qu'il me restait du sang à verser. Mon plan est simple : l'honneur. Faisons face à ces cochons de miliciens, abattons-les avec ce qui nous reste de balles et gardons la dernière pour nous… à la manière d'Eduardo Chibás !

Castro fut ému. Il prit Oscar Alcalde par les épaules et l'étreignit. L'envie lui prit de dire que c'était l'unique plan, la seule voie qui restait : neuf balles, neuf martyrs. Il regarda les hommes. Ils n'étaient que des ombres allongées par les rayons de la lune.

— Et après ? fit-il. Qui seront les gardiens de l'espérance dernière ?

Il leur fit dos et se mit à marcher pesamment en direction de la lueur dansante. Un à un, les hommes lui emboîtèrent le pas. Ils étaient troublés, en colère, mais ils suivirent Fidel Castro comme ils l'avaient fait jusqu'au dimanche, 26 juillet. Parce qu'ils n'avaient plus peur.

႟

Le brouillard couvrait les contreforts de la Sierra Maestra. Même la masse rocheuse de la Gran Piedra était gommée du paysage.

Les neuf hommes avaient trouvé refuge dans une cabane abandonnée, à un kilomètre d'une petite ferme occupée par la famille Campanal. Le père, Arturo, avait eu pitié des fuyards. Hirsutes, les vêtements en lambeaux, ils ressemblaient davantage aux survivants d'une épidémie qu'à des révolutionnaires.

Une fois repus, les hommes s'excusèrent de ne pouvoir dédommager leur hôte. Arturo Campanal les rassura, leur dit qu'il soutenait l'idée d'une révolution, puis les guida jusqu'à cette cabane en ruines. Ce fut un petit cortège d'ombres qui arriva sous un déluge de fin juillet. Le paysan déposa deux seaux remplis d'eau de pluie en leur disant que c'était là le mieux qu'il pouvait faire. Castro le remercia au nom de tous. Campanal parti, les hommes se lavèrent un après l'autre. Leurs chairs, blêmes, étaient couvertes de meurtrissures et de taches de sang. Aucune parole, que des regards perdus. Puis, tous s'étendirent à même le sol. Chacun tendit l'oreille, se jurant de rester aux aguets. Mais à peine fermèrent-ils les yeux qu'ils sombrèrent dans le sommeil.

Ce furent des murmures de voix qui réveillèrent à demi Fidel Castro. Il crut entendre une consigne, puis le bruit de chaussures lourdes. Brusquement, ce qui restait de la porte fut arraché de ses gonds. La lumière du matin inonda violemment le refuge. Vingt silhouettes braquaient leurs fusils en direction des neuf hommes.

Oscar Alcalde lança un juron et voulut se précipiter sur son arme. Un coup de crosse en travers de la mâchoire l'assomma. Il sentit la lame d'un couteau qu'on appuyait sur sa gorge. Son regard croisa celui de son agresseur. C'était un milicien aux traits d'adolescent ; un visage boutonneux, imberbe, avec un menton fuyant. Les autres miliciens refermèrent le cercle.

— Qu'est-ce que t'attends ? T'as qu'à le saigner comme on a fait avec le traître à la ferme ! lui lança-t-on.

Alcade savait son heure venue. Il relâcha son corps, écarta les bras, s'abandonna à son bourreau.

— *Semilla de la América nueva*, murmura-t-il. *¡ Patria o muerte !*

Ce qui lui avait paru insupportable la veille lui semblait maintenant facile. Il allait renaître en mourant pour la révolution et il réglait ses comptes avec la peur. La main du jeune soldat tremblait alors qu'il appuyait sur la lame. Puis une voix tonitruante résonna. On eût dit qu'elle montait des entrailles de la Terre. Quelqu'un bouscula les miliciens en leur ordonnant de baisser les armes. Un colosse à la peau très foncée, pistolet au poing, venait de faire irruption.

— Où vous croyez-vous ? fulmina-t-il. On égorge des cochons, mais pas des hommes !

— On a des ordres, lieutenant, fit le caporal qui commandait le détachement.

Le lieutenant en question se nommait Pedro Sarría, connu sous le surnom de « Tartabull » en raison de ses origines afrocubaines et de son appartenance à une secte de la *Santería*. Sarría examina les fugitifs de près. Ils avaient une expression douloureuse et tous étaient brisés par la fatigue. Des êtres anéantis qui faisaient pitié.

— Quels ordres ? demanda Sarría.

— Ceux du commandant Chaviano, répondit le caporal.

— Ici, c'est moi qui donne les ordres, répliqua le lieutenant avec fermeté. Et je vous ordonne de ramener ces hommes à Santiago… vivants.

Les soldats étaient confus. On leur avait dit que leur mission consistait en de froides exécutions.

— Lieutenant, ce ne sont pas les ordres qu'on nous a transmis, insista le caporal. Et vous n'êtes pas notre commandant…

Un nouvel arrivant vint se camper devant Sarría. Il l'interpella, réclama du sang-froid et donna raison au caporal.

— Vous n'avez pas à discuter les ordres du commandant Chaviano, gronda-t-il. Ces hommes sont des terroristes, de dangereux criminels… une menace pour Cuba. Les ordres sont stricts, que nous le voulions ou pas, nous devons obéir.

L'homme en question était le capitaine Bebo Lavistida, un des adjoints de Chaviano.

— Que savez-vous de ces hommes ? fit Sarría sans broncher. Commençons par vérifier leur identité.

Lavistida entreprit de questionner les fugitifs. Ils demeurèrent impassibles. Il recommença. Castro et les autres se turent. Lavistida changea de tactique.

— Qui est Fidel Castro Ruz ? demanda-t-il.

Toujours le même silence.

— Alors c'est que vous êtes tous des lâches… des saletés de communistes, glapit Lavistida.

— Et toi… qu'est-ce que tu es ? fit alors Castro.

Les mots eurent l'effet d'un coup de fouet. D'un signe de tête, Lavistida signifia au caporal d'intervenir. Ce dernier eut un rictus méprisant.

— Lequel ? demanda-t-il à Lavistida.

— Commence par le négro, répondit l'officier en désignant Juan Almeida. Tu lui casses une jambe… après on verra…

En même temps, Lavistida dégaina son pistolet et braqua le canon contre la tempe de Castro. D'un geste rapide, Sarría lui arracha l'arme des mains et la retourna contre le capitaine.

— Ces hommes ont droit à un procès, et c'est ce qu'ils auront, déclara-t-il froidement, sans détourner son regard de celui de Lavistida. Touchez un seul de ces prisonniers et vous connaîtrez votre sentence sur-le-champ, vous me comprenez bien, capitaine ?

Les soldats reculèrent d'un pas, dans un profond silence, désemparés devant ce coup de force. Sarría tenait les deux pistolets braqués, un sur Lavistida, l'autre sur le caporal.

— Pourquoi faites-vous cela ? demanda Lavistida dans un tremblement de voix.

— Parce que je voudrais être encore digne de porter cet uniforme… et parce qu'on n'exécute pas lâchement des hommes qui défendent une cause… pas plus qu'on ne tue une idée parce qu'on ne la comprend pas ou qu'on ne la partage pas, répondit le lieutenant Sarría d'un ton marqué d'une tranquille certitude.

Lorsque le camion ramena les fugitifs à la Moncada, Castro, immobile et silencieux jusque-là, fit signe à Sarría d'approcher.

— Je suis Fidel Castro, lui glissa-t-il à l'oreille.

— Je le savais, répondit l'autre, c'est pour cela que j'ai fait mon devoir.

35

Le dimanche 2 août 1953, à onze heures trente précises, Fulgencio Batista sortit de son avion personnel, un C-47 modifié par l'aéronautique américaine, et foula le sol de Santiago de Cuba. Deux heures plus tard, il parut au balcon de l'édifice principal de la Moncada d'où il contempla en silence la façade criblée de balles. Lorsqu'il fit face à la troupe, le millier de soldats en tenue de parade l'ovationnèrent longuement. Il les salua, la main gauche couvrant les décorations de son uniforme de général, la droite tendue à la manière d'un empereur romain. Dans un discours enflammé, il annonça que le gouvernement avait rétabli l'ordre partout à Cuba et qu'il avait attribué la Croix du mérite militaire au régiment de la Moncada. Il ajouta que tous les officiers, sous-officiers et soldats qui avaient directement participé aux combats seraient décorés de la Croix de Maceo, symbole de bravoure et de loyauté. La clameur monta lorsque le président, sourire aux lèvres, leur fit part que la solde de chaque soldat serait augmentée de quatre pesos par mois et que les familles des victimes seraient généreusement dédommagées. Dans une dernière envolée, avec des trémolos dans la voix, il martela que les assaillants n'étaient pas des rebelles, mais plutôt des traîtres qui avaient frappé aveuglément, assassinant jusqu'à des patients sans défense en plein hôpital.

Après une visite à l'hôpital Saturnino Lora, Batista présida une courte cérémonie durant laquelle il éleva le commandant Chaviano au rang de colonel et posa à ses côtés pour les photographies officielles. Après quoi, il commanda une rencontre privée avec ce dernier, avant son départ pour La Havane.

— Chaviano, lui dit-il non sans sévérité, ne vous méprenez pas sur mes intentions et ne vous fiez pas trop aux effets du tapis rouge. Je sais tout de vous et je n'excuserai plus la moindre maladresse de votre part…

— Monsieur le président, balbutia Chaviano, je voudrais vous expliquer…

Batista grimaça.

— Ne m'interrompez pas, Chaviano. Nous avons frôlé le désastre par votre négligence… la moitié de vos hommes couraient des jupons en plein carnaval… quelqu'un avait même égaré les clés de l'armurerie…

Chaviano semblait se tasser. Il feignit la surprise et voulut se justifier.

— Ne m'interrompez pas, gronda Fulgencia en se raidissant. Vous prendrez toutes les dispositions pour que les témoins… tous les témoins soient convaincants lors du procès… Vous comprenez bien ? Et surtout, assurez-vous que ce Fidel Castro ne passe jamais à l'histoire. Car le pire qui pourrait arriver serait de laisser croire qu'il a fini par avoir une cause à défendre envers et contre tous. Cela ne doit pas arriver !

L'écho des dernières paroles de Batista résonnait aux oreilles de Chaviano lorsque le C-47 présidentiel s'éleva dans le ciel de Santiago de Cuba.

༄

Lorsque Fidel Castro sortit du fourgon en ce lundi 21 septembre 1953, il avait passé cinquante et un jours en isolement. Il parut amaigri. Pâle, il avait les traits tirés, le regard fiévreux. Jetant un coup d'œil sur sa gauche, il vit les murailles de la Moncada, et de l'autre côté, l'hôpital Saturnino Lora. Quelqu'un le poussa légèrement du coude. C'était Juan Almeida.

— Tu recommencerais ? murmura-t-il à l'oreille de Castro.

— Avec des hommes comme toi, je le ferais les mains nues. Et toi ?

— À l'instant même, répondit Almeida.

Deux soldats armés de fusils Springfield s'approchèrent.

— Les prisonniers ne parlent pas ! fit l'un des deux.

Castro leva les bras au-dessus de la tête, un geste délibéré pour exhiber les menottes qui entravaient ses poignets.

— *Vous semez de la ciguë et prétendez voir mûrir des épis !* fit-il sur le ton du défi.

Un des soldats poussa le canon de sa Springfield contre l'abdomen de Castro.

— Silence ! gronda-t-il.

— Ce n'est pas moi que tu fais taire, rétorqua Castro, mais un grand homme dont tu ne saurais même pas épeler le nom : Machiavel !

L'autre soldat se fit menaçant, l'arme haute. Almeida s'interposa.

— Ça va, ça va... on se tait, fit-il avec calme.

Il eut le temps de glisser quelques mots à voix basse à Castro.

— Tu nous as dit que notre loi, c'était d'abord de vivre, alors faisons ça.

Dans la salle du tribunal aux murs blancs dénudés, tout le monde se leva en bloc. Des centaines de paires d'yeux cherchèrent celui qui s'était dressé contre Fulgencio Batista. Que l'État fût renversé ou non importait peu, puisqu'ils allaient être les témoins en premières loges du procès le plus inusité de l'histoire de Cuba : une bande d'insoumis, terroristes pour le gouvernement, rebelles pour une partie du peuple, avait tenté de faire tomber un régime entier. Ce procès devenait la cause 7 de l'année 1953.

Castro se présenta en dernier. Sa grandeur fit effet, puisqu'il dominait presque d'une tête toute l'assemblée. Il regardait droit devant lui, son esprit élaborant déjà une stratégie de plaidoyer. Aucune hésitation, se disait-il, une juste indignation, des mots qui iraient droit au cœur des démunis. Il savait les juges pressés, il lui fallait donc résister longtemps, les embarrasser, créer la confusion, passer d'accusé à accusateur.

On appela cent vingt-deux noms, on constata quatre-vingt-dix-huit présences. Pour les vingt-quatre absents, on expliqua que vingt et un étaient toujours recherchés et que trois étaient encore hospitalisés. Le procureur, Francisco Mendieta, donna lecture des chefs d'accusation : avoir comploté contre l'État cubain, avoir mené une attaque armée contre les forces gouvernementales, avoir causé la mort de dix-neuf soldats, à la Moncada et à la caserne de Céspedes de Bayamo, avoir violé l'article 148 du Code de la Défense nationale de Cuba.

Le président du tribunal, le juge Adolfo Nieto, qui entamait sa vingt-cinquième année de magistrature, demanda aux avocats de la défense d'enregistrer les plaidoyers de leurs clients. Castro l'interrompit en réclamant à très haute voix le droit d'assurer sa propre défense. Il y eut un concert de murmures. Le juge soupira de façon à être entendu de toute l'assistance. Il commença par griffonner des mots à la hâte, puis, d'un geste impatient, il chiffonna la feuille.

— Nous prenons acte que vous avez beaucoup d'idées à faire valoir, señor Castro, énonça-t-il gravement, les yeux rivés sur les imposants documents juridiques posés devant lui. À titre de membre du Barreau de La Havane, vous êtes censé connaître la loi… elle est claire. Devant toute cour, c'est la justice qui vous attribue la parole. Or la justice, ici, c'est moi. Et je ne vous accorderai ce droit de parole qu'au moment où nous instruirons votre cas. J'en profite pour rappeler à tous que ce procès n'est pas un prétexte pour débattre de causes politiques ni pour faire exercice de propagande. Je n'hésiterai pas à sévir, le cas échéant…

Castro, debout, regarda autour de lui. Son regard croisa celui d'une jeune femme au teint foncé. Elle le fixait intensément. Il remarqua la carte de presse épinglée à sa blouse.

— Votre Honneur… un mot… avec votre permission…

Le juge Nieto acquiesça.

— La loi dit bien que les accusés ne doivent pas comparaître menottés, déclara Castro, tout comme elle dit que toutes les armes sont interdites dans une salle d'audience, sauf si elles constituent des pièces à conviction...

Il leva une fois encore les bras et désigna les soldats en armes tout autour de la pièce. Nieto consulta rapidement ses deux collègues. Visiblement en colère, il ordonna sèchement que l'on retirât les menottes aux accusés.

— Aucune arme ne sera tolérée dans ce tribunal, ajouta-t-il à l'endroit des militaires.

Le procureur tenta de convaincre le juge qu'il y allait de la sécurité de tous, mais Nieto demeura intraitable. Les soldats se retirèrent. La journaliste Marta Rojas sentit son cœur battre à tout rompre. Elle nota en sténographie que Fidel Castro Ruz avait remporté un premier combat en faveur du respect humain.

Le tribunal siégea pour dix sessions entre le 21 septembre et le 5 octobre. Des dizaines de témoins furent entendus. Chacun commença son témoignage en jurant qu'il s'acquittait d'un devoir de justice envers Cuba. Le procureur Mendieta manœuvra habilement, multiplia les effets de toge afin que le vrai et le faux se fondent dans une imitation de réalité. Les militaires parlèrent d'une même voix : les assaillants avaient fait preuve d'une totale sauvagerie, sans égard pour les civils et les blessés. On exhiba quantité de photographies qui reprenaient, les unes après les autres, les mêmes soldats morts sous différents angles. Vint le tour du colonel Chaviano. Il livra un témoignage appris. Il insista sur le comportement exemplaire de sa troupe, ajoutant avec une fausseté parfaite que l'attaque avait été un acte de folie que seul un esprit criminel avait pu imaginer, créant de la sorte un supplice pour le peuple cubain et plongeant dans le deuil de nombreuses familles d'Oriente.

Lorsque enfin Fidel Castro fut cité, il parla de manière à ce que nulle personne de l'assistance, même du fond de la salle, ne perdît un seul mot. Il n'afficha pas le moindre mépris et ne chercha pas à se soustraire aux charges qui pesaient contre lui. Mais il s'y prit de façon à montrer directement du doigt le président de Cuba.

— Votre Honneur, lança-t-il, ce procès est instruit sans les garanties des droits fondamentaux qui sont nôtres en vertu de notre Constitution. Ces droits ont été supprimés par la personne qui revendique la présidence de notre pays. Or, Fulgencio Batista a usurpé ce poste à la faveur d'un coup d'État qu'il a lui-même planifié et dirigé, le 10 mars 1952.

Le juge Nieto lui coupa la parole.

— Vous avez été averti à plusieurs reprises, señor Castro. Vous êtes cité à la barre pour entendre les chefs d'accusation retenus contre vous et pour nous dire si vous plaidez coupable ou non coupable… Si vous persistez à discourir au mépris des règles de ce tribunal, je vous inculperai d'outrage à la magistrature… Est-ce bien compris, señor Castro ?

Castro ferma les yeux dans une attitude de recueillement. Lorsqu'il les rouvrit, il fixa l'assistance.

— Je suis pleinement conscient de vos devoirs, Votre Honneur, mais je m'en remets au peuple puisque c'est pour lui que nous avons agi. Vous m'ordonnez de taire mon opinion sur le tyran que j'ai nommé, je me tairai donc aujourd'hui… mais le moment venu, je porterai tous les faits à l'attention du monde entier. Ce jour-là, on m'entendra, c'est une promesse que je fais. Vous me demandez si je plaide coupable ou non coupable ? Ni l'un ni l'autre, Votre Honneur. Je reconnais être l'instigateur de toutes les attaques… le seul instigateur… en plus, je reconnais être celui qui a commandé tous ces hommes sur le terrain. Si je reconnais être l'unique chef, j'affirme que notre véritable guide est toujours José Martí… Il l'a été et le demeurera. Condamnez-nous et vous condamnerez José Martí et tous les martyrs de Cuba… condamnez-nous, Votre Honneur, et c'est le peuple tout entier de Cuba que vous condamnerez à garder ses chaînes !

Aux murmures succédèrent des accents d'approbation suivis d'applaudissements nourris. Le juge Nieto se mordit les lèvres. Il ravala sa colère et affecta l'impassibilité que lui commandait sa charge. Se tournant vers le procureur Mendieta, il dit avec autorité :

— Nous enregistrons des plaidoyers de culpabilité.

Le calme revenu, il regarda Fidel Castro. À la fixité du regard, ce dernier comprit que son sang-froid et l'audace de son propos lui faisaient gagner le pari d'émouvoir le peuple. Il lui fallait maintenant veiller à ce que sa conscience se tienne en garde contre toutes les lâchetés.

— Votre Honneur, fit-il avec force, je compte quatre-vingt-dix-huit personnes inculpées devant ce tribunal. Il manque les soixante et une personnes qui ont été assassinées par ordre d'un tyran.

Ces mots prirent le juge Nieto au dépourvu. Castro échangea un regard de connivence avec Marta Rojas. On entendit des protestations auxquelles se mêla le bruit de sanglots. Le procureur était abasourdi. Il hocha la tête stupidement.

— Je fixe votre procès au 16 octobre, déclara Nieto. Le tribunal siégera alors à huis clos.

Castro comprit que la justice allait se moquer du peuple outrageusement. Alors qu'on l'escorta hors de la salle, il s'arrangea pour glisser à Marta Rojas :

— Notez absolument tout, vous êtes notre seule mémoire !

⁂

Castro passait des heures à franchir le même espace clos. De petits pas pour de longues jambes, d'un mur à l'autre de l'étroite cellule. Outre une pénombre constante, il y régnait une chaleur insupportable. Une machination organisée à la perfection afin que sa santé se dégrade rapidement. Lui qui s'était juré de combattre jusqu'au bout doutait maintenant de pouvoir tenir le coup. On ne le laisserait jamais inculper tout un régime d'assassinats massifs. On sacrifierait à coup sûr la vérité pour mieux le condamner, puis le faire disparaître.

On tirait le verrou pour lui apporter à boire et à manger, on poussait le verrou après que le gardien eut ramené les plats intouchés. Castro, convaincu que l'eau et la nourriture étaient empoisonnées, avait entamé une grève de la faim, et, chaque heure passant, il faisait le deuil de la justice.

— Il faut manger, señor Castro, lui dit le gardien venu reprendre le plat.

Castro ne reconnut pas cette voix, ni le visage d'ailleurs. Une voix jeune, un regard franc. Il avait des traits mulâtres, une forte carrure, des mains de paysan.

— T'es nouveau, toi…

— Je suis un remplaçant, señor Castro.

Castro se leva et s'approcha de lui.

— Qu'est-ce qu'on t'a dit sur mon compte ?

— Que du mal, señor.

— Alors tu sais à quoi t'en tenir.

— Je n'en crois rien.

Castro demeura méfiant.

— C'est parce que tu ignores les accusations qui pèsent sur moi, dit-il.

— Au contraire, señor, je sais tout.

— Qu'est-ce que tu sais au juste ?

— Que vous avez agi par devoir, fit l'autre avec assurance.

— Mais encore ?

— Vous défendez les idéaux de José Martí… je crois à ces idéaux. Je crois que notre pays doit être libéré de tous ses exploiteurs.

— Où as-tu appris cela ?

— J'étais un ami de Renato Guitart… lui et moi avons été à la même école, ici, à Santiago. Aussi… j'appartiens à la *Santería*, tout comme le lieutenant Sarría… J'ai vu le corps de Renato… J'ai vu beaucoup d'autres corps…

Sa voix se fit chevrotante.

— Des meurtres… je sais qu'on les a assassinés…

Il n'inventait rien. Castro sut qu'il ne cherchait pas à le tromper, mais il devait s'en assurer.

— Quel est ton nom ?

— Manuel Pita…

— Quel âge as-tu, Manuel ?

— Vingt et un ans… le même âge que Renato…

— Dis-moi, Manuel, tu peux me dire où se trouve Padre Pico ?

Le jeune homme eut peine à s'empêcher de rire.

— Un Santiagais qui ne sait pas où se trouve cet escalier a intérêt à déménager… Renato et moi, on faisait les cent coups du côté de Tivoli et on passait par Padre Pico pour aller nous cacher au petit parc…

— Tu parles de Parque Céspedes ?

— Bien sûr que non ! Le petit… à côté du Balcón de Velásquez… au coin de Mariano Corona.

Castro ne l'avait pas quitté des yeux. Pita avait soutenu le regard. Soudain, Castro fut pris de vertige. Il vacilla et s'adossa au mur. Le jeune homme le soutint.

— Ça va aller, fit Castro en portant la main à son front. C'est la chaleur…

— Vous devez absolument manger, fit Pita.

Castro le repoussa, chercha son équilibre.

— Ils veulent m'empoisonner…

Pita prit le plat et porta un peu de nourriture à sa bouche. En déglutissant, il fit la grimace.

— C'est affreux, mais pas empoisonné, commenta Pita en affectant une mine comique.

Castro ne se fit pas prier. Il vida le plat en quelques bouchées et but goulûment.

— Je m'engage à surveiller la nourriture et l'eau, dit Pita. Vous pouvez me faire confiance.

— Et si je te demandais de me filer un pistolet et une seule balle, tu le ferais ?

— Jamais. Cuba a besoin de vous vivant, señor Castro.

Tous les doutes s'estompèrent. On l'inculperait, on le condamnerait. En vain. Il s'obstinerait à demeurer en vie. Ce jeune homme, porteur de l'insigne de ses ennemis, venait de saisir la main qu'il tendait. Il venait de sceller le destin en franchissant la ligne d'engagement.

— Manuel, j'ai besoin de papier, d'un crayon et d'une chandelle.

— Je risque le peloton d'exécution, répondit Pita. Mais je vous tiendrai au courant de toutes les nouvelles… C'est déjà un début de trahison.

Il se passa trois jours avant que Manuel Pita ne revînt tirer le verrou. Castro observa un tremblement nerveux de ses mains lorsqu'il déposa le plat et la gourde d'eau sur le sol.

— Qu'est-ce qu'il y a, Manuel ?

— Mauvaises nouvelles, fit Pita à mi-voix.

Il regarda Castro d'un œil vide.

— Les services secrets du président ont trouvé des caches d'armes… beaucoup de documents… une liste de noms…

Il hésita.

— Il y a autre chose, Manuel ?

Pita grimaça. Il sortit un mouchoir et se moucha bruyamment. Il en profita pour s'essuyer les yeux.

— Connaissez-vous Miguel Perusal ? Le professeur Perusal ? demanda-t-il à Castro.

Castro hocha la tête.

— Colegio de Dolores, murmura-t-il. Que lui est-il arrivé ?

— Des spécialistes de la vérité l'ont torturé… cinq jours, à ce qu'il semble, dit Pita avec un air de dégoût. Il a fini par craquer et il a dit ce qu'ils voulaient entendre… Il fournissait de l'argent, cachait des armes, hébergeait des communistes…

— Après ?

— Son corps a été retrouvé dans la Calle Heredia, fit sourdement Pita.

Castro sentit un poids énorme l'écraser.

— Continue…

— Tombé de la terrasse de l'hôtel *Casa Grande* en pleine nuit… un suicide, selon la version officielle.

Castro ferma les yeux comme pour graver à tout jamais les traits de cet homme dans sa mémoire.

— Qui d'autre ?

— Un certain Rosario Maceo. On le disait complice du professeur. Il a été trouvé pendu dans son commerce… la *Librería la Escalera*. Suicide lui aussi.

— Maceo, répéta Castro, comme le grand général. Combien de sang devrons-nous encore verser ?

Il se laissa glisser lentement le long du mur et remonta les genoux jusqu'au menton. Ainsi recroquevillé, il demeura muet. Lorsque Manuel Pita poussa le verrou contre la porte de fer, Castro défaillit et vomit le peu de nourriture qu'il avait avalée. Reprenant ses esprits, il murmura une courte prière en latin, un lointain souvenir de l'enseignement religieux des jésuites. Il se souvint alors d'un certain cours d'anglais au cours duquel Miguel Perusal avait demandé à chacun des élèves de lire tour à tour, à voix haute, un court texte qu'on avait fait passer de main à main. Il avait été le seul de la classe à en demander la source. Il se mit à réciter le texte, hésitant entre certains mots : « *When a long train of abuses and usurpations, pursuing the same object evinces a design to reduce them under absolute despotism, it is their right, it is their duty, to throw off such Government, and to provide new Guards for their future security* *… »

— La source ? avait dit Perusal, en réponse à la question du jeune Castro, un énigmatique sourire aux lèvres. Mais c'est la Déclaration d'indépendance des États-Unis d'Amérique du 4 juillet 1776 ! Tu t'en souviendras, Fidel ?

— Je m'en souviendrai, monsieur, avait-il répondu.

---

*   « Lorsqu'une longue suite d'abus et d'usurpations, tendant invariablement au même but, marque le dessein de les soumettre au despotisme absolu, il est de leur droit, il est de leur devoir de rejeter un tel gouvernement et de pourvoir, par de nouvelles sauvegardes, à leur sécurité future. » (traduit de l'anglais par Thomas Jefferson, 1776)

36

Castro avait gardé le souvenir très précis de cet homme au visage taillé à la serpe, au regard inexpressif de l'assassin patenté, qui se tenait à quelques pas de lui, le dos contre la porte de la cellule.

— Tu veux sortir du trou ? C'est simple : tu reconnais publiquement avoir attenté à la légitimité du gouvernement, tu demandes la grâce présidentielle et tu prêtes allégeance à Batista, dit-il comme s'il récitait une leçon parfaitement apprise.

— Et que me donne-t-on en retour ? demanda Castro.

— Je te l'ai dit : tu sors très vite de ce trou puant et tu te retrouves dans moins de six semaines en pleine fraîcheur et avec beaucoup de dollars en poches…

— C'est tout ?

— À toi de négocier le reste… tu demanderas conseil à ton beau-frère.

Castro avait une terrible migraine. Il se frotta vigoureusement les yeux. Il entendait tomber les affreuses gouttes du plafond qui suintait continuellement. Le fracas de ces gouttes s'écrasant une à une durait depuis soixante-treize jours et était devenu insupportable. On lui avait dérobé la lumière, l'air frais ; on le privait aussi de silence.

— Alors ?

Castro secoua la tête. Dans la prison, il demeurait un symbole de résistance, tout comme José Martí avant lui. S'il renonçait, il deviendrait l'artisan de sa propre trahison. On fermerait à jamais les yeux sur des siècles d'esclavage, des décennies d'oppression, des années d'exploitation coloniale, un monopole de corruption.

— Combien en as-tu saigné dans la maison des horreurs ? murmura-t-il.

Esteban Ventura exhiba une courte matraque. Il s'avança vers Castro et fit mine de le frapper. Celui-ci leva les bras. Fort heureusement, Ventura retint les coups.

— Assez pour dissuader les autres de continuer à s'en prendre au président, dit-il.

Castro cracha le peu de salive que le lui permettait sa gorge sèche en direction de l'homme de main de Batista.

— Tu me forces la main, sale communiste, gronda Ventura.

Le coup atteignit Castro à l'avant-bras et lui arracha un gémissement. Un deuxième coup plus fort lui coupa le souffle. Le troisième le toucha à la nuque. L'étourdissement le gagna brusquement.

— J'ai un permis illimité, ajouta Ventura, et toi tu ne peux espérer aucun secours.

Il proféra quelques injures auxquelles il mêlait le mot « communiste ».

— Alors ? répéta-t-il.

Castro tremblait. Le peu d'air qui parvenait à ses poumons était chargé de relents de pourriture.

— Dis à l'usurpateur qu'on ne voit jamais aussi bien une terre de liberté qu'à travers les barreaux de sa prison.

Ventura posa la matraque sur le sommet du crâne de Castro et l'y promena en guise de dérision.

— Je vais te répondre, fit-il avec cynisme. J'ai vu crever une vingtaine de tes copains… et tu sais quoi ? Au dernier moment, ils ont tous chié dans leur froc. T'auras pas cette chance. On va t'envoyer dans un trou, et le vieil homme qui en sortira ne sera plus dans aucune archive. Plus de nom, même pas un numéro… plus rien !

Ventura appuya l'extrémité de la matraque sur le larynx de Castro. Ce dernier voulut crier, mais pas un son ne franchit ses lèvres. Ses forces l'abandonnaient. Hébété, il tomba sur le dos. Du sang lui coulait dans la gorge. Ventura se détourna. Lorsqu'il passa le seuil du cachot, il afficha une mise irréprochable.

— Comment va le prisonnier ? lui demanda le gardien.

— Fatigué, fit-il. Il a perdu la voix.

— Faut-il s'en occuper ?

— Le juge va s'en occuper, répondit Ventura.

Il tendit au gardien un paquet de cigarettes.

— De la part du président, fit-il.

❧

Privé de lumière pendant presque soixante-seize jours, Castro fut aveuglé par la clarté qui régnait dans la petite salle de repos des infirmières de l'hôpital Saturnino Lora en ce matin du 16 octobre 1953. On avait transformé le lieu en tribunal, y aménageant une grande table pour les trois juges, un pupitre pour le greffier, un lutrin pour le procureur, six chaises pour les journalistes qui allaient servir de témoins puisque le procès était sous interdit de publication. Au fond de la salle, face aux juges, une chaise pour l'accusé.

Lorsqu'on le fit entrer, on lui retira les menottes. Il ne vit d'abord que des visages flous. La veille, le gardien de faction avait accroché ses lunettes et les avait malencontreusement brisées. Castro n'avait pas eu la force de protester, quoiqu'il eût compris le stratagème : l'obliger à parler sans le moindre aide-mémoire. Incapable de trouver le sommeil, il avait cherché à mettre de l'ordre dans ses idées. Son plaidoyer serait sa dernière chance de se faire entendre. Que lui laisserait-on dire ? Que lui fallait-il dire ? Assurément que lui et les siens n'étaient ni militaristes ni communistes. Qu'il n'y avait jamais eu de complot, et s'il y en avait eu, c'était Batista qui en avait été l'auteur afin d'usurper le pouvoir par un coup d'État. Il lui fallait dénoncer la dictature et ses méfaits, dénoncer le colonialisme et ses misères engendrées, dénoncer l'impérialisme américain qui suçait, année après année depuis un demi-siècle, le labeur et le sang du peuple cubain. Il lui fallait démontrer l'ampleur de ce drame. Il avait fouillé dans sa mémoire, fait apparaître des chiffres, les avait mis en ordre. Quatre-vingt-cinq pour cent des paysans ne possédaient pas la moindre parcelle de terre, soixante pour cent de toutes les terres cultivables étaient entre des mains étrangères, deux cent mille familles rurales étaient sous l'emprise de la United Fruit et de la West Indian Company, deux millions de citadins payaient des loyers supérieurs à cinquante pour cent de leurs revenus, trois millions de ruraux étaient privés d'électricité, un enfant sur quatre mourrait faute de soins, la moitié des Cubains ne savaient ni lire ni écrire, le chômage à Cuba était plus élevé que celui de la France et de l'Italie, dont les populations comptaient pour dix fois celle de l'île.

Il avait fini par somnoler. Les dernières paroles d'Esteban Ventura l'avaient hanté. À demi conscient, il avait murmuré : « Peu importe l'homme que je serai au bout d'une vie dans un cachot, je ne me tairai jamais… Il n'y aura pas de murs assez épais pour empêcher mes idées d'être entendues. Fulgencio Batista tombera comme tombent les arbres morts et il entraînera la race des bourreaux dans sa chute. De cela, je serai témoin… » Il y avait eu un moment de grâce, quelques instants de sommeil sans rêves.

Le procureur Mendieta fit lecture des chefs d'accusation et résuma les témoignages incriminants. Il accusa Fidel Castro d'avoir attenté à la sécurité de l'État cubain, d'avoir été sur les lieux du complot, d'avoir formellement commandé des meurtres et d'en avoir revendiqué la responsabilité première. Il regarda longuement Castro avant de formuler avec solennité :

— Pour avoir été l'instigateur de tous ces crimes, je requiers contre l'accusé, Fidel Castro Ruz, une sentence de vingt-six ans d'emprisonnement. Une telle peine, Votre Honneur, devra servir d'exemple à quiconque voudra menacer Cuba du péril communiste et de ses chimères idéologiques, arbre dont l'anarchie et le terrorisme sont les fruits empoisonnés.

Le juge Nieto mit ses lunettes et parcourut le texte relatant l'acte d'accusation. Il le transmit à ses deux collègues. Posant son regard sur Fidel Castro, il dit :

— Vous paraissez amaigri, señor Castro.

— Je suis vivant, Votre Honneur, répondit ce dernier d'une voix faiblarde.

— Comment était la nourriture ?

— Comme celle d'un paysan d'Oriente après quatorze heures de labeur au champ, Votre Honneur.

— Avez-vous été traité correctement ?

— À l'exception de cet assassin en complet blanc envoyé depuis La Havane pour me convaincre de me parjurer, je n'ai pas à me plaindre, Votre Honneur.

Le magistrat fronça les sourcils. Il conféra à voix basse avec les deux autres juges, puis il fit signe au procureur Mendieta d'approcher.

— Y a-t-il quelque chose qu'on aurait oublié de me dire ?

— Absolument rien, Votre Honneur, se défendit le procureur.

Nieto le dévisagea sévèrement.

— J'ai l'étrange sentiment que les mains sales ne sont pas toutes du même côté, dit-il à voix basse. Il se pourrait bien qu'en dehors des événements mis en preuve devant moi, on veuille dissimuler les traces d'autres méfaits tout aussi graves. Faites en sorte, monsieur le procureur, que je n'en sois jamais informé, si tel est le cas.

Il croisa les mains et ajouta :

— Vous avez bien une toge de rechange, n'est-ce pas ?

— Euh… bien entendu, Votre Honneur.

— Allez la chercher…

— C'est que… elle n'est pas de la première fraîcheur, répondit stupidement Mendieta.

— Celui qui la portera ne l'est pas davantage, répliqua le juge en durcissant son regard.

Mendieta quitta la salle et revint quelques instants plus tard avec la toge sous le bras.

— Señor Castro, fit Nieto, puisque le moment de votre plaidoyer est venu, obligation vous est faite par le Barreau de La Havane dont vous êtes membre, au même titre que nous, de revêtir en tout droit la tenue de juriste.

La toge était élimée aux manches, trop courte et un peu étroite. Mais en l'enfilant, Castro eut le sentiment d'avoir enfin accès à cette justice qu'il croyait irrémédiablement perdue. Plus besoin de lunettes même s'il y voyait mal. En cet instant, ses yeux s'étaient ouverts sur toutes ces phrases qu'il avait mémorisées. Elles constitueraient le plaidoyer qu'il allait livrer en imaginant qu'un jour il deviendrait le contrat social de son peuple.

— La tribune vous accorde la parole, señor Castro, entendit-il.

Soudain, il trouva l'atmosphère irrespirable. En réalité, c'était le doute qui le faisait suffoquer. C'était le sort de Cuba qui l'écrasait. Il craignit que le sol ne s'ouvre sous ses pieds pour l'engloutir.

— Señor Castro, rappela le juge Nieto.

— Votre Honneur, accordez-moi quelques minutes.

— Un malaise ? s'enquit Nieto.

— Des motifs de justice et de vérité, répondit Castro en s'appuyant fortement sur le dossier de la chaise.

— Je vous accorde cinq minutes, trancha le juge.

Castro inspira profondément pendant que les treize personnes présentes l'observaient avec curiosité, sauf pour Marta Rojas, visiblement angoissée.

Les yeux clos, Castro serra le dossier à en avoir mal aux jointures. Que dire ? Que contester ? Devait-il admettre l'échec pur et simple d'une attaque improvisée, ou plutôt faire la démonstration d'une tyrannie qui plongeait le peuple dans un état permanent de misère ? Devait-il alors parler de l'indifférence criminelle d'un gouvernement qui cautionnait les assassinats de masse et en appeler à la révolution comme ultime remède à la dictature ? Tout se bousculait dans sa tête, et le mot « révolution » le hantait. La révolution avait embrassé toutes les causes au fil des siècles : en France, aux États-Unis, en Russie, en Amérique latine, en Espagne. Des millions de morts, de blessés, d'exilés. Cinq millions en Russie, un million en France, un autre million aux États-Unis, en Espagne, en Amérique du Sud. Et qui des empires, des dictatures ou des colonies avait triomphé ? Les rébellions avaient-elles tenu les promesses d'indépendance ? Et ces indépendances avaient-elles éliminé l'héritage colonial et l'accaparement territorial ?

— Vous avez la parole, señor Castro, prononça le juge Nieto.

Castro ajusta la toge aux épaules et fit un pas afin de se placer devant la chaise. Il eut à l'instant la vision fugace de Raúl Gómez García, le poète, exhibant cette fleur toute blanche, la *mariposa*. Il l'entendit clairement dire : « Elle est d'apparence si fragile, pourtant elle n'est pas flétrie… elle est comme nous, elle est tout ce qui définit l'espoir ! » Il ressentit une grande paix. Il parlerait comme un vivant au nom de ceux qui, comme Raúl Gómez García, étaient morts. Il franchirait en mots l'obstacle de la défaite. Il définirait l'idée de la révolution à partir de la réalité cubaine, dépeignant des millions d'individus broyés par une machine dictatoriale.

— Honorables juges, commença-t-il par dire, vous avez, tout comme moi, entendu vos maîtres de la Faculté de droit vous enseigner *De l'esprit des lois* de Montesquieu. Comme nos maîtres, nous tenons tous aujourd'hui les écrits de ce grand penseur comme de profondes vérités, deux siècles après leur publication… écrits qui font autorité dans toutes les sociétés civilisées. Montesquieu décrit très justement les différences entre les régimes politiques. Et lorsqu'il parle de despotisme, il parle de soumission, d'impuissance, le tout animé par le principe de la peur. Mon plaidoyer, honorables juges, est inspiré des écrits de Montesquieu. Je soutiens que le despotisme engendre la dégénérescence de tout régime, qu'il utilise l'oppression et qu'il tue, même à petit feu, tout désir de paix et de liberté, à l'encontre des droits fondamentaux des humains. Mon plaidoyer, sous l'enseigne des écrits de Montesquieu, suggère que pour empêcher l'abus d'un pouvoir, il faut que, par la disposition d'une force contraire, ce pouvoir soit combattu. De la même manière, mon plaidoyer s'inspire du texte de la Déclaration d'indépendance des États-Unis d'Amérique, qui affirme solennellement les mêmes obligations faites à un peuple qui est privé de ses droits…

Le procureur Mendieta se leva, rouge d'indignation.

— Votre Honneur, l'État et ses lois sont inattaquables en vertu des pouvoirs législatif, exécutif et judiciaire qu'il détient et dont il est le gardien… Je demande de rappeler le señor Castro à l'ordre…

Le juge Nieto retira ses lunettes.

— Monsieur le procureur, je vous rappelle que je préside ce tribunal en vertu de la séparation des pouvoirs… Ce qui veut dire que cette cour siège en toute indépendance. Lorsque je vous ai demandé si votre interrogatoire était terminé, vous me l'avez affirmé ainsi qu'en fait foi la transcription des notes du procès. Nous entendrons par conséquent le plaidoyer plein et entier du défendeur. Continuez, señor Castro.

— Honorables juges, enchaîna Castro, jamais encore un avocat n'eut à s'acquitter de ses devoirs dans des conditions aussi difficiles. À ce titre, je n'ai eu accès à aucun document ni même au libellé des accusations portées contre moi. Comme accusé, j'ai passé soixante-seize jours en réclusion, sans la moindre possibilité de communication, sans lumière. Le pire des criminels jouit d'un meilleur sort dans nos prisons. Dans la cause 37 que vous présidez, des dizaines de témoins ont été entendus, la plupart sous la contrainte, quelques-uns soudoyés par les autorités de la Moncada. Le parjure a régné sans partage dans cette cause, je l'affirme. Cette cause est aujourd'hui devenue la mienne. Elle est entendue à huis clos. Je vois ici six journalistes qui savent déjà qu'ils ne pourront rien publier de ce plaidoyer. Mais je ne crains rien, car la censure ne triomphera jamais. L'État peut bien interdire à la presse de ne publier le moindre mot, mais le jour viendra où ils publieront de nouveau. Ce jour-là, ils publieront mille mots et plus encore, je vous en donne ma parole. Honorables juges, devant ce tribunal, je ne me défendrai pas des actes dont on m'accuse, puisque j'ai déjà revendiqué la responsabilité de cette rébellion. Toutefois, je défendrai une cause juste, légitime, collective, dont les racines sont la vérité et la justice. Je défendrai le peuple cubain contre la dictature et l'exploitation, contre tous les méfaits d'une horde de criminels qui ont usurpé le pouvoir de l'État constitutionnel.

Il parla une heure entière sans que sa mémoire flanchât. Il parla des plus démunis, des criminels sans visage qui exécutaient sur ordre, des chaînes invisibles que traînait encore et toujours le peuple cubain. Il parla d'un gouvernement inféodé à l'ingérence et l'exploitation des États-Unis.

Durant la seconde heure, il s'attarda aux événements de la Moncada.

— Tous ceux que j'ai nommés sont probablement morts, du moins la plupart le sont. Chacun de ces morts pointe encore un doigt accusateur contre ses assassins. Et ceux-là, avec les mains encore rouges du sang de ces patriotes, ont eu la lâcheté d'accepter qu'on leur épingle des décorations sur l'uniforme qu'ils sont indignes de porter. Honorables juges, j'affirme qu'au lever du jour, en ce lundi 27 juillet, des prisonniers ont été jetés dans des camionnettes et conduits à Siboney. Là, on les a bâillonnés et on les a exécutés un à un. Plus tard, sur ordre, on les a enregistrés comme tués au combat. Ces actes et les noms de ceux qui les ont commis seront un jour révélés au peuple cubain, tenez cela comme une vérité. Tout comme, un jour, le tyran sera démis par ce même peuple…

Puis Castro parla une troisième heure. Le plaidoyer prit l'allure d'un réquisitoire, avec des accents flamboyants et, de temps à autre, des pointes de mélancolie, de regret même. Au bout du compte, l'accusé confondit ses accusateurs et les fit paraître comme les vrais coupables. Les juges et le procureur le regardaient avec incrédulité alors que, tel un acteur en scène, il livrait la performance d'une vie.

Marta Rojas était subjuguée. Elle oubliait qu'elle était journaliste. La dernière chose que la jeune femme eût imaginée fut d'être touchée au plus profond de son être par les propos de cet homme plus grand que nature, qui se déclarait presque être la réincarnation de José Martí.

Castro en avait terminé. Il ouvrit largement les bras et sourit. Malgré ses traits tirés, ses yeux avaient repris tout leur éclat.

— *En cuanto a mí, sé que la cárcel será dura como no lo ha sido nunca para nadie, preñada de amenazas, de ruin y cobarde ensañamiento, preo no la temo, como no temo la furia del tirano miserable que arrancó la vida a setenta hermanos míos. Condenadme, no importa. La historia me absolverá*[*].

Tout était dit. Les trois juges, Adolfo Nieto, Ricardo Díaz Olivera et Juan Mejías Valdivieso se retirèrent pour délibérer. Ils ressortirent au bout d'une heure. Le président du tribunal prononça la sentence d'une voix sourde, sans regarder Fidel Castro.

— Treize ans de pénitencier dans la prison Presidio Modelo de l'Île des Pins.

L'Île des Pins était le bout du monde pour les Cubains, car elle était située à plus de cent kilomètres des côtes sud-ouest de Cuba, au milieu du golfe de Batabanó. Un lieu d'oubli. D'abord un repaire de pirates aux XVIIe et XVIIIe siècles, cette possession espagnole avait été transformée en forteresse carcérale

---

[*] « Je suis conscient que l'emprisonnement sera plus dur pour moi que pour quiconque, car j'aurai à faire face à bien des lâchetés et à d'atroces cruautés. Mais je ne crains pas la prison, pas plus que je ne crains la fureur du misérable tyran qui a ordonné la mort de soixante-dix de mes camarades. Condamnez-moi, cela m'importe peu. Parce que l'Histoire m'absoudra. »

destinée aux prisonniers politiques. C'est dans cette prison que José Martí avait été envoyé tout jeune, en 1870, après avoir été condamné aux travaux forcés dans les carrières de San Lazaro.

Pour plusieurs, l'île des Pins était synonyme d'une condamnation à la mort lente. Le glas y sonnait au quotidien. Entendant la sentence, Fidel Castro demeura impassible. Il savait dès le début que la peine serait exemplaire. À quoi ressemblerait-il à quarante ans, au moment de sa libération ? Il se le demandait. Peut-être bien à un être diminué, perclus d'arthrite. Cela serait supportable. Mais il supporterait moins bien de découvrir ce jour-là tant d'espérances ruinées, un pays entier livré à de nouveaux colonisateurs.

— Je ne renoncerai jamais, murmura-t-il sans qu'on l'entendît.

Les gardiens l'escortèrent hors du tribunal après qu'il eut rendu la toge. Dans l'heure qui suivit, l'endroit redevint la salle de repos des infirmières de l'hôpital Saturnino Lora. En apparence, il n'y subsistait plus la moindre trace de ce procès, comme si l'on avait gommé ces quelques lignes de l'histoire.

Personne ne vit Marta Rojas verser une larme.

37

Hemingway ne cessait d'éponger son visage cramoisi. Assis dans un immense fauteuil de cuir installé dans le hall du luxueux hôtel *Stanley* à Nairobi, il n'arrivait pas à terminer le reportage de trois mille cinq cents mots que lui avait commandé le magazine *Look*. Il s'était engagé à raconter les tribulations autobiographiques d'un grand chasseur blanc (nul autre que lui-même) en Afrique orientale. Une fois encore, il jouait sa réputation contre vingt-cinq mille dollars, une somme qui représentait trois fois le coût du long périple amorcé au mois d'août précédent, alors qu'il avait quitté le port de Marseille en direction de Mombasa, la principale ville portuaire du Kenya.

Le combat de l'écrivain reprenait de plus belle. Il lui fallait parler de la grande chasse, celle qui force le chasseur à devenir héros, à frôler la mort face au buffle, à l'éléphant, au lion, Il devait ainsi convaincre des millions de lecteurs que le buffle qui chargeait, le garrot baissé en pointant ses lourdes cornes, était plus menaçant que le plus redoutable taureau de corrida. Ou que l'éléphant de la savane pouvait, en un instant de rage, piétiner à mort tous les êtres vivants se trouvant sur sa route.

Il avait déjà séduit les lecteurs, vingt ans plus tôt, en mythifiant les vertes collines d'Afrique ainsi que les Masaïs qu'il avait décrits comme « les êtres les plus grands, les plus beaux et les mieux bâtis qu'il eût jamais vus ». Il avait vanté l'art de la chasse africaine, l'associant au code d'honneur des grands explorateurs. Il avait expliqué le lien mystique qui se tissait entre le chasseur et la nature sauvage en parlant des jours et des semaines passés à traquer une bête, celle-là devenant une obsession puis un monstre lorsque, après un seul coup de fusil, l'animal blessé devenait à son tour le chasseur.

Lorsque Mayitito Menocal, son ami cubain et compagnon de safari, revint de sa visite matinale de la capitale kenyane, il trouva Hemingway affalé dans le fauteuil, une bouteille de scotch vide à ses côtés.

— Papa, fit-il doucement, ça va ?

Hemingway se réveilla en sursaut et se mit à bredouiller des mots inintelligibles.

— Ça va, Papa ? Où est Mary ?

— Elle est restée dans la chambre, fit Hemingway en se redressant péniblement.

Il vit les feuilles répandues sur le sol. Il les ramassa, puis, le souffle court, arrangea tant bien que mal sa gabardine de coton kaki à plusieurs poches plaquées à rabat qu'il portait sans arrêt depuis des semaines.

— Ça me donne une idée, dit-il alors. Il faut absolument que je parle de la veste safari… Elle incarne l'Afrique et tous ses mythes. Je vais en parler comme de la mode Kilimand-jaro… Ça va faire fureur. Qu'est-ce que t'en dis, Mayitito ?

Menocal haussa les épaules.

— C'est toi le célèbre écrivain, dit-il. Moi j'ai surtout hâte de revenir à Cuba et d'aller à la pêche au gros. Franchement, je mettrai avec joie l'Afrique derrière moi, j'en ai assez de vivre dans la poussière et de sillonner la savane en quête d'un lion invisible.

— Si Percival t'entendait…

— Percival a déjà tout entendu… Il va avoir soixante-neuf ans et il en a marre de raconter ses histoires de chasse aux lions… marre d'user son fond de culotte dans un vieux Jeep… marre de servir de porteur pour des célébrités. Tout ça c'est du passé, Papa. t'arrives plus à te passer de tes lunettes, à viser droit, à marcher plus d'une heure sans te plaindre de

quelque chose… les lions, les éléphants, les buffles, du passé…
des fantômes !

Hemingway était trop fatigué pour répondre au fils de l'ancien président cubain.

— Tu veux bien nous commander deux scotches ?

Menocal se tourna vers le bar et fit un signe de la main.
Un serveur en livrée blanche ne tarda pas à déposer une bouteille de la meilleure qualité sur la table. Hemingway regarda
Menocal d'un air soupçonneux.

— Tu crois m'attendrir avec ce biberon ?

— Il faudrait retourner à Cuba, Papa, fit Menocal d'un air
sérieux.

Hemingway resta pensif pendant un moment.

— Qu'est-ce que Cuba vient faire au Kenya ou au Tanganyika ? finit-il par dire. J'aime bien Cuba mais pour le moment
c'est trop petit… J'ai encore besoin de l'immensité africaine.
J'ai besoin de revoir un guerrier masaï tuer un lion à coups de
lance et faire son entrée triomphale dans la vie d'homme. Ça,
c'est noble… aussi noble que le toréador lorsqu'il plante l'épée
au moment où la corne va l'empaler… C'est le moment où la
vie et la mort se regardent bien en face…

Il ouvrit la bouteille et remplit deux verres.

— Peut-être que tu ne comprends pas l'état de grâce que
tout ça procure, Mayitito, mais pour moi c'est mon pain et mon
beurre… la vie, la mort et les mots pour le dire !

— Je veux retourner à Cuba, s'obstina Mayitito.

— Alors vas-y à la nage !

Menocal ne releva pas la remarque injurieuse de Hemingway. Il le savait au bout du rouleau. Il alluma un cigare et
savoura les premières bouffées.

— Trois jours, Papa… dans trois jours je pars, avec ou sans
toi et Mary.

Hemingway fit mine de n'avoir rien entendu. Il se mit à
fouiller les poches de sa veste, puis celles de son pantalon de
toile.

— Mes lunettes, grogna-t-il. J'ai besoin de mes lunettes pour y voir de près… J'ai un texte à finir.

Menocal pointa la table du doigt.

— Elles sont là, tes lunettes, dit-il.

Hemingway les prit et les mit en place.

— Avoue, Papa, que tu n'y vois plus rien sans tes lunettes… ni de près ni de loin. Tu ne vois plus les moindres choses de la vie sans tes lunettes.

Hemingway détourna le regard.

— J'ai quelque chose à revoir avant de mourir, fit-il. Dans trois jours, je serai de retour et nous partirons pour Cuba…

⁓

Hemingway avait réussi à convaincre Mary de l'accompagner pour un dernier grand tour de piste. Voir cette Afrique encore inviolée du haut du ciel.

C'était un grand rêve. Voir le Kilimandjaro, ou plutôt le voir enfin tel qu'il était vraiment : le joyau d'une nature aux proportions dantesques autant qu'un mystère. Sa masse flottait sur une mer de nuages, et sa crête, à près de six mille mètres, était le royaume des aigles. Voilà vingt ans, il avait dit du Kilimandjaro qu'il était la « Maison de Dieu ». Il avait écrit qu'on avait trouvé, tout près de la cime, la carcasse gelée et desséchée d'un léopard. Mystère ou miracle ? avait-on dit à la suite de la publication des « Neiges du Kilimandjaro ». Des années plus tard, le Kilimandjaro était sur toutes les lèvres alors que Gregory Peck et Ava Gardner avaient prêté vie aux personnages fictifs de Harry et d'Hélène. Hemingway les avait imaginés, lui, rongé par la gangrène, elle, impuissante, alors que hyènes et vautours s'invitaient au sinistre festin. Une tragédie en un seul acte sur toile de fond du sommet mythique.

— Nous serons de retour dans trois jours, promit-il à Menocal, avant d'ajouter : t'as bien raison, Mayitito, le *daiquiri* commence drôlement à me manquer.

Il fit ses adieux à son guide de toujours, Philip Percival, qu'il qualifiait de « grand chasseur blanc ».

— Je crois bien, Percy, que la prochaine fois que je verrai l'Afrique, ce sera dans mes rêves.

Percival, sec et droit comme un lord anglais, lui serra longuement la main. L'image héroïque du Hemingway de jadis n'était plus. Il avait perdu ses qualités de tireur. À plusieurs reprises, à la vue d'un lion, il l'avait vu trembler. Il avait dû corriger le tir erratique de l'écrivain et abattre lui-même le félin, tout en attribuant à Hemingway le mérite du trophée. Pourtant, Hemingway demeurait l'homme qui avait inventé le langage du safari africain, et il lui en était reconnaissant.

— Ce sera donc un au revoir, Papa, lui dit-il affectueusement. Tu rêveras d'Afrique, et moi je relirai *Le Vieil Homme et la Mer* et je t'imaginerai rêvant de paysages et de lions au bord de la mer, comme le fait ton Santiago dans ce magnifique récit !

Le pilote Roy Marsh s'y connaissait en vol de brousse. Son Cessna 180, de couleur azur et argent, était le prototype idéal pour effectuer d'un trait la distance entre Nairobi et les chutes Murchison, en Ouganda. Ces cascades d'eaux blanches, spectacle grandiose, résultaient d'un saut majestueux de trois cents mètres du Nil blanc, à proximité du grand lac Albert. Le monomoteur s'éleva rapidement dans les airs puis effectua un court virage en direction du Tanganyika.

— Je veux survoler le sommet du Kilimandjaro, cria Hemingway à Roy Marsh, sa voix couverte par le bruit du moteur.

— Le Cessna ne peut pas dépasser les cinq mille cinq cents mètres, répondit Marsh de la même manière. Trop risqué…

Hemingway eut un geste d'impatience qui indiquait clairement à Marsh de prendre de l'altitude.

— *Hatari ! Hatari !* répondit le pilote, un mot en langue swahilie qui signifiait « danger ».

Une heure plus tard, le Cessna vola en cercle autour du Kilimandjaro. Le pilote refit un deuxième passage devant l'insistance de Hemingway. Puis il se dirigea vers le lac Manyara, refuge de milliers de cigognes et dont les terres avoisinantes étaient peuplées de babouins. Quelques minutes plus tard, Hemingway et Mary découvrirent le Ngorongoro. Vu du ciel, l'immense cratère n'était rien de moins que la signature de la Création, la huitième merveille du monde. Une vie grouillante prenait source dans ses marécages, ses forêts, son tapis végétal, ses arbres gigantesques aux racines entremêlées.

— Combien de temps pour Murchison Falls ? demanda Hemingway à Marsh.

— Nous faisons un peu plus d'une tonne avec les bagages… si nous demeurons à une altitude de deux mille mètres, je peux faire du deux cent cinquante à l'heure… Comptez une escale d'environ une heure à Kisumu près du lac Victoria; disons plus ou moins six heures, expliqua le pilote.

Hemingway regarda Mary qui n'avait rien dit depuis le décollage.

— C'est toujours mieux qu'à pied, grommela-t-il.

— Je n'ai qu'une seule envie, finit-elle par dire, me retrouver dans mes affaires à la Finca…

— Tiens, te voilà enfin réconciliée avec Cuba, ironisa Hemingway.

Ils survolèrent des paysages fabuleux au milieu desquels évoluaient des troupeaux de buffles, de gnous, d'éléphants et, çà et là, de quelques rhinocéros blancs.

Hemingway fit signe à Roy Marsh de changer d'altitude jusqu'à voler à quelques dizaines de mètres du sol, ce que fit ce dernier non sans une certaine crainte. Hemingway s'extasia devant le spectacle des hippopotames qui pullulaient dans les cours d'eau sinueux. En bordure de ces eaux, de nombreux crocodiles veillaient, bâillant au soleil, en quête d'une proie.

Aux marais succédait la savane parsemée d'acacias. Lions et panthères s'y tenaient embusqués à proximité d'une harde de gazelles ou de phacochères. Hemingway y trouvait enfin son compte. Sous son regard émerveillé se déroulait en accéléré l'évolution des espèces issues du berceau de l'humanité. Il avait lu plusieurs articles écrits par L.S.B. Leakey, le père de la paléontologie africaine, dont les recherches au Kenya et au Tanganyika avaient établi que dans cette partie de l'Afrique orientale se trouvait la réponse aux mystères des origines de l'humanité. Il allait donc introduire ce sujet dans son reportage, tout comme il allait décrire les grands chasseurs noirs issus de cette vie sauvage. Ils formaient des sociétés dont les traditions et les rituels remontaient à la nuit des temps. Eux étaient les vrais chasseurs, les *moranes*, tueurs de lions au risque de leurs vies, guerriers nobles pour qui l'affrontement face à face avec l'animal sauvage donnait la mesure de leur grandeur et de leur rang social.

L'œil de Hemingway fut attiré par une dizaine de puissantes silhouettes rampantes, véritables cuirassés aux mâchoires distendues. Elles dépassaient aisément six mètres de long.

— C'est quoi ces sous-marins ambulants ? lança-t-il à Marsh.

— Crocodiles du Nil, fit ce dernier.

— Il y en a beaucoup ici ?

— Trop pour les compter…

Hemingway qui, sans l'avouer, avait une peur morbide de toutes les espèces rampantes, demanda à Marsh si cette région de l'Ouganda, marécageuse à souhait, comptait beaucoup de serpents venimeux.

— Vous avez passé combien de temps en safari ? s'enquit Marsh, surpris de la question.

— Six mois…

— Et vous n'avez jamais vu un mamba ou un cobra ?

— Une fois… mais un boy lui avait déjà fait son affaire avec une machette…

— Vous en avez bouffé ? fit Marsh en ricanant.

Hemingway répondit par une grimace de dégoût.

— Ben, faudra vous y faire, rétorqua Marsh. En bas, c'est le royaume des crocos géants, des pythons de Seba, des mambas, des cobras, des vipères rhinocéros, des boomslangs.

On s'y fait assez vite, à condition d'y regarder par deux fois où on pose son pied… sinon mieux vaut avoir fait son testament.

Il lança un coup d'œil amusé à Hemingway. Ce dernier eut un haussement d'épaules, un peu par bravade.

— On pêche, dans le coin ?

— Tout ce que vous n'avez jamais vu ailleurs dans le monde se trouve ici, dans cette partie de l'Afrique. Y a de quoi impressionner, croyez-moi ! Ça saute, ça plonge, ça sort de partout, ça se déguise à volonté, ça se camoufle dans la moindre crevasse, ça change de couleur comme vous changez de chemise…

— Attendez… Je vais prendre quelques notes, lui dit Hemingway qui s'amusait de la verve imagée du pilote.

Il se pencha et fouilla dans son sac à dos. Soudain, l'avion fut brutalement secoué. Il y eut un choc violent. Le pare-brise fut éclaboussé de sang. Mary poussa un cri de détresse. Hemingway se cramponna. Marsh lança une suite de jurons. Il amorça un virage serré. Il y eut d'autres chocs, des plumes et encore du sang. Le Cessna tentait de se frayer un passage parmi une volée d'ibis. À moins de mille mètres du sol, il plongea. Marsh tira sur la colonne de direction, le Cessna réagit à peine. Hors de contrôle, il se mit à tanguer.

— On va se tuer ! hurla Mary.

— Ta gueule ! cria aussitôt Hemingway.

Il accrocha Marsh par l'épaule.

— Lance un appel de détresse, tu sais faire ça ?

Marsh chercha frénétiquement la fréquence de secours. D'une voix blanche, il lança :

— Ici Roy Marsh, pilote d'un Cessna immatriculé VPKL11 en direction de Murchison Falls… VPKL11 à cinquante kilomètres de Masindi au sud-est du lac Albert… Cessna 180, bleu et argent… deux passagers, Ernest Hemingway et son épouse… VPKL11 en atterrissage d'urgence…

L'avion se cabra alors que le moteur eut des ratés avant de tomber en panne. On n'entendit plus que le sifflement du vent qui s'infiltrait de toutes parts. Le Cessna ne plana pas longtemps. Ses roues balayèrent la cime des arbres, d'énormes branches fouettèrent la carlingue, puis l'avion fut stoppé net avec un bruit de tôle écrasée. Une fumée âcre s'éleva aussitôt de la carcasse du VPKL11. Au dernier instant, Hemingway sentit une affreuse douleur le traverser de part en part. Il eut le temps d'imaginer ce que ressentait le toréador encorné par une furie d'une tonne qui le chargeait dans un élan de mort. Il vit les traits d'une femme à travers un brouillard, Adriana. Puis un visage magnifique, coulé dans le bronze, peut-être celui de Leopoldina. Des mains l'attrapaient. Il n'avait plus la moindre force, le moindre espoir. Quelque chose d'immense se séparait de lui ; la vie peut-être.

Des heures plus tard, un avion de la British Overseas Airways Corporation survola les lieux. Après quelques passages, le copilote attira l'attention du capitaine R.C. Jude.

— Objet brillant à onze heures…

Le pilote manœuvra de sorte qu'au passage suivant, il distingua clairement le monomoteur encastré dans les arbres.

— Avion de type Cessna immatriculé VPKL11 identifié… train d'atterrissage et carlingue fortement endommagés… traces de début d'incendie… aucun signe de vie à un kilomètre à la ronde, rapporta-t-il posément dans son émetteur-radio.

෴

La nouvelle se répandit. L'Associated Press émit une première dépêche qui entretenait quelque espoir. On pouvait lire : « L'écrivain Ernest Hemingway et sa femme victimes d'un accident d'avion dans le nord-est de l'Ouganda. » Les mots eurent l'effet d'une onde de choc. Cinq heures plus tard, le *New York Daily* et le *Herald Tribune* titraient : « Hemingway et sa femme tués dans un accident d'avion. » On reprit le texte un peu partout dans le monde. Les milieux littéraires se préparèrent aux obsèques du héros mort. En pleurant le départ de l'homme, on voulait déjà revivre sa légende. Dans les salles de presse commença la course aux photographies d'archives illustrant le parcours de cet homme qui, mille fois, avait pris un malin plaisir à défier la mort. On voulait maintenant le rendre éternel. Même sa flopée d'ennemis tira parti de la triste nouvelle pour dire que Hemingway n'avait jamais souhaité mourir dans son lit, son destin le liant inexorablement à une fin digne d'un homme de combat. Il avait donc gagné son pari, et la mort avait perdu le sien. Hemingway était parti en emportant dans l'au-delà toutes les maladies qui le rongeaient et, de concert, en le diminuant, allaient le clouer au grabat. D'un coup, toutes les bêtises lui étaient pardonnées, tous ses mérites exacerbés. On l'auréolait de toutes parts. Si hier encore son génie avait été mis en doute, l'annonce de sa mort avait suffi pour qu'on portât ce même génie vacillant à hauteur des neiges éternelles du Kilimandjaro. Hemingway était dès lors reconnu comme le phare qui avait ouvert la voie au nouveau roman américain. On allait en faire l'homme qui avait osé écrire toutes les vérités en défiant l'essence même de la littérature classique. De sa plume avaient jailli des émotions insoupçonnées. Il avait fait tomber les masques et mis à nu les consciences, fait s'écrouler un monde et redonné à l'espèce humaine son identité véritable en l'extirpant des artifices du faux-semblant. Il avait opposé à l'immortalité de Dieu une vie à sens unique qu'il tenait pour une longue suite de hasards. Peut-être Dieu avait-il ordonné que s'interrompît brutalement cette vie afin qu'Ernest Hemingway arrêtât d'écrire.

❧

Il était sept heures trente le matin du 25 janvier 1954 quand le réseau américain ABC interrompit sa programmation régulière pour diffuser un bulletin spécial annonçant la mort d'Ernest Hemingway survenue dans des conditions mystérieuses en Afrique orientale. Quelques instants plus tard, les réseaux concurrents CBS et NBC, avec leurs stations affiliées, lancèrent les rumeurs d'un possible attentat imputable aux rebelles Mau Mau engagés dans une lutte armée contre les autorités britanniques. À Washington, Edgar Hoover venait tout juste de prendre le petit déjeuner avec Clyde Tolson. Les deux hommes s'apprêtaient à quitter leur appartement lorsque la sonnerie grêle du téléphone les retint. Laissé seul, Hoover devint soudainement pâle, les doigts crispés sur le récepteur. Il ferma les yeux comme s'il eût été aveuglé par quelque puissante lumière. Il écouta longuement, son visage se transformant jusqu'à rayonner de joie.

— Je vous remercie, dit-il simplement, en guise de conclusion.

Il resta sans bouger, oubliant de raccrocher. Il se sentait enfin libéré de ce poids immense qui lui pesait depuis bientôt dix ans. Incroyable mais vrai : Hemingway était mort. D'apprendre que cet ennemi juré avait été rayé du monde des vivants au fond d'une contrée sauvage lui procurait une joie jamais ressentie auparavant. Selon une vieille habitude de policier, il regarda l'heure : il était sept heures trente-neuf précises. Il raccrocha finalement le récepteur. La vie lui offrait sur un plateau d'argent ce moment de triomphe. Il se plut à croire que la justice avait eu le dernier mot. Pas seulement celle des hommes, mais la grande justice qui, seule, tranchait en faveur du bon droit, celui des États-Unis d'Amérique, le pays phare, bâtisseur d'une nouvelle civilisation. Pays dont lui, Edgar Hoover, était le premier gardien.

— Edgar ? Entendit-il.

— Oui, Clyde...

— Sommes-nous prêts à partir ?

Hoover frottait vigoureusement son insigne du FBI lorsque Clyde Tolson le rejoignit. Surpris, il détourna les yeux et fit semblant de n'avoir rien remarqué.

— Prêt ?

— Bien sûr... Ah ! Je viens d'être informé qu'Ernest Hemingway est mort, fit Hoover en hochant la tête avec indifférence.

— Mon Dieu ! s'exclama Tolson. Comment est-ce arrivé ?

— Un acte de Dieu, laissa tomber Hoover en redressant fièrement le menton. Allons-y, la justice nous appelle.

— Hemingway mort... soliloqua Tolson.

— Cela permettra de remettre les pendules de Cuba à l'heure, parce qu'elles retardent grandement, ajouta Hoover, cynique.

⌇

En vérité, l'écrivain était vivant. On pouvait parler de miracle puisque, à l'instant de l'écrasement du Cessna, il avait subi une fracture du crâne, un tassement de plusieurs vertèbres, un éclatement de la rate, du foie et d'un rein, une paralysie du sphincter, des blessures aux épaules, aux jambes et aux bras aggravées de brûlures. Sa vue et son ouïe avaient été également touchées. Hemingway, tel un trompe-la-mort, avait survécu à l'écrasement, aux crocodiles, aux serpents, à une harde d'éléphants, à une charge de rhinocéros et à ses blessures.

Le récit parvint d'Italie, précisément de Venise, deux mois après l'accident. On soupçonna la supercherie tellement l'affaire parut invraisemblable. Nul n'était censé échapper aux pièges mortels de la vie sauvage africaine. Mais à la vue de ce vieillard voûté, à la démarche et à l'élocution hésitantes, au crâne rasé couvert de plaies récentes, nul ne douta qu'Ernest Hemingway avait une fois encore défié la mort.

— Qui vous a sauvé la vie ? lui avait-on demandé.

— J'ai refusé de crever... ensuite est arrivé un drôle de zigoto avec des poils pleins les oreilles, un certain Edwiges Abreo, avait-il baragouiné. Il est le skipper d'un bateau pour touristes qui se trouvait près des chutes Murchison. Il est arrivé au bon moment... et moi aussi, je crois bien ! La seule chose qui m'a foutu en rogne ce fut de ne pas avoir eu la chance de voir les chutes de près... mais on ne peut pas avoir la vie sauve et se taper la visite des chutes en prime. Pas vrai ?

— Avez-vous pensé que votre dernière heure était venue ?

Il avait paru perdu. Il avait hésité un bon moment puis eu un sourire qui ressemblait davantage à une grimace.

— Quelqu'un qui survit pendant trente ans à trois litres d'alcool par jour ne se demande jamais si sa dernière heure est venue, croyez-moi !

— Que retenez-vous de ce drame ?

— Drame ? Non ! Je dirai plutôt que ce qui est arrivé ressemble à une œuvre surréaliste… quelque chose qui jette une lumière crue sur ce qui a été rapporté comme un fait irréfutable… c'est-à-dire ma mort. Regardez-moi bien… ne diriez-vous pas que je reviens de l'au-delà ?

Les journalistes avaient été subjugués. On lui avait demandé des précisions.

— La mort m'a mis en procès, dit-il, la vie a prononcé mon acquittement. Et tous ces hypocrites mondains qui étaient ravis de lire ma notice nécrologique peuvent aujourd'hui se la fourrer où je pense. Ceux qui se sont régalés du festin d'un homme vaincu devront repartir à zéro !

Hemingway rendit une ultime visite à Adriana Ivancich, son inspiration, sa muse. Elle l'avait poussé à écrire *Le Vieil Homme et la Mer*. Il lui devait la résurrection littéraire.

La toute jeune femme pleura en le voyant. Le personnage légendaire qu'elle aimait tant n'était plus. Il avait laissé une grande part de lui-même en Afrique. Elle vit un homme qui n'avait pas encore cinquante-cinq ans devenu un vieillard. Il ne restait du grand Hemingway qu'un corps amaigri, tassé, brisé.

— Il y a dans un célèbre musée d'Espagne le portrait d'une femme magnifique peint par un très grand peintre. Cette femme te ressemble, mais elle n'a pas l'éclat de tes yeux, lui murmura-t-il.

Adriana pleura. Il la prit dans ses bras, mais n'eut pas la force de l'étreindre.

— J'ai failli perdre la vie, ajouta-t-il faiblement, mais je voulais tellement te revoir, ne fût-ce qu'une dernière fois. Cette grâce m'a été rendue, je ne peux en demander plus, tu le sais…

et moi aussi. Te perdre de nouveau et pour toujours sera mon drame éternel.

Il se détourna. Elle le retint, prit son visage entre ses mains et le força à la regarder. Il avait les yeux embués par les larmes.

— Je t'aimerai toujours, lui dit-elle avec un accent de passion.

— Comme une jeune fille qui admire éperdument son père célèbre, se désola-t-il.

— Non, fit-elle en secouant énergiquement la tête. Comme une femme qui aime l'homme de sa vie !

En fin juin 1954, un an après son départ de Cuba, Ernest Hemingway embarqua à Gênes sur le *Francesco Morosini*. Durant la longue traversée de retour, il se rendit à peine compte que Mary Welsh était à ses côtés, se pliant à ses moindres caprices et jouant à l'infirmière privée. Deux semaines plus tard, ce fut un homme d'une tristesse infinie qui foula le sol de La Havane. De retour à la Finca Vigía, il entreprit de longues promenades solitaires. Il nota que si tout avait changé en apparence, rien n'avait véritablement changé.

— J'ai écrit un jour que personne ne vivait complètement sa vie, sauf les toréadors, dit-il à Mary au terme d'une de ses promenades. J'ai ainsi réalisé que mon seul choix se résume dorénavant à l'obligation de survivre… Franchement, Kitty, je ne sais plus si la volonté est une affaire noble ou ignoble en pareil cas !

Le 28 octobre 1954, par neuf voix contre sept et une abstention, Ernest Hemingway devint le lauréat du prix Nobel de littérature. Il passa toute cette journée à nettoyer ses armes. Il déclina l'invitation de se rendre à Stockholm pour y recevoir en personne la plus prestigieuse récompense littéraire au monde, la précarité de sa santé lui servant d'excuse. Ce fut l'ambassadeur des États-Unis qui donna lecture d'un bref message :

« La stature publique de celui qui écrit s'accroît alors qu'il renonce ou doit renoncer à sa solitude. Souvent son œuvre se détériore, car écrire c'est travailler seul. Et le bon écrivain doit se mesurer à l'éternité, ou alors à son absence, et ce, jour après jour. »

Huitième partie

Sierra Maestra

38

En février 1955, Fulgencio Batista reçut en grande pompe Richard Nixon, le vice-président des États-Unis, accompagné d'Allen Dulles, le chef de la CIA. Les deux hommes firent savoir au président de Cuba qu'il ne fallait pas faire de Fidel Castro et de ses compagnons de cellule des martyrs, ni de leur emprisonnement une affaire d'État. Ils lui firent comprendre que la survie politique de tous les régimes d'Amérique centrale, des Antilles et de l'Amérique du Sud était liée aux livraisons d'armes consenties par le gouvernement américain et aux profits des multinationales menées par des intérêts américains, surtout la United Fruit, dont Allen Dulles et son frère étaient des membres influents du conseil d'administration.

— Voyez ce qui est arrivé l'an dernier au Guatemala. Si Arbenz avait voulu être raisonnable, il serait encore en poste, avait rappelé le directeur de la CIA, en faisant allusion au coup d'État de 1954.

Le vice-président Nixon suggéra que la meilleure façon de régler l'affaire était d'éviter toute mobilisation d'éléments communistes et de tuer l'agitation dans l'œuf.

— Rien de pire que des prisonniers politiques communistes qui complotent dans une prison, remarqua-t-il avec un air de philosophe.

— Nous n'avons aucune preuve de ses allégeances communistes, fit Batista. Mais c'est un dangereux agitateur même en prison…

— Alors, faites en sorte de le mettre définitivement hors jeu, fit Dulles.

Nixon lui lança un regard interrogateur.

— Ce qui se passe à l'intérieur des murs d'une prison reste dans cette prison ou alors disparaît en mer, précisa froidement Dulles.

Batista rêvait du moment où il serait débarrassé à jamais de cet homme qui continuait de le démoniser par-delà les murs de sa prison. Mais ce moment n'arriverait pas, il le savait.

— Avec Fidel Castro, un tel secret n'est pas possible, répondit-il avec dépit. Moins d'un an après son incarcération dans l'Île des Pins, il a réussi à reconstituer mot par mot, phrase par phrase le plaidoyer qu'il a livré lors de son procès dans l'affaire de la Moncada. Il a utilisé des bouts de papier sur lesquels il a écrit ces milliers de mots en se servant de jus de citron…

En parlant, il exhiba rageusement un document reprographié d'une cinquantaine de pages abondamment annotées.

— Voilà le résultat, gronda-t-il en le rabattant sur son bureau. Impression clandestine… distribuée de nuit dans les rues de La Havane… passée de main à main jusqu'à l'autre extrémité de l'île. Aujourd'hui, il en existe des milliers d'exemplaires. Ce torchon, l'*Histoire m'absoudra*, fait maintenant œuvre d'évangile et beaucoup de Cubains tiennent Fidel Castro pour le nouveau Christ. Tuez Castro et on croira qu'il sera capable de ressusciter au bout de trois jours !

Les trois hommes descendirent l'escalier monumental du palais et traversèrent le salon de Los Espejos, dont les murs, couverts d'immenses miroirs, reproduisaient à l'infini les fresques de célèbres peintres cubains.

— Vingt et un présidents ont eu le privilège de séjourner dans ce palais, remarqua fièrement Batista.

— Vous voudrez certainement être celui qui établira le record de longévité, répondit finement Nixon.

Batista se contenta d'un grand sourire. Il fit passer ses hôtes sur la terrasse et du geste les invita à contempler la baie de La Havane.

— Un coup d'œil splendide, nota Nixon, un palais tout aussi splendide… mais tout a un prix. Castro aussi a un prix… Achetez-le et vous achèterez la paix !

Le 6 mai 1955, Batista signa le projet d'amnistie, et le 15 mai, les attaquants de la Moncada, Fidel Castro en tête, quittèrent en liberté la prison de l'Île des Pins. Contre toute attente, déclinant les offres qu'on lui fit, Castro déclara :

— Je quitte Cuba, à l'exemple de José Martí, pour ne pas avoir à renoncer à mes droits. D'un tel exil, je suis conscient qu'on ne revient pas, ou, si on revient, c'est pour voir la Tyrannie vaincue à jamais.

⁊

Mexico, jadis le centre du monde aztèque, regorgeait, quatre siècles plus tard, des vestiges de trois civilisations et d'autant de styles architecturaux. Des palaces, des temples une cathédrale devenue le haut lieu de la chrétienté d'Amérique latine, des places ombragées, des jardins flottants, des canaux pollués, des quartiers surpeuplés, une pyramide vieille de deux millénaires, des tripots, des culs-de-sac, des repaires de prostitution et de jeux clandestins définissaient cette métropole tentaculaire dans laquelle La Havane eût tenu dix fois.

Le jour de son arrivée, par le vol 566 de la compagnie Aero Mexicano, Fidel Castro se sentit perdu dans l'ancienne cité de Tenochtitlán, théâtre tragique du choc sanglant de deux cultures. Il se tenait sur les ruines mêmes d'un monde envahi, asservi puis anéanti par une puissance coloniale avide d'or et de pouvoir. Rien n'avait changé, constata-t-il lorsqu'il franchit le seuil de la Catedral Metropolitana, monument dressé en l'honneur de Dieu, mais surtout à la gloire des vainqueurs. La construction de l'orgueilleux temple avait demandé trois siècles et réclamé des milliers de vies d'esclaves. Castro vit les ors, le marbre blanc sculpté, les autels sertis d'argent, les chapelles latérales envahies par des peintures et des sculptures dignes des grands musées, les orgues, les clochers monumentaux, véritable débauche architecturale de styles classique et baroque. Mais dans ce lieu pouvant accueillir des milliers de croyants, Castro ne trouva aucun prêtre pour panser les plaies d'un sans-abri ni de bons samaritains pour nourrir les pauvres. Il eût aimé en cet instant se confier à Dieu, mais il ne le trouva ni au pied de l'autel orné de sculptures des rois et des reines canonisés au fil de l'histoire de la Conquête ni au pied de la grande croix du sacrifice. Dieu et ses saints avaient déserté le temple que les conquistadores leur avaient consacré sous de fausses représentations. Ce ne fut pas une prière que Castro murmura en quittant la cathédrale, mais les cinq mots qu'il avait mille fois répétés au cours des vingt-deux mois de réclusion dans l'Île des Pins : *Semilla de la América nueva*, le credo de José Martí.

Nico Lopez et Jaime Costa, deux des attaquants de la Moncada, passèrent devant le Palacio de Bellas Artes, l'impressionnant édifice à la façade Art nouveau, longèrent Avenida Juárez et empruntèrent un des sentiers sillonnant le boisé de peupliers en rangées du parc Alameda Central. L'endroit était bien connu des habitants de Mexico pour son monument hémicycle fait d'un assemblage de colonnes doriques. Castro les y attendait. Les trois hommes ne s'étaient pas revus depuis le jour de l'attaque de la Moncada. Ils s'étreignirent longuement. Dans un geste affectueux, Castro passa la main dans la tignasse de Jaime Costa, le cadet des trois, dont les traits et la carrure trahissaient ses origines paysannes.

— Tu ne t'ennuies pas trop des champs de canne à sucre ? lui lança Castro à la blague.

Costa prit un air contrit.

— J'ai des remords, dit-il en baissant les yeux.

— Des remords ?

— Toi et les autres avez passé deux ans en prison… moi j'étais dehors… libre ou presque…

— Pas deux ans, le corrigea Castro en lui lançant une œillade, juste vingt-deux mois…

Costa sourit timidement.

— Moi j'y étais pas, s'obstina-t-il.

— Moi non plus, fit Nico Lopez, mais ce n'est pas parce qu'on n'est pas derrière les barreaux qu'on est libre pour autant. L'important, c'est qu'on soit réunis, et que le M-26 soit toujours vivant…

— Les autres sont là ? demanda Castro.

— Dix-huit y sont… le recrutement va bon train, et on a trouvé une piaule pour toi, répondit Lopez.

— Où ça ?

— Au 49 Calle Emparán… tout près de la Plaza de la República… à une demi-heure de marche d'ici.

— C'est sécuritaire ?

— L'appartement est celui de Maria Antonia Sanchez, une exilée cubaine… Elle est prête à donner sa vie pour le M-26.

Castro savait qu'il pouvait faire confiance à Nico Lopez. Sous des allures de bonhomie trompeuse, Lopez cachait un courage et un dévouement exemplaires. Il avait l'audace du révolutionnaire, et nul danger n'était parvenu à saper ses convictions. Castro prit ses deux compagnons par les épaules.

— Regardez… ça c'est le monument en souvenir des luttes pour l'indépendance du Mexique… des hommes comme Pancho Villa, Emiliano Zapata et des dizaines d'autres sont morts pour cette cause, la plupart assassinés. Vous m'envoyez crécher à la Plaza de la República… Si le destin n'y est pour rien, vous pouvez me dire qui tire les ficelles ?

Personne ne répondit. Castro se revit dans le dénuement de son cachot dans l'Île des Pins, forgeant son esprit à la résistance, découvrant chaque jour davantage que si l'on pouvait emprisonner le corps, on ne pouvait contraindre l'esprit à la soumission.

— J'ai quelqu'un à te présenter, fit Nico Lopez.

Castro parut aussitôt méfiant.

— Pas d'étranger dans le M-26, tu le sais…

— C'est un diable d'homme, Fidel.

— Batista aussi est un diable d'homme… le président yankee est un diable d'homme… et tous les assassins à leur solde sont également des diables d'hommes. J'en sais quelque chose pour les avoir regardés dans les yeux, rétorqua Castro.

Lopez insista.

— Ce n'est pas de ce genre d'homme dont je parle, Fidel. Lui ne ressemble à personne… Il voit les choses différemment de tout le monde… C'est… c'est un aventurier et un intellec-tuel… un artiste et un révolutionnaire… tout ça mélangé.

Castro l'écouta un moment, puis :

— Je me méfie de tous les messies qui prêchent le paradis, fit-il. La règle demeure la règle : pas d'étranger dans le M-26. Alors, on y va à cette piaule ?

Lopez ne cacha pas sa frustration. Il traîna derrière ses deux compagnons en maugréant, pour finalement lâcher :

— Tu crois que ce ne sont que des Cubains qui vont te fournir l'argent et les armes pour reprendre le combat ? Qui va nous aider à repartir d'ici ? Et le M-26 ? Tu crois qu'il va survivre sans que des étrangers mettent la main dans leurs poches ? Moi je ne le crois pas. Et toi, Jaime ?

Costa haussa les épaules, les yeux rivés au sol.

— Moi j'sais pas. C'est compliqué la politique…

— C'est pas si compliqué quand quelqu'un nous fait voir la chose autrement, reprit Lopez avec conviction. Et c'est juste-ment cet étranger qui m'a convaincu que pour qu'une révolu-tion réussisse, il faut qu'elle débute par la transformation radi-cale des hommes qui veulent la faire. Si l'homme résiste à ce changement, la révolution l'étouffera… Il m'a expliqué tout ça, et moi je pense la même chose maintenant !

Interpellé par les paroles de Lopez, Castro s'arrêta. Il se souvint d'un texte qu'il avait lu par nuit d'insomnie dans sa cel-lule de l'Île des Pins : « … les hommes semblent avoir désappris à se comporter comme des hommes… il s'agit beaucoup moins d'une désuétude ou d'un oubli que d'un monstrueux dressage dont cet oubli n'est que la conséquence[*]. »

— Depuis quand connais-tu cet étranger ?

— Un an… un peu plus peut-être…

— D'où vient-il ?

— D'Argentine… mais je pourrais aussi bien répondre du Chili, de la Bolivie, du Pérou, de l'Équateur, du Panama, du Salvador, du Costa Rica, du Guatemala… des pays dont j'ignorais même l'existence. Lui, il sait tout de chacun de ces pays…

— Son nom ?

— Guevara… Ernesto Guevara… mais je l'ai baptisé Che… à cause de sa manie de toujours commencer et finir une phrase par « *che* »… « *che* »…

Fidel ne put s'empêcher de rire.

— Che… Che… ce n'est pas pire que *el loco*, fit-il en faisant allusion au surnom dont l'affublaient avec cynisme Batista et ses acolytes.

— Je l'ai connu au Guatemala, précisa Lopez. Il a ouvertement pris la défense du président Arbenz au moment du coup d'État organisé par la CIA… Il m'avait dit que la mort n'était rien si cela permettait de redonner à un peuple ses droits…

Castro demeura silencieux. Dès cet instant, le surnom de cet Argentin lui trottait sans cesse en tête. Et s'il s'agissait véritablement d'un cas unique ? Du genre de fou qui proposait de détourner le lit d'un fleuve avec une telle lucidité que l'impossible devenait soudainement réalité ? Ne s'agissait-il pas, en fin de compte, de l'essence même d'une révolution ? Un peu à l'image de ce Robert Jordan, le *dynamitero* yankee qui, sous la plume du tout récent prix Nobel Ernest Hemingway, avait pris fait et cause pour les républicains durant la guerre civile d'Espagne et qui avait fait d'un simple pont l'enjeu de sa propre vie. Aussitôt, Castro se rendit compte de l'étrange coïncidence :

---

[*]   Virgil Gheorghiu, *La Vingt-Cinquième Heure* (écrit en captivité).

un Argentin qui avait sillonné un continent et un Américain qui avait imaginé un autre lui-même sous les traits d'un révolutionnaire. Deux prénoms identiques : Ernesto et Ernest !

— Tu peux inviter ce… Che, dit-il à Lopez, une fois installé dans l'appartement de la Calle Emparán. Mais je ne garantis rien… sauf que je t'en tiendrai directement responsable si les choses tournent mal à cause de lui.

❧

Depuis une bonne heure, Fidel Castro parlait fort et gesticulait, en défendant l'idée de ne pas s'éterniser au Mexique sous prétexte d'un exil volontaire. Il faudra de trois à cinq ans pour organiser la révolution, entendait-il de la majorité des douze personnes présentes. Juan Almeida n'était pas de cet avis. Selon lui, chaque jour qui passait laissait sa part d'indices aux services secrets. On lui opposait qu'il fallait réunir beaucoup d'argent pour acheter des collaborateurs, ensuite des armes, et quelques soldats de métier pour leur enseigner l'art de la guérilla.

— Un an au plus, lança Castro. Nous avons déjà des armes et nous aurons bientôt un bateau…

— Pour aller où et faire quoi ?

On se souvenait d'un discours semblable la veille de l'attaque de la Moncada. Cela devait être l'affaire d'une heure, et une semaine plus tard le tyran devait abdiquer. Ç'avait été un massacre, et les survivants s'étaient retrouvés pour la plupart en cellule, et vingt-deux mois plus tard, en exil.

— Libérer Cuba, répondit Castro, quoi d'autre !

— Comme ça, avec quelques fusils, un bateau et la grâce de Dieu, le relança Ciro Redondo, qui avait été condamné à dix ans de pénitencier, en plus de subir sa part de mauvais traitements.

— Sinon ce sera quoi ? Une fuite vers l'avant, de cache en cache, sans jamais savoir si un matin ou un soir on ne nous mettra pas une balle dans la tête ?

Redondo fit semblant de n'avoir rien entendu.

— J'ai dit oui à une révolution, continua-t-il, et je dis toujours oui à cette révolution… mais je dis non à l'improvisation parce qu'elle nous mènera à une aventure sans lendemain. Voilà ce que je pense.

— On a peut-être faim ? fit une voix féminine.

À l'odeur du tabac se mêlaient des senteurs épicées.

— Petits pains de maïs… tortillas… tacos ou encore arroz à la mexicaine, annonça-t-elle joyeusement.

Maria Antonia Sanchez était un petit bout de femme, mince, les cheveux longs tressés, de grands yeux noirs et vifs.

— Tu as de la papaye ? lui demanda Castro.

— Papaye, pastèque, figue de Barbarie, tout ce qui pousse au Mexique comme à Cuba pour ces messieurs, répondit-elle en rigolant.

— Tequila ? lancèrent les hommes en écho.

— Tequila et mezcal pour ceux qui veulent se rincer les boyaux !

Pendant qu'on passait les plats et que les hommes se servaient, on frappa discrètement à la porte. Le silence se fit. Vinrent cinq coups espacés. On respira d'aise.

Nico Lopez fit son entrée. Il était accompagné d'un étranger aux allures de vagabond. Il portait un pull-over échancré, troué aux épaules, avec un pantalon visiblement trop grand, crasseux, retenu à la taille par une vieille ceinture. Il avait un regard pénétrant qui suggérait autant la détermination que la curiosité. Une sorte d'aventurier de passage qui portait en bandoulière non pas un, mais deux appareils photographiques : un Nikon et un Leica.

— *Cuba libre*, fit Lopez.

— *Semilla de la América nueva*, répondit en chœur le groupe.

— Ernesto Guevara, dit l'étranger en saluant d'un geste désinvolte.

— Moi je le surnomme Che, dit Lopez avec humour. Vous comprendrez pourquoi quand il parlera.

Guevara sourit timidement et repoussa la mèche noire qui lui tombait sur le front.

— En réalité, je me nomme Ernesto Rafael Guevara de la Serna Lynch, ajouta-t-il d'une voix teintée d'un léger accent sud-américain.

— Un ami de Nico Lopez a des chances de devenir mon ami, lui dit Fidel Castro tout en l'observant attentivement. Prends place et mange avec nous Ernesto Rafael Guevara… de la Sernatata… et après ?

Il y eut un grand éclat de rire.

— De la Serna… mais pour vous, Cubains, Che sera plus commode, fit Guevara en pigeant dans les plats à pleines mains.

— Alors, où en étions-nous ? reprit Castro.

— À la tequila ! firent plusieurs voix.

La blague déclencha l'hilarité générale. On but une première bouteille, choqua les verres. On entama une seconde bouteille. À la surprise de tous, Nico Lopez demanda la parole.

— J'ai appris qu'il y a eu des perquisitions… tous ceux qui ont suivi Fidel pour le Mexique sont sur une liste noire, et il ne faudra pas compter sur le consulat cubain à Mexico pour nous sortir d'impasse…

— Et ça veut dire quoi ? lança Ciro Redondo, toujours sceptique.

— Que plus tôt nous nous organiserons pour retourner à Cuba et terminer ce que nous avons commencé, mieux cela vaudra, répondit Lopez.

— Facile à dire pour toi, Nico, le reprit sèchement Redondo. Pendant qu'on pourrissait derrière les barreaux dans l'Île des Pins, toi tu te la coulais douce quelque part en Amérique centrale…

L'échalas bondit. Redondo saisit une bouteille de tequila par le goulot, prêt à se défendre. Castro s'interposa entre les belligérants.

— Ni maintenant ni jamais, gronda-t-il. Vous êtes du M-26 ou alors vous n'êtes plus rien !

— Au Guatemala plus précisément, fit une voix grave, celle de Guevara.

Tous les regards se portèrent sur l'étranger. Il jouait négligemment avec le curseur de lentille de la caméra Nikon.

— Nico et moi étions au Guatemala, répéta-t-il posément, et personne ne se la coulait douce.

— Ce n'est pas ce que je voulais dire, fit Redondo, après s'être calmé. Je suis désolé si…

Guevara lui fit signe de ne pas l'interrompre.

— Il y avait là-bas un homme qui croyait à l'indépendance économique de son pays. Il avait instauré une vaste réforme agraire. Jacobo Arbenz avait été élu avec plus de soixante pour cent du vote populaire… du jamais vu au Guatemala. Il avait prêché par l'exemple en donnant des milliers d'acres de ses propres terres pour lancer la réforme. Mais il n'avait pas compté sur l'influence de la pieuvre… le cartel de la United Fruit. La CIA, la Maison-Blanche et les hommes de main du président des États-Unis ont fait le reste. Pots-de-vin, délations, faux témoignages pour préparer un coup d'État. Des arrestations arbitraires, des tortures, des assassinats, des disparitions, des bombardements. Nico Lopez y était… moi j'y étais. Nous avons voulu aider les démunis, porter assistance aux blessés. En remerciement, on a mis nos têtes à prix et on nous a pourchassés comme les pires des criminels. Voilà pourquoi on ne se la coulait pas douce…

Soudain, le visage de Guevara devint blême, sa respiration sifflante, ses joues creuses. Une toux caverneuse, saccadée, le força à se recroqueviller.

— Il est asthmatique, fit Lopez.

— Donnez-lui à boire, dit quelqu'un avec inquiétude.

Guevara fit signe que non. Il tira sur le col du pull-over, se frictionna la poitrine, tenta de retrouver une respiration normale en aspirant l'air par ses lèvres entrouvertes. Rien qu'un peu d'air, ainsi l'avait-il appris, pour sentir quelques gouttes de sang chaud se remettre à circuler dans ses veines.

Lentement, la crise s'estompa. Son cœur se remit à battre normalement.

— Ce n'est rien, souffla-t-il en s'efforçant de sourire. De temps à autre, le diable me met à l'épreuve pour voir s'il me reste encore quelque force à lui céder... mais comme je sais que le diable n'est que le fruit de notre imagination...

Il ricana et toussa en même temps.

— Peut-être voudrais-tu t'étendre un peu, proposa Castro, le temps de reprendre des forces...

Guevara déclina.

— J'ai ce qu'il me faut pour me détendre, fit-il. Une infusion de maté, un remède argentin aussi vieux que notre continent... et qui n'est pas sous le contrôle de la United Fruit...

Cette dernière remarque dérida le groupe. Guevara prit quelques grandes inspirations.

— Vous avez déjà entendu parler des huit bras de la pieuvre ? enchaîna-t-il. Non ? La Colombie, l'Équateur, le Panama, le Costa Rica, le Honduras, le Chili, le Paraguay, Cuba... voilà les huit bras de la United Fruit. Pour constituer son empire de la banane, la pieuvre s'est fait la complice d'une douzaine de coups d'État et de plus de cent mille morts depuis 1899. Elle a sucé la sueur et le sang de deux millions de travailleurs indigènes du continent. Elle continue d'emplir les fosses communes de leurs cadavres.

Il parlait posément, ponctuait ses phrases d'accents mélodiques et de *« che »* ici et là, interjection devenue sa manière propre d'exprimer une émotion. Au terme du propos, il lâcha :

— Ce que Nico Lopez demande me paraît évident : qui va se dresser ? Qui va les arrêter, eux et leurs complices ? Qui aura le courage de se prétendre un soldat d'Amérique ?

❧

L'appartement de Maria Antonia Sanchez n'ayant que deux chambres à coucher, encore que les pièces fussent à peine assez grandes pour y tenir des lits à une place, Guevara avait étendu son sac de couchage à même le sol, dans un réduit qui servait de pièce à débarras. On y entendait distinctement des grattements et des couinements en provenance des murs, bruits familiers puisque rats et souris infestaient les lieux.

Il était deux heures du matin lorsque Guevara se réveilla brusquement, en nage et pantelant. Il respirait difficilement. Il demeura étendu, les bras croisés sur la poitrine, ainsi qu'il le faisait depuis son enfance. Au fil des ans, il avait appris à apprivoiser les insomnies. Il mettait son esprit au travail, imaginait des mouvements d'échecs, récitait dans sa tête des poèmes de Pablo Neruda. Cette solitude nocturne lui rendait la liberté. Il se revoyait, roulant la crinière au vent tel un cheval fou lancé au galop, sur la vieille moto qui avait finalement rendu l'âme. Il avait sillonné un continent aux cultures déjà vieilles de cinq mille ans lorsque avaient débarqué les conquérants du Nouveau Monde. Il s'était arrêté en des lieux méconnus et y avait vu pleurer en silence des populations asservies. Il avait constaté que le passé colonial pesait toujours autant sur les populations indiennes du continent. Et il avait acquis la certitude que l'indépendance n'était rien sans une identité propre.

Guevara fit ce qu'il avait pris l'habitude de faire tous les soirs lorsqu'il couchait à la belle étoile : lire de la poésie à la lumière d'une lampe de poche. Il avait ainsi lu et relu *Résidence sur la terre* de Neruda avant d'entamer *Chant général*, sa plus récente œuvre. Le livre qu'il tenait entre les mains dépassait le corpus poétique ; c'était un réquisitoire. Des mots qui dénonçaient toutes les dictatures, d'autres qui permettaient à l'humain de renaître. Depuis la clandestinité, le poète chilien avait mis en lumière les impostures de ceux qui avaient pris leur peuple en otage, ramassé cendre et tourment dans la soie de leurs propres habits, orné leurs terres de machines et importé des tortures fabriquées aux États-Unis, fait assassiner des paysans, incendié mille villages, fait de la faim et de la torture des armes de répression, forcé par des lois des centaines de milliers de pauvres à s'enfoncer dans des mines et à vivre dans des taudis, fait l'éloge des pillages, des exécutions, des falsifications et des mains sales, menti d'une voix solennelle en promettant de rendre au peuple ce qui lui avait déjà été volé.

Neruda incarnait, aux yeux de Guevara, l'espoir d'une libération. En cette nuit de juillet, Neruda lui parlait dans le silence des mots. Il entendit un souffle, celui d'une respiration. Il dirigea le faisceau de lumière vers la porte entrouverte. Un visage le regardait d'un œil méfiant, celui de Fidel Castro.

— Tu ne dors pas et moi non plus, murmura Castro, et comme nous avons à parler, autant le faire maintenant. Tu prends ton café noir ?

— Pas de café, fit Guevara en passant ses mains dans sa tignasse ébouriffée. Juste mon maté…

— Suis-moi.

Parvenu dans la cuisine, Castro fouilla dans les tiroirs, tâtonna ici et là, finit par trouver des allumettes. Il alluma une chandelle, prit un mégot qui traînait dans le cendrier et en offrit un autre à Guevara.

— La pipe seulement, dit ce dernier, et comme il ne me reste plus de tabac…

— Il y a plein de mégots là… tu n'as qu'à les défaire et bourrer ta pipe avec les restes de tabac…

Guevara secoua la tête en souriant.

— Sans façon…

Castro nota la singulière beauté des traits de l'Argentin et ses dents superbes.

— Dis-moi ce que tu es venu faire ici, lui demanda-t-il, son regard rivé à celui de Guevara.

— Changer le monde, répondit Guevara sans détourner le sien.

Castro se retint de le traiter carrément d'imbécile. Il écrasa le mégot, alluma le brûleur à gaz de la cuisinière et fit couler de l'eau dans une casserole qu'il déposa sur le brûleur.

— Voilà un rêve qui te demandera plusieurs vies, fit-il avec une pointe d'ironie. En as-tu quelques-unes en réserve ?

Guevara resta grave.

— Dès ma naissance, l'asthme m'avait condamné… je ne devais pas passer l'âge de cinq ou six ans… j'en ai vingt-sept. J'ai déjà volé quelques vies. Depuis cinq ans, j'ai sillonné le continent, et la mort ne m'a pas lâché la main.

Il se gratta la barbe naissante et se massa le cuir chevelu…

— Tu as déjà entendu parler de Chuquicamata ? De Toco ? De la Rica Aventura ? De Oruro ? De Potosí ? poursuivit-il.

Castro fit signe que non.

— Ce sont des mines situées au Chili et en Bolivie… On y extrait le cuivre, le salpêtre, l'argent. Des mines qui appartiennent à des étrangers. On peut dire que la mort y est une locataire permanente… dans le ventre de ces mines, elle dévore des vies humaines par milliers. Les hommes y descendent, dynamitent, en ressortent mutilés ou alors les poumons crevés. Ils n'ont d'autre idéal que celui de leur pain quotidien. On entre dans une de ces mines pour y chercher des sensations… lorsqu'on y est, on cherche à survivre à l'asphyxie… lorsqu'on en sort, on veut changer le monde.

À la lueur de la chandelle, le visage de Guevara parut transfiguré. Le front barré d'une grande ride, il faisait à la fois brute intelligente et beau ténébreux. Il affichait un air de détachement comme s'il était entièrement absorbé par mille souvenirs.

— Et San Pablo, tu connais ? fit-il.

— Jamais entendu…

— Une léproserie quelque part au Pérou, le long de l'Amazone, précisa Guevara. On y apprend à croire aux miracles…

Castro filtra le café, le sucra abondamment et prit une rapide gorgée du breuvage fumant.

— T'es un philosophe, finit-il par dire, un philosophe qui se nourrit de poésie…

— Je m'en réjouis, rétorqua Guevara. Et toi, qui es-tu outre celui qui a jeté ses hommes dans un piège lors de cette attaque insensée d'une caserne ?

Castro, qui ne s'attendait pas à une telle allusion, devint livide.

— Qui t'a permis ?

— Nico Lopez m'a raconté alors qu'on était au Guatemala. Il m'a tout dit à ton sujet…

Castro grogna de dépit.

— Il m'a surtout dit que tu étais l'homme d'une seule cause, pour laquelle tu étais prêt à donner ta vie…

Les deux hommes restèrent un instant à se dévisager, ne sachant trop s'ils devaient en découdre ou se rire à la face.

— Il t'a vraiment tout dit au sujet de la Moncada ?

Guevara hocha la tête puis haussa les épaules.

— Une bataille, ce n'est pas la guerre, laissa-t-il tomber avec lenteur.

— Tu parles comme quelqu'un qui s'y connaît en stratégie militaire…

Guevara regarda autour de lui. Il s'attarda aux ombres que leurs deux silhouettes projetaient sur les murs.

— Je suis un homme qui a parcouru cinquante mille kilomètres à travers les Amériques à moto, à vélo, en camion, en pirogue, à pied… Je l'ai fait sans un sou en poche, en mangeant du riz et en buvant du maté un jour sur deux. Je l'ai fait en soignant des plaies dont tu ne supporterais même pas la vue. J'ai combattu le froid, la faim, la soif, l'asthme, la typhoïde, la fièvre jaune. Pour survivre, il m'est arrivé de m'injecter quatre doses d'adrénaline en une seule journée. J'ai fait cela parce que je veux changer le monde en commençant par changer moi-même. T'as raison, je suis un philosophe et je lis de la poésie. Je suis également un docteur en médecine et je joue aux échecs. Ça me fait quatre vies. La cinquième, c'est de devenir un soldat de l'Amérique.

— T'as déjà tiré sur quelqu'un ?

Guevara prit un air riant.

— Et toi, Fidel Castro… t'as déjà extrait une balle des entrailles d'un camarade avec un couteau de boucher pendant qu'il vomissait son sang, que sa face tournait au bleu et qu'il implorait la miséricorde d'un certain Christ en croix ? Moi je l'ai fait.

Ils passèrent le reste de la nuit à parler de révolution. Castro ne luttait plus seul. Il avait devant lui quelqu'un dont l'érudition le grisait. Il écoutait Guevara, parfois silencieux, puis s'entêtant dans des stratégies ambitieuses. Guevara parla d'une société nouvelle dans laquelle l'homme deviendrait noble, incorruptible, compatissant. Il parlait de lois révolutionnaires prônant l'égalité de tous, de réforme agraire, d'éducation, de santé. Il parlait d'affranchir le peuple cubain, dont il savait peu de choses, et une île où il n'avait jamais mis les pieds.

— Je dois acheter un bateau rapidement, dit Castro.

— Tu trouveras l'argent…

— Et de l'armement moderne…

— Fais ce que tu sais faire le mieux : convaincre et convaincre encore…

— Il faut entraîner les hommes…

— C'est une affaire de volonté et de courage. Ça ne s'achète pas. Si tes hommes gravissent le Popocatépetl, je le gravirai… s'ils montent à cinq mille mètres, je monterai plus haut…

— Tu ferais cette folie ?

— Tu as bien attaqué la Moncada…

Il y eut un silence avant que Castro ne tende la main à Guevara.

— Bienvenue au M-26, Che ! Nous avons grand besoin d'un soldat d'Amérique.

Le charme agissait autant sur l'un que sur l'autre. Castro hésita, puis :

— Une dernière chose… si par malheur il t'arrivait quelque chose… ce que je veux dire, c'est…

— Mourir, pas exemple ? fit Guevara.

— C'est ça, murmura Castro, à qui dois-je… enfin… tu as bien de la parenté là-bas, en Argentine ?

Guevara sourit et lui posa une main sur l'épaule. Il jeta un coup d'œil à son inséparable Rolex qu'il portait à son poignet droit.

— À compter de cette minute, ma seule famille est la révolution !

39

Hemingway, claudiquant, passait de la vaste pièce de séjour à la salle à manger, feuilletant nerveusement la douzième version du scénario du *Vieil Homme et la Mer*, écrit par Peter Viertel, le même qui avait scénarisé un autre roman de Hemingway, *Le soleil se lève aussi*.

Les deux hommes s'étaient affrontés durement pendant des jours, devenus des mois, sur la direction que devait emprunter l'adaptation cinématographique de l'œuvre nobélisée.

— Il faut créer des scènes qui permettent davantage de dramatisation, martelait Viertel. La mer n'est pas une toile de fond propice au cinéma.

— Il faut que le film demeure absolument fidèle au livre, s'entêtait Hemingway.

À la cinquième version Hemingway opposa une sixième, de son cru, laquelle n'était rien de plus que le texte intégral du livre. Il y en eut une septième, une huitième, et ainsi de suite.

Quelques mois plus tard, l'équipe de réalisation au grand complet se retrouva à la Finca Vigía. On transforma le salon en salle de conférences. On y installa des lignes téléphoniques supplémentaires, quelques tableaux pour y tracer les esquisses de scènes à filmer, et, surtout, on doubla les quantités d'alcool.

Ce jour-là, Leland Hayward, le producteur qui avait versé à Ernest Hemingway cent cinquante mille dollars pour acquérir les droits du roman et les services de l'écrivain à titre de conseiller technique, décida de mettre un terme aux affrontements stériles, ainsi qu'il qualifiait les joutes verbales incessantes entre réalisateur, scénariste et auteur.

— Messieurs, voilà comment je vois les choses… L'auteur a été payé pour les droits sur son œuvre, le scénariste a été payé pour je ne sais plus combien de versions du scénario, et le réalisateur a pris une décision parce que, m'a-t-il dit, on peut diriger des acteurs, mais on ne peut pas diriger des poissons. C'est son droit. Le mien, c'est d'en avoir pour mon argent. Je veux un film, je veux un scénario qui tienne la route et je veux un poisson énorme qui jaillit de la mer. Est-ce que c'est si compliqué, ou alors sommes-nous tous des dégonflés ?

Tous parlèrent en même temps. On protestait, renvoyait la responsabilité l'un sur l'autre, sans entendre les arguments sensés. Hayward éclata.

— Pourquoi ne pas vous mettre tous en grève ! aboya-t-il, exaspéré.

Fred Zinnemann, le réalisateur, qui avait acquis une grande notoriété en signant *Tant qu'il y aura des hommes* et *Le train sifflera trois fois*, n'avait encore rien dit. Les yeux mi-clos, les jambes croisées à la manière d'un simple visiteur, il avait écouté distraitement les propos des uns et des autres. De temps en temps, il avait porté un verre de rhum à ses lèvres pour n'en tirer qu'une petite gorgée.

— Je vais mettre les pendules à l'heure, messieurs, dit-il assez énergiquement pour que tous se taisent.

Il se leva et regarda directement Hemingway.

— C'est une œuvre unique, monsieur Hemingway, écrite par un auteur tout aussi unique, vous-même. Mais c'est une œuvre impossible à porter à l'écran.

On l'écoutait maintenant d'un air consterné.

— Nous avons effectué quarante-deux jours de tournage et n'avons qu'une trentaine de minutes de pellicules réelles alors que nous devrions en avoir pour deux heures… Nous avons tourné à Cojimar, à Boca de Jaruco, à Talara et Cabo Blanco au Pérou, à Nassau, au large de Panama, aux îles

Galapagos, et toujours pas de gros marlins ni de requins. Nous devions réaliser ce film avec un peu moins de deux millions, nous en sommes pratiquement à quatre millions… Nous avons fait construire un marlin mécanique d'une tonne qui n'a pas sauté et qui a coulé comme une semelle de plomb. Ce n'est pas ce que j'appelle un succès, et en pareilles circonstances il est d'usage dans notre métier de passer le relais. Je vous annonce aujourd'hui que M. Hayward et la Warner Brothers ont accepté ma démission. Dès demain, c'est John Sturges, qui n'a pas besoin de présentations, qui prendra la relève. Il semble qu'il a des idées bien arrêtées sur la suite des choses…

Hemingway vida son verre d'un trait. Il tremblait d'une rage à peine contenue. Son visage était bouffi, presque défiguré par la maladie de peau dont il n'arrivait pas à se débarrasser. Amaigri, il flottait presque dans sa *guayabera* d'une propreté douteuse.

— Y a un abcès, alors crevez-le, nom de Dieu ! gueulat-il. Il s'appelle Spencer Tracy. C'est peut-être un grand acteur selon les pontes de Hollywood, mais moi je n'ai rien vu de ça. Ce mec est un ivrogne et un lourdaud. Rien à voir avec mon Santiago. Vous avez vu à quoi ressemblent les pêcheurs de Cojimar ? Ils sont desséchés par l'océan, brûlés par le soleil. Ils sont aussi à l'aise dans leurs barques qu'une putain dans un lit. Parlant de poissons, vous savez pourquoi les plus gros ne bondissent pas ? Parce qu'ils sont trop vieux, trop lourds… comme les hommes qui vieillissent et qui ne bandent plus. Vous direz peut-être que je me mêle de ce qui ne me regarde pas… mais vous avez tout faux. C'est mon œuvre, et vous ne la saboterez pas. J'ai Santiago dans la peau, je l'ai connu, je l'ai aimé et l'aimerai toujours, parce qu'il est ce qu'il y a de plus noble à Cuba : l'homme vrai en lutte avec la mer nourricière. Dans cette œuvre, j'ai laissé une part de ma vie à chaque ligne. Alors, tournez ce putain de film avec la même passion… renvoyez cette grosse éponge à Hollywood avec dédommagement et engagez Humphrey Bogart ou Gary Cooper !

Le lendemain, il y eut une tornade qui sema la destruction le long de la côte nord-ouest de Cuba, mais qui épargna miraculeusement Cojimar.

La Finca Vigía avait subi sa part de dommages : une dizaine de manguiers déracinés, autant de palmiers royaux, et la plupart des bougainvillées et des hibiscus éparpillés en tous sens. Jusqu'à l'énorme tronc moussu du ceiba, qui penchait dangereusement, au point que ses énormes racines, sorties de terre, menaçaient les dalles de la terrasse. Lorsque Mary Welsh fit part de l'état précaire du grand arbre à Hemingway, ce dernier demeura muet. Mary haussa le ton.

— Tu peux pas te la fermer un peu ? ragea-t-il.

— Et toi, tu ne peux pas avoir la décence d'écouter ce que j'ai à te dire ?

— T'as déjà tout dit ce que t'avais à dire durant ces dix dernières années et là, tout de suite, tu m'embêtes, tu me harcèles et tu me fais suer en rejouant ton disque… le ceiba est immortel, combien de fois il faudra le dire et le répéter ? Il est comme il est, et même si Dieu existait, il ne parviendrait pas à le déraciner !

— Espèce de… !

Hemingway se gratta le visage, en proie à la colère. Il fit un pas en direction de Mary, l'air menaçant. Elle recula peureusement.

— Fous-moi la paix, je te dis, grommela-t-il en cherchant son souffle.

Elle se retint pour ne pas le traiter de vieille brute impuissante. Hemingway l'ignora et se dirigea vers sa chambre.

— René ! fit-il d'une voix suraiguë.

Le majordome arriva à la course, boutonnant le collet de sa chemise et ajustant sa veste.

— On crève, ici, glapit Hemingway, on a besoin de ventilateurs !

Villarreal était désemparé.

— Vous avez toujours dit… euh… pas de bruit quand le *señor Papa* écrit… pas de musique, pas de radio, pas de ventilateur, répondit-il d'une voix hésitante.

— Je n'écris plus, je veux cinq ventilateurs… non, six… deux dans le salon, un dans la salle à manger… on verra pour les trois autres.

Villarreal répéta mot pour mot.

— Bon. Tu files à La Havane avec Juan Pastor et tu reviens avec les six ventilateurs.

Mary, qui avait tout entendu, intervint avec calme.

— Je peux y aller si cela t'arrange… ça me fera du bien d'aller à la ville.

Hemingway accepta et balbutia un bref remerciement. Il aurait voulu redire à Mary qu'elle s'illusionnait en pensant que l'argent du prix Nobel allait suffire pour faire vivre la Finca. Lui redire que la poule aux œufs d'or était Hollywood. Et que les cordons de la bourse étaient désormais entre les mains de ce John Sturges, celui que l'industrie du film surnommait « le roi du western ». Quelle ironie : un prix Nobel entre les mains d'un faiseur d'images ! Il préféra se taire et boire.

⁓

La rencontre entre les deux hommes eut lieu une semaine plus tard au *El Pacifico*, à l'entrée du quartier chinois. Hemingway s'y sentait à l'aise. Il fleurait les parfums d'encens et d'épices qu'il aimait tant.

— J'avais bien hâte, dit Sturges en serrant la main de Hemingway.

— Avais-je le choix ? s'amusa l'écrivain.

Sturges n'avait pas cinquante ans, mais il était déjà presque chauve. Il dissimulait un regard pénétrant derrière d'épaisses lunettes à monture d'écaille. Son sourire carnassier donnait l'impression de quelqu'un toujours sûr de lui-même.

— Nous ne ferons pas dans la dentelle, fit-il en cours de conversation. Lorsqu'on doit diriger des acteurs qui vous rappellent chaque matin qu'ils sont assis à la droite de Dieu, on doit leur expliquer qui est véritablement Dieu. Donc, monsieur Hemingway, droit au but...

Hemingway l'écouta, silencieux. À peine grimaça-t-il lorsque Sturges lui annonça que le film se ferait avec Spencer Tracy ou alors ne se ferait pas.

— Vous jouez votre réputation, lui dit-il finalement, et vous jouez avec la mienne...

— C'est la loi de Hollywood, rétorqua Sturges. On vous remet une statuette dorée un jour et le lendemain on vous envoie au chômage...

— Tracy devra arrêter de boire, perdre trente livres et avoir l'humilité d'apprendre à se comporter comme un pêcheur de Cojimar, insista Hemingway.

Sturges approuva.

— Et pour le poisson ? demanda Hemingway.

— Vous avez déjà entendu parler d'Alfred Glassel ? fit Sturges.

— Glassel ? s'étonna Hemingway. Il détient le record mondial pour la plus grosse prise de marlin... mille cinq cent soixante livres précisément. Qu'a-t-il à voir avec le film ?

Sturges s'adossa et sourit.

— Il existe un film d'archives de cette prise. Une séquence extraordinaire du marlin bondissant hors de l'eau...

Hemingway parut sceptique.

— Nous avons pris une option sur les droits, annonça Sturges. Offre acceptée.

— Combien ?

— Un petit million. Ça vous fera passer à l'histoire... vous et Cuba !

Hemingway s'envoya un grand verre de rhum. Les deux hommes trinquèrent au *Vieil Homme et la Mer*.

— Fait toujours chaud comme ça à La Havane ? demanda Sturges en s'épongeant le front puis les lunettes.

— Non… parfois beaucoup plus, répondit Hemingway avec le sourire en coin.

Sturges hocha la tête.

— Touché ! J'avoue ne rien connaître de Cuba.

— À vrai dire, c'est un foutu bordel, ronchonna Hemingway.

᧰

Il n'y avait qu'une seule personne pour prononcer si poliment son nom : Arsenio Moreno y Céspedes, l'officiant de la *Santería*. Hemingway n'en avait plus jamais entendu parler depuis cette affaire de cache d'armes. Emporté par un élan de fraternité irraisonnée, Hemingway avait cédé à l'insistance de son ami Untzain, le prêtre basque. Il en demeurait accablé depuis, sachant bien que l'idée d'une révolution à Cuba était à l'égal de la quête d'un Graal inexistant. Il décida de prendre les devants.

— Si c'est pour une autre livraison, j'ai le regret de vous dire que mon bateau est loué pour la prochaine année… bien désolé, señor Moreno, dit-il avec fermeté.

Il entendit Arsenio Moreno soupirer au bout du fil.

— Soyez sans crainte, monsieur Hemingway, nous n'essayons pas de vous entraîner dans une lutte qui n'est pas la vôtre. Non, il ne s'agit pas de votre bateau… seulement d'un pénible devoir…

— Devoir ? s'alarma Hemingway.

— Il s'agit de Leopoldina Rodriguez…

Hemingway craignit aussitôt le pire.

— Que lui est-il arrivé ? demanda-t-il avec inquiétude.

Moreno souffla avec douceur.

— Très malade… et pour tout dire…

Ces seuls mots, par leur terrible simplicité, glacèrent le sang de Hemingway.

— Elle a besoin de soins, d'une place dans un hôpital, c'est ça ? Ne vous inquiétez pas, je vais m'occuper de tout, fit

Hemingway avec empressement, comme pour devancer toute autre demande.

— Je vous remercie, monsieur Hemingway, murmura Moreno, votre offre l'eût beaucoup touchée…

— Pourquoi parlez-vous en parabole ?

— Vous souvenez-vous des deux Vierges noires, celle de Regla, dont vous avez contemplé le visage, et celle de Cobre, sauvée des flots par mon ancêtre ?

Hemingway acquiesça en grognant.

— Elles pleurent…

Moreno, très ému, ne put continuer. La gorge nouée, Hemingway se laissa tomber dans son fauteuil.

— J'entends votre souffrance tout comme vous avez deviné la mienne, dit Moreno avec douceur. Aujourd'hui, Leopoldina est assise avec les deux déesses patronnes de Cuba, et elles la tiennent par la main.

En quelques mots entrecoupés de soupirs et de sanglots, Hemingway apprit que Leopoldina avait trop longtemps caché son mal. Lorsqu'elle s'était mise à cracher le sang, il était trop tard. Meyer Lansky avait voulu la faire hospitaliser, mais Leopoldina avait disparu. Elle s'était rendue au sanctuaire de Regla et avait été trouvée morte aux pieds de la Vierge noire il y avait deux jours, alors que Hemingway discutait du sort du *Vieil Homme et la Mer* avec John Sturges.

— Je m'occupe des funérailles, fit-il, la voix éteinte. Je souhaiterais rester seul avec elle pendant un moment… personne ne mérite qu'on tourne le dos à une boîte de bois confiée à l'éternité.

Il y eut un silence. Hemingway serrait les poings, se mordait les lèvres. Leopoldina, la pute la plus honnête qui foulât La Havane, la perle noire de ses fantasmes, s'était endormie à jamais. Personne désormais n'occuperait la place vide dans le lit de la chambre 511 du *Ambos Mundos*. Il la revoyait dans sa robe rouge collée à la peau, emportée par le rythme d'une danse lascive. Et son odeur musquée, son regard attendri, son rire joyeux, le goût de sa chair, l'emportement de ses baisers. La longue passion, parfois combattue mais toujours vivante, prenait fin, mais sans emporter avec elle la douleur de son absence.

— Monsieur Hemingway, Leopoldina a émis un vœu, entendit-il. Elle voulait que vous remettiez votre médaille du prix Nobel au sanctuaire de Nuestra Señora del Cobre… parce que c'est à cet endroit que Ochun et Changó, l'eau et le feu, fusionneront à jamais. Il se peut que vous trouviez cela trop loin… je pourrais…

— Non, trancha Hemingway. Je le ferai pour Leopoldina… après tout, une partie de cette médaille lui revient… Sans elle, Ochun et Changó ne seraient jamais entrés dans ma vie !

༄

Tout Regla était drapé de blanc. Les maisons, les rues, les habitants. Noirs et Blancs pleuraient dignement la mort de Leopoldina Rodriguez. On chanta, mais sans que ne s'emballassent les tempos. Il n'y avait rien à exorciser. Les funérailles de Leopoldina n'étaient pas un théâtre de masques, mais une simple célébration en hommage à une femme dont le grand mérite avait été de n'avoir jamais trahi l'esprit de ses ancêtres. Pas davantage de mélopée funèbre dans un patois emprunté à quelque société secrète.

Arsenio Moreno y Céspedes ne fut pas la bouche rituelle par laquelle s'exprimait un dieu suprême ni quelque autre dieu. Tout de blanc vêtu, il parla sobrement de paix et d'harmonie. Il parla de Changó et de Ochun, de la fusion du maître de la foudre et de celle qui portait la féminité et l'amour. Puis, plus directement, il fit allusion à la croisée des chemins à laquelle se trouvait le peuple cubain, ainsi qu'au désir de ce peuple de devenir maître de son avenir.

La boucle fut bouclée lorsque le *santero* vint se placer devant le modeste cercueil de bois.

— La terre est tienne, Cuba est tienne, déclama-t-il. Tu ne céderas plus à la force, tu ne craindras plus les regards étrangers. Tu ne seras plus déchirée entre la croyance et le doute. Tu ne seras plus tourmentée par les cris et les silences de ta conscience. Tu peux laisser tomber le masque de ton métissage, car tu es aujourd'hui libre de toute appartenance. Tu es maintenant et pour toujours comme le ceiba sacré... tu possèdes l'esprit et les forces qui coulent dans sa sève. Tu n'auras plus jamais à craindre son ombre et ses mystères, car ils te sont maintenant révélés. Tu peux engendrer toute vie comme les racines du ciel ont engendré ce géant. Aujourd'hui, Leopoldina, tu as tous les droits, car tu as conquis toutes les vertus. Tu es fille de Cuba !

Lorsque tous se furent retirés du petit sanctuaire de Regla, Ernest Hemingway resta en présence du cercueil. Seul Arsenio Moreno demeura à ses côtés.

— L'entendez-vous vous parler ? demanda-t-il à demi-voix.

— Je le voudrais tellement, fut la réponse.

En jetant un regard vers Hemingway, l'officiant constata son désespoir.

— Ne gardez pas cette peine emprisonnée, dit-il sur le même ton. Rendez Ochun et Changó à la mer... vous rendrez ainsi à la mer nourricière ce qu'elle vous a donné...

Hemingway posa ses mains sur le cercueil.

— J'aimerais la revoir une dernière fois.

Compatissant, le *santero* lui prit doucement un bras.

— Vous ne verrez qu'un voile blanc posé sur un visage éteint. Gardez plutôt en vous le souvenir de Leopoldina vivante... telle que vous l'avez aimée.

Plus tard, la silhouette courbée d'un vieil homme se tint immobile devant une sépulture fraîchement creusée. Parmi les monuments funéraires épars se trouvait une dalle sur laquelle il avait fait graver ces simples mots : *La Honesta*.

Le lendemain, à Cojimar, Hemingway monta à bord du *Pilar* et commanda à Gregorio Fuentes de mener le bateau au large.

— Quelle direction ? demanda Fuentes.

— Pas de direction… droit devant !

Deux heures plus tard, Fuentes coupa les moteurs et tira deux cigares. Puis il remplit deux grands verres de rhum. Il en tendit un à Hemingway. Les deux hommes trinquèrent à tout et rien. Fuentes alluma tour à tour les deux cigares.

— Votre Santiago fumait le cigare, dit-il en tapant un clin d'œil complice.

Hemingway le regarda tristement. Il finit par prendre le cigare. Il le plaça entre ses lèvres et s'efforça d'en tirer une première bouffée. Il toussa, cracha, prit une longue gorgée de rhum et se remit à fumer.

— Là et là, des poissons partout ! s'écria soudain Fuentes en pointant dans toutes les directions.

Hemingway vit les traits argentés et bleutés des poissons qui bondissaient hors de l'eau. Il y en avait une multitude. Les éclaboussures d'écume prenaient les teintes de l'arc-en-ciel. Ému, il leva les yeux.

— Si t'existais, je te baiserais les pieds pour avoir créé la putain de mer ! murmura-t-il.

Brusquement, il lança à la mer les deux poupées de chiffons, l'une frangée d'un tissu doré, l'autre, toute de rouge et de blanc. Puis il se planta à la proue du *Pilar*, l'œil rivé sur l'horizon. ¡ *Puta de mar !* se dit-il en versant une larme.

❧

Lorsqu'il franchit le seuil du *Ambos Mundos*, Hemingway eut l'impression d'y mettre les pieds pour une dernière fois. Pendant vingt ans, l'hôtel avait été son refuge. Ses murs lui avaient semblé infranchissables. Ils tenaient enfermés ses souvenirs, ses secrets, ses fantômes, ses amours. Chaque fois, Manolo Asper, le gérant, y allait du même rituel : la bonne mesure d'alcool, le courrier, la clé de la 511, les rumeurs du jour. Et lui de répéter chaque fois : « L'histoire se répète, Manolo, le temps file *y soy como soy* ! »

Le temps avait fait un bond de géant au cours des trois derniers jours. Il l'avait affligé d'une rupture définitive. Il avait beau avoir créé son « vieil homme » et avoir sanctifié la mer aussi nourricière que redoutable, il se sentait gagné par cet instinct de mort qui le guettait depuis si longtemps en envahissant ses nuits. Il ne lui restait plus rien à sacrifier, ayant perdu jouissance et vanité. Lui qui avait toujours rêvé de consécration aux abords des grands champs de bataille du siècle se trouvait aujourd'hui sans la moindre cause, ne sachant que faire de sa gloire acquise, encore moins de ce qu'il fallait pour la maintenir immortelle.

— Le courrier, señor, lui annonça sobrement Manolo.

Il déposa une impressionnante pile de lettres sur le comptoir.

— Des putains de chasseurs d'autographes, marmonna Hemingway.

Il retira le grand chapeau de paille qui dissimulait en partie son visage envahi par une barbe en broussaille. Manolo ne laissa rien paraître de son étonnement. Son ami Hemingway avait les traits livides, les yeux tellement bouffis sous leurs paupières flottantes qu'on devinait à peine son regard.

— Tu feras vider la chambre, dit-il d'une voix enrouée. Et je veux que tu fasses brûler la robe rouge de la *honesta*.

Manolo avait entendu. Il versa un verre de l'alcool favori de Hemingway. Ce dernier le repoussa.

— C'est pour toi… pour moi, un café très fort… très noir, murmura-t-il.

Manolo mit la clé de la 511 sur le comptoir.

— Pas besoin… Je vais m'asseoir là-bas.

Il passa en revue les enveloppes et n'en décacheta aucune, sauf la dernière, intrigué par la grâce parfaite de l'écriture. L'enveloppe portait les armoiries du Collège Jeanne d'Arc d'Orléans. Y étaient inscrits en latin les mots « conviction, courage, volonté ». Il l'ouvrit et parcourut la lettre. Elle datait de plusieurs semaines déjà.

Cher monsieur Hemingway,

Ce n'est qu'hier que j'ai eu le grand plaisir de lire votre dernière œuvre. En moins de trois heures, je fus bouleversée. Je n'eus jamais cru que le soleil pouvait se lever sur autant de merveilles en si peu de temps. Vous nous emplissez de rêves en nous faisant découvrir que Cuba n'est pas seulement une île surgie de la mer, mais qu'elle a un destin auquel nous convie le vieux Santiago. « L'homme ne doit jamais s'avouer vaincu ; un homme ça peut être détruit, mais pas vaincu », nous dit-il sous votre plume. Ces mots sont un chef-d'œuvre en soi. Non pas qu'ils définissent la pureté littéraire, mais ils définissent la noblesse de l'humain.

Dès l'âge de douze ans, j'eus l'avantage de vous connaître sans jamais vous avoir rencontré. Mon grand-père, Miguel Perusal, m'avait initié à vos œuvres, celles qu'il enseignait lui-même au Colegio de Dolores à Santiago de Cuba. Il dressa de vous le portrait d'un chevalier porté à la défense d'une juste cause, celle des républicains opposés au fascisme lors de la guerre civile d'Espagne. Peut-être le savez-vous déjà, sinon je vous informe de la grande douleur qui nous a affligées, ma mère et moi, voilà déjà trois ans. Mon grand-père, patriote et défenseur lui aussi d'une cause noble, est mort en des circonstances particulièrement atroces, mais dont nous ne connaîtrons jamais toute la vérité. À la suite de son décès, on décida de m'éloigner de Cuba pour me faire poursuivre des études privées en France.

Pourquoi cette lettre aujourd'hui, monsieur Hemingway ? Parce que j'éprouve des moments d'angoisse, de désarroi. Mais surtout parce que je fus saisie par le miracle de vos mots, par la fécondité créatrice dont témoigne votre œuvre.

Vous avez déjà honoré les vertus patriotiques des combattants républicains en Espagne. Votre roman Pour qui sonne le glas a empêché, de par le monde, la perte d'identité de ces braves. Aussi suis-je convaincue, et ce, malgré mon jeune âge, qu'un auteur célèbre doit reprendre la plume au nom du peuple cubain. Non seulement pour combler les vides des échecs passés, mais pour appeler un réveil libérateur.

En espérant que vous receviez un jour, en mains propres, cet appel que je vous adresse comme une bouteille à la mer.

Avec ma très vive admiration,

Ariana

P.-S. – En 1898, le poète Bonifacio Byrne avait écrit : « Au retour de rivages lointains, l'âme endeuillée et sombre, anxieux j'ai cherché mon drapeau et j'en ai vu un autre à la place du mien. »

Je ne sais pas encore qui je suis véritablement, monsieur Hemingway, mais mon âme est cubaine.

40

Che Guevara avait fait route à part. Fidèle à son périple aventurier des deux dernières années à travers les Amériques, il avait sollicité un camionneur qui se rendait à Xalapa, la capitale du Veracruz. Trois heures de route à travers villages et champs.

— Je suis un étudiant en archéologie, avait-il dit au conducteur. Je m'intéresse aux ruines des civilisations totonaque et aztèque.

— J'y connais rien, lui avait répondu le camionneur. Tout ce qui m'intéresse, ce sont les cinquante pesos pour le trajet.

À Xalapa, Guevara trouva un autre camionneur qui allait livrer de la marchandise aux environs de El Tajín, haut lieu de la civilisation totonaque, une cité archéologique vieille de mille cinq cents ans. Il y trouva en effigies les dieux de l'ancien Mexique, celle de Quetzalcoatl, le serpent à plumes, des édifices à découpe complexe étonnamment bien conservés, des pyramides orientées vers les quatre points cardinaux. Il les photographia sous tous les angles, complétant sa mosaïque des civilisations méso-américaines qu'il avait amorcée à Tiahuanaco, sur la rive bolivienne du lac Titicaca.

Au pied de la pyramide des Niches, il hésita. L'ancien temple s'élevait en gradins sur sept étages. Il montrait trois cent soixante-cinq niches à offrande, une pour chaque journée de l'année, et presque autant de marches taillées dans des pierres cyclopéennes. Après avoir tenté à dix reprises l'ascension du volcan Popocatépetl, progressant chaque fois d'une centaine de mètres jusqu'à pointer à cinq mille mètres, mais sans jamais atteindre le sommet, il défia son asthme une fois de plus et se lança à l'assaut de la pyramide. Parvenu au sommet, il éprouva une sensation de libération en dépit des spasmes qui secouaient son corps. Pendant un instant, il craignit le pire. Toujours cette angoisse d'osciller entre la vie et la mort. En peu de temps, il se remit à respirer normalement, reprit pleine possession de la vie, du temps, de son esprit. Il vit d'un côté l'étendue de l'héritage précolombien, de l'autre les contours côtiers du golfe du Mexique. Droit devant, au-delà du Yucatán et des vestiges mayas, se profilait l'île de Cuba.

De son havresac, Guevara sortit son Pablo Neruda nouveau. Il l'ouvrit à la partie s'intitulant « Sable trahi ».

« Je vais donc te parler de ces douleurs que j'aimerais tant écarter,

Je vais t'obliger à vivre une fois encore dans leurs brûlures,

Non pour nous arrêter comme dans une gare, au moment de partir,

Non pour nous cogner le front contre terre,

Non pour nous remplir le cœur d'eau salée,

Mais pour marcher en connaissant,

Pour toucher la droiture avec des décisions infiniment lourdes de sens,

Pour que la rigueur soit condition de la joie,

Pour que nous soyons invincibles°. »

Du haut de cette pyramide, il avait maintenant la certitude que Ernesto Guevara de la Serna, l'Argentin, médecin globe-trotter de son état, changeait de peau. De cette hauteur, il respirait l'air de la liberté. En réalité, il baignait dans la clandestinité. Au loin, le peuple invisible dont il avait épousé la cause aspirait à son indépendance et rêvait d'un libérateur. Sa route était maintenant tracée. Elle allait inexorablement s'écarter de

---

°   Pablo Neruda, « Sable trahi », *Chant général*, partie V (*Heredos de Pablo Neruda*, 1950).

la médecine. Elle emprunterait la direction du combat imaginé par un soldat d'Amérique qui, jusqu'à ce jour, n'avait que
soigné des malades et conforté des moribonds. Mais voilà que
sa conscience lui dictait que le combat augurait la victoire.
Caché depuis des mois, sans horizon, voilà que le Che s'était
levé, décidé à entreprendre sa marche révolutionnaire.

❧

Les quatre-vingt-deux hommes du M-26, divisés en plusieurs
petits groupes, s'étaient rendus par des routes différentes vers
leur destination finale : Tuxpan, sur la côte du Mexique, à deux
cent cinquante kilomètres au nord de la grande ville portuaire
de Veracruz.

Tuxpan était un point sur la carte côtière du golfe du
Mexique. Sans histoire, Tuxpan ressemblait à toutes les petites
villes coloniales du Mexique : charmante, humide, entourée de
cultures de canne à sucre et de fruits tropicaux. La petite ville
se trouvait sur la rive nord de la rivière du même nom. Cette
dernière se faufilait sur quelques kilomètres entre des mangroves avant de terminer sa course dans le golfe du Mexique.

— Quelqu'un a vu le Che ? s'inquiéta Fidel Castro.

— Il est avec un groupe de pêcheurs sur le quai, répondit
Juan Almeida. Il discute avec eux et cherche à les convaincre
de former une coopérative.

— Il y a des choses plus pressantes à faire, s'impatienta
Castro, l'inventaire des armes et des provisions, par exemple.

— C'est toi qui as voulu de cet Argentin, lui rappela Ciro
Redondo. Il est encore temps de…

— Tu as déjà oublié la première règle du M-26 ? le reprit
Castro.

Les hommes se regroupaient. Brusquement, ils devinrent
tous amicaux, intimes même. On échangeait des anecdotes.
Camilo Cienfuegos, que plusieurs considéraient déjà comme
le parfait modèle du guérillero, fit passer des cigares.

— Ils viennent de la réserve personnelle de Batista, blagua-t-il. Je lui ai promis de lui en planter un dans le cul lorsque je reviendrai à La Havane et de le lui enfoncer à grands coups de pied.

— Je pensais que tu avais plus de respect que ça pour le cigare, fit une voix familière.

Guevara se tenait derrière Cienfuegos, une gamelle fumante à la main.

— Che ! s'exclama Cienfuegos. C'est quoi ça ?

— Soupe de fruits de mer... la meilleure de toute la côte à ce qu'il paraît.

— ¡ *Madre de Dios* ! T'as troqué tes caméras contre ce truc ? Mais tu ne savais donc pas ? On sert cette bouillie aux *gringos* pour qu'ils se souviennent toujours de Tuxpan... c'est une vieille tradition.

— Une tradition de quoi ?

— Ben voilà... le *gringo* est assuré d'attraper la chiasse de sa vie !

Les hommes riaient à gorge déployée. Puis ils allumèrent les cigares. Castro s'approcha de Guevara. Ce dernier avait déjà deviné sa pensée.

— T'inquiète pas, j'ai tout le matériel nécessaire, le rassura-t-il, il y en a pour trois caisses. Pénicilline, morphine, chloro-forme, capsules chlorées, hydrocarbonate, bicarbonate de sodium, garrots, scalpel, pinces, ciseaux, fil à sutures, médica-ments antiseptiques, compresses, bandes adhésives, attelles, seringues... la trousse complète de l'apprenti sorcier.

— Et tes trucs à toi ? J'ai bien envie que tu te gardes en vie...

— J'ai des stocks d'adrénaline pour réveiller une armée de zombies, sans compter mes pompes et mes bronchodilatateurs, fit encore Guevara, avant de redevenir sérieux. Mon asthme ne compromettra jamais cette mission, Fidel. Il faudra une balle là pour m'arrêter, dit-il en pointant son front.

— Je ne veux surtout pas te voir en première ligne, fit Castro. T'es le toubib, et ça s'arrête là.

— À vos ordres, *commandante*, répondit Guevara, en esquissant un semblant de salut militaire.

Il regarda Castro droit dans les yeux, avec la confiance du soldat qui attend le début du combat.

～

Ils étaient restés bouche bée en voyant le bateau qui devait les mener à Niquero, au pied de la chaîne montagneuse de la Sierra Maestra. La plupart d'entre eux n'avaient jamais été en mer, aussi avaient-ils imaginé qu'ils disposeraient d'un petit bâtiment de guerre, l'équivalent d'un navire de garde-côte armé d'un canon, ou, à défaut, d'une mitrailleuse lourde. Ce qu'ils avaient sous les yeux n'était même pas un chalutier. Fidel Castro ignora la stupéfaction générale.

— Je vous présente le *Granma*, fit-il de façon banale. C'était à l'origine un yacht de croisière. À ma demande, il a été transformé pour accommoder le plus grand nombre possible. Il est équipé d'un puissant moteur diesel et a une autonomie de presque deux mille kilomètres nautiques. Bien entendu, nous aurons avec nous une réserve de carburant nous permettant aisément d'atteindre notre objectif…

Personne n'osa parler. Tour à tour, les hommes examinèrent le bateau qui mesurait tout au plus vingt mètres de la proue à la poupe. D'un blanc délavé, il faisait vieillot. On pouvait même douter de sa résistance à une tempête en haute mer.

— Ho, Fidel, l'interpella finalement Camilo Cienfuegos avec son ironie coutumière, c'est pour la pêche au homard, cette merveille ?

— Que crois-tu qu'on allait trouver pour cinquante mille dollars mexicains, un cuirassé yankee peut-être ? répliqua Castro sur le même ton.

Les hommes continuèrent leur inspection silencieuse.

— Fidel, cette chose ne peut embarquer qu'une quarantaine de personnes, observa Juan Almeida. Nous sommes plus que le double. Est-ce que tu comptes faire deux expéditions ? Et où les hommes se mettront-ils à l'abri en cas de mauvais temps ?

Castro chercha Guevara du regard. Ce dernier s'avança de son pas nonchalant. Il se contenta d'un rapide coup d'œil au yacht, suivi d'un haussement d'épaules. Autrement, il ne laissa paraître aucune émotion. Il savait que certains compagnons entrevoyaient déjà l'échec de la mission. De la poche arrière de son pantalon de toile, il sortit une casquette kaki. Il s'en coiffa et avisa sa Rolex.

— Bon, fit-il, l'heure n'est plus à la poésie. Alors pour ma part, je ne vous dirai qu'une seule chose : la révolution n'attend plus que nous, et si nous commençons à disserter sur les mérites de ce bateau, nous serons en retard. Il y a de la place pour quarante, et nous sommes quatre-vingt-deux… quel est le problème ?

— Oh ! Pas de problème, hein ? Et le carburant, les armes, les munitions, la nourriture, on va faire quoi ? Les tirer en remorque ? lança un des hommes.

La remarque rendit Guevara plus farouche. Il pointa la Rolex :

— Nous venons de perdre d'autres précieuses minutes, constata-t-il, en plantant un regard sévère sur le groupe.

Fidel Castro leva les bras et invita au calme.

— Notre homme sur place est Frank País, un jeune enseignant de Santiago de Cuba. Il dirige de main de maître la cellule du M-26 en Oriente depuis bientôt trois ans. Il a réuni plusieurs centaines de sympathisants, tous prêts à passer à l'action. Il est assisté de Celia Sánchez, la fille du Dr Manuel Sánchez Silveira, un homme d'une grande influence politique au sein du Parti orthodoxe. Celia Sánchez a mis sur pied un réseau de communications très efficace et se spécialise dans le ravitaillement de vivres, d'armes et de munitions. Ils ont tous deux ma totale confiance. Dans quatre jours, le 30 novembre précisément, ils vont passer à l'action. Ils mettront le feu au poste de police de Santiago de Cuba, feront dresser des barricades à travers la ville, peindront les murs de Santiago de Cuba à l'effigie du M-26. Toutes des actions de diversion. Ce même jour, nous débarquerons à Niquero, ferons jonction avec une brigade armée du M-26. Une semaine plus tard, nous serons mille, puis cinq mille. Et nous marcherons sur La Havane.

La nuit tombait. Le ciel était couvert, sans lune. On distinguait confusément les petites maisons adossées aux berges de la rivière Tuxpan. Une pluie fine, chaude, commençait à tomber. Au loin, un orage grondait.

— Ainsi, tout ce qui nous reste à faire, c'est tenir quatre jours et quatre nuits sur ce rafiot, débarquer à Niquero et traverser l'île de bout en bout, ronchonna Ciro Redondo. Mais dis-moi, Fidel, est-ce que tu crois vraiment que dix mille soldats... peut-être vingt mille, qui sait... vont se rendre juste parce que tu vas leur dire que Batista est un croque-mort ? Et que feront les soldats yankees de Guantánamo pendant tout ce temps ? Se fermer les yeux et se boucher les oreilles ? Tu sais quoi ? Je crois que nous devrions avant toute chose aller en pèlerinage à El Cobre et demander son avis à la Vierge noire.

Tous les regards se tournèrent vers Castro. Ce dernier comprit que c'était son heure ; celle où il imposerait son autorité ou remettrait la mission aux calendes grecques.

— Nous partons ce soir, dit-il paisiblement. Le temps est idéal, pas de vent, pas de lune. J'ai une dernière chose à dire : nous sommes tous des membres du M-26, et tous ont les mêmes droits, dont celui de ne pas monter à bord du *Granma*. Je ne retiens personne.

Il se donna un air martial, salua avec respect, à la manière d'un chef animé de ce qu'il savait être son devoir. Tous se raidirent. Aucun homme ne bougea. Là-dessus, Castro appela Norberto Collado Abreu. L'homme vint près de lui. Il avait le teint foncé, l'air fort. Une moustache fournie lui donnait une allure sévère.

— Notre pilote, fit Castro. Il connaît tous les secrets du golfe du Mexique et des eaux de la mer des Caraïbes. Pendant la guerre, il a servi dans la marine cubaine et a participé à la chasse aux sous-marins nazis.

Norberto se campa devant le groupe, les jambes écartées à la manière d'un loup de mer.

— Selon les cartes marines, notre trajet sera de deux mille deux cent soixante-quatorze kilomètres. Nous naviguerons à une vitesse moyenne de vingt nœuds à l'heure, en tenant compte de la surcharge en hommes et en matériel. La traversée est prévue en un peu plus de quatre jours, avec quelques dérives possibles, d'où la demi-journée ajoutée...

— C'est profond ? demanda naïvement le grand Nico Lopez.

Il y eut quelques rires accompagnés de blagues.

— Entre deux mille et trois mille mètres, répondit Norberto. Ne vous en faites pas, ce sont les premiers vingt mètres qui font peur... après vous ne vous rendrez plus compte de rien, ajouta-t-il, provoquant d'autres rires. Nous traverserons le golfe du Mexique d'ouest en est sur la ligne du vingt et unième parallèle, longerons la côte nord-est du Yucatán, passerons au large de Progreso et Telchac Puerto jusqu'à Cabo Catoche, puis nous irons franc sud jusqu'à la pointe ouest de Cuba. Nous passerons au sud de l'Île des Pins, longerons l'archipel de Los Jardines de la Reina jusqu'à notre destination finale : Niquero. Si les choses tournaient mal, il restera toujours le phare de Cabo Cruz pour nous donner un repère...

— T'es sûr que ce n'est pas en Australie que nous aboutirons ? ironisa Redondo.

— Il y a une révolution en attente là-bas ? relança Che Guevara, ce qui provoqua l'hilarité générale.

Guevara se pencha vers Castro.

— Tu as totale confiance en ce pilote ?

— Nous nous sommes connus en prison. Il ne demande rien d'autre que de servir la révolution. Il sait ce que j'attends de lui... et lui de moi.

Norberto répondit avec précision à toutes les questions. Vint une dernière :

— Tu as déjà fait ce trajet avec ce genre de bateau ?

— Non. Il faut toujours une première fois. En mer, c'est comme ça, il n'y a pas de miracle. Mais comme il y a la terre quelque part, il suffit de la trouver.

Un peu passé minuit, les quatre-vingt-deux volontaires s'entassèrent dans le *Granma*. Norberto Collado Abreu lança le moteur diesel. On entendit quelques bruits sourds, irréguliers, comme si la vieille mécanique purgeait sa tuyauterie. Puis un grondement plus régulier. Une forte odeur de mazout se répandit dans l'atmosphère. Des hommes toussèrent, s'efforçant de se contenir. L'eau se mit à bouillonner autour du bateau alors qu'on détachait les amarres. Le *Granma* quitta le quai. Certains craignaient que la quille du navire surchargé ne raclât le lit peu profond de la rivière. Il n'en fut rien. Tous feux éteints, il dériva dans le courant. Une heure plus tard, il atteignit l'embouchure de la rivière Tuxpan. Elle ouvrait sur le golfe du Mexique, invisible sauf pour quelques reflets qui scintillaient au hasard des côtes.

Les hommes se mirent à parler à voix basse. Nerveux, ils disaient n'importe quoi. À tour de rôle, ils pissaient par-dessus bord. En peu de temps, les reliefs côtiers avaient disparu. Ceux qui avaient rêvé d'eaux translucides et de plages de sable fin avaient déchanté. La mer n'était plus qu'une immense dépression noire. Envolées les odeurs de terre, celles de l'humus noir, de la fleur à tabac. Le vent s'était levé. Un vent de face qui soulevait de longues vagues régulières et provoquait un léger roulis. L'aube fut marquée d'une lueur jaune, assez faible, un lever du soleil timide. Bientôt le ballet de lumière céda le pas à un couvert nuageux. Le vent forcit, moutonna la mer et lui donna l'apparence d'un chaudron en ébullition.

Les expéditionnaires du M-26 s'arrangeaient comme ils pouvaient, tantôt subissant de soudains coups de mer, à découvert sur le pont, tantôt entassés dans l'habitacle par groupe de vingt. L'espace était tellement encombré par les caisses, les boîtes, les sacs de toile et les bidons d'eau et de carburant que les hommes ne pouvaient se tenir debout. Fatalement, la lumière était faible, et l'air, vicié. Le *Granma*, surchargé, était rarement en équilibre stable, sauf par mer calme, ce qui arrivait peu. Dès qu'il s'aventura en mer des Caraïbes, la météo se mit à fluctuer d'heure en heure. Par moments, les vagues sans cesse renaissantes, gonflées par les effets de vent, exposaient le *Granma* à de désagréables coups de roulis. Au lieu de chevaucher les lames, la proue de bateau encaissait lourdement le choc, et le bastingage s'immergeait par à-coups. Pour ces hommes qui affrontaient le large pour la première fois de leur vie, l'aventure se transformait en cauchemar. Certains commencèrent à prier à demi-voix, d'autres maudissaient le mauvais sort. Malades à tour de rôle, tous finirent par vomir jusqu'à la bile. Vint l'accalmie avec la mer semblable à un miroir turquoise sous un ciel lavé de tout nuage.

Norberto encouragea les hommes à manger une ration de biscuits de mer et à boire un breuvage à base de gingembre, du thé noir ou même quelques gorgées de rhum. Chose rare, Fidel Castro demeurait muet. Il scrutait l'horizon, consultait la seule carte dont il disposait, cherchait un quelconque repère. Son visage, couleur de craie, se crispait de temps à autre sous l'effet de crampes d'estomac. Guevara pour sa part avait surmonté une première crise d'asthme. Pendant quelques heures, couché à même le plancher couvert de vomissure, les bras en croix à l'image d'un supplicié, il avait été la proie d'une hallucination. Une créature à tête humaine, surgissant des eaux en furie en compagnie d'une colonie de dauphins, avait soulevé le *Granma* pour le déposer à des lieues de la tourmente en eaux calmes. Puis l'allégorie s'était évanouie alors qu'il renouait avec la vie, un filet d'air à la fois.

Norberto avait poussé l'engin à fond pour la première fois en deux jours.

— Trente nœuds, annonça-t-il.

— Nous avons beaucoup de retard ? demanda Castro.

— Pas de retard, fit le pilote.

— Malgré la tempête ? s'étonna Castro.

— Quelle tempête ?

⁓

Coiffé du képi dont il avait rabattu la visière sur ses yeux pour se protéger de la réfraction solaire, Guevara rédigeait dans un des nombreux calepins qu'il traînait dans son havresac. Le grand Nico Lopez, à peine remis du mal de mer, vint s'asseoir à ses côtés.

— T'écris à ta famille ? demanda-t-il.

Guevara le regarda avec un sourire affable. Il secoua la tête.

— Non… ce sont des réflexions personnelles, murmura-t-il.

— Et ta famille ?

— Elle est en Argentine, et moi je suis ici. Pour ma famille, chaque matin est égal à chaque soir, hier est égal à demain. Que veux-tu que j'y change ? Ce qu'elle ne sait pas ne lui fera pas de mal. Mon destin m'appartient, Nico. J'en suis l'unique responsable. Ça devrait être comme ça pour tous.

Lopez se gratta, puis massa le cuir chevelu en grimaçant.

— J'ai la tête pleine de sel de mer… ça me brûle, grogna-t-il. Je me sens crasseux et je ne peux même pas me laver… là, au milieu de toute cette eau.

— T'as qu'à fumer un cigare de ton pays, comme ça tu changeras d'odeur, rigola Guevara.

Lui-même sortit sa pipe et la bourra lentement. Lopez chercha et finit par trouver des allumettes sèches. Il alluma son bout de cigare, et Guevara, sa pipe.

— Ton tabac a une drôle d'odeur, remarqua Lopez.

— J'ai vidé une centaine de mégots mexicains, murmura Guevara en jetant un regard narquois à son compagnon.

Puis il continua de noter dans son carnet.

« Si je devais disparaître, ce qui est une évidence, quoique j'aspire auparavant à m'engager dans cette lutte révolutionnaire, je tiens à ce que l'on sache que je ne recherche aucune forme de pouvoir pour moi-même. De toutes mes lectures philosophiques, j'ai retenu quelques leçons. De Kant, j'ai appris que nous ne voyons pas le monde tel qu'il est, mais tel que nous sommes. Nietzsche m'a enseigné que Dieu était mort et que l'homme doit désormais lui-même incarner Dieu. Rousseau m'a conforté en écrivant que les lois n'étaient légitimes que si elles étaient promulguées en accord avec la volonté générale. Un bien grand principe pour toute révolution. Voltaire soutenait que l'intolérance engendrait la privation de liberté, la persécution et l'injustice. C'est le plus grand des maux. Au Guatemala, au Mexique, on m'a accusé d'être marxiste-léniniste. Voilà justement un exemple d'intolérance. Parce que je crois qu'il faut mettre fin à l'exploitation pour en arriver à une société égalitaire et juste, que je m'oppose à toutes les formes d'impérialisme autant qu'aux dictatures, on m'accuse commodément d'une chose simplement parce que j'en condamne une autre. Voilà des raisons pour lesquelles je ne renoncerai jamais à la révolution… »

Sur l'heure de midi, Castro avait commandé la distribution de la ration principale du troisième jour. Il y avait du riz et des haricots noirs passablement détrempés, du pain rance et quelques biscuits. Certains mangèrent, d'autres pas.

— J'ai les jambes enflées, se plaignit un des hommes. J'arriverai pas à marcher un demi-kilomètre quand on débarquera…

— Faut nous forcer à manger, insista Juan Almeida, sinon, comment on va pouvoir se battre ?

— À la Moncada, on avait au moins le ventre plein et les deux pieds sur terre, lança un autre.

Il y eut des gestes d'impuissance. Quelques-uns voulurent tirer les restes de nourriture au sort. Guevara s'était levé. Il circula parmi les corps affalés, tâchant de se rappeler les prénoms de chacun. Son regard s'arrêta sur les hommes du dernier rang, à l'arrière du bateau.

— Je vous parle en tant que médecin, fit-il posément, mais d'une voix suffisamment forte pour être entendu de tous. Si vous ne mangez pas, vous perdrez le tiers de vos forces d'ici la nuit… la moitié d'ici demain soir. Une journée de plus et vous serez incapables de remuer. Je crois que vous comprenez tous que si vous mangez, c'est un oui à la révolution ; si vous ne mangez pas, c'est la trahison.

Une heure s'écoula. Le soleil plombait, brûlait la peau. Le *Granma* était devenu une fournaise chauffée à blanc. Guevara examina les hommes les plus mal en point. Il les appelait par leur prénom, leur administrait des tablettes hydratantes, leur citait la phrase d'un philosophe suivie d'un jeu de mots ou d'une blague. À chacun, il avait dit que le temps était venu d'être maître de leur vie, de leur destin. Qu'ensemble, ils seraient maîtres de la révolution. Lentement, chaque homme se redressa, mangea comme il put, se mit à croire que si, en dépit du doute, il se définissait par la vérité, il vivrait par cette vérité et aurait le courage de mourir pour cette conviction.

Guevara reprit sa place en proue du *Granma*. Son exil contraint au Mexique n'était plus qu'un souvenir. Son destin était droit devant, sur un rivage dont il ne connaissait que le nom. De là partirait une révolution à l'échelle d'une île des Caraïbes. L'idéal serait de l'étendre à la grandeur de la planète, rêva-t-il.

❦

L'œil rivé sur les rares instruments de bord, Norberto s'adonnait à un laborieux calcul mental. Le *Granma* ne filait pas à la vitesse prévue. Trop lourd, avec un fort vent de face pendant des heures, des courants contraires qui l'avaient forcé à une dérive d'une centaine de kilomètres, des ratés de moteur, la vitesse moyenne était inférieure à vingt nœuds.

— Nous aurons un retard d'une journée dans le meilleur des cas, avoua-t-il à Castro.

Pour ce dernier, la carte n'était pas fiable. Il pestait. Il n'y avait aucun repère en vue, juste cette étendue liquide qui virait du clair au sombre au gré des masses nuageuses et qui semblait s'étendre à l'infini.

— Pousse le moteur…

— Si un piston saute, y a pas de rechange. Sans piston, pas d'engin. T'es prêt à prendre ce risque ?

Castro s'entêta.

— T'es certain de tes calculs ?

La physionomie de Norberto demeura empreinte de gravité. Il n'aimait pas que l'on mette en doute ses connaissances maritimes.

— Très bien… c'est toi le capitaine, maugréa Castro, résigné bien malgré lui.

— Comme tu dis, renchérit Norberto en grignotant un biscuit trempé dans du thé noir. Tu veux que j'explique aux autres ?

Castro eut un geste d'impuissance, secoua la tête et se rendit dans la cabine. Plusieurs hommes y étaient allongés. Certains dormaient pour la première fois depuis le départ. Il régnait une assez bonne clarté dans le réduit pour y lire. Castro prit le livre qu'il avait lu une première fois dans le minable bureau d'avocats qu'il occupait, au cœur de la Vieille Havane. C'était ce livre dont Batista lui avait fait cadeau en prétextant que l'auteur, Ernest Hemingway, était un ami personnel. Il avait bluffé, comme toujours.

Castro avait annoté le livre à plusieurs endroits. Il le feuilleta et s'arrêta à une annotation en particulier :

« On éprouvait, malgré toute la bureaucratie, l'incompétence et les querelles de parti, quelque chose qui ressemblait au sentiment qu'on s'attendait à éprouver, et qu'on n'éprouvait pas, quand on faisait sa première communion : un sentiment de consécration à un devoir envers tous les opprimés du monde[*]… »

Il essuya la sueur chargée de sel marin qui coulait dans ses yeux et ses lunettes. Le treillis qu'il portait lui collait à la peau.

---

[*] Ernest Hemingway, *Pour qui sonne le glas*, Gallimard, 1961 (pour la traduction française), p. 259.

Guevara vint s'installer à ses côtés. Il mâchouillait le tuyau de sa pipe.

— T'es à court de tabac ? lui demanda Castro en refermant le livre. Je t'offre un cigare si tu veux…

— Plus tard, dit Guevara tout en pointant le livre que tenait Castro. Ce roman a été écrit par un Yankee…

— Il est pratiquement Cubain, le corrigea Castro.

— Si tu le dis, fit Guevara, l'air indifférent.

— Tu le connais ? demanda Castro.

— De nom… il est aujourd'hui une célébrité avec ce prix Nobel… mais c'est un Yankee…

— Il est plus que ça, Che, répondit Castro avec conviction. Il s'était ouvertement rangé du côté des républicains espagnols et il a combattu les fascistes de Franco…

— J'ai lu son truc… Après tout, ce n'est qu'un roman.

— Qu'en as-tu pensé ?

— Assez édifiant… il a bonne allure, le *dynamitero* qui se bat pour ce à quoi il croit…

— Pourtant c'est un Yankee qui a écrit ce livre, fit Castro en clignant de l'œil.

— Et moi je suis un Argentin, c'est ça que tu veux me faire comprendre ? le reprit Guevara. La différence entre lui et moi est que le Yankee qui a écrit ce bouquin bouffe aujourd'hui aux mêmes râteliers que le dictateur que nous allons combattre.

— Et si, le moment venu, il mettait sa plume au service de notre cause ? lança Castro.

À ces mots, Guevara tiqua. Il mordilla la moustache naissante qui ornait sa bouche et adoucissait ses traits creusés par la dure traversée.

— Un Yankee avec une âme de feu, murmura-t-il. Je doute que cela existe de nos jours. Mais je dois avouer que la citation en début du roman énonce une vérité inaltérable : « N'envoie jamais demander pour qui sonne le glas ; il sonne pour toi… » Tôt ou tard, il sonnera pour nous tous.

Castro lui tendit un cigare. Guevara le huma et rangea sa pipe.

— Tu crois que si je le fume, ça fera de moi un Cubain ?

— Possible… surtout si tu travailles ton accent cubain, répondit Castro en rigolant.

Guevara alluma le cigare et tira laborieusement les premières bouffées pendant que Castro l'observait. Il nota un mélange de gravité et de force de caractère ; une allure de distinction et de fierté. Leurs regards se croisèrent.

— Je lis tes pensées, dit Guevara. Tu te demandes si je tiendrai le coup le moment venu, pas vrai ?

— Un peu, avoua Castro. Ça te surprend ?

— Pas du tout. Je suis asthmatique, je n'y connais rien aux armes, je n'ai jamais mis les pieds à Cuba… et je ne suis qu'un toubib d'occasion. Pourtant… eh oui, il y a un pourtant… j'ai défié le Popocatépetl, et pas juste une fois.

— D'accord, reprit Castro. Mais c'était de l'entraînement. Tu pouvais t'arrêter à ta guise, rebrousser chemin… sans la moindre conséquence. Mais là où nous allons, dans la Sierra Maestra, c'est autre chose. La Sierra Maestra est un monstre…

Guevara écrasa son cigare contre le plancher de la cabine.

— Les monstres ont leur place dans les livres de contes, Fidel, dit-il en redressant la tête. Pour moi, la Sierra Maestra n'est qu'une chaîne montagneuse parmi des milliers d'autres sur la terre…

Castro rangea son livre.

— Savais-tu que la Sierra Maestra est habitée par une armée de fantômes ? murmura-t-il.

Guevara réprima l'envie de s'esclaffer.

— Une armée ? Ça fait beaucoup d'esprit en errance, ironisa-t-il. Tu en connais un ou deux personnellement ?

— Quelques dizaines de milliers, fit Castro avec sérieux. D'ailleurs, ils ont un nom en commun : les *mambises* !

Troublé, Guevara changea d'air. Il était évident que Castro n'entendait plus à rire.

— Qui sont ces… *mambises* ?

Castro souffla l'épaisse fumée de son cigare avant de répondre :

— Des Cubains de toutes les classes sociales, Blancs comme Noirs, fils de planteurs, anciens esclaves, lettrés comme illettrés, riches comme pauvres, tous réunis par une même cause et pour une même terre : la liberté et l'indépendance de Cuba. Ils ont été des milliers à combattre pendant trente ans plus d'un demi-million d'envahisseurs espagnols. Ils ont combattu à pied contre des chevaux de bataille, à la machette contre des canons, à mains nues contre des fusils. On les a torturés, fusillés, pendus, décapités, démembrés. Ils ont fait de la Sierra Maestra leur forteresse, leur refuge, leur sanctuaire. Depuis tout ce temps, ils hantent la Sierra Maestra… De Céspedes, Maceo, Gómez, Reeve, Roloff, Martí et tous les autres. Ils sont toujours vivants…

Sur ces paroles, il se mit à fredonner un air. Aussitôt d'autres voix se mêlèrent à la sienne :

— *Mi machete donde quiera alli brillò*
El Cubano, cuanto hizo
por dante gloria a la doctrina de Martí
Dios le dé gloria a Maceo
que venimos de luchar
y ahora somos los Mambises°…

Quelques instants après, seul le bruit du moteur du *Granma* brisait le silence. Dans l'esprit de chacun, le mot *« mambises »* devenait le mot du pays qu'ils retrouveraient dans quelques heures, espéraient-ils. Bien des doutes se dissipaient chez Guevara. Il mesurait maintenant la grandeur du sacrifice attendu.

°   Ma machette partout a brillé
    Le Cubain, combien en a-t-il fait
    Pour donner gloire à la doctrine de Martí !
    Que Dieu apporte la gloire à Maceo
    Car nous sommes venus pour combattre
    et maintenant nous sommes les Mambises…
    (Tiré de la *Comparsa Los Mambises*, composée en 1937 par Armando Palmer Barroso.)

41

L'ardeur du soleil éblouissait les hommes en cette cinquième journée de navigation. Le flot d'air brûlant les frappait durement. On parlait de se lancer à la mer afin d'apaiser la brûlure.

Juan Almeida s'interposa. Il saisit le premier qui voulut enjamber le bastingage.

— Le bateau n'arrêtera pas pour toi, lui dit-il. Tu plonges, tu te noies…

Le corps tendu, l'homme poussa un cri de bête aux abois. C'était un hurlement de désespoir.

— Dans quelques heures, on sera rudement mieux, lui souffla Almeida à l'oreille. On prendra tous un bain…

— Demain, on sera tous morts… séchés comme des poissons au soleil, hoqueta l'homme au bord de la crise.

Avec l'aide de deux compagnons, ils entraînèrent l'homme dans la cabine où ils l'étendirent à l'ombre, parmi les corps qui y gisaient pêle-mêle. Certains râlaient, en proie à l'insolation.

— Quel est son nom ? demanda Almeida. Il n'était pas à la Moncada…

— Oca, lui répondit-on. Evaristo Montes de Oca.

Almeida hocha la tête. Il regarda autour de lui. Que des corps affalés, secoués de convulsions, les yeux brouillés de sueur.

Castro s'était assoupi, ses mains croisées à la hauteur de la poitrine retenant le livre qu'il lisait. À ses côtés, Guevara se massait les jambes.

— Ça va aller, Che ? lui demanda Almeida.

— Mes jambes sont enflées… mauvais signe.

— T'es un dur, fit Almeida.

— Vous êtes tous des durs, répondit Guevara. Mais à quoi cela sert-il d'être un dur si l'on se comporte comme si la partie était perdue à l'avance ?

— L'important c'est qu'elle soit perdue avec tous les honneurs, murmura Almeida.

Guevara grimaça. Ce n'était pas ainsi qu'il avait envisagé cette expédition. Il manquait la harangue d'un chef. Il manquait la charge héroïque. Cela seul justifierait ce périple absurde. Ces quatre-vingt-deux hommes, tassés, diminués, devaient se lever, grandir, prendre courage. Ils devaient s'arracher à leur souffrance passagère, prendre acte de la cause, se rallier.

Castro ouvrit les yeux. Il semblait perdu. Une expression douloureuse lui barrait le visage. La barbe de cinq jours qui hérissait ses joues de touffes de poils raides le vieillissait. Il chercha instinctivement ses lunettes. Elles tenaient sur le bout de son nez. Il les repoussa et sembla chercher au loin un coin de terre qui marquerait l'horizon. Il rangea le roman de Hemingway. Son regard croisa ceux de Guevara et d'Almeida.

— Reposé ? fit Almeida.

— J'ai roupillé d'un œil, répondit Castro en s'étirant.

— Et toi, Che ? demanda-t-il.

Guevara se redressa péniblement.

— Regarde un peu ces hommes, Fidel. Qu'est-ce que tu veux que je dise de plus ?

— Dis-moi que le toubib que tu es n'est pas à court de miracles, marmonna Castro.

Guevara fronça les sourcils. Ses yeux déjà sombres passèrent au noir. Il pinça ses lèvres fermement dessinées et contracta ses mâchoires, ce qui accentua leur sèche vigueur.

— Dans deux jours, ces hommes n'auront plus la force de lever une cuillère, fit-il sourdement. Dans trois jours, le *Granma* ressemblera à un radeau de naufragés. Un paysan des Andes m'a dit un jour que le meilleur cheval peut te donner un certain nombre d'heures de trot, mais si tu veux gravir les Andes, mieux vaut t'en remettre à un lama ! C'est le cas pour nous tous… ! Nous avons été lancés au grand trot, mais la pente est trop raide, trop longue ! Voilà trois jours, tu m'as dit que la Sierra Maestra était un monstre… aujourd'hui, je te réponds que quelque chose doit se passer là, maintenant, sinon nous ne saurons jamais si ce monstre existe.

Piqué au vif, Castro ramena brusquement ses longues jambes et se leva. Il fut pris d'un vertige. Il sentit ses membres alourdis, eut la nausée. Il ferma les yeux et appuya sa tête contre la cloison. Lorsqu'il les rouvrit, il vit une nuée de goélands qui voletaient autour du *Granma*. L'air devenait soudainement humide.

— Norberto ! appela-t-il.

Le pilote se présenta aussitôt.

— Nous arrivons ou nous dérivons à l'infini ?

— Nous sommes à cent kilomètres des côtes, ça, c'est la bonne nouvelle. Un piston a lâché et nous sommes par conséquent à vitesse réduite, ça, c'est la mauvaise nouvelle. Nous sommes surchargés, mais ça, tu le sais depuis le départ. En plus, nous allons droit sur du mauvais temps…

Sans que la moindre lueur d'émotion ne vînt animer son visage, il pointa le fond de ciel qui virait au noir.

— Combien de temps encore ? demanda Castro.

— Deux jours, laissa tomber gravement le pilote. À condition de rester à flot.

Les quatre hommes échangèrent des regards qui en disaient long. Une rafale de vent souleva les premières vagues. Norberto se précipita dans la timonerie. D'épais nuages bouchèrent l'horizon. Puis quelques grosses gouttes s'épanchèrent en flaques sur le pont du *Granma*. Peu de temps après, la pluie se mit à tomber en abondance.

Les hommes se traînèrent hors de la cabine. Les visages levés vers le ciel couleur de plomb, ils retirèrent leurs vêtements et se lavèrent à grande eau. La pluie s'intensifia. Poussée par un fort vent, elle fouettait maintenant les corps nus.

— Recueillez toute l'eau que vous pourrez ! lança le Che.

Sa voix se perdit, n'arrivant que par bribes jusqu'aux hommes. Le *Granma* se mit à rouler et à tanguer dangereusement. Les hommes blêmirent, leurs visages crispés. Camilo Cienfuegos trouva la force de plaisanter en voyant Juan Almeida, cassé en deux, vider ses tripes.

— T'as besoin qu'on t'aide pour fermer ton égout ?

Almeida cracha dans sa direction.

— C'est mon poing sur la gueule que tu vas prendre si jamais on ne boit pas la grande tasse, gémit-il en fixant Cienfuegos de ses yeux troubles.

Dans la cabine plongée dans l'obscurité, les hommes à demi vêtus se cramponnaient à tout ce qui se trouvait à leur portée. Les vagues martelaient les flancs du *Granma*, le soulevant, l'enfonçant, le forçant à zigzaguer. N'y voyant rien, les hommes eurent, à chaque plongée brusque du bateau, l'impression que l'océan allait finalement l'engloutir. Une première voix s'éleva, rauque.

— Qui veut prier ?

Des voix répondirent.

— Qui faut-il prier ?

— On est tous catholiques... prions Dieu !

Tous se signèrent. Des mots confus sortirent, suivis d'un long silence.

— Mon grand-père m'a raconté le miracle de la Vierge noire, entendit-on finalement.

— Celle de Regla ? cria l'un.

— Celle de El Cobre ? lança un autre.

Le fracas des vagues les réduisit au silence. Sur le plancher envahi par des trombes d'eau, ils s'arc-boutèrent des coudes et des genoux. Ainsi ployés, les fronts au sol, ils donnaient l'impression de porter leur propre cadavre sur leur dos.

— *¡ Nueʃtra Señora ∂el Cobre !* clama l'un des hommes.

Cela ressemblait à un délire énorme plutôt qu'à une supplique.

Castro dégringola les marches raides menant à l'habitacle. La puanteur du lieu le saisit à la gorge. Il braqua la lampe de poche qu'il tenait à la main. Le rayon lumineux accrocha crûment les visages défaits.

— Le phare de Cabo Cruz est en vue ! hurla-t-il.

Du fond, derrière un rempart de corps, une voix délirante ne cessait de répéter :

— ¡ *Nuestra Señora del Cobre* !

— T'as bien raison, cria Castro, la Vierge noire t'a entendu ! Cuba est tout près… dans quelques heures nous y serons !

Les hommes relevèrent la tête, remués par ces paroles qu'ils n'espéraient plus. Le souffle brutal de la tempête continuait. On n'y voyait toujours rien. Sauf Norberto. D'instinct, le pilote avait cherché la lueur de ce phare du bout du monde. Elle avait brusquement émergé droit devant, au-dessus du gouffre liquide. Une flamme fugace, rapidement masquée par de puissants embruns. Il avait d'abord cru à un mirage. Mais l'éclat du phare de Cabo Cruz défiait l'orage et signalait par intermittence le cap du salut. Dès qu'il en eut la certitude, Norberto Callado Abreu se sentit ennobli.

&

Le sursaut d'espoir passé, Norberto sut qu'il devait maintenant prendre la décision la plus difficile de sa vie de marin. Une question de vie ou de mort pour les quatre-vingt-deux expéditionnaires du *Granma*. Les réservoirs de carburant étaient presque à sec. Il ne restait plus un seul litre dans la réserve. Il mit aussitôt Fidel Castro au courant du drame appréhendé. Quelques mots à travers le grondement de la tempête qui continuait de secouer le *Granma*.

— Mais la terre est là… à notre portée ! fit ce dernier, incrédule.

Lorsque Norberto lui fit part du risque que le navire, une fois à la dérive, fît naufrage, Castro passa les mains sur son visage trempé par les rafales d'embruns salés. Puis il lança, farouche :

— Nous ne sommes pas à un miracle près. Nous avons survécu à la Moncada, à la prison… nous survivrons à cette tempête…

Norberto hocha la tête.

— Il faudra survivre à ça, cria-t-il en pointant en direction de Cabo Cruz…

Castro l'interrogea du regard.

— Une dernière chance, précisa Norberto, peut-être la seule. Mettre pleins gaz et lancer le *Granma* droit sur la côte… peut-être qu'avec l'élan, nous y arriverons… mais ce sera à la grâce de Dieu et sans gouvernail…

— Tu me garantis que nous toucherons terre ? le pressa Castro.

— Oui, mais la question est : dans quel état ? Ce sera probablement à travers des rochers pour finir dans la mangrove, ajouta-t-il après une hésitation.

— Nous serons à terre, c'est tout ce qui importe, répondit Castro, le geste excessif.

— Ce sera comme débarquer dans un dépotoir puant comme des latrines, grimaça Norberto, vaut mieux que vous le sachiez tous.

— Et après ?

— Les plus tenaces pourront s'en tirer, mais pas tous. Il y aura des pertes. Autre chose aussi : il faudra sacrifier une grande partie du matériel…

— Pas question, gronda Castro. Tu as déjà vu des combattants sans armes ? Autant nous mettre des chaînes tout de suite et nous livrer au tyran…

Norberto s'impatienta.

— Fidel, il faut te décider. Des armes, ça se remplace, mais tu ne ressusciteras pas des combattants morts, dit-il.

Les traits crispés, Castro évalua la situation. Il imagina les hommes pataugeant dans une étendue de boue, collés à la fange. Il imagina surtout le Che, les joues gonflées, le visage violacé puis blême, en quête d'un filet d'air.

— On fonce, ordonna-t-il brusquement.

Norberto approuva. Il ramena les coins de son ciré sur sa poitrine et esquissa un semblant de salut. Quelques instants plus tard, le *Granma* vira et mit le cap droit sur Cabo Cruz. Il tressauta de proue en poupe, poussé par les derniers élans de son engin.

— Je prends les commandes, dit Norberto à Roberto Norque. Toi tu vas à l'avant et tu me guides pour éviter les hauts-fonds…

— Nous sommes en pleine nuit, remarqua ce dernier. Une chance sur cent de nous en tirer…

— Je sais, fit sèchement Norberto. Fais ce que je te demande, t'es le seul parmi tous ces hommes qui a une expérience de navigation…

— Nous ne sommes pas sur un navire de guerre… Nous n'avons pas de sonar… nous naviguons à l'aveugle sur une coquille de noix…

— Va faire ton boulot.

Norque se rendit en titubant à la proue du *Granma*. S'agrippant à la rampe, il scruta les eaux. La terre était là, quelque part, pourtant l'espace marin s'étendait à n'en plus finir. Le *Granma* franchissait la crête d'une vague pour disparaître aussitôt dans le creux de la suivante. Rorque avait beau chercher un repère, il n'y voyait que des masses moutonnantes qui venaient s'écraser contre la coque du bateau en soulevant des gerbes d'écume. Complices, la nuit et la mer démontée formaient un gouffre sournois capable d'engloutir tout ce qui s'y trouvait, tel un entonnoir gigantesque.

Soudain, Norque distingua une masse luisante qui émergeait des eaux ; certainement un affleurement rocheux, se dit-il. Il entendit un frôlement.

— Récifs, hurla-t-il.

Ce fut le seul mot, et il se perdit dans le tumulte. Norque n'eut souvenir de rien d'autre sinon du fracas qui lui déchira les tympans et de l'eau salée qui s'engouffra dans sa bouche ouverte. Il eut l'impression d'être soulevé par une main monstrueuse puis projeté dans un trou noir. Sa vie défila en accéléré devant ses yeux. Puis un faisceau lumineux apparu brusquement pour disparaître aussitôt. Le vacarme devint confus. Il s'enfonçait. D'un effort aussi violent que désespéré, il s'arracha à la lente coulée et revint en surface. Cette fois la lumière blanche le frappa en plein visage. Il tendit les bras. Il voulut hurler, mais aucun son ne franchit ses lèvres. Il sut qu'il allait mourir. Tout se déroula au ralenti : la prière qu'il récita, la coque blanche qui surgit de l'immensité nocturne, la main qui l'agrippa par les cheveux, les visages qui peu à peu s'éclairaient. Une voix lui dit : « Tu t'es bien battu. » Celle de Fidel Castro. Une autre voix, rassurante, lui fit comprendre qu'il ne serait jamais seul dans quelque combat ; celle du Che. Sauvé des eaux, Roberto Norque fondit presque en larmes en réalisant que le *Granma*, bien qu'en détresse, était devenu son refuge le plus sûr. Il tremblait encore lorsqu'il se remit brusquement debout.

— Qui m'a sorti de là ? demanda-t-il, le souffle court.

— Pichirilo.

La casquette enfoncée jusqu'aux yeux, Ramón Mejías, surnommé Pichirilo, baissa la tête. Norque s'approcha de lui, le prit par les épaules et lui donna l'accolade.

— Je te dois la vie, murmura-t-il.

— Tu ne me dois rien du tout, fit Pichirilo. T'as refusé de mourir… et faut que je te dise que t'es salement lourd… !

Il n'y eut aucune autre parole. Norque retourna à son poste comme si rien ne s'était passé. Çà et là, il signala des saillies rocheuses. Le vent couvrait sa voix, mais d'autres relayèrent les avertissements. Ainsi, le *Granma* louvoya entre les obstacles jusqu'au moment où sa quille racla le fond. Il donna brusquement de la bande et déversa son plein d'hommes. Ceux-ci commencèrent à patauger dans un magma gluant. Suivirent les caisses d'armes, de munitions et de ravitaillement. Trop lourdes pour la plupart, elles s'enlisèrent dans le fond glaiseux.

◦⁓

Située à quelque vingt kilomètres au sud de Niquero, la mangrove de Las Coloradas s'étendait sur plusieurs hectares. À certains endroits, la végétation s'élevait à plus de dix mètres. Plongeant directement dans les eaux fangeuses, les racines-échasses des palétuviers formaient une muraille inextricable de lianes sur lesquelles s'agglutinaient crabes et mollusques, ceux-là attirant des nuées de moustiques. D'autres plantes, invisibles, se fixaient sous la vase et constituaient de redoutables pièges. À ces conditions s'ajoutaient les odeurs nauséabondes, les mouvements de flux et de reflux des marées, et quantité d'espèces animales qui infestaient les eaux saumâtres pour se nourrir dans les vasières. C'était dans cet immense cloaque d'eau croupie et infecte que se débattaient les quatre-vingt-deux expéditionnaires du *Granma*.

De temps à autre, les hommes apercevaient l'éclair d'une lampe de poche, mais ils se perdaient aussitôt dans les ténèbres. Chacun progressait comme il le pouvait, les mains cramponnées sur les racines qu'elles saisissaient au hasard. On entendait autant de jurons que de haut-le-cœur, provoqués par le désespoir et l'impuissance. Parfois, une longue plainte s'échappait d'un corps en souffrance. Une voix forte, celle de Fidel Castro, s'éleva alors pour faire l'appel des noms. Plusieurs répondirent sur-le-champ. D'autres voix se firent entendre, plus faibles, couvertes par le vent et la pluie cinglante. Castro avait identifié une quarantaine de noms.

— Les armes et les munitions ? lança-t-il.

— Dans la flotte ! cria-t-on.

Rien d'autre sinon les bruits des corps qui cherchaient à s'extirper de leur piège boueux. Castro continua laborieusement sa progression. Pas à pas, il passait d'un trou noir à un autre, craignant sans cesse de perdre pied et de couler dans un gouffre puant.

— Che ! appela-t-il, en pensant tout à coup à l'Argentin qui risquait à tout moment de tomber asphyxié.

Il n'eut pas de réponse. Il braqua sa lampe. Il ne vit rien d'autre que des silhouettes spectrales, courbées, qui trimaient pour s'arracher à l'enlisement. Quelques-uns portaient de lourds havresacs. Cela lui donna espoir. C'est le poids de la révolution qu'ils traînent avec eux, se dit-il. Il serra contre lui son fusil belge à viseur télescopique. Un calibre 30.06 d'une portée de précision absolue de un kilomètre et dont il avait soigneusement ajusté la mire durant la traversée. Ce fusil était unique : il possédait une double gâchette qu'il avait appris à utiliser, ce dont il avait été particulièrement fier. Il continua d'avancer. Soudain, il vit un rougeoiement quelque part devant. La lueur, immobile, défiait la nuit. Il voulut attirer l'attention de ses compagnons, mais sa voix s'étrangla. Autour de lui on n'entendait que les happements des pièges glaiseux et les grognements des hommes qui luttaient contre la mangrove.

Il entendit une voix tout près. Il braqua sa lampe de poche, mais ne reconnut pas immédiatement le visage couvert d'une boue épaisse.

— C'est moi, Calixto, haleta l'autre. Calixto García.

Le García en question était encore dans la jeune vingtaine. Il avait participé à l'attaque de diversion de la caserne Manuel de Céspedes de Bayamo, le jour de l'attaque de la Moncada, puis avait fui en exil au Costa Rica, au Honduras et au Mexique par la suite.

— Y en a d'autres avec toi ?

— Sais pas… J'suis tombé à l'eau. J'ai essayé de récupérer des armes et des munitions, mais j'arrivais plus à sortir la tête de la boue. J'en pouvais plus… J'ai laissé couler les armes… C'était ça ou je me noyais.

Castro ne répondit rien. Il n'éprouva aucune colère, nulle envie de reproche. Il se sentit seulement triste. García avait bien agi. Lui et les autres avaient souffert de cette traversée suicidaire. Ils avaient tous partagé l'abrutissement volontaire qu'il leur avait imposé. En cet instant ne restait que le mince espoir en l'imprévisible. Comme cette lueur au loin. Elle représentait la raison d'espérer ; le premier pas de la révolution sur la terre ferme de Cuba. Peut-être un simple abri, une hutte de paysan, une maison anonyme, mais une destination d'espoir. On s'y regrouperait, se mettrait au sec, se laverait de la tête aux pieds, ferait le compte des armes, mangerait et boirait peut-être. On renouerait, pendant une heure ou une journée, avec la chaleur de la vie. De là, la révolution reprendrait ses droits. Plus rien de mystique. Que des actions concrètes, douloureuses, qui mèneraient à la victoire ou à la mort.

— Là-bas, tu vois ? fit-il en désignant la lueur.

— J'ai plus la force d'avancer, se lamenta García, en essayant de s'arracher au plus gluant de la boue.

Castro lui tendit la main.

— La nuit, les repères sont plus près qu'il n'y paraît. Pense à un repas chaud et à un lit bien au sec…

García vit la lueur. Elle lui parut hors de portée telle une flamme vacillante à l'infini. Il se sentit gagné par une sourde irritation, prisonnier de l'étendue boueuse de la mangrove. Il agrippa machinalement la main tendue de Castro. Elle était gluante et glacée. Elle se referma sur la sienne. Il se sentit tirer avec l'énergie du désespoir, comme pour lui dire que ce n'était pas la fin, mais que, tout au contraire, c'était le commencement.

❧

— Quelqu'un sait où est Fidel ? fit la voix.

Guevara ouvrit les yeux. Il était désorienté. Il sentait l'humidité et le froid à travers sa tunique transie. Il était couché sur un lit végétal imbibé d'eau. Il fouilla l'endroit du regard et ne discerna rien d'autre qu'une futaie jaunâtre qu'il identifia comme étant un champ de canne à sucre. La douleur qui s'était logée entre ses épaules s'était atténuée, et il respirait mieux.

— On est combien ? entendit-il plus clairement.

Il leva la tête, chercha alentour. Il trouva ses deux havre-sacs intacts ainsi que la mitrailleuse Thompson de calibre 45 qu'on lui avait mise entre les mains quelques instants avant que le *Granma* ne s'échoue. L'arme contenait toujours son chargeur de trente cartouches.

— C'est moi... Che Guevara... nommez-vous !

Ils déclinèrent leurs noms : Almeida, Valdés, Benítez, Chao, Crespo, Ponce, Suárez, Albentosa.

— Quelqu'un sait où on est ? demanda-t-il.

Ce fut la voix grave de Juan Almeida qui répondit.

— On est sorti de la mangrove... On est au milieu d'une cannaie, quelque part entre la montagne et la mer, et on est sans nouvelles de Fidel.

Ils apparurent un à un, l'air effaré, exhalant une buée matinale. Ils passèrent un bon moment à s'examiner. Ils étaient à l'image de ces soldats d'une autre époque lorsqu'ils émergeaient des tranchées dans lesquelles ils avaient croupi pendant des semaines ; hagards, couverts de boue, proprement crevés.

— Quelqu'un a vu Nico Lopez ? s'enquit Guevara.

Il n'y eut que des hochements de tête.

— Ces cannaies font des kilomètres carrés, risqua Chao. Nico est certainement avec un des groupes... Peut-être sont-ils tout près.

Des vrombissements attirèrent soudain leur attention. Ils scrutèrent le ciel. Très vite, ils aperçurent, au nord, des points noirs qui grossissaient à vue d'œil.

— Des avions de reconnaissance, fit Almeida d'un ton alarmant.

On pouvait distinguer les couleurs de l'aviation cubaine sur les empennages verticaux des cinq avions légers.

— Trois Beaver et deux Piper, précisa Almeida. On voit d'ici les mitrailleuses calibre 30 des Beaver… J'ai l'impression que la saison de la chasse est ouverte.

— Qu'est-ce qu'on fait ? demanda Crespo.

Ils se regardèrent, interrogatifs, les lèvres serrées, chacun attendant une quelconque réponse de son voisin.

— C'est toi le capitaine, fit Guevara en s'adressant à Almeida. C'est toi qui donnes les ordres.

Almeida plissa les yeux et se rasséréna.

— On a chacun une arme et des munitions, notre mission demeure donc inchangée, dit-il en s'efforçant pour que sa voix restât posée. On trouve un abri, de quoi manger, un guide, et on se met à la recherche de Fidel.

Les avions tournoyaient tels des frelons au-dessus des cannaies. De temps à autre, ils prenaient de l'altitude, mais ce n'était que pour amorcer des piqués et effectuer une série de rase-mottes. Au plus près, les neuf hommes s'attendaient à de soudaines rafales de mitrailleuses. Rien. Pas le moindre claquement. Les avions zigzaguèrent quelques fois pendant que les hommes, accroupis au milieu des bouquets de canne à sucre, les épiaient anxieusement. Puis les silhouettes aériennes disparurent derrière les montagnes.

— Ils savent ! s'exclama Valdès.

— Tu crois vraiment que notre arrivée était un secret si bien gardé ? rétorqua Chao. Le *Granma* est à la vue de tous depuis le lever du soleil, et il est possible que des langues se soient déliées à Niquero.

— Tout le monde finit par craquer sous la torture, murmura Almeida. Ce n'est qu'une question de temps…

Guevara les observait. À les écouter et à voir leur aspect si misérable, il douta qu'ils puissent entreprendre quelque équipée que ce soit.

— Je suggère que nous restions ici jusqu'à la nuit. Nous avons de quoi nous restaurer un peu, dit-il en montrant les tiges de canne à sucre. Nous devons aussi soigner nos pieds…

Joignant le geste aux paroles, il retira ses propres bottines. Ses pieds étaient gonflés, marbrés de bleus, les talons à vif.

— Un kilomètre en de telles conditions et nos pieds seront couverts de champignons et d'ulcères. C'est malheureusement le résultat du mariage de bottes neuves avec l'eau croupie d'un marécage, expliqua-t-il.

Il regarda Almeida avec un sourire las.

— À toi de voir, capitaine, ajouta-t-il.

Almeida manipula son propre fusil, un modèle Garand de calibre 30.06 à verrou, muni d'un chargeur de huit cartouches.

— Je ne sais pas si j'ai la force en ce moment d'atteindre une cible à cent mètres avec ce truc… J'ai l'impression qu'il pèse dix kilos, fit-il d'une voix à peine distincte.

Il soupira longuement.

— T'as raison, Che, poursuivit-il en délaçant ses propres bottines. Il y a de grandes chances que les avions ne reviennent pas aujourd'hui. À vrai dire, on est amoché… très amoché. Mais tant qu'on est en vie, la révolution est en vie. Commençons par soigner nos pieds et nous mettre quelque chose sous la dent… et à défaut d'un bon repas chaud, on se contentera de chiquer la bagasse.

Le jus de canne à sucre calma les affres de la faim. Guevara nettoya les plaies et les saupoudra de l'antiseptique qu'il avait apporté dans sa trousse de premiers soins. Il passa d'un homme à l'autre avec une obstination tranquille, répétant les mêmes gestes avec la même dextérité. Chacun le remercia. Il se contenta d'un hochement de tête, parfois d'un clin d'œil complice. Chaque fois, il se disait qu'en cet instant, il contemplait les visages vivants de ces quelques hommes venus reprendre possession du pays qu'on leur avait volé.

Au bout de deux heures, il s'accorda du répit. Il essaya de raviver les cendres de sa pipe comme s'il s'était agi d'un ultime mégot, mais ce fut peine perdue. Le voyant, José Ponce lui tendit ce qui ressemblait à un restant de bougie mâchonnée.

— Un bon cigare, peut-être ? lui proposa-t-il.

Les hommes s'amusèrent.

— Tu ne vas pas faire le difficile, fit Chao. Ça va chasser les moustiques !

Guevara tira quelques bouffées malodorantes qui le firent tousser. Les autres rigolèrent.

— À Cuba, comme les Cubains, lâcha-t-il, la voix étranglée, en grimaçant un semblant de sourire.

Bientôt, la plupart des hommes s'assoupirent. Il y eut quelques voix chuchotantes, puis d'un seul coup, le silence. Ils dormaient, étonnamment immobiles. Leurs vêtements crottés et leurs bottines couvertes de boue étaient étendus en plein soleil. Seul Juan Almeida veillait. Il avait actionné la culasse de son fusil Garand, en évitant de faire du bruit, glissé une cartouche dans la chambre de l'arme et avait assuré cette dernière entre ses genoux ; pas question d'être pris vivant si jamais on les surprenait. Son regard porta sur le Che. La respiration saccadée de ce dernier révélait que l'asthme ne lâchait jamais son emprise.

— Tu me surveilles ? murmura Guevara.

— Je te croyais endormi, répondit Almeida, mal à l'aise.

— Je réfléchis mieux les yeux fermés plutôt que grands ouverts.

— Est-ce que c'est indiscret de te demander à quoi tu réfléchissais ? risqua Almeida.

Guevara se releva en prenant appui sur un coude. Il montra d'un signe de tête les hommes endormis.

— Combien étiez-vous à la Moncada ? demanda-t-il.

— Cent soixante…

— Combien de tués ?

— Tu veux dire d'assassinés ? le reprit Alemida.

Guevara hocha la tête avec agacement.

— Soixante et un, répondit Almeida.

— Combien de la Moncada étaient sur le *Granma* ?

— Plus de la moitié, s'enorgueillit Almeida. Pourquoi ces questions ?

Guevara le regarda fixement sans toutefois répondre.

— Tu ne crois pas qu'on se rendra jusqu'au bout, c'est ça ? fit Almeida.

Guevara remua lentement la tête sans quitter Almeida des yeux.

— T'as combien de balles pour ton fusil ? demanda-t-il.

— Quarante-huit en tout…

— Moi j'en ai quatre-vingt-dix… et eux environ quatre cents. Ensemble, cela nous fait un peu plus de cinq cents cartouches. Si nous touchons une cible mouvante une fois tous les quinze coups, ça ne nous fera pas un gros tableau de chasse… on est bien d'accord ?

Il n'attendit pas la réponse de Almeida.

— Une mitrailleuse browning calibre 30 crache six cents cartouches à la minute, continua-t-il. Un mortier calibre 60 envoie dix-huit obus par minute… un calibre 81 peut en balancer autant à trois mille mètres… c'est bien ce que notre expert en guérilla nous a raconté au Mexique, pas vrai ?

Almeida comprenait très bien la démonstration de puissance de feu à laquelle le Che faisait allusion. Les hommes de Batista se préparaient à un massacre à sens unique. Tout à coup, Almeida revit l'averse de balles qui s'était abattue sur eux devant la Moncada. Ils avaient tenté de faire front. Il se souvenait de son serrement de cœur lorsqu'il avait vu s'effondrer le premier attaquant. L'homme était tombé sans la moindre plainte. Rien n'était plus affreux qu'un corps déjà mort qui s'écroulait sans proférer un son. Ce jour-là, il en était mort soixante. Tous courageux, engagés, résignés au pire. Tous morts sans un dernier adieu.

— Pas la moindre chance, c'est bien ce que tu crois, Che ?

En guise de réponse, Guevara s'étendit sur le dos, les bras croisés derrière la tête à la manière d'un vacancier dans un pré.

— Tu sais ce que les dictateurs craignent le plus ? fit-il, les yeux levés vers le ciel.

Almeida se contenta d'émettre un grognement.

— La folie de quelques-uns, murmura Guevara, en ricanant doucement. Ils ont une peur bleue du germe de la désobéissance civile… Ils ont la hantise de ces quelques fous qui osent dire non et qui ne craignent pas les murs d'une prison. Ils sont terrorisés par les faiseurs de miracles…

— Tu ne prétends quand même pas que nous soyons de ceux-là ? On ne sait même pas si demain nous serons encore en vie, fit Almeida, sceptique.

— Alors pourquoi vous êtes encore là, toi et les autres, si ce n'est parce que vous avez planté la graine miraculeuse ?

Almeida se rappela l'errance du petit groupe de rescapés, Fidel Castro en tête, durant les derniers jours de juillet 1953. Ils n'étaient plus que neuf. Il ne leur restait que neuf carabines et quelques balles, tout comme présentement. Lui, le nègre, l'automate obéissant, s'était levé pour lancer l'appel à la poursuite du combat. Il se souvint du lieutenant Pedro Sarría, noir tout comme lui. Il avait détourné l'arme destinée à abattre Fidel Castro. Il avait prononcé des paroles dignes d'un révolutionnaire : « On n'exécute pas lâchement des hommes qui défendent une cause, pas plus qu'on ne tue une idée… » Plus tard, dans la cellule de la prison de l'Île des Pins, Fidel avait parlé d'un miracle.

— On ne peut pas continuellement jouer à la roulette russe, laissa-t-il tomber.

— T'as bien raison, fit Guevara. On ne peut pas à la fois laisser pourrir nos pieds écorchés à vif, ne pas manger, boire ni dormir, tourner en rond en suivant des nuages qui changent de place au gré du vent et faire la révolution en donnant l'impression de n'être que des abrutis…

Il se redressa brusquement.

— T'as un cigare, Juanito ?

Perplexe, Almeida fouilla dans son havresac et finit par trouver ce qui ressemblait à un restant de cigare imbibé d'eau de mer. Guevara peina pour en tirer quelques bouffées bleues. Il affecta une mine réjouie. Il tira vigoureusement de nouvelles bouffées qu'il rejeta en toussotant. Il se racla la gorge.

— Je vais te raconter l'histoire d'une petite poignée de sel, dit-il. Cela s'est passé en Inde en mars 1930. À cette époque, les Britanniques exerçaient le monopole du sel dans cet immense pays qui comptait déjà plus de trois cents millions d'habitants. Ce monopole sur le sel par les Anglais était l'équivalent de celui sur le sucre dont jouissent depuis des lustres les Américains dans les Antilles et une bonne partie de l'Amérique latine. C'est alors qu'est survenu un petit homme à demi nu qu'on avait déjà jeté plusieurs fois en prison pour désobéissance civile. Il avait lu un ouvrage écrit par un Américain du nom de Thoreau. L'idée était de refuser d'obéir à tout ce qui opprimait les droits individuels et la morale… comme l'esclavage par exemple… et ainsi, faire en tout temps ce qu'on estime juste. Voilà que ce petit homme qui ne possédait rien d'autre au monde qu'un pagne, un rouet et quatre livres, a entrepris une marche de protestation, suivi par soixante-dix-neuf disciples. Treize jours et quatre cents kilomètres plus tard, ils étaient un million, arrivés au bord de l'océan Indien. Le petit homme s'est alors penché et a ramassé une poignée de sel de mer. Il a levé le poing et a dit : « Le poing qui a tenu ce sel peut être brisé, mais le sel ne sera pas rendu. » Ce geste a été à l'origine de l'indépendance de l'Inde. L'homme, Gandhi, a été tué, mais le sel n'a jamais été rendu, et ses idées n'ont jamais été tuées. C'est ça le miracle. Aujourd'hui nous sommes neuf, un jour nous serons un million. C'est pour cela que je crois qu'on se rendra jusqu'au bout.

Almeida n'avait pas quitté des yeux le visage émacié, barbu de cet Argentin qui parlait comme un vétéran de cent batailles. Pourtant, il n'avait jamais pointé une arme contre un autre homme. Qui plus est, il était malade. Une crise d'asthme n'attendait pas l'autre, et chaque fois, il refaisait surface, accroché à la vie. Il secoua la tête, perplexe.

— Pourquoi tu t'imposes toutes ces misères, Che ?

Guevara le regarda intensément.

— Parce qu'il faut commencer quelque part, fut la réponse.

— T'es un médecin… T'as fait de grandes études… Tu peux gagner beaucoup d'argent, faire la belle vie, avoir une belle maison. Cuba n'est pas ton combat… Ici c'est la tyrannie, la misère…

Le pli profond se creusa sur le front de Guevara. Il passa une main dans son abondante chevelure, repoussant les mèches devant ses yeux.

— C'est vrai… tout ce que tu dis est vrai…

— T'as jamais tué personne, s'empressa d'ajouter Almeida. Crois-tu vraiment que toi, un médecin, tu sauras te servir de ta Thompson contre un autre homme ? Impossible, Che… impossible !

— Ce qui est impossible, Juanito, serait de laisser crever ton peuple à petit feu… d'accepter plus longtemps que vos enfants ne puissent fréquenter une école… que vos malades ne puissent être soignés… qu'il y ait à Cuba plus de prisons que de dispensaires… que vos terres appartiennent à des étrangers… que votre sucre, votre tabac, votre nickel enrichissent un pays impérialiste… Ça c'est impossible à accepter. Et si nous l'acceptons, nous condamnons tous les autres pays latinos au même sort…

— Un médecin, répéta Almeida, incrédule. T'es un médecin…

— Juanito, j'ai vu mourir des centaines de femmes, d'enfants, de vieillards dans les léproseries d'Amazonie… J'ai vu le sort réservé aux travailleurs dans les mines du Chili, de la Bolivie… J'ai vu les conséquences de la pauvreté au Pérou, au Panama, au Salvador, au Honduras… J'ai vu les mercenaires de la CIA torturer et assassiner des dissidents au Guatemala… J'ai vu tout cela avec mes yeux de médecin… et j'ai réalisé que j'étais impuissant devant tant d'injustices et de souffrances. Un matin, juste après le coup d'État au Guatemala, j'ai compris qu'il me fallait changer de peau ; j'ai décidé de devenir un soldat d'Amérique. Au Mexique, j'ai rencontré Fidel. Il m'a raconté sa propre aventure durant toute une nuit, mais une phrase aura suffi… il m'a dit que Cuba était la honte des Amériques. Tu le crois, Juanito ? Tu crois ce qu'a dit Fidel ?

Almeida baissa la tête.

— Cuba n'est en apparence qu'un point sur la carte du monde, enchaîna Guevara, mais si nous effectuons ce miracle, Cuba deviendra le levier grâce auquel nous soulèverons tout un continent… Voilà pourquoi, Juanito, ce combat est aussi le mien… parce que j'ai fait le choix de cette révolution.

∼

Il intima le silence aux hommes et déclina son identité : Manolo Fernandez. Trapu, avec une épaisse moustache et des yeux à fleur de tête, il portait un vieux fusil de chasse à un coup en bandoulière et un ceinturon à demi rempli de cartouches.

— Comment nous as-tu trouvés ? lui demanda Almeida, méfiant.

L'homme se dandina d'une jambe à l'autre.

— Je ne dois pas parler, finit-il par dire à voix basse. Ma mission est de vous guider jusqu'à vos camarades…

— Et quel est le nom de celui qui commande ces camarades ? fit Guevara.

— Alejandro…

Almeida poussa le Che du coude. L'homme disait vrai ; Alejandro était le nom de guerre employé par Fidel Castro.

— Il est vivant, souffla-t-il à l'oreille de Guevara.

Ce dernier examina l'homme sous toutes ses coutures.

— Combien sont-ils ?

— Au moins trente.

Le ton était convaincant. Il n'avait jamais baissé les yeux et il avait toutes les allures du paysan : la voix bourrue, le pantalon de grosse toile, élimé, avec des traces de boue, un poncho de laine où se mêlaient des brins de paille, des odeurs d'auge et d'étable.

— Il t'a dit autre chose, Alejandro ? insista Guevara.

— Que vous étiez des camarades venus libérer Cuba de la tyrannie…

Tous parurent soulagés.

— Est-ce qu'il y a à manger ? lâchèrent plusieurs.

— Du bon cochon rôti et de la *cervesa*… Y a aussi de la paille fraîche… pour dire vrai, y a plein de fumier tout près… mais c'est tout ce qu'on peut vous offrir.

Guevara tira Almeida à l'écart.

— Tu y crois, à cette apparition jaillie de la nuit qui nous invite à une fête ?

Almeida se gratta la barbe qui envahissait son visage sombre. À l'odeur du fumier que dégageait l'homme, il ne douta pas qu'il fût un paysan du coin.

— Où est ta maison, Manolo ? demanda-t-il.

— Alegría del Pío, fit l'autre. Mais c'est pas une maison, une toute petite ferme…

— C'est loin ?

— Moi j'y mets quatre heures… mais vous, chaussés comme vous êtes et à votre allure, disons huit… peut-être neuf heures… et… il y a la surveillance…

— Quelle surveillance ?

Manolo pointa le ciel.

— Beaucoup d'avions dans les parages… sont jamais venus avant… et ils viennent pas compter nos vaches et nos cochons… on est trop pauvres…

— Qu'y a-t-il à Alegría del Pío ? le questionna encore Guevara.

— Des grottes… beaucoup de grottes… la Cueva del Fustete est très profonde… c'est un endroit sacré qui a servi très longtemps à des cérémonies religieuses…

— Et le terrain ?

— Beaucoup de sentiers qui vont à la Sierra… mais il n'y a que les paysans du coin qui ne s'y perdent pas…

— Tu sais lire… écrire, Manolo ? lui demanda brusquement Guevara.

Le paysan eut un geste flou. Il regarda Guevara d'un air bizarre.

— Pourquoi ? fit-il. Pour compter de l'argent que je n'ai pas ? Non, je ne sais pas faire ces choses-là. Mais je reconnais chacune de mes vaches et chaque cochon à leur tête et à leur flanc… Je sais repérer les bonnes étoiles la nuit et je sais quand vient le temps des semailles et celui des récoltes… Je sais aussi qu'il est temps de partir si vous voulez retrouver vos camarades.

Les hommes se placèrent en file, la crosse de leur arme à l'épaule. Ils se déplacèrent lentement, la tête ballante, comme s'ils portaient un fardeau toujours trop lourd. Ils traversèrent des terres fangeuses, des bosquets, longèrent des sentiers sans fin entre des rangées d'arbres, puis des cannaies ainsi que des étendues pierreuses. Çà et là ruisselait une eau de teinte crayeuse. Raúl Suárez se lança à plat ventre pour boire. Guevara s'interposa.

— Pas cette eau-là, le prévint-il.

— Qu'est-ce que t'en sais, Che ? T'as jamais mis les pieds à Cuba…

Guevara se pencha.

— J'ai mis les pieds à beaucoup d'endroits dont tu ignores même les noms, chuchota-t-il. J'ai déjà bu ce genre d'eau… et j'ai failli en crever… Alors à toi de voir.

Suárez se ravisa. Évitant le regard de Guevara, il reprit la marche d'un pas traînant, à l'instar d'un gros chien sur les talons d'un troupeau. Au bout de quatre heures de marche harassante, Guevara sentit venir la crise d'asthme. Sa respiration l'oppressait. Il s'efforça néanmoins de gravir une pente particulièrement abrupte. Il glissa sur une flaque d'argile et se serait étalé brutalement n'eût été la poigne énergique d'Emilio Albentosa.

— Ça va aller, Che ?

Ce dernier tremblait de la tête aux pieds.

— T'as de la fièvre ?

Il n'avait plus de salive, les lèvres sèches, les oreilles bourdonnantes.

— Ça va aller, souffla-t-il.

— Passe-moi ton barda, lui glissa Albentosa, en posant la main sur le havresac de Guevara.

Ce dernier repoussa d'une main le bras d'Albentosa et de l'autre maintint son havresac en bandoulière.

— Je te remercie, Emilio, fit-il, la voix cassée, mais si je n'y arrive pas maintenant, je n'y arriverai jamais.

Albentosa se sentit mal à l'aise.

— Ça fait rien, bredouilla-t-il, je veux que tu saches que…

— Je sais, Emilio… mais la vérité est la mienne, fit le Che, et c'est à moi d'y faire face.

Les ténèbres se dissipaient alors que le petit troupeau d'hommes progressait péniblement. En route, ils débouchèrent sur des cratères au milieu de récifs de corail. Réservoirs naturels, ils débordaient de l'eau des pluies récentes. Ils burent à satiété. Des légions de crabes grouillaient alentour.

— On va les faire bouillir, lança joyeusement José Ponce.

— Pas de feu, les avertit Manolo. La fumée se voit à une journée de marche et l'odeur voyage tout aussi loin…

Les hommes mangèrent la viande crue de crabe. Pendant que six d'entre eux débitaient les crustacés, les trois autres faisaient le guet. On ne parlait plus, ne riait pas. Le moindre son parut suspect. Chacun sentit palpiter une présence invisible, hostile. Chacun eut envie de glisser à son voisin : « T'as entendu ? »

Là-bas, sur les hauteurs, ils imaginaient la présence rassurante d'une trentaine des leurs. Parmi eux leur chef, Fidel Castro. Ils ignoraient qu'à quelques centaines de mètres, des mitrailleuses avaient été installées. Et qu'à mille kilomètres de Alegría del Pío, Fulgencio Batista attendait fébrilement le rapport du commandant de la région d'Oriente qui lui confirmerait que les derniers rebelles avaient été liquidés grâce à une vulgaire délation qui lui avait coûté à peine une centaine de pesos.

Mais surtout, que Fidel Castro allait, pour l'éternité, prendre rang parmi les fantômes de la Sierra Maestra.

∽

Aux frémissements du feuillage s'ajoutèrent des tintements métalliques. On actionnait à proximité le mécanisme d'une mitrailleuse après avoir rabattu le couvercle sur la ceinture de balles.

À contre-jour jaillirent une série d'éclairs. La grêle de projectiles s'abattit sur les hommes. Ils soulevèrent des mottes de terre, s'écrasèrent en bourdonnant sur la pierre. Ils fulminèrent de partout, dispersant les petits groupes de rebelles. Des ordres étaient lancés à l'aveuglette, les voix des assaillants dominant la mêlée. Chacun rampait de son côté, isolé des autres, en quête d'un abri. Un homme se dressa hardiment. Il pointait un fusil Garand. Il tira un seul coup, au jugé. Une rafale l'atteignit à la poitrine et à la tête. Il se raidit, chancela, tomba net. La masse sanglante n'avait pas lâché le fusil.

— Fidel est par là… à cent mètres ! cria quelqu'un.

Juan Almeida se faufila entre les corps, prenant couvert derrière des rochers. Il vit au loin un petit bois, tache sombre en bordure d'une frange de terre semée de pousses de canne à sucre. Il crut reconnaître des silhouettes qui se déplaçaient par bonds, en direction de la forêt. Puis la terre se mit à trembler. Des pièces d'artillerie, pensa-t-il, mais ce qu'il prit pour des obus de mortiers étaient en réalité des bombes larguées par un chasseur P-47 Thunderbolt qui avait surgi derrière la barrière des montagnes et piqué droit sur leur position. Le suivaient cinq Havilland L-20 Beaver, lesquels, à tour de rôle, mitraillèrent les lieux.

Les hommes serraient leurs tempes à deux mains. Les premiers obus avaient éclaté à quelques mètres, percutant durement la roche, labourant la terre, déracinant quelques arbres. Les visages figés, ils attendaient tous la mort imminente.

— Qu'est-ce qu'on fait ?

La voix parut étrangement calme au milieu du fracas. Personne ne répondit. Emilio Albentosa se leva subitement, sa Thompson crachant le contenu du chargeur. Guevara voulut le rabattre au sol. Il sentit un choc violent à la poitrine et au cou. Il vit distinctement Albentosa vomir le sang, ainsi qu'un trou dans la poitrine de l'homme. Ils s'effondrèrent l'un sur l'autre.

— Ils m'ont eu… murmura Albentosa.

— Moi aussi, souffla Guevara.

Une voix lança de loin :

— Il faut se rendre !

Une autre voix, pleine de colère, cria :

— Ici, personne ne se rend à des merdeux sans couilles !

Le Che se palpa machinalement la poitrine, le cou. Il y avait du sang. Déjà, il n'entendait plus distinctement l'éclatement des obus, pas plus qu'il ne sentait leurs souffles mortels. Étrangement détaché, il ferma les yeux. Lorsqu'il les rouvrit, il était en pleine forêt, étendu sur des branchages, un pansement rudimentaire autour du cou. Juan Almeida était à ses côtés. Il étendit la main et palpa sa Thompson. L'arme était froide, le chargeur en place.

— Que s'est-il passé ? demanda-t-il à Almeida. Je n'arrive presque pas à bouger…

— T'as rampé pendant presque une heure. Il y avait deux caisses abandonnées. T'as traîné la plus lourde jusqu'ici.

Almeida lui montra la caisse en question. Elle était pleine de munitions.

— Qu'est-ce qu'il y avait dans l'autre ?

— Des médicaments…

Guevara sourit.

— Il avait raison, murmura-t-il.

— Qui ça ?

— Celui qui a dit qu'il y a ceux qui luttent en dépit de tout et ceux qui se lamentent pour un rien… T'as des nouvelles des autres ?

Almeida secoua lourdement la tête.

— Seulement des rumeurs…

— C'est-à-dire ?

— Soixante-cinq… prisonniers, tués… probablement assassinés…

— Alors il en reste dix-sept… et nous sommes toujours là. Et Fidel ?

— T'as dit que tu croyais aux miracles ? fit Almeida, en détournant le regard pour s'essuyer les yeux.

42

Ruby Hart Phillips tapait avec fébrilité sur sa machine à écrire qui datait d'une autre époque. Elle n'avait jamais voulu la remplacer par une plus moderne malgré l'offre de ses patrons du *New York Times*. Cela faisait maintenant vingt ans qu'elle courait tous les événements qui se passaient à Cuba. Et Ruby Hart Phillips ne cachait pas son admiration pour le président Fulgencio Batista, ce dernier lui rendant bien la faveur.

La fenêtre de son petit bureau donnait directement sur le palais présidentiel, qu'elle fréquentait assidûment, et dont elle connaissait les moindres recoins et plusieurs secrets. D'ailleurs, des rumeurs couraient au sujet d'une possible liaison entre la journaliste et le président, mais à La Havane, dès lors que deux personnes se tutoyaient, des rumeurs se mettaient à courir. Ruby Hart Phillips se prêtait au jeu. Ces rumeurs ajoutaient à son influence.

Elle venait de terminer un article au sujet de l'ambassadeur des États-Unis à Cuba, Arthur Gardner. Ce dernier avait profité d'un cocktail pour vanter les mérites de Batista et la croissance des échanges commerciaux entre les deux pays. L'ambassadeur Gardner avait également annoncé la substantielle aide militaire qu'avait consentie le gouvernement américain à Cuba.

Satisfaite de son texte, elle retira ses lunettes et, selon son habitude, remit une épaisse couche de rouge à lèvres. Elle vida le cendrier qui débordait de mégots, alluma sa dixième cigarette de l'avant-midi et se mit à monologuer devant la cage de son inséparable perroquet des îles.

Il n'était pas encore dix heures, en ce matin du lundi 4 février 1957, lorsque la sonnerie du téléphone retentit. Elle jeta un coup d'œil machinal par la fenêtre et ne vit rien d'anormal du côté du palais présidentiel. Son interlocuteur la salua avec courtoisie, dans un anglais impeccable.

— Felipe Pazos, madame… Je suis docteur en économie et ancien président de la Banque nationale de Cuba…

Ruby Hart Phillips connaissait l'homme de réputation. Elle le savait un adversaire politique de Batista.

— Docteur Pazos… que me vaut l'honneur de cet appel matinal ? fit-elle d'un ton feutré.

— Je vous propose une rencontre… en fin de journée de préférence, lui annonça Pazos sans autre préambule.

Nerveuse, elle écrasa la cigarette à peine entamée, en prit une autre et l'alluma.

— Une rencontre de la plus haute importance, si je puis dire, continua Pazos.

— Et pour qui, docteur ?

— Pour le *New York Times*, madame, répondit Pazos sans la moindre hésitation.

Phillips resta plantée, rigoureusement immobile, les sourcils froncés, les yeux rivés sur le palais présidentiel.

— Puis-je en connaître… le sujet ? fit-elle, désinvolte.

— Pas au téléphone, madame, sauf votre respect, précisa Pazos. Si vous êtes d'accord, j'enverrai mon chauffeur personnel vous prendre à quatre heures pile…

Ruby Hart Phillips tira une longue bouffée de sa cigarette.

— D'accord, fit-elle. Je vous donne l'adresse…

— Inutile, madame. Je la connais.

❧

Il était quatre heures dix lorsque la Cadillac noire se rangea devant le 261, avenue Monserrate, entre les rues San Juan de Dios et Empedrado, un coin de rue du Parque

Central aménagé sur l'ancien tracé des murailles de la vieille ville.

Ruby Hart Phillips, quoique surprise d'un si court trajet, connaissait bien cet endroit. Devant elle s'élevait l'un des édifices les plus prestigieux de La Havane : le Bacardi Building, quartier général du roi du rhum blanc, José Pepín Bosch. Ce dernier avait été brièvement ministre des Finances du gouvernement cubain alors que Felipe Pazos présidait la Banque nationale de Cuba. En un peu plus d'un an, les deux hommes avaient transformé un énorme déficit en un surplus budgétaire record. Du jamais vu à Cuba.

Le Bacardi Building, de style Art déco, était haut de douze étages. Fait presque entièrement de granit rouge importé de Bavière et de Norvège, les façades des derniers étages étaient couvertes de panneaux de céramiques de couleur ambrée, semblable à celle du célèbre rhum. Fier de ce joyau architectural, Bosch disait à qui voulait l'entendre que le Bacardi Building n'avait rien à envier au Chrysler Building de New York, en dépit de la hauteur de ce dernier, puisque l'édifice de l'empire Bacardi était le seul au monde à porter à son sommet une chauve-souris comme emblème.

Ruby Hart Phillips monta les marches, l'air préoccupé, sans porter la moindre attention aux fresques qui ornaient les murs du grand hall. Felipe Pazos vint à sa rencontre et la salua dignement. Il la complimenta, remarquant sa coiffure impeccable et son maquillage fraîchement appliqué. L'homme avait une assurance tranquille, une mâchoire volontaire, un regard ardent, signe d'une pensée en perpétuel éveil. Sa tenue vestimentaire respirait la fraîcheur. Elle se dit qu'il devait assurément changer de complet deux ou trois fois par jour lors des grandes chaleurs. Pazos invita la correspondante du *New York Times* à entrer au bar privé de la famille Bacardi. L'endroit ressemblait à un sanctuaire baignant dans une pénombre constante avec des colonnes richement sculptées, un plancher de tuiles noires et blanches semblable à un vaste damier et des meubles dont l'ébène contrastait avec la patine des cuirs rouge vif et celle des bronzes antiques.

— Un doigt de Bacardi peut-être ? fit Pazos après avoir invité Ruby Hart Phillips à prendre place dans un des fauteuils.

Le service fut rapide et courtois. Assis en face l'un de l'autre, ils dégustèrent le rhum, une cigarette allumée dans l'autre main.

— Pourquoi cette rencontre ici ? demanda la journaliste.

— Terrain neutre, répondit Pazos, en ajoutant sur un ton plus léger : dire que cet empire est construit sur un alambic de cuivre et de fer et quelques fûts de chêne. C'était il y a cent ans, à Santiago de Cuba… et voilà pourquoi les touristes viennent de partout pour se baigner dans le rhum Bacardi à Cuba.

— Ce n'est quand même pas pour que le *Times* raconte l'histoire du rhum de Cuba que vous m'avez fait venir ici ! dit-elle en déposant son verre et en écrasant sa cigarette.

— Je plaisantais, la rassura Pazos en lui offrant une autre cigarette ainsi que le feu de son briquet.

— Non, continua-t-il, le sujet est à la mesure du *Times*, croyez-moi.

Elle sortit un calepin ainsi qu'un stylo de son sac à main.

— Je vous écoute…

— Une révolution est en marche en Oriente et son quartier général est solidement établi dans la Sierra Maestra, avança Pazos sur un ton brusquement solennel.

Ruby Hart Phillips crut avoir mal entendu. L'air ébahi, elle retira la cigarette de sa bouche et la déposa dans le cendrier.

— Je vous demande pardon… mais avez-vous dit : révolution ? fit-elle en mettant l'accent sur les dernières syllabes.

— Le nom de Fidel Castro Ruz vous dit-il quelque chose ?

Elle eut un petit rire embarrassé.

— Bien sûr… sa mort a été annoncée par tous les journaux de Cuba voilà bien deux ou trois semaines. Je ne vois pas où vous…

— Il est vivant, madame, la corrigea Pazos.

— Attendez, fit-elle vivement, en rougissant. Notre bureau a fait les vérifications… toutes les vérifications. Les autorités militaires ont confirmé sa mort, le président en personne l'a confirmée. Fidel Castro Ruz a été tué à la mi-janvier en même temps qu'une douzaine de ses mercenaires. Et les autres, une quarantaine, sont en prison. Si je résume, docteur Pazos, il y a eu un naufrage, des morts inutiles et une rébellion morte dans l'œuf. Est-ce cela que vous appelez une révolution ?

Pazos sourit. Il se pencha vers la journaliste comme pour marquer le ton de la confidence.

— Le président a été trompé, madame. Les autorités militaires ne savent plus où donner de la tête ; ils voient des fantômes partout ! Certes, il y a eu un naufrage et des morts, ce qui est un malheur fort réel, comme il y a eu des tortures et des assassinats… mais des hommes hors du commun ont survécu. Ils se sont regroupés, organisés ; ils ont combattu, ils combattent à l'heure où nous nous parlons, et ils gagnent du terrain mètre par mètre. Depuis près de deux mois, des messagers essaient de communiquer avec la presse cubaine… tous refusent d'écouter… ils craignent les représailles de la police secrète…

Ruby Hart Phillips parut sidérée. Elle n'avait pas pris la moindre note.

— Le *Times* a rapporté les faits portés à sa connaissance… Il les a traités ainsi qu'il le devait, en tout respect des sources officielles, expliqua-t-elle d'un ton assez sec. Fidel Castro Ruz et douze survivants du naufrage ont été tués à Altos de Espinosa un mois après qu'une quarantaine de mercenaires eurent été tués à Alegría del Pío. J'ai personnellement vu une cinquantaine de photos.

Il sembla à Felipe Pazos que la journaliste avait défilé le tout comme elle l'eût fait d'une dictée apprise par cœur.

— Encore un peu de rhum ? demanda-t-il d'un air plaisant. Elle déclina. Pazos prit une dernière gorgée et se leva.

— C'est Machiavel qui disait que « la première loi de l'humanité et de tous ses êtres était de vivre… », dit-il avec un air sibyllin. Permettez…

L'étonnement de Ruby Hart Phillips fut de courte durée. Le temps que Pazos ouvrit une porte dérobée au fond du bar. Il demanda à deux jeunes hommes de le suivre.

— Madame, je vous présente Faustino Pérez, un étudiant en médecine de l'Université de La Havane, et René Rodríguez, un photographe originaire de Matanzas. Ces deux hommes sont des membres du Mouvement M-26, dirigé par M. Fidel Castro Ruz, docteur en droit. Les deux étaient à bord du navire qui a fait naufrage le 2 décembre 1956. Aujourd'hui, ils sont ici à titre d'émissaires du Dr Castro. Ils sont sous ma responsabilité et la protection de M. José Bosch, le grand patron de Bacardi.

Ruby Hart Phillips nota la maigreur des deux hommes et leur teint basané. Fraîchement rasés, les cheveux soigneusement gommés et peignés, ils portaient néanmoins des complets trop grands, probablement empruntés. Sur un signe de tête de Pazos, Faustino Pérez s'avança, le maintien un peu gauche, et bredouilla quelques mots dans un anglais incompréhensible. La journaliste affecta un air condescendant.

— Parlez en espagnol, fit-elle, mais lentement… sinon il n'y a rien à y comprendre quand vous débitez votre charabia cubain.

Faustino Pérez serra les mâchoires. Suivit le récit sobre, à voix lente, des semaines suivant le naufrage du *Granma*. Il parla d'Alegría de Pío, de l'errance dans la Sierra Maestra, des retrouvailles, de l'organisation d'un groupe armé, d'une première victoire à La Plata et d'une mobilisation paysanne dans la province d'Oriente.

— Nous sommes dix fois plus nombreux qu'au premier jour, ajouta-t-il. Nous avions sept fusils, nous en avons des dizaines aujourd'hui, en plus de mitrailleuses et de grenades, tous pris à l'ennemi. Nous étions des naufragés, égarés sur notre propre sol, aujourd'hui nous sommes des soldats de la Révolution…

Voulant être poli, il s'arrêta.

— Vous comprenez ? demanda-t-il à Ruby Hart Phillips avec un sourire timide.

— Avez-vous autre chose à me dire ? fit la journaliste, les lèvres serrées. Je ne vois toujours pas l'intérêt du *Times*…

Pérez regarda Pazos. Ce dernier hocha la tête en guise de signal entendu.

— Le commandant Fidel Castro est vivant, dit alors fermement Perez. René Rodríguez a pris ces photos il y a cinq jours.

Le visage fermé, Rodríguez sortit une enveloppe de la poche intérieure de son veston. Il la remit à Pazos. Ce dernier avisa les cinq clichés qu'elle contenait puis les montra à la journaliste. Ruby Hart Phillips les examina avec l'allure d'un limier sur la piste de faussaires.

— Ces photos ont pu être prises n'importe où… n'importe quand, fit-elle.

Felipe Pazos la regarda bien en face.

— Faustino Pérez a autre chose à vous dire.

— Le commandant Fidel Castro désire rencontrer en personne un journaliste du *New York Times* pour une interview exclusive… cette rencontre devant avoir lieu dans la Sierra Maestra, annonça Pérez avec assurance.

Cette fois, Ruby Hart Phillips parut dépassée.

— Savez-vous que personne, autre que le Dr Castro, n'a osé prendre un tel risque depuis José Martí ? dit Felipe Pazos à l'endroit de la journaliste.

— Je dois en parler à l'ambassadeur des États-Unis avant de discuter avec le *Times*, laissa-t-elle tomber. Dussions-nous donner suite, je prendrais des dispositions très strictes pour…

Felipe Pazos lui toucha le bras.

— Madame, si vous le permettez, le Dr Castro a mis une condition… l'interview se fera d'ici quinze jours à l'endroit qui ne sera divulgué qu'au dernier moment. Le Dr Castro souhaite faire cette interview avec un journaliste qui a déjà fait ses preuves durant la guerre civile d'Espagne... en l'occurrence votre éminent collègue du *Times*, M. Herbert Matthews.

Sur ces paroles, Felipe Pazos tendit la main avec une politesse extrême à Ruby Hart Phillips.

— Le chauffeur vous attend...

— Merci, je vais rentrer à pied. Il doit bien rester un peu d'air frais à respirer à La Havane ! dit-elle avec une expression de mépris.

⌇

Dix années s'étaient écoulées depuis que Herbert Matthews avait visité cet endroit qu'Ernest Hemingway lui avait décrit comme étant la « forteresse qui enfermait la vérité de toutes ses sensations perdues » : la Finca Vigía. Alors que la voiture parvenait au sommet d'une des collines de San Francisco de Paula, il reconnut les mêmes petites maisons aux toits de tôle ondulée, avec leurs auvents de bois. En franchissant les hautes grilles de ce paradis d'ombre et de lumière, Matthews eut cette curieuse sensation de redécouverte. Tout était plus vaste, plus vert, plus dense, plus exubérant que la fois précédente. Palmiers, bambous, fougères, bougainvillées, flamboyants avaient prodigieusement poussé, gagné en épaisseur. Devant la villa, plus blanche qu'à son souvenir, le ceiba était maintenant un géant dont les racines couraient hors de terre, jusqu'à menacer les murs de la maison.

Il vit Hemingway au bas des marches, peinant pour se tenir droit. Sa chemise à carreaux flottait sur son corps amaigri. Le vieux short kaki, ramassé à la taille, tenait par une ceinture. Il avait cinquante-huit ans, mais l'allure d'un septuagénaire.

— Tu t'es enfin décidé, grogna Hemingway, sans toutefois dissimuler sa joie d'accueillir à la Finca celui avec lequel il avait partagé les douloureuses expériences de la guerre civile d'Espagne.

— Magnifique ! fit ce dernier en regardant alentour. Un véritable tableau d'impressionniste !

Hemingway fit quelques pas, la démarche hésitante. Il se gratta les joues et repoussa les petites lunettes rondes, cerclées de métal, qui tenaient à peine sur le bout de son nez.

— Ça me prend de nouvelles lunettes, maugréa-t-il. Depuis que je me suis fait abîmer le portrait en Afrique, j'y vois de plus en plus mal…

— Tu nous as foutu une de ces frousses, fit Matthews.

— Bah ! C'est de l'histoire ancienne… il y en a qui ont profité de ce fait divers pour prétendre qu'on m'a donné le Nobel en guise de prix de consolation. Bof ! Qu'ils aillent se faire foutre ! Parlons plutôt de toi… d'ailleurs, laisse-moi te regarder de près… C'est quoi cette tenue ? Serais-tu devenu un de ces touristes venus à la Finca pour trouver une relique du passé ?

Matthews improvisa quelques pas de danse en exhibant sa chemise aux motifs fleuris et son chapeau mou à large rebord.

— Je salue l'immortel Hemingway ! chantonna-t-il.

— Comme quoi le *Times* n'a pas le monopole des exclusivités, ricana l'écrivain. Tu savais pour le Pulitzer, mais pour le Nobel… du vent !

Hemingway donna une longue accolade au journaliste.

— Bien franchement, je ne m'attendais pas à l'heureuse surprise de ta visite, dit-il. La dernière fois, au *Sevilla-Biltmore*, ce furent presque des adieux…

Matthews retira son chapeau.

— Visite à un ami, fit-il, mais également à un confrère…

— Tu m'intrigues, salaud, grogna Hemingway.

— Une proposition que des pros comme toi et moi ne sauraient refuser, avança Matthews. Si je te dis Robin des Bois, tu réagis comment ?

Hemingway retira brusquement ses lunettes en les triturant nerveusement.

— Je dis connerie ! Et je file prendre un bon coup !

— Sérieusement, Hem…

— Pour tout Américain digne de ce nom, Robin des Bois, c'est Errol Flynn qui se pavane en collants verts pour le plus grand plaisir des producteurs de Hollywood… C'est Flynn lui-même qui me l'a raconté, là, dans ma piscine, entre une bouteille de rhum et un moment de lucidité.

Matthews ôta son chapeau et s'épongea longuement le visage.

— C'est quoi cette affaire de Robin des Bois ? poursuivit Hemingway.

— Des rebelles dans la Sierra Maestra…

Hemingway partit d'un rire entrecoupé d'une toux grasse.

— Alors c'est ça, ton truc de pro ? Une chasse aux fantômes ! Et je parie que ton Robin des Bois se cache parmi eux !

Matthews fit posément le court récit de l'aventure rocambolesque vécue par quelques dizaines de rebelles cubains partis d'un rivage mexicain. Il fit allusion aux événements de la Moncada survenus quatre ans plus tôt, à un mouvement révolutionnaire connu sous le sigle M-26 et à un jeune avocat du nom de Fidel Castro Ruz, devenu l'ennemi public numéro 1 du régime Batista.

— C'est ce Castro, ton Robin des Bois ? fit Hemingway.

Matthews le regarda, obstiné.

— Tous le déclarent mort… le veulent mort. Moi, j'ai la preuve qu'il est vivant… et ça, c'est un scoop digne du *Times*. C'est aussi pour ça que je suis chez toi, à la Finca.

Hemingway lui tapota l'épaule.

— Suis-moi, fit-il.

Il entraîna Matthews vers la terrasse couverte de lierre. Les deux hommes franchirent une des deux portes-fenêtres. Il régnait une délicieuse fraîcheur dans la vaste salle de séjour. Celle-ci débordait d'esquisses, de notes griffonnées à la hâte, de dessins de poissons ; une impression de débordement, de désordre.

— Tu vois ça ? fit Hemingway. C'est mon cauchemar de Hollywood…

— *Le Vieil Homme et la Mer* ? Je croyais le film terminé…

— Terminé ? s'exclama Hemingway. Tu veux rire ! Si ça continue, ce n'est pas le poisson que les requins vont bouffer, mais ma carcasse… pour ce qui en reste !

— Où en êtes-vous ? demanda Matthews.

— Là… là… là… et là ! Partout et nulle part ! grogna Hemingway en frappant du plat de la main les esquisses et les dessins répandus dans la pièce. Un faux Santiago, un faux bateau, une fausse mer, des faux poissons… et en prime, un acteur qui joue à la prima donna. Il faut faire des salamalecs chaque fois qu'il doit se mouiller un peu le cul. T'en dis quoi ?

— Ben… le cinéma c'est pas mon rayon, dit Matthews, prudemment.

— C'est tout ?

— Bon, alors voici ce que j'en dis : *Le Vieil Homme et la Mer* survivra à l'épreuve du temps, film ou pas, fit-il, catégorique. Et toi, que dis-tu de mon truc, ainsi que tu l'appelles ?

Hemingway s'approcha de lui, les mâchoires serrées. Sa raison luttait contre les souvenirs d'une autre époque.

— T'es pas venu en touriste, je le sais, dit-il avec gravité. Je dis non à toute proposition m'impliquant d'une manière ou d'une autre… non !

— Réfléchis un peu, Hem… Cuba risque d'être bientôt en guerre…

— Tu n'as pas écouté ce que je t'ai dit la dernière fois, Herb ? Tout ça est un cercle vicieux… les idéalistes prêchent la révolution… la révolution passe, les idéalistes deviennent présidents et finissent dictateurs. Quelques héros sont fusillés en cours de route ; on en fait des martyrs. On leur élève une statue et on les oublie, sauf pour les pigeons qui leur chient sur la tête. C'est tout réfléchi, Herb et c'est non !

Matthews était désemparé.

— Ce n'est que cela que Cuba t'inspire après vingt ans ? Dérision, évasion et…

— Tu t'arrêtes là ! lâcha Hemingway brutalement. J'ai laissé le meilleur de ma vie sur les champs de mort… Dès l'âge de dix-huit ans et jusqu'à cinquante ans, je n'ai connu qu'un monde en guerre… Pour le temps qu'il me reste, je veux connaître la paix. Considère la Finca Vigía comme mon no man's land personnel et restons-en là.

De son pas traînard, il se rendit sur la terrasse.

— René !

Le majordome surgit de la maison des invités en boutonnant à la hâte sa veste de service.

— Alors, mon garçon, on se paie du bon temps ? lança Hemingway à la blague. Bon, alors voici ce que tu vas faire : tu nous prépares dix mojitos et autant de daiquiris, et tu alignes ce cocktail ici même, sur la terrasse.

Quelques instants plus tard, il leva un premier verre.

— À la putain de vie… Puisse-t-elle garder la couleur du rhum jusqu'à la fin !

Matthews se contenta d'une petite gorgée.

— Au plus grand écrivain de sa génération, dit-il, sans enthousiasme.

Hemingway entama déjà le deuxième verre.

— Au plus courageux des scribouillards du *Times*, relança-t-il.

Matthews déposa son verre après des remerciements d'usage.

— Je dois y aller, Hem.

— Pas question, lui objecta ce dernier. Pas avant que nous ayons fait honneur à ces nectars cubains dont la paternité me revient d'ailleurs. Et qu'est-ce que je vais dire à Mary ? Elle sera de retour pour le dîner…

— Désolé, Hem, et toutes mes excuses à Mary, mais j'ai une longue route qui m'attend… Nous avons plus de cinq cents miles à faire et nous roulerons de nuit…

Hemingway vida son verre.

— Quoi ? Le *New York Times* est-il à court de budgets ? En avion, tu seras à Santiago en deux heures… Connerie, tout ça !

Matthews le calma du geste.

— Hem, écoute-moi… en ce moment même, Batista est au courant, la CIA et le FBI sont déjà en piste. Le *Times* prend un risque calculé, et moi je mets carrément ma tête sur le billot. La route est donc le moyen le plus sûr… On a trois véhicules qui partiront en même temps… même marque, même couleur. Tu saisis ?

Hemingway, sous l'effet de l'alcool ou de l'indignation, des deux peut-être, lâcha une série de jurons.

— Tous des illettrés et des putains d'enculés, cracha-t-il. Tu sais quoi ? Je vais sauter dans mes fringues diplomatiques et aller faire la leçon à cette marionnette d'ambassadeur…

— Inutile, Hem, fit Matthews avec calme. Gardner ne lèvera pas le petit doigt. Il est de mèche avec Batista. La première chose que Ruby Hart Phillips lui a dite fut que ce Fidel Castro était un agent communiste au service des Soviétiques et que le *Times* dévoilerait ce fait.

— Et si elle disait vrai ?

Matthews se contenta de secouer la tête.

— L'art de jouer sur deux tableaux… Dire que le gars est mort et ensuite prétendre qu'il est le fils de Satan…

Pour toute réponse, Hemingway s'en prit aux verres alignés sur le comptoir de la terrasse. Il les balaya d'un revers de main. Ils volèrent en éclats sur le parquet, éclaboussant de leur contenu les deux hommes.

— Désolé, Herb, balbutia-t-il.

Matthews sourit.

— Ça me rappelle une certaine nuit à Madrid, au bar du *Florida*… en 38 je crois. Les bombes tombaient, et toi tu défiais les autres correspondants de guerre à un concours de poésie… T'as fini par tabasser je ne sais plus trop qui parce qu'il commençait à tripoter Martha Gellhorn…

— Ça m'a coûté cinq cents dollars pour les dégâts, ajouta Hemingway. Ma note de frais m'en est témoin.

Matthews commença à ramasser les éclats de verre répandus un peu partout.

— Laisse, l'enjoignit Hemingway. Je paie une petite armée pour s'occuper de la Finca… Ils ont l'habitude.

Saluant une dernière fois son hôte, Matthews descendit les marches de la terrasse et fit signe au chauffeur qui se tenait non loin, à l'ombre d'un manguier. Comme il s'apprêtait à monter à bord du véhicule, Hemingway le retint.

— Herb, je tiens à ce que nous nous quittions en amis…
mais je veux aussi que tu saches que l'homme que tu as connu
en Espagne n'est plus…

— Je n'ai jamais vu la chose autrement, répondit Matthews.
J'ai seulement cru que nous pourrions faire ce coup à deux…
Un coup fumant pour le journaliste et l'écrivain…

Hemingway sentit son cœur battre violemment. Sa voix
devint rauque.

— Herb, en Espagne, j'avais misé sur les républicains,
ils ont été massacrés. J'ai misé sur cette terre que je croyais
bénite, elle boit encore aujourd'hui tout ce sang qui fut inutile-
ment versé. J'ai dénoncé le fascisme, il a triomphé et a plongé
le monde entier dans l'apocalypse. J'avais ramassé des fonds
pour l'achat d'ambulances à l'usine Ford de Détroit, elles ne
sont jamais arrivées à destination… le savais-tu ?

Matthews baissa les yeux.

— T'es au courant pour la Maison-Blanche ? lui demanda
Hemingway.

— À quel sujet ?

— J'y avais présenté le documentaire sur la guerre civile
que j'avais financé en grande partie, et tu sais ce que cela m'a
valu ? Une tape dans le dos de Roosevelt et un gros titre dans
un journal me traitant de communiste… Et c'est pas tout ! On
m'a accusé d'avoir gardé pour moi nombre d'histoires dont
j'avais été témoin pour m'en servir dans *Pour qui sonne le glas*.
Et tu voudrais que je remette ça dix ans plus tard ?

— Tu n'as pas à te justifier, Hem…

— Tu m'as bien regardé ? poursuivit Hemingway. Le foie,
les reins, les poumons, le cœur, rien ne va plus ! J'ai plus de
flacons de médicaments qu'il n'en faut pour ouvrir une phar-
macie. Et ce n'est pas tout… cinq commotions, une fracture
du crâne, la colonne fêlée, le sphincter à demi paralysé…
un homme normal crève pour beaucoup moins. Moi, je suis
un mort-vivant qui passe ses journées à boire et ses nuits en
enfer… Cela dit, je suis en règle avec Cuba. L'île m'a fait cadeau

d'un paradis, moi je lui ai offert mon prix Nobel… Il est bien en place au sanctuaire d'El Cobre, dans la région où tu te rends. Nous sommes quittes… fin de l'histoire !

Matthews se rendait parfaitement compte qu'Ernest Hemingway n'allait livrer son ultime combat que contre lui-même, au nom de sa propre personne et d'une dignité que lui seul définirait.

Le véhicule était déjà en mouvement lorsque Hemingway lança :

— Si tu peux tous les faire chier, Herb, surtout cet enculé de Hoover et son FBI, alors j'applaudirai la résurrection de ton Robin des Bois !

Il n'eut pas de réponse. Le véhicule disparut d'un coup comme s'il se fût évaporé. S'en retournant à la villa, il éprouva un grand vide.

Le soir venu, il se retrouva seul à table avec Mary. La déception de celle-ci était grande.

— T'aurais au moins pu faire des efforts pour le retenir, lui reprocha-t-elle.

— Qu'est-ce que cela aurait changé, tu le connais à peine…

— Jure-moi qu'il n'y a rien d'autre… Une de tes folies coutumières, insista-t-elle.

Il repoussa son assiette et quitta la table non sans faire tomber la bouteille de vin.

— Qu'importe la raison, fit-il, visiblement troublé.

Mary vint se planter devant lui.

— Plus rien qui vienne mettre en péril la Finca ! Plus rien… jamais ! Tu me comprends bien, Hemingway ?

Cela ressemblait à un cri de détresse.

Il était trois heures du matin lorsque Hemingway se réveilla en sursaut. Il avait sommeillé par à-coups. La lune était blanche et pleine. Elle répandait une lumière de jour. Comme à l'habitude, son corps était trempé par ses sueurs nocturnes. Mais quelque chose d'autre se passait. Un bruit inhabituel, comme un froissement continu. Il se leva, se rendit en tâtonnant vers l'armoire où étaient rangées ses armes. Il lui fallait la clé. Il pesta en la cherchant. Il entendit des aboiements féroces et, presque aussitôt, le fracas d'une salve de fusils-mitrailleurs suivi d'une double salve. La peur lui serra la poitrine alors qu'il se précipitait dehors.

— Black, hurla-t-il, ici, Black !

Mary l'avait rejoint. Elle était d'une pâleur mortelle.

— Qu'est-ce que c'est ?

Ils virent René Villarreal et Juan Pastor sortir des fourrés. Ils portaient le cadavre de Black. Criblé de balles, l'animal avait été réduit à une bouillie sanglante.

— Herb avait raison, Kitty… Cuba est en guerre ! laissa-t-il tomber d'une voix mauvaise.

Mais en son for intérieur, il entendit une autre voix lui dire que cette guerre ne serait jamais la sienne. Prenant à part le majordome et le chauffeur, il leur dit :

— Vous allez embarquer dans la camionnette les trois caisses qui sont encore camouflées dans la cave. Direction Cojimar. Vous mettrez les caisses à bord du *Pilar* et vous direz à Gregorio de les flanquer par-dessus bord une fois au large. C'est bien compris ?

— Quand, *señor Papa* ?

— Sur-le-champ, nom de Dieu !

Dans l'heure qui suivit, Hemingway jeta au feu un épais manuscrit qu'il avait rangé dans une boîte à chaussures et dissimulé derrière ses armes de chasse. Il donna libre cours aux sanglots et fit le deuil de ses dernières illusions.

43

Les dix-huit hommes avaient campé près du lit d'un ruisseau. Une pluie fine transformée en un véritable déluge les força à déménager sur les hauteurs. Ils grelottèrent toute la nuit, ne trouvant pas le moindre bois sec pour allumer un feu.

Une faible clarté, blanche, annonçait un matin mouillé. On n'y voyait rien puisque de lourds nuages masquaient les contours de la Sierra Maestra.

Universo Sánchez, transi, les mains tremblantes sur son arme, sursauta.

— Du calme, c'est moi, Camilo, murmura Cienfuegos, qui venait prendre son tour de garde.

— Quelle heure ? demanda Universo.

— C'est le petit matin… choisis ton heure.

— Ça ne finira jamais, se lamenta Universo.

— De quoi parles-tu ?

— Tout ça… on ne voit jamais l'ennemi, on ne peut jamais élever la voix, on fait le mort durant le jour et on tourne en rond la nuit…

— L'ennemi ne nous voit pas davantage, fit Cienfuegos, il a une peur bleue de la Sierra… et de quoi tu te plains, hein ? On bouffe de temps à autre, on dort, on fume. En attendant, il y a de la bonne soupe chaude là-bas…

— Pouah ! fit Universo en grimaçant. Le succulent jus de pipe à la Acosta !

Le sourire toujours accroché au visage barbu de Cienfuegos disparut.

— Ce jus de pipe nous tient en vie. Et c'est grâce à Julio Acosta que nos groupes se sont retrouvés… et c'est parce que nous nous sommes regroupés que nous avons botté le cul aux hommes de Batista à La Plata et que nous avons mis la main sur des armes et des grenades. C'est Julio Acosta qui se tape des kilomètres toutes les nuits pour trouver de l'eau potable. Alors, fais gaffe, Universo! Ce Julio Acosta est peut-être l'idiot de la classe qui ne connaît même pas les premières lettres de l'alphabet, mais s'il y avait des médailles de bravoure à donner, il serait en tête de liste. Un conseil, camarade : ne t'avise pas de manquer de respect à Julio devant le Che… il a fait de lui son premier élève dans la Sierra et il lui a juré qu'avant le triomphe de la révolution, il saurait lire et écrire…

— La révolution, un bien grand mot, marmonna Sánchez entre ses dents.

La remarque déplut à Cienfuegos. Il cracha par terre en signe de mépris.

— Tu te souviens de la règle de départ ? Chacun est libre à tout moment de prendre le chemin du retour à la condition de s'expliquer franchement devant les camarades. T'es de Matanzas ? Alors, si la Sierra est trop dure pour toi, Matanzas c'est par là, dit-il en pointant en direction de l'ouest.

— Ce n'est pas ce que j'ai voulu dire, s'excusa Universo Sánchez, la tête basse.

Cienfuegos tira un bout de cigare de la poche de sa tunique et le lui glissa dans la main.

— Nous avons tous intérêt à parler du même côté de la bouche, fit-il d'un ton adouci. Il y a deux mois, nous étions à deux doigts de couler corps et biens… Il y a un mois nous étions comme des poules sans têtes, sans armes et perdus entre montagne et mer… Aujourd'hui, nous sommes devenus le cauchemar de Batista… Imagine un peu ce que ce sera dans un mois. Souviens-toi des paroles de Fidel au moment des retrouvailles : « Si nous mettons pied à terre, nous avons une chance ; si nous avons dix fusils, nous combattons ; si nous survivons à la Sierra Maestra, nous vaincrons. » Fin du sermon ! Va bouffer la soupe à la Acosta et dis-lui qu'un jour elle fera un malheur dans les meilleurs restaurants de La Havane !

La pluie avait cessé depuis un moment, mais les gouttes continuaient de ruisseler du feuillage des arbres. Sánchez s'éloigna lentement, la tête rentrée dans les épaules, pataugeant dans l'humus détrempé. Camilo Cienfuegos fouillait l'horizon, guettant au loin, à travers les jumelles, des ombres mouvantes tôt disparues. Ainsi allait la guérilla. Des survivants humiliés devenus des guerriers invisibles, se faufilant tels des fantômes jusqu'au cœur de la Sierra Maestra.

⁓

L'homme qui les avait avertis d'un danger imminent s'appelait Eutímio Guerra. Il était apparu trois semaines plus tôt, en pleine nuit. Il avait les traits d'un montagnard et un regard fureteur. À la surprise générale, il avait apporté quatre fusils Springfield et deux ceintures de cartouches.

— Je viens me mettre au service de la révolution, avait-il dit à Fidel Castro, en déposant les quatre armes aux pieds de celui-ci.

— Qu'as-tu à me dire d'autre ?

— J'ai des contacts partout… Je sais que des soldats préparent une embuscade dans la zone de Palma Mocha…

— De qui tiens-tu ces informations ?

Guerra avait déballé le sac qu'il portait en bandoulière. Il avait exhibé un casque troué par une balle.

— Il appartenait à un caporal de l'armée du tyran, avait-il expliqué fièrement. Il n'en a plus besoin.

D'un geste de dérision, il s'en était coiffé.

— Qui t'envoie ? avait insisté Castro.

— Personne. Je suis chez moi partout dans la Sierra Maestra… Je peux faire commerce à ma guise avec quiconque a besoin de mes services… mais j'ai choisi la noble cause.

Un à un, les hommes l'avaient dévisagé.

— Qu'as-tu d'autre à nous apprendre ? lui avait demandé le Che en pointant avec désinvolture sa Thompson dans sa direction.

Guerra l'avait regardé avec un sang-froid étonnant.

— Tu dois être l'Argentin.

— Nous n'avons pas entendu ton nom…

— Guerra… Eutímio Guerra…

— Où est ta maison, Eutímio Guerra ?

— Près de Manzanillo… Je vis avec ma mère qui est malade, avait-il répondu, un brin de tristesse dans la voix.

— Tu as parlé d'une embuscade…

— À deux kilomètres d'ici, il y a des cabanes abandonnées, avait-il raconté. C'est malheureux, mais depuis votre arrivée, l'armée force les paysans à quitter leurs terres pour les empêcher de vous prêter assistance… Ils ont tué deux cousins à moi et violé beaucoup de jeunes filles…

— Parle de l'embuscade, avait insisté Castro.

— Il y a une petite vallée traversée par une rivière… la Palma Rocha. C'est là qu'ils vous attendent… Ils savent que vous avez besoin d'eau. Ils sont au moins trente soldats bien armés. Moi je connais une piste qui vous mènera au-dessus de leur position… c'est rocailleux, plein de vilaines racines… il faudra grimper, mais vous les aurez par surprise. L'endroit s'appelle El Arroyo del Infierno…

— Un nom prédestiné, avait raillé Cienfuegos. Je préfère que ce soient eux qui aillent rôtir en enfer plutôt que nous…

Le Che n'avait pas ri.

— Quel est le nom de ce boucher qui s'attaque aux femmes et aux jeunes filles ? avait-il demandé.

— Il s'appelle Mosquera… Ángel Mosquera, avait répondu Guerra avec un léger tremblement dans la voix.

Le Che avait porté la mine de son crayon à sa bouche puis avait soigneusement noté ce nom dans le petit calepin qui ne l'avait jamais quitté.

Pendant quelques heures, trois hommes s'étaient relayés afin de tracer un passage à la machette à travers un fouillis végétal. Puis Eutímio Guerra avait pointé en direction des cabanes qu'il avait décrites. Les soldats y étaient. Ils s'étaient adonnés à un camouflage sommaire.

Les ordres avaient été brefs. Le premier à tirer avait été Fidel Castro. Il avait repéré une cible à quelque trois cents mètres grâce au viseur télescopique de son fusil de calibre 30.06. L'homme avait été foudroyé. Le combat s'était aussitôt engagé et avait été d'une surprenante rapidité.

Le Che avait connu une soudaine angoisse. Non pas qu'il eût craint de faire face à la mort ; les salves déchirant l'air, brutales et si proches, l'avaient au contraire galvanisé. Ce fut plutôt le conflit entre le médecin et le soldat qui avait interpellé sa conscience. À une centaine de mètres, un soldat pointait son arme en direction d'un camarade. Quelqu'un allait sûrement mourir. Le Che savait que s'il ne voulait pas trahir son engagement envers la révolution, il devait joindre l'acte à la parole. Certes, le médecin n'allait jamais renoncer à combattre la souffrance, mais le révolutionnaire devait faire face à sa première vérité. Il avait visé et tiré. Lorsqu'il était descendu à la cabane pour prélever armes, cartouches et ravitaillement, il avait éprouvé le sentiment du devoir accompli. Le médecin avait constaté une mort instantanée par les premiers symptômes de rigidité cadavérique. Le révolutionnaire avait tué et savait qu'il tuerait encore. Le médecin savait que toutes les morts qui allaient forcément venir à lui seraient imputables au drame révolutionnaire. Les temps de l'idéalisation et de l'innocence étaient révolus.

⁊

Vilma Espín avait passé la nuit à flanc de montagne à monter et descendre, d'escarpements à sentiers vaseux, sans jamais ralentir l'allure. Alors que ses trois compagnons avaient les paupières bouffies par le manque de sommeil et la fatigue, elle demeurait fraîche comme une rose. Vilma avait une abondante chevelure qu'elle dissimulait en la ramassant sous un béret. Ses pommettes saillantes, ses yeux en amande et son perpétuel sourire d'enfant lui conféraient une grâce particulière. Mais ce qui fascinait son entourage était son esprit scientifique. Fille d'un avocat de la famille Bacardi, Vilma Espín avait fait des études supérieures en génie chimique au Massachusetts Institute of Technology de l'Université Cambridge de Boston. Sa vie avait basculé lorsqu'elle avait fait la rencontre de Frank País, son cadet de quelques années, mais déjà le grand responsable du M-26 dans la province d'Oriente. Non seulement elle avait adhéré à l'idéologie révolutionnaire peu de temps après les événements de la Moncada, mais elle avait décidé de prendre les armes à l'exemple de Celia Sánchez, la fille du Dr Manuel Sánchez Silveira, un éminent médecin de Manzanillo et un partisan d'Eduardo Chibás, dont il avait tant regretté la mort.

À son arrivée, les hommes de la Sierra entretenaient un feu sous un abri de branchages qui servait de camp provisoire. Chacun nettoyait son arme, faisait le compte des munitions et disposait le matériel d'appoint de façon ordonnée. Ils échangeaient à voix basse, donnant l'impression du recueillement et de l'intimité.

— C'est Vilma, fit savoir l'homme de garde.

Les yeux de la jeune femme parurent brillants, éclairés par le rougeoiement des flammes.

— On vous devine de loin, dit-elle en serrant les mains de chacun.

— À peine un feu de braise, s'amusa Almeida.

— Rien ne se perd et rien ne se crée, Juanito! répondit-elle en partant d'un petit rire cristallin.

Elle laissa glisser son lourd sac à dos sur le sol, retira son béret en repoussant la longue mèche de cheveux collée sur son front.

— Quelles sont les nouvelles, Vilma ? fit une voix grave derrière elle.

Fidel Castro prit place à ses côtés.

— Trois cellules ont été formées à Santiago… Frank País et Raúl Pujol s'occupent des caches d'armes… Trente fusils et une dizaine de grenades achetés avec la complicité d'un sergent de la caserne… Celia s'occupe des médicaments…

— Et pour le plus important ? s'impatienta Castro.

— L'oiseau est en route…

Castro ne cacha pas sa joie.

— J'en étais sûr, jubila-t-il. Pazos est un homme de parole…

À l'écart, le Che était allongé, la tête penchée sur le côté. Il faisait des efforts pour apaiser la toux sèche qui l'accablait. Il se redressa.

— Vilma, vous avez trouvé de la morphine ? demanda-t-il d'une voix sifflante.

Vilma le regarda. Les joues du Che étaient creuses. Pour se donner de la contenance, il tenait sa pipe entre ses dents, sans toutefois en tirer la moindre fumée.

— Nous en avons trouvé, fit-elle sur un ton rassurant. Et autre chose aussi qui va te faire plaisir…

— Du maté, fit-il.

— Pas encore… mais un appareil photographique, quelques rouleaux de pellicule et deux classiques de la litté-rature française…

Elle hésita avant d'ajouter :

— Nous avons eu des nouvelles de Nico Lopez…

— Il est vivant ! s'exclama le Che.

Vilma baissa les yeux.

— Il est mort…

Un silence douloureux s'installa. Le Che parut secoué. Tous les regards se tournèrent vers lui. Il poussa un soupir et passa ses mains sur son visage ravagé par les souffrances de l'asthme. Puis il se mit debout.

— Où et comment ? demanda-t-il.

— À Bocas del Toro… il était blessé… il a été fait prisonnier… puis achevé d'une rafale dans le dos.

Des voix s'élevèrent, indignées. La colère de chacun devint celle de tous, tel un chant puissant de haine. Le Che demeura immobile pendant un moment, pour s'adresser ensuite à Fidel Castro.

— Fidel, c'est Nico Lopez qui m'a mis sur ton chemin. La nuit de notre rencontre, tu m'as remis ton plaidoyer de la Moncada, que j'ai lu et relu. Tu as terminé ce plaidoyer par ces mots : l'Histoire m'absoudra. L'assassinat de Nico Lopez et de nos autres camarades nous met à l'épreuve : choisir entre la vengeance et la révolution. Si nous choisissons la vengeance, nous deviendrons esclaves de la haine… et la haine fera de nous tous de vulgaires tueurs. Nous perdrons alors le respect du peuple cubain. Si nous choisissons la révolution, alors la mort de quiconque d'entre nous sera noble, peu importe la manière de mourir. Et nous gagnerons le respect du peuple en entier. Mais si nous faisons ce choix, nous devrons dès maintenant nous imposer un code d'honneur et des règles de conduite. Nous devrons écrire le tout et en voter l'adoption. Nous devrons vivre et mourir par les préceptes de ce code, car la justice que nous réclamerons contre nos ennemis devra être la même que celle que nous devrons réclamer contre nous-mêmes… alors seulement l'Histoire nous absoudra…

On n'entendait plus que le bruit des respirations. Camilo Cienfuegos attisa la braise et ajouta du petit bois. Le feu recommença à pétiller, et les flammes à danser.

— Che, dit Castro après un temps de réflexion, tu dois avoir un peu de place dans tes calepins pour laisser trotter ta plume, pas vrai ?

Ce dernier approuva d'un geste.

— Je suis d'accord pour que notre Argentin trouve les mots qui conviennent, lança Cienfuegos en rallumant le cigare qu'il mâchouillait.

— Comme ça, on aura la conscience plus tranquille, renchérit Universo Sánchez.

Tous les autres levèrent une main en guise de vote.

Les yeux mi-clos, le Che, volontairement à l'écart, regardait ces hommes qui n'avaient, pas plus que lui, la moindre expérience de guerre. Pourtant, deux mois à peine après leur arrivée en sol cubain, leur confrontation brutale avec la mort avait réveillé la sauvagerie qui dormait en chacun.

— Nous formons un gouvernement, entendit-il de la bouche de Fidel Castro, et nous allons nous comporter comme tel, en accord avec la Constitution de notre pays. C'est ici, dans la Sierra Maestra, que nous allons proclamer notre légitimité… *Semilla de la América nueva !*

Pendant un moment, le Che se demanda à quoi ces mots serviraient une fois que les hommes presseraient la détente de leurs armes. À quoi serviraient les idées une fois que les camarades tomberaient sous les balles ou au terme de tortures. Qu'y avait-il de si noble à vouloir se battre à un contre mille en sachant que cette noblesse finirait dans la débâcle ? Puis, le calepin en main, il écrivit en peu de mots l'essentiel des lois de la Sierra Maestra.

« Nous, guérilleros de la Sierra Maestra, formons la République libre de Cuba.

La République libre de Cuba est un gouvernement révolutionnaire qui agit avec et pour le peuple.

La République libre de Cuba prône l'égalité des classes sociales et celle des hommes et des femmes sans égard à la religion et à la couleur de la peau.

La République libre de Cuba est constituée par des guérilleros.

Chaque guérillero est un réformateur social.

Chaque guérillero est un révolutionnaire qui défend la réforme agraire, le droit à l'éducation et à la santé pour tous.

La République libre de Cuba est solidaire de tous les peuples d'Amérique latine et reconnaît l'absolue nécessité de les libérer de l'esclavagisme et de l'impérialisme.

L'ordre et la justice constituent les assises de cette République.

Le tribunal révolutionnaire est le mode de justice de la guérilla.

La délation, la désertion, la trahison, le viol, le brigandage, la torture, l'incitation à la mutinerie, l'insubordination sont passibles de la peine de mort.

Tous les blessés, guérilleros comme ennemis, ont le droit aux mêmes soins médicaux.

La guérilla condamne la torture et l'assassinat.

La guérilla ne fait pas de prisonniers. Elle s'approprie des armes, des munitions, du ravitaillement et offre un sauf-conduit à l'ennemi.

La guérilla dédommage le paysan pour toute assistance fournie à la cause de la révolution. »

Rien d'autre ne lui vint à l'esprit sinon les souffrances à venir. Celles de cette poignée de guérilleros, mais celles surtout des paysans qui travaillaient aux champs en souhaitant une libération. Il fallait croire en l'homme, se dit-il.

Sa pipe était éteinte, et il n'avait plus de tabac.

— Camilo… t'aurais pas un bout de cigare ?

Cienfuegos sourit dans sa barbe. Il s'approcha du Che.

— Tu commences à prendre des habitudes de chef me semble, fit-il, contre l'oreille de l'Argentin.

— Penses-tu ! fit le Che en secouant la tête comme pour le dissuader. Avant qu'un *gringo* de mon espèce se mette à botter le cul d'un Cubain…

Cienfuegos ne le laissa pas achever sa remarque. Il lui planta le bout de cigare mâchouillé entre les lèvres.

— C'est toi qui le dis…

D'une voix sourde, il demanda à Vilma Espín de venir les rejoindre. Ils échangèrent des clins d'œil complices.

— Il y a un vote parmi les hommes, annonça-t-elle avec sérieux. Ils ont décidé, à l'unanimité, que tu ne devais plus fabriquer des hamacs de jute tout en continuant de coucher au sol… ce serait injuste pour le médecin que tu es… et pour le combattant que tu es devenu. Aussi, ils t'accordent le droit de dormir dans un véritable hamac de toile de coton offert par le M-26 de Santiago…

— Mais… je ne peux pas… je ne veux pas d'un tel privilège, fit le Che.

— Ce n'est pas un privilège, intervint Cienfuegos, c'est un ordre du commandant Castro… et les ordres ne se discutent pas…

Voyant son air médusé, Cienfuegos présenta au Che un tison pour allumer le restant de cigare.

— Ce que Vilma et nous tous voulons te dire, c'est qu'à nos yeux, tu es notre frère cubain de plein droit.

Vilma lui tendit une petite boîte.

— Comme ça tu n'auras plus à quémander, dit-elle en riant.

Le visage du Che s'éclaira.

— Des Montecristo, précisa Cienfuegos. Tu goûtes à cette merveille et tu ne voudras plus jamais fumer une autre marque de cigare… foi de Cubain !

44

L'automobile prit quinze heures pour traverser d'ouest en est l'île de Cuba, une odyssée de presque neuf cents kilomètres. Au terme d'une nuit sans sommeil, Herbert Matthews mit finalement pied à terre à Manzanillo. C'était dans ce port du golfe de Guacanayabo que tout le sucre acheminé par chemin de fer et camion était chargé sur des bateaux à destination des États-Unis.

— La Sierra Maestra, entendit-il de la bouche de Guerrita Matos, l'homme à qui le M-26 avait confié la mission de conduire le journaliste du *New York Times* au lieu de rendez-vous avec Fidel Castro.

La masse montagneuse aux couleurs changeantes se dressait devant lui, s'étirant à l'infini. La tête encore bourdonnante et les yeux troubles, Matthews la contempla en silence. Le mythe devenait réalité. Il imaginait déjà une végétation géante, sauvage, si dense que la lumière du soleil y pénétrait à peine. Une crête majestueuse s'élevait au-dessus d'une couronne de nuages. Il pointa dans cette direction.

— *Pico Turquino*, précisa Matos. *Está la cumbre de la Sierra… dos mil metros por lo menos.*

Matthews comprenait suffisamment bien la langue espagnole, dont il avait appris les rudiments durant la guerre civile d'Espagne.

— Deux mille mètres ? fit-il, l'air inquiet. C'est là-haut qu'il faudra se rendre ? Je n'ai rien d'un alpiniste !

— ¡ *No ! No te preocupas*, répondit Matos avec un grand sourire, *cerca de aquí…* pas si loin… pas grimper beaucoup, ajouta-t-il en baragouinant l'anglais.

Peu rassuré, Matthews se demanda si Hemingway n'avait pas vu juste en le mettant en garde contre une probable chasse aux fantômes.

Une camionnette était stationnée en bordure de la route. Elle était couverte de boue et chaussée de pneus usés à l'extrême. Matos fit signe à Matthews d'y prendre place.

— Très bon camion, fit-il d'un air convaincu. Aussi fort que le mulet de la montagne.

Le moteur démarra après quelques ratés. Puis la camionnette s'engagea dans le chemin de terre sillonné de nids-de-poule et détrempé par les pluies récentes. Matos conduisait sans se préoccuper des obstacles. Secoué, Matthews s'accrochait comme il le pouvait afin de se maintenir assis.

— Yara dans trente minutes, signala Matos.

Les traits tendus, Matthews sortit sa pipe, la bourra, finit par l'allumer. Çà et là, le véhicule contourna des amoncellements de pierres, croisa de petits troupeaux de vaches, quelques chèvres et cochons, puis traversa la communauté de Yara. Bicoques, maisons aux façades de chaux, demeures coloniales, chapelle de teinte vanille encadrée de bougainvillées, petit parc négligé tenant lieu de place centrale, et c'en était fait de Yara. Devant se déroulait le cordon boueux d'un chemin de plus en plus escarpé. Ils croisèrent des paysans vêtus de hardes, le chapeau de paille vissé sur le crâne et le cigare au coin de la bouche. Ils menaient les bêtes aux champs en fredonnant tels des troubadours, ignorants du drame qui se jouait dans la Sierra.

— Là-bas, patrouille, prévint soudainement Matos. Vous pas parler… *jefe yankee…* euh… ¿ *Patrón americano, si* ? Fumer pipe et pas parler.

Matthews se redressa. Il se mit à tirer de longues bouffées. Quatre hommes portant des uniformes mal ajustés barraient la route, leurs fusils pointés en direction de la camionnette. Matos immobilisa le véhicule, puis coupa le moteur sur l'ordre du chef de la patrouille. Ce dernier n'était pas très grand, mais corpulent. Son visage était barré d'une épaisse moustache jaunie par le tabac. Matos ne lui donna pas le temps de parler.

— Le señor Matthews est un invité du gouvernement, expliqua-t-il posément. Il est venu de La Havane pour s'occuper d'une affaire très… très confidentielle…

Matos se tourna vers Matthews et lui dit avec un clin d'œil :

— Patron *americano* donner dix dollars…

Matthews lui glissa discrètement le billet de banque dans la main.

— Quelle affaire confidentielle ? questionna le sous-officier.

Matos lui fit signe d'approcher.

— Le *señor americano* va acheter toutes les terres de Florentino Gómez Vicario… tu sais bien… le plus gros propriétaire de Bayamo…

Le militaire secoua la tête.

— Moi je suis de Niquero, fit-il d'un air niais. Et toi ?

— Manzanillo, fit Matos, enjoué. Nous sommes presque voisins…

Il pressa le billet de banque dans la main du milicien.

— Tu comprends pourquoi c'est une affaire confidentielle ? enchaîna-t-il. Mais dès que l'achat sera fait, il y aura beaucoup de travail et beaucoup d'autres billets comme celui que tu as dans la main.

L'homme cligna de l'œil à son tour. Il fit un pas en arrière, salua gauchement et commanda à ses hommes de se mettre au garde-à-vous. Matos embraya.

— Quel est ton nom ? demanda-t-il.

— Rosello… caporal Sergio Rosello, fit l'autre, en s'efforçant de croiser le regard de Matthews. Tu le diras au señor.

Cent mètres plus loin, le journaliste poussa un long soupir de soulagement.

— Un riche Américain, hein ? fit-il entre ses dents, en retirant sa pipe. Et s'il ne t'avait pas cru ?

— Trop risqué pour lui, dit Matos. À Cuba, le riche *Americano* est patron partout… et le petit caporal pense à devenir sergent. Meilleure façon pour lui est de fermer les yeux. Comprendre ?

— Ce señor Gómez Vicario… il existe, ou tu l'as inventé ?

Matos haussa les épaules, les yeux rivés sur la route bosselée. Il s'efforça d'éviter les renfoncements du mieux qu'il put, faisant jaillir à l'occasion une boue épaisse qui éclaboussait le pare-brise. Puis la route s'étira en un ruban presque plat. Le moteur se mit à ronronner avec un bruit doux et continu.

— Gómez Vicario ? répéta-t-il alors. Très riche… bon ami de Batista.

Matthews ne put s'empêcher de sourire. Il observa le paysage alentour. Droit devant, il changeait une fois de plus. Une forêt se dressait tel un mur. La route se transformait en un chemin forestier grossièrement tracé à travers des abatis et un hérissement de souches.

— Arrivons-nous bientôt ? demanda-t-il à voix basse.

— Encore loin, se contenta de répondre Matos.

— Combien de temps ?

— Peut-être deux heures… peut-être plus…

La camionnette roulait dans l'ombre, à travers buissons et basses branches. Parfois, Matos freinait à la vue d'une racine énorme. Brusquement, Matthews se sentit étonnamment petit et vulnérable. Sans le moindre point de repère, il eut le désagréable sentiment que la Sierra Maestra allait progressivement l'avaler.

— Le señor Castro, tu sais où il est ?

— *Claro, señor.* Il est dans la Sierra Maestra… partout pour les amis… nulle part pour Batista ! *No te preocupas…* il vous trouvera.

❧

La nuit était particulièrement froide. Epifanio Díaz avait attisé le feu dans la cheminée. Il n'y avait aucune autre lumière à l'intérieur de la chaumière de ce paysan que Matos qualifiait volontiers de premier collaborateur de la révolution. L'homme avait des traits secs, un nez mince, légèrement busqué. Une moustache en broussaille envahissait sa lèvre supérieure au point de dissimuler sa bouche. Le paysan se déplaçait d'un pas silencieux, presque glissant, surveillant chaque geste de Matthews avec une méfiance maniaque. Sans un mot, il avait servi des fèves noires et du thé chaud aux deux hommes. Il passait et repassait devant l'unique fenêtre de la maison et scrutait la nuit. Matthews regardait l'heure à sa montre. Le temps lui paraissait arrêté et l'attente, interminable. Il finit par sortir son calepin afin d'y jeter quelques notes.

— ¡ No ! entendit-il de la bouche du paysan.

Il questionna Matos du regard.

— Epifanio… superstitieux, expliqua ce dernier. Écriture et photo… mauvais sort.

Matthews rangea le calepin.

— On en a encore pour longtemps ? demanda-t-il, visiblement impatient.

Matos secoua la tête.

— Important dormir un peu, fut la réponse.

Matthews fixa les tisons dans la cheminée, assemblage de grosses pierres noircies. Ses yeux ne parvenaient plus à se détacher des flammes, et la dernière chose qu'il entendit fut le hululement répété d'un oiseau nocturne. Lorsqu'il rouvrit les yeux, quatre hommes étaient attablés et discutaient à voix basse. Il les regarda à travers la fumée qui se répandait par bouffées.

— Nous partons bientôt, dit doucement Matos. Lui, c'est René Rodríguez… photographe de la Sierra. Lui, c'est Javier… interprète. Quipe est deuxième guide… Nardi, grandes oreilles et très bon tireur.

Matthews était déjà debout. Les autres prirent la mesure de sa haute stature, de sa minceur, de ses yeux clairs. D'un geste volontaire, il tira de sa musette le béret basque qu'il avait pris l'habitude de porter durant les deux années passées en Espagne, témoin des horreurs de la guerre civile. Il avait fait son fétiche du béret fabriqué en feutre noir, inusable, facile de rangement, alors qu'en Europe il devenait un symbole de résistance. Dès qu'il s'en coiffa, l'effet fut immédiat : il changeait de peau. Il adressa un signe de tête au petit groupe.

— Je crois que le señor Castro a un rendez-vous important avec moi… alors nous partons maintenant, dit-il en les regardant bien en face.

☙

Cèdres, chênes, noyers, fromagers, caroubiers, taillis et fougères étaient couverts de rosée. Ils dégoûtaient et rendaient le sol spongieux. Le groupe progressa le long de sentiers pierreux. Dans la pénombre, le moindre froissement de feuilles provoquait une alerte immédiate, parfois une immobilité de plusieurs minutes. Matthews se rendit compte que la Sierra Maestra était vaste, constamment menaçante. Chacun devait garder un œil vigilant, écouter, observer. La progression était lente en raison des nombreuses pentes, de leur raideur et de l'essoufflement.

Matthews avait chuté à plusieurs reprises. Il avançait à petits pas, glissant, le buste fortement incliné, s'agrippant comme il le pouvait aux racines qui saillaient de partout et s'entrecroisaient pour former de véritables pièges. Lors d'une descente, il dérapa et se cogna durement contre une pierre. Se remettant avec peine, il essuya la sueur qui coulait dans ses yeux.

— Je dois arrêter, avoua-t-il.

Il était à bout de forces. Il demeura figé sur place, regardant sans réactions les nuées de mouches qui tournoyaient au-dessus de sa tête. Matos fit signe aux autres. Ils s'adossèrent à des arbres, l'œil aux aguets. Au bout de plusieurs minutes,

Matthews s'étira du mieux qu'il put, les dents serrées en éprouvant les élancements de ses reins déjà douloureux. Il sortit sa pipe et la montra à Matos qui acquiesça d'un hochement de tête. Il la bourra et fuma avec délice. Ce fut alors qu'il se rendit compte que le soleil était haut dans le ciel et que d'innombrables oiseaux égayaient la forêt. Il entendit le bruit d'une eau vive. Mais ce qu'il prit pour un ruisseau était en réalité un torrent dont les eaux, froides et tumultueuses, cascadaient entre des pierres aussi coupantes que glissantes.

— Traverser, annonça Matos.

Il y avait bien un arbre mort qui pouvait servir de pont de fortune, mais s'y engager eût été périlleux. Un premier homme se risqua dans les rapides, passa d'un rocher à l'autre, et atteignit l'autre rive non sans peine. À peine Matthews avait-il mis ses pieds sur les pierres de fond qu'il glissa sur l'une d'elles. Javier et Quipe le retinrent juste à temps. Il évita que sa musette ne fût emportée par le courant et réalisa, une fois traversé, qu'il n'avait pas lâché sa pipe.

La marche forcée reprit. Trois heures à peiner avec une ardeur silencieuse. Trois heures durant lesquelles Matthews accrochait les branches basses, trébuchait, maudissait son propre orgueil. Puis le silence les enveloppa. Cette fois, pas de doute possible : des pas bruissaient dans les feuilles qui jonchaient le sol. Soudain, une silhouette jaillit de l'ombre.

— *Semilla de la América nueva*, fit aussitôt Matos.

L'homme, un noir, rangea son arme. Les traits farouches de son visage étaient envahis par une barbe épaisse. Il dégageait une ardeur volontaire. S'avançant vers Matthews, il l'examina avec attention. Puis un sourire illumina son visage.

— Juan Almeida, dit-il en offrant une franche poignée de main au journaliste et en l'invitant à le suivre.

Au bout d'une centaine de pas, ils débouchèrent dans une clairière. On y avait dressé plusieurs cabanes faites de palmes. Matthews en déduisit qu'il s'agissait d'un campement provisoire. Almeida pénétra dans la cabane la plus éloignée. Il n'y avait pour tout ameublement qu'un lit de branchages. Il fit du feu à même le sol. Voyant que la pipe de Matthews était éteinte, il lui offrit de rallumer le tabac.

— Où sommes-nous, exactement ? demanda ce dernier.

Almeida continua d'alimenter le feu. Il paraissait calme en dépit de ses sourcils en barre. Se redressant enfin, il pointa sa montre et dit :

— Commandant Fidel Castro… dans deux heures.

— D'accord, fit Matthews, mais j'aimerais savoir où je suis… Vous me comprenez ? Comment s'appelle cet endroit ?

Almeida lui tendit la boîte d'allumettes et lui fit comprendre qu'il pouvait la garder. Il sortit de l'abri sans un mot de plus.

প

Ils arrivèrent par deux, vêtus de tenues kaki, tous armés de fusils et de cartouchières. Quelques-uns portaient un pistolet au ceinturon et des grenades. Ils ressemblaient à des recrues en dépit de leurs visages émaciés. Une bande de jeunes loups, pensa Matthews.

Puis vint le moment qu'il attendait depuis des jours. Fidel Castro apparut. Il était plus grand qu'il ne l'avait imaginé. Le port altier, la vareuse boutonnée avec soin, la barbe fournie, un regard franc derrière de petites lunettes dont la monture était rapiécée. Il se déplaçait à grandes enjambées et s'arrêta devant le journaliste, qu'il fixa un bon moment.

— Je suis Fidel Alejandro Castro Ruz, murmura-t-il ses lèvres bougeant à peine.

— Herbert Matthews, journaliste du *New York Times*…

Les deux hommes échangèrent une solide poignée de main. Matthews se sentit tout à coup intimidé. Il élabora dans sa tête une phrase d'introduction qu'il eût voulue en espagnol, quelques mots qui lui vaudraient le respect immédiat de ce chef rebelle. Il n'en trouva pas.

— Vous avez convoqué le *New York Times*, dit-il en anglais. Il se trouve devant vous.

Castro sourit. Il dégagea la montre qu'il portait à son poignet droit.

— Je déclare au *New York Times* qu'en cette fin d'après-midi du dimanche 17 février 1957, Fidel Castro est vivant et qu'il représente le Gouvernement libre de Cuba, répondit-il dans la même langue.

Le ton était donné. Les deux hommes allèrent s'installer à l'écart, assis l'un à côté de l'autre, sur un arbre abattu.

— Où sommes-nous, précisément ? fut la première question de Matthews.

Castro déploya une carte de la région. Elle était abondamment marquée.

— Ici, le lieu de débarquement le 2 décembre de l'an dernier…

Il pointait Cabo Cruz.

— Là, notre première victoire… à La Plata. Puis nous avons pris Cinco Palmas… El Naranjo… nous contrôlons à présent toute cette zone.

Son index droit ne cessait de se déplacer sur la carte, décrivant un grand cercle. Puis il s'arrêta à l'endroit nommé Los Chorros, voisin de El Purial de Jibacoa, sur le versant nord de la Sierra Maestra.

— Là… c'est là que nous sommes… Tout près du cours d'eau où vous avez pris un bain forcé… le Tio Lucas… juste là.

— Vous êtes au courant ? fit Matthews, surpris.

— La Sierra n'a pas de secrets pour nous, répondit Castro avec un accent de fierté dans la voix.

Matthews prenait des notes pendant que Castro allumait posément un cigare tout en surveillant du coin de l'œil le journaliste. Ce dernier mâchouillait le tuyau de sa pipe éteinte.

— Beaucoup disent que vous cherchez à provoquer le chaos afin de plonger Cuba dans une guerre civile, lança à brûle-pourpoint Matthews.

— Ce n'est pas la vérité, répondit vivement Castro. Mais maintenant, il faut le traducteur… mon anglais est trop limité.

Aussitôt Javier assis devant eux, Castro se mit à parler avec une régularité de métronome, sans la moindre hésitation dans le propos.

— Nous ne provoquons rien… nous défendons les droits que nous garantissait la Constitution de 1940 et que le tyran a suspendus immédiatement après son coup d'État de 1952…

— On dit que vous êtes des agents communistes à la solde des Russes…

Castro secoua vigoureusement la tête.

— Ceux qui disent cela mentent… Ceux qui mentent sont les services secrets de votre pays… Ceux qui mentent sont les usurpateurs qui prétendent gouverner Cuba, alors qu'en réalité, ils torturent, mutilent, violent et assassinent, s'emporta-t-il au point que Javier eut peine à suivre le rythme de la traduction.

— Quelles preuves avez-vous de ces actes ? continua Matthews.

Castro mit la main dans son havresac et en sortit un paquet de photos lié d'une ficelle. Il dénoua le nœud et les remit à Matthews. Le journaliste les examina une à une. Sa physionomie changea peu à peu. Les scènes le ramenèrent brutalement en terre d'Espagne. Des corps mutilés, des crânes défoncés, des yeux crevés, des torses criblés de balles. L'effet terrible de l'image en noir et blanc balayait tout doute.

— Nous avons une liste provisoire, fit Castro. Grâce au travail acharné de Frank País, de Celia Sánchez, de Vilma Espín et de beaucoup d'autres qui risquent chaque jour leur vie, nous avons deux mille six cent cinquante-trois noms de victimes… et celui de leur bourreau : Fulgencio Batista, traître, usurpateur, tyran et assassin.

Matthews, visiblement troublé, continua de prendre des notes.

— Est-il exact que le général Batista vous a amnistié après seulement deux années d'emprisonnement, alors que vous aviez été condamné à une peine de quinze ans pour crime d'insurrection ?

Un sourire vint aux lèvres de Castro.

— Le baiser de la mort, fit Castro. En posant le tampon sur ce document d'amnistie, il espérait que je trahisse la mémoire de tous ceux qui ont versé leur sang pour l'indépendance et la liberté de Cuba… Il m'offrait poste et argent en échange de mon silence. Mais comment faire taire les hurlements terribles de tous les patriotes martyrs ? Nous sommes à quelques kilomètres de Yara, lieu même du supplice de Hatuey, brûlé par les Espagnols en 1512… Nous sommes à portée de Bayamo, la mère de toutes les rébellions. Nous sommes près du lieu où José Martí a choisi la mort plutôt que la honte. À son exemple, nous avons prêté le serment de la Sierra Maestra : la patrie ou la mort !

Les questions se pressaient aux lèvres de Matthews qui sentait, malgré lui, naître un début d'admiration pour cette force de la nature. Mais déjà Castro lui tendait un document.

— Voilà la réponse que j'ai faite à mes accusateurs lors du procès de la Moncada. Ce que je défendais il y a quatre ans, je le défends aujourd'hui. On disait alors que je ramenais les fantômes de ceux qui ont fini par disparaître dans la Sierra Maestra. Lisez ce texte… Il a été arraché des flammes auxquelles on le destinait… Il a survécu à toutes les censures… Il témoigne de notre engagement envers Cuba. Il est le préambule du manifeste que nous sommes en train d'élaborer et qui deviendra l'âme de la révolution que nous menons…

Matthews détourna son regard vers les visages que dorait le faible hâle de lumière de cette fin de jour. Des visages très jeunes, volontaires. Ils étaient assis en cercle silencieux. Ils nettoyaient leurs armes, inspectaient les canons de leurs fusils, levaient les yeux à l'occasion en direction du bois. À quoi pensaient-ils ? se demanda Matthews. À des choses vagues, confuses ? Au destin qui les guettait, tapi dans l'ombre, et qui les prendrait pour cible, comme ça, à l'improviste ?

— Je vais lire ce document, dit-il, mais cela risque d'être long… mon espagnol est trop limité… comme vous, pour l'anglais…

— Nous nous ferons un devoir de le traduire pour vous, l'assura Castro.

— Je remarque que vos hommes ont des armes américaines, je me trompe ?

— Ce sont des armes américaines en effet, précisa Castro, toutes prises à l'armée. Des armes livrées par votre gouvernement et payées par le peuple cubain… aussi des armes en provenance du Guatemala et du Panama… des armes qui ont servi à renverser des gouvernements démocratiques et à tuer des milliers d'innocents…

— Vous avez parlé de révolution, fit Matthews. Je vois ici une poignée de jeunes hommes qui n'entendent certainement pas grand-chose à la politique… encore moins à l'idéologie révolutionnaire…

Castro fit mine d'ignorer le propos de Matthews. Il demanda au traducteur de faire venir René Rodríguez.

— J'ai entendu, dit-il au journaliste. Mais avant de vous répondre, nous allons faire quelques photos… Elles vous seront utiles le moment venu…

Rodríguez prit quelques clichés des deux hommes alors qu'ils rallumaient cigare et pipe, Castro ayant pris soin de se coiffer d'une casquette à visière.

— L'idéologie révolutionnaire est assez simple, enchaîna-t-il tout de go. Elle s'impose par nécessité vitale, et alors il suffit d'un tison ardent pour qu'elle reprenne vie… un peu comme vous avez fait pour votre pipe…

Matthews s'arrêta, hésitant.

— Une poignée d'hommes… si convaincus soient-ils, contre une armée de vingt mille peut-être trente mille soldats professionnels ? Qu'espérez-vous sinon un massacre en pleine lumière ?

— Vous oubliez d'ajouter les forces occultes que votre gouvernement jette dans cette fosse aux lions, ironisa Castro.

— Je n'osais pas le dire…

Castro secoua les cendres de son cigare. Il se redressa et prit une posture qui révélait son imposant gabarit.

— Il y a soixante-dix-neuf jours, nous étions dix-sept à errer dans la Sierra Maestra, dit-il sur un ton solennel. Batista a décidé que nous étions morts… des fantômes pour grossir les rangs de tous ceux qui, avant nous, ont connu un sort funeste. Erreur ! En ce moment même, toutes les armes, toutes les cartouches, toutes les souffrances et tous les espoirs se trouvent réunis dans la Sierra Maestra.

— Soyez plus précis…

— Chaque jour des hommes et des femmes joignent nos rangs au nom de la libération de Cuba… Nous étions dix-sept, nous sommes des centaines… Nous errions à l'aveuglette dans les montagnes, maintenant nous contrôlons la Sierra. Nous ne sommes pas des soldats, nous ne le serons jamais… Nous sommes une armée de libération. Je peux vous dire, en cet instant même, que Batista a déjà perdu. Chaque jour, il perd une dizaine de fusils, des centaines de cartouches. Demain, il perdra des mitrailleuses, des mortiers, des chars. En les perdant, ce sont les États-Unis qui les perdront… et ce sera votre président Eisenhower qui perdra la face. Chaque combattant de la Sierra a l'appui de mille paysans… ensemble, nous avons le peuple cubain tout entier qui nous soutient. Pour Batista, les mois sont comptés… Pour nous, le temps est un allié.

Un combattant se présenta devant Castro. Il était très jeune, presque imberbe, sauf pour quelques poils qui parsemaient ses joues. Un franc visage et de grands yeux souriants. Il porta la main à sa casquette en guise de salut. Il débita ce qui ressemblait à un rapport de situation. Castro fronça les sourcils, déploya la carte, l'examina rapidement et la replia. Il donna quelques ordres brefs. L'autre salua de nouveau et se dirigea d'un pas alerte vers ses compagnons. Il leur parla à mi-voix. Se levant, ils ramassèrent leur barda, puis, sans un mot, s'enfoncèrent à la file dans la haute végétation.

— Un accrochage à deux kilomètres d'ici, annonça Castro en esquissant un geste vague en direction de l'est. Voyez-vous, nous devons à tout prix contrôler les hauteurs… Il est vital pour nous d'avoir accès aux sources d'eau des sommets… comme ça, impossible de les empoisonner. Vous devez savoir que la montagne est l'ennemi d'une armée motorisée… Elle devient une tortue et perd le moral.

— Et pourquoi devrais-je savoir cela ?

Castro exhiba un exemplaire abîmé d'un livre que Matthews reconnut aussitôt par le titre. Il ne cacha pas sa surprise.

— C'est bien votre ami qui a écrit ce livre… Vous étiez ensemble en Espagne… Je me trompe ?

— C'est bien mon ami, reconnut Matthews. Mais ce n'est qu'un roman… Être correspondant de guerre est une chose… écrire un roman, c'est de la fiction.

— Sachez que nous avons beaucoup appris… Nous avons tiré de bonnes leçons de ce qu'a écrit le señor Hemingway, même si ce n'est que de la fiction.

— Il serait flatté de vous entendre…

— Ce serait un grand honneur pour moi de lui dire à quel point ce récit de la guerre d'Espagne nous a instruits… et jusqu'où on peut tirer des leçons d'une défaite… Vous lui direz peut-être ?

Matthews griffonna quelques notes pour éviter le regard de Castro, surtout pour éviter de répondre.

— Vous dites que vous n'êtes pas des soldats, mais vous en avez toutes les allures, observa-t-il.

Castro émit un grognement.

— La guérilla n'est pas une guerre conventionnelle, señor Matthews, et le guérillero n'est pas un soldat, insista-t-il avec force. La guérilla défend une cause juste ; en retour, aucun salaire, aucun toit, aucune retraite. La guérilla a son propre code moral et disciplinaire… Ce code est sans appel, sans compromis. Il est inspiré par les impératifs de la révolution. Nous traitons les hommes et les femmes sur un pied d'égalité. Les armes que nous utilisons sont prises à l'ennemi. Nous condamnons la torture et relâchons les prisonniers. Nous sommes prêts au sacrifice ultime, mais nous considérons que de rester en vie est une sorte d'obligation morale afin que nous puissions livrer la prochaine bataille. Nous savons que la souffrance éprouve la guérilla au même titre que l'ennemi, mais la guérilla a l'obligation d'élever sa capacité de souffrir au-delà de celle de l'ennemi. Nous ne revendiquons rien en échange de notre engagement ; ni honneur, ni mérite, ni médaille, et nous n'avons qu'un seul chef, le peuple, c'est-à-dire six millions de Cubains qui souffrent depuis plus d'un demi-siècle. Des paysans à qui on a volé leurs terres, des enfants sans écoles, des adultes analphabètes, des millions de pesos et de dollars détournés par des politiciens corrompus, des prisons surpeuplées, des soldats et des policiers devenus des tortionnaires… Vous saisissez les distinctions, señor Matthews ?

En écoutant discourir Castro, en le voyant faire de grands gestes, Matthews comprit que le propos de cet homme, amplifié par le son vibrant et grave de sa voix, le faisait paraître tel un vétéran mûri au feu de cent combats.

— Doutez-vous de notre cause, señor Matthews ? le relança Castro.

Matthews se ressaisit.

— Je suis ici pour vous entendre au nom du *New York Times*, señor Castro, non pour porter un jugement sur la légitimité ou non de votre cause, précisa-t-il. Mais je me permets de vous dire que l'histoire des révolutions s'est écrite en lettres de sang, peu importe les motifs, les lieux et les époques. Dites-moi alors ce qui vous laisse croire que celle-ci sera l'exception ?

Castro exhala un dernier filet de fumée de son cigare avant de l'écraser contre la semelle de sa botte.

— Rien n'est écrit, señor Matthews, dit-il d'une voix particulièrement douce. Du moins, rien qui puisse nous contraindre à répéter ce que l'histoire rapporte de ces révolutions…

Matthews nota soigneusement ces dernières paroles.

— Mais il y aura forcément des victimes, poursuivit Castro. Des deux côtés, il y aura des pertes… et il y aura des morts parmi la population… des morts innocentes. Pour celles-là, nous punirons les assassins…

— Avec des pelotons d'exécution ?

Castro se leva, se dressa de toute sa taille.

— Je crois que le *New York Times* a tout vu et tout entendu, murmura-t-il.

— Une dernière question, insista Matthews. Le jeune homme qui s'est présenté tout à l'heure… il n'avait même pas vingt ans, du moins à voir son allure d'adolescent. Croyez-vous vraiment qu'il ait la moindre idée de ce que sont une révolution et ses conséquences ?

Le regard de Castro porta sur les hommes assis par petits groupes, les yeux cernés de fatigue, les joues creuses par privation, couvertes de barbe. Les rares survivants de l'attaque de la Moncada étaient toujours là, leurs fusils à portée de main. Quelques hommes dont la présence dans l'environnement hostile de la Sierra Maestra témoignait de leur loyauté, leur souffrance, leur espoir ; toujours aussi fiers des gestes qu'ils avaient faits et de ceux qu'ils feraient.

— Son nom est Roberto Rodríguez, mais nous l'avons surnommé El Vaquerito… et je ne sais pas son âge… probablement ne le sait-il pas lui-même. Il est arrivé parmi nous il n'y a pas longtemps, avec pour tout bagage un chapeau de vacher, une couverture et un vieux fusil de chasse. Il a raconté avoir quitté la ferme de El Mango, quelque part dans la province de Sancti Spíritus, et avoir franchi trois cents kilomètres à pied en vingt jours pour se joindre à la révolution. Sa vie durant, ce gamin a gardé des vaches de l'aube au crépuscule, parfois sans manger pendant des jours. El Vaquerito est le symbole des exploités qui subissent la loi du tyran… lui et des centaines de milliers comme lui… lui et les dizaines de milliers de jeunes filles que les gangsters yankees, complices de Batista, forcent à se prostituer. El Vaquerito ne sait ni lire ni écrire… comme tous ses semblables. Mais il le saura… il l'apprendra avant même de remettre les pieds dans son village… parce que la révolution en prend l'engagement. Alors, ma réponse est oui… El Vaquerito comprend ce que la révolution fera pour lui et pour son peuple.

Matthews prit encore quelques notes. Quelques remarques de Hemingway lui traversèrent l'esprit. Il avait sa propre idée de toute révolution. Au mieux, un choix brutal. Au pire, tout est démoli, les hommes et les choses. Et sous les ruines, un entassement de cadavres. Puis venait le temps où les gens reprenaient le train de la vie, acceptaient une fois de plus leur sort, pour le pire, parfois le meilleur.

— Je vous remercie, señor Castro, fit-il. Vous avez ma parole que le *New York Times* va révéler à l'Amérique que vous êtes bien vivant. Puis-je cependant vous demander votre signature, histoire d'authentifier cette rencontre…

Il tendit son cahier de notes à Castro. Ce dernier signa sans hésitation au bas d'une page.

Fidel Castro

Sierra Maestra, Febrero 17 de 1957

— Voilà, dit-il. Pour une fois, le peuple américain saura toute la vérité…

— Dans cette affaire, la vérité ne se limitera pas au seul peuple américain, reprit Matthews, en tendant la main à Fidel Castro.

Ce dernier lui adressa un grand sourire. Puis :

— Le chemin du retour ne sera pas plus facile que celui qui vous a mené ici. Mais les gens qui vous escorteront sont les meilleurs…

Il pressa dans la main du journaliste un rouleau de pellicules.

— Les photos de René Rodríguez. Vous devrez les dissimuler. Votre épouse vous attend à l'hôtel *Casa Granda* de

Santiago… Là-bas, vous serez un homme d'affaires parmi d'autres, venus faire de l'argent à Cuba. Demain soir, vous serez à bord d'un avion en direction de La Havane. De là, direction New York. Je vous suggère de confier vos notes et ce rouleau à votre épouse… les femmes ne sont pas inquiétées par les douaniers… du moins, pas pour ces raisons. Sur ce, bon voyage de retour, señor Matthews… ¡ *Patria o muerte !*

En quittant, Matthews aperçut un combattant assis au pied d'un arbre, une pipe entre ses dents, qui lisait un ouvrage dont il put déchiffrer le titre : *Le Rouge et le Noir*, ainsi que le nom de l'auteur, Stendhal. L'homme leva sur lui un regard perçant.

— La révolution est réservée aux esprits forts, entendit-il en français de la bouche de cet homme. En sont dignes ceux qui pensent et jugent par eux-mêmes, libres de toutes les contraintes et exploitations…

Puis l'homme se replongea dans sa lecture. Matthews réalisa que la pénombre s'était installée. Une nuit de pleine lune s'annonçait. Les oiseaux s'étaient tus.

༄

Ils étaient assis, épaule contre épaule, sous l'abri. La pluie s'était mise à tomber, fine et tiède d'abord, puis abondante, annonciatrice d'un orage. Universo Sánchez entretenait un feu de bûches. Les hommes s'y réchauffaient et y faisaient sécher leurs vêtements trempés. Mais une autre tâche les attendait, pénible celle-là. Ils allaient devoir voter. Un vote de vie ou de mort à l'endroit d'Eutímio Guerra, le guide. Il était debout, les épaules affaissées, l'air hébété, le visage agité de tics.

Au début de l'interrogatoire, il s'était contenté de haussements d'épaules.

— J'en sais rien… je n'ai rien pris… il y a une erreur, avait-il répété.

Au bout d'une heure, sa voix avait changé. Elle était devenue rauque, presque suppliante.

— C'est moi qui vous avais averti d'une attaque… Souviens-toi, Fidel, la colline de Burro… Je vous avais prévenus que des avions bombarderaient l'endroit… vrai ou pas ?

— Je t'avais autorisé à aller auprès de ta mère que tu prétendais malade, fit Castro. Tu n'y es pas allé… et nous savons maintenant que ta mère n'est pas malade. Il y a des mois que tu n'as pas mis les pieds chez elle. Pourquoi ces mensonges ?

Guerra bredouilla une histoire invraisemblable et finit par admettre qu'il avait été arrêté par une patrouille, torturé et menacé de mort.

— Alors pourquoi as-tu été libéré ? Et où sont les marques de torture ?

Guerra se mit à gémir doucement.

— J'ai réussi à m'enfuir…

Castro fit signe à Universo Sánchez. Il vint déposer un pistolet de calibre 45, des munitions, trois grenades et une liasse de billets de banque.

— Tu reconnais avoir été en possession de ces armes et de cet argent ? demanda Castro.

Guerra ne répondit rien. Il tomba à genoux et couvrit son visage de ses mains.

— Qu'on amène Dionisio Oliva, commanda Castro.

L'homme se présenta, casquette à la main, trempé et grelottant.

— Nous t'écoutons, camarade Oliva…

— Eutímio a parlé à mon frère Juan… en bas, à la ferme de Julio Acosta, raconta-t-il, en regardant par terre. Il lui a dit qu'un haut gradé lui a promis un boulot dans l'armée s'il collaborait…

— En échange de quoi ?

— Un assassinat…

— De qui ?

— Toi, Fidel…

— Autre chose ? demanda Castro.

— Julio Acosta et toute sa famille… c'est Eutímio qui les avait dénoncés… les fermes brûlées, les mules tuées, les muletiers exécutés… la femme de Ciro Frias enlevée… des *guajiros* pendus… c'est Eutímio.

— Ils m'ont forcé ! brailla le guide.

— Qui t'a forcé ?

— Le colonel Casillas… l'officier Ángel Mosquera…

Castro exhiba un petit document plié.

— Tu reconnais ceci ?

Guerra se mit à sangloter. Castro déplia le document.

— Un sauf-conduit établi au nom de Eutímio Guerra et signé par un certain colonel Casillas, précisa-t-il.

Au bord de la crise de nerfs, Eutímio Guerra avoua une longue série d'assassinats, d'enlèvements, d'incendies. Il établit le prix de sa trahison à une dizaine de milliers de pesos.

— Je demande un prêtre, supplia-t-il à la fin.

— Ce n'est pas en présence d'un prêtre que tu devras soulager ta conscience, dit Fidel Castro, mais en regardant dans les yeux celui qui a tout perdu à cause de ta trahison… Ciro Frias, le parrain de ton propre fils… Ciro Frias, dont tu as fait assassiner le frère, enlever l'épouse, brûler les biens…

L'homme parut, le visage ravagé par la douleur, ruisselant de pluie. Il parla à voix basse, fit le récit douloureux des événements sans jamais quitter des yeux Eutímio Guerra. Ce dernier demeura prostré, le regard vide de toute expression.

— Je veux un prêtre, furent ses seuls mots.

Fidel Castro précisa que Dionisio Oliva et Ciro Frias avaient prêté serment de dire toute la vérité sur leur honneur et leur vie.

— Nous avons voté, tous, en faveur des lois de la Sierra Maestra, poursuivit-il. Eutímio Guerra a enfreint ces lois. Par conséquent, il a trahi la révolution. Il a reconnu ce crime. Vous devrez maintenant voter pour ou contre sa culpabilité. En pareil cas, notre loi prévoit la peine de mort. Votre verdict devra être à l'unanimité… dès lors, il sera sans appel. Vous aurez ensuite à désigner lequel parmi vous exécutera la sentence.

Guerra fut pris de tremblements.

— L'argent… à… l'argent à… à… ma famille. C'est… ma dernière volonté…

— Non. L'argent doit être distribué aux paysans de la Sierra.

Le Che, silencieux jusque-là, avait parlé.

— Tout ce qui nous est donné… qui nous sera donné, qu'il s'agisse d'un fusil, d'un refuge, d'un bout de pain, même d'une sépulture, doit être compensé par la révolution, absolument tout, ajouta-t-il de sa voix lente d'asthmatique. Face au peuple, il ne saurait y avoir de compromis, ni maintenant… ni jamais !

Ils levèrent les mains en bloc. C'était l'occasion d'exprimer ensemble un même élan du cœur et cette part d'eux-mêmes qu'ils souhaitaient léguer à la révolution en devenir. En cet instant, elle existait déjà pour tous.

— Coupable, annonça Universo Sánchez, au nom du groupe.

— As-tu un dernier souhait ? demanda Castro à Eutímio Guerra.

Ce dernier leva des yeux suppliants.

— Que… que la révolution… euh… prenne soin… euh… de mes enfants !

— Elle le fera, répondit Castro. Mais ils ne porteront plus jamais ton nom.

L'orage avait éclaté. En même temps que les éclairs, le tonnerre roulait de loin en loin, interminable.

— Il doit d'abord creuser sa tombe, lança un des hommes.

— Non, opposa Castro. Tant qu'il est vivant, il a le droit au respect.

— Alors qu'on en finisse…

Mais la discussion fut interminable. Les hommes parlèrent tellement qu'ils arrivèrent à ne rien dire, sinon que personne ne voulait vraiment appuyer sur la gâchette. On croyait à la culpabilité de Eutímio Guerra, mais nul ne voulait être le bourreau. Une lassitude excédée les gagna. Le ton montait, et on s'affrontait entre cousins, voisins. Nul ne se rendit compte que quelqu'un avait poussé Eutímio Guerra à une dizaine de mètres de l'abri. Il l'avait appuyé contre un arbre et lui avait soufflé à l'oreille de dire une brève prière. Il eut juste le temps de balbutier quelques mots et de se signer. La balle du calibre 45 lui fracassa l'arrière du crâne. Son corps tressauta et tomba mollement.

— Il n'a pas souffert, murmura Che Guevara en remettant entre les mains de Fidel Castro le pistolet. Aucun Cubain n'a eu à se salir les mains ou la conscience.

Personne, en effet, n'avait entendu la détonation fatale. On attendit la fin de l'orage pour enterrer le corps à l'endroit même où il était tombé. Quelqu'un proposa de marquer la sépulture d'une croix.

— Les traîtres ne méritent que l'oubli, répondit le Che. Ils ne sont pas dignes de rejoindre les fantômes de la Sierra Maestra !

❧

Le premier des trois articles de Herbert Matthews parut en première page du *New York Times*, dans l'édition du 24 février 1957, soit quatre-vingt-six jours après que le *Granma* se fut échoué sur les rives de Las Coloradas.

Cuban Rebel Is Visited in Hideout (« Visite du rebelle cubain dans son refuge »), put-on lire en grosses lettres. Le journaliste du *Times* y décrivait Fidel Castro comme un homme charismatique, aux idéaux nobles, sur le point de rallier une grande partie du peuple cubain. Les trois articles eurent l'effet d'une bombe, surtout lorsque le *Times* publia la photo des deux hommes, assis dans la Sierra Maestra, avec la signature de Fidel Castro et la date de l'interview.

Les agences de presse du monde entier diffusèrent l'essentiel des textes. Les milieux politiques américains interpellèrent aussitôt la CIA et le FBI. Fulgencio Batista réclama du président Eisenhower argent et armes. Meyer Lansky, le roi de la mafia cubaine, se rendit au palais présidentiel. Batista lui promit de nouveaux hôtels, autant de casinos, une part accrue des profits et des sauf-conduits diplomatiques pour une cinquantaine de tueurs à gages en provenance des États-Unis. Ce qui mena à une recrudescence immédiate de la terreur, doubla les enlèvements, tripla les assassinats.

Le 13 mars 1957, à peine trois semaines après la publication des articles dans le *Times*, une cinquantaine d'étudiants, dirigés par José Antonio Echeverría, un leader du M-26 à La Havane, donnèrent l'assaut au Palais présidentiel. Les deux tiers furent tués durant l'attaque, parmi lesquels Echeverría. Plusieurs autres furent assassinés à la suite des interrogatoires menés par la police secrète du président Batista.

Quatre mois plus tard, le 30 juillet 1957, Frank País et son camarade Raúl Pujol, furent piégés par la police à l'extrémité de Callejón del Muro, une ruelle qui longeait les anciens remparts de Santiago de Cuba. Le chef de police José Salas Cañizares ordonna leur exécution sur place. Visage contre le mur, on leur tira des balles dans le dos et la nuque. Ayant placé une arme près de chacun des deux corps ensanglantés, on procéda à la prise des photos judiciaires.

Au même moment, dans la Sierra Maestra, le Che commença l'alphabétisation de plusieurs guérilleros, puis organisa des classes pour les paysans. Il avait dit à Fidel Castro que le chemin de l'éducation était la voie la plus directe de la révolution. Castro le nomma commandant. De ce jour, le Che se coiffa d'un simple béret sur lequel il fit coudre une étoile rouge. Il nota dans un de ses carnets de la Sierra Maestra :

« La révolution n'est pas une pomme qui tombe de l'arbre lorsqu'elle est mûre, il faut la faire tomber, c'est précisément notre rôle historique. Au cœur de cette révolution, il y a la guérilla et les paysans. Les premiers n'existeraient pas sans les autres. Le jour viendra où la révolution devra reconnaître le rôle essentiel de ces habitants honnêtes, dévoués, opprimés et courageux de la Sierra Maestra. Sans eux, l'idéologie révolutionnaire ne serait qu'un mythe… »

Lorsque Ernest Hemingway prit connaissance des articles du *New York Times*, l'envie lui prit de communiquer avec Herbert Matthews. Il ne le fit pas. Par dépit, il finit par envoyer son vieil homme, Santiago, au sujet duquel il avait écrit qu'au soir de son échec, ayant perdu son poisson géant après une lutte épique contre les requins, il s'était couché dans sa cabane et sombra dans un sommeil bienheureux en rêvant de lions. Lui ne rêvait plus, même pas aux fantômes de toutes les guerres.

Une nuit, lorsqu'il douta que le soleil se levât encore une fois, ainsi qu'il était écrit dans l'*Ecclésiaste*, il fila avec sa portative Royal sous le bras et se rendit au *Ambos Mundos*. La chambre 511 était comme il l'avait connue au premier jour, vingt-cinq ans plus tôt : belle, calme, noble, ouverte sur la ville et la mer. Il s'installa sur la seule chaise de la pièce, la machine à écrire posée sur le petit meuble de coin. Dehors, La Havane s'éveillait comme elle le faisait depuis quatre siècles. Il sentit perler la sueur sur son front. Il partit alors d'un grand rire sonore. Deux jours auparavant, il avait reçu la visite du nouvel ambassadeur américain, un certain Earl Smith, qui lui avait raconté avoir longuement discuté avec Herbert Matthews du *New York Times*. Mais ce n'était qu'un prétexte. En réalité, l'ambassadeur souhaitait qu'il accepte la plus haute distinction du pays que le président Fulgencio Batista voulait lui remettre à l'occasion d'une cérémonie grandiose.

— *¡ Hijos de puta !* fut la réponse qu'il avait faite à l'ambassadeur.

Il enfonça avec rage les touches de la Royal.

« LE *GUAJIRO*

« Il était une fois un *guajiro* qui vivait quelque part dans la Sierra Maestra. Il y partageait son temps avec des cochons et des chèvres qui n'étaient pas à lui. Il vivait dans une cabane d'écorce et avait comme seule possession un vieux fusil. Un jour il vit un urubu à tête rouge fondre sur le tocororo qui, chaque matin, égayait de son chant ce coin perdu de la montagne. Le *guajiro* mit en joue le vautour et l'abattit en plein vol, d'un seul coup de son fusil.

« Les habitants des environs en firent un héros. La croyance se répandit que le *guajiro* était la réincarnation d'un grand guerrier de la montagne. Lui n'y comprenait rien. Mais comme il n'avait jamais quitté la Sierra, qu'il ne savait ni lire et écrire, il ne pouvait savoir qu'il était né dans une île créée par Dieu et exploitée par le Diable.

« Il vint des hommes que l'errance avait menés au cœur de tempêtes et de combats. Ces hommes parlèrent au peuple d'une révolution et furent appelés des libérateurs. Le *guajiro* ne comprenait pas ce qu'ils disaient, mais comme ils avaient faim, il fit boucherie et alla traire ses chèvres. En échange, les hommes lui firent cadeau de la liberté. Tout heureux, le *guajiro* leur offrit son vieux fusil. Solennel, le chef lui dit que dorénavant, lui, le *guajiro*, devenait un fils de la révolution. Le *guajiro* sut alors pourquoi il était né dans la Sierra Maestra... »

Hemingway s'arrêta, en proie à une soudaine émotion. Elle était là, il en avait la certitude. Leopoldina hantait la chambre. L'odeur du musc fleurait bon. Il l'imaginait aisément, moulée dans sa robe rouge, éternellement jeune. Voilà qu'il redevenait ce marin perdu à l'orée d'un paradis. Il ouvrit grande la porte-fenêtre. Le soleil inonda le lieu. Son regard se perdit dans le bleu profond de la baie. Il se rendit à l'évidence: La Havane tremblait, Cuba se battait, la vie triomphait.

Épilogue

Dix mille soldats déclenchèrent l'offensive du printemps; celle qui devait écraser définitivement les rebelles de la Sierra Maestra. Une puissance de un contre vingt, appuyée par une force aérienne, des tanks, des mortiers, des armes automatiques en quantité considérable. Les rebelles subirent l'ouragan de fer et de feu. Fidel Castro leur avait dit que si l'armée de Batista ne parvenait pas à se rendre maître de la Sierra Maestra, elle sortirait de cette offensive la colonne vertébrale brisée. Trois mois plus tard, les rebelles occupaient toujours la Sierra Maestra, chaque homme s'étant rendu compte à quel point il tenait à la vie dans l'honneur après qu'on eut tenté, tant de fois, de lui retirer le droit de vivre. Les troupes de Batista avaient perdu plus de mille hommes. Autant désertèrent. Elles avaient abandonné plus d'armes, de mortiers, de mitrailleuses et de munitions que les rebelles n'en avaient jamais possédés depuis le jour où ils avaient été donnés pour morts.

En fin de journée, le 21 août 1958, un ordre militaire fut remis à Che Guevara, signé de la main de Fidel Castro.

« Le commandant Guevara est chargé de mener une colonne rebelle de la Sierra Maestra à la province de Las Villas et d'opérer dans cette zone en vertu du plan stratégique de l'Armée rebelle.

« La Colonne 8 à laquelle cette mission est confiée portera le nom de Ciro Redondo, en hommage à l'héroïque capitaine rebelle, mort au combat et nommé commandant *post mortem*.

« La Colonne 8 aura pour objectif stratégique d'attaquer sans trêve l'ennemi dans le centre de Cuba et d'intercepter au point de paralyser totalement les mouvements des troupes ennemies se faisant par terre entre l'Occident et l'Oriente. »

La Colonne 8 n'avait rien d'un régiment. À peine cent cinquante hommes encore mal en point après les combats acharnés des trois derniers mois.

— Pourquoi nous ? demanda un des lieutenants du Che. Nous avons été de toutes les batailles…

— C'est justement pour cette raison, répondit le Che.

— Che, as-tu déjà mis les pieds au centre de Cuba ? Là-bas, il y a la Sierra del Escambray… une vraie jungle en pleine montagne…

— Je ne connaissais pas Cuba avant d'y avoir débarqué… et je ne connaissais pas la Sierra Maestra avant d'y avoir combattu. Quand j'ai mis sur pied Radio Rebelde à l'aide d'une antenne improvisée, notre seul auditeur était un paysan du nom de Pelencho. Aujourd'hui, un million de Pelenchos nous écoutent dans tous les coins de Cuba. Alors, soyons réalistes et accomplissons l'impossible.

La Colonne Ciro Redondo avait prévu arriver en quatre ou cinq jours au pied du massif montagneux de El Escambray. Mais les camions n'étaient pas au rendez-vous. La cargaison d'armes avait été la cible des bombardements ennemis. Les réserves d'essence avaient été interceptées.

Sans camions ni chevaux, une impitoyable marche forcée commença le 31 août, en même temps que s'amorçait la saison des ouragans. Canaux et ruisseaux furent transformés en torrents et rivières en crue. D'abord harcelés par des nuées de moustiques, les hommes furent victimes de la teigne des pieds. Un martyre tel qu'ils durent abandonner leurs chaussures et marcher nu-pieds. Localisés par des avions de reconnaissance, ils devinrent la cible des B-26 et des C-47. Ils refusèrent d'abandonner un seul corps et traînèrent avec eux morts et blessés. L'état-major de l'armée envoya dépêche sur dépêche à Fulgencio Batista, lui annonçant la mort des rebelles de Che Guevara. Deux mois plus tard, la Colonne 8, affaiblie par le manque d'eau et de nourriture, atteignit la Trocha, le système de fortifications qui coupait l'île de Cuba en deux et reliait Júcaro, un petit port au sud, à Morón, située au nord. Ce lieu évoquait les luttes sanglantes entre les Espagnols et les patriotes cubains.

Les hommes du Che avaient réussi l'impossible.

Le 16 décembre 1958, le commandant Che Guevara donna l'ordre de faire sauter tous les ponts de la région de Las Villas. Lorsqu'en fin de journée les hommes firent sauter le pont qui enjambait la rivière Falcón, toute liaison entre La Havane et les villes situées à l'est de Santa Clara était rompue. Le Che et Camilo Cienfuegos joignirent leurs forces. En quelques jours, l'ensemble des villages ceinturant Santa Clara, la capitale de la région de Las Villas, tomba aux mains des rebelles. Yaguajay fut prise, puis Remedios et Caibarién. Restait Santa Clara. Plus qu'une ville, Santa Clara était une forteresse défendue par trois mille soldats, une dizaine de tanks, autant de mortiers. À l'avantage de l'armée de Batista, une population forcée à servir de bouclier humain.

Le Che avait étudié la seule carte de Santa Clara dont disposait son modeste état-major.

— Combien de temps, selon vous ? avait-il demandé.

— Si nous obtenons tous les renforts nécessaires, il faut envisager un siège de trois mois, lui répondit-on. Impossible de nous battre à coups de fusil contre les tanks…

— Les tanks seront coincés dans les quartiers peuplés, dit le Che.

— Nous avons des armes et des munitions pour une dizaine de jours, Che. Passé ce temps, nous servirons de cibles pour un concours de tir aux pigeons…

— Chaque journée qui passe est un cadeau que nous faisons à la dictature, insista le Che. La seule manière de libérer l'Amérique de ses dictateurs est de libérer Cuba du sien… et la seule manière d'y parvenir est de libérer Santa Clara…

La discussion fut interrompue.

— Un train blindé est parti de La Havane il y a environ une heure, annonça-t-on.

Le Che ferma les yeux et entra dans ce qui ressemblait à une longue méditation. Puis :

— Ce train blindé est ce qui sépare Cuba de son destin : devenir le premier pays libre des Amériques, sans dictature ni ingérence d'une puissance étrangère. Trois mois ? Impossible. Nous allons prendre ce train et nous libérerons Santa Clara en trois jours… ou nous serons morts.

⁊

Les dix-huit wagons blindés tirés par deux locomotives arrivèrent à Santa Clara le 26 décembre. Protégé par quatre cents soldats, le train regorgeait d'armes de fort calibre et de dizaines de milliers de munitions de tous calibres. On comptait cinq mortiers de 60 mm, quinze mitrailleuses de calibre 30, une cinquantaine de fusils automatiques, le double de carabines M-1 et Garand, en plus de quatre cents grenades. On stationna le train près de la route qui menait de Santa Clara à Camajuaní, au pied de la colline Capiro, un surplomb tenu par un fort contingent de l'armée.

— Vaquerito !

Le Che fit appel à son jeune protégé, dont l'habileté au tir était devenue légendaire.

— Tu te souviens de ma promesse ?

— Bien entendu… et toi de la mienne j'espère, répondit Roberto Rodríguez. Je sais lire et écrire maintenant…

— Je t'en fais une autre. Dans un mois, il y aura des écoles et des dispensaires dans toutes les provinces de Cuba… jusque dans les plus petits villages. Et c'est toi qui m'accompagneras partout. Et… et je te montrerai à jouer aux échecs, parole du Che !

Il prit le jeune combattant par le bras.

— Là-bas, c'est la colline Capiro… Il nous la faut. De combien d'hommes as-tu besoin ?

— Une trentaine…

— Je peux t'en donner quinze.

— Très bien, mais donne-nous trois grenades chacun.

Alors que le peloton-suicide s'apprêtait à se mettre en route, Roberto Rodríguez se dirigea vers le Che.

— Che, j'ai une faveur à te demander pour mes hommes et moi. Nous souhaitons qu'aucune larme ne soit versée sur notre tombe… car nous avons choisi notre destin sans le moindre regret.

La colline Capiro fut prise d'assaut. La nuit venue, le Che, à l'aide d'un bulldozer, fit saboter la voie ferrée sur une distance de plusieurs mètres. Le lendemain, 29 décembre, le Che commanda l'attaque du train sur trois côtés. En reculant, celui-ci dérailla. Le commandant du train demanda une trêve. Une fois en face du Che, il hésita.

— Quel est votre rang ? lui demanda le Che.

— Capitaine…

— Je suis le Che…

L'officier parut impressionné. Il salua le chef rebelle.

— Je voudrais négocier certaines conditions, commença-t-il.

Le Che regarda sa montre.

— Vous avez quinze minutes pour vous rendre, dit-il d'un ton qui n'admettait aucune réplique. Sinon, vous serez responsable de toute effusion de sang et traité en tant que criminel de guerre.

— Et si nous nous rendons ?

Le Che montra la route de Camajuaní.

— Vous serez escortés jusqu'à la côte. De là, on vous embarquera à destination de La Havane. Mais n'ayez crainte, nous serons sur place pour vous accueillir.

Quinze minutes plus tard, le train blindé était entre les mains de la Colonne 8 du Che.

❧

Le 30 décembre, les rebelles lancèrent l'ultime offensive. Ils avancèrent quartier par quartier, rue par rue. La population de Santa Clara avait dressé des barricades aux intersections, empêchant les chars d'assaut de l'armée de manœuvrer. Restaient le quartier général de la police et l'hôtel *Hilton*, au sommet duquel nichaient une douzaine de tireurs d'élite.

— Vaquerito !

— *Si, commandante Che...*

— Le quartier général de la police... on y rapporte quelque deux cents hommes lourdement armés... Il faudra les prendre sur deux flancs...

— *Si, commandante Che...*

— *¡ La liberdad siempre, Vaquerito !*

— *Si, commandante Che.*

Le commando de dix-huit hommes s'engagea dans les rues Luis Estévez et Máximo Gómez. À quelque trois cents mètres se dressait l'imposant édifice blanc, dernier bastion de la dictature. Ils passèrent d'une maison à l'autre, d'une pièce à l'autre, en défonçant les murs tels des terrassiers. El Vaquerito toucha chaque cible. À moins de cinquante mètres de l'objectif, il grimpa sur le toit de la dernière maison. Il n'entendit pas le claquement de l'arme qui l'avait mis en joue. La balle l'atteignit en pleine tête. El Vaquerito venait d'avoir vingt-trois ans.

Le Che avait établi son quartier général au *Santa Clara Hilton* lorsqu'on lui fit part du décès de Roberto Rodríguez. Il ne dit rien, mais demanda qu'on le laissât seul.

— *¡ Hasta la victoria siempre !* murmura-t-il en versant une larme furtive.

❧

Il était un peu après minuit, le 1ᵉʳ janvier 1959, lorsqu'un cortège de limousines déboucha sur la piste d'aviation de Camp Columbia à La Havane. Cinq avions attendaient la quarantaine de passagers qui se hâtèrent à bord. Le dernier homme à prendre place dans ce qui avait été, la veille encore, l'avion présidentiel, fut Fulgencio Batista. Dans ses bagages se trouvaient plus de huit cents millions de dollars, soit l'équivalent des réserves monétaires de Cuba. Il laissait derrière lui un million de chômeurs, deux millions d'analphabètes, le tiers d'un peuple vivant sous le seuil de la subsistance et vingt mille victimes innocentes.

Deux heures plus tard, les cinq avions se posèrent en République dominicaine, où Batista fut accueilli par le dictateur Rafael Trujillo. Ce dernier encaissa cinq millions de dollars en compensation d'armes fournies à Batista avec la collaboration de la CIA et pour le droit d'asile négocié par l'ambassadeur des États-Unis.

❧

On frappait à coups redoublés à la porte.

— Marta ! Marta ! Réveille-toi, Marta !

La jeune femme bondit hors de son lit. Elle se précipita à la fenêtre. Il faisait nuit.

— Marta ! C'est urgent… ton patron te demande au téléphone.

Tous les pensionnaires étaient levés. Ils craignaient le pire : une autre descente de la police secrète de Batista ; des enlèvements, d'autres tortures, d'autres assassinats.

— Marta… c'est Miguel, entendit-elle. Viens immédiatement au journal. J'ai envoyé un taxi te prendre.

Le patron, c'était Miguel Quevedo, le directeur du journal *Bohemia*.

Le taxi fila dans les rues désertes de La Havane. Marta Rojas grimpa les marches de l'édifice qui logeait l'entreprise de presse. Dès qu'il la vit, Quevedo la serra dans ses bras. Stupéfaite, elle demeura sans réaction.

— Tu as toujours les pellicules de Panchito ? demanda-t-il d'une voix surexcitée.

En fit signe que oui.

— Et tes notes de la Moncada et du procès ?

Elle demeura figée. Quevedo devina sa méfiance.

— Marta, c'est fini ! Batista… envolé, fini ! Il a quitté Cuba… la révolution triomphe !

— J'ai cent pages de notes, laissa-t-elle tomber.

— Nous publions demain… et les jours suivants, Marta ! Il me faut un titre… là, tout de suite…

— « Naissance et évolution héroïque d'un mouvement révolutionnaire », lança-t-elle sans la moindre hésitation.

Quevedo ne put retenir un cri de joie.

— Bien… très bien, Marta. Toi et Panchito avez été des témoins héroïques.

Marta Rojas sourit.

— J'étais bien jeune, dit-elle timidement. Maintenant je sais qu'être témoin n'est pas suffisant.

Le 2 janvier 1959, le Che et ses guérilleros firent une entrée triomphale dans La Havane.

Un soleil rouge se levait sur Cuba.

La Havane, 2011
Santiago de Cuba et Sierra Maestra, 2012
San Francisco de Paula et Cojimar, 2013
Saint-Antoine-de-Tilly, Québec, 2014

Au sujet du roman

Les principaux personnages de ce roman sont présentés sous leurs véritables noms. Ils appartiennent, pour la plupart, à l'histoire du XXᵉ siècle.

Les dialogues impliquant ces personnages ont toutefois été imaginés par l'auteur, mais ont toujours été inspirés par le contexte historique et des faits avérés.

Tous les lieux décrits dans ce roman, à l'exception du bureau du directeur du FBI et de l'hôtel *Willard*, situés l'un et l'autre à Washington, USA, ont été documentés sur place et photographiés par Mme Hélène Leclerc, la responsable des recherches.

Tous les lieux visités à Cuba entre 2007 et 2014 l'ont été en compagnie d'historiens et de guides : à La Havane, San Francisco de Paula (Finca Vigía), Regla, Guanabacoa, Guama, Playa Girón, Trinidad, Cienfuegos, Santa Clara, Santiago de Cuba, Bayamo, Birán, Granjita Siboney, El Cobre, Sierra Maestra, La Plata, El Uvero, incluant les musées de la Moncada, de Saturnino Lora, de la Lucha Clandestina, de Las Orishas, le Museo de la Revolución, de Santa Clara, de Bella Artes, de San Carlos de la Cabaña.

L'écriture de ce roman fut à l'étendue d'un marathon. Le récit a pris appui sur quatre-vingts ouvrages de référence, parmi lesquels dix-huit biographies, six mille pages de documents, d'archives, de récits, de comptes rendus, d'articles ; soixante-quinze visionnements de vidéos et documentaires ;

vingt entrevues réalisées à Panama, au Salvador, au Guatemala et à Cuba.

Cette aventure littéraire a nécessité cinquante-deux mille kilomètres, soixante journées de recherche sur le terrain et six cent soixante-dix jours d'écriture.

Parmi les œuvres consultées, il convient de noter : *Hemingway en Cuba*, de Norberto Fuentes ; *Hemingway – Histoire d'une vie* (en deux tomes), de Carlos Baker ; *Hemingway*, de Jeffrey Meyers ; *Hemingway à Cuba*, de Gérard de Cortanze ; *Sartre, passions cubaines*, d'Alain Ammar ; *Che Guevara*, de Jean Cormier ; *Che : Ernesto Guevara, une légende du siècle*, de Pierre Kalfon ; *Reminiscences of the Cuban Revolutionary War*, de Ernesto Guevara ; *Remembering Che*, de Aleida March ; *Fidel Castro. Biographie à deux voix*, de Ignacio Ramonet ; *Castro l'infidèle*, de Serge Raffy ; *Histoire de Cuba*, de Jose Canton Navarro ; *El Juicio del Moncada*, de Marta Rojas ; *The Mafia in Havana*, de Enrique Cirules ; *Nocturne à La Havane*, de T. J. English ; *J. Edgar, directeur du FBI*, d'Athan Theoharis ; *Des cendres en héritage : l'histoire de la CIA*, de Tim Weiner ; *Cette nuit la liberté*, de Dominique Lapierre et Larry Collins ; *Les Chemins de la victoire*, de Fidel Castro ; *Histoire de l'Amérique latine et des Caraïbes*, de José del Pozo. Ont été consultées, analysées et annotées trois cents archives tirées des Confidential US State Department Central Files : Cuba Internal and Foreign Affairs de 1940 à 1964.

Entre 2007 et 2014, plus de deux mille cinq cents photos ont été prises, constituant un fonds d'archives visuelles de l'ensemble des lieux campés dans le roman.

Pour leur précieuse et inestimable contribution à l'ébauche et l'écriture de ce roman, j'exprime ma reconnaissance à Mme Marta Rojas (La Havane), Mme Ada Rosa Alfonso Rosales (Finca Vigía), Mme Esperanza Maria García Fernández (La Havane), Mme Mabel Vidal (La Havane) ; MM. Joaquin Bernardo Gómez Borrego (La Havane), Miguel González (Santa Clara), Raúl Pineiro Cañete (Sierra Maestra), Yoel Mestril Cosme (Sierra Maestra), Orlando Tamayo Hardy

(Santiago de Cuba), Miguel Angel Umaña Gomez (San Salvador). Mes plus sincères remerciements à M. Jean-Claude Allard, spécialiste des questions cubaines, pour sa discrète mais combien efficace collaboration.

Mme Johanne Guay, mon éditrice aux Éditions Libre Expression (Québecor Média), a veillé au grain et soutenu sans relâche ma démarche. Il en fut de même pour le personnel de la maison d'édition.

Mme Lise Levasseur a assuré la logistique du manuscrit avec rigueur et discrétion, ainsi qu'elle l'a fait sans faillir depuis plus de vingt ans.

Ma petite fille, Ariane Ohl-Berthiaume, a grandi au fil de ce roman. Elle s'y est investie en temps et talent, acceptant même d'y prêter son prénom et certains traits de sa personnalité. Je lui dis toute ma fierté et la remercie vivement.

Christian, Jan Érik et Brigitte, mes enfants, ont toujours respecté mes choix littéraires, même si ceux-ci pouvaient prêter, à l'occasion, à controverse. Je les en remercie.

Une idée doit bien naître quelque part. Celle de ce roman m'est venue en mars 2007 à la suite d'une visite à Santa Clara, lieu de l'ultime bataille de la révolution cubaine. Mais pour que l'idée devienne un projet d'écriture, il faut lui insuffler une force créatrice, ce qu'a fait Hélène Leclerc. Sans tenir la plume, elle l'a néanmoins guidée en m'inspirant. Ma compagne de toujours, ma collaboratrice, elle a foulé les mêmes terres lointaines en gardant sans cesse le cap et en faisant jaillir les idées et leurs enjeux. C'est pourquoi ce roman est pleinement le sien. S'il est vrai qu'un destin se dessine au carrefour de nombreuses routes, Hélène Leclerc a largement contribué à forger le destin de ce roman afin qu'il prenne vie.

Suivez les Éditions Libre Expression sur le Web :
www.edlibreexpression.com

Cet ouvrage a été composé en Cochin 12,25/14,7
et achevé d'imprimer en septembre 2014 sur les presses
de Marquis Imprimeur, Québec, Canada.